www.b-books.co.kr

당황

www.b-books.co.kr

여전히 파혼

DAHYANG ROMANCE STORY

반해 장편소설

Contents

프롤로그

"눈병이 나서……."

여자의 아이섀도 컬러가 지난번에 비해 짙어졌다. 그의 눈치를 본 여자가 손가락으로 눈썹을 휙 스치며 멋쩍게 웃었다. 맞선 이후 오늘로 세 번째 만남이다. 여자의 저 보일 듯 말 듯 한 미소가 얼마나 혼신의 노력으로 빚어진 것인지 이제는 알고 있었다.

유현은 고개를 끄덕이며 물었다.

"잘 지냈어요?"

"네."

물음에 대한 짧고 건조한 여자의 대답. 심지어 '그쪽은요?'라고 되묻지도 않는 무심함에 유현의 심사가 불현듯 뒤틀렸다. 천천히 커피 잔을 들어 올리며 생각을 정리했다. 삼세번. 되도록 오늘을 넘기지 않을 작정이지만, 맞선 상대가 아니라 이웃집 아저씨를 쳐다보는 듯한 여자의 무감한 눈빛이 여전히 자존심을 상하게 했다.

"아버지께 전해 들었어요. 저하고의 결혼을 원하신다고."

여자의 목소리가 다소 도전적으로 변했다. 마치 그러지 말라고 당부하는 듯한 투였다. 그녀의 그런 반응이 얼마쯤 흥미로웠다.

"그래요."

"이유를 물어도 되나요?"

"그쪽이 나와의 만남을 지속한 이유와 같다고나 할까."

말뜻을 이해하지 못한 듯, 여자가 고개를 갸웃거리자 유현은 대답을 고쳤다.

"그러니까…… 나쁘지 않아서?"

여자가 가슴을 크게 부풀리며 심호흡을 했다. 헤아리기 힘든 표정을 한 여자가 묵묵히 커피 잔을 들어 올렸다. 여자는 냉정을 유지하고 있는 듯 보이지만 어떤 알지 못할 이유로 심란한 게 분명했다. 여자가 곤란해하니, 오히려 재미있다.

돌이켜 보면 여자는 첫 만남에서부터 이 맞선에 어떤 흥미도 관심도 없다는 표정을 노골적으로 지었다. 내리깐 시선은 절대 들지 않았고 마치 의무인 양 커피만 내리 마셨다. 그가 묻는 질문에 겨우 대답만 하는가 하면, 자주 화장실을 드나드는 걸로 흐름을 깨곤 했다.

지금까지 유현은 어떤 맞선에서든 상대 여자로부터 절대적 우위를 점해 왔다. 집안 배경이든 학벌이든 외모든, 상대가 어떤 기준을 세우든 그 분위기는 무척 자연스럽게 형성됐다. 유현은 흡사 클릭 한 번으로 수억 원의 돈을 벌어들이는 사람처럼, 고갯짓 한 번으로 여자들의 관심을 불러일으켰다. 모든 여자들에게 그래 왔다.

단 한 명, 눈앞의 여자만 빼고.

그녀가 내내 보여 주고 있는 무관심은, 유현으로선 한 번도 겪어 보지 못한 난제였다. 유현은 그 사실이 적잖이 불쾌했고 어떻게 해서든 여자의 흥미를 끌어내고 싶었다. 이 여자를 결혼 상대로 낙점한 이유에 이런 빌어먹을 오기도 어느 정도 포함된 건지도 몰랐다.

유현은 담백하게 말했다.

"문제가 있으면 말해요."

여자의 흐린 한숨 소리가 테이블 위를 건너왔다. 묵묵부답이 좋은 건지 나쁜 건지는 모르겠다. 다만 그녀뿐만 아니라 자신 역시도 이 강제 결혼의 피해자라는 사실을 명확히 알아주었으면 싶었다. 물론 이것마저도 그녀는 별 관심이 없을 것 같지만.

갑자기 이 기계적인 만남이 우습고 회의가 들었다.

결혼 생활은 내 사람들을 한 명씩 얻어 가는 과정이라는데.

"별문제가 없다면……."

이 여자는 언제쯤 얻게 될까.

"결혼하죠."

아니, 내 사람이 되기나 할까.

유현은 커피 잔을 내려놓고 고개 숙인 여자의 잔뜩 찌푸린 얼굴을 응시했다.

어쩌면 저 퉁퉁 부은 눈은 눈병이 아니라 다른 이유 때문일 수도 있다는 생각이, 그제야 들었다.

* * *

결혼 준비가 바야흐로 시작되려 하고 있었다. 모친은 신혼부부가 살게 될 집, 예단과 예물 등등을 두고 행복한 고민을 하고 있었고, 다음 주에는 정식으로 양가 상견례가 잡혀 있었다. 상견례가 이루어지면 본격적인 준비에 들어가게 될 것이다. 우스운 건, 결혼 준비에서 당사자들은 철저히 배제되고 있다는 것이었다.

YBC 방송국 합격자 관리팀 사무실을 나온 유현은 손에 들린 사원증을 내려다봤다. 오래전부터 해 왔던 계획이 실현되고 있었다. 노력과 땀의 결정체인 그것을 유현은 소중히 점퍼 안주머니에 넣었다.

Rrrr.

복도를 지나 1층 로비에 도착한 순간 핸드폰이 울렸다. 발신인을 확인한 유현의 눈빛이 미세하게 일렁거렸다. 건너온 목소리는 매우 오랜만이었다.

— 정유현 씨. 저 류다이입니다.

"네. 알고 있습니다만."

— 정말 죄송하지만 저녁에 시간이 되시나요? 드릴 말씀이 있어요.

유현은 건물 밖을 쳐다봤다. 오후 내내 흐리던 날씨가 급기야 장대비를 뿌리고 있었다. 저녁이라 해 봤자 지금부터 플러스마이너스 한 시간 남짓일 텐데. 유현은 시간을 확인한 후 대답했다.

"7시면 되겠어요?"

— 아, 네. 괜찮습니다. 어디서 뵐까요? 정유현 씨가 편한 곳으로 잡으셔도 돼요.

문득 건물 밖 도로 건너편에 작은 커피숍이 눈에 띄었다. 유현은 시선을 커피숍에 두고 천천히 대답했다.

"YBC 방송국 건물 앞, 카페 〈오렌지〉."

유현은 예정에도 없던 그녀와의 만남에 긴장하며, 사원증을 주머니에 집어넣었다.

날씨만큼 마음도 무거웠다.

퇴근 후 남자가 정한 약속 장소로 이동하면서 다이의 마음은 내내 돌처럼 무겁고 거칠고 딱딱했다. 편의점에서 급하게 구입한 비닐우산을 쓰고 횡단보도를 건넜다. 남자가 선택한 곳은 방송국 근처에 있는 작은 커피숍이었다.

약속 장소가 가까워서 다행이었다. 멀었다면, 가는 내내 긴 시간 동안 무거운 마음이 더더욱 끝없이 내려앉았을 것이다.

커피숍 앞에 다다른 다이는 문득 걸음을 멈추고 유리창을 쳐다봤다. 커피숍 안, 통유리를 사이에 두고 테이블에 앉아 있는 그가 보였기 때문이다. 창문에 주룩주룩 흘러내리는 빗줄기에 그의 모습이 얼룩졌다 선명해졌다를 반복했다.

다이의 눈에, 그제야 남자의 존재가 닿아 왔다. 맞선부터 지금까지 오롯이 자신의 감정에만 매몰돼 있었던 탓에 비슷한 처지일 남자를 전혀 생각하지 않았던 것이다.

저 남자는 대체 무슨 생각으로 세 번의 만남이 전부인 자신과 선뜻 결혼하고자 하는 걸까.

저 남자는 결혼을 원하고 있긴 한 걸까.

자신은 이 결혼에 어떤 흥미도 관심도 열의도 없는데, 저 남자는 어떤 마음일까.

그때 핸드폰을 들여다보고 있던 남자가 무심결에 창밖으로 고개를 돌리는 바람에 시선이 마주쳤다. 얼른 우산으로 얼굴을 가린 다이는 한숨을 내쉬고 커피숍으로 들어갔다. 경쾌한 방울 소리가 가장 먼저 그녀를 맞아 주었다.

다이는 우산꽂이에 우산을 넣고는 다시금 결전을 다짐하고 남자가 있는 테이블로 갔다. 세 번의 만남에서 한결같이 단정한 슈트 차림이었던 남자는 오늘은 하프 점퍼에 청바지를 입고 있었다. 세련된 외모가 아니었다면 감히 기승전자그룹 회장의 아들이라는 사실을 그 누구도 알아채지 못할 것이다.

"근처에 볼일이 있으셨나 봐요."

"네."

"주문하죠. 전 커피요."

"커피 두 잔."

유현은 다이를 뒤따라온 직원에게 메뉴를 주문한 뒤 그녀에게로 다시 시선을 옮겼다. 기분 탓일까. 아니면 비가 내리는 날씨 탓일까. 여자는 예전과는 다른 분위기를 풍기고 있었다. 싸늘하고, 차갑고, 냉정했다.

매사에 건조한 여자라는 생각은 쭉 하고 있었지만, 오늘은 감정적으로 꽤 거칠고 사나워 보였다. 유현은 짐짓 태연하게 물었다.

"눈병은 다 나았어요?"

"네?"

"눈병."

"아, 네."

기억력이 좋은 편인가. 다이는 하마터면 '눈병이라니요?' 라고 되물을 뻔했다. 며칠간 눈물 바람이었던 탓에 퉁퉁 부은 눈을 아이섀도로 감추고, 그에겐 눈병이라 둘러댄 일을 기어이 기억해 내고 끄집어내다니. 때마침 커피가 나오지 않았다면, 다이는 자신의 눈을 스윽 만질 뻔했다.

그녀가 무의식적으로 눈을 껌뻑거리는 사이, 유현이 그녀를 빤히 쳐다보며 물었다.

"저녁 식사는 했어요? 안 했다면 파스타라도 먹어요. 여기 메뉴에 있던데."

"아뇨. 커피면 됩니다."

"결혼 준비가 시작될 것 같은데, 정작 다이 씨와 난 그 결혼 준비에서 제외되고 있는 거, 우습지 않아요?"

"그러게요."

"류다이 씨가 스물아홉, 나 서른하나. 어린 나이에 하는 결혼도 아닌데 부모님이 도맡고 계시니. 이게 결혼인지 사업인지 알 수가 있나."

"사실은…… 그 이야기 때문에 만나자고 했어요."

때마침 커피가 나왔고, 유현은 잔을 들어 올린 채 그녀를 응시했다. 언제나 육감이라는 건 틀리는 법이 없었다. 유현은 아까 창밖에 서 있는 그녀를 보고, 그리고 지금 맞은편에 앉아 있는 그녀의 표정을 보고, 오늘 이루어질 대화가 어떤 종류의 것일지 미루어 짐작할 수 있었다.

"해요."

"정유현 씨. 파혼했으면 합니다."

그리고 그 짐작이 사실로 다가왔을 때, 유현은 결코 서두르거나 당황하지 않았다. 다만, 이런 자리에서 유일하게 신경을 거슬리게 만든 여자가, 파혼의 순간에도 자신보다 우위를 점하고 있다는 사실에 잠시 화가 났을 뿐이었다.

"이유를 물어도 됩니까?"

"이유……. 뭐라고 말씀드려야 할까요."

"이런 대형 사고를 치면서 이유도 미리 준비하지 않았어요?"

"다른 남자가 있다고 말한다면 믿으시겠어요?"

"남자가 있었어요?"

"아뇨."

대답해 놓고 보니 이 무슨 농담 주고받기인가 싶다. 다이는 아랫입술을 깨물었다. 남자의 말투는 느긋하게 느껴졌지만 어딘가 다그치고 있다는 기분을 지울 수 없었다. 다이는 머뭇거리다 입을 열었다.

"저하고 결혼해 봤자 골치만 아프실 거예요. 좋은 부모님 밑에서 사랑 듬뿍 받고 자란 여자와 결혼하세요. 그런 여자가 꼬인 것도 없고 넉넉하고 긍정적이어서 정유현 씨를 열심히 내조할 수 있을 테니까요."

솔직한 심정이었다. 하지만 그는 눈썹을 비틀며 커피 잔을 내려놓았다. 긴 다리를 꼬더니 그녀를 정면으로 쳐다보기에, 다이는 순간적으로 긴장했다.

"류다이 씨는 꼬인 사람이라는 뜻이에요?"

"어느 정도는요."

"흐음. 핑계가 부족하지만 납득은 했어요. 하지만 그걸로 부모님을 '설득' 시킬 수는 없겠는데."

"그게……."

"이 결혼에는 우리보다는 부모님들의 이해관계가 더 얽혀 있는 듯하니, 나를 납득시키는 것보다 부모님을 설득시키는 게 관건입니다."

다이는 입술을 깨물었다. 잠시 갈등하느라 흔들리는 눈을 그에게 고정시켰다. 그는 여러모로 괜찮은 남자였다. 자신처럼 꼬인 것도, 억울한 것도 없는 삶을 아주 우수하게 잘 살아왔을 터였다. 그러니 어쩌면 솔직하게 털어놓는 게 더 옳을지도 모른다.

"제가, 하고 싶지 않아요."

가련하고 창백한 얼굴이 긴장감이 역력한 음성을 건네 왔다. 유현은 생각하는 척 고개를 돌려 유리창을 응시했다. 그녀의 옆모습이 빗줄기를 두드려 맞고 있었다. 순탄하게 흘러갈 거라 여겼던 일들이 물기에 일그러진 실루엣처럼 어그러지고 있었다.

물론 동요하지 않았다.

그 자신에게도 이 결혼은, 그저 해치워야 할 하나의 업무일 뿐이었으니까.

아버지와 어머니의 시름 섞인 염려를 오랫동안 들어야 한다는 게 걱정되긴 하지만 말이다.

"후폭풍은 어떻게 감당하려고?"

"감당할 수 없을 것 같아서 아예 피하려구요."

그녀의 말을 선뜻 이해하지 못했다. 희미하게 짓고 있는 미소에 얼마나 짙은 슬픔이 담겨 있는지조차 그땐 알 수 없었다.

"정말 죄송해요, 정유현 씨. 지금은 제가 더 급해서 그쪽의 후폭풍까지 걱정해 줄 틈이 없어요. 본격적으로 결혼 준비에 들어가기 전에 말하는 게 나을 것 같아서요. 금전 문제까지 엮이면 여러모로 불편해질 테니까요."

다만, 미안하다는 말을 끝으로 황급히 일어나 커피숍을 나가려는 그녀를 불러 세우는 것만이 그가 할 수 있는 전부였다.

"류다이 씨."

문을 열고 나가려던 그녀가 돌아봤다. 유현은 우산꽂이에서 그녀의 우산을 빼 건넸다. 그녀의 빤한 시선이 헤아리기 힘든 의미로 다가왔다. 입가를 살짝 늘이는 걸로 고맙다는 말을 대신한 그녀는 아까보다 더 서둘러 커피숍을 나갔다.

1

"으으으으!"

다이는 초조한 얼굴로 침대 끄트머리에 걸터앉아 있었다. 코트를 입고 머플러를 매고, 바지와 양말까지 완벽하게 차려입은 상태였다. 이제 부모님이 완벽하게 잠들 밤 11시만 기다리면 된다.

그 시간이 되면 미련도 갖지 않고 이 집을 나갈 것이다.

그런데, 그렇게 마음을 꽉 잡고 있는데 긴장과 초조는 자꾸만 각오를 흐트러지게 만들고 있었다. 파혼 선언을 하고 급기야 가출까지 강행하려 들다니. 류다이 인생이 이토록 급류에 휘말린 건 처음이었다.

"그러게 왜 이런 대형 사고를 치려는 거야, 언니야."

제이는 아까부터 그런 다이를 빤히 쳐다보고 있었다. 침대 옆에 다이가 미리 싸 둔 커다란 짐 가방 두 개가 존재감을 과시하고 있었다.

"넌 네 방으로 가, 어서. 왜 틈만 나면 내 방에서 자는 거야?"

"갈 거야. 갈 건데, 이게 지금 잘하는 짓이냐구요, 자매님."

"잘하는 짓까지는 아니겠지만 적어도 후회할 짓은 아니야. 내가, 하나뿐인 네 언니가, 원하지도 않는 결혼이란 걸 하는 것보다는 낫잖아?"

"그렇다고 집을 나가기까지 해야 돼? 사춘기가 와도 사고 한번 안 치고 착실하게 살아왔던 언니가 스물아홉씩이나 먹고 뒤늦게 이래야 하냐고!"

"넌 몰라. 아무것도."

다이는 흘러내리는 긴 머리칼을 쓸어 올리며 무거운 한숨을 천장으로 쏘아 올렸다. 등 뒤로 제이의 한숨 소리도 들려왔다.

아버지의 병원에서 레지던트 1년 차로 근무 중인 제이가 자신의 방을 두고 굳이 다이의 방에 와서 자기 시작한 건, 몇 달 전부터였다. 자세한 이유를 말하진 않았지만 아마도 병원 일로 스트레스가 쌓인 게 그 원인일 것이다.

한 살 차이라 어려서부터 24시간 동안 붙어 다녔다. 각자의 방이 있었지만 일상뿐만 아니라 침대도 공유했고 그건 고등학교를 졸업할 때까지 이어졌다. 성인이 되고 의대에 진학한 제이가 바빠지면서 자연스럽게 각자의 방과 일상을 누리기 시작했지만, 제이는 간간이 다이와 함께 자기 위해 방을 건너오곤 했다.

그랬는데 얼마 전부터는 아예 다이의 침대에서 자기 시작한 것이다.

다이가 집을 떠나고 나면, 이제 제이는 다시 자신의 침대와 다이의 침대를 번갈아 가며 사용할 수 있을 것이다.

"그래. 내가 아무것도 모른다 쳐. 그래도 결혼 상대가 기승전자그룹 장남이면 우리 집은 땡잡은 거라는 것쯤은 알지. 그래서 엄마도 저 난리시잖아."

"그러니까 더 답답해. 난 그쪽에서 결혼하자고 할 줄은 꿈에도 몰랐어. 내가 너처럼 스펙이 대단한 것도 아니고 그저 어머니 아버지가 밀어붙이시니 어쩔 수 없이 나간 자리였는데. 그게 결혼까지 이어질 줄은 몰랐다구."

"바보 언니야. 애프터가 들어왔을 때 눈치 깠어야지. 그 대단한 집안의 자제분께서 시간이 남아돌아 애프터를 신청했겠나? 응? 여자가 없어서 애프터를 신청했겠냐구. 하여간 이 언니는 남자 문제에 있어선 싹수 컬러가 애초에 옐로였어."

"그게 문제가 아냐. 둘러댄 거짓말은 어떻게 해? 회계사 시험 준비하고 있다고 뻥친 건 어떡해."

"그건 아버지가 뻥친 거지, 언니가 한 게 아니잖아."

입심에 탄력받은 제이가 아예 다이 옆으로 바짝 다가와 앉았다. 언니의 마음을 돌려놓겠다는 결연한 의지가 말투 속에서 뚜렷하게 느껴졌다.

"그러지 말고 지금 내려가서 엄마 아버지한테 사실대로 말씀드려. 오늘 그쪽에 파혼을 선언했다는 거랑, 지금 언니가 방송국 라디오 작가 일을 하고 있다고."

"그 순간에 아버지는 아마 딴따라 일이라고 코웃음 치실 거야. 너도 알잖아. 아버지랑 어머니는 내가 무슨 일을 하든 마음에 안 들어 하시는 거. 두 분이 인정하는 사람다운 직업은 딱 넷뿐이야. 의사, 법조인, 경영인, 교육자."

다이의 회의적인 태도에 제이는 짐짓 할 말을 잃었다. 언니가 그렇게 생각하는 것도 무리는 아니었다. 부모님은 자매가 어렸을 때부터 성적과 일상, 사람 관계에 있어 철두철미하다 싶을 정도로 관리를 해 왔다.

그 결과 제이는 부모님의 자랑스러운 의사 '따님'이 됐고, 다이는 겨우 대학을 졸업하고 장래를 찾지 못하다 뒤늦게 하고 싶은 일을 찾은 '딸년'이 됐다. 물론 다이는 1년 전에 방송국 라디오 작가로 입사한 사실을 아직 부모님께 알리지 않았다.

"그 남자, 그렇게 마음에 안 들어? 막 혐오스러워?"

제이는 이쯤에서 타협을 해야 한다고 생각했다. 다이와 부모님 간의 타협. 그리고 다이와 그 남자와의 타협. 허심탄회하게 털어놓아야 어떤 쪽으로든 다이가 상처받지 않을 것이다. 제이에겐 그 점이 가장 중요했다.

"잘생겼어. 재벌 아들이라 그런지 후광이 남다르긴 해."

"그럼 뭐가 문제야?"

"내가 문제지. 결혼을 하고 싶지 않은 내가. 부모님한테 억지로 등 떠밀려 하는 결혼이 싫은 내가."

"언니는 어떻게 하고 싶은데?"

"내 의견이랄 게 있나. 그쪽에서 결혼하자고 말이 나온 이상 아버진 밀어붙이실 텐데."

다이는 자조적으로 뇌까렸다. 이게 말이 되냐고 제이에게 하소연했지만 아버지는 결국 이 상황을 말이 되도록 만들 것이다.

"그렇다면 답은 하나네."

제이가 제법 진지한 얼굴로 고개를 끄덕였다. 커다란 해결의 열쇠를 쥐고 있는 듯한 그 당당한 태도에 다이의 귀가 절로 솔깃해졌다.

"그게 뭔데?"

"언니 생각대로 해. 대신 난 중립이야."

제이는 내뱉듯이 툭 던지곤 다시 벌러덩 드러눕는다. 제이가 훌륭한 묘수라도 꺼낼 줄 알았던 다이는 제이의 이마에 꿀밤이라도 한 대 먹이고 싶었다. 하지만 내심 제이가 그렇게 말해 줘 고마웠다. 제이는 중립이라고 했지만 제 아군이라는 걸 모르지 않았다.

다이는 시선을 바닥으로 떨어뜨렸다.

부모님 앞에선 언제나 작고 초라해진다.

부모님의 의지와 노력을 따라가지 못한 자신의 무능함 때문이었고, 그런 부모님을 볼 때마다 절감하는 미안함 때문이었다.

부모님의 뜻과 기대에 부응하지 못해 미안했기에, 지금까지 어떤 반항이나 거부도 일삼지 않았다. 그건 주눅으로 이어졌고 자존감마저 떨어뜨렸다. 습관처럼 부모님 앞에선 입이 떨어지지 않았다.

부모님한테 내세울 게 없는 자식이 된 기분이 어떤지, 어머니와 아버지는 알까. 미운 오리 새끼가 평생 동안 품었을 외로움이나 패배감을, 절대 알 수 없을 것이다. 나 자신이 먼지 같게만 느껴지는 기분, 그저 밥이나 축내는 짐승이 된 기분을, 누구도 알지 못할 것이다.

그렇게 다이가 한숨만 푹푹 내쉬는 사이 시간은 어느새 11시를 향해 가고 있었다.

* * *

"제이야. 얼굴이 왜 그래? 피곤하니?"

아침 식탁에서, 지숙이 걱정을 담은 얼굴로 제이를 쳐다봤다.

식탁은 오늘도 변함없이 5대 영양소를 가득 함유한 음식들로 풍성했다. 아버지 민철은 병원장이자 신경외과 전문의였고 어머니는 심장내과 전문의로서, 두 분 모두 의사기 때문에 가능한 식탁이었다. 덕분에 주방 아주머니가 매번 힘들어하긴 하나, 어마어마한 보수 앞에선 언제나 생글생글 웃었다.

"잠을 설쳤어요."

"의사가 건강해야 환자들도 믿음이 생기는 법이야. 오늘 당장 김 교수한테 부탁해서 약 맞춰 놔야겠다."

"김 교수님? 그 한의사분이요?"

"응."

"의사가 한약 먹어도 돼요?"

제이의 물음에 지숙이 잠시 할 말을 잃고 멋쩍어하니, 민철이 끼어들었다.

"한약도 약이야. 먹어. 김 교수는 믿을 만해."

"아, 싫은데. 한약 특유의 그 쓴맛이 너무 싫더라, 난. 언니랑 나눠 먹을……."

제이가 말을 내뱉다가 멈칫했다. 어젯밤 다이는 결국 집을 나갔고 제이는 그저 어둠 속에서 다이가 사라지는 것을 지켜봐야만 했다. 습관처럼 다이와 나눠 먹겠다는 말이 튀어나왔는데 다이가 없다고 생각하니 갑자기 울컥해졌다. 지숙이 냉정하게 말했다.

"좋은 거라 양은 얼마 안 될 거야. 네 언니 약은 나중에 결혼하면 따로 지어 줄 테니까 너나 잘 챙겨 먹어."

"다이는 왜 안 내려오는 거냐. 늦잠 자는 거야?"

"곧 결혼할 애가 하여간 정신머리하고는."

민철과 지숙이 차례대로 다이를 입에 올렸다. 제이는 그저 눈치만 살피며 밥을 떠먹었다. 어떻게 말을 꺼내야 하나 고심하고 또 고심했다.

"기승전자그룹 회장 아들이잖아요. 다이한텐 차고 넘치는 자리인 데다가 뭣보다 행실이 중요할 텐데 저렇게 철없이 굴기만 하니."

"다이가 지금 스펙이 있어, 내세울 직업이 있길 해? 그나마도 우리 병원 아니었으면 언감생심 그런 자린 꿈도 못 꾸지. 나나 네 엄마나 사회적으로 얼마나 중요한 위치에 있는 사람들이야? 아니, 우리뿐만 아니지. 이제 곧 제이 너도 그렇게 될 텐데, 거기에 기승전자그룹까지 더해지면 지 위치는 자동으로 올라가는 건데. 그렇게 중요한 거다, 이 결혼이. 별 볼 일 없는 네 언니 신데렐라로 만들어 주는 거야, 이 결혼이."

"그런 집에서 다이 같은 애를 원한다는 건 딱 한 가지 이유뿐이죠. 내조. 그러니까 회계사 시험 준비 중이라고 둘러댄 건 어찌 보면 잘하신 거예요. 다이는 결국 회계사가 되지 못할 거고 그 몸 그대로 결혼할 거고, 내조만 열심히 하면서 살면 되니까."

다이가 없는 자리에서, 민철과 지숙은 다이의 향후 인생의 방향까지 잡아 주고 있었다. 갑자기 어젯밤 다이가 지어 보였던 그 좌절과 절망의 표정이 떠올라 제이는 마음이 편치 못했다.

"저기요. 엄마, 아버지."

그래서였다. 다이를 위해 할 수 있는 일을 하자고 마음먹은 것은.

"그래."

"응."

"언니 지금 집에 없어요."

"없다니?"

"아침 일찍 어딜 간 거냐."

"가출했어요. 어젯밤에."

그저 잠시 외출한 거라고만 여겼던지, 제이의 말에 부모님이 동시에 수저질을 멈추었다. 두 개의 숟가락이 허공에 둥둥 떠다녔다.

* * *

"파혼이라니?"

포크를 들던 승미가 그에게로 시선을 돌렸다. 예상했던 반응이었다. 모친인 승미는 분명 당황해 할 것이고 부친인 동훈은 그저 말없이 지켜보기만 할 거라 생각했는데 그의 예상이 정확했다.

저녁 식탁 앞에서 꺼낼 수 있는 종류의 말이 아니었기에 식사를 끝내고 거실로 이동했을 때 꽤 담담하게 털어놓은 것인데, 승미는 아무래도 오늘 밤 소화 불능으로 잠을 이루지 못할 듯했다. 동훈은 잠자코 멜론 조각을 찍어 입에 넣었지만 그 역시 얼굴이 굳은 건 마찬가지였다.

그런 동훈 대신, 승미가 다시 질문 공세를 이어 갔다.

"대체 왜? 이유가 뭔데?"

"결혼을 하고 싶지 않답니다."

"하고 싶지 않았다면 맞선에도 나오질 말았어야지. 기껏 준비하고 있었는데 이게 무슨 소리야. 더구나 상견례까지 앞두고서."

"마음이 바뀌었겠죠."

"어이가 없어서 원. 여러모로 그쪽이 조금 처져도 소개해 준 김 여사 얼굴도 있고, 여자애 자체는 모나지 않은 것 같아서 다 묻고 내 식구로 안고 가려고 했더니. 내일 내가 그쪽 엄마, 그러니까 안 교수한테 연락해 보마."

"연락하셔도 여기서 변하는 건 없을 거예요, 어머니."

"그럼 손 놓고 있으라고? 무려 파혼인데?"

재벌가 사모님답지 않게 소탈하고 인간적이라는 평이 자자한 승미였다. 시골에서 태어나고 자라, 고등학교 때부터 서울로 올라와 혼자 아르바이트해 모은 돈으로 대학까지 졸업했다. 졸업한 그해에 기승전자 홍보팀에 입사했으며, 당시 회사 후계자라는 걸 비밀에 부친 채 기획부서에서 일하던 아버지와 연이 닿아 연애를 시작한 것이다.

그래서 류다이라는 여자와 그 여자의 집안이 자신들과 밸런스가 맞지 않는다고 생각했어도, 승미는 기꺼이 즐거운 마음으로 아들의 결혼식을 준비하고 있었다. 서른하나로 장성한 아들의, 그것도 향후 기승전자그룹을 이끌어 가야 할 아들의 결혼식을 말이다.

"그래. 넌 뭐라고 그랬냐."

한동안 침묵만 유지하던 동훈이 낮게 입을 열었다. 옆에서 아직 표정이 풀리지 않은 승미가 퉁명스럽게 뇌까렸다.

"물어보나 마나죠. 저 녀석도 결혼하기 싫어한 건 마찬가지니까 얼씨구나 했겠죠, 뭐."

"정확하게 보셨어요, 어머니."

"이 녀석이."

아들이 결혼을 해서 안정적인 상황에서 회사를 끌어가기를 바랐던 분들이다. 그래서 작년부터 결혼을 서둘렀고 어마어마하게 자주 맞선 자리를 물어 왔다. 동훈이 그렇게 해서 회사를 더욱 번창시킬 수 있었고 다른 많은 경영인들의 비슷한 선례도 있었다. 하나같이 결혼이 심적으로 얼마나 많은 안정을 주는지 입을 모았던 것이다.

아직 두 사람이 결혼 준비 중이라는 사실을 아는 이가 별로 없었고 언론에 보도가 나가지도 않은 상태라, 주변의 시선은 크게 걱정이 없었다. 하지만 승미는 그런 외부적인 여건에 안도하기보다는 이 결혼이 깨졌다는 사실에 대한 실망이 더욱 큰 듯해 보였다.

유현은 망설이지 않고 곧장 더 큰 실망감을 안겨 주었다.

"그리고 한 가지 더 드릴 말씀이 있습니다."

"또 무슨 일이야? 이번에도 폭탄선언이야?"

"말씀드렸다시피 YBC 방송국 PD 시험에 합격했어요. 어제 방송국에 들러 합격증과 사원증을 받아 왔습니다."

"유현아."

두 분에겐 설상가상이었겠지만, 유현에겐 금상첨화였다. 하고 싶지 않은 일을 하지 않아도 되고, 하고 싶은 일을 할 수 있게 된 셈이었다.

"1년 동안은 창원에 있는 지사에서 근무하게 될 듯해요. 내년 봄에 서울 본사로 다시 올라올 겁니다."

"그걸 꼭 해야겠어? 네가 누구라는 사실을 숨기기까지 하고서?"

"5년입니다. 5년만, 제가 하고 싶은 일을 할 겁니다. 이건 아버지도 허락하신 겁니다."

그건 사실이었다. 앞으로 얼마가 될지 모를 세월을 온통 회사에 헌신하며 살아야 할 텐데, 그에겐 또 다른 꿈이 있었고 잠시만이라도 그 꿈에 도취돼 살아 보고 싶었다. 그래서 동훈에게 미리 언질을 준 후 시험을 치렀다. 그런 아들의 심경을 동훈이 암묵적으로 인정한 셈이다.

동훈이 묵묵히 있다가 입을 열었다.

"그 5년이 너한테는 그저 일탈이겠지. 어찌 됐든 네가 영원히 할 일은 아니니까. 하지만 너한테는 그저 일탈일 뿐일 그 일, 다른 누군가에겐 삶을 통틀어 절박하고 절실한 일이 될 수도 있지 않겠니? 그렇다면 넌 그 다른 누군가의 자리를 뺏은 거야."

동훈의 음성은 잔잔하고 신중했다. 그건 아버지의 성격이었다. 절대 흥분하지 않는 것. 말에 아무리 가시를 품고 있어도 목소리만큼은 차분하고 묵직하게 내는 것. 그래야 상대가 본인의 허점을 더욱 크게 느끼게 할 수 있다는 게 아버지의 지론이었다.

하지만 안타깝게도 그런 동훈의 성격을 유현도 똑같이 물려받았다.

"그토록 절박하고 절실한 일이었다면 저를 제치고 합격했겠죠. 그 누군가와 마찬가지로 저한테도 소중한 일입니다. 앞으로 절대 행복하지만은 않을 제 인생에도, 추억하고 싶은 짧은 순간이 하나쯤은 있어도 되지 않습니까?"

유현의 말에 동훈과 승미가 입을 닫았다. 한숨 소리만 팍팍하게 거실을 울렸다. 저녁 식사 전까지만 해도 의욕에 가득 차 있던 승미의 굳어진 안색이 마음에 걸렸지만, 이젠 그가 할 수 있는 일이 없었다.

이현이 녀석이라도 얼른 제대해서 승미를 즐겁게 해 주지 않는 한, 아마 승미의 다친 마음이 쉽게 아물어지진 않을 터였다.

2층 자신의 방으로 올라온 유현은 점퍼를 벗어 벽장에 걸어 두고 침대에 벌렁 누웠다. 손깍지로 머리 뒤를 받친 채 물끄러미 천장을 응시했다. 묘한 기분은 한숨을 터뜨리게 만들었다. 당장 부모님께 파혼 이야기를 건넬 때만 해도 밀려드는 후련함에 어깨마저 가벼웠는데, 혼자가 되니 지금은 헷갈린다.

모든 준비를 완벽하게 끝내고 달리기 출발선 앞에 섰는데, 갑자기 경기가 취소된 기분에 견줄 수 있을까. 갑작스러운 파혼 선언은 그를 후련하게도 만들었고 허탈하고 무기력하게도 만들었다. 유현은 몸을 일으켜 합격증과 함께 핸드폰을 들고 다시 침대에 누웠다.

「YBC 방송국 영상매체 연출 부문 합격자 정유현」

대학 시절 개인적으로 언론학을 공부할 때부터 키워 온 꿈이었다. 물론 꿈으로만 끝나고 말 거라고 생각했다. 그에겐 누가 묻지 않아도 누가 말하지 않아도 군말 없이 지켜야 할 회사가 눈앞에 놓여 있었기 때문이다.

어려서부터 그 사실은 유현을 짓눌러 왔다. 미국 유학마저 아버지의 뜻대로 다녀와 경영학을 억지로 공부하고 나서, 유현은 잠시나마 자신을 짓누르는 현실로부터 도피하고 싶었다. 지금까지 장남으로서 부모님의 뜻을 거스른 적 없었으니, 그 정도의 호사는 누릴 자격이 된다고 여겼다.

모든 이들이 유현이 기승전자그룹에 들어가 동훈의 뒤를 이을 거라 여기고 있을 때, 그는 묵묵히 PD 시험을 준비해 왔다. 그리고 그 결실이 지금 손에 쥐어진 것이다. 딱 5년만. 아버지와 약속한 대로 5년만 일을 즐길 것이다. 그 후엔 미련 없이 회사에 들어가 아버지의 뒤를 이을 것이다.

[합격했다.]

유현은 한창 군대 생활 중인 어린 동생 이현에게 문자 메시지를 보냈다. 군인 신분이라 핸드폰을 자주 확인할 수는 없겠지만, 언젠가 이현이 확인하게 된다면 자신만큼이나 기뻐할 거라는 걸 알고 있었다.

핸드폰을 내려놓으려던 유현은 문득 통화 목록에서 다이의 이름을 발견하곤 멈칫했다. 이 이름을 삭제해야 하나 놔둬야 하나, 잠시 갈등이 인다. 이 여자와는 인연이 아니었다고 생각하니 다시금 허탈감이 밀려들었다.

마지막으로 본 여자의 눈빛이 떠올라 잠시 표정이 어두워졌다.

어딘가 슬퍼 보이던, 외로워 보이던, 쓸쓸해 보이던.

정말로 다른 남자가 있었던 건가.

그리 생각을 하니 알지 못할 이유로 실소가 흘렀다.

결국 유현은 다이의 이름을 지우지 않은 채 핸드폰을 내려놓았다.

* * *

1년 후.

"어서 와. 환영한다. 정 PD."

창원 지사에서 1년 동안 근무하고 서울 본사로 올라온 유현을 한경석이 반갑게 맞아 주었다. 경석은 교양 본부에서 총괄기획팀장을 맡고 있고 유현과 같은 학과 선배였다. 그가 입사 시험을 준비할 때부터 이것저것 도움과 조언을 아끼지 않은 사람이었고, 유현의 집안 환경이 어떤지 아주 구체적으로 알고 있는 유일한 이였다.

유현은 반가운 심경을 담아 경석의 악수에 응했다.

"잘 지내셨어요?"

"나야 뭐, 늘 그렇지. 근데 왜 하필 교양 본부야? 드라마나 예능 쪽으로 들어가지. 그쪽이 대박 나기 좋은데."

"대박 하나보다는 중박 다섯 개가 더 좋은 거라고 선배님이 누누이 말씀하셨잖습니까."

"그건 그렇긴 한데, 넌 딱 5년만 방송 물 먹고 나갈 거라며. 그런 경우는 이야기가 다르지. 길이길이 회자될 대박 작품 하나 정도 이름 옆에 땅! 박아 두는 것도 나쁘지 않아."

경석이 등을 한껏 기댄 채 회전의자를 빙글빙글 돌리며 말했지만 유현은 그저 쓴웃음만 지을 뿐이었다. 그러다 경석이 의자를 갑자기 멈추고 그제야 생각난 듯 말했다.

"아, 참. 넌 예전부터 보도 본부 쪽으로 가고 싶어 했었지."

"그랬었죠."

유현은 느리게 고개를 끄덕였다. 그가 보도 본부에 지원하지 않은 이유는 딱 한 가지였다. 기승전자그룹 회장의 아들이라는 사실 때문이었다. 물론 지원서에 개인이 가진 배경과 사연이나 사정을 일일이 기술하지는 않으나, 훗날 도래할지 모를 참사를 미연에 방지하고 싶었다.

모든 방송국의 보도 본부는 그 공정성과 투명성 그리고 신뢰를 위해 경제 및 정치와의 유착을 철저하게 배제하고 있었던 것이다. 그래서 보도 본부만큼은 서류 심사부터 아주 철저하고 엄했다. 경석의 말에 의하면 머리카락 한 올까지도 심사 대상이라고 했다.

하지만 상대적으로 교양 본부나 드라마와 예능 쪽은 덜 까다로웠고,

유현은 그 틈을 비집고 들어간 것이다.

"네가 누군지는 여전히 비밀인 거지?"

"그래 주시면 감사하겠습니다."

"좋냐? 그렇게 원하던 일을 하게 돼서?"

경석이 미소를 띠고 물었다. 이미 창원 지사에서 1년 동안 굴러먹고 왔기에, 업무에 대한 신선함이나 기대감은 얼마쯤 사그라진 상태였다. 하지만 이제 본격적으로 프로그램 제작에 뛰어들 수 있기에 새로운 긴장감이 생겼다.

"선배님은 왜 현역에 지원하지 않으신 겁니까. 행정직으로 책상 앞에 앉아 있기만 하는 건 선배님 스타일이 아닌 것 같은데요."

"아니. 아주아주 내 스타일이야. 난 발로 뛰어다녀야 하는 게 그렇게 귀찮더라. 더울 땐 에어컨 바람 쐬고, 추울 땐 히터 바람 쐬고 일하는 게 최고야. 너도 딱 1년만 겪어 봐라. 볼멘소리가 절로 나올 테니까."

"아주 본능적이시군요."

"그럼, 당연하지. 인간이 본능 빼면 뭐가 있냐?"

유현과 경석은 소리 내어 웃었다. 유현은 잠시 고개를 돌리고 경석이 일하는 좁은 사무실을 천천히 둘러보았다. 총괄기획팀장이라는 명패가 아니었다면 어디 허름한 공장장 사무실인 줄 알았을 것이다.

"꽤 낡고 좁습니다."

"그렇지? 난 딱 좋아. 회의실이야 따로 있고, 이렇게 좁으니까 나 건드리려고 온 상사들도 별말 못 하고 그냥 돌아가. 소리가 크게 울리거든. 그런데 이렇게 꿀 빠는 것도 올해로 끝이야."

"신사옥 때문에요?"

"응. 내년에 완공이잖아. 신축 건물이니 사무실이 얼마나 크고 방음 시설도 끝내주겠냐고. 수틀리면 서로 고함지르고 서류 집어 던지고 난리도 아닐 거야, 아마."

"몸 사리세요, 선배님."

"너나 조심해, 인마. 교양 본부의 신참 다루는 전통이 얼마나 빡센지 모르지?"

"기대되는데요."

"그 기대에 부응하기 위해서 이번 봄 개편 기념 새 프로그램을 너한 테 맡기기로 했다. 난 그 프로그램의 CP(Chief Producer, 책임 프로듀서)고."

경석의 선포에 내리깔려 있던 유현의 시선이 들렸다. 그의 반응이 사뭇 흥미롭다는 듯 경석이 실긋 한쪽 눈을 감는다.

"그게 무슨 말씀입니까?"

"그게 무슨 말씀인지는 내일 정식으로 첫 출근 하면 알게 될 거고, 방송은 5월 중순에 시작이니까 내일부터 회의다 실무다 부지런히 움직여야 해. 두 달 남았어. 작가진 포함 제작진이 어느 정도 꾸려진 상태니까 준비하는 게 그렇게 힘들진 않을 거야. 네 출근 선물이야, 인마."

유현은 다소 얼떨떨한 기분을 감추지 못했다. 본사로 발령 나자마자 새 프로그램을 맡게 된 건 충분히 기쁜 일이나, 다른 이유로 완벽하게 미덥지는 못했다.

"이 선물, 감사하게 받아야 하는 겁니까?"

"당연하지. 신참 주제에 CP 말에 토 달면 하극상이야, 몰라?"

"그런 뜻이 아니라 선배님의 특혜가 조금이라도 들어간 게 아니냐는 겁니다."

"프로그램 하나 제작하는 데 거쳐야 하는 시스템과 들어가는 돈이 얼만지나 알아? 그런 큰돈이 오가는 곳에는 누구 한 명의 입김이 들어갈 수가 없어. 실패하면 독박을 쓰거든. 그리고 요즘은 독박 쓸 확률이 아주 높은 때이고."

"흐음. 내일 회의 때 검토해 보겠습니다."

"하여간 저저저 냉정한 놈. 일어나! 술이나 한잔하러 나가자. 퇴근 시간이야."

경석은 이해하지 못하겠지만 유현으로선 매사가 조심스러웠다. 자신의 사소한 한마디와 행동이 미칠 파장과 후폭풍을 처음부터 철저하게 고려하지 않으면 안 된다.

때론 보람도 있고, 때론 위태위태한 일상이 마침내 시작되고 있었다.

방송국 앞에서 경석과 간단히 소주를 마신 유현은 늦은 밤 오피스텔로 돌아왔다. 오피스텔은 방송국 건물 근처에 있으며 방송국 직원들만 일정 정도의 월세를 내고 거주할 수 있었다. 동훈과 승미는 집에서 출퇴근하기를 원했지만, 모든 것들이 조심스러울 수밖에 없는 유현의 입장에선 오피스텔이 최선이었다.

점퍼를 벗고 창가로 다가간 그는 블라인드를 올렸다. 길 건너 웅장한 자태로 서 있는 방송국 건물이 가장 먼저 보인다. 이렇게 늦은 밤에도 많은 이들이 정보와 흥미를 전달하는 방송을 제작하기 위해 불을 켜 두고 있었다.

저 반짝거리는 열의의 물결에 자신도 몸을 담글 수 있다는 사실에 가슴이 벅차올랐다. 가능할지 불가능할지, 수도 없이 많은 날들을 가늠해보며 좌절했다가 또 희망을 가지기를 반복하며 보냈는데, 이제 온전한 길을 걸을 수 있게 된 것이다.

남은 4년 동안, 최선을 다해 살 것이다.

돌이켜 봤을 때 이 5년이 가장 훌륭했었다, 라고 자신 있게 말할 수 있도록.

유현은 핸드폰을 꺼내면서 이번엔 다른 쪽으로 시선을 옮겼다. 상가와 가로등 불빛으로 불야성을 이루고 있는 도심을 훑으며 이현의 번호를 눌렀다.

— 여어! 브로!

발음이 어눌했다. 제대랍시고 술독에 빠져 살고 있는 것이다. 그의 음성이 날카로워진다.

"어디야."

— 친구 놈 집. 형은? 창원에서 올라온 거 아냐?

"오늘 올라왔어. 여긴 오피스텔이고. 친구 놈 누구."

— 형은 말해 줘도 몰라, 누군지.

"네 친구 중에 내가 모르는 놈도 있어?"

— 그냥 넘어가 주라. 나 엊그제 제대했잖아. 자유를 누린 지 이제 겨우 사흘째야. 엄마도 잔소리 안 하시는데, 형이 왜.

이럴 것 같아, 말끝이 날카로워진 것이다. 자신과 터울이 많아 부모님의 애정을 독차지하며 자란 이현, 무슨 짓을 벌이든 부모님이 지나치게 물렁하게 대하는 게 문제였다. 몰래 휴학을 해도, 말없이 친구 놈들과 여행을 다녀와도, 부모님은 그저 넉넉한 미소로 일관하며 용돈을 듬뿍 주는 것이다.

그러지 마시라고 몇 번이나 조언을 했지만 통하지 않았다. 이제 제대를 했으니 동생 녀석을 사람 만드는 건 자신의 몫일 것이다.

사뭇 굳어진 낯빛을 하며 건성으로 바깥을 훑던 유현은, 어느 순간 시선을 고정시켰다.

반대편 골목 초입에 있는 작은 커피숍이 눈에 띈 것이다.

1년 전 그 여자와 파혼을 이야기한 곳.

여전히 건재한 모습인 커피숍을 보자마자 이해할 수 없는 이유로 머릿속이 복잡해졌다.

"복학할 때까지 아르바이트라도 해. 그렇게 술로 허송세월하지 말고."

유현은 커피숍에서 시선을 떼지 않고 말했다. 흘려들은 게 분명한 이현이 건성으로 대답했다.

— 네네. 알아서 하겠습니다요, 범생이님.

"내일 저녁에 방송국 앞으로 와."

— 왜?

"네가 좋아하는 거 주려고 그런다."

— 캬아! 역시! 내가 이래서 형을 제일 좋아한다니까. 형은 내가 아는 남자들 중에 제일 상남자야.

"끊어."

이현은 모를 것이다. 그가 용돈과 함께 뭘 준비하려고 하는지. 꼼짝없이 자신이 친 거미줄에 갇히는 신세가 될 거라는 걸, 전혀 모를 것이다. 유현은 다시금 깊은 눈으로 커피숍을 응시하고는 돌아섰다.

* * *

엘리베이터에서 내린 다이는 허겁지겁 병원 복도를 뛰었다. 507호라고 중얼거리며 입원실 출입문을 하나하나 살핀다. 그녀는 무척 초조한 얼굴이고 긴장으로 붉게 상기돼 있었다. 복도 중간쯤에 있는 작은 휴게실 앞을 지나가는데, 작게 외치는 소리가 들려왔다.

"류다이."

다급히 발걸음을 멈추고 돌아보니, 애타게 찾던 선경이 그곳에 앉아 있었다. 환자복을 입은 채.

"선배!"

"미안해. 병원까지 오라고 해서."

"대체 이게 어떻게 된 거예요? 선배가 왜 병원에 있냐구요. 이 깁스는 또 뭐고."

"그러게 말이다."

선경은 침울한 표정을 지었다. 하지만 선경보다 더 아연한 건 다이였다. 그러니까 사건의 전말은 이러했다.

선경과 다이는 라디오 본부 소속 2년 차로 함께 작가 업무를 맡고 있었다. 그러다 한 달 전, 봄 개편 시기와 맞물려 선경과 다이는 함께 교양 본부로 발령을 받았다. 라디오 본부 소속 작가들 사이에선 텔레비전 쪽으로 발령을 받는 건 거의 승진이나 다름없다는 게 정설이었고, 따라서 두 사람은 운이 좋았다며 기뻐했다.

선경은 다이에 비해 더욱더 운이 좋았는지, 발령받자마자 새로운 프로그램의 프리 프로덕션(기획 내용과 제작비 마련의 가능성을 타진하는 일) 단계에 참여하게 됐다. 게다가 프리 작업이 성공적으로 끝나 프로그램이 정식으로 제작 확정 된 것이다.

선경은 내일 새로운 연출자와 함께 회의를 한다며 오늘 하루 내내 들떠 있었다. 내일을 위해 일찍 퇴근하겠다며 방송국을 나선 게 오후 3시였다. 그랬던 선경이 한밤중에 연락을 해 온 것이다. 다이는 손에 잡히는 대로 옷을 걸치고 선경이 있는 병원으로 냅다 달려온 참이었다.

"사고가 났어. 퇴근길에."

선경의 목소리는 다이가 지금껏 들어 보지 못한 우울감이 깔려 있었다. 다이는 참담하게 물었다.

"차 사고요?"

"응. 횡단보도를 건너는데 트럭이 쾅. 나 말고도 세 사람인가 더 실려왔어. 꽤 대형 사고였지."

다이는 발목부터 시작해 허벅지까지 몽땅 덮고 있는 하얀 석고를 내려다봤다. 의도하지 않아도 절로 한숨이 나오는 장면이었다. 선경이 더 짙은 한숨을 토해 내며 말했다.

"퇴원하려면 한 달이 지나야 한대."

"그렇게나 오래? 프로그램은요?"

"나쁜 년. 선배가 다쳤다는데 프로그램이 먼저야, 너는?"

"아, 미안요."

"미안할 건 없어. 나도 그랬으니까."

선경의 가라앉은 목소리도 처음 듣는 거지만, 이토록 기운 없는 얼굴빛도 처음이었다. 자칭 흙수저라 칭하며 부모님의 빚을 대신 갚고 있지만 그렇게 척박한 환경에서도 한 번도 본 적 없던 침울한 얼굴이었다.

"급하게 병가를 내긴 했는데 적어도 한 달 동안은 급여가 정상적이진 않을 거 아냐."

"돈보다는 얼른 낫기를 바라는 게……."

"나한텐 돈이 전부야. 신(神)이고 밥이고 그래. 먹여 살려야 할 가족이 없고 갚아야 할 학자금이 없는 사람들은 절대 이해 못 하겠지만."

"아…… 네."

"내가 너 추천했어."

선경이 대뜸 화제를 바꾸었고 다이는 눈이 커졌다.

"추천이라뇨?"

"담당 CP님한테 사정을 말씀드렸더니 오늘 밤 안으로 다른 작가로 채워 놓으래."

그때부터였다. 다이가 긴장하기 시작한 건. 다이는 선경을 앞에 두고 가슴이 두근댄다는 사실에 미안했지만, 그럼에도 불구하고 설레는 표정을 감추기 힘들었다.

"하! 어쩜 그러냐. 그래도 몸은 괜찮은 거냐고 한 번쯤은 물어봐야 하는 거 아냐? 다짜고짜 다른 작가 섭외해 놓으라는데 정말 섭섭하더라구. 나 울 뻔했다, 다이야."

"그러게요. 근데 세상은 원래 그렇게 잔인하더라구요."

"뭐? 나쁜 년. 넌 병을 주는 건지, 약을 주는 건지. 하여간 그래서 너 추천해 놨어. 내일 아침 9시에 제4 회의실로 가면 돼. 이건 기획서고."

선경이 두꺼운 문건을 그녀에게 내밀었다. 그제야 상황이 뚜렷하게 파악됐고, 문건을 받아 든 다이의 손이 가늘게 떨렸다.

"선배. 제가 이걸……."

"나 신경 쓰지 말고 열심히 해. 촬영 스케줄이 아주 촉박하게 잡힐 거니까 각오 단단히 하고."

"제가 감히 이걸……."

감격에 찬 목소리 역시 떨렸다. 제게 기회를 준 선경이 고마웠고 이런 기회를 가질 수 있다는 사실에 세상을 다 가진 사람처럼 행복했다. 다이는 문건을 만지작거리며 선경을 쳐다봤다.

"자격이 되는지는 모르겠지만 선배 대신이라고 생각하고 열심히 할게요."

"넌 어째 한 번을 안 빼냐."

"빼다뇨?"

"좀 망설이고 갈등하는 표정이라도 지어야 되는 거 아냐? 나한테 미안하고 고마워서라도?"

"아, 이렇게요?"

다이가 일부러 표정을 어색하게 지었다. 어색하게 웃느라 입꼬리가 무척 부자연스럽게 올라갔다. 선경은 포기했다는 듯 고개를 설레설레 젓고는 한 가지를 당부했다.

"미리 말해 두지만 항상 생글생글 밝은 표정을 유지해야 해."

"왜요?"

"이유는 묻지 마. 큰 프로그램을 하다 보면 자연스럽게 깨닫게 되는 팁을 너한테 전해 주는 거니까. 알겠지? 무조건 명랑하게, 밝게, 자신 있게!"

마치 광고 속 카피처럼 읊어 댄 선경이 파이팅이랍시고 주먹을 불끈 쥐어 보였다. 선경에게 다분히 미안한 마음에 크게 웃을 수 없었던 다이는 문건으로 시선을 내렸다. 이번 프로그램에 선경이 어떤 마음가짐으로 임했는지 잘 알기에, 문건을 보는 다이의 시선 역시 남달랐다.

〈천년의 섬〉

굵은 바탕체의 다큐멘터리 제목이 다이의 시선을 사로잡았다. 벅찬 기대감이 가득한 눈빛으로 표지를 세세하게 훑어 내려가던 다이는 어느 지점에서 미간을 찡그렸다.

「연출: 정유현」

정유현?

이름 석 자의 위력에 다이는 찬물을 맞은 것처럼 싸늘한 표정을 지었다. 설마, 그 남자는 아니겠지. 재벌 집 아들이 방송국 PD를 할 리는 없을 테니까. 그래, 설마. 아닐 거야. 다이는 미심쩍게 미간을 일그러뜨리면서도 애써 그 이름 석 자를 무시했다.

다음 페이지로 억지로 넘기는 손끝에 찜찜함이 남아 있었다. 동명이인일 가능성도 있다며 자위했지만 그녀는 밤새 그 찜찜한 기분 속을 헤매야 했다.

하지만 찜찜한 기분은 다음 날 아침 결국 참담한 기분으로 바뀌었다.

"프로그램 연출을 맡게 된 정유현입니다. 만나서 반갑습니다."

정각 9시 교양 본부 회의실. 선경의 조언대로 일부러 목소리도 높였고 웃음소리도 크게 키우며, 안면이 있는 작가들과 야단스럽게 수다를 떨 때였다.

문을 열고 들어온 한경석 CP 옆에 선 남자를 본 순간, 다이는 지금껏 견고하게 세워 왔던 자신만의 성이 와르르 무너지는 기분을 느꼈다. 남자의 존재는 맞선, 결혼, 파혼에 이르기까지 무참히 버텨 온 시간들을 고스란히 떠올리게 만들었다. 결국 탈출할 수밖에 없었던 그때의 슬픔이 생각나 안면 근육이 제대로 움직여지지 않았다.

그 와중에도 그녀를 쳐다보는 남자의 수려한 입매가 미소로 부드럽게 휘어지고 있었다.

2

"작가진은 지금 회의실에 다 모여 있어."

복도를 함께 걸으며 경석이 말하자 걷는 속도가 더욱 빨라졌다. 손에는 기획서 초안과 본안, 그리고 비슷한 소재의 타 방송국 다큐 영상을 담은 USB가 들려 있었다.

"너무 긴장하지 마. 앞으로 네가 수도 없이 해야 할 회의고, 일이야. 알았지?"

걱정과 염려에서 나왔을 경석의 말은 그다지 주의 깊게 듣지 않았다. 긴장보다는 스스로에 대한 걱정과 첫 번째 업무를 무사히 끝낼 수 있을까에 대한 고민이 먼저였다. 유현은 쓰게 웃으며 되물었다.

"긴장한 것처럼 보이세요?"

"그래."

"전혀 아닌데."

"하긴, 너란 놈은 여자가 홀딱 벗고 눈앞에 서 있어도 발로 그 옷가지들을 슬쩍 치우기만 할 놈이지."

영양가 없는 대화를 나누다 회의실 앞에 도착했다. 투명한 통유리로 된 출입문을 열기 직전, 누군가를 발견한 유현의 얼굴이 의구심과 당황스러움으로 일그러졌다. 작가진 속에 앉아 있는 저 여자는 분명 류다이였다.

저 여자가 왜.

기습적으로 든 의문에 머릿속이 잠시 텅 빈 듯했다. 하지만 다른 작가들과 큰 소리로 웃고 떠드는 그녀의 낯선 모습에 유현은 이내 눈썹을 삐딱하게 일그러뜨렸다. 네 번의 만남 동안 단 한 번도 보지 못했던 여자의 환한 얼굴이 불쾌해진 시야로 급습했다.

저렇게 화끈하게 웃을 줄도 아는 여자였었나.

자신의 앞에선 말도, 미소도, 행동도, 그 어떤 반응도 없었는데.

예전과는 판이하게 다른 그녀의 모습은 허탈한 뒷맛을 불러일으켰다. 결론은 간단했다. 어떻게든 파혼을 하기 위해 여자가 처음부터 쇼를 한 거였다. 조신한 척, 조용한 척, 얌전한 척을 한 것이다.

아니, 어쩌면 그때 오간 농담이 사실이었을지도. 다른 남자가 있었던 것일지도 모른다.

1년 전에 이미 무너진 자존심이, 새삼스럽게 지금 다시 무너지려 했다. 흙탕물을 뒤집어쓴 것 같은 불쾌감에 유현은 턱을 굳히고 들어갔다.

"프로그램 연출을 맡게 된 정유현입니다. 만나서 반갑습니다."

다이에게만 시선을 맞춘 채 테이블로 다가가며 말했다. 다분히 의도된 눈빛이었다. 뒤늦게 그를 발견하고 화들짝 놀란 그녀의 표정을 보는 건 충분히 흥미로운 일이었다.

"자자. 여러분도 알고 나도 알고 모두가 아는 저는, 한경석 CP입니다. 다들 알다시피 우린 급조된 팀입니다. 이번 프로그램, 갈 길이 아주 바빠요. 하지만 제가 보장하는데 시청률 5%, 화제성 점유율 2%만 찍어준다면 향후 여러분의 방송국 생활이 한결 편해질 겁니다. 윗선에선 크게 바라지 않아요. 시청률 5%, 화제성 점유율 2%입니다. 그럼, 여러분들의 원활한 첫인사와 회의를 위해 저는 이만, 뿅!"

짧은 연설을 마친 경석이 유현의 어깨를 한 번 툭 치곤 회의실을 나갔다. 유현은 테이블의 끄트머리에 앉았다. 대각선 자리에 다이가 있었다. 시종일관 고개를 숙인 채 표정 수습을 못 하고 있는 그녀를 힐끔 보다가 입을 열었다.

"그럼, 소개부터 할까요?"

"안녕하세요. 저는 이민지입니다. 이번이 여섯 번째 프로그램인데 잘 만들어서 CP님이 말씀하신 그 수치에 도달했으면 좋겠어요."

"처음 뵙겠습니다. 저는 노영주라고 합니다. 세 번째 프로그램이지만 앞서 참여했던 두 프로그램이 모두 중박이었어요. 그래서 이번에도 촉이 좋습니다."

"안수정입니다. 두 번째 작업이고 이번 작업도 잘됐으면 합니다."

저마다 소박한 인사말을 건넸다. 모두의 시선이 마지막 주자인 다이에게 향해 있었지만, 그녀는 차마 시선을 들지 못하고 혀끝으로 입술만 적시고 있었다. 옆에 앉은 민지가 옆구리를 쏙 찌르자 그제야 고개를 들었다.

"류다이입니다. 라디오 작업만 쭉 하다가 이번에 교양 본부로 발령을 받아 첫 작품입니다. 모쪼록 이 시간이 무사히 지나갔으면 좋겠습니다."

첫인사라고 하기엔 애매한 뉘앙스의 말이었다. 나머지 세 명의 작가가 일제히 그녀를 쳐다보자, 다이는 억지로 얼굴에 미소를 올렸다. 하지만 여전히 가슴은 내려앉은 상태였다. 이 민망하고 어색하고, 나아가 극도로 혼란스러운 상황을 어떻게 수습해야 할지 알 수 없었다. 모든 것이 의문이었고 당황스럽지 않은 것이 없었다.

저 남자가 대체 왜.

"무사히 지나가는지 아닌지는 각자의 노력에 달려 있겠죠."

그가 말했다. 다른 이들은 느끼지 못할, 오직 다이만이 느낄 수 있는 말 속의 가시였다. 다이는 미간을 찡그렸다. 빈정거리는 것도 같고 어딘가 삐딱하게 느껴지기도 했지만 그 무엇도 확신할 수 없었다.

"제목에서 알 수 있듯이, 이번 다큐는 유명하지 않지만 오래된 유서를 가지고 있는 한국의 숨은 섬을 조명합니다. 현재 조연출과 섭외담당 팀이 장소를 물색 중이고, 이 작업은 이번 주 안에 마무리가 될 겁니다. 짐작하다시피 다음 주부턴 답사가 시작될 겁니다. 답사는 예산 관계상 저하고 작가진 중에서 한 명만 뽑아 팀을 꾸릴 겁니다. 오늘 아침에 조연출한테서 진행 상황 보고를 받았고, 그 결과를 바탕으로 촬영 스케줄을 뽑아 봤습니다. 류다이 씨."

"네."

갑작스러운 호출에 다이는 거의 반사적으로 대답했다. 하필 대각선으로 앉아 어디로 고개를 돌려도 금세 그와 시선이 마주쳤다. 그는 두꺼운 문건 하나를 그녀에게 스윽 내밀었다.

"10부만 복사해 오세요. 회의는 복사 문건이 도착하면 재개하겠습니다."

사뭇 냉랭해진 분위기에 모두 어리둥절해졌다. 굳이 회의가 시작되고 나서야 복사 업무를 시킨 것에 대해, 그것도 콕 찍어 다이를 지명한 것에 대해 다들 영문을 몰라 하고 있었다.

"알겠습니다."

하지만 다이로선 반가운 일이었다. 짧은 시간만이라도 이곳에서 벗어날 수 있다면 더없이 기쁠 듯했다. 다이는 문건을 가지고 황급히 회의실을 나섰다. 복도 끝에 있는 복사실로 발길을 옮기면서, 어젯밤 선경에게서 받았던 문건의 이름 석 자가, 결국 그 남자가 맞았다는 생각에 아찔해졌다.

하지만, 대체 왜. 어떻게.

생각을 온통 유현에게만 몰입한 채 복사기를 돌리던 다이는, 갑작스러운 목소리에 어깨를 움찔 떨었다.

"나하고 할 말 있지 않나?"

언제 복사실로 들어왔는지 유현이 다가오고 있었다. 이 상황에서도 다이는 그와의 거리를 최대한 멀리하는 방법을 고민했다.

"CCTV가 있어요. 가까이 오지 마시죠?"

"그 정도는 나도 알아요."

가까이 다가오는 듯했던 유현은 복사기 옆에 비치된 의자에 앉아 모니터를 들여다봤다. 모니터에는 지금 현재 송출되고 있는 프로그램 화면이 흘러가고 있었다. 다이는 그제야 유현이 일부러 자신에게 복사 심부름을 시켰다는 걸 깨달았다. 그는 정말로 할 말이 있는 것이다.

다이는 차분히 복사기에 시선을 내린 채 물었다.

"어떻게 된 거냐고 물어도 돼요?"

"내가 묻고 싶었던 건데?"

그 역시 모니터에만 시선을 둔 채 되물었다. CCTV상으로는 둘 다 각자의 일에만 몰두한 것처럼 보일 것이다.

"PD 시험을 정식으로 본 거예요? 그쪽, 아니 정유현 씨가 기승전자 그룹 회장님의 아들이라는 거 다들 알고 있는 거구요?"

"세상엔 감춰서 좋은 것들도 있으니까."

그러니까 사람들은 모른다는 것이다. 다이는 슬쩍 눈을 들고 새삼스러운 시선으로 그를 쳐다봤다. 설마 그 역시 PD가 꿈이었던 건가. 그래서 신분까지 숨기고 시험을 쳤던 건가. 그게 아니라면 이런 상황이 일어날 수가 없는데.

"그러는 류다이 씨는?"

"그 질문에 꼭 대답해야 할 필요는 없지 않나요? 그쪽하고 난 여전히 파혼한 사이고, 그때부터 남남이 됐는데요."

"남남이 된 건 맞지만 이제부터 함께 프로그램을 만들어야 하죠."

팩트를 언급하며 그가 아무렇지도 않게 공격해 왔다. 다이는 절로 한숨이 쏟아졌다. 한숨을 채 거둘 새도 없이 그가 공격을 이어 갔다.

"류다이 씨야말로 방송 작가 일은 언제부터? 설마 나하고 맞선 봤을 때부턴 아니었겠지. 그럼 나를 속였다는 건데. 난 회계사 시험을 준비하고 있는 조신한 여자라는 얘길 들은 게 전부여서."

"이미 지난 일이에요. 다시 언급하지 않았으면 하는데요."

"부담스러우면 프로그램에서 하차하든가."

진심은 아니었다. 그저 맞선을 볼 때처럼 여자의 반응을 떠보려던 말이었다. 그토록 환한 웃음이, 다른 사람들 앞에선 가능한데 자신의 앞에선 불가능한 게 얼마쯤 야속하기도 하고 말이다.

"다른 건 몰라도 정유현 씨하고 내가 파혼한 사이라는 건 아무도 몰랐으면 해요."

"비밀을 지켜 달라?"

"네."

"내가 왜?"

"그럼 저도 정유현 씨가 어떤 사람인지 소문낼 거예요."

다이는 저도 모르게 그를 쳐다보며 눈을 부릅떴다. 있는 대로 경계했고 불편하다는 걸 표정으로 알렸다. 그녀는 진지한데 그는 그저 피식 웃을 뿐이었다.

"살벌하군. 그날, 당신이 파혼 얘길 꺼낸 날, 그래도 우리 꽤 애틋했던 것 같은데."

"애틋했던 게 아니라 애매했던 거겠죠."

"갑작스러운 상황에 수습이 잘 안 되는 모양인데. 류다이 씨, 피아 식별 분명히 해요. 일이든 사생활이든, 나하고 류다이 씨는 지금부터 한배를 탄 겁니다. 그러니 그렇게까지 뾰족하게 굴 건 없어요."

"……."

"그래도 아직 실감이 안 납니까? 그럼 다음 주 답사, 작가진에선 류다이 씨가 갑니다. 준비하세요."

거칠 것 없는 그의 말을 듣고 있자니 다이는 문득 억울해졌다. 뾰족하게 대하고 있는 건 자신뿐만이 아닌 듯한데 그는 그녀를 가해자로 몰고 있었다. 게다가 그와 단둘이 답사라니. 미친 게 아니라면 다분히 고의적인 결정이었다.

다이는 열심히 돌아가고 있는 복사기를 두고 그에게로 돌아섰다.

"정유현 씨. 그런 결정을 혼자 내리다니 PD의 갑질 아닌가요?"

"한 몸처럼 움직여야지. 나 없는 데서 내 비밀 다 까발릴 수도 있지 않나?"

"이봐요."

"거부하면 나한테 미련이 남은 걸로 오해할 겁니다. 나, 그런 오해 아주 잘하거든."

그는 지나치다 싶을 정도로 날 세우는 말을 쏟아 내고는 복사실을 나가 버렸다. 혼자 남은 다이는 처참하게 구겨진 인상을 펼 줄 모르고 씩씩거렸다.

대체 왜 저래? 반갑게 웃어 줄 수는 없는 관계지만 최소한 무덤덤한 척해 줄 수는 있지 않은가. 어쨌거나 그도 합의해 주었던 파혼이었고, 그걸로 두 사람의 관계는 제로로 돌아간 건데.

어쩐지 일이 너무 잘 풀린다 싶었다.

생각지도 못하게 텔레비전 쪽으로 발령을 받은 것도 모자라 선경 대신 프로그램에 투입되는 행운까지 누렸을 땐, 그 행운만큼의 불행한 반전도 있을 거라고 예상했어야 했는데. 망연자실해 다시 복사기로 시선을 돌렸다.

다른 건 몰라도 답사만큼은 불가능하다는 걸 명확하게 전달해야 할 것 같았다. 느려 터진 복사기 속도를 원망하며 조급해지려 할 무렵, 작가진의 팀장 격인 민지가 쭈뼛거리며 들어왔다.

"다이 씨."

"네. 선배님."

"아직 안 됐어?"

"이제 반 된 것 같아요."

"아, 그래? 저기 그건 그렇고 방금 정 PD님한테서 들었어. 다이 씨가 답사에 합류하기로 했다고?"

"예? 아, 그게 제 의견이⋯⋯."

"고마워, 자기야."

민지가 갑자기 다이의 손을 덥석 잡고 콧소리를 내며 애교를 부렸다. 영문을 몰라 당황한 다이에게 민지가 친절하게 덧붙였다.

"우리 모두 다행이라고 생각하고 있어. 난 이 프로그램 말고도 다른 것도 하고 있어서 안 되고, 영주 씨는 임신 초기라서 위험할 거고, 수정 씨는 다음 주에 이틀간 연수가 있대. 다이 씨가 나서서 가겠다고 했다니 다들 고마워하더라구."

"아, 그게 아니라 선배님."

"정 PD님 훈남이라서 이런 기회 놓치고 싶지 않긴 한데, 그래도 답사 같은 중노동엔 우리보다 젊은 다이 씨가 제일 낫겠지. 그렇지?"

민지가 다이의 어깨를 톡톡 두드렸다. 수고해 달라는 위로와 절대 번 복하지 말라는 애절한 부탁이 함께 든 토닥거림이었다.

프로그램의 답사 작업을 좋아하는 이들은 없었다. 짧은 시간 안에 최 대한 많은 후보지를 둘러봐야 하는 고난의 중노동이기 때문이다. 잠을 잘 수 없는 건 기본이요, 기본적인 의식주가 전혀 이루어질 수 없는 작 업 시스템이었다.

메인 연출자는 의무적으로 가야 한다고 쳐도 다른 제작진 중에서 동 행할 수 있는 이를 선발하는 건 힘든 일이었다. 다들 어떤 핑계를 대서 도 사양했고, 그렇게 사양하는 게 납득되고 용인되는 유일한 일이었다.

하물며 우리나라 구석구석의 숨어 있는 섬을 찾아다녀야 하는 이번 다큐는 다들 사전 답사 작업의 '3D(Dirty, Dangerous, Difficult) 지수'가 어 마어마할 거라고 여기던 중이었다.

"정말 고마워. 그런 의미에서 오늘 점심은 내가 식권 쏠게. 복사 얼른 해서 가져와."

민지는 얄밉게 다시 한번 손을 꼭 잡고는 사라졌다. 반박 한번 하지 못한 채 그대로 당한 기분에 억울함이 물밀듯이 밀려들었다. 이게 모두 정유현 그 인간 때문이라 생각하니, 당장 프로그램에서 하차하고 싶은 생각이 꾸역꾸역 올라왔다.

"애틋? 애애트웃?"

그가 했던 말을 아연한 얼굴로 되뇌며 다이는 아랫입술을 깨물었다. 그날, 그가 우산을 건넸던 순간에 정말로 애틋한 감정이 짧게 지나갔었다는 걸 부인하지 못한 채 복사기에 두 손을 절망스럽게 짚고는 한숨을 푹 내쉬었다.

* * *

회의는 점심시간 직전에 끝이 났다.

유현은 회의실을 나서자마자 만난 경석과 함께 회의 내용을 간단히 공유했다. 그리고 때마침 점심시간이라 함께 구내식당으로 향하는 엘리베이터에 몸을 실었다. 문이 닫히고 문짝에 붙은 거울 속 자신의 얼굴을 보자, 피식피식 새어 나오는 실소를 참을 수 없었다. 회의 내내 반항이라도 하듯 한마디도 하지 않았던 다이의 얼굴이 떠올라서였다.

감정이 쉽게 드러나는, 너무도 투명한 얼굴 표정.

속을 알기 어려운 여자라고만 여겼는데 그렇게 소심한 반항까지 일삼을 줄이야. 하긴 그토록 화끈하게 웃을 줄도 아니, 또 어떤 색다른 면이 있을지도 모른다. 그렇게 이유 모를 호기심이 솟긴 했지만 쳐다보는 눈이 따갑도록 불쾌한 것도 여전했다.

"뭘 그렇게 웃어? 좋은 일 있냐?"

"웃은 걸로 보이세요?"

"그럼 울었냐?"

"방송국에서의 첫 식산데 메뉴가 궁금하군요."

"기대는 하지 마. 밥, 국, 반찬이 전부니까."

"그 정도야 뭐."

엘리베이터가 구내식당이 있는 지하에 도착하자마자, 유현은 마법에서 깨어나듯 표정을 굳혔다.

경석과 함께 식판에 밥과 반찬 등을 담은 후 돌아서는데, 경석이 턱으로 구석진 곳을 가리켰다.

"저기 우리 작가님들 계시네."

경석이 가리킨 곳에 〈천년의 섬〉 작가 4명이 각자의 식판을 앞에 두고 모여 있었다. 유현을 알아본 작가들이 두 손을 번쩍 흔들며 이리로 오라고 손짓했다. 오로지 다이만 눈썹을 잔뜩 비틀고 그를 쳐다보고 있었다.

그러거나 말거나 이미 유현과 경석의 발길은 작가들이 모인 테이블로 향했고, 불행하게도 그는 다이의 맞은편에 자리했다.

다이는 빠르게 고개를 내렸다. 젓가락으로 반찬을 헤집으며 눈동자를 굴렸다. 밥 생각이 없다며 나가 버릴까, 아니면 끄트머리 자리에 가서 앉을까. 하필 저 인간이 왜 눈앞에 앉은 거지? 하고많은 자릴 두고서? 밥이 제대로 넘어갈 거라 생각하는 걸까?

아니, 밥이 안 넘어갔으면 좋겠다고 생각하고 있을지도 모른다.

"원래 소식해요?"

테이블 건너 그의 묵직한 음성이 기습적으로 흘러나왔다. 다이는 진지하게 대답했다.

"네. 오늘은 특히 입맛이 없네요. 반찬들도 입에 안 맞고요."

"그래요? 왜지? 아주 훌륭한 반찬들인데."

"입맛이 없으니 저는 이만."

"앉아요, 류다이 작가."

다른 작가들의 시선은 모두 경석에게만 쏠려 있었다. 경석이 수저를 들 생각도 않고 시청률 올리는 비법에 대해 특강을 하고 있었던 탓이다. 다이는 그를 향해 도전적으로 눈을 치떴다.

"CP님과 같이하는 식사 자린데 그렇게 개인적인 호불호를 내세우면 되겠어요? 류 작가?"

"점심시간만큼은 개인적인 자유가 허락되는 거 아니었나요? 정 PD님?"

"그럴 리가. 개인적인 자유 시간이었다면 점심값이 급여에 포함되지 않았겠지."

"저는 관례를 말한 건데요."

"나는 규칙을 말한 겁니다."

두 사람의 시선이 허공에서 예민하게 부딪쳤다. 훈훈한 특강이 이루어지고 있는 옆자리에 비해, 이곳은 소리 없는 아우성이 한창이었다.

'정유현 씨. 왜 자꾸 거슬리게 만드는 거죠?'

'거슬리는 게 자연스러운 일 아닌가?'

'누구 마음대로요?'

'그거야 생각하기 나름이고.'

"이봐요! 정유······."

눈빛으로만 오가던 대화에 다이는 자신도 모르게 소리를 꽥 지르다 움칫했다. 하지만 이미 옆자리 사람들의 시선이 일제히 몰려든 뒤였다.

"나한테 할 말 있어요, 류 작가?"

능청스럽게 물어 오는 유현을 잠시 노려본 다이는, 동료들의 시선을 의식해 고개를 내렸다.

"아뇨. 없습니다."

"피곤한가 보네요. 많이 들어요."

그는 얄밉게 식사에 열중인 척했다. 다이는 억지로 밥을 입 속으로 밀어 넣었다. 아무래도 차가운 냉수 한 잔이 필요할 듯했다.

* * *

다이는 하루 종일 지쳐 있었다.

어떻게 흘러갔는지 모를 순간순간마다 초긴장 상태였다. 회의 시간은 그나마 나은 편이었다. 다른 이들과 함께할 수 있으니 다이는 그저 그의 시선을 회피한 채 고개만 숙이면 상관없었다. 점심시간 때 있었던 소리 없는 전쟁도 얼마든지 참아 넘길 수 있었다.

하지만 그는 오후에도 번번이 그녀를 호출했다. 어깨가 잔뜩 굳은 채 PD실로 들어가면 고작 시킨다는 일이 복사와 전달뿐이었다. 10분 정도 기다리게 만드는 건 덤이었다. 분명 PD라는 직위를 이용해 예전의 파혼 상대인 자신을 골려 주려는 게 뻔했다.

피아 식별을 분명히 하라더니, 정작 아군을 적군처럼 대하고 있는 건 그 남자였다. 커다란 비밀을 안고 있는 사람은 오히려 정유현, 그 남자인데 왜 자신이 이토록 절절매고 있는지 모를 일이었다.

오로지 선경을 위해서다.

그리고 파혼의 원인이 전적으로 그녀 자신에게 있었던, 그 미안함도 아주 조금 포함돼 있고.

"그래. 그것뿐이야."

다이는 터덜터덜 힘없이 걸으며 중얼거렸다.

그렇게 퇴근 후 다 죽어 가는 몰골로 도착한 곳은 방송국 근처 뒷골목에 있는 한 맥줏집이었다. 곱창 가게와 국밥 가게, 그리고 작은 선술집들을 지나 구석에 위치한 그곳엔 다이의 절친한 친구 연희와 원호가 있었다.

"왔어, 친구?"

출입문의 방울 소리가 딸랑 울리자, 앞치마를 입은 채 주방에 있던 연희가 고개를 빼꼼 내밀었다. 퇴근하고 갈 거라고 미리 메시지를 보냈기에 연희는 친구만을 위한 특별 안주를 만들고 있던 중이었다.

다이는 바 의자에 털썩 앉았다. 이번엔 원호가 나와 맥주 한 병을 테이블에 올렸다.

"어서 와. 요즘 바쁜 것 같더니."

"술집에 손님이 이렇게 없어?"

다이가 좁은 내부를 둘러보며 걱정스럽게 말했다. 3명 정도가 앉을 수 있는 바와, 테이블도 딱 3개. 좁아터진 그곳은 연희와 원호가 학교를 졸업하자마자 부모님의 도움으로 열게 된 가게였다.

"그래서 우리가 고생이잖냐. 알바 구할 생각도 못 하고."

원호가 쓰게 웃으며 옆자리에 앉았다. 그때 주방에서 연희가 커다란 안주 접시를 가지고 나왔다. 연어와 잘 구워진 안심이 각종 야채와 소스에 보기 좋게 버무려져 있었다.

"먹어 봐. 우리가 개발한 안주야. 식사 대용으로도 팔려고 조금 헤비하게 만든 거야. 네 입맛에 맞으면 성공이야."

"왜 하필 내 입맛이야?"

"네 입맛, 아주 까다롭잖아."

연희가 다이의 어깨를 툭 치며 원호의 옆에 앉았다. 다이의 평가만 기다리는 두 사람의 눈동자가 반짝거렸다. 다이는 연어와 스테이크 한 조각을 포크로 찍어 소스에 곁들여 먹었다. 식감은 나쁘지 않았고, 소스에서 나는 독특한 향 때문에 계속 구미가 당기는 맛이었다.

"괜찮은데? 맥주 안주로 쓰기엔 아까워. 와인이라면 모를까."

"그 생각도 안 해 본 건 아닌데 그냥 안주 겸 식사 대용 메뉴로 밀어붙이기로 했어. 휴우, 다행이다. 어쨌든 우린 류다이 시험은 통과야."

연희와 원호가 안도의 한숨을 쉬며 하이 파이브를 했다. 그제야 후련한 듯 맥주를 들이켜는 둘을 보고 있자니, 다이는 새삼스러운 기분에 사로잡혔다. 두 사람은 대학을 졸업하기도 전에 혼전 임신으로 결혼한 케이스였다.

하지만 연희의 몸이 워낙 약했던 탓에 아이는 결국 떠났고, 두 사람은 한차례 이혼 위기를 겪고 나서 다시 단단한 사이가 됐다.

가끔 두 사람을 보며 생각한다. 사랑이라는 감정이 얼마나 위대한 건지를.

붙었다가 떨어져도, 또다시 붙게 만드는 그 힘이 얼마나 강력한 건지를.

1년 전, 정유현과 결혼을 했었다면 어떻게 됐을까. 연희와 원호처럼 서로 달콤하진 않아도 그저 무난하게 잘 살 수 있었을까.

"절대."

자신도 모르게 말이 튀어나와 버렸다. 원호와 연희의 시선이 그녀에게 닿아 왔다. 그제야 다이의 우울한 얼굴을 눈치챈 연희가 맥주를 한 잔 따라 주었다.

"친구야. 오늘 무슨 일 있었어?"

"아니. 왜?"

있었지. 그것도 아주 큰 사건이.

"얼굴색이 안 좋아 보여서. 생리 기간도 아닌데 왜 그렇게 기운이 없어?"

"생리 기간에만 우울해야 하니?"

자신을 사이에 두고 두 여자가 나누는 원초적인 대화에 원호는 그저 맥주잔을 기울일 뿐이었다. 워낙 빈번한 일인지라 원호에겐 일상이었던 것이다. 연희가 다시 말을 이었다.

"너 작년에 파혼하고 집 나오고 나서부턴 날아다녔잖아. 홀가분하다고. 게다가 방송국 일도 잘 풀렸지. 걱정거리가 뭐가 있나 싶은데?"

파혼이라는 단어를, 여기에서도 듣게 될 줄은 몰랐다. 바로 그 남자가 PD로 왔다고 말한다면 연희의 태도도 당황스러움으로 바뀔 텐데. 다이는 힘없이 중얼거렸다.

"그러게 말이다. 가장 행복해야 할 시간데 왜 자꾸 기분이 가라앉는 거지?"

"그럴 땐 술이 최고야. 속을 달래 주잖아? 아무리 생각해도 술은 인간이 만든 가장 기막힌 발명품이야."

"대단하다. 술을 그렇게 표현하는 사람은 이원호 네가 처음일 거야."

"이러니 술장사를 하는 거지."

원호가 허세 가득한 표정으로 건배를 제안했다. 세 친구는 각자의 잔을 들어 올려 허공에서 건배했다. 그렇지 않아도 쓰린 속이 술로 뒤덮이

자 급격히 취기가 몰려들었다. 다이는 저릿해지는 눈매에 힘을 주었다.

"집엔 가끔 연락드려?"

잔을 비운 연희가 기다렸다는 듯 물어 왔다. 다이의 표정이 더욱 침울해졌다. 부모님 생각을 할 때마다 밀려오는 답답한 감정을 해소하기 힘들었다. 집을 나온 뒤로 얼마 동안은 부모님의 전화나 방문에 시달릴 거라 생각했는데 그건 착각이었다.

부모님은 전화 한 통, 방문 한 번 하지 않았다. 제이의 말에 따르면, 부모님한테 처절할 정도로 언니를 변호했다고 한다. 그래서 참을 수 있을 때까지는 참는 거라고 했다. 사실인지 아닌지 확인할 길은 없었지만 제이의 말을 곧이곧대로 믿는 수밖에 없었다. 그게 다이 자신의 마음을 다스릴 수 있는 유일한 방법이었다.

다이는 자조적으로 고개를 저었다.

"아니."

"제이라도 자주 만나. 그렇게 단절하다시피 하지 말고."

"제이하곤 전화 통화를 가끔 하긴 해. 그리고 보니 제이랑 통화하고 나면 꼭 이런 기분이구나. 착 가라앉는 거."

"나이 먹고 반항하는 거 힘든 일이지. 성장판이 뒤늦게 열린 것도 아닌데."

우스갯소리를 늘어놓은 원호 때문에 그나마 씁쓸한 미소라도 지을 수 있었다. 다이는 우울한 기분을 떨쳐 내기 위해 연거푸 두 잔을 들이켰다. 연희가 아예 원호와 자리를 바꿔 다이의 폭주를 막았다.

"그만해. 너 자취방까지 가려면 여기서 한 시간 반이나 지하철 타야 하잖아. 술에 취해 몸도 가누지 못하고 지하철 구석에 앉아 있고 싶어?"

"괜찮아. 오늘부턴 오피스텔에서 지낼 거거든."

"오피스텔? 방송국 직원들만 지낼 수 있다는 거기?"

"응. 심사 통과됐어. 오늘은 몸만 들어갈 거고 내일 아침 일찍 짐을 다 가지고 오려구. 자취방보다 월세가 훨씬 싸니까 경제적이야."

다이는 이미 초점이 풀린 눈을 흐리게 껌뻑거리며 승리의 브이 자를 그려 보였다. 그동안 다이는 오피스텔 입주 조건을 만족시키지 못해 신청서도 내지 못했다. 작가의 경우 고정 프로그램 개수와 메인 작가로 활동한 이력이 기준을 넘겨야 하는데, 다이는 둘 다 부족했다. 하지만 봄 개편을 맞이하면서 드디어 기준을 만족시킨 것이다.

"어머나, 잘됐다. 더 자주 볼 수 있겠네."

"자주 오면 되냐? 방송 만들어야 하는 애가 술이나 퍼마시면 그 방송이 산으로 갈지 바다로 갈지 어떻게 알아?"

"기분이 좋아 한 말을 그렇게 고깝게 들어, 넌?"

또 시작이다. 연희와 원호는 별 시답잖은 일로도 금세 말싸움을 일으키곤 했다. 이럴 땐 둘이 피 터지게 싸우도록 두고, 술만 축내며 몸을 사려야 했다. 다이는 구석에 등을 웅크리고 앉아 본격적으로 맥주를 들이붓기 시작했다.

아무리 마셔도 오늘 하루 동안의 긴장과 피로가 사라지지 않을 듯했다. 어깨에, 그리고 머릿속에, 너무 많은 것들이 가득 차 있어 때로는 기분이 좋았다가 또 금방 가라앉기를 반복했다. 시간은 그녀의 심경과 상관없이 천천히 혹은 빠르게 흘러가고 있었다.

* * *

"조만간 이현이 만나서 얘기 한번 해 보려고요. 걱정하지 마십시오. 제가 알아서 할 테니까."

유현은 스피커폰으로 승미와 통화를 하며 옷을 챙기고 있었다. 오피스텔에 가방만 가져다 놨을 뿐 짐을 채 풀지 못한 상태라 마음만 조급했다. 답사 준비로 퇴근이 늦어져 꽤 늦은 시각에 전화한 탓에 승미의 목소리에는 잠이 묻어 있었다.

— 네가 부담스럽지 않겠니? 괜히 너 일하는 데 민폐나 끼칠까 봐 그

러지.

"그 정도로 제가 호락호락하진 않을 겁니다. 아버진 주무세요?"

— 응. 시간이 늦었잖아.

"어머니도 주무세요, 그럼."

— 건강은 괜찮은 거지?

"걱정되십니까?"

— 나야 늘 너희들 걱정뿐이지 뭐. 다음 주쯤에 아버지 약 지으면서 네 약도 같이 지을까 해.

"그러실 필요 없어요."

— 내 마음 편하자고 그러는 거야. 그리고 이현이 녀석 혹시 네 말 안 들으면 호적에서 판다고 해.

승미답지 않은 살벌한 말투에 유현은 웃음이 났다. 이현에겐 한결같이 부드럽게 대해 왔던 승미였기에 더욱 생소한 느낌이었다.

— 왜 웃니?

"어머니가 이현이한테 차가운 게 적응이 안 돼서."

— 앞으론 국물도 없어. 아버지 신경 거슬리게 하는 녀석은 내가 용납 못 해. 이제.

"저도 몸 사려야겠습니다. 이제 주무세요."

승미는 그 후로도 건강에 대한 잔소리를 1분간 더 했다. 겨우 통화를 끝내고 나서야 옷을 챙겨 넣는 속도를 빨리 낼 수가 있었다. 속옷과 양말까지 차곡차곡 개키며, 만약 승미에게 이 상황을 얘기한다면 어떤 반응을 보일까 궁금해졌다.

작년에 당신의 아들에게 파혼을 말한 여자를 방송국에서 다시 만나게 됐다고 말한다면, 게다가 그 여자와 함께 프로그램까지 하게 됐다고 한다면, 승미는 아마 잠을 이루지 못할지도 모른다. 파혼의 주체가 아니라 일방적으로 당한 입장이 돼 무척 자존심 상해 있었으니까.

유현은 그 상황을 상상하며 쓰게 웃었다.

그러던 어느 순간 그는 현관문으로 고개를 돌렸다. 누군가가 잠금장치를 여는 소리가 들린 것이다. 슬그머니 몸을 일으켜 현관문으로 발길을 옮겼다. 렌즈에 눈을 갖다 대고 바깥을 살핀 유현은 미간을 찡그렸다.

고개를 한껏 숙인 탓에 누군지 알 수 없는 존재가 잠금장치의 버튼을 계속해서 누르고 있었던 것이다. 유현은 만약의 사태를 대비해 손에 힘을 주고서 기습적으로 현관문을 확 열었다. 그러자 쿵, 하는 소리와 함께 여자의 비명 소리가 들렸다.

"아앗!"

문에 맞은 부위를 손으로 문지르며 고개를 든 여자는 놀랍게도 다이였다. 그것도 술에 취해 연신 휘청거리며 초점을 잃은 눈을 껌뻑거린 채였다. 아연해진 유현은 한동안 말을 잇지 못하다가 한심하다는 표정으로 문짝에 몸을 기댔다. 나오는 건 헛웃음뿐이었다.

"뭘까, 이건?"

다소 도전적으로 뇌까린 그를 잠시 쳐다보더니, 다이는 손에 들고 있던 핸드폰을 스윽 보고 현관문에 부착된 푯말을 확인했다. 혀가 꼬여 발음이 정확하지 않은 혼잣말이 그녀의 입술에서 흘러나왔다.

"310호…… 맞는데……."

3

방송국 총무인사팀으로부터 전송된 핸드폰 메시지에는 분명 310호라 선명하게 쓰여 있었다. 다이는 수치심도 잊고 메시지 화면을 유현의 눈앞에 스윽 갖다 댔다. 여전히 몸은 중심을 잡지 못했고 그가 왜 이곳에 있는지 앞뒤 재고 따질 이성이 없었다.

"맞죠? 310호?"

다이는 핸드폰에 집중해 있는 유현의 곁을 유유히 스쳐 지나 오피스텔 안으로 들어갔다. 지나치게 당당한 그 태도에 오히려 유현이 당황해 그녀의 팔을 붙잡으려 했으나, 그녀는 술에 취한 채로도 전속력을 냈다.

한껏 난감해진 유현은 손바닥으로 마른 얼굴을 쓸어내렸다. 휘청휘청 거실로 오른 그녀는 소파에 푹 고꾸라졌다. 가히 불가항력의 상황이었다. 아닌 밤중에 홍두깨 정도가 아니라 뒤통수를 얼얼할 정도로 두드려 맞은 기분이었다.

입주 시 부여받은 잠금장치의 비밀번호를 바꾸지 않은 게 화근이었다.

유현은 우선 크게 심호흡을 하며 이성을 되찾으려 노력했다. 죄는 미워하되 사람은 미워하지 말라 했지만, 지금은 죄도 밉고 사람도 밉다.

다이가 아무렇게나 벗어 던진 스니커즈를 챙긴 그는 현관문을 닫고 거실로 올라왔다.

"류다이 씨. 안 일어나요? 어이! 안 일어나?"

화가 났다는 것을 강조하기 위해 허리에 두 손을 척 얹은 유현이 낮게 내뱉었다. 하지만 술에 잔뜩 취한 사람에게 제대로 들릴 리 만무했다. 갑작스러운 상황에 매우 불쾌해진 유현은 이걸 어떻게 수습해야 하는지 몰라 괴로웠다.

무엇보다 거슬리는 건 다이의 핸드폰 메시지에 그녀의 숙소도 분명 310호라 명시되어 있었다는 것이다. 행정상의 오류가 분명하겠지만 적어도 오늘 밤은 이 여자와 같은 공간에 머물러야 한다. 차라리 근처 호텔로 가는 편이 나을 듯했지만, 술 취한 사람을 두고 가려니 그것 또한 내키지 않았다.

다이가 걱정돼서가 아니라 순전히 자신의 오피스텔이 걱정돼서.

술 취한 사람이 구토는 얼마나 해 댈 것이며, 익숙하지 않은 지리 때문에 화장실을 찾아가다 가구를 엉망으로 만들지도 모른다. 그나마 다행인 건 다이가 누워 있는 곳이 침대가 아니라 소파라는 것이었다.

유현은 인상을 잔뜩 찡그리고는 침대로 발길을 돌렸다. 그때 다이의 말소리가 들려왔다.

"이봐…… 정유현. 나한테…… 그럴 필요까진 없잖아……. 나라고 마음 편히…… 산 줄 알아? 응? 대형 사고 쳐 놓고…… 나도 계속 힘들었다구. 하지만…… 어떡하니? 그래도…… 싫은걸. 등 떠밀려…… 하는 결혼이 정말 싫어서…… 그런걸."

술주정인지 취중 진담인지 경계가 애매한 말이었다. 하지만 적어도 그녀가 오늘 하루 마음고생을 적잖이 했다는 건 알 수 있었다. 그게 지금 이 상황에 대한 면죄부가 될 수는 없겠지만.

"계속 그렇게 지껄여 봐. 눈뜨자마자 당신 방으로 곱게 처박아 줄 테니까."

그답지 않은 험한 말이 마구 쏟아져 나왔지만 유현은 개의치 않았다. 침대에 누워 심란한 기분을 다스리려 노력했다. 불행하게도 오피스텔은 10평도 되지 않는 규모라 방이 따로 없었고, 침대와 소파 사이의 거리는 불과 대여섯 걸음밖에 되지 않았다.

따라서 고개를 돌릴 때마다 소파에 널브러진 다이가 시야에 걸쳐지곤 했다. 유현은 그럴 때마다 몸을 뒤척였다. 잠을 청하기 위해 아무리 눈을 감아도 구겨진 미간은 펴질 생각을 하지 않았다.

어서 빨리 아침이 오기만을 기다리는 수밖에 없었다.

* * *

다이는 멍한 시선으로 정면만 응시하고 있었다. 숙취로 지끈거리는 머리가 무거웠고 멍석말이를 당한 듯 몸 여기저기가 욱신욱신 쑤셨지만, 그것보다 더 그녀를 황당하게 만든 건 이 오피스텔 내부였다.

분명 310호를 찾아서 온 게 맞는데.

아무리 술에 취했어도 310호는 뚜렷하게 기억을 하고 있는데.

어찌 된 영문인지 오피스텔 안은 이미 누군가의 물건과 누군가의 옷과 누군가의 행적들로 가득 차 있었던 것이다. 기억을 아무리 더듬어도, 텅 비어 있어야 할 이곳이 왜 그녀의 것이 아닌 물건들로 가득한지 이유를 알 수 없었다.

게다가 더욱 기이한 건 욕실에서 나는 물소리였다.

다이는 정신을 차리고 슬그머니 몸을 일으켰다. 발뒤꿈치를 들어 올려 소리를 최대한 죽인 후 욕실 앞으로 다가간 순간, 예고도 없이 확 열린 문에 외마디의 비명을 질렀다.

"꺄악!"

좁은 공간이라 뒤로 물러날 틈이 없어 꼼짝없이 그와 맞닥뜨렸다. 지척의 거리에 선 그는 하체에 수건을 감은 반라의 모습이었다. 감은 머리칼에서 물기가 흘렀고 어깨며 가슴팍 여기저기에 윤이 나도록 물기가 머물러 있었다.

사색이 된 다이는 잔뜩 경직된 몸으로 꼼짝달싹하지 못했다. 왜 자신의 오피스텔에 그가 있는지 대체 어떤 상황인지 하나도 분간할 수 없어 그저 눈만 껌뻑거리고 있는데 그가 건조하게 툭 내뱉었다.

"씻어요. 출근해야 하니까."

지나치게 자연스러운 말투여서 다이는 오히려 당황스러웠다. 반라의 모습이 아무렇지도 않은지 옷장 문을 여는 그를 향해 다이가 입을 열었다.

"저, 저기요."

"5분 안에 씻고 나와요. 더는 못 기다리니까."

"저, 저기요."

"저기고 거기고. 어젯밤에 잠 못 잔 거, 손해 배상 청구할 생각이니까 돈이나 두둑이 준비해요."

"이봐요!"

다이는 소리를 꽥 질렀다. 알 수 없는 말만 늘어놓는 그에게 잔뜩 인상을 구긴 채 다시 말했다.

"어떻게 된 거예요? 왜 내 오피스텔에 당신이 있어요?"

"그러니까. 나도 그 이유가 궁금하다니까? 왜 내 오피스텔에 당신이 들어왔는지?"

그의 말을 이해하기 힘든 다이가 초조하게 고개를 갸웃거렸다. 침묵은 무거웠고 신경전은 무척 팽팽했다.

두 사람이 함께 총무인사팀에서 알아낸 사건의 전후 관계는 이랬다.

310호는 처음부터 유현의 오피스텔로 내정돼 있었지만, 그걸 미리 보고받지 못한 담당 직원이 다이에게 310호를 승인한 것이다. 현재는 빈곳이 없고 앞으로 한 달은 지나야 공실이 나온다고 했다. 공실이 뜨자마자 다이가 그쪽으로 갈 수 있도록 조치하겠다고 말하며, 한 달 동안만 다른 곳에서 지내라는 말도 덧붙였다.

"그건 안 돼요. 지금 당장은 갈 곳이 없어요."

담당 사무실을 나온 다이는 참담한 목소리를 냈다. 다이에게도 나름의 이유가 있었다는 걸 알게 됐지만, 유현은 양보할 생각이 전혀 없었다.

"그거야 당신 사정이고."

"최소한 가위바위보 정도는 해야 하지 않나요?"

"가위바위보? 내가 왜?"

"310호는 엄연히 내 숙소이기도 해요."

이 여자 봐라.

억지 주장을 저토록 평온한 얼굴로 펼칠 줄 아는 여자였나.

"어린아이들이 달리기 경주를 할 때에도 먼저 결승선에 도착한 놈이 이기는데, 난 결승선을 통과한 것도 모자라 손바닥에 도장 찍히고 상까지 받은 처진데. 내가 왜 그딴 걸 해야 하지?"

"꼭 그렇게 말하고 싶어요?"

"모텔도 있고 호텔도 있고. 그것도 싫으면 집으로 들어가는 것도 나쁘지 않을 테고."

"집은 멀고, 모텔이나 호텔에 쓸 돈은 없어요. 그것도 한 달씩이나."

"그것 또한 당신 사정이지."

유현은 대화의 맥을 자르고 냉정하고 잔인하게 돌아서 버렸다. 미리 예정된 약속을 언급하는 것도 잊지 않았다.

"오후 회의, 늦지 맙시다."

다이는 복도 끝으로 멀어지는 유현을 야속하다는 듯 응시했다. 모퉁이를 돈 그가 시야에서 사라지자 그녀는 복도 의자에 허탈하게 주저앉았다. 핸드폰 메시지 함엔 벌써 4통의 문자가 들어와 있었다. 모두 예전에 살던 자취방 주인의 것이었으며, 짐을 빼 가기로 한 시간이 지났는데 왜 안 오냐는 내용이었다.

술이 깨지 않아 몽롱했던 머릿속이 단박에 정리가 되고 있었다. 눈앞에 와락 몰려든 초유의 사태를 어떻게 해결해야 할지 막막했다. 우선 민지에게 회의 때 보자는 문자를 남긴 후 몸을 일으켰다.

오늘 오전에 자취방 짐을 빼기로 약속했으니 서둘러야 했다. 복잡한 심정으로 엘리베이터에 탄 다이는 스멀스멀 스며드는 한 가지 아이디어에 표정을 천천히 풀었다. 집을 나오면서 부모님으로부터 용돈을 일절 받지 않고 오로지 작가 수입으로만 살고 있기에, 애초에 모텔이나 호텔에서 기거한다는 건 불가능했다.

방송국에서 자고 먹는 건 허락되지 않는 일이었고, 근처에 빌붙어 지낼 수 있는 마땅한 곳도 없었다.

그렇다면 방법은 하나뿐이었다.

다이는 굳은 얼굴로 엘리베이터에서 내렸다.

* * *

제이는 언제나 이 시간이 가장 숨 막혔다.

부모님과 함께 점심을 먹는 이 시간은, 하루 중 제일 긴장되고 살벌한 순간이었다. 스태프를 따라 수술실에 들어갔을 때보다 더 신경이 곤두서는 경험을 하게 된다. 구내식당이 아닌 병원장실에 딸린 작은 방에서 식사가 이루어지기에, 긴장은 더욱 컸다.

"아침에 수술 있었다며."

민철이 장어국을 떠먹으며 묻자 제이가 고개를 끄덕였다.

"어, 네."

"2년 차라 이제 더 바빠질 거야. 부지런히 암기하고 부지런히 배워 둬."

"네."

"그래도 소아과는 업무 강도가 세지 않아서 다행이야. 틈틈이 쉴 수 있잖아."

"꼭 그런 것만도 아니에요, 엄마."

"아니긴 뭐가 아니야? 엄마는 뭐 레지던트 시절을 겪어 보지 않은 줄 알아?"

"아, 네."

"반찬 좀 집어 먹어. 편식하지 말고. 내일 점심 땐 삼계탕을 주문해야겠다."

"삼계탕은…… 부담스러운데."

"네가 하도 안 먹으니까 그렇지. 쉬는 것도 중요하지만 먹는 것도 중요해. 잔소리하지 말고 엄마가 시키는 대로 해."

"네."

입맛이 썼다. 이럴 때마다 다이가 보고 싶어졌다. 다이는 부모님이 자신을 편애한다고 늘 말했지만 이런 것들이 과연 편애인가, 싶다. 그녀 자신의 의견은 하나도 반영되지 않는, 일방적인 애정은 항상 불편하기만 한데, 제이 자신도 부모님의 이런 과보호가 늘 버거운데, 결코 편애가 아닌데 말이다.

요즘은 파혼 선언 하고 훌쩍 가출해 버린 다이가 차라리 부러웠다.

자신은 그런 용기조차 없었기 때문이다.

이렇게 매일 함께 점심을 먹는 것도 다이가 가출한 뒤로 생긴 규칙이었다. 무슨 이유에선지 부모님은 갑자기 매일 함께 점심을 먹자고 제안이 아닌 명령을 했고, 제이는 민철이 정한 시간이 되면 어디에 있든 부리나케 이곳으로 달려와야만 했던 것이다.

"후우……."

지숙이 밥을 먹다 말고 호흡을 길게 내쉬었다. 마치 빈맥이나 서맥이와 조절을 하는 듯했다. 이것 역시 다이가 가출을 하면서부터 생긴 지숙의 버릇이었다. 밥을 먹다가도, 텔레비전을 보다가도, 지숙은 가끔 저렇게 길게 호흡을 조절하곤 했던 것이다.

다이의 파혼, 그리고 가출.

그날은 민철과 지숙에게 씻을 수 없는 상처를 안겼다. 특히 지숙은 남자 쪽 모친에게 불려 가 그저 죄송하다며 고개를 조아렸을 것이다. 대외적인 이미지와 시선을 최우선시하는 부모님에게 다이의 파혼과 가출은 엄청난 쇼크이자 망신이었을 것이다.

하지만 부모님이 다이의 눈물을 쭉 지켜봤다면, 다이의 하소연을 한 번만 들어 줬다면, 그래서 한 순간만이라도 넉넉하게 품어 줬다면 누구도 상처받지 않고 끝날 일이었을 텐데.

그동안 다이의 파혼과 가출에 대해선 누구도 언급하지 않았다. 그건 일종의 불문율 같은 거였다.

"다이하곤 연락 안 하지?"

불쑥 민철이 물었다. 하마터면 목구멍에 반찬이 걸려 헛기침을 할 뻔했다. 제이는 얼른 목을 수습한 후 고개를 끄덕였다.

"그럼요."

힘차게 대답했지만 그건 거짓말이었다. 민철과 지숙은 말도 없이 파혼해 버리고 가출한 다이가 원망스러웠는지 절대 만나거나 연락하지 말라고 지시했고, 경제적인 지원을 모두 끊어 버렸다. 다이가 어디에서 뭘 하고 지내는지 적어도 겉으론 무관심하게 1년이 흘러갔다.

하지만 민철이나 지숙이 알고 있는 것과 달리 제이는 다이와 자주 전화 연락을 하고 한 달에 두어 번은 꼭 만나고 있었다. 민철과 지숙의 눈을 피해서, 제이가 여유로운 시간에 주로 시내 커피숍에서 말이다.

물론 다이에겐 민철과 지숙의 '점심 족쇄'에 대해선 이야기하지 않았다. 다이와 만나는 시간만큼은 가족에 대한 이야기를 꺼내지 않으려 서로 노력하는 편이었다. 그리고 보니 요즘 제이를 웃게 하는 건 그나마 다이와 만나는 시간뿐이었다.

식사를 끝내고 카페에서 산 커피와 함께 의국으로 돌아온 제이는 핸드폰을 꺼냈다. 의자에 앉아 두 다리를 책상에 척 올리곤 홀짝홀짝 커피를 마신다. 신호음은 꽤 길게 울렸고 받자마자 다이의 거친 숨소리가 들려왔다.

"뭐 하냐? 점심은 먹었어?"

— 지금 밥이 중요한 게 아냐…… 헉헉.

"뭐지? 이 거친 숨소리는? 아주 야릇한데?"

— 잠깐만…… 으아아아……. 어휴…… 됐다.

"대체 뭘 하기에 이렇게 요란스러운 거야?"

— 이사.

"이사? 아, 참. 오피스텔에 들어간다고 그랬지? 뭐야, 혼자 짐을 나르고 있는 거야, 지금?"

— 짐이 아주 간단해서. 이제 거의 다 됐어.

"그럼 오늘 밤엔 집들이하는 건가, 자매님?"

— 집들이는 다음 주에 하자. 연희 부부도 불러서.

"뭐야. 왜 다음 주야?"

— 아주 뭣 같은 일이 있어서 말이지.

"흐음. 뭔가 아주 수상하고 요상하고 요망한 기운이 감도는데?"

— 끊어. 지금 바빠.

"언니야."

— 왜에.

"가출하니 좋냐?"

— 질문 난이도가 너무 낮은 거 아냐? 내 대답은 너무 당연한데?

"하긴. 뻔한 걸 물었다, 내가. 그럼 수고해, 자매님. 다음 주 집들이 잊지 말고. 난 두루마리 휴지 사 갈게."

다이의 대답은 듣지도 않고 전화를 끊었다. 커피 잔을 입에 물고 의자를 빙글빙글 돌렸다.

확실히 다이의 목소리는 가출한 뒤부터 옥타브가 높아졌다. 청량하고 시원하다. 심지어 내뱉는 숨소리까지도.

부러웠다.

그렇게 완벽한 자신만의 시간과 공간을 누리고 있는 다이가.

* * *

로비에서 유현은 이현을 만났다. 방송국에 들르라는 그의 말을 동생은 무척 착실하게 따랐다.

"왜 이렇게 늦은 거야, 형. 나 아직 군기가 안 빠져서 시간 약속에 민감한 거 알아?"

이현은 아직 제대한 군인의 티를 벗지 못한 모습이었다. 유현은 이현의 짧은 머리를 스윽 쳐다봤다. 운동을 열심히 했다더니 입대 전에 비해 제법 어깨가 벌어졌고, 다부진 체격으로 변해 있었다.

마냥 어리게만 봤던 이현이 입대를 하더니 제대까지 하고 나자, 새삼 시간이 빠르게 흘러갔다는 생각이 들었다. 제게 안겨 장난기 가득한 눈으로 쳐다볼 때면 이현이 얼마나 사고뭉치 녀석인지 잊곤 했었는데.

"대체 바쁜 동생님을 호출한 이유가 뭐야. 형, 어딜 가는데?"

"따라와."

유현이 이현을 데리고 간 곳은 로비 한쪽 구석에 있는 패스트푸드점이었다. 이현과 함께 그곳에서 햄버거 세트 두 개를 주문했다. 이현이 가장 좋아하는 햄버거를, 가장 먼저 사 주고 싶었다.

빠른 속도로 나온 햄버거 쟁반을 들고 자리에 앉은 유현은 동생에게 햄버거를 내밀며 물었다.

"복학이 언제라 그랬지?"

"흐음, 2학기? 근데 복학할지 말지 아직 결정을 못 했어."

"그게 무슨 뜻이야?"

"공부 그거 꼭 해야 하는 건가? 난 내가 하고 싶은 일이 따로 있는데?"

이현은 어려서부터 악기를 다루는 일에 능숙했다. 피아노와 바이올린, 기타와 플루트 등 신통하게 하나를 배우면 열을 깨우치는 음악적 감각이 탁월했다. 대학 진학을 앞두고 음대를 가고 싶어 했던 이현과 그것을 반대했던 부모님 사이에 치열한 전쟁이 발발했었다.

워낙 유현과 나이 차이가 있어 집에서 귀여움을 독차지하고 자란 이현이라 해도, 장래를 결정할 대학까지는 부모님의 반대를 극복하지 못했다.

옛 생각을 떠올린 유현이 쓰게 웃으며 되물었다.

"작곡?"

"응."

"한심한 소리 그만하고 얼른 먹어."

어차피 유현에겐 통하지 않을 거라는 걸 알기에, 이현은 햄버거를 덥석 베어 물었다. 입 안 가득 든 음식물을 우걱우걱 씹으며 불분명한 발음으로 다시 묻는다.

"날 왜 굳이 여기로 부른 거야? 어차피 아버지 다음 회장은 정유현인데다가 PD 시험에 합격까지. 형 능력 좋은 거 자랑하고 싶어서? 아서. 능력은 나도 못지않게 좋거든?"

"됐고 방송국에서 아르바이트나 해."

"아르바이트?"

"복학할 때까지 놀고먹을 생각 하지 말고 돈이나 벌어. 여기 소품실에 아르바이트생 구하고 있으니까 이력서 써서 찾아가."

"뭐, 아르바이트까진 좋은데, 굳이 찾아가기까지 해야 해? 왜? 형이 소품실에 한마디 딱 해 주면 되는 거 아냐?"

유현이 눈을 부릅뜨자 이현이 주눅 든 시선을 내렸다.

"하긴 존재 자체가 법전(法典)인 형 같은 인간한테 뭘 바라냐. 그나저나 방송국 아르바이트라니 확 땡기는데?"

이현이 머릿속으로 어떤 계산을 하고 있는지 알고 있었다. 방송국에 드나들며 작곡가로서의 발판을 마련하고 싶어 하는 것이다. 물론 그게 바로 유현의 목적이기도 했다. 이현만큼은 평생 꿈을 이루며 살아가는 것도 나쁘지 않으리라.

이현도 그런 형의 마음을 간파한 모양이었다.

"나 도와주려는 거지, 형?"

"그런 개념 말고 그저 놀고먹을 시간에 돈이나 번다고 생각해. 소품 실 아르바이트 생각보다 꽤 힘들고 어려울 테니까."

"그 어려운 걸 해내면 어쩔 거야?"

"뭘 어째, 인마. 해내면 다행인 거지."

"뭐, 오케이. 콜."

복잡한 것 싫어하고 깊이 고민하는 것 역시 좋아하지 않는 이현이 금세 받아들였다. 고기패티와 야채와 빵을 적절하게 베어 물며 입술 언저리에 묻은 소스를 손가락으로 스윽 닦아 낸다. 이현은 아주 빠른 속도로 햄버거를 해치우고 있었다.

"……어?"

햄버거를 씹다 말고 이현이 고개를 갸웃거렸다. 이현의 시선은 유현의 어깨 너머 로비를 향하고 있었다. 유현도 덩달아 고개를 돌렸고 유리창 너머 로비에 다이가 지나가고 있는 것을 확인하곤 턱을 굳혔다.

우스운 건, 유현은 너무 당연하게도 의자를 옮겨 이현의 시선을 차단시켰다는 것이다.

이현이 다이를 본 것도, 다이의 얼굴을 아는 것도 확신할 수 없는 상황인데도, 오로지 다이의 존재를 누구에게도 들키지 말아야 한다는 생각뿐이었다.

"뭐지?"

유현 때문에 시선이 가로막히자 이현은 다시 햄버거를 물었다. 하지만 의문은 쉽게 가시지 않은 얼굴이었다.

"방금 되게 낯익은 여자를 본 것 같은데."

"너한테 낯익지 않은 여자가 있기나 하고? 쓸데없는 소리 말고 어서 먹기나 해."

"형. 나 사람 얼굴 잘 기억하는 거 알지? 분명히 낯이 익은 여자였는데. ……형이랑 결혼할 뻔한 그 여자 아닌가?"

뭐지? 이 녀석? 잠시 당황한 유현은 침착함을 유지하고 내뱉듯 말했다.

"얼굴도 모르는 놈이."

"엄마가 사진 보내 준 적 있어. 형수 될 여자라고."

뒤통수를 한 대 맞은 기분이었다. 이현이 다이의 얼굴을 알고 있을 거라곤 상상조차 하지 못했다. 그건 이현이 언젠가 다이의 얼굴을 확실하게 알아볼 수도 있다는 의미였고, 그렇다면 방송국 아르바이트를 포기시켜야 할지도 모른다는 뜻이었다.

낙담한 유현이 한숨을 지었다.

"네 생각은 항상 틀려. 맞아도 틀려. 옳다고 생각하지 마. 그리고 햄버거나 먹으라는 말 세 번째다."

"언제나 까칠하셔."

다행스럽게도 이현의 관심은 햄버거로 돌아갔다. 하지만 정작 유현은 그때부터 돌을 씹는 기분이었다. 다이를 보호해야 한다는 생각이, 이유 없이 머릿속을 침범하는 바람에, 그의 시선이 잘게 흔들렸다.

기막힌 우연인지 살벌한 악연인지 아직은 알 수 없었지만, 그다지 내키지 않는 재회인 건 분명했다. 앞으로 수도 없이 많은 날들을 직접 대하고 대화하며 지내야 할 텐데, 과거 청산이 깔끔하게 되지 않은 탓인지 언제 어디서든 신경 쓰이는 존재가 될 것이다.

유현은 다시 한숨을 쏟아 냈다.

여러모로 살얼음판 위에 선 기분이었다.

* * *

프로그램 제작 회의와 교양 본부 PD 회의, 본부 PD들과의 미팅에 이어 경석과의 대화를 끝으로 유현이 하루 일과를 마친 시간은 정확히 밤 11시였다. 하루의 피로가 온몸으로 내려앉는 듯했다. 오피스텔에 가자마자 옷을 벗지도 않고 침대에 누울 수도 있을 것 같았다.

그래서 방송국 건물을 나와 횡단보도를 건널 때만 해도 미온수에 몸을 담글 생각만 했다. 오피스텔 엘리베이터에 탔을 땐 걸음이 한결 가벼워지고 있었다.

하지만 현관문 앞에 다다른 유현은 의미심장하게 인상을 썼다. 현관문이 조금 열려 있었던 것이다. 도둑일지도 모른다는 생각에 등골이 서늘해졌다. 잔뜩 경계하며 발소리를 죽인 채 현관에 들어섰다. 그러자 현관 바닥에 보이는 낯선 운동화와 날 리가 전혀 없는 김치찌개 냄새를 맡고, 그는 경직된 채 주방으로 시선을 고정시켰다.

"왔어요? 제가 비밀번호 바꿔 놨어요. PD님 바빠서 손댈 시간도 없던 것 같아서요."

다이의 목소리는 무척 쾌청하게 들렸다. 마치 퇴근하는 남편을 기다리던 아내의 마중과도 같은 멘트에, 유현은 그제야 신발을 벗고 거실에 올라섰다. 거실은 가관이었다. 쌓아 놓은 옷이며 자질구레한 비품이며, 한눈에 봐도 다이의 짐일 게 분명한 것들이 소파를 중심으로 모여 있었다.

"뭐 하자는 거지, 지금?"

낮은 음성이 다이의 등을 파고들었다. 다이는 간을 보려고 든 숟가락을 내려놓고 돌아섰다. 절대 그에게 지지 않으려 일부러 눈을 확 치켜뜨고 목소리 톤도 조절했다.

"한 달 동안 여기서 지내려구요. 생각해 보니까 제가 물러나야 할 상황은 아닌 것 같아서. 같이 지내요, 정 PD님. 그리고 마음껏 괴롭히세요."

"뭐?"

"오피스텔에 사는 사람들이 모두 방송국 직원들이니까 혹시 보는 눈들이 걱정되시겠지만 댓츠 노 프라블럼. 제가 조심할게요. 없는 사람처럼 지낼 거예요. 믿지 못하시겠지만, 저 그런 거 아주 잘하거든요."

"이봐요, 류다이 씨."

"한 달 월세는 지불할 거예요. PD님의 물건에는 절대 손대지 않을 거구요. 그래도 일단 선점이라는 걸 하셨으니 침대는 PD님이 쓰세요. 전 소파에서 잘 테니까. 아! 원하시면 소파 사용료도 드릴게요."

"그렇게 돈이 넘쳐 나면 모텔이나 호텔도 괜찮을 듯한데?"

"거긴 주방이 없잖아요. 퇴근하고 와서 밥해 먹고 찌개 만들어 먹는 재미도 있어야죠. 안 그래요? 으음, 난 찌개를 잘하니까 그건 내 담당이에요. PD님은 밥을 하세요. 어때요? 꽤 공평하죠?"

이 여자가!

다이의 도발에 발끈했지만 차마 거친 말을 입 밖으로 낼 수 없었다. 잠시 대화 없이 화를 눌러 삭인 유현은 제법 부드러워진 음성을 흘려보냈다.

"류다이 씨. 감정에 지나치게 치우쳐서 판단을 잘못한 것 같은데."

"이보다 더 이성적이고 합리적인 판단은 없었어요. 저한테요. 아까도 말씀드렸지만 여긴 명백하게 제 오피스텔이기도 하니까요."

말이 통하지 않았다. 아예 짐까지 모두 싸 들고 와서 터를 잡고 있는 걸 보면 작정했다는 뜻이니까. 유현은 차라리 자신이 호텔에서 지낼까 잠시 생각했지만, 이 상황에서 뒷걸음질 치고 싶지는 않았다. 여자와의 기 싸움에서 패배했다는 뉘앙스를 심어 주고 싶지 않았던 것이다.

"어쩔 수 없지. 좋으실 대로."

유현은 결국 어깨를 으쓱하는 걸로 그녀의 침략을 얼마쯤 용인하는 제스처를 취했다. 남은 건 그녀가 절대 함께 살 수 없는 현실을 깨닫고 내일 아침에라도 여기서 사라져 주길 바라는 것이었다. 저 꼴 보기 싫은 짐들과 함께.

유현은 일부러 다이가 보는 앞에서 옷을 훌러덩 벗었고 다이는 태연한 척 다시 숟가락을 들었다. 보글보글 끓어오르는 찌개의 맛을 살짝 보며 불쾌한 듯 인상을 찡그렸다. 그녀 앞에서 보란 듯이 옷을 벗은 건 실로 유치하기 짝이 없는 행동이었다.

그 속내가 너무 뻔해 헛웃음이 나오려던 찰나, 얼핏 스친 시야에 들어온 그의 널찍한 등에 다이는 자신도 모르게 얼굴을 붉혔다. 그가 의도한 대로 반응해 주면 안 된다고 생각하면서도, 난생처음 목격한 남자의 속살에 심장이 가볍게 뛰었다.

쾅, 하는 소리와 함께 그가 욕실 안으로 모습을 감추고 나서야 다이는 숨을 훅 내뱉었다. 싱크대에 소박하게 달린 아일랜드 식탁에 찌개와 밑반찬 그릇 몇 개를 놓았다. 이어 밥공기와 수저까지 챙겨 와 늦은 저녁을 먹기 시작했다.

반쯤 먹었을 때 샤워를 끝낸 그가 욕실에서 나왔다. 다행히 옷을 모두 입은 채였다.

"밥 같이 먹을래요?"

당신의 행동에 하나도 당황하지 않았다는 것을 보여 주기 위해, 다이는 제법 당당하게 물었다. 그는 그녀의 질문에 그저 식탁만 스윽 쳐다볼 뿐, 대꾸 없이 냉장고 문을 열었다. 내부를 응시하던 그의 표정이 사뭇 굳어졌다.

"위 두 칸은 PD님이 쓰세요. 아래 두 칸은 제가 쓸게요. 포켓이랑 과일 칸은 뭐…… 혼자 쓰세요. 그건 제가 선심 쓸게요."

다이의 해명에 유현은 괴로운 한숨을 훅 내쉬고는 캔 맥주 하나를 꺼냈다. 책상으로 향하는 그를 쳐다보며 다이가 혼잣말처럼 중얼거렸다.

"그래도 다행이에요. 답사 준비 하난 순조로울 거 아니에요? 아무래도 같은 공간에서 함께 있는 시간이 많을 테니까. 그렇죠, PD님?"

이번에도 묵묵부답.

아예 침묵과 무관심으로 일관하기로 작정했는지, 그는 그녀의 말을 깡그리 무시했다. 책상에 앉은 뒷모습이 아주 날카로워 보였다.

다이는 그렇게 위태위태한 분위기에서 겨우 식사를 끝냈다. 이후 설 거지를 마치고 칫솔과 치약을 챙겨 욕실로 들어갔다.

칫솔을 입에 물고서 가슴을 툭툭 쳤다.

아무래도 방금 먹은 밥이 체한 모양이다.

한 달 내내 이래야 한다고 생각하니 눈앞이 암전되듯 캄캄해졌다. 도무지 타협이라곤 없는 남자 같으니. 너그러움도 없고 포용할 줄도 모르는 남자 같으니. 다이는 치아가 닳아 없어지도록 분노의 양치질을 시작했다.

욕실에서 나온 다이는 멈칫하며 걸음을 멈추었다. 오피스텔 내부가 컴컴했고, 그가 앉아 있는 책상만 스탠드가 켜져 있었던 것이다. 즉, 다이의 상황은 전혀 고려하지 않고 혼자 독단적으로 저지른 행동이었다.

하지만 이 부분만큼은 부드럽게 넘어가기로 했다.

이미 자정이 가까워졌고, PD인 그에게 남아 있는 업무라는 것도 있을 것이다. 다이는 수건을 바닥에 내려놓은 뒤 살금살금 걸어 소파로 갔다. 미리 펴 둔 이불을 훌쩍 뒤집어쓰고는 핸드폰을 들여다봤다.

민지와 영주, 수정과의 회의에서 도출된 내용을 바탕으로 여러 정보를 검색해야 했다. 그녀가 맡은 정보를 하나하나 검색하던 와중에, 유현의 목소리가 숨 막히는 침묵을 갈랐다.

"류다이 씨."

"네?"

다이는 얼떨결에 이불깃을 조금 걷고는 얼굴을 빠끔 내밀었다.

"핸드폰 불빛, 거슬리는데."

"그래서 이불 뒤집어썼잖아요."

"그래도 거슬려요. 꺼요."

"거기 스탠드 불빛이 몇 배는 더 거슬려요."

"당신, 대체 어떤 여자지?"

대화의 결이 전혀 달라졌다. 다이는 인상을 찡그리며 이불을 좀 더 걷어 내고 고개를 돌렸다. 그러자 의자를 아예 이쪽으로 돌려 앉은 그가 보여 당황했다. 그러니까 그는 아까부터 이쪽을 쳐다보고 있었던 것이다.

"그게 무슨 말이죠?"

"말이 없고 감정도 없고 표정도 없는 여자인 줄 알았는데, 그게 전부가 아닌 것 같아서."

"그게 중요한가요?"

"중요하지. 사기당한 기분이라서."

유현은 '사기'라는 단어에 힘을 주었다. 어떻게 해서든 다이가 자신에게 주눅이 들고 죄책감을 가지게 만들어야 했다. 그래야 이 좁아터진 오피스텔에서 그녀가 발 빼는 날이 가까워질 것이다.

유현은 다이의 입에서 죄송해요, 내지는 그럴 생각은 아니었어요, 라는 대답이 미안한 표정과 함께 흘러나오길 기다렸다.

그랬는데…….

"PD님은 그런 적 없어요?"

어두운 그곳에서 들려오는 먹먹하고 막연한 그녀의 목소리가…….

"아무리 도망쳐도 뒤돌아보면 여전히 그 자리인 적이요."

지나치게 선명하게 들려왔다.

"그때, 그러니까 파혼을 선언했을 때요. 제가 딱 그랬어요. 그때만큼은 말하기 싫었고 감정을 느끼기도 싫었고 어떤 표정도 짓고 싶지 않았어요."

그래서 질문한 그 자신이 오히려 무안해지는 그런 순간이었다. 그녀는 다시 이불을 뒤집어썼고, 다시 핸드폰을 켰다. 흰색 이불에 환한 불빛이 일렁거렸지만 이번엔 말을 걸지 않았다. 유현은 조용히 의자를 돌렸다. 들여다봐야 할 파일에 시선을 고정시킨 채 맥주를 머금었다.

맥주 맛이 꽤 썼다.

* * *

다음 날 아침, 씻고 나와 출근 준비를 하고 돌아선 유현에게, 싱크대 앞에 서 있던 다이가 무언가를 스윽 내밀었다. 갓 만든 샌드위치였다. 식사 시간 하나는 참으로 규칙적인 여자다. 유현은 순순히 샌드위치를 받아 들고 한입 베어 물었다.

의외로 그가 샌드위치를 받아먹자, 다이는 내심 흐뭇했다. 그 행동 자체로 마치 화해라도 한 것처럼 홀가분한 심정이 된 것이다. 하지만 그건 일찍 딴 샴페인이었고 섣불리 마신 김칫국이었다.

딱 한 입만 베어 문 그가 얼굴을 굳히더니 딱딱하게 말했다.

"오늘 점심시간 전까지 답사 내용 짜 와요. 분량은 A4 30페이지, 글자 크기 10, 줄 간격 160, 굴림체로."

"……네? 30페이지요?"

"왜, 너무 적어요?"

"그게 아니라……."

"생각해 보니 류 작가 말대로 답사 준비가 아주 순조로울 듯하네. 같이 사니까."

"저기, PD님."

"내 업무 지시를 개인적으로 받기 싫으면 이쯤에서 여기서 나가도 돼요. 난, 아주 빈번하게, 그것도 꽤 많은 양의 일을, 당신한테 시킬 생각이니까."

유현은 당황해 입술만 벙싯거리고 있는 다이의 표정이 재미있었지만 결코 표정으로 드러내지 않았다. 그녀를 이곳에서 꼭 내보낼 것이다. 어젯밤, 그녀의 막막한 말에 잠시 기분이 가라앉았어도, 아주 잠시 흔들렸어도.

"그리고 이건 버려요. 짜기만 해."

유현은 샌드위치를 그녀가 보는 앞에서 흔들어 보였다. 그러곤 싱크대에 버리기 위해 상반신을 기울인 순간, 다이가 움찔거렸다. 그의 한쪽 어깨에 그녀의 코끝이 닿은 것이다. 옅게 스치는 스킨 향에 다이는 눈을 꾹 감았다가 떴다.

그의 어깨는 순식간에 떨어져 나갔지만, 향기는 그 후로도 제법 오래 코끝에 매달려 있었다.

* * *

"다이 씨. 일찍 출근했네?"

작가 회의실로 출근한 민지가 가방을 내려놓고 다가왔다. 컴퓨터 앞에 앉아 빌어먹을 '답사 내용'을 짜고 있던 다이에게 커피 한 잔을 내민다. 다이는 꾸뻑 인사를 하고 커피를 받았다.

"감사합니다. 선배님."

"오피스텔에 들어갔다며?"

"어…… 네. 어떻게 아셨어요?"

"영주 씨가 그러던데? 어제 이사했다고?"

"아……."

어제 이사를 위해 잠시 자리를 비웠을 때, 때마침 옆에 있던 영주에게 언질을 했던 일이 그제야 떠올랐다. 다이는 민지의 눈치를 슬금슬금 살피며 커피를 홀짝거렸다. 민지에게만큼은 사실대로 말해야 하지 않을까, 어쩌다 보니 한 달 동안 정유현 PD와 거처를 함께 사용하게 됐다고 말을 해야 하나, 잠시 고민에 빠졌다.

민지는 이번 작가팀에서 거의 팀장 격이었고, 따라서 프로그램을 함께하는 동안 개인적인 생활을 공유하는 편이 나았다. 그래야 서로의 사정에 따라 작업을 배분할 수 있기 때문이다. 피치 못할 일이 생겼을 때 업무를 분담할 수 있는 체계가 있어야 했다.

하지만 장성한 남녀가 좁은 오피스텔에서 함께 지낸다는 사실이 알려져 봐야 역시 좋을 것 없다는 결론을 내렸다. 더구나 정유현 PD와는 모두 방송국에서 처음 만난 사이들이니, 선뜻 같은 공간에서 생활하려고 마음먹은 다이를 이해하지 못할 것이다.

"어우. 난 오피스텔은 싫어. 퇴근했는데 다시 출근하는 기분일 것 같아. 오피스텔 주민들이 온통 방송국 사람들이잖아. 안 그래, 다이 씨?"

"하하. 뭐, 생각하기에 따라서."

"근데 지금 뭐 하는 거야? 으음…… 답사 내용?"

다가온 민지가 모니터 속 파일을 들여다보며 물어 왔다.

"네. 답사할 내용이요. 정 PD님이 작성하라고 하셔서."

"정 PD님 출근하셨어?"

"네? ……네. 좀 전에 출근하시던데요?"

"그래?"

민지가 이번엔 아예 의자를 끌어와 옆에 바짝 붙어 앉았다. 책상에 바짝 몸을 기대고 턱을 괸 채 흥미로운 표정을 얼굴에 올렸다.

"다이 씨. 솔직히 말해 봐. 정 PD님이랑 단둘이 답사 가는 거 설레지 않아?"

"네에? 서, 설레요?"

"나라면 그럴 것 같은데? 형편만 되면 내가 갔을 텐데, 아까워."

"아, 네에……."

"후광이 정말 남다르지 않아? 정 PD님 말이야. 뭐랄까…… 사람 자체가 그냥 귀티가 나. 분명히 수수하게 차려입었는데도 어딘가 세련돼 보이고 손짓이나 행동이 정말이지 정갈하고 깔끔하다니까?"

그거야…… 실제로 재벌 집 도련님이시니까요.

그 대답이 목구멍까지 차올랐다. 유현이 기승전자그룹 회장의 아들이라는 사실을 누구도 알지 못하는 건 어찌 보면 당연했다. 작년 맞선 때, 지숙의 말에 의하면 그는 어려서부터 회장 내외에 의해 언론이나 매체로부터 철저하게 가려진 인물이었다. 결혼을 발표하면서 공식 석상에 나가는 게, 아마도 최초로 얼굴이 공개되는 거라고도 했다.

하지만 그것마저 이루어지지 않았으니 그는 여전히 베일에 싸인 인물인 셈이다.

"선배님. 혹시 정 PD님한테 첫눈에 반하신 거예요?"

"그럴 리가. 다이 씨, 내 나이 서른여섯이야. 난 아주 현실적인 사람이고. 그런 불가능한 감정에 빠져서 허우적거리기엔 난 세상의 때가 너무 많이 묻었어."

"그건 현실적인 게 아니라 현실 도피인 거죠. 불가능한 감정도 마음만 먹으면 얼마든지 가능해질 수 있는 거 아닌가?"

"다이 씨는 연애해 본 적 많지?"

"왜 그렇게 생각하세요?"

"예쁘잖아."

"제가요?"

"몰랐어? 어머나, 다이 씨 의외다. 뭐야, 누가 봐도 예쁜 얼굴을 가졌으면서 모른 척하는 거 뭔데."

민지가 과도하게 언짢은 척하며 짓궂게 놀려 댔다. 다이도 열렬히 반응해 주었다.

"하하. 그래도 막 재수 없진 않았죠, 선배님?"

"그 직전이거든? 아슬아슬했어."

"그나마 다행이네요."

민지와 함께 쓸데없는 농담을 주고받으면서 다이는 어느 정도 경직된 심정을 풀 수가 있었다. 아침부터 작가실에 틀어박혀 유현이 지시한 업무에 몰입하고 있었는데, 민지 덕에 잠시나마 머리를 식힐 수 있었던 것이다.

하지만 그것도 그리 오래가지 못했다.

"그렇게 노닥거릴 시간 있어요? 류 작가?"

노크와 동시에 문을 열고 들어온 유현이 날카로운 음성을 냈다. 민지가 당황해 몸을 일으켰고 다이는 서둘러 모니터로 시선을 돌렸다. 아주 잠시 학생 주임으로부터 감시받는 고등학생이 된 것 같아 불쾌해져 아랫입술을 꽉 깨문 채였다.

"PD님. 답사 준비 잘돼 가세요?"

다행히 붙임성 좋은 민지가 분위기를 풀었고 다이는 보란 듯이 자판 두드리는 속도를 더욱 빨리했다. 그러면서도 등 뒤에서 매우 가깝게 들려오는 그의 목소리를 놓치지 않았다.

"글쎄요. 류 작가의 결과물이 어떨지에 따라 달라질 거라서."

"다이 씨도 열심히 준비하고 있어요, PD님. 작가 중에 제일 부지런한걸요."

"부디 그래야 할 텐데요."

아, 말본새하곤.

수려한 입매에서 흘러나오는 저 뾰족하고 날카로운 말들을 대체 어쩐담.

어떤 대꾸도 없이 묵묵히 자판만 두드렸지만 한껏 찡그린 미간은 어쩔 수 없었다. 유현의 냉랭한 음성이 다시금 등으로 꽂혔다.

"첫 답사지는 서월도. 내일모레 새벽 6시에 출발합니다. 당일치기로 다녀오려면 부지런히 움직여야 하니까 지각하지 말아요, 류다이 씨."

"네. PD님."

그녀의 대답과 동시에 그가 작가실을 나갔다. 지각이라는 걸 할 수 없는 상황이라는 걸 잘 알면서 일부러 저렇게 엄포를 놓는 거다. 다이는 놀랍도록 뒤끝이 긴 유현을 생각하며 고개를 설레설레 저었다. 하지만 아무것도 모르는 민지는 정반대의 말을 했다.

"왜 저렇게 살벌하시지? 회의 땐 농담도 자주 하시는데 말이야."

"뭔가 거슬리는 일이 있으신 거겠죠."

"저 잘생긴 얼굴로 차갑게 구니까…… 아웅, 새삼 더 멋져 보이는 거 있지."

"어련하시겠어요."

표정과 말투를 덤덤히 한 다이는 더 강하게 고개를 젓고는 모니터를 바라보는 데 몰두했다. 30페이지라는 숫자가 눈앞에서 슬슬 흘러가는 것 같았다.

* * *

자신의 사무실로 돌아온 유현은 컴퓨터 앞에 앉았다. PD의 권한을 이용해 직원 이력서 폴더에 들어갔고 다이의 이력서를 찾았다. 그는 의자에 등을 푹 기댄 채, 모니터를 응시했다. 지금보다 앳된 얼굴을 한 다이의 사진과 함께 그녀의 역사가 짧게 기술돼 있었다.

「이름: 류다이

나이: 만 26세

최종 학력: 백운대학교 회계학과

분야: 구성 및 스토리 작가

입사 일시: 2017년 3월 공채」

맞선을 볼 때에도 심지어 결혼을 준비할 때에도 알지 못했던 그녀의 정보였다. 아니, 승미가 분명 언질을 줬겠지만 한 귀로 흘러들었을 것이다. 시간이 흘러서야 알게 된 그녀의 정보가 새삼스럽게만 느껴졌다.

문득 궁금해졌다.

어젯밤, 그 막막하고 허한 목소리로 했던 말은 무슨 의미였는지. 아무리 도망쳐도 여전히 그 자리였다던, 그 쓸쓸한 말은.

그리고 마지막으로 의문이 생겼다.

17년도라면 그와 맞선도 보기 전부터 방송국에서 일했다는 말인데, 왜 맞선 자리에선 회계사 공부를 하고 있다고 말한 건가.

* * *

오피스텔을 나온 다이는 서둘러 계단을 내려갔다. 무척 이른 시각이라 누군가의 눈에 띌 리는 없겠지만 건물을 빠져나올 때까지 온통 긴장해야 했다. 다행스러운 건 오피스텔이 3층이라 엘리베이터를 이용하지 않아도 된다는 것이다.

이런 식으로 한 달만 버티면 자신의 오피스텔이 생긴다. 그 집념 하나로 다이는 파란색 신호로 바뀐 횡단보도를 냅다 뛰었다. 방송국 지하 주차장으로 내달린 다이는 유현이 메시지로 알려 준 곳에 정확히 도착했고, 그녀보다 30분 전에 오피스텔을 나갔던 유현을 만날 수 있었다.

"007 작전이 따로 없군."

유현은 다이를 조수석에 태우곤 불만스럽게 이죽거렸다. 다이와 함께 산다는 이유로 감수해야 하는 불편이었다. 물론 다이는 여전히 꿋꿋했다.

"한 달만 참아 주세요, PD님."

그러곤 옆에서 바스락거리는 소리를 내더니 짜잔, 하는 소리와 함께 무언가를 내밀었다. 투명한 플라스틱 용기에 샌드위치와 과일, 과자 등이 가득 담겨 있었다.

"죄송하다는 의미에서 제가 샌드위치랑 간식거리를 가득 싸 왔어요. 오늘은 짜게 하지 않았으니까 양껏 드세요."

"착각하는 것 같은데 우리 소풍 가는 거 아닙니다, 류 작가."

"알아요. 오랜만에 바깥 구경 가는 거라 들떠서 그랬어요. 그래도 나름 편하실걸요. 커피도 있고 먹을 것도 있고."

그녀의 말에 유현은 고개를 돌려 뒷좌석을 쳐다봤다. 차에 탈 때 다이가 양손 가득 들고 온 짐을 뒤쪽에 싣는 것을 본 것이다. 거기엔 커다란 보온병은 물론이고 플라스틱 용기에 담긴 것보다 더 많은 양의 과일과 과자 등이 장바구니에 실려 있었다.

유현은 한숨과 함께 고개를 절레절레 저으며 시동을 걸었다.

거의 사용할 일이 없어 주차장에 방치되다시피 한 차를 몰고 건물 밖으로 나오니, 하늘이 좀 전보다 더 흐려져 있었다.

"비가 올 것 같은데요. 괜찮겠죠?"

"비 때문에 일정에 차질을 줄 수는 없지. 바람만 심하지 않으면 배가 이동하는 데 큰 무리는 없을 겁니다."

다이의 염려에 유현이 단호하게 대답했다. 이틀 간격으로 답사 일정이 정해져 있었고 다음 주엔 답사를 마무리 지어야 했다. 곧장 촬영 스케줄을 세워 본격적으로 촬영에 돌입해야 내달까지 끝낼 수 있을 것이다.

"서월도는 관광지로 개발된 곳이 아니라서 육지를 연결하는 배편이 따로 없었어요. 그래서 제가 마을 이장님과 연락해서 개인 배를 빌렸거든요. 도착하자마자 우리를 서월도까지 태워 주시고, 우리가 오후에 볼일을 끝내면 다시 섬까지 데리러 오시기로 했어요."

"그 외엔?"

"그 섬은 기지국이 없어서 핸드폰이 잘 터지지 않는대요."

"답사 끝나는 시간을 정확하게 전달해 놔야겠군."

유현은 자못 마음이 무거워졌다. 달리는 차 안에서 본 하늘이 생각보다 더 빠른 속도로 어두워지고 있었던 것이다.

"3시까지는 끝내세요. 오후 늦게부터 비바람이 분다니까."

"알겠습니다."

서월마을 이장의 배는 수용 인원이 5인뿐인 아주 작은 낚싯배였다. 주로 낚시꾼들이 찾는다는 관광지인 큰 섬 하나를 지나서, 30분을 더 가야 서월도의 희미한 실루엣을 발견할 수 있었다. 어두운 회색 구름이 더 가까이 내려앉아 바다와 하늘을 분간할 수 없었고, 더 깊이 배가 들어갈수록 온도마저 내려가 계절답지 않게 상당히 추운, 최악의 날씨였다.

이장은 한 번 더 유현에게 말했다.

"내가 작가 양반한테도 말해 놨는데 거기선 핸드폰이 잘 안 터져요. 터져도 무지하게 느려. 혹시 급하게 연락할 일 있으면 나한테 문자를 보내 놔요. 서월도에서 보내면 한 10분 후에는 문자가 도착하니까."

"알겠습니다."

"사람이 안 다니는 데라서 길도 없고 뭣도 없어요. 그래도 경치 하나는 아주 죽이지."

"답사 후에 촬영지로 결정되면 시청과 면사무소에 촬영 협조 요청서가 제출될 겁니다."

"잉, 그리하쇼."

이장은 흔쾌히 고개를 끄덕였다. 배가 작았던 터라 빠른 속도를 내지 못해 그로부터 20분을 더 달려서야 겨우 섬에 도착할 수 있었다. 두 사람은 짐을 들고 내렸고 이장은 다시 한번 '3시'를 강조한 후 떠났다.

"곧 비가 내릴 것 같아요."

다이는 하늘을 올려다봤다. 아까보다 구름이 더 가까운 듯했다. 날씨가 갑자기 추워져 어깨가 절로 움츠러들었다. 고개를 돌려 보니 그는 배낭을 열고 점퍼를 꺼내 덧입고 있었다. 추위에 오들오들 떨고 있는 그녀는 눈에 보이지도 않는지, 그는 지퍼를 단단히 채운 뒤 후드까지 뒤집어쓰고 있었다.

"배 안 고프세요?"

하다못해 다이가 큰 소리로 묻자 그가 슬쩍 돌아본다.

"갈 길이 멀다는 걸 잘 알 텐데."

"그렇긴 하죠?"

워낙 일찍 서두른 탓에 아직 점심시간이 되기도 전이었다. 어쩔 수 없이 다이는 가지고 온 짐을 입구의 나무 아래에 두었다. 그러곤 노트와 핸드폰이 담긴 작은 가방만 덜렁 메고는 서둘러 유현의 뒤를 따랐다.

섬은 무척 작았다. 느린 걸음으로 걸어도 한 바퀴 도는 데 한 시간이면 충분할 듯했다. 다이는 유현의 뒤에 바짝 붙어 그가 하는 말을 빠짐없이 노트하고 있었다. 그는 가지고 온 촬영용 카메라에 주변의 모든 것들을 담았다.

춥고 금세 비를 뿌릴 듯한 어두운 하늘만 아니라면, 오랜만에 누리는 여유로운 시간이었다. 섬과 강의 풍경만으로도 숨마저 넉넉해질 것 같았다. 촬영 동선과 각도, 그리고 특이한 나무나 풀 등 이것저것 꼼꼼하게 체크하는 그의 뒤에서, 온몸으로 달려드는 바람을 만끽하고 있을 때였다.

갑자기 빗방울이 툭툭 떨어지기 시작했다. 한 방울, 두 방울, 간헐적으로 내리기 시작한 비는 채 1분도 지나지 않아 그야말로 폭우처럼 쏟아졌다. 정말이지 순식간이었다. 시야가 장대비에 가려졌고 운동화는 금세 젖어 버렸다.

다이는 어떻게든 노트만큼은 지키려 서둘러 가방에 집어넣고는 고개를 돌렸다. 유현 역시 갑자기 쏟아진 비에 이곳으로 다가오고 있었다. 더욱 아찔한 건, 장대비의 기세에 질세라 돌풍의 강도도 엄청나게 강해졌다는 것이다.

때마침 다이가 서 있던 곳이 커다란 언덕 아래였고 오래된 고목으로 인해 비를 어느 정도 피할 수 있는 곳이었다. 유현은 다급히 카메라에 우비를 씌우며 다이에게 큰 소리로 말했다.

"이장님께 연락해 봐요."

"네."

다이는 핸드폰을 들여다보았다. 액정이고 손이고 할 것 없이 빗물이 온통 흘러내리고 있었다. 또 한 번 강해진 바람에 다른 한 손으로 간신히 나뭇가지를 붙잡았다. 핸드폰의 신호가 생겼다 사라졌다를 반복하고 있었다.

무작정 저장해 둔 이장님의 번호를 눌렀다. 신호가 가지 않는다는 기계음이 대답했고, 다이는 통화가 될 때까지 계속 연락을 취했다. 기계음과의 신경전이 반복될 즈음, 드디어 연결에 성공했다. 다이는 통화가 되자마자 다급히 입을 열었다.

"이장님!"

— 여보…… 아요?

미비한 통신 시설 탓에 이장님의 음성이 계속 끊겼다. 다이는 굴하지 않고 계속 물었다.

"지금 와 주실 수 있으세요?"

— 못 가요……. 날씨 때…… 해경에 전화했는데…… 못 간대……. 내일 아침…….

다이의 표정이 사색이 돼 버렸다. 이장님의 말은 중간에 끊기긴 했으나 전체적인 맥락을 알아듣지 못할 정도는 아니었다.

그대로 통화가 끝나 버렸다. 그때 카메라를 정리한 유현이 걸음 내딛기조차 힘겨운 비바람을 뚫고 나무 아래로 다가왔다. 후드 아래로 뚝뚝 떨어지는 물기가 그의 얼굴을 타고 줄줄 흘러내렸다.

다이는 초조한 표정의 유현을 쳐다보고 말했다.

"못 오신대요. 내일 아침에나 오실 수 있대요."

한동안 침묵이 흘렀다. 귀를 위협하는 강한 바람 소리, 온몸으로 달려드는 세찬 장대비 소리, 이리저리 바람에 미친 듯이 흔들리는 나무, 풀꽃. 자연의 소리들만 무섭게 흘러 들어왔다. 유현이 한숨과 함께 낙담한 표정을 지었다.

서 있는 것도 힘들 정도로 미쳐 버린 날씨였다. 섬뜩해져 자신도 모르게 아랫입술을 떨고 있는데, 문득 그가 팔을 붙잡아 왔다.

"괜찮아요?"

먹먹해진 귀로 파고드는 잔잔한 음성에 다이는 애써 고개를 끄덕였다. 하지만 전혀 괜찮지 않았다. 이토록 엉망인 상태에서 이곳에서 하룻밤을 보내야 한다는 사실이 공포와 절망감으로 다가오고 있었다.

4

"류 작가!"

다이가 짐 가방을 부랴부랴 챙기고 다시 나무 아래로 몸을 피신했을 때, 반대쪽에서 유현의 목소리가 들려왔다. 고개를 빼꼼 내밀고 그쪽을 쳐다봤지만 여전히 어둑어둑한 사위만 있을 뿐, 그의 모습은 보이지 않았다.

"이리 오라니까!"

비바람 소리를 뚫고 그의 음성이 다시 한번 들려왔다. 그쪽으로 오라니. 이제 저 빗속을 단 한 걸음도 걷지 못할 것 같은데. 그녀의 노력과 그의 윽박지름이 어우러진 답사가 망해 가고 있다는 사실도 절망스러운데, 최악의 환경에서 그와 밤을 지새워야 한다는 사실은 몇 배로 절망스러웠다.

다이는 하는 수 없이 다시 가방을 들고 소리가 난 쪽을 향해 바삐 걸었다. 이미 온몸이 젖어 버려 비를 피하는 것은 의미가 없었다. 하지만 유현이 기다리고 있는 곳에 도착한 다이는 자못 놀란 얼굴로 그를 쳐다봤다.

그가 가리킨 곳에 작은 동굴이 있었던 것이다.

"들어가 봐요."

유현의 말에 다이는 고개를 끄덕였다. 입구가 워낙 낮고 좁은 탓에 상체를 한껏 숙여야 했다. 끙끙거리며 입구를 통과하자 제법 그럴듯한 내부 공간이 나왔다. 물론 좁은 건 여전했지만 어쩐 일인지 동굴 안 바닥은 거세게 내리고 있는 비에 젖지 않은, 마른 땅이었다.

다이는 가방에서 무릎 담요를 얼른 꺼내 바닥에 깔았다. 한결 나아진 내부에 이번엔 그가 들어왔다. 문제는 유현의 키와 덩치가 다이보다 여러모로 컸기에, 내부 공간이 꽉 차 버렸다는 사실이다.

들어온 그가 옆에 앉으니, 몸을 돌릴 수도 팔과 다리를 마음대로 움직일 수도 없는 협소한 공간이 돼 버렸다. 하지만 선택의 여지가 없었다. 이런 동굴이 있다는 사실만으로도 존재하는 모든 신들에게 감사하고 싶은 심정이었다.

"후……."

유현은 짙은 한숨과 함께 뒷머리를 벽에 기댔다. 젖어 버린 머리칼에서 여전히 물기가 뚝뚝 흘러내렸지만 그제야 잠시 찾아온 평온이 다행스러웠다.

최악의 상황에 몸이 아닌 마음부터 지쳐 가고 있었다. 촉박한 촬영 일정 탓에 날씨를 고려하지 않은 게 오류였다.

가늘게 뜬 눈으로 무척 가까이에 있는 그녀를 응시했다. 아랫입술이 미세하게 떨리고 있는 건 추위 탓이리라. 힘들게 연 입술에서 쉬어 버린 음성이 흘러나왔다.

"괜찮아요?"

"네. PD님은요?"

"전혀 괜찮지 않아요."

"커피 마셔요. 가방 안에서 꺼낼게요."

유현은 그녀가 하는 양을 가만히 지켜보기만 했다. 커다란 짐 가방을 주섬주섬 열고 보온병과 플라스틱 컵 두 개, 그리고 믹스커피를 꺼내 바닥에 놓았다. 비바람과 추위에 손마저 얼었는지, 컵에 물을 붓는 그녀의 손이 잔잔하게 떨리고 있었다. 어쩔 수 없이 유현이 그녀의 손에서 보온병을 낚아챘다.

"가만히 있어요."

고개를 든 다이의 얼굴은 하얗게 질려 있었다. 입술은 창백해 보였고 내쉬는 숨마저 미약하게만 들렸다. 저러다 몸살이라도 앓는 건 아닐까, 하는 생각에 유현은 서둘러 커피를 타 그녀에게 내밀었다.

"마셔요."

"준비는 내가 한 건데, 생색은 PD님이."

"농담할 정신은 아직 있나 보군."

그의 일침에 다이는 가만히 컵을 받아 들고 커피를 홀짝거렸다. 그 역시 자신 몫의 커피를 만들어 마시기 시작했다. 이따금 몸을 움직일 때마다 어깨며, 무릎이며, 손이 닿았다. 어쩔 수 없이 가까운 거리였던지라 가끔은 체온이며 입김까지 섞여 드는 기분이었다.

다이는 순간적으로 앉은 방향을 잘못 선택했다고 생각했다. 입구를 바라보며 앉았더라면 그와 꼼짝없이 마주 보는 일은 없었을 텐데. 다이는 시선을 어디에 둬야 할지 몰라 그저 눈동자만 굴리고 있었다. 그러다가 얼핏 고개를 돌릴 때마다 이쪽을 집요하게 쳐다보고 있는 그와 시선이 마주쳤다.

그럴 땐, 이유 없이 얼굴이 붉어졌다.

한동안 동굴 안은 적요만이 가득했다. 그저 바깥에서 지겹도록 울리는 비바람 소리만이 귓전을 부지런히 때리고 있을 뿐이었다.

"궁금한 게 있는데."

그렇게 흉포하게 달려드는 자연의 소리에 귀가 먹먹해질 때쯤, 그가 먼저 침묵을 깨뜨렸다.

"네?"

"정말 남자 없었어요? 파혼했을 때나 지금도?"

가끔 놀랍도록 무감하게만 느껴지는 그녀가 흔들리는 걸 발견할 때마다 통쾌함이 들었다. 지금도 마찬가지였다. 그의 기습적인 질문에 갈피를 잡지 못하고 시선이 흔들리는 게, 왜 이렇게 유쾌해지는지 알 수 없는 일이다.

"그때도 말했지만 없었어요. 왜요?"

"나를 상대로 파혼을 말하기가 쉽지 않았을 것 같아서."

"아주 쉬웠는데."

"거짓말."

"그렇게 생각하고 싶다면 저도 어쩔 수 없죠. 다만, 그때도 없었고 지금도 없어요. 나한테 남자가 있었다면 PD님 오피스텔에 무작정 쳐들어 갈 수는 없었을 거예요."

"글쎄. 세상엔 여러 종류의 사람이 있으니까."

빠직. 다이는 그를 확 째려보았다. 농담인지 진담인지 분간할 수 없는 이유는, 아마도 그의 굵고 깊은 목소리 때문이리라. 대꾸할 가치도 없어 다시금 커피를 홀짝거리는데, 이번엔 그가 다른 곳을 긁었다.

"나하고 맞선 보기 전부터 방송국에서 일했던데, 왜 속였던 거지?"

"하아……. 말하자면 좀 복잡해요. 그저 세상엔 여러 종류의 사람이 있다고 생각해 주세요."

"복잡해도 말해요."

"다 지난 일이에요."

"말해 보라니까."

"가장 그럴듯한 가면이었을 테니까요, 우리 부모님한테는!"

그녀의 목소리가 조금 격양되었다. 처음엔 자신이 다그쳐서인가 생각했지만, 그건 아닌 듯했다. 어딘가 울분이 느껴지는 음성에 그녀를 지그시 쳐다봤다.

"PD님 말대로 세상엔 여러 종류의 사람이 있죠. 당신들의 체면과 위신이 가장 중요해서 딸자식에게 마구 횡포를 부린 것도 모자라 강제로 결혼시키려는 사람들도 있고, 그런 걸 견디지 못해 끝내 집을 나온 딸도 있죠."

굳이 말하진 않았지만, 그녀의 말 속에 등장하는 '딸'이 그녀 자신이라는 걸 알 수 있었다. 깊게 생각하지 않아도, 그녀가 어렸을 때부터 완벽한 부모의 강압적인 환경 아래에서 힘들게 성장해 왔을 거라고 짐작할 수 있었다.

"이런 걱정, 괜한 오지랖일 것 같지만, 나 때문에 정유현 씨가 결혼에 대해 선입견이 생기는 게 아닐까 싶어요. 누구도 믿지 못하는 건 아닐지. 그러지 마세요. 나만 그런 거예요. 그러니까 정유현 씨는 현명하고 사랑스러운 여자 만나요. 구김살 하나 없이 살아온 여자요."

자신을 향한 그녀의 호칭이 'PD님'에서 '정유현 씨'로 바뀐 그 순간에, 우습게도 묘한 생각이 떠올랐다. 시간이 작년으로 되돌아간 듯한 착각. 그래서 류다이라는 눈앞의 여자와 결혼을 준비하는 일이 아직도 현재 진행형 같다는 착각.

자신의 결혼 상대는 여전히 이 여자뿐이라는, 정말이지 말도 안 되는 그런 착각.

유현은 눈썹을 삐딱하게 일그러뜨린 채 착각의 늪에서 얼른 빠져나왔다.

"그러니까 요약하자면 당신은 부모의 강요에 의해 맞선 자리에 나왔고, 자신의 의견과는 상관없이 결혼 준비 속으로 휩쓸려 갔고, 막판에 정신을 차렸다는 뜻?"

"네."

"가출했어요?"

"민망하지만……. 네. 그랬어요. 사춘기 때도 해 보지 않았던 반항이라는 걸 한 셈이죠."

"결과는?"

"없어요. 아직은 과정이라서."

"류다이 씨."

"네?"

"이런 생각, 들지 않아요? 우리가 지금 나눴던 이야기를, 작년에 나눴어야 했다는 생각."

다이는 따뜻한 커피 잔을 두 손바닥 가득 쥐고는 그를 마주하고 있었다. 어쩐지 손에 쥔 컵의 온도보다 자신의 말을 주의 깊게 들어 주는 그의 표정이 더 따뜻하다는 생각이 들었다. 그가 말을 이었다.

"그리고 난 이런 생각도 드는데. 사람들은 자신이 겪는 일이 아주 특별한 줄 아는데, 사실 지나고 보면 평범한 일이에요. 모든 날이 마찬가지죠. 여느 때와 다를 것 없는 일상이라는 말이죠. 그러니까 앞으로는 제자리임을 알면서 도망치진 말아요. 그 어느 곳에도 특별한 낙원은 없으니까."

그의 말은 비수 같다가도 부드러운 위로 같았다. 신기한 건 그를 다시 만난 이후로 처음으로 얼마쯤 공감대가 형성된 듯한 기분이 든다는 거였다. 다이는 남은 커피를 모조리 마신 후 다시 가방을 열었다.

"배 안 고파요? 빵 먹을래요? 과일도 있어요."

빵 몇 개와 바나나, 그리고 사과, 두유 등을 꺼내 그의 앞에 펼쳐 놓았다. 유현은 공간 부족으로 자신의 발 위까지 점령한 식료품들을 보고 혀를 내둘렀다.

"마트를 아예 털어 온 건가."

"다음엔 털어 볼게요."

대답과 동시에 다이는 사과와 두유를 집어 그에게 내밀었다.

"영양소를 계산해 보니 지금은 이게 좋을 것 같네요. 이걸 먹어요."

"회계학에 작가에, 영양사 공부까지 했어요?"

"극성스러운 부모님의 엄격한 통제하에 자라다 보면 이런 건 일도 아니죠."

"마트 터는 것까지 완벽하게 해내면 인정."

"푸핫!"

다이는 웃음을 터뜨렸다. 그와 함께하면서 처음으로 내 본 웃음소리였다. 킥킥대다가 문득 고개를 드는데, 그의 빤한 시선과 마주쳤다. 물끄러미 쳐다보는 그의 시선이 지나치게 집요해서 다이는 돌연 웃음을 멈추었다.

"아, 웃는 게 불쾌했다면 미안해요."

"불쾌했어요."

"네. 네."

민망해진 그녀가 고개를 조아리다가 사과를 베어 물었다. 유현은 사뭇 진지한 얼굴로 두유를 마셨다. 불쾌하다고 말했지만 실상 정반대였다. 갑작스러운 그녀의 웃음은 모든 것들이 최악인 지금의 상황을 아주 잠시 잊게 만들어 준 것이다.

낯선 친근감이 느껴졌다.

아주 오랜 시간을 함께해 온 동료 같은 분위기.

그래서였다. 유현은 자신도 모르게 그녀를 경계하고 있었다. 웃음소리가 크든 말든, 그래서 이 작고 좁은 동굴 속을 가득 메우든 말든, 되도록 신경 쓰지 않으려 했다.

"사실 많이 놀랐어요. PD로 처음 오신 날이요."

아삭아삭 사과를 베어 물던 그녀가 불쑥 입을 열었다. 좀 전보다 더 짙게 느껴지는 친근감. 유현은 일부러 동굴 밖으로 고개를 돌렸다.

"피차일반 아닌가?"

"그러니까요. 신기하지 않나요? 우연인지, 인연인지, 아니면……."

"악연."

"네?"

"악연이라고."

"왜……."

"우리가 인연이었다면 작년에 그렇게 헤어지지 않았을 텐데?"

"생각해 보니 그러네요. 그래도 악연까지는 아닌 것 같은데요."

"아니. 난 악연이 분명하다고 생각해요. 이렇게 다시 만난 걸 보면."

그의 단호한 말에 다이는 할 말을 잃었다. 인연까지는 아니라 해도 최소한 우연 정도는 될 줄 알았는데, 그는 한사코 악연이라고 말했다. 이유를 알 수 없었다. 악연이라고 단정 짓는 그의 말이, 왜 이렇게 서운한지.

"피곤하지 않아요?"

그래서 뒷머리를 기댄 그가 물어 왔을 때, 다이의 목소리는 조금 날카로워졌다.

"별로요."

"눈 좀 붙입시다."

짧게 말한 그는 곧장 눈을 감았다. 눈을 감아 버린 그를 물끄러미 쳐다보고 있자니 화가 슬슬 치밀었다. 정작 악연이라고 말해야 할 사람이 누군데 저토록 적반하장인 걸까. 나 역시 절대 인연이라고 생각한 적 없다고, 그렇게 생각할 바에야 이 동굴에서 나가 버리겠다고 머릿속에서 온갖 억지를 부려 댔다.

나쁜 놈. 양아치. 예의라곤 개미 오줌만큼도 찾을 수 없는⋯⋯ 이⋯⋯!

다이는 소리를 내지 않고 입술 모양으로만 그를 향해 욕설을 퍼부었다. 알고 있는 모든 욕을 총동원해서 침묵시위를 하고 있는데, 갑자기 그가 눈을 번쩍 떴다.

"아 참."

"헙!"

그녀의 요상한 표정을 발견한 그가 눈썹을 일그러뜨렸다. 당황한 다이는 눈을 꾹 감고 자는 척을 해 버렸다. 눈치가 매우 빠른 탓에 그녀의 소리 없는 아우성을 이미 알아 버린 유현은 기가 막혔다.

"나쁜 놈, 양아치까지는 알아보겠는데 그 뒤는 문장이 길어 알아보질 못하겠네. 다시 읊어 봐요."

"⋯⋯."

"괜찮아요. 뭐 그럴 수도 있지. 류 작가하고 나, 서로 좋은 감정일 리가 없으니까.”

“…….”

“괜찮으니 말해 보라니까? 충분히 이해합니다.”

“예의라곤 개미 오줌만큼도 찾을 수 없는.”

다이는 눈을 지그시 뜨며 아까 중얼거렸던 말을 재차 뇌까렸다. 괜찮다고 한 그의 말을 믿은 게 아니라, 그에게 꼭 들려주고 싶었다. 당신만큼 나도 이 재회가 불편하고 불쾌하다는 걸 알리고 싶었던 것이다.

그는 알겠다는 얼굴로 고개를 천천히 끄덕였다.

“흐음. 그랬군. 내일 오피스텔에 도착하자마자 짐 싸서 나가요. 당신 발로 나가지 않으면 내가 당신 짐 몽땅 복도에 내다 버릴 테니까.”

저런, 저 저…….

“눈 좀 붙여요. 밤에 혹시 비가 그치면 섬의 나머지 부분 답사를 마저 해야 할 것 같으니까.”

그는 다시금 눈을 감았다. 다이 역시 한껏 치민 화를 애써 누르고 눈을 감았다. 졸린 건 아니었지만 눈을 감지 않으면 꼼짝없이 그의 얼굴만 마주 봐야 하기 때문에, 선택의 여지가 없었다.

하지만 잠시 후, 거짓말처럼 졸음이 밀려들었다.

여전히 귓전으로 와락 달려들고 있는 빗소리, 바람 소리가 시끄러웠지만 졸음이 몸을 지배한 순간 그 모든 소음이 차단됐다. 다이는 눈을 살짝 떴다가 다시 감았다. 잠에 빠진 듯한 유현의 얼굴을 마지막으로 보며, 그녀도 곧 아득한 수면에 빨려 들어갔다.

* * *

“……작가. ……류 작가.”

다이가 잠 속에서 빠져나온 건 한밤중이었다. 누군가의 손이 어깨를 건드렸고 그 접촉에 눈을 뜬 것이다.

"어, 네."

그는 이미 카메라를 챙기고 있었다. 핸드폰을 확인하니 시간은 새벽 1시를 넘기고 있었다. 그가 슬쩍 돌아본다.

"바람은 여전하지만 비는 어느 정도 그친 것 같은데. 지금 나가 보죠."

아까 잠들기 전 투덕거렸던 건 그새 다 잊었는지, 그는 PD의 모습으로 돌아가 있었다. 자신만 뒤끝이 있었던 건가 싶어 다이는 얼떨떨해져선 허겁지겁 노트와 핸드폰을 챙겼다. 그가 조심스럽게 동굴을 나가자, 다이도 그의 뒤를 따랐다.

그의 말대로 비는 이미 그쳤다. 하지만 바람이 워낙 강해, 나뭇가지에 묻은 물기를 이리저리 흔드는 바람에 사방으로 여전히 빗물이 흩날리고 있었다. 사방은 컴컴해 아무것도 보이지 않았고, 워낙 장시간 좁은 공간에 앉아 있었던 터라 다리며 어깨 근육이 뭉쳐 있었다.

"핸드폰 조명을 켜고 뒤에서 나를 따라와요."

"네. 조심하세요."

길이 따로 없었고 비바람에 나뭇가지가 부러져 사방 곳곳이 온통 지뢰였다. 발을 헛디뎌 가지에 걸리기라도 한다면 꼼짝없이 널브러질, 그런 위험이 도사리고 있었다. 다이는 핸드폰 불빛을 유현의 앞길에 비추었다. 조명이 넓게 퍼져 자신의 걸음 언저리에도 닿았다.

그들이 향하고 있는 곳은 어제 답사한 곳의 반대쪽이었다.

그곳은 섬의 뒤쪽이었고, 따라서 더욱 주의 깊게 다니지 않으면 안 되는 곳이었다.

한참 동안 앞에서 느린 속도로 전진하던 그가, 갑자기 걸음을 멈추었다. 그러곤 다이를 향해 뒤쪽으로 손을 뻗어 왔다.

"잡아요, 손."

"……네?"

"웅덩이가 있어. 내 손 잡고 같이 뛰어야 해요."

"아……."

다이는 고개를 빼꼼 내밀고는 앞길을 관찰했다. 어두웠지만 그의 발 앞에 나 있는 웅덩이가 보이는 듯했다. 다이는 어쩔 수 없이 노트를 주머니에 넣고 그의 손을 잡았다. 굳이 잡지 않아도 될 것 같다는 생각에, 거의 손가락을 걸치는 수준이었지만, 그가 이내 덮치듯 손을 단단히 잡았다.

하나, 둘, 셋, 그의 구령에 맞춰 함께 점프했다. 완벽했다고 생각했는데, 건너편에 착지하는 순간 나뭇가지에 발이 걸리는 바람에, 다이는 순간적으로 휘청거렸다. 그때 유현이 그녀의 허리를 끌어안았고 다이는 그의 품에 와락 안겨 버린 자세가 됐다.

몸과 몸, 가슴과 가슴, 그리고 눈빛과 눈빛이 순간적으로 엉켜 버렸다.

흉흉한 비의 냄새.

질퍽한 흙의 냄새.

하지만 무슨 이유인지 도저히 외면할 수 없는 그의 집요한 눈빛에, 후각이 정지된 듯했다.

"생각해 보니까 당신 말이 틀린 것도 아니야. 사람이 여러 명 모여 있는 곳엔 반드시 양아치나 쓰레기가 있는 법이지. 그리고 그 모임의 분위기는 그 양아치나 쓰레기가 주도하는 거고. 정말로 그런 양아치나 쓰레기가 되어 볼까."

아래로 늘어진 손에 들린 핸드폰 불빛이 그의 얼굴을 비추는 듯 아닌 듯, 이리저리 흔들렸다. 그러다 그의 얼굴에 정확하게 비추니, 그는 짓 궂게 웃고 있었다. 장난기 가득한 그의 얼굴에 다이는 아랫입술을 꽉 깨물었다.

아주 잠시 가슴이 뛰었다는 것을 부인하고 싶어 그의 발등을 꽉 밟아 버렸다.

"그러시든가요."

이번엔 다이가 앞장섰다.

콱, 콱, 콱.

나뭇가지가 널브러진 길이 아닌 길을 용감무쌍하게 걸어 나갔다. 이따금 거센 바람에 몸이 휘청거리긴 했지만, 이 정도면 그녀가 결코 만만한 존재가 아니라는 걸 충분히 어필할 수 있으리라.

그렇게 좀 더 걷던 다이는 돌연 걸음을 멈추고 천천히 뒤로 고개를 돌렸다. 분명 뒤에서 따라와야 할 유현이 보이지 않았다. 핸드폰 불빛으로 이리저리 비췄는데도, 그의 모습이 보이지 않았다.

다이의 얼굴이 순식간에 긴장으로 차올랐다. 공포로 경직된 몸이 말을 듣지 않았다. 겨우 열린 입술에서 미약한 소리만 흘러나왔다.

"PD님. ……PD님? ……이봐요, 정유현 씨…… 장난치지 말아요. ……이봐요. ……이봐! 정유현!"

외침은 점점 더 커졌다. 하지만 곧 사방은 귀를 울리는 바람 소리, 그 바람에 나뭇가지가 저들끼리 부딪쳐 만들어 내는 기이한 소리만이 넘쳐 흘렀다. 한 발자국도 움직일 수 없는 압도적인 공포가 찾아왔다.

다이는 덜덜덜 떨리는 아래턱을 어쩌지 못하고 그 자리에 못 박힌 채 서 있었다. 그 순간, 그의 것일 게 분명한 손이 그녀의 어깨를 툭 건드렸다.

"류다……."

"꺄아아아악!"

"이봐요. 류 작가."

다이는 두 손으로 귀를 막고 비명을 질러 댔다. 낯선 공포감에 점령당한 몸은 끝 간 데 없이 떨렸고, 정신 차리라며 제 팔을 붙잡는 유현에 아랑곳하지 않고 정신없이 외쳐 댔다.

"지금 뭐 하자는 거예요? 이래도 되는 거예요? 이렇게까지 장난을 쳐서 얻는 게 뭐예요?"

원망과 야속함과 화가 어우러진 그녀의 음성에, 유현은 턱을 굳혔다.

어떤 상황인지 충분히 납득한 그가 자신의 핸드폰을 이용해 그녀의 얼굴을 스윽 비추었다. 그러자 빛살에 눈이 부셨던 다이가 눈살을 찌푸렸다.

얼핏 보니 눈가에 눈물이 그렁그렁 매달려 있었던 것도 같다.

"뒤에 처음 본 공간이 있어서 잠깐 보고 있었고, 이래도 되는 것 같고, 장난친 건 아닌데."

"하아……."

다이는 참담하게 한숨을 지었다. 그에게 화를 낼 게 아니었는데, 두려움에 떤 나머지 자신도 모르게 큰소리를 내 버렸다. 미안하다는 말을 건네기에도 지쳐 버린 상태였다.

"공포에 약할 줄은 몰랐는데."

"약한 게 아니라 그저 너무 갑작스러워서."

"앞으로 종종 이래야겠군."

"뭐라구요?"

"고함지르는 표정이 가관이어서. 사진을 찍어 뒀어야 했는데."

"이봐요. 정유현 씨."

"그거 알아요? 난 당신이 내 이름을 부를 때 웃음이 나. 나한테 덤비는 기분이거든. 게임도 안 될 걸 알면서도 말이지."

한시도 농담을 놓치지 않는 그가 얄미워서, 다이는 오기를 품고 그를 앞질렀다. 어둡고 어지러운 눈앞을 핸드폰 조명으로 밝혀 가며, 보란 듯이 제법 당당하게 걸음을 옮겼다. 하지만 그 보무당당함은 그리 오래가지 못했다.

"헙!"

또다시 나뭇가지에 발이 걸렸다. 이번엔 뒤에서 유현이 잽싸게 다가와 그녀의 팔을 붙잡았다. 물론 키득거리는 웃음소리도 들려왔다. 다이는 정중하게 팔을 빼낸 뒤 다시 걸음을 이었다. 그때부터는 두려움을 느끼지 못했다.

그의 발소리가 안정적으로 들려오고 있었기 때문이다.

"류 작가. 여길 한번 비춰 봤으면 하는데."

"네."

좀 전의 기 싸움 같은 건 금세 잊고서 뒤돌아 그에게 향했다. 그가 카메라를 멨고, 다이는 그가 촬영하고자 하는 곳을 비추었다. 바람 소리가 여전히 거셌지만, 어느새 이 섬이 주는 거칠고 야생적인 분위기에 물들어 가고 있었다.

이유를 알 수는 없었다.

다이는 이 섬이 점점 좋아지고 있었다.

* * *

"다이 씨! 괜찮아?"

"우리 다들 얼마나 걱정했는지 몰라."

"세상에나. 정 PD님과의 외딴섬에서 하룻밤이라니 정말 낭만적이야."

민지와 영주가 경쟁이라도 하듯 염려 섞인 위로의 말을 건넸지만, 수정만큼은 위로보다는 개인적인 감상이 먼저였다. 민지와 영주가 그런 수정을 흘겨봤고 수정은 어깨를 잔뜩 움츠렸다. 피곤에 지친 몸으로 모니터를 들여다보던 다이는 억지로 웃어 보였다.

"전 괜찮아요. 답사 보고서 작성하고 있으니까 오후에 출력해서 한 부씩 드릴게요."

"천천히 해."

"그래, 다이 씨. 오늘 오전에 서울에 도착해서 씻고 곧장 출근한 거라며. 피곤할 텐데 보고서는 내일 작성해도 돼."

"다이 씨. 그러지 말고 일어나. 점심시간이잖아. 오늘은 우리 넷이서 구내식당 말고 근처 브런치 카페라도 가자. 내가 살게."

민지가 맏언니답게 통 크게 말했지만, 지금은 오피스텔로 가서 자고 싶기만 했다. 몸이 천근만근이었다. 감기 기운이 오려는지 목구멍이 간질거렸고, 두통이 몰려들고 있었으며, 눈이 절로 감겼다.

하지만 오피스텔에서조차 그녀는 마음 놓고 쉴 수 없었다. 언제 어느 때에 유현이 들어올지 모른다. 딱 열 시간만 자고 일어나면 정말이지 개운할 것 같은데.

"죄송해요. 선배님. 저 이거 빨리해 놓고 가서 쉬려고요. 대신 내일 점심을 제가 살게요. 물론 구내식당에서요."

"아아, 그래. 피곤하지? 좋아. 그럼 내일 다 같이 점심 한 끼 먹자구. 다이 씨가 낸다고 했지만 선배로서 그건 못 보지. 내가 살게."

민지가 너그럽게 이해해 주었다. 민지가 선동을 하니 영주와 수정은 자연스럽게 그 대열에 동참했다. 다이는 그들의 배려에 고마워하며 다시 문서 작업을 이어 나갔다. 점심도 거른 채 두어 시간을 매달린 결과 보고서를 완성한 그녀는 서둘러 원고를 출력시켰다.

파일 한 부씩 작가들의 이름을 써 둔 후, 비틀비틀 방송국을 나섰다. 눈가가 무겁도록 아팠다. 도로 건너편에 오피스텔이 보였지만 한숨과 함께 돌아섰다. 오늘만큼은 저 오피스텔을 유현에게 내어 주기로 했다.

그도 피곤할 테니까.

오늘 새벽까지만 해도 환장할 정도로 엉망이던 날씨가 거짓말처럼 갠 걸 보면서, 다이는 핸드폰을 꺼냈다.

"연희야. 나야."

—응. 다이야. 지금 근무 시간 아니야?

"정말 미안한데 나 너희 집에서 딱 다섯 시간만 자고 나오면 안 될까?"

—왜, 무슨 일 있어?

"세세하게 말하긴 좀 그래. 다섯 시간만 좀 빌려주라."

—그래. 알았어.

연희와 원호의 집은 맥줏집으로부터 제법 떨어진 곳에 있는 아파트 단지에 있었다. 연희는 스스럼없이 다이에게 잠금장치 비밀번호를 알려 주었다. 다이는 곧장 택시를 잡았다. 기사에게 주소를 알려 준 후 쓰러지듯 등을 기대었다.

* * *

　연출 회의가 끝나고 나서 유현은 경석의 배려로 일찍 사무실을 나섰다. 눈이 충혈된 유현을 두고 볼 수 없다며 일찍 퇴근하라고 등을 떠민 것이다. 복도를 통과하다가 작가실 앞에서 걸음을 멈춘 그는, 통유리를 통해 내부를 슬쩍 쳐다봤다.
　민지와 영주, 수정까지 앉아 각자의 일을 하고 있는 와중에 다이의 모습은 보이지 않았다. 그를 발견한 작가들이 앞다투어 자리에서 일어나 인사를 했고, 민지가 작가실을 슬쩍 나왔다.
　"정 PD님. 답사 때 고생 많으셨다고 들었어요. 피곤하지 않으세요?"
　"괜찮아요."
　"다이 씨는 너무 피곤해 보여서 일찍 퇴근했어요."
　"퇴근?"
　"네. 한 20분쯤 된 것 같아요."
　"알았어요. 내일 아침 제작 회의 있으니까 빠짐없이 참석하라고 전해 주세요."
　"네. 알겠습니다."
　민지와 헤어진 유현은 조금 빠른 걸음으로 방송국을 나섰다. 어젯밤과는 판이하게 달라진 파란 하늘 아래, 횡단보도를 건너고 오피스텔 건물에 도착했다. 계단을 성큼성큼 올라가는 동안, 먼저 와 있을 다이를 어떤 식으로 놀라게 만들까, 내심 생각하고 있었다.
　두려워 오들오들 떨며 제게 악다구니를 퍼붓던 간밤의 그 표정이 아직도 생생했다.

하지만 기대감에 문을 연 그는, 텅 비어 있는 오피스텔 내부를 보며 미간을 찡그렸다. 어딜 간 거지? 신발을 벗고 거실에 올라섰지만, 내부는 아침에 출근할 때의 모습에서 변한 것이 없었다. 어디 마트에라도 들렀다 오는 건가.

유현은 어깨를 으쓱하며 욕실로 향했다. 다이가 없을 때 재빨리 씻어 두는 편이 나을 거란 생각에서였다. 한편으로는 다이와 함께 지내는 생활에 절대 익숙해지면 안 될 것 같아 의도적으로 짜증을 내기도 했다.

샤워를 끝내고 나온 그는 냉장고에서 캔 맥주를 꺼내 침대에 기대앉았다. 다이가 지내던 소파를 응시한 채, 맥주를 마시다 보니 어느새 깊은 피로감이 몰려들었다. 그는 의식하지도 못한 순간에 잠에 빠져들고 말았다.

그가 눈을 뜬 건 밤 10시경이었다.

황급히 상체를 일으켜 다이의 소파를 쳐다봤다. 거실 창문으로 비쳐 든 달빛에 소파 언저리가 환했지만, 그곳은 여전히 텅 비어 있었다. 유현은 침대에서 내려와 핸드폰을 집어 들었다.

신호음만 이어지고 건너오는 대답은 없었다.

한 번 더 전화를 걸었고, 이번에도 신호음은 들려주는 대답 하나 없이 길게도 울렸다. 역시나 어쩔 수 없이 전화를 끊으려던 순간, 건너편에서 다급한 음성이 들려왔다.

— 여보세요!

다이의 목소리가 아니었다. 낯선 상황에 유현이 미간을 한껏 찌푸렸다. 하지만 이어진 목소리에 유현의 이마가 서늘하게 굳었다.

— 저기요. 저는 류다이 씨 친구 최연희라고 하는데요. 다이가 지금 병원에 실려 왔거든요?

"어디 병원입니까?"

— 네? 아…… 성림병원이요. 좀 전에 왔어요. 근데 누구세요?

"함께 일하는 사람입니다. 지금 당장 가죠."

유현은 다급히 옷을 챙겨 입었다. 점퍼를 걸치고 오피스텔을 나서는 발걸음 또한 매우 빨랐다.

5

응급실에 도착해 다이의 침대를 지키고 있는 여자를 발견하고 나서야, 유현은 자신이 꽤 다급하게 이곳까지 왔다는 것을 깨달았다. 어쩐지 자존심이 뭉개지는 것도 같고, 다이를 향해 시종일관 세웠던 날이 민망해지는 것도 같았다.

"안녕하세요. 다이 친구입니다."

"처음 뵙겠습니다."

"다이가 저희 집에서 자고 있었는데 애 상태가 영 심상치 않더라구요. 깨웠는데 일어나지를 못하고. 그래서 제일 가까운 병원에 데리고 온 거예요. 몸살감기가 심하다고 하시네요."

여자의 설명에 유현은 다이의 손목에 꽂혀 있는 링거 주사를 내려다보았다. 창백해진 얼굴빛과 함께 입술에 허연 껍질이 일어나 중병을 앓는 환자처럼 보인다. 분명 답사의 후폭풍이리라. 괜히 착잡해져 시선을 드니, 다이의 친구가 그의 눈치를 살피고 있었다.

"혹시 다이랑 같이 일하는 작가세요?"

"저는 PD입니다."

"아, 그러시구나. 정말 죄송한데, 저는 지금 가게로 가 봐야 하거든요. 남편 혼자 쩔쩔매고 있을 텐데."

"네. 어서 가 보십시오."

"지금은 자고 있는데 좀 있으면 깰 거예요. 다이가 사는 오피스텔은 아시죠?"

"네."

"그럼, 부탁 좀 드리겠습니다."

여자는 끝까지 그를 향한 관찰의 시선을 떼지 않고 천천히 응급실을 나갔다. 여자가 나가자마자 유현의 시선이 다시 다이에게로 쏟아졌다. 눈빛엔 다소 원망이 섞여 있었다. 그렇게까지 서둘러 올 건 아니었는데. 이렇게까지 걱정할 것도 아닌데.

조금씩 차오르는 혼란스러움에, 유현은 다른 곳으로 고개를 돌렸다. 그녀가 일어나 자신을 발견하고 의아해하면 뭐라 해명해야 하나. 아주 귀찮은데 억지로 와 있다는 뉘앙스를 반드시 심어 줘야 할 텐데 어떤 방식으로 핑계를 대야 하나.

새로운 고민거리에 유현은 저도 모르게 미간을 찡그렸다.

다이가 눈을 뜬 건 그로부터 30분이 지난 후였다. 때마침 링거액이 바닥을 드러냈고 지나가던 간호사가 다가와 링거 주사를 빼내던 순간이었다. 빛살에 눈이 부셨는지 몇 차례 껌뻑이던 그녀가 완전하게 눈을 떴을 때, 유현과 시선이 마주쳤다.

"……어? 여길 어떻게……."

"가지가지 하는군."

"친구가 같이 있었는데……."

"바쁜 친구 그만 찾고 얼른 일어나지."

유현은 일부러 냉랭한 음성을 냈다. 부스스 창백한 얼굴을 잠시 찌푸리던 그녀가 상체를 일으켰지만, 그는 애써 외면하고 있었다. 하지만 한쪽 귀는 내내 그녀에게 열려 있었다. 침대에서 내려온 다이가 카디건을 걸치는 모습을 흘깃 본 그가 내뱉듯 말했다.

"그렇게 약해 빠져서 앞으로 답사에 참여할 수나 있을는지. 어서 옷 입고 나와요. 약 챙겨서."

다이는 차갑게 돌아서는 그를 멀거니 쳐다보다가 간호사에게 다가갔다. 약을 건네받고 계산을 마친 뒤 응급실을 나섰다. 아직 미열이 남아 있었고, 다리엔 힘이 여전히 없었고, 어쩌다 저 인간이 여기에 와 있는지도 알 수 없었지만, 지금 다이의 마음을 가장 무겁게 하는 건 이 병원이라는 공간이었다.

유독 그녀는 병원을 싫어했다.

아마도 부모님과 제이 때문일 것이다.

병원이라는 공간이 주는 거부감은 꽤 오랫동안 그녀를 괴롭게 만들었다. 하지만 작년에 집을 나오고 나서부터는, 길을 가다 병원 건물을 볼 때마다 마음이 시렸다. 일방적인 거부감이 아닌, 그저 가슴이 아프고 눈이 시린, 그런 곳이 돼 버렸다.

지금도 마찬가지였다. 하여 어쩔 수 없이 응급실을 나서는 발길이 무척 빨랐다.

"타요."

눈앞에 나타난 건 유현의 차였다. 다이는 말없이 조수석에 올랐다.

"내 친구가 혹시 전화했어요?"

차를 몰고 도로에 접어들자마자 그녀가 물어 왔다. 유현은 질문에 대답하지 않았다. 그가 먼저 전화했노라고, 절대 말하지 않았다.

"어쨌든 고마워요. 아주 귀찮으셨을 텐데."

"그걸 말이라고."

"그냥 가벼운 몸살이에요. 걱정하진 마세요."

"당신 걱정이 아니라 내 걱정을 하는 거지. 이렇게 늦게까지 과로하다가 내일 업무에 지장이 생길까 봐."

"아…… 어련하시려구요."

"왜 오피스텔이 아닌 친구 집에서 자고 있었던 거죠? 그러니 내가 이렇게까지 귀찮게 됐잖아."

"제가 있으면 PD님이 편히 쉴 수가 없잖아요. PD님도 피곤할 텐데."

어쩐지 다이에게 일격을 당한 기분이었다. 여전히 힘이 빠진 목소리로 건조하기 짝이 없는 투로 내뱉은 말인데, 류다이라는 여자가 어떤 사람인지 비로소 알 것 같았다. 유현은 굳어진 얼굴을 풀지 않았다. 차는 그대로 쭉 달려 오피스텔 근방까지 다다랐다.

유현은 오피스텔 건물을 확인하고 나서 차를 서행시키며 입을 열었다.

"다음 답사에선 빠져요. 다른 작가와 갈 테니까."

"왜요?"

"그 몸으로 가려고?"

"이제 아무렇지도 않아요. 약 먹으면 더 괜찮아질 거구요."

"혹시 나하고 같이 다니는 게 좋다고 티 내는 건가? 그런 거면 골치 아픈데."

농담이랍시고 내뱉은 말인데 순간 아차 싶었다. 그저 순수한 염려였는데, 어린아이들의 유치한 싸움으로 변질됐기 때문이다. 다이가 실소하는 소리가 선명하게 들려왔다.

"애초에 답사 담당은 나구요. 정유현 씨하고 같이 다니는 것에 아무 생각이 없구요. 프로그램에 조그만 도움이라도 되고 싶은 게 제 심정이구요. 그게 전부예요. 아시겠어요?"

"다들 말은 그럴듯하게 하지."

"이봐요. 정 PD님. 그런 농담에 정색하고 맞받아칠 기운도 없어요."

"알겠으니까 그만 들어가요. 푹 쉬고. 난 밤새 사무실에 있을 거니까."

"PD님은요? 안 들어가세요?"

"얼른 들어가요."

다이는 그의 종용에 어쩔 수 없이 혼자서 내렸다. 그러자 차는 곧장 다시 출발해 방송국 건물 쪽으로 유턴했다. 밤새 사무실에 있겠다니. 설마 자신을 배려하는 건가? 그럴 리가. 미심쩍은 기분이었지만 지금은 생각에 집중할 기운이 하나도 없었다. 다이는 차가 방송국으로 유유히 진입하는 것을 쳐다보다가 오피스텔로 들어갔다.

계단을 오르면서 다이는 연희에게 전화를 걸었다. 몸살 기운이 밀려와 몸이 부서질 것같이 아팠을 때 마침 연희가 집으로 돌아왔고 함께 병원으로 갔던 것이다. 괜한 소동에 친구에게 폐를 끼친 게 아닐까 걱정됐다.

— 다이야. 몸은 어때? 퇴원한 거야?

"응. 미안. 걱정했지?"

— 그 정도길 다행이야. 일도 일이지만 몸 관리도 좀 해. 몸살에 쓰러진다는 게 말이 돼? 나처럼 건강한 돼지까지는 아니라도 잘 먹고 잘 좀 쉬어.

"알았어. 원호한테도 미안하다고 전해 줘."

— 우리 걱정은 하지 마. 참, 응급실에 온 그 남자, 대체 누구야?

"어…… 프로그램 같이하는 PD야."

— 너 응급실에 있다니까 숨도 안 쉬고 달려오던데?

"하하하. 그럴 리가. 그런 사람 아니야."

— 아니긴. 응급실에 와서도 내내 안절부절못하던데. 내 촉 무시하지 마. 술집 하면서 얻은 것 중 하나가 사람들의 분위기를 읽어 내는 거거든.

"신들렸니? 사람 분위기를 읽게?"

— 아니면 왜 그 늦은 시간에 너한테 전화를 했겠니? 내가 받긴 했다만.

그 뒤로 연희와 몇 마디 더 나눈 후 통화를 끝냈지만, 다이는 묘한 기분이 됐다. 어딘가 개운하지 못한, 해결이 덜 된 듯한, 매우 찝찝한, 여러 감정이 교차되었다. 남아 있는 미열에 앞머리를 가볍게 쓸어 올린 그녀는 나머지 계단을 올랐다. 무척 느린 걸음이었다.

* * *

"언니!"

제이는 가운 차림이었다. 대명종합병원이 길 건너에 보이는 카페에서 다이는 동생을 반갑게 맞아 주었다.

"바쁜데 불러낸 거 아냐?"

걱정스럽게 나간 물음에 제이가 물을 모조리 마시더니 고개를 세차게 저었다.

"전혀. 아침에 간단한 수술 끝나고 계속 응급실에 있었어. 지금은 쉬는 게 당연한 점심시간이고."

"그래? 다행이다. 여기 음식도 주문할 수 있더라구. 먹고 싶은 거 시켜. 사 줄게."

"그럴까? 요즘 너무 피곤해서 단짠단짠이 당겨."

제이는 메뉴판을 훑더니 다가온 직원에게 스파게티와 피자, 그리고 연어 샐러드까지 주문했다. 다이는 순간적으로 통장 잔고를 떠올렸으나 모처럼 만난 동생을 위해 오늘만큼은 기꺼이 사기로 했다.

"얼굴 좋아 보여, 류다이. 집 나간 사람이 매번 얼굴이 더 좋아지면 어쩌자는 거야?"

"착시 현상일 거야. 엊그제 몸살 때문에 아파서 다크서클 장난 아닐 텐데?"

"몸살? 아팠어, 언니?"

"프로그램 때문에 답사 다녀왔는데 무리를 좀 했나 봐. 이제 괜찮아."

제이의 염려 섞인 표정에 다이는 그녀를 안심시켰다. 그러곤 물 잔을 묵묵히 돌리면서 동생의 얼굴빛을 꼼꼼하게 살폈다. 수술이 있는 날이면 늘 피곤에 찌들어 있는 동생이 오늘도 마찬가지로 안쓰러웠다.

"일이 없을 땐 눈치껏 쉬어. 피곤해 보인다, 제이야."

"내 몸은 내가 알아서 해. 언니야말로 걱정이야. 집 나가면 어차피 개고생이라지만 몸살 날 정도면 산전수전 공중전까지 마스터했다는 건데."

"알았어. 알았어. 잔소리는 그만."

"오늘은 무슨 일로 찾아오셨지? 자매님?"

제이가 물었지만 다이는 선뜻 대답하지 못했다. 엊그제 병원에 들른 탓에, 응급실을 지나다니는 의사들을 보고 무작정 네가 보고 싶었다고, 굳이 말하지도 않았다. 때마침 주문한 음식이 나왔고 제이는 포크를 들고 스파게티부터 해치우기 시작했다.

다이는 그저 그런 제이를 쳐다보다가 빈 잔에 물을 채워 줄 뿐이었다. 오가는 대화가 없어도 제이가 음식을 먹고 있는 모습을 보고 있는 것만으로도 불안정하던 심신이 제자리를 찾은 기분이었다.

"어머니랑 아버진 잘 계시지?"

"일찍도 물어본다."

소스가 발린 면발을 후루룩 입 속에 넣으며 제이가 눈을 치떴다. 뒤이어 나온 피자를 혼자 척척 먹어 대면서도, 다이의 질문엔 제대로 대답하지 않았다. 다이는 한편으로는 제이의 폭식을 염려하면서 편하게 먹을 수 있도록 접시며 소스를 일일이 챙겼다.

"내가 이 얘긴 언니한테 절대 안 하려고 했거든?"

스파게티 한 접시와 피자 반을 혼자서 먹어 치우고 나서야 제이가 의자에 등을 기댔다. 다이는 제이의 목에 걸린 청진기와 가슴에 붙어 있는 레지던트 명찰, 그리고 아무렇게나 삐져나와 있는 잔머리카락을 차례대로 쳐다보며 고개를 끄덕였다.

"무슨 얘긴데?"

"언니가 집을 나간 그다음 날부터, 엄마랑 아버지가 나한테 고문을 하셔."

"고문이라니?"

"점심을 두 분과 함께 먹어야 해. 매일, 의무적으로."

"뭐?"

"처음엔, 그래, 언니 때문에 무진장 열받으셨나 보다, 내가 이해해야지. 하고 좋게 생각하려고 했거든? 그런데 시간이 지날수록 그게 아닌 것 같아."

"무슨 뜻이니?"

"언니한테 화가 나서 그러시는 게 아닌 것 같다고."

"그럼?"

"언니가 없는 허전함을 나를 통해 메우시려는 거야."

"후후."

제이의 대답에 다이는 그저 헛웃음을 지을 수밖에 없었다. 제이는 여전히 아무것도 모른다. 민철과 지숙은 결코 자신으로 인해 허전함을 느낄 분들이 아니라는 것을, 사랑만 받고 자란 제이가 알 턱이 없다.

"제이야. 그건 아닌 것 같다."

"어째서?"

"그럴 분들이 아니니까. 모르지, 네가 없어졌다면 그러실지도."

"언니야."

"응?"

"예쁜 놈 매 한 대 더 때린다는 말 알지?"

"아니. 몰라. 그러니까 그 얘긴 그만하자."

무슨 이유였을까. 다이는 일부러 제이의 말을 외면해 버렸다. 어쩌면 제이의 말에 죄책감을 가지기 싫어서였는지도 몰랐다. 제이가 콜라 한 모금을 마시고 말했다.

"알았어. 그건 됐고. 중요한 건 그래서 내가 너무 피곤하다는 거야. 내가 왜 이런 피곤함을 느껴야 해?"

"싫으면 싫다고 말해. 네 말이라면 들어주실 거야."

"그럴 기미가 안 보이니 더 절망스러운 거지."

"네가 정말 하고 싶은 말이 뭐야?"

"집에 들어와. 류다이. 빤쥬 빨아 놨어."

농담과 진담을 적절하게 오가며 내뱉었지만 말속에 담긴 간절함을 놓칠 다이가 아니었다. 그러나 집을 나오던 순간 얼마나 후련했는지를 돌이켜 보면, 제이의 간절함은 외면하고 싶은 게 사실이었다.

"이젠 싫어. 내 또래들은 일부러라도 독립을 하잖아. 나도 그런 거라고 생각해."

"그럼 한 달에 한 번이라도 집에 와. 와서 엄마 아버지랑 같이 식사라도 해. 고통 분담하자고."

"그 하루를 위해 나머지 29일을 마음 불편해하면서 살기 싫어. 그렇게 산 건 지금까지의 세월만으로도 충분해."

"그럼 어디서 사는지만 알려 줘."

"아직은 몰라. 지금 사는 곳엔 정유…… 아, 다음에 알려 줄게."

제이에게 휘말려 자칫 정유현이라는 이름을 입에 올릴 뻔했다. 다이는 당황한 표정을 애써 수습하고는 최대한 자연스럽게 물 잔을 들어 올렸다.

"사는 곳을 모른다니? 뭐지? 이 이해 안 되는 말은? 언니 지금 어디에서 지내는데?"

"어…… 친구 집."

"연희 언니?"

"응."

가늘게 뜬 눈으로 취조하듯 물어 대는 제이의 시선을 피해, 다이는 물 잔만 만지작거렸다. 그 틈을 놓치지 않은 제이가 다시 한번 일격을 가했다.

"언니 지금, 아주 수상한 거 알아?"

"뭐가."

"언니 당황할 때면 튀어나오는 버릇 있거든. 손에 잡히는 물건 만지작거리는 거. 지금 딱 그러는데?"

"어서 먹기나 해. 피자 안 먹어?"

"언니. 명심해. 절대 안 돼."

"또 뭐가?"

"남자랑 동거하는 거. 남자랑 같이 사는 거. 남자 집에 얹혀사는 거. 언니 집에 남자 재워 주는 거. 전부 다 안 된다고! 알았어?"

"네네네. 여부가 있겠습니까?"

"남자 발가락, 머리카락 하나도 들이지 마. 무슨 말인지 알지?"

"알았다구. 어서 피자나 드시라구. 단짠 류제이 선생."

"약속 어겼다간 언니나 나나 제명에 못 죽을 거야. 내가 칼을 휘둘러 버릴 테니까."

"너도 어머니랑 아버지 앞에선 입조심해. 나랑 연락하고 지내는 거 절대 나불대지 마."

"흐음."

제이는 의심의 눈초리를 거두지 않고 피자 한 조각을 집어 들었다. 늘어진 치즈를 후룩후룩 들이켜면서도 다이의 얼굴을 세세하게 살펴 댔다. 다이는 그런 제이의 눈을 피해, 물만 마시기에 바빴다.

제이를 만날 땐 늘 상기하자.

자나 깨나 입조심.

닫힌 입술도 다시 보자.

그렇게 제이와 점심을 먹고 헤어진 다이는 다시 방송국으로 돌아왔다. 아직 회의 시간까지 여유가 있어 라디오 본부로 발걸음을 했다. 2년 동안 몸담은 곳이고 모두 아는 얼굴들이라, 고향에 돌아온 기분이었다.

그녀가 거의 하루 내내 머무르곤 했던 원탁 회의실에 들어갔다. 전면 유리창으로 환한 햇빛이 쏟아져 들어오고 있었다.

봄이 시작된 게 엊그제였는데 계절은 벌써 여름에 한 발 걸치고 있는 듯했다. 다이는 점퍼를 벗어 둔 채 책상에 엎드렸다. 그녀의 시선은 전면 유리창을 향해 있었다. 역시 라디오 본부 건물 전체를 통틀어 이곳에서 보는 전망이 가장 아름답다.

보이는 건 하늘뿐, 거슬리는 게 없었다.

"후우……."

하지만 한숨은 여전히 터져 나왔다. 제이와 만날 때마다 늘 겪는 감정의 진통이긴 했다. 부모님에 대한 미안함, 제이에 대한 안쓰러움은 감정의 단골손님이었다. 오늘은 거기에 더해 혼란스러움까지 일었다.

매일 점심을 세 사람이 의무적으로 먹고 있다니.

어머니와 아버지는 무슨 생각이신 걸까.

제이의 말처럼, 정말로 그녀가 없기에 생긴 허전함이 그 이유인 걸까.

절대 그럴 리가 없는데.

"세상에 이게 누구야? 웬 다이야……."

별안간 문을 열고 들어온 이는 다이가 신입이었을 때 라디오 프로그램을 함께한 PD였다. 매번 다이를 볼 때마다 그녀를 위한 노래라며 유명한 옛날 팝송을 불러 주던, 올해 불혹을 넘긴 여자였다.

"PD님."

"진짜 반갑네. 교양 본부로 발령받고 나서 처음 보는 거지?"

"그러네요. 잘 계셨죠?"

"내 일상이야 항상 그렇지. 선경 씨는? 다리 다쳤다며?"

"네. 덕분에 제가 대신 일을 하고 있지만요."

"어쨌든 잘해. 뭐든 첫 단추가 가장 중요한 거야. 라디오 본부 소속 작가들이 얼마나 일벌레에다 괜찮은 개념을 장착하고 있는지 진면목을 보여 주라고."

큰소리 떵떵 치는 PD 앞에서 다이는 민망하게 웃기만 했다. 답사 다녀와 앓아누웠다는 걸 말한다면, 라디오 본부의 수치라며 멱살까지 잡을 것이다. 복잡한 머릿속을 정리해 보려 잠시 고향으로 돌아왔더니, 정리가 아니라 오히려 야단맞을 기세여서 다이는 천천히 몸을 일으켰다.

"가려고?"

"네."

"좀 더 있다가 가. 내가 커피 사 올게. 그래도 오랜만에 웬 다이야가 왔는데 커피 한 잔 정도는 내가 사 준다."

"커피는 마시고 왔어요. 더 마시면 위장에 구멍 날 것 같아. 그냥 가볼게요, PD님."

"에헤이. 앉아 있으라니까. 2분이면 돼."

다이는 가겠다고 PD는 앉아 있으라고 서로 옥신각신하며 출입문까지 다다랐다. 결국 PD의 승리로 다이는 2분 동안 여기서 기다리기로 했다.

"빨리 오세요. 커피 말고 녹차로."

열린 문을 붙잡고 다이가 힘 빠진 목소리를 냈다. 그러자 PD가 알겠다며 손을 흔든다. 잠시 PD가 사라진 복도를 다이의 허한 눈이 의미 없이 응시했다. 그러다 한숨짓고 다시 전망 좋은 방으로 들어가려던 찰나, 무언가 강력한 것이 그녀의 시야에 걸렸다.

다이는 재차 복도를 쳐다봤다. 이 층엔 각종 프로그램이 진행되는 스튜디오가 여러 개 있었다. 프로그램 시간에 맞춰 스튜디오를 사용하고 다음 프로그램에게 스튜디오를 넘겨주는 형식이었다.

바로 옆 스튜디오에선 오후 2시에 맞춰 딱 10분간만 진행되는 의학 상식 프로그램이 송출될 예정이었다. 각 분야의 다양한 의학 박사들이 섭외돼 질문에 대답하는 형태로 진행되는 프로그램이었다. 바로 그 스튜디오 앞으로, 지숙이 다가가고 있었다.

"헉!"

당황한 다이는 얼른 문 뒤로 몸을 숨겼다. 무려 1년 만에 어머니를 봤는데도 들키지 말아야 한다는 생각이 먼저였다. 다이는 사색이 된 얼굴로 텅 빈 복도를 향해 얼굴을 빠끔 내밀었다. PD와 작가가 지숙을 맞이하기 위해 복도까지 나와 있었다. 세 사람은 웃는 얼굴로 인사를 나누곤 스튜디오로 들어갔다.

아무래도 지숙이 오늘 저 프로그램에 섭외된 모양이다. 다이는 절대 자신의 지극히 사적인 부분을 동료들에게 오픈한 적 없으니, 지숙이 다이의 모친임을 저들이 알 리 없을 터였다. 민철이나 지숙 역시 다이가 이 방송국에서 작가로 일하는 걸 전혀 모르니, 지금 이 상황은 기막힌 우연인 것이다.

다이는 조심스럽게 문을 닫고 이 전망 좋은 방에서 어떻게든 잠시 몸을 피해 있어야 한다고 여겼다. 행여 지숙에게 발각되기라도 한다면, 머리채를 잡힐 게 분명했다. 그리고 이번에야말로 강제로 결혼을 시킬 것이다.

다이는 지숙에게 머리채를 잡힌 채 복도에서 질질 끌려가는 상상을 하며 눈을 질끈 감았다. 한편으론 오랜만에 만난 지숙의 모습이 그새 나이를 먹은 것 같아 안타까웠다.

어찌 됐든 무사히 10분이 지나가기를 바라며, 책상 앞에 앉아 라디오를 켰다. 바로 옆 스튜디오에서 진행되고 있는 의학 상식 프로그램에 주파수를 맞췄다. 2시 정각이 되자, 귀에 익은 시그널 음악이 들려왔다.

『안녕하세요. 〈정오의 메디컬〉 이현규입니다. 오늘은 대명종합병원의 심장내과에서 근무하고 계시는 안지숙 교수님을 모셨습니다. 안녕하세요, 교수님. 바쁘실 텐데 와 주셔서 대단히 감사합니다.』

『반갑습니다. 청취자 여러분. 저는 대명종합병원 심장내과 전문의 안지숙입니다.』

두어 차례 방송 출연의 경험은 있지만 라디오는 처음일 텐데, 지숙의 음성은 무척 자연스럽고 안정적이었다. 워낙 나서기를 좋아하고 무리에서 으뜸이 되는 걸 자랑스럽게 여기는 성격인지라, 상황에 대한 대처가 자연스러운 건 당연한 일일지도 몰랐다.

지숙은 심장 질환에 대한 상식과 정보를 간략하게 전달하며 능숙하고 노련하게 진행을 도왔다. 진행자도 지숙의 자연스러운 보조로 다른 때보다 더 입담을 과시했다. 매우 오랜만에 듣는 지숙의 목소리에, 다이는 착잡해졌다. 원망과 연민, 야속함과 애틋함 사이를 오가는 복합적인 감정에 다이는 그만 책상에 엎드려 버렸다.

그렇게 주거니 받거니 하던 두 사람은 프로그램 막판에 와서야 웃음소리를 내며 개인적인 질문을 이어 갔다.

『여담인데 교수님 자제분도 같은 병원에서 근무하신다고 들었는데요. 대를 이어 의학계에 이바지하시는 건데 어떠십니까.』

『네. 제 딸도 저희 병원에서 레지던트로 근무하고 있습니다. 의사가 워낙 힘든 직업이라 절대 권유하고 싶지 않았는데 딸이 알아서 이쪽으로 방향을 잡더군요. 요즘은 오히려 딸 덕을 많이 봅니다. 팔불출 같지만, 저는 우리 딸이 아주 자랑스럽습니다.』

지숙의 마지막 멘트에 다이는 천천히 눈을 감았다. 제이를 만나고 나서 계속 혼란스러웠는데 지숙의 멘트 하나에 깔끔하게 정리가 되는 듯했다. 미안함이나 죄책감을 가지지 않아도 된다고 말해 주는 것 같아서 오히려 진정이 되어 갔다.

하지만 슬펐다.

제이에 대한 지숙과 민철의 편애는 결코 새삼스러운 일이 아닌데, 그걸 마치 확인 사살 받는 기분이었다. 시야를 가로막는 짙은 서글픔에 코끝이 매워졌다. 이런 상황에서도 민철과 지숙에게 자신에 대한 애정이 얼마쯤 남아 있을 거라 믿었나 보다.

그래서 언젠가 그 애정과 믿음을 주신다면, 물불 안 가리고 부모님이 원하는 바를 이루려 노력했을지도 몰랐다. 그게 결혼이라고 할지라도 말이다. 하지만 매번 지금처럼 부모님의 뚜렷한 속내를 확인하고 나서야 포기하곤 했다.

허무함이 덮쳐 와 어깨를 무겁게 짓눌렀다. 마음이 꽤 단단해졌다고 생각했는데 아직도 산산조각 날 게 남아 있었던가. 어렸을 땐 부모님을 향한 원망, 그다음엔 제이를 향한 부러움, 그리고 성인이 되면서부터는 스스로 포기와 수용의 단계를 거쳐 어떤 상황이 와도 꿋꿋할 거라 여겼는데 아니었나 보다.

감은 눈꺼풀이 떨렸다.

어머니와 아버지의 딸로 다시 한번 제외된 것 같은 절망의 기분은 쉽게 가시지 않았다. 그때 아까 2분만 기다리라던 PD에게서 문자가 도착했다.

[웬 다이야 미안미안. 게스트 문제로 급하게 회의가 잡혔어.]

거의 기계적으로 몸을 일으켰다. 다이는 핸드폰으로 시간을 확인했다. 지숙이 옆 스튜디오를 떠났을 시간을 정확하게 계산해 밖으로 나갔다. 느리고 씁쓸한 걸음이었다.

퇴근길에 맥주와 소주를 하나 가득 샀다. 밤 10시, 애매한 시각이라 유현이 오피스텔에 있을지 없을지 알 수 없어 더 많이 구입한 것이다. 내일 새벽, 답사를 위해 유현과 함께 지방으로 내려가야 했지만 오늘은 술이 간절했다.

그가 있었으면 좋겠다가도 제발 없으면 하고 바랐다. 오늘 하루 감정적으로 힘들고 지친 상태라 누군가가 옆에 있으면 좋을 것 같기도 했다가, 홀로 이 기분을 추슬러야 한다고도 생각했다.

다행인지 불행인지 오피스텔 현관문을 연 다이는, 때마침 욕실을 나오고 있는 유현과 마주쳤다. 내내 어둡게 일그러졌던 표정을 일부러 밝게 폈다.

"퇴근한 거예요? 같이 술 마실래요? 술 사 왔는데."

환하게 웃으며 커다란 비닐봉지를 흔들어 보이자 유현이 미간을 찡그렸다.

"대체 얼마나 퍼마시려고. 설마 내일 답사 가야 한다는 걸 잊은 건 아니겠지."

"절대요. 많이 사긴 했지만 많이 마시진 않을 거예요. 앉으세요. 안주 만들어 줄게요. 이런 게 동거의 묘미 아니겠어요?"

"동거의 묘미라니. 그런 끔찍한 말을."

냉랭하게 내뱉긴 했으나 유현은 결국 식탁에 앉았다. 몸살로 아팠던 다이 혼자 저 많은 술을 마시게 할 수는 없었다. 마시다 보면 그녀는 분명 고삐 풀린 망아지처럼 폭주할지도 모른다. 유현은 캔 맥주를 따며 곁눈으로 그녀를 살폈다.

그녀는 아주 손쉽게 찌개를 끓이고 오징어를 척척 굽고 있었다.

그러고 보니 오늘 하루 종일, 다이를 보지 못했다. 남은 답사 때문에 다이는 작가진 회의가 오후 내내 잡혀 있었고, 유현은 유현대로 연출부 회의에 계속 참석했던 것이다. 그렇게 따진다면, 조금 전의 인사는 꽤 짧았다. 오늘 처음 보는 거였는데.

"짠!"

찌개와 오징어, 그리고 오징어를 찍어 먹을 수 있는 마요네즈 접시를 식탁에 올려 두고 다이가 자기 몫의 캔을 허공에 들어 올렸다. 하필 아일랜드 식탁은 무척 작았고, 구조상 유현과 나란히 옆에 앉았던 터라, 그를 보기 위해선 고개를 계속 돌려야 했다.

허공에 들어 올린 캔 맥주가 무색하게 그는 건배를 하지 않고 혼자 마시기 시작했다. 민망해진 다이의 손이 금세 내려왔다.

"제가 보기 싫어도 조금만 참으세요. 저 나가고 나면 오히려 그리워지게 될 테니까요."

"그런 기대는 하지 않는 편이 좋을 텐데."

"그래요? 거짓말이라도 상관없으니까 그리워하겠다고 말해 주지. 난 어딜 가나 찬밥 신세네요."

표면적으로는 일상적인 어투였지만 어딘가 허한 감정이 깔려 있었다. 유현은 물끄러미 그녀를 쳐다봤다. 멀거니 캔 맥주를 쳐다보는 눈빛이 공허해 보였다.

분명 무슨 일이 있었던 것 같은데, 가늠할 수가 없었다.

"이제 와서 물어보는 건데요. 정말 나하고 결혼하려고 했었어요?"

"뭐지? 그 어이없는 질문은?"

"이 질문이 왜 어이가 없어요?"

"결혼이 그저 짝 맞춰 소풍 가는 건가? 그렇게 가볍게 던질 질문은 아닌 것 같은데."

"난 당신과 나 사이에 존재하는 어마어마한 갭을 말하는 거예요. 당신은 엄청난 회사를 이끌어 갈 후계자고, 난 방송국에서 일하는 작가 나부랭이일 뿐이잖아요. 더구나 당신은 맞선을 볼 당시엔 내가 하는 일이 없는 백수라고 알고 있었잖아요? 그런데도 결혼할 생각이 들었냐구요."

"나한테 결혼은 일종의 거래였고, 거래란 양쪽이 다 이득을 취할 수 있을 때 성립하는 거니까."

"정유현 씨한테 이득은 뭐였어요?"

"PD라는 직업을 가지게 될 수 있다는 것."

"아하! 그러니까 결혼을 하면 방송국 일을 하도록 허락받을 수 있었다는 거네요? 그럼 굳이 내가 아니었어도 상관없었던 거네. 다른 여자랑 맞선을 봤다면 지금쯤 정유현 씨는 유부남이 되어 있었겠네요."

"플러스 자존심 획득."

"그건 또 무슨 뜻이에요?"

"그런 게 있지."

유현은 다이와 맞선 봤던 때를 떠올렸다. 그녀와 만날 때마다 자존심이 뭉개지곤 했던 처참한 경험을 상기했다. 결혼해서 이 여자의 기를 눌러 주고 싶다는 생각도 저변에 분명히 깔려 있었다. 그러니, 다이가 아니면 안 되었던 거였다.

"우리가 결혼했었다면…… 지금쯤 어떻게 되었을까요."

어떤 의도로 한 말인지 선뜻 이해할 수 없었다. 유현은 그녀를 집요하게 응시했다. 먼 어딘가를 쳐다보면서 맥주를 홀짝홀짝 마셔 대는 그녀가 무슨 생각을 하고 있는지 알 수 없었다. 그렇게 한동안 침묵과 함께 빈 캔의 개수가 쌓여 갔다.

취기가 오른다 싶을 때쯤, 그녀가 짧게 한숨을 지으며 입을 열었다.

"미안해요. 자꾸만 쓸데없는 얘길 해서. 오늘따라 왜 자꾸 작년 일이 떠오르나 몰라요. 오징어나 더 구워야겠다."

"앉아 있어요. 내가 할 테니까."

거의 동시에 의자에서 몸을 일으켰다. 취기가 오른 터였고 무척 좁은 공간인지라 함께 휘청거렸다. 유현은 한 팔로 다이의 허리를 감았다. 순간적으로 지나치게 세게 끌어당긴 탓에, 상반신이 완전히 밀착됐다.

뚜렷하게 느껴지는 젖가슴의 굴곡에 유현의 미간이 서늘하게 좁혀졌다. 지금껏 간간이 있어 왔던 그 어떤 접촉에도 꿋꿋하게 담담했었는데, 지금은 취기 때문인지 얼토당토않은 고집이 생겼다. 시선 둘 데 없이 흔들리는 그녀의 눈빛을 제게로 고정시키고 싶어진 것이다.

욕망이 이성을 비집고 들어온 건 한순간이었다.

얼굴로부터 목덜미, 그리고 쇄골까지 이어지는 그녀의 하얀 살결이 흐릿한 시야에 들어왔다. 긴장에 잘게 떨리는 도톰한 입술 끝을 물고 빨고 핥고 싶은 기분에, 유현은 취해 있었다.

"우리가 결혼했다면…… 이런 짓거리도 서슴없이 했겠지."

그는 파르르 떨리고 있는 그녀의 턱을 움켜쥐고 들어 올렸다. 다이는 가슴이 터질 것 같았다. 당황해 그를 제대로 쳐다보지도 못하고 있는데, 어느 순간 그의 입술이 그녀의 입술 위로 겹쳐졌다.

다이의 몸이 꼼짝없이 굳어졌다.

이건 분명히, 술에 취했기 때문이다.

한껏 거부감을 일으키며 그의 어깨를 밀어 내야 옳았다. 하지만 다이는 맞물린 채 집요하게 제 입술을 탐하고 있는 그의 팔에 오히려 매달려 있었다. 그러니까 이건 술에 취해 이성을 잃은 탓이다.

그렇게 정리하고 나니 오히려 대범해졌다.

난감했던 건 짙은 키스에 달구어지고 있는 몸이었다. 아랫배가 간질거리고 하체부터 천천히 젖어 드는 낯선 감각. 더 가까이 끌어당겨 깊게 입술을 겹친 그가 뜨거운 손바닥으로 등을 쓸어내릴 때에도, 다이는 온몸을 모조리 달아오르게 만드는 이 생경한 기분에서 헤어나지 못했다.

거친 숨소리가 서로의 잇새를 오가고 등을 쓸어내리던 그의 손이 차츰 자리를 옮겨 젖가슴을 거머쥐었을 때, 다이는 어깨를 움찔하며 외마디의 신음을 토했다.

"하으……. 그, 그만……."

그에게 물린 입술을 겨우 움직여 한마디 내뱉고 나니, 그가 살짝 입술을 뗐다.

"지금…… 안 되나?"

쉰 음성이 지독히도 유혹적이었다. 고개를 든 다이의 시야에 온통 나른해져 퇴폐적으로 일렁거리는 그의 표정만이 가득했다.

120

6

"반지하요?"

다이가 되묻자 총무인사팀의 직원이 고개를 끄덕였다. 짧은 순간, 반지하살이에 익숙한 선경이 예전에 했던 말이 떠올랐다. 한번 시작되면 절대 끝나지 않는 게 반지하 인생이라던.

"네. 우리 오피스텔에 유일하게 있는 반지하방인데요. 반지하인 대신 당장 입주 가능하고, 또 넓고 월세도 비교적 싸요. 그런데 아시죠? 창문이 없어요. 그만큼 습기가 많을 테고 환기가 안 될 테구요."

다이는 다른 말은 모두 거른 채 월세가 싸다는 말에 귀가 솔깃했다. 아니 돈을 떠나 지금 당장 유현의 오피스텔을 나와야 할 필연적인 이유로 인해 반지하라 해도 상관없을 듯했다.

"저번에 말씀드렸다시피 제대로 된 공실이 나오려면 한 달 걸려요. 어디 보자……. 이제 1주일 남았네요. 정말 사정이 급하신 게 아니라면 반지하는 비추예요."

직원이 애석한 표정으로 설득했지만 다이는 곤혹스러운 표정만 지을 뿐이었다. 1주일이라니, 당장 한 시간도 그와 함께 있을 수 없을 것 같다. 1분 정도의 진지하고 신중한 고민 끝에 어쩔 수 없이 다이는 반지하 방 입주 계약서에 서명했다. 당분간 햇빛과는 인연을 끊는다, 고 생각하면서.

복도로 나온 다이는 벤치에 앉았다. 여러모로 불안하고 불편했던 이틀이 흘러가고 있었다. 어제 답사를 다녀온 유현과 민지는 오늘 출근할 것이다. 그와 술에 취해 얼토당토않은 짓을 벌인 후로, 다이는 유현의 얼굴을 볼 자신이 없어 이틀 밤을 방송국 작가실에서 잤고, 답사는 민지에게 부탁해 대신 가 달라고 한 것이다.

이럴 때일수록 더 기고만장하고 태연하게 행동해야 하는데 아쉽게도 다이는 그런 뻔뻔스러움은 갖추고 있지 못했다. 무엇보다 그를 볼 때마다 그 뜨겁던 손길과 숨소리, 입술을 날카롭게 낚아채던 혓바닥, 젖가슴을 움켜잡던 커다란 손이 자꾸만 떠올라 고통스러웠다.

가장 힘든 것은 그 순간에 몸이 꼼짝없이 젖어 들어가던 어마어마하게 낯선 감각이 함께 떠오른다는 것이었다. 그때 그녀가 멈추지 않았다면 끝까지 갔을까. 유현과 침대에서 뒹구는 상상만으로도 몸에서 일어나는 반응이 적응되지 않았다.

유현의 오피스텔을 나가야 하는 이유가 여기에 있었다.

민망함과 어색함도 한몫 단단히 하고 있었지만 그와 계속 함께 있게 된다면 더 큰 사고를 치게 될지도 모른다. 파혼 상대와 뒤늦게, 그것도 감정 없는 섹스라니. 상식적인 일은 아니니까.

"후우……."

다이는 뒷머리를 벽에 기대고 한숨을 토해 냈다. 혀끝으로 마른 입술을 축이다가 문득 그와의 키스가 생각나 자신도 모르게 입술을 더듬었다.

첫 키스였다.

어쩌면 앞으로 아주 오랜 시간 기억을 점령하게 될지도 모를, 그녀에겐 처음 다가온 남자의 입술이었다. 하필 그게 유현이었고 그녀의 파혼 상대였던 것이다. 기억 속에 얼마나 남게 될지도 걱정스러웠지만 가장 큰 두려움은 오늘부터는 꼼짝없이 그의 얼굴을 봐야 한다는 것이었다.

"선배!"

작가실에 들어선 다이는 일찍 출근해 모니터 앞에 앉아 있는 민지를 향해 반갑게 다가섰다. 얼굴은 환하게 웃는 척했지만 속은 벌써부터 부대끼고 있었다. 민지가 출근했다는 건 유현도 출근했을 가능성이 크다는 걸 말하기 때문이다.

"응. 다이 씨, 이제 출근했어?"

"어제 답사 때문에 힘드셨죠? 피곤하지 않으세요?"

"괜찮아. 당일치기라서 힘든 것까진 없었어. 비바람에 개고생한 다이 씨에 비하면 호사였지 뭐."

"죄송해요. 제가 몸살이 완전히 나은 상태가 아니어서."

"이제 몸은 괜찮은 거야?"

"네. 씻은 듯이요."

"다행이네. 다른 작가들 오면 곧장 회의할 거니까 대기하고 있어."

"네."

다이는 그럼에도 미안함이 사라지지 않아 민지의 뒤에서 그녀의 어깨를 조물조물 주무르며 토닥거려 주었다. 민지가 그런 다이의 과도한 친절에 어깨를 오므리며 고개를 들었다.

"그렇게 미안하면 나 커피 한 잔만 사 주고."

"1분 안으로 대령할게요. 선배가 좋아하시는 에그타르트도 함께 나갑니다."

차라리 민지가 심부름을 시켜 줘서 다행이었다. 지극히 개인적인 사유로 답사 담당을 바꾼 죗값을 이렇게라도 치르고 싶었다. 다이는 지갑을 챙기며 서둘렀다. 하지만 문을 열고 나가려던 순간, 온몸이 감전이라도 된 듯 긴장되고, 곧이어 당혹감에 떨림이 찾아왔다.

작가실 문을 열고 들어오려던 그와 마주쳤기 때문이다.

서늘하게 닿은 시선에 아주 잠시 아무 생각이 나지 않았다.

그의 눈빛은 무척 차갑게 일렁대고 있었다.

"아…… 안…… 안녕하……."

인사를 하는 둥 마는 둥 다이는 황급히 그를 스쳐 지나려 했다. 몸을 모로 돌려 좁은 입구에 이미 자리하고 있는 그를 지나가는데, 그에게 손목이 붙잡혔다. 다이는 놀라고 당황했지만 이미 문 바깥에 서 있는 상태였고, 따라서 그가 그녀의 손목을 붙잡고 있는 모습을 민지는 볼 수 없는 구도였다.

그는 고개만 안으로 빼꼼 들이민 채 말했다.

"이민지 씨."

"어머. 네, PD님."

"답사 자료 정리해서 나한테 이메일로 보내 줘요."

"알겠습니다."

작가실 바깥과 안에서 유현과 민지가 짧은 대화를 나누는 동안, 다이는 그의 악력에 꼼짝도 못 하고 있었다. 손목에 흉터가 남는 게 아닐까 싶을 정도로, 그는 대단히 강하게 그녀를 붙들고 있었다.

마침내 작가실 문을 닫은 유현의 목소리가 다이의 정수리로 와락 달려들었다.

"얘기 좀 했으면 하는데."

"민지…… 선배님한테 커피 갖다줘야 해서……."

"갖다주지, 지금. 아직 입도 안 댔으니까."

그가 커피를 불쑥 내밀었다. 그의 말대로 아직 뜯지 않은 것이었고 1층 로비에 있는 브랜드 커피였다. 그는 커피를 그녀의 다른 손에 쥐어 주며 작가실에 들어갔다 나오라고 턱짓으로 종용했다. 다이는 어쩔 수 없이 그에게서 받아 든 커피를 민지에게 갖다주고 다시 작가실을 나왔다.

감시와도 같은 그의 시선에 갇힌 채, 다이는 그를 뒤따랐다. 그는 엘리베이터가 아닌 계단을 이용해 위로 올라갔다. 두 층을 더 올라가면 그의 개인 사무실이 있었고, 다이는 그곳에 가는 거라고 생각했다.

　하지만 그는 한 층 더 올라간 계단 모퉁이 쪽에서 걸음을 멈추고 돌아섰다.

　"해명이라도 해야 하는 거 아닌가?"

　다이는 벽에 등을 딱 붙이고 섰다. 무섭도록 쏟아지는 그의 매몰찬 눈빛에 잠시 신경이 예민해졌다. 다이는 시야에 가득 찬 그의 넓은 어깨에만 고집스럽게 시선을 묶어 둔 채 입을 열었다.

　"무슨…… 해명이요?"

　"모르지 않을 텐데? 이틀 동안 날 투명 인간 취급 하더니 나 몰래 답사 담당까지 바꿔서 당황하게 만든 것도 모자라서, 방금도 날 피하려고 했지."

　"피한 게 아니라 민지 선배 심부름을 해야 했던 것뿐이었어요."

　"피했어. 확실히."

　"……좀 피하면 안 되나요?"

　유현은 눈썹을 일그러뜨렸다. 괘씸하다 싶을 정도로 자신에게서 도망가려 한 여자의 질문치고는 지나치게 뻔뻔스러웠다. 그녀는 다시 입을 열었다.

　"아시잖아요. 제가 왜 그러는지."

　"잘 알지. 술에 취해 담당 PD와 섹스 직전까지 갔으니 어색하고 민망할 거라는 것도 알지. 그래도 이런 방식은 아니지. 내 기분이 얼마나 더러울지 생각 안 하나?"

　"당신 기분까지 생각할 여유가 없어요."

　"그래? 하긴 작년에도 그랬지. 파혼을 선언하고 나서 내 뒷일까지 걱정해 줄 처지가 못 된다고 했지. 그때나 지금이나 당신은 여전히 이기적이군. 매사가 이런 식인가 봐?"

왜일까.

그의 가시 돋친 말에 이렇게 가슴이 아파 오는 건.

생각해 보면 그의 말이 옳았다. 그때에도 지금도, 그녀는 그녀 자신만 걱정하고 염려하고 생각하고 있었다. 상대방에 대한 배려가 전혀 없이, 마치 더러운 오물을 뒤집어쓴 사람을 대하듯, 매번 피하기만 했었다.

그 외면하는 행동과 눈빛에, 그가 받았을 상처 같은 건 미처 생각하지 못했다. 지금도 마찬가지였다. 그녀가 알지 못한 지난 이틀 동안의 그는, 어쩌면 자신의 행동에 상처받았을지도 모른다.

다이는 긴 한숨을 흘려보냈다.

"내가…… 어떻게 할까요?"

"나한테서 답을 찾으면 안 되지."

"그럼 내가 생각한 대로 따라 줄래요?"

"읊어 봐. 당신 생각이 뭔지 들어는 줄 테니까."

"그날 있었던 일은 없던 일로 해 줘요. 그 약속만 지켜 준다면 나 예전처럼 정유현 씨 대할 거예요. 그럴 자신 있어요."

"독특한 취미를 가졌군. 레드썬이라도 하자는 거야? 명백하게 있었던 일을 없던 일로 만드는 게 가능해?"

"파혼도 했는데 못 할 게 뭐가 있어요. 그리고 없던 일로 하지 않으면 어쩔 건데요, 우리가?"

유현은 미간을 찡그렸다. 다이의 하소연에서 진심이 느껴졌다. 그녀는 진심으로 그날 밤에 있었던 일을 부담스러워하고 있었다.

"가 봐야 해요. 작가 회의가 있어서. 그래도 한결 낫네요. 이제부턴 정유현 씨를 아무렇지 않게 대하도록 노력할게요."

계단을 내려가는 그녀의 뒷모습은 차갑도록 냉랭했다. 유현은 실소를 흘리며 앞머리를 쓸어 올렸다. 뒤통수를 한 대 얻어맞은 기분이다. 이틀 동안 온 신경을 류다이에게만 맞춰 둔 채 팽팽하도록 예민해져 있었던 자신이 허탈하게 느껴졌다.

없던 일로 하지 않으면 어쩔 거냐는 다이의 질문에, 아무 대답도 하지 못했다. 연인이 될 것도 아니고 파혼을 취소하고 다시 결혼할 것도 아닌데, 어떤 해답도 없는 상황인데, 대체 무슨 생각으로 다이를 다그쳤던 건가.

생각해 보면 그저 답답함이었다.

손에 쥐어지지 않는 여자, 그 여자에 대한 허망함이었다.

유현은 허탈하게 웃었다. 쓸데없는 곳에 감정을 소모한 적 없었으니 이번 일도 자연스럽게 넘어가면 될 일이었다. 아무 일 없었던 것처럼. 아무것도 느끼지 못한 것처럼.

그는 느린 걸음으로 다시 계단을 올라갔다.

* * *

아무 일 없었던 것처럼 넘어가길 원했으나, 유현은 어디에 있어도 다이를 의식했다. 회의를 하러 들어갈 때에도, 회의 도중에도, 회의가 끝나고 흩어질 때에도, 그의 시선은 언제나 다이를 향해 있었다.

그저 화가 났을 뿐이다.

다이의 태도에, 눈빛에, 자신을 전혀 의식하지 않는 저 자연스러움에.

그녀는 회의가 끝나고도 작가들과 구석에 모여 웃음꽃을 피우고 있는데, 유현 자신은 그다지 유쾌하지 못했다. 작가 무리들을 지나 회의실을 나왔을 때 이현에게서 전화 연락이 왔다. 무거워진 기분은 말투까지 가라앉게 만들었다.

"음."

— 뭐야, 형. 그 간단한 말투는? 사랑하는 동생이 무려 전화를 걸었는데? 나 엄마 아버지한테도 전화 절대 안 하는 거 알아, 몰라?

"까불지 말고 용건이나 말해."

— 어어어? 튕겨?

"할 말 없으면 끊어."

— 잠깐!

이현의 투정과 말장난까지 받아 줄 여유가 없었다. 그래서 이현의 용건이 행여 부실한 거라면 야단칠 생각이었다. 그런데 이현은 뜻밖의 소식을 전해 왔다.

— 어제 알바 면접 봤고, 오늘 합격 연락 받았어.

"그래?"

— 그래? 라니? 대답이 왜 그렇게 간단해? 말에 뽀대와 뻐렁침이 넘치시는 우리 형님께서?

"내가 어떻게 해야 하는데?"

— 한턱 쏴야지. 동생이 개고생해서 얻은 알바 자린데. 나 절대 형이 이 방송국 PD라는 말도 안 했고, 우리 아빠가 대기업 회장이라는 말도 안 했어. 순수하게 내 능력으로 따낸 자리라고. 대단하지 않아?

"누구든 그 정도는 해. 끊어."

— 형! 형!

이현의 절규를 뒤로하고 유현은 전화를 끊어 버렸다. 퇴근 시간이었지만 아직 경석과의 미팅이 남았던 터라 회의 노트를 들고 엘리베이터 앞에 섰다. 심신이 지쳐 있었다. 머릿속 한쪽이 잡념으로 가득해서 더욱 피곤했다.

그때 회의실을 나온 작가 무리들이 엘리베이터로 다가왔다. 가방을 메고 있는 걸 보니 함께 퇴근할 모양이다. 유현의 시선이 잠시 민지 뒤에 쭈뼛거리고 선 다이를 향했다.

"PD님. 퇴근 안 하세요?"

영주가 발랄하게 물어 왔다. 유현은 다시 시선을 엘리베이터로 돌렸다.

"해야죠."

"우리 술 한잔하러 갈 건데, 같이 안 가실래요?"

"그래요. 같이 가요. PD님."

"PD님한테 사 달라고 안 할 테니까, 같이 가요."

민지와 영주, 수정까지 동석을 요구하며 한마디씩 던졌지만, 다이만큼은 침묵을 지키고 있었다. 유현의 눈썹이 미세하게 일그러졌다.

　"난 됐어요. 업무에 지장 줄 정도로 마시진 말아요."

　"우린 그렇게까지 개차반은 아니에요, PD님. 다들 술 잘 못해요."

　"그래요? 그럼 다행이고. 내가 아는 어떤 여자는 술도 잘 마시고, 술에 취해 헛짓거리도 잘 하는지라."

　정확하게 다이를 겨냥한 말이었고, 그걸 알아차린 다이가 아무도 모르게 그를 흘겨보고 있었다. 그때 엘리베이터가 도착했고 모두 우르르 올라탔다. 기어이 자신의 근처를 피해 민지 옆에만 찰싹 들러붙어 있는 다이를 온몸으로 의식하면서, 유현은 한숨을 내쉬었다.

　경석과의 미팅이 끝나고 밤 10시가 지나서야 방송국을 나온 유현은 지친 걸음으로 횡단보도를 건넜다. 이후 오피스텔에 도착해 계단을 천천히 올랐다. 혹시 술자리를 끝낸 다이가 먼저 와 있을까. 아니면 늦게 올까. 그것도 아니면 지난 이틀처럼 오늘도 들어오지 않는 건가.

　갖은 생각으로 현관문을 연 그는 거실에 올라 불을 켰다.

　어딘가 생경한 풍경.

　익숙하나, 익숙하지 않은 내부의 분위기에 그는 잠시 그 자리에 서 있었다. 잠시 후 다이가 늘 머물렀던 소파 쪽으로 고개를 돌렸다. 그곳에 있어야 할 다이의 이불과 베개, 그리고 다이의 짐 가방이 하나도 보이지 않았다.

　다이의 물건이, 아무것도 남아 있지 않았다.

　유현은 소파에 놓인 하얀색의 봉투에 야멸친 시선을 던졌다.

* * *

　작가들과의 술자리는 다른 날에 비하면 일찍 끝났다. 그래 봐야 잠시 후면 자정이지만 다이는 술에 전혀 취하지 않은 멀쩡한 정신으로 오피스텔로 돌아왔다. 그것도 습관이라고 하마터면 계단을 올라 유현의 방으로 들어갈 뻔했다.

입구를 통과해 들어가는 방향부터 다른데, 짧다면 짧은 기간 동안 함께 살면서 그것도 익숙해졌던 건가, 씁쓸해졌다. 지하실 현관문을 여니 완벽한 어둠이 펼쳐져 있었다. 아무리 밤이라도 푸르스름한 실루엣은 보이기 마련인데, 이곳은 그야말로 새카만 암흑의 세상이었다.

"지하가 다르긴 다르구나."

그래도 월세가 싸다는 긍정적인 생각을 하면서 다이는 불을 켰다. 다른 오피스텔 방보다 최소한 두 배는 넓어 보이는 곳이었다. 이전 세입자가 쓰던 소파와 식탁, 그리고 책상은 멀쩡한 상태로 남겨져 있었다.

당장 필요한 물건들은 내일 사거나, 혹은 작가 언니들한테서 중고로 구입해야겠다고 생각하면서, 다이는 짐을 풀기 위해 발길을 옮겼다. 점퍼를 벗고 주머니에 든 핸드폰을 꺼내 식탁 위에 두다가 얼핏 스친 액정 화면에 시선을 고정시켰다.

[부재중 전화 3통. 정유현]

손끝에 망설임이 일었다. 분명히 그녀의 짐이 없어진 걸 발견하고 건 전화이리라. 짧은 메모를 남겨 두긴 했으나 평소 그의 업무 스타일대로라면 메모보다는 직접 통화를 하고 싶어 할 것이다.

확실히 해 두는 게 좋겠지.

이로써 직장 동료 그 이상도 이하도 아닌 관계로 돌아가는 게 나을 것이다. 그에게나 자신에게나. 다이는 용기를 내 통화 버튼을 눌렀다. 놀랍게도 신호음이 떨어지자마자 그의 음성이 건너왔다.

— 3통의 전화는 의미 없어요. 그저 확실히 해 두려는 것뿐이니까.

다짜고짜 귓전으로 내뱉어지는 목소리는 얼음처럼 차가웠다. 유현과 자신의 생각이 일치했다는 것은 다행이었지만 확연하게 달라진 목소리

톤에 심장이 서늘하게 얼어붙는 듯했다.

"다른 숙소를 구했어요. 메모를 읽어 보셨겠지만요."

— 내가 전화한 건 당신이 봉투 속에 남겨 둔 월세 일부가 계산에 맞지 않아서인데.

"계산이요?"

— 내 계산대로라면 만 오천 원이 부족해요.

서늘하게 얼어붙었던 심장이 이번엔 야속하게 뜨거워졌다. 다이는 아랫입술을 질끈 깨물었다. 그래도 그와의 통화에 착잡함과 서운함이 얼마쯤 공존할 거라 예상했는데, 그걸 그가 보기 좋게 깨뜨린 것이다.

고작 만 오천 원에 부재중 전화를 세 번이나 걸어서 사람 마음을 이토록 들쑤시다니.

마음 같아선 계산 내역을 메시지로 보내 달라고 하고 싶었지만 더는 구차해지기 싫었다.

"그래요? 어떻게 할까요. 지금 계좌 번호 불러 주실래요? 아니면 내일 출근해서 드릴까요?"

— 내 방에 지금 당장 와요. 10분 줄 테니까.

"거긴 멀어서 10분 안에 못 가요."

— 그거야 당신 사정이고.

툭.

다이는 아연한 얼굴로 끊긴 핸드폰을 내려다봤다. 아, 이 양아치. 그의 방까지는 2분도 채 걸리지 않는 거리지만, 일부러 멀리 있는 척하며 감정에 거리를 두려 했는데, 이렇게까지 억지를 부리다니.

다이는 모른 척 핸드폰을 식탁에 탁 내려놓고는 짐 정리를 시작했다. 10분 안에 오라는 말은 그에게 한마디 말 없이 짐을 옮긴 것에 대한 야속함이지, 정말로 오라는 의미는 아니었을 것이다. 짧은 기간, 그에게서 받은 이미지는 그랬다.

다이는 씩씩하게 짐을 풀었다.

간간이 한쪽 귀를 핸드폰 벨 소리에 열어 둔 채, 새벽까지 부지런히 움직였다.

* * *

정수리가 이글거릴 정도로 한낮의 태양 빛이 뜨거워졌다.

답사 일정이 모두 끝나고 본격적인 촬영이 진행되면서, 모두 한편으론 지쳐 있었고 한편으론 투지를 다듬고 있었다. 준비 과정이 복잡다단하고 힘들었던 것에 비해 본촬영 작업은 비교적 거칠 것 없이 이루어졌다.

지금까지 총 4개의 섬을 촬영했고 남은 건 가장 거리가 먼 섬 하나였다.

방송까지 남은 기간은 보름. 그 전에 나머지 촬영을 완성하고 곧장 편집 작업에 돌입해야 했다. 그런 일련의 과정만 남겨 둔 유현의 일상은 정신없이 돌아가고 있었다. 오늘 하루 제작팀 전원에게 휴일이 주어졌지만, 그는 출근해 편집 감독과 함께 편집 방향과 흐름, 자막에 대해 하루 종일 미팅했다.

그러다 보니 밤 9시가 지나서야 허기가 느껴졌다.

어딘가로 가서 간식거리라도 사 오기 위해선 지갑을 가지러 가야만 했다.

편집실을 나와 자신의 사무실로 돌아가기 위해 복도를 통과하던 그는, 어느 지점에서 걸음을 멈추었다. 작가실 앞이었고 고개를 돌린 그의 눈에 소파에 누워 있는 다이가 보였다. 촬영 일지를 디테일하게 기록하는 게 그녀의 일이어서, 아마도 요즘 작가들 중 다이가 가장 바쁠 것이다.

유현은 다이가 잠에서 깨지 않도록 주의하며 문을 열고 들어갔다. 아무도 없는 그곳에는 노트북만 켜져 있었다. 느린 걸음으로 소파에 다다르자, 팔짱을 낀 채 몸을 웅크리고 잠이 든 그녀가 더욱 선명하게 보였다.

늘 의식하고 있었으나 항상 외면해야 했다.

촬영장에서 가끔 마주쳐도 그저 눈인사나 고개를 끄덕거리는 것으로 알은척을 해야 했다. 바쁜 일정과 일상에 쫓기며 허덕거리다가도, 멀리 다이가 웃는 얼굴을 발견할 때면 생경한 기분이 치밀었다.

하지만 그날 밤의 일을 그녀는 이미 잊은 게 확실한 것 같았다.

그녀는 무척 태연하게, 아주 자연스럽게, 제법 뻔뻔하게, 그에게 업무적인 질문을 던지곤 했다. 회의 시간에도 곧잘 의견을 개진했으며 큰 소리로 웃고 떠들곤 했다. 그녀가 갑자기 짐을 모두 빼면서부터, 감정적으로나 물리적으로 그녀와의 사이에 거리가 생긴 듯했다.

그녀는 완벽하게 보통의 일상으로 돌아간 것이다.

"어렵군."

나지막한 중얼거림이 유현의 입에서 흘러나왔다. 우습게도 자신만이 여전히 덫에 걸린 것 같은 불쾌감이 치민다.

짧게 한숨을 지은 그는 입고 있던 얇은 점퍼를 벗어 다이의 몸을 덮어주었다. 낮엔 땀이 흐를 정도로 덥지만 밤엔 아직도 기온이 급강하고 있었던 것이다.

조용히, 아무 일 없었다는 듯, 유현은 다시 복도로 나왔다.

[나 소품실에 있어 형. 혹시 방송국에 있으면 여기로 와. 맛있는 거 사 들고]

방송국 앞 포장마차에서 간단히 요기할 계획을 수정해, 김밥과 순대, 떡볶이 등을 산 건 순전히 다이 때문이었다. 다이는 좀 전과 변함없는 자세로 여전히 잠들어 있었고 유현은 구입한 간식거리 일부를 작가실 책상에 두고 몰래 나왔다.

그때 이현에게서 문자 메시지가 도착했다.

유현은 남아 있는 간식거리를 손에 쥔 채 소품실이 있는 2관으로 향했다. 이현이 소품실에서 아르바이트를 시작한 지 제법 시간이 흘렀지만, 워낙 빡빡한 촬영 일정 탓에 이제야 직접 대면하게 된 것이다.

"여어! 브로!"

넓은 소품실 입구에 있는 작은 관리실에 이현이 있었다. 소파에 기다란 다리를 올린 채 형을 반겼다. 유현은 들고 온 간식 봉투를 테이블에 올려놓고 맞은편 의자에 앉았다. 하루 종일 촬영장에 있다가 왔을 이현은 햇빛에 그을려 탄 얼굴로 씩 웃고 있었다.

"촬영 다녀온 거냐?"

"응. 새로 시작한 드라마. 아까 문자했을 때 막 촬영이 끝나서 돌아온 거야. 내가 제일 어리다고 정리는 언제나 내 담당이지."

"먹어라."

"소주는 없네. 애도 아니고 순대랑 떡볶이라니. 형 취향이 이쪽으로 변한 거야?"

"방송국 내에선 금주야. 들키면 시말서고. 너 만나러 올 생각도 전혀 없었는데 사고 치지 않는지 감시는 해야 할 것 같아서."

"하여간. 형도 나이 먹으니 어쩔 수 없이 꼰대가 되는구나."

이현은 잔소리가 징글징글하다는 표정으로 고개를 저었다. 비닐 봉투를 주섬주섬 열고 간식 접시를 늘어놓더니 젓가락을 집어 들었다. 그러곤 애 운운하던 좀 전의 발언은 까맣게 잊었는지 걸신들린 사람처럼 해치우기 시작했다.

반은 다이에게 덜어 주고, 나머지 반은 자신의 몫으로 남겼었건만, 어쩔 수 없이 오늘은 동생 녀석에게 양보를 해야 할 듯했다. 유현은 이현이 몽땅 다 먹을 수 있도록 배려하며, 접시를 이현의 앞으로 모두 밀었다.

"일은 어때, 할 만해?"

유현은 빈 봉투 안에 이현이 먹어 치운 접시를 담으며 물었다. 떡볶이의 빨간 국물을 입술에 묻힌 이현이 고개를 슬쩍 들었다.

"노잼이야. 심각할 정도로."

"몸 고생이 전부일 텐데 당연히 재미가 없지. 그래도 2학기 등록금 절반은 모을 수 있을 거야. 어머니 드려."

"돈이 남아돌아서 주체가 안 되는 분한테 왜 드려야 해? 그것도 낭비야. 난 진심으로 쓸모 있는 곳에 사용하고 싶어."

"거기가 어딘데?"

"나 자신."

"한심하기는."

"나 자신한테 아주 유용하게 쓸 거야. 힐링하라고 술도 팍팍 넣어 줄 거고, 머리 팡팡 돌아가라고 게임 머니도 넣어 줄 거고, 다양한 인간관계 습득을 위해서 여자한테 쓰기도 할 거야."

"여자?"

"나 연애할 거야, 형."

"누구하고."

"그거야 아직 모르지. 날 뿅 가게 하는 여자가 나타나면 꼭 할 거야."

유현은 한심한 소리만 골라서 하는 동생 녀석의 머리를 냅다 쥐어박고 싶었다. 인생의 2막이 펼쳐지려 하는 시점에서 동생이 꿈을 이룰 수 있게 돕고 싶었지만, 나태한 생각으로 연명하는 녀석을 보고 있자니 방송국으로 끌어들인 게 후회가 되었다.

비슷한 배경을 가진 다른 녀석들이 술과 여자로 시간을 보내고 있는 것을 생각하면, 이현은 제법 건강한 정신을 지닌 것은 틀림없었다. 그럼에도 불구하고 유현의 눈에는 그저 여전히 어리고 어리석은 사고뭉치로만 보였다.

유현은 이현이 입술을 닦을 수 있도록 휴지를 챙겨 주었다.

* * *

"응? 다이 씨, 여기서 자면 어떡해."

잠에 빠져 어두워진 귓전으로 목소리 하나가 침범했을 때, 다이는 스르르 눈을 떴다. 편집팀의 막내에 해당하는 최 기사가 열린 문틈 새로 얼굴을 빼꼼 들이밀고 있었다. 다이는 피로로 무거워진 상반신을 일으켰다.

제 몸에서 스르르 떨어지고 있는 점퍼를 발견한 건 그때였다. 다이는 점퍼가 바닥으로 떨어지지 못하게 붙잡고는 최 기사를 향해 들어 보였다.

"이거 최 기사님 거예요?"

"응? 아닌데. 잠깐만, 어디서 많이 본 점퍼인 것 같은데?"

최 기사가 고개를 갸웃거리며 생각에 잠기는 동안 다이는 이번엔 테이블에 놓인 비닐 봉투를 발견했다. 거의 동시에 최 기사의 시선도 비닐 봉투에 고정됐다.

"이거 이거. 내 코가 개코라서 하는 말인데 분명히 먹을 거 들어 있다."

최 기사는 아예 문을 열고 들어와 테이블에 자리 잡았다. 비닐 봉투를 열자 냄새만으로도 허기를 불러일으키는 온갖 먹을거리들이 쏟아져 나왔다.

"이야. 다이 씨, 이러기야? 괘씸하게 이걸 혼자서 다 먹으려고? 나 지금까지 편집실에서 고생하다가 쉬러 나왔는데 말이야."

"어? 내가 사 놓은 거 아닌데."

"그래? 에이, 누가 사 놓은 건지 알 게 뭐야. 같은 프로그램 만드는 사람들끼리 나눠 먹으면 좋지 뭐. 먹자구."

최 기사는 젓가락을 발견하고는 그때부터 우걱우걱 김밥이며 순대를 입 속으로 쑤셔 넣기 시작했다. 다이에게도 얼른 먹어 보라며 젓가락을 권했지만, 다이는 아직 잠이 완전히 달아나지 않은 얼굴로 멍하니 그 광경을 바라만 볼 뿐이었다.

점퍼와 간식거리.

대체 누구지?

민지 선배님이 다녀간 건가?

그럴지도 모르겠다. 늦은 시각까지 수고하고 있을 후배를 위해 간식을 사다 줄 사람은 민지뿐일 테니까.

얼마쯤 그 생각에 수긍하며 자신도 모르게 점퍼를 만지작거리던 다이에게, 최 기사가 눈을 번뜩거렸다.

"아! 그 점퍼 누구 것인지 생각났어. 다이 씨."

"누구 건데요?"

"우리 정 PD님 거야."

아주 잠시, 정 PD가 누군지 생각했다. 최 기사가 '우리 정 PD님'이라고 부를 만한 사람이 누구였나, 생각했다. 그러다 기습적으로 가슴이 뛰었다.

"그럴 리가 없을 텐데요."

"아냐. 맞아. 나 저녁부터 정 PD님하고 편집실에서 같이 있었어. 그 점퍼 계속 입고 계셨어. 어쩐지 눈에 익더라니까. 역시 우리 정 PD님이 겉으론 안 그런 척해도 은근히 츤데레셔. 점퍼까지 덮어 주고 말이지."

"아…… 저 퇴근할게요."

"응. 푹 쉬고 내일 봐. 또 전쟁일 텐데."

다이는 벌떡 일어나 가방을 챙겼다. 그러다 다시 소파에 앉아 점퍼를 고이 개켜 놓고는 도망치듯 작가실을 나왔다. 그가 언제 다시 작가실로 들어올지 알 수 없어서였다. 아직도 그와 마주하는 건 어색하고 민망했다.

그의 오피스텔을 나와 반지하로 옮긴 지 꽤 시간이 흘렀는데도, 여전히 그를 볼 때마다 얼굴이 붉어지곤 했다. 일부러 더 크게 웃고, 더 크게 말하고, 더 적극적이고 씩씩하게 지내려고 노력하지만, 딱 그것뿐이었다.

다시 혼자인 시간으로 돌아갈 때마다 설명할 수 없는 이유로 가슴이 허전해졌다. 둔감해져야 할 모든 것들에 예민해져선 자신도 모르게 그와의 일을 떠올리곤 했다. 얼마의 시간이 지나야 기억에서 흐릿해질지 알 수가 없었다.

작가실을 나와 방송국 건물을 빠져나가는 동안, 다이의 걸음은 빨랐다가 또 느려졌다가를 반복했다. 그 점퍼가 정말로 유현의 것이었으면 좋겠다고 생각하면서.

* * *

소품실에서 자야 한다는 이현을 두고, 유현은 2관을 나섰다. 다이에게 덮어 준 점퍼가 떠올랐지만 그길로 퇴근하기로 했다.

자정이 되어 가는 시각. 쌀쌀한 밤바람에 등이 차가워졌다. 거의 떠밀려 가듯 느린 걸음이 타박타박 이어졌다.

그러다 본관 건물 앞, 횡단보도 근처에 도착했을 때, 유현은 미동도 없이 그 자리에 멈춰 섰다.

신호가 바뀌기를 기다리며 횡단보도 앞에 서 있는 여자.

다이를 발견한 유현의 뺨이 팽팽하게 당겨졌다. 그녀의 창백한 옆얼굴과 목덜미를 물어 버릴 듯 뚫어지게 응시하면서도 일부러 거리를 좁히지 않았다. 때마침 그때 파란불로 바뀌었고 다이가 걸어 나가기 시작했다.

유현은 일정한 거리를 유지하면서 다이의 뒤를 따랐다. 황급히 이사해 버린 그녀의 바뀐 숙소가 어딘지는 몰랐다. 하지만 매우 늦은 시각이라 자신의 차를 가지고 와 태워다 줄 생각도 내심 하고 있었다.

그랬는데 다이는 의외로 오피스텔 건물로 향하고 있었다.

유현의 눈썹이 삐딱하게 올라갔다.

발걸음 소리를 한껏 죽인 채 뒤따라간 유현은, 그녀가 오피스텔 건물 안으로 들어가자 눈매를 날카롭게 굳혔다. 그녀는 그의 숙소가 있는 곳과는 정반대의 방향으로 몸을 돌렸다. 그러곤 몇 개의 계단을 내려가더니 이 오피스텔에서 유일하게 존재하는 반지하방의 현관문을 열었다.

그 광경을 모두 지켜보던 유현은 한쪽 입꼬리를 슬쩍 끌어 올렸다. 나직한 혼잣말이 실소와 함께 새어 나왔다.

"여기였어?"

7

— 정 PD, 뭐 해? 안 내려오고? 다들 기다리고 있다고. 일은 너 혼자
다 하냐?

경석이 전화로 다그쳤다. 이유인즉, 오늘 모든 촬영이 끝났고 저녁때
경석이 직접 제작팀 전원에게 회식을 쏘겠다고 선언한 것이다. 공식적
인 회식은 다음 주 첫 방송이 나간 직후로 잡혀 있었지만, 성격이 급한
경석은 미리 샴페인을 터뜨리기로 한 모양이다.

유현은 편집팀장과 함께 저녁 내내 편집실에 갇혀 있었다. 화면에 삽
입될 배경 음악 선정과 자막 작업 등 아직 해야 할 일이 산더미라 몸이
두 갈래로 쪼개지는 기분인데, 속 편한 경석은 혼자 생색을 저리 내고
있는 것이다.

유현은 편집 화면에서 눈을 떼지 않고 입을 열었다.

"오늘은 무립니다. 기분 내시는 건 상관없지만 일찍들 돌려보내세요.
다들 비로소 쉬는 시간이니까 건드리지 마시고."

— 뭐야, 못 온다는 소리야? 우리 작가들 정 PD 오기만 기다리고 있
었는데. 할 수 없지 뭐. 다음 주에 거하게 한잔하자고.

경석의 전화가 끊기고, 유현은 문득 다이도 회식에 참석했는지 궁금해졌다. 민지를 비롯한 모든 작가들이 참석했다면 다이도 틀림없이 그자리에 있을 텐데, 그녀도 자신이 오기만을 기다리고 있을까.

그녀가 오피스텔 반지하방에서 산다는 걸 알고 있다고 아직 말하지않았다. 그렇게 부랴부랴 짐을 싸서 도망치듯 가 버리더니 고작 1분도채 되지 않는 거리에 살고 있었다는 사실이 기가 막혔다. 멀어진 사람처럼 굴며 의도적으로 거리를 두려 했으면서 정작 몸은 여전히 가까이에있었던 것이다.

괘씸하게도.

"PD님. 이쯤에서 화면 분할을 하는 게 어떨까요? 생동감이 느껴질것 같은데요."

잠시 다이 때문에 생각이 흐트러진 사이, 편집팀장이 의견을 냈다. 유현은 고개를 끄덕이며 다시 화면에 집중했다.

그렇게 한 시간을 더 편집실에서 머물다 나온 그는 뻐근한 어깨 근육을 달래며 느릿느릿 복도를 걸었다.

"어? PD님!"

작가실 앞을 지나가던 그를, 민지가 불러 세웠다. 붉어진 얼굴이 영락없이 술이 들어간 듯했다. 회식 자리에 있어야 할 그녀가 왜 느닷없이작가실에 와 있는지 의아했던 유현이 물었다.

"왜 올라왔습니까? 회식은?"

"아, 회식 끝났어요. 좀 전에요. 전 놓고 간 파일 가지러 왔어요. 온김에 다이 씨 가방도 챙겨 놓구요."

언제, 어느 때고, '다이'라는 이름에 감각이 예민하게 곤두선다. 유현은 고개를 비스듬히 기울여 작가실 내부를 응시했다. 테이블에 눈에 익은 가방이 있었다.

"가방 챙기러 다시 들어오겠다는 걸, 제가 챙겨 놓는다고 했어요. 작가실 선반에다 옮겨 놓으려구요."

"작가실엔 마땅히 둘 곳이 없을 텐데. 이리 줘요. 내 사무실에 둘 테니까."

"아…… 그래 주시면 감사하겠습니다."

민지가 서둘러 들어가 다이의 가방을 가지고 나왔다. 유현은 다이의 가방을 건네받았고 그길로 민지는 퇴근했다. 다이의 가방을 물끄러미 응시했다. 사무실에 두겠다는 말은 거짓이었다. 그는 다이의 가방을 들고 빠른 걸음으로 사라졌다.

* * *

불을 켜니 대낮보다 환한 빛이 넓은 오피스텔 내부를 밝혔다. 다이는 길게 숨을 내쉬었다. 술에 취한 건 아닌데 몸이 절로 흐느적거렸다. 밤 11시. 씻기 전에 잠시 소파에 누운 그녀는 눈을 따갑게 침범해 오는 전등 불빛을 이유도 없이 노려보았다.

촬영도 무사히 끝났고 이제부터 첫 방송만 기다리면 되는, 무척 여유롭고 평온한 날들이 시작될 것이다. 텔레비전 자막에 뜰 자신의 이름을 기대하면서, 그 화면을 제이에게 보여 줄 순간을 기다리면서, 그렇게 가슴 부푼 날들을 보내게 될 것이다.

그렇게 순탄하게 펼쳐진 길을 걷기만 하면 되는데 왜 자꾸만 기분이 가라앉는 것인지. 가슴 한쪽 언저리에 뭔가가 맺힌 것처럼 답답해져 오는 것인지. 개운하지 못한 감정에 자꾸 뒤를 돌아보게 되는 것인지.

다이는 스르르 눈을 감았다. 도전적으로 달려들던 불빛이 차단되었다. 그러자 기다렸다는 듯 회식 때 옆자리에 앉았던 경석의 전화 통화 소리가 떠올랐다. 분명 유현과의 통화였고 얼른 내려오라는 통보였는데 그는 결국 끝까지 회식 장소에 나타나지 않았다.

촬영할 때에도 회의 중일 때에도, 직장 동료 이상도 이하도 아닌 존재로 이제 점점 멀어지는 것 같아서 자못 씁쓸해졌다. 한때 결혼하려 했었고, 파혼했고, 다시 만나 짙은 스킨십까지 나누었는데도 이토록 자연스럽게 남남으로 돌아갈 수 있는 현실이 사뭇 허탈했다.

딩동.

복잡하게 꼬리를 물고 이어지던 생각이 돌연 멈춰진 건 초인종 소리가 들려왔을 때였다. 다이는 눈을 번쩍 뜨고 일어났다. 이 늦은 시간에 방문할 만한 사람은 아무도 없었다. 그녀가 이곳에 산다는 사실을 누구에게도 알린 적 없으니 현관문으로 다가갈수록 의아함보다는 두려움이 더 커졌다.

"누구세요?"

하필 이곳 반지하 현관문에는 렌즈조차 없어 바깥 상황을 살필 수가 없었다. 관리실 직원일지도 모르니 다이는 현관문 안쪽에 부착된 걸쇠를 미리 걸어 두고는 문을 슬쩍 열었다.

"여기서 지낸다고 말을 하지. 화장지나 세제라도 사 줬을 텐데."

불빛에 비친 얼굴에 다이는 당황해 붙잡고 있던 손잡이를 그만 놓쳐 버렸다. 그러자 자동으로 닫히려 하는 현관문을 그의 발이 막았다. 다이는 잔뜩 붉어진 낯빛으로 시선을 내렸다. 유현의 구둣발이 문짝 틈에 끼워져 있었다.

"열어요."

냉랭하지만 깊은 목소리. 매번 정신을 뒤흔들어 놓는 그 음성에 다이는 깊게 숨을 들이켰다. 걸쇠를 풀고 침착하게 현관문을 여는 동안, 그가 이곳을 어떻게 알게 됐는지 궁금해졌다.

문이 열리자마자 다이는 유현이 불쑥 내민 자신의 가방을 빤히 쳐다봤다.

"안 받아요?"

"이걸 왜 정유현 씨가."

"그럴 만한 사정이 있었으니까."

"어쨌든 고마워요."

얼떨결에 가방을 받은 다이는 어쩔 줄 몰라 하며 내내 그의 시선을 외면하고 있었다. 갑작스러운 이 만남에 체할 것만 같다.

"들어오라는 말 한마디를 안 하네."

"시간이…… 늦었어요."

"잊은 건가? 내 오피스텔에 막무가내로 들어온 건 당신이 먼저인데?"

이상한 일이다. 분명 좀 전까지 바닥을 치던 기분이 그의 등장과 함께 순식간에 결이 달라져 버렸다. 그와 익숙하게 벌이던 말싸움, 눈싸움, 서로 주고받던 상처의 말들과 야멸치게 닿았던 눈빛. 짧았지만 강렬했던 일상이 생각나 며칠 동안 담아 온 우울을 금세 날려 버린 것이다.

그랬던 걸까.

이 남자와의 소소한 일상이 사라졌기 때문에 그렇게 우울했었던 걸까.

다시 그 시간으로 돌아갈 수 없는 현실에 그토록 서운했었던 걸까. 왜…….

"늦었으니 커피 말고 차 마실래요?"

다이의 의외의 태도에 잠시 머뭇거리던 유현이 고개를 끄덕였다. 그녀가 길을 터 주자 유현은 지하방으로 들어갔다. 그곳은 생각보다 훨씬 넓었지만 어딘가 답답함이 느껴지기도 했다. 내부를 천천히 둘러본 그는 창문이 없다는 걸 알고 그녀를 돌아보았다.

"다급하게 내빼더니 고작 이런 지하에서 살려고."

"어쩔 수 없었어요. 누구라도 그랬을 거예요. 난 그냥저냥 살 만하니까 더는 이러쿵저러쿵하지 마세요."

"찻물 안 올려?"

뜬금없는 반말이었지만 다이는 굳이 거부하지 않았다. 왠지 모를 친근감에 자신도 모르게 미소가 설핏 서렸다. 묵묵히 전기 포트에 물을 붓고 전원 버튼을 눌렀다. 머그잔 두 개를 꺼내 허브티 티백을 담고 나서 무심결에 돌아선 그녀는 마른침을 삼키며 어깨를 움찔했다.

"헉!"

그가 바로 눈앞에 다가와 있었다. 심장 떨리게. 그는 미술품을 감상하듯 그녀의 발끝에서부터 천천히 시선을 위로 올리며 마지막에 그녀와 눈을 맞추었다. 눈빛 속에 든 능글맞은 미소에 다이의 심장이 또 한 번 덜컥 내려앉았다.

"난 또 멀리 달아난 줄 알았지."

"아까 물으려던 거였는데, 나 여기 사는 거 어떻게 안 거예요? 누구한테도 말하지 않았는데요."

"누구한테도 말하지 않았을 정도로 들키기 싫었다면, 애초에 이 오피스텔에서 살면 안 되는 거였지. 드나드는 눈이 몇 갠데."

"같은 방송국에서 근무한다 뿐이지, 어차피 다들 모르는 사람들인데요 뭐."

"어느 날 늦은 밤, 퇴근하는 당신을 몰래 뒤쫓았는데 여기였지."

"나를 뒤쫓았다구요?"

"결과적으론 뒤쫓은 게 됐지만 어차피 내가 가는 길도 그쪽이었으니."

삐이이이익.

포트 울리는 소리가 요란했다. 그대로 두면 저절로 꺼지는 신식 기계가 아니었기에 서둘러 전원을 꺼야 했지만, 다이는 생각지도 못한 방식으로 반지하방을 그에게 들켜 버린 것에 대해 억울해하고 있었다.

결국 유현이 긴 팔을 포트를 향해 뻗었다. 그녀의 옆구리를 스윽 스쳐 지나가는 바람에, 얼굴이 그의 가슴팍에 꽤 가까이 닿았다. 사르륵 스치는 옷깃 소리가 귀를 울렸다. 코끝에 은은하게 닿은 남자의 향에 감각이 예민하게 곤두섰다.

그날 밤의, 그 짙은 키스가 떠오른 건 너무 당연한 일이었다.

"얼굴이 빨개지는 걸 보니 키스가 생각난 거군."

그리고 하필 그때 그가 정곡을 찌르는 바람에 다이는 시선을 회피하며 돌아섰다. 그러곤 잔에 물을 부으며 냉랭하게 대답했다.

"절대 아니거든요."

"그래? 난 생각났는데."

물을 붓던 손길이 아주 잠시 멈칫하다 다시 이어졌다. 분명 그녀를 가지고 짓궂은 장난을 치는 것이다. 말려들면 또다시 그날의 일이 되풀이될 것이고, 그렇게 되면 영영 돌이킬 수 없게 그와 멀어지게 될 것이다.

다이는 눈을 부릅뜨고 이성을 되찾으려 노력했다. 하지만 그 순간에 그의 손가락이 뒷머리를 스윽 훑어 내렸다. 묶은 머리칼을 지나 목덜미에 닿자, 다이는 어깨를 움츠렸다. 그의 손가락은 거기에서 멈추지 않고 천천히 등을 쓸어내렸다.

온몸이 꼼짝할 수 없이 경직됐다.

등을 타고 흐르는 날카로운 감각에 전신이 감전이라도 된 듯 다이는 움직일 수가 없었다. 단지 손가락이 스쳤을 뿐인데 그의 손이 그녀의 온몸을 만지기라도 하는 것 같은 쾌감마저 일었다.

"이유는 모르겠지만."

그 쾌감에.

"난 당신이 나를 피하지 않았으면 해. 류다이 씨."

다이는 숨이 막혔다.

유현은 찻물이 가득 담긴 찻잔을 잠시 응시하고는 그녀의 어깨를 툭툭 두드려 주었다. 그는 인사도 생략하고 그녀의 오피스텔을 나와 자신의 방으로 향했다. 옷을 모두 벗고 욕실로 들어갔다. 샤워기를 틀고 머리끝부터 물을 뒤집어썼다.

대체 다이에겐 왜 사무적인 태도가 되지 못하는지 스스로를 납득하기 어려웠다. 그날 밤의 일은 자신 역시 술 때문에 온 충동이라고 여기고 있는데도, 다이에 관해서는 언제나 매번 객관화가 힘들었다.

"정말이지 어렵군."

혼란만 가중된 굳은 얼굴을, 물기가 와락 덮어 버렸다.

* * *

"뭐?"

핸드폰을 귀에 댄 채 복도를 걷던 다이는 걸음을 멈추었다.

— 내일 엄마 생신이라고. 설마 잊은 건 아니지?

제이였다. 그리고 사실은 지숙의 생일을 까맣게 잊고 있었다. 이즈음이라는 건 알았지만 당장 내일이라곤 생각지도 못하고 있었던 것이다. 물론 기억하고 있었어도 다이가 해야 할 일은 아무것도 없었다.

"맞아. 그랬구나."

— 물론 집에 안 올 거지?

"아무래도 그렇지 않을까?"

— 알았어. 그냥 물어본 거야. 그런데 언니야.

"응?"

— 엄마 요즘 많이 아프셔.

제이가 그 말만 하지 않았어도 어머니의 생일이라는 말에 마음이 갈팡질팡할 일은 없었을 터였다. 제이의 말이 마치 언니 때문에 어머니가 아프시다는 뜻으로 들린 건 분명 죄책감 때문일 것이다.

제이와의 짧은 통화 때문에 다이는 하루 종일 마음이 편치 못했다. 퇴근 시간이 임박했어도 프로그램의 마지막 정리를 위해 작가들과 모여 수다 꽃을 피웠어도, 다이의 마음 한편에 박힌 무거움은 결코 나아지지 않았다.

퇴근하던 길에, 다이는 1층 로비에 있는 베이커리에 들렀다. 사원증을 이용해 싼값에 케이크 하나를 포장해 나왔다. 이 케이크를 들고 집에 갈지 말지는 아직 결정하지 않았다. 그저 지나치게 무거워진 마음을 조금이나마 달래기 위해 샀을 뿐이다.

그랬는데 저만치 앞에 서서 자신을 쳐다보고 있는 유현을 발견했을 때, 다이는 어쩌면 용기를 낼 수 있을지도 모른다고 생각했다. 그에게 천천히 다가간 다이는 망설이다 입을 열었다.

"지금 바빠요?"

"무슨 일?"

"나, 집까지 태워 줄 수 있어요?"

유현은 눈썹을 일그러뜨렸다. 태워 달라는 집이 오피스텔이 아닌 것만은 분명한 것 같은데, 그녀의 얼굴색이 지나치게 어두워 보였다. 그런 그의 의문을 눈치챈 듯이 그녀가 덧붙였다.

"혼자 가려니까 용기가 안 나서. 누군가가 등 떠밀어 주면 갈 수 있을 것 같아서."

아직 편집 작업이 남아 있었다. 전체 4회 분량의 마지막 회 편집이라 그 어느 때보다 주의와 심혈을 기울여야 했지만, 금방이라도 울음을 터뜨릴 것만 같은 이 여자의 얼굴을 도저히 지나칠 수가 없었다.

편집팀장과 함께 저녁 식사를 하고 돌아오는 길이었던 그는, 다이가 엘리베이터에서 내려 베이커리에 들어간 뒤에 케이크 상자를 들고나올 때까지 쭉 지켜보고 있었다. 어두운 그녀의 얼굴이 신경 쓰여 지켜보지 않을 수 없었다.

"주차장 입구에 가 있어요. 곧장 나올 테니까."

결국 유현은 발걸음을 서둘렀다. 편집팀장에게 개인적인 사유로 퇴근한다는 메시지를 보낸 후 주차장으로 내려갔다. 마음이 다급했다. 시동을 걸고 주차장을 빠져나갔다. 저만치 주차장 입구에 서 있는 다이를 발견하고 그녀를 조수석에 태우고 나서야 긴 한숨을 내쉴 수 있었다.

"여기에 세워 줘요. 혼자 갔다 올게요."

다이가 세워 달라고 부탁한 곳은 그녀의 집이 저만치 보이는 골목의 입구였다. 부촌이라 거대한 규모의 저택이 완벽한 보호 속에 줄지어 서 있는 넓은 골목길이었다.

유현은 무슨 일이냐고 묻지 않았다. 그저 어두운 그녀의 얼굴과 손에 든 케이크 상자를 보며 부모의 생일이라는 걸 미루어 짐작하기만 했다.

다이의 부탁대로 차를 세운 유현은, 차에서 내린 다이가 느린 걸음으로 골목을 걸어가는 모습을 담담하게 응시하고 있었다. 기다리라는 말 대신 갔다 오겠다고 했으니, 유현은 그저 이곳에 있기로 했다.

그런데 집으로 들어갈 줄 알았던 그녀는 의외로 케이크 상자만 대문 앞에 두고 다시 돌아오고 있었다. 가로등 불빛이 파장을 그리고 있는 곳에 그녀의 발길이 닿을 때마다, 기운 없이 아래로 푹 숙인 얼굴이 눈에 띄었다.

그녀가 차로 가까이 다가올수록 그 어두운 얼굴이 더욱 선명해졌다. 유현은 그녀에게서 시선을 떼지 않았고, 그녀가 조수석에 올라타서야 다시 시동을 걸었다. 아무것도 못 본 것처럼, 아무 일도 없었던 것처럼.

"기다리기 지루하지 않았죠?"

차를 돌리자 다이가 일부러 발랄한 목소리를 내며 물었다.

"3분도 안 걸렸던 것 같은데."

"그랬나요?"

"들어갔다 나올 줄 알았는데."

"으음, 이 동네 근처에 작은 언덕이 있어요. 거기 야경이 아주 좋아요. 데려가 주세요."

밝은 척 꾸민 목소리는 확실히 떨리고 있었다. 유현은 고개를 끄덕였다. 다이가 방향을 가르쳐 줬고 유현은 차를 그쪽으로 몰았다.

다이가 말한 언덕은 4차선 도로 끝에 있었다. 표지판이 따로 없는, 마냥 공터 같은 곳에 차를 세우고 두 사람은 함께 내렸다. 공터의 한쪽 구석에 나 있는 좁은 길에는 드문드문 가로등이 켜져 있었다. 밤바람이 좋은 탓인지 사람들도 이따금 보였다.

다이와 함께 오른 좁고 구불구불한 길의 끝에, 야트막한 언덕이 있었다. 인적이라곤 전혀 없는, 단 하나의 가로등만 불을 비추고 있는 그곳에 서니 다이가 말한 야경이 화려하게 펼쳐졌다.

다이는 언덕에 서자마자 크게 가슴을 부풀리며 심호흡을 했다. 가슴이 답답하게 차오를 때마다 찾았던 이곳은 여전한 분위기를 자아내고 있었다. 익숙하면서도 마음 아프고, 자유롭다가도 다시 숨이 막히는, 그런 극과 극의 기분이 널을 뛰곤 했었다.

발아래로 보이는 수많은 가가호호의 불빛들을 빤히 쳐다보며, 다이가 입을 열었다.

"오늘 어머니 생신이어서."

"그런 거라면 더더욱 들어갔다 나와야 하는 거 아닌가?"

"그러게 말이에요."

쓰게 웃은 다이는 문득 이 숨 막히는 속내를 털어놓고 싶다는 생각이 들었다. 다소 충동적이었지만 상대가 유현이었기에 가능한 일이었다. 파혼할 수밖에 없었던 진심을 그에게 꺼내 보여 주고 싶어졌다.

"나, 가출했었어요. 정유현 씨하고 파혼한 그날에. 그리고 그날부터 지금까지 부모님과는 단 한 번도 얼굴을 뵙거나 연락한 적도 없구요."

유현은 고개를 돌려 그녀를 응시했다. 감정은 격랑이 이는데 목소리 톤은 제법 담담해 보였다. 그녀에게서 더 깊은 말을 끌어내기 위해 유현이 농담처럼 물었다.

"질풍노도의 시기가 아직 끝나지 않은 건가?"

"그랬으면 좋겠는데, 그런 거라면 정말 좋겠는데."

"하고 싶은 말, 해요."

그의 말에 다이는 순간적으로 울컥했다. 그가 말로써 그녀를 위로해 주는 기분이었다. 단어 하나하나로 그녀의 머리를 쓰다듬어 주고 등을 쓸어 주고, 눈물을 닦아 주는 듯했다. 부모님한테서도 받아 보지 못한 위로를, 파혼한 남자가 선뜻 해 주고 있었다.

그래서였다. 하고 싶은 말을 마음껏 뱉어 낸 건.

"애증의 대상이에요. 나한테 우리 부모님은. 애보다는 증이 더 강하구요. 어려서부터 강압과 압박, 강요와 통제, 뭐 그런 일상 속에서 살았죠. 비슷한 상황이었지만 동생은 잘 이겨 냈고 지금은 부모님과 같은 직업을 가지고 있죠. 아무것도 없는 내가, 부모님한테는 눈엣가시였을 거예요. 동생은 잘 이겨 낸 걸 보면 나만 유독 나약했던 거겠죠."

말을 하다 보니 어쩐지 부끄러워져 다이는 유현을 잠시 쳐다봤다.

"눈치채고 있었죠?"

"짐작은 하고 있었지. 당신이 그런 뉘앙스를 몇 번 풍겼으니까."

"그런 부모님한테는 당신과의 결혼이 비장의 카드였어요. 다른 이들의 시선이 삶에서 가장 중요하신 분들이니까. 난 부모님이 세팅해 놓은 화려한 삶 속에 들어가기만 하면 그만이었어요. 부모님의 삶을 위해, 내 삶을 모조리 죽여야 할 순간이 온 거죠."

"그래서 파혼을?"

"네."

"내가 싫었던 건 아니었군."

"절대로요. 아마 정유현 씨를 내 일상 속에서 자연스럽게 만났더라면 난 아마······."

자연스럽게 흘러가던 말이 뚝 그쳐졌다. 어쩐지 대화의 핀트가 어긋났다는 생각에 다이는 아랫입술을 질끈 깨물었다. 무슨 말로 끝내야 할지 갈피를 잡을 수 없었다. 다이는 냉정함을 가지려 노력하며 다시 말을 이어 갔다.

"그······랬는데 어머니가 요즘 아프시대요. 그래서 온 거예요. 아직 얼굴을 뵙고 싶지는 않고 생신인 데다가 아프시다니까 그저 마음이 쓰여서. 근데 혼자 택시를 타고 가면 분명 중간에 되돌아올 것 같아서 당신한테 부탁했던 거예요."

그의 뚫어질 듯한 시선이 바로 옆에서 느껴졌다. 지금 그의 눈을 마주

본다면 분명 휘말리고 말 것이다.

갑자기 변해 버린 분위기에 어딘가 개운하지 못한 뒷맛이 느껴졌다. 지숙 때문에 하루 종일 마음이 무거웠는데, 이 순간만큼은 이 남자 때문에 심장이 어긋나고 있었다.

"이제 내려가요."

집요하게 닿아 오는 그의 눈빛에, 다이는 하는 수 없이 돌아섰다. 그의 시선을 고집스럽게 외면한 채였다. 하지만 이내 그의 손에 손목이 붙잡혔고 유현의 가슴팍에 휘청거리듯 얼굴이 닿았다.

고개를 든 다이의 시야에 수려한 그의 얼굴이 떨어졌다. 가늘고 나른하게 떠진 눈이 그녀의 이목구비 곳곳을 세세하게 훑고 있었다. 다이는 유현의 입술이 천천히 열리는 것을 떨리는 눈길로 지켜보았다.

"당신은 아마?"

"······네?"

"아까 생략됐던 말."

"아······ 난 아마······ 당신과 좋은······ 친구가 됐을지도 모른다는······."

늘 경계했어야 했다. 지금 이 순간에도. 이 남자의 깊은 눈빛에 말려들지 않도록 항상 조심했어야 했다. '친구'라는 그녀의 말에 피식거리는 그의 미소를 못 본 척했어야 했다.

"친구? 그럼 친구 사이에 할 짓인지 아닌지, 지금부터 당신이 판단해 봐."

하지만 빠르게 다가온 그의 입술을 피하지 못했다. 숨을 쉬지 못할 정도로 단단히 입술을 밀어붙인 그는 그녀의 뒷머리를 부여잡은 채 놓아주지 않았다. 다이는 머릿속이 하얘지는 것을 느꼈다. 지난번 다소 충동적이었던 키스와는 다르게, 짙고 깊은 감각이 가슴을 방망이질했다.

사뭇 경직된 입술, 굳어진 어깨, 감히 숨소리도 내지 못할 정도의 긴장이, 다이에게서 선명하게 느껴졌다. 그녀의 입술을 점령하고 있지만 여전히 주저하는 것 같은 그녀의 태도가 고스란히 읽혔다.

유현은 다이의 입술에 제 입술을 밀어붙이면서 비로소 깨달았다. 거칠고 야만스럽게 자신을 야금야금 갉아먹고 있는 감정을. 하루 종일 그녀에게서 시선을 떼지 못하고 언제 어디서든 시야 한편에 그녀를 두고, 그것도 모자라 틈이 날 때마다 그녀를 생각하는 자신을.

반감과 호기심 사이를, 연민과 안타까움 사이를, 끊임없이 줄타기하던 야릇한 감정이 제법 선명하게 들여다보였다.

집요하게 그녀의 입술을 차지하고 있던 유현은 어느 순간, 다이의 굳은 어깨가 풀려 가는 것을 느꼈다. 제 옷깃을 붙잡은 떨리던 손도 차츰 안정되어 가고 있었다. 그 틈을 놓치지 않은 유현은 그녀의 입술을 벌리고 혓바닥을 밀어 넣었다.

분명 혀가 들어왔을 뿐인데 다이는 온몸이 그에게 삼켜지는 듯한 착각이 들었다. 몸이 송두리째 가루로 부서져 그가 거칠게 흡입하고 있었다. 집요하게 방황하는 그의 혀끝에 어쩔 수 없이 자신의 혀가 닿았을 때, 사냥꾼의 먹잇감이라도 된 것 같았다.

그는 찰나를 놓치지 않고 혀를 낚아챘다. 이러다 끊어지는 게 아닐까 싶을 정도로 아프도록 빨며 숨을 거칠게 토해 냈다. 그의 옷깃을 잡은 손에 다시 힘이 들어갔다. 다이는 숨을 쉴 수가 없었다. 그럼에도 불구하고 그를 밀어 내지 않았다. 몸과 마음이 뜨겁도록 달구어져 스스로도 어색한데, 그를 밀어 내고 싶은 생각은 결코 들지 않았다.

그렇게 그는 그녀의 입 속을 흡입하듯 모조리 빨아들이고 뜨겁게 겹쳐진 혓바닥을 물고 물리다가 어느 순간 천천히 입술을 뗐다. 격해진 호흡에 어깨마저 들썩거려졌다. 머리가 어지러운 것도 같았다. 키스가 끝났는데도 남아 있는 전율에 다이는 잡고 있던 그의 옷깃을 놓지 못했다.

"생략된 뒷말은 내가 할까? 난 아마 류다이 씨하고 연애를 했을 것 같은데."

낮고 뜨겁고 부드러운 속삭임이 다이의 귀를 자극했다. 과히 긴장된 마음에 차마 시선을 들지 못하고 있는데, 그가 덧붙였다.

"당신하고 연애하고 싶어. 편할 때 대답해 줘. 기다릴 거니까."

정신이 아득해지려 했다. 상황은 예상하지 못한 방향으로 흘러가, 걷잡을 수 없는 결론에 도달했다. 다이는 잡고 있던 그의 옷깃을 스르르 놓았다. 멍해진 시야에 밤바람에 흔들리는 그의 머리칼만 들어왔다.

다이는 숨을 들이켰다.

혼란스러운 흔들림이었다.

* * *

다큐멘터리 〈천년의 섬〉 첫 방송은 시청률 4.7%와 화제성 점유율 2.5%로 화려한 신고식을 치렀다. 자정에 가까운 시각에 방영됐다는 점, 그리고 본부 내에서 첫 회 기대 시청률이 3%였던 점을 감안한다면 엄청난 선방이었다.

고무적이었던 건 실시간 시청률이 마지막 장면에서 최고치를 찍었다는 것이고, 다음 날 새벽부터 평론가들의 극찬 세례가 쏟아졌다는 것이었다. 입봉 감독으로는 대단한 성공을 거둔 셈이었다.

"정유현 PD. 역시 난놈은 난놈이야. 방송국에 들어와서도 훨훨 나네. 응?"

경석이 인터넷에 올라온 평론가들의 평을 출력해서 유현을 찾아온 건 점심시간 직전이었다. 여기저기 축하 전화를 받느라 정신이 없었던 유현은 경석이 스윽 내민 파일을 건네받고는 소파를 가리켰다.

귀와 어깨 사이에 핸드폰을 끼운 채 경석이 준 파일을 눈으로 훑었다.

"네. ……네. 알겠습니다. ……그러죠. ……너무 걱정하지 마세요. 알겠습니다."

통화를 마치고 본격적으로 파일을 들여다본 유현의 눈빛엔 피곤이 쌓여 있었다. 그런 유현을 흐뭇하게 지켜보던 경석이 말을 걸었다.

"누구하고 통화한 거냐?"

"아버지 축하 전화."

"뭐? 헐. 난 또 무슨 사장님하고 통화라도 하는 줄 알았네. 넌 부모님하고 통화하는데도 그렇게 사무적이냐? 아무튼 못 말려."

"깐깐한 평론가한테서 별 다섯 개 중 네 개를 받은 거면 좋은 거죠?"

"그렇지. 아무튼 축하한다. 넌 이제 그냥 탄탄대로야."

"아직 3회분이나 더 남았어요. 축하는 시기상조입니다."

"1회에서 이 정도 완성도에 화제성이면 남은 3회는 시청률 쓸어 드시는 거야. 이 바닥이 원래 이래. 본부장님은 벌써 해외 다큐멘터리 시상식 출품 얘기도 하시던데."

"방송국 사람들 원래 그렇게 성격이 급해요?"

"응."

"할 말이 없네."

"저녁에 전체 회식 잡아 놨어. 오늘은 본부장님이 주신 법카로 쓰는 공식적인 자리니까 꼭 와야 해. 튕기지 말고."

"2회 가편집본 확인해야 해요. 시간 되면 갈 테니까 다그치지 마시죠?"

"허이구. 누가 일벌레 아니랄까 봐. 이봐, 정 PD, 유현아. 쉴 땐 말이야 나 자신을 내려놓고 무조건 쉬어야 해. 안 그러면 너 워커홀릭 된다. 그거 하등 쓸모없는 거야."

"제가 알아서 조절합니다."

"저저저 고집불통. 나 간다. 좋은 말에 밑줄 쫙 그어 놨으니까 그 부분은 세 번씩 읽어."

경석은 그 와중에도 웃음을 잃지 않고 나갔다. 유현은 그 자리에서 경석이 가져다준 평론들을 모조리 다 읽고는 그제야 고개를 들었다. 뒷머리를 한껏 기대고 의자에 몸을 깊숙이 파묻었다.

첫 방송 전부터 시청률이 뜨기까지 한껏 차올랐던 긴장감이 그제야 조금씩 풀어지는 듯했다. 회식도 좋고 동료들의 축하 인사도 좋지만, 지금은 그저 다이만 생각났다. 다이와 함께 저녁을 먹고 와인을 마시며 서로 축하의 말을 나누고 싶은 게 솔직한 심정이었다.

어쩌다 이 지경까지 온 걸까.

연애하자고 제안한 이후로 마음이 점점 더 커지고 있었다. 호기심과 연민, 딱 거기까지여야만 했는데 욕망은 좀처럼 그의 사정을 봐주지 않았다. 게다가 다이는 아직 대답을 하지 않고 있었다.

기다림이 지루하진 않았다.

다이가 어떤 대답을 들려줄지 뻔히 짐작하고 있었으니까.

지금까지 대답이 없다는 건 거절과 다름없을 테고, 직접 입으로 전하기 힘드니 대답을 망설이고 있는 것이다.

유현은 벌떡 몸을 일으켰다. 거칠 것 없는 발길이 매우 빠른 속도로 사무실을 벗어나고 있었다.

그가 도착한 곳은 작가실이었다. 프로그램이 방영되면서 사실상 편집팀을 제외하면 제작진이 해체된 상태기 때문에 다이가 그곳에 있을지 미지수였지만, 최소한 근황 정도는 들을 수 있을 거라 여겼다.

다행스럽게도 민지가 모니터 앞에 앉아 있었다.

"어머! 정 PD님! 시청률 완전 잘 나왔던데요. 너무 축하드려요."

"민지 씨가 애써 준 덕분이에요."

"에이 제가 뭐 한 게 있나요. 어쨌든 성적이 좋아서 다행이에요. CP님이 오늘 저녁에 회식 있다고 하시던데 PD님도 오실 거죠? 다른 작가들한테도 모두 연락해 놨어요."

"잘했어요. 그건 그렇고 류 작가는 지금 어디에 있습니까."

"다이 씨요? 으음, 아마 지금 본관 1층 로비 카페에서 다른 연출부와 미팅 중일 거예요. 다른 프로그램 들어간다던데요?"

"다른 프로그램?"

"네. 작년에 종영했던 〈시사 오피니언 리더〉요. 올해 가을 개편 때 제작진 전부 교체해서 새 시즌 시작한다더라구요. 저희 중에 가장 빨리 차기작을 잡았어요. 다이 씨가."

"그랬군요."

착잡하게 스며드는 허탈감에 유현은 한쪽 눈썹을 삐딱하게 일그러뜨렸다.

저녁에 보자며 민지와 인사하고 작가실을 나오는데 갑자기 손이 텅 빈 것 같은 기분이 들었다. 늘 꽉 차 있다고 생각했는데 지금은 모든 게 다 빠져나간 듯했다.

일에 매달려 잊고 싶은 건가? 자신 따위?

상실감 뒤에 찾아온 건 야속함이었고, 유현은 다이가 괘씸해졌다.

엘리베이터를 타고 내려갔다가 본관 건물로 빠르게 이동했다. 중간중간 경석에게서 전화가 걸려 와 통화를 하면서도 다급한 걸음을 멈추지 않았다.

본관 건물 1층 로비는 방송국 직원뿐만 아니라 일반 사람들에게도 개방된 곳이었다. 신축 사옥이라 무척 넓고 깨끗했다. 대리석의 벽면 곳곳에 와이드 텔레비전이 붙어 있었고, 주가와 뉴스 등을 실시간으로 접할 수 있는 전광판도 있었다.

일반 사람들을 위해 다양한 부속 시설도 마련돼 있었는데, 패스트푸드점이나 편의점, 카페는 물론이었고 방송국 굿즈를 구입할 수 있는 판매점도 있었다. 아이들의 단체 견학에 효과적인 소강당도 있었다.

그 넓은 로비를 성큼성큼 걷던 유현은 카페 앞에서 걸음을 멈추었다. 다이가 〈시사 오피니언 리더〉의 제작진으로 보이는 사람과 함께 이야기를 나누고 있는 모습이 커다란 통유리로 보인 것이다.

하필 다이가 앉은 방향이 유현과 마주 보는 자리라, 너무도 쉽게 그녀와 눈길이 마주쳤다. 그를 발견한 다이의 얼굴에 당황한 기색이 역력해 보였다.

'끝나고 나한테로.'

입 모양으로 말을 건넸지만 다이가 알아들었을지는 미지수였다. 그때 옆에서 어딘가를 날카롭게 긁어 대는 쇳소리가 들려왔다.

"유현 오빠!"

고개를 돌린 유현은 낯익은 여자의 존재에 미간을 찡그렸다. 분명 낯이 익은데 누군지 구체적으로 알 길이 없었다. 짙은 까만색의 머리, 빨간 립스틱이 인상적인 두꺼운 화장기. 누가 봐도 화려하고 세련돼 보이는 그 여자가 폴짝폴짝 뛰더니 그의 품에 폭 안겨 왔다.

"오빠 맞구나! 다행이다. 이렇게 빨리 찾다니. 반가워!"

얼떨결에 여자가 품에 안기는 바람에, 유현이 휘청거렸다.

"나 은진이잖아. 벌써 얼굴도 몰라보는 거야?"

귀에 익은 이름을 들은 순간 유현의 시선이 다이와 다시 마주쳤다. 다이의 얼굴에 떠오른 복잡다단한 표정이 유현의 시야를 가득 점령했다.

8

"류 작가님?"

다이는 통유리 바깥으로부터 서둘러 시선을 옮겼다. 〈시사 오피니언 리더〉의 조연출이 고개를 갸우뚱하고 있었다.

"아, 네."

잠시 정신을 빼앗겼다. 바깥에 있는 그에게, 그리고 그에게 안겨 있는 정체 모를 여자에게. 정말이지 순식간에 머릿속 기류가 흔들리고 있었다. 맞은편에 앉아 있는 조연출과의 대화에 깊숙하게 녹아들 때쯤, 하필 유현이 보였고 유현에게 당돌하게 안긴 여자가 보였던 것이다.

"제작진은 계속 보강될 거예요. 메인 연출도 이번 주나 다음 주에 확정될 거구요. 저야 계속해 오던 거라서 얼떨결에 맡게 되긴 했지만 새로운 피의 수혈이 절실하죠."

"네. 개편 시기를 맞아서 다시 시작하는 프로그램이니까…… 아무래도 그렇겠죠. 저, 그런 의미에서 작가 한 분 추천해도 될까요?"

"누구요?"

"봄 개편 때 저랑 같이 교양 본부로 발령받은 작가님인데요. 다리를 다치셔서 쉬고 계신데 아마 조만간 다시 복귀하실 것 같거든요. 저하고 라디오 본부 소속일 때부터 함께 일해서 손발이 잘 맞아요."

"으음, 알았어요. 언제 한번 같이 보죠."

"감사합니다."

다이는 고개를 끄덕이며 고마움을 전했다. 그러고 나서도 여전히 시선은 조연출의 얼굴과 통유리 바깥의 저 작자들을 오가고 있었다. 통유리를 사이에 두고 그녀에게 닿아 있던 유현의 눈은, 어느새 천박해 보일 정도로 화려하게 꾸민 여자에게 고정돼 있었다.

다이는 미간을 한껏 구기며 커피 잔을 들어 올렸다. 아이스커피를 주문한 게 다행스러웠다. 그녀는 와그작와그작 얼음덩이를 입 안에서 씹어 댔다.

"네. 메인 연출은 아직 확정되진 않았지만 정유현 PD님이 가장 유력하다고 들었어요."

"캘록! 캘록!"

"어? 사레들리셨어요?"

"메인 연출이…… 누구라구요?"

"정유현 PD님이요. 본부에서 아직 본인한테 통보하진 않았을 거예요. 이번에 함께 다큐 작업 하셨으니 서로 익숙하시겠어요. 제작진끼리 익숙하면 프로그램에 아주 도움이 많이 돼요."

"아……."

시선을 아래로 내리고 커피 잔으로 표정을 가렸다. 바깥 상황을 확인하고 싶었지만 지금은 감정의 혼란이 먼저였다. 그와는 이렇게 계속 엮이게 되는 걸까. 연애하자는 제안에 일손이 제대로 잡히지 않아 몇 날 며칠을 허덕거렸는데, 다시 그와 프로그램을 하게 될지도 모른다니 머리가 터질 것만 같았다.

"그럼 이만 일어날까요? 아마 다음 주쯤에 제작진이 모두 확정되면 회의가 따로 잡힐 거예요."

"네. 알겠습니다."

"안 일어나세요?"

"먼저 가실래요? 저는 커피 다 마시고 일어날게요."

"그러세요."

조연출이 떠나자 다이는 그제야 스르르 시선을 들어 올렸다. 하지만 이미 유리창 밖의 두 사람은 사라지고 없었다. 다이는 커피를 마시는 둥 마는 둥 하다가 서둘러 카페를 나갔고 두 사람이 서 있던 자리까지 단숨에 도착했다.

고개를 돌려 봤지만 오가는 사람들 사이에서 유현을 발견할 수는 없었다.

그 여자, 대체 누구지?

둘은 어떤 사이기에 스스럼없이 안고 안길 수 있는 거지?

뾰족하고 날카로운 비수가 칼날처럼 가슴을 긁었다. 그녀가 안겼던 유현의 품에, 다른 여자가 안겼다는 사실만으로도 견딜 수 없이 화가 났다. 직접 입으로 연애하자고 말해 놓고, 그녀가 보는 앞에서 다른 여자가 안겨 오게 두다니.

다이는 싸늘하게 얼굴 표정을 굳혔다.

탁한 한숨을 내뱉고는 발걸음을 옮겼다.

* * *

은진은 유현과 이현 형제와 어려서부터 절친하게 지내 온 사이였다. 그녀의 부친이 기승호텔 전무이사고, 모친은 현재 국립 발레단의 단장으로 국가적인 이미지까지 갖추고 있는 분들이었다.

부친들이 같은 그룹의 계열사에 있고 비슷한 또래여서 서로의 집을 오가며 왕래가 잦았다. 물론 성격상 유현보다는 이현이 은진과는 더 친분이 깊었고, 유현은 그저 간혹 밥이나 간식을 사 주며 고민거리를 들어 주는 정도의 '이웃 오빠'였다.

그렇게 스스럼없이 지내 온 은진이 3년 전에 돌연 프랑스로 유학을 간다며 떠났다. 전공이 서양 미술이었으니 유학은 필수 불가결한 과정이었지만, 워낙 갑작스러운 결정이라 사람들이 모두 놀랐다. 단 한 명, 유현만 예외였다.

유현은 은진이 무슨 이유로 유학을 떠났는지 알고 있었다. 은진이 불시에 전했던 사랑 고백을, 유현이 냉정하게 거절한 것이다. 어떤 순간에도 은진을 여자로 생각해 본 적 없었던 그에게, 그 고백은 아주 생뚱맞고 갑작스러웠으며 나아가 귀찮게만 여겨지는 것이었다.

"그래서 아예 들어온 거라고?"

뜨거운 햇빛이 과도하게 내리쬐는 야외 테이블 아래였다. 등나무 넝쿨이 그나마 빛살을 가려 주어 그늘을 만들고 있는, 그런 곳이었다.

"응. 아예."

유현의 질문에 은진이 고개를 끄덕였다. 어딘가 인상이 앙칼지게 변한 듯한 은진의 얼굴이 의아하게 여겨졌지만 굳이 내색하지 않았다.

"내가 여기에 있는 건 어떻게 알았어?"

"어제 아주머니 찾아뵀었지. 비밀이라면서 말씀해 주시던걸? 조만간 아주머니랑 같이 밥도 먹기로 했어."

"속도 한번 빠르군."

"근데 놀랐지 뭐야. 방송국 PD라니. 전공이 그쪽인 건 알았지만 방송국에 취직까지 할 줄은 몰랐어. 회장님이 순순히 허락하셨다는 게 너무 놀라워. 회사는 어쩔 거야?"

"네가 상관할 바는 아닌 것 같다."

여전히 차가운 말과 표정.

은진은 3년 만에 만난 유현에게서 여전히 냉기가 느껴지자 금세 시무룩해졌다. 그는 늘 그랬으니까. 언제나 누구에게나 차가운 남자니까. 그렇게 납득하려다가도 3년 전, 힘들게 고백한 자신의 감정을 가차 없이 잘라 낸 그가 아직도 야속하고 아직도 미웠다.

은진은 괜히 멋쩍어져 화제를 돌렸다.

"이현이는? 잘 지내?"

"무척."

"제대했다며? 웃겨. 이현이가 군대를 갔다는 게. 다른 애들은 면제받으려고 아빠 찬스 엄마 찬스 모조리 동원하던데 오빠랑 이현이는……. 하긴 그래서 내가 오빠 형제를 좋아하지."

"뭐 하면서 지낼 계획이야?"

"으음. 당분간은 엄마 친구분이 운영하시는 갤러리에 출근하기로 했어. 그러다가 경력이 쌓이면 내 개인 화랑을 열어 주신대."

"너도 부모 찬스냐?"

"듣고 보니 그러네."

은진은 수줍게 미소 지으며 잔머리를 귀 뒤로 넘겼다. 예나 지금이나 유현의 앞에선 부끄러운 사춘기 소녀로 돌아가는 것 같다. 3년이면 제법 무뎌졌을 거라고 생각했는데, 오랜만에 마주한 유현은 더욱 남자답고 깊이 있는 눈매로 그녀의 마음을 여전히 잡아 두고 있었다.

어른의 단단함.

유현을 대할 때마다 느꼈던 분위기였다.

어떤 상황에도 흔들리지 않고 꿋꿋하게 의지를 지켜 나가는 사람. 그래서 배우고 싶고 닮고 싶은 사람이었다.

그런 유현이 자신이 이곳에 없을 때 열심히 맞선을 봤다니, 뒤늦은 배신감에 충동적으로 방송국에 온 것이다. 은진은 입매를 활짝 늘이며 환히 웃었다.

"나 어때, 오빠? 예뻐진 것 같지 않아? 너무 예뻐져서 오늘 저녁 식사를 아주 맛있는 걸로 사 주고 싶어지지?"

"어떤 훌륭한 의사의 실력이지?"

하지만 자신만만하던 태도는 속내를 꿰뚫어 본 유현의 질문에 금세

기가 팍 꺾이고 말았다. 눈과 코, 턱만 살짝 손댔는데 그걸 어찌 알아봤담?

"뭐야, 그렇게 티가 나?"

"궁금하면 거울을 봐. 그리고 오늘은 안 돼. 다음에 이현이도 불러내서 같이 먹자."

"뭐, 그래도 상관없고."

충분히 예상했던 일이었다. 유현은 아마도 그녀가 10년 만에 돌아왔다고 해도 단둘만의 식사 자리는 거절할 것이다.

"가 봐. 너하고 놀아 줄 시간이 이제 없어."

"그렇지 않아도 일어나려고 했어."

은진은 서운함을 감추지 않고 천천히 몸을 일으켰다.

"오빠 꽤 자주 맞선 봤었다면서? 아까워. 프랑스에 가지만 않았어도 아주머니가 내 생각을 하셨을 텐데."

"그럴 일은 없었을 것 같다만. 조심해서 가."

유현은 은진의 어깨를 토닥거려 주며 그 자리를 떠났다. 등나무를 벗어나자마자 다시 내리쬐는 열기에 이마가 온통 뜨거워졌다. 빠른 걸음으로 다시 로비에 들어간 유현은 이미 빈자리가 된 통유리 안을 허탈하게 응시했다.

편집실로 향하는 발길은 느렸고 또한 무거웠다. 다이가 대답할 때까지 기다리겠다고 말했지만 기다림이라는 게 이토록 고행의 과정인 줄 미처 알지 못했다. 파혼했던 상대와의 연애. 다이에게 쉬운 결정은 결코 아닐 터였다. 그럼에도 불구하고 그녀가 하루라도 빨리 곁으로, 품으로 와 줬으면 좋겠다.

쓴웃음을 흘리며 복도를 걷던 그를 불러 세운 건 경석의 목소리였다. 경석은 조금 상기된 얼굴로 그에게 다가왔다.

"정 PD, 안 그래도 연락하려고 했는데."

"무슨 일입니까?"

"너 곧장 새 프로그램 들어가게 생겼어."

"네?"

"〈시사 오피니언 리더〉라고 작년에 종영했다가 가을 개편 맞아서 다시 편성하려고. 어쩌면 주말 시간대에 방송될지도 몰라. 게다가 네가 1순위야."

경석의 말을 들은 순간, 유현은 입가를 느슨하게 기울인 채 흐린 미소를 지었다. 류다이, 이쯤 되면 아무래도 당신과 나는 인연인 건가.

"뭐, 더 쉬고 싶으면 말해. 대기하고 있는 PD가 두어 명 더 있으니까."

"해야죠. 엮일 수 있는 기회가 또 온 건데."

"엮일……. 그게 무슨 뜻이야?"

"열심히 하겠다는 뜻입니다."

"뭐지? 그 비장한 얼굴은?"

"일거리가 쏟아져서 행복하다는 얼굴이죠. 오늘 저녁 회식 맞습니까?"

"응? 어."

"꼭 참석하도록 하겠습니다."

유현은 좀 전의 답답함이 일시에 풀린 듯 싱글거리며 돌아섰다. 재미있는 농담을 한 것도 아닌데 소리까지 내며 웃는 유현을, 경석이 신기하다는 듯 쳐다보았다.

* * *

휴일이면 유난히 일찍 눈이 떠지곤 했던 제이는 잔뜩 억울한 얼굴로 1층으로 내려왔다. 적어도 오전까지는 생각 없이 푹 자야 하는데, 모처럼 맞이한 휴일에도 어김없이 아침 일찍 잠이 깬 것이다.

하품을 하고 기지개를 켠 후 주방에 들어서니 아주머니가 솜씨를 부리는지 찌개 냄새가 구수했다. 냉장고를 열고 물을 꺼내 한 컵을 훌쩍 마신 제이는 문득 냉장고 첫 번째 칸에 들어 있는 케이크 상자를 발견했다.

"휴우……."

갑자기 잠이 확 깨 버렸다.

지숙은 저 케이크를 여전히 손도 대지 않은 채 냉장고에 처박아 둔 것이다. 저럴 거면 애초에 자신이 먹겠다고 했을 때 순순하게 내어 줄 일이지, 무슨 이유로 먹지 않을 케이크를 며칠째 냉장고에 넣어 두고 있는지 모를 일이다.

다이에게 투정이라도 부리는 건지.

케이크 상자만 대문 앞에 달랑 놔두고 사라져 버린 큰딸이 원망스럽고 야속하기라도 한 건가.

그래서 시위하는 걸지도 모른다. 지숙과 민철은 모른 척해도 자신이 다이와 연락하고 있다는 걸 알고 있을 것이다. 절대 연락하지 말라고 신신당부했지만 그럴 수 없다는 것 또한 잘 알았을 것이고. 그래서 제이의 입을 통해 다이에게 이 이야기가 은연중에 흘러가기를 바라는 거다. 엄마가 케이크엔 손도 대지 않았고 오히려 아프다는 이야기 말이다.

"하여간 유치하셔들."

제이는 아랫입술을 꽉 깨물고는 당당하게 상자를 꺼냈다. 그러자 아주머니가 홱 돌아본다.

"응? 그거 손대지 말라고 하셨는데, 사모님이."

"괜찮아요. 이거 지금 먹지 않으면 상해요. 돈 아깝잖아요."

"아이, 그래도."

"제가 책임질게요. 아주머니는 아무것도 모른다고 하세요."

제이는 상자를 들고 식탁에 앉았다. 아주머니에게 진한 에스프레소를 부탁한 후 케이크를 조각내 접시에 담았다. 세 번째 조각을 입에 넣고 있는데 지숙이 다가왔다. 잠옷에 나이트가운을 걸친 채였고, 여느 날처럼 아픈 기색이 완연한 얼굴이었다.

지숙은 제이를 발견하자마자 말소리를 높였다.

"뭐 하는 거니?"

"케이크 먹잖아요. 엄마는 이 아까운 걸 왜 냉장고에 넣어 두기만 해요?"

"이리 내."

지숙은 남은 케이크를 제이에게서 떼어 놓으려 했다. 제이가 그런 지숙의 팔을 붙잡았다.

"아이고. 우리 엄마, 아프시다더니 거짓말이었나 봐. 힘이 너무 세."

"도로 넣어 놔."

"엄마가 그렇게 시위해도 다이 언니한테 말 안 할 거예요. 그러니까 저라도 먹게 그냥 두세요. 이거 비싼 거란 말이에요."

제 속을 훤히 꿰뚫기라도 할 듯 제이가 내뱉은 한마디에 지숙은 움찔거렸다. 그렇지 않아도 멈추지 않는 두통에 며칠째 몸이 말을 듣지 않는데, 온몸에 열이 다시 오르는 듯했다. 그런 지숙의 안색을 제이가 진지하게 쳐다보고는 벌떡 일어났다.

제이는 지숙의 이마에 손을 댔다. 지나치게 뜨거운 체온에 좀 전에 지숙에게 대든 것을 후회했다.

"아직도 열이 있네. 그러지 말고 진료를 받아요, 엄마."

"내가 의사야. 내 몸은 내가 제일 잘 알아. 별거 아냐."

"뭐가 별거 아니에요? 그 정도면 오늘도 출근 못 할 것 같은데."

"내가 다 알아서 해."

"혹시 다이 언니 때문이에요?"

제이는 최대한 담담한 음성으로 물었지만 지숙은 결코 담담할 수 없었다. 제이가 내뱉은 한 마디 한 마디가 예민하게 신경을 건드렸기 때문이다.

"살쪄. 적당히 먹어."

지숙은 하는 수 없이 물만 마시곤 다시 안방으로 들어갔다. 때마침 민철이 욕실에서 나오고 있었다. 침대로 느릿느릿 기어들어 가는 지숙을 흘깃 보고는 한숨을 내쉬었다.

"그러지 말고 황 교수한테서 진찰받으라니까. 당신 그거 화병이야."

"나도 알아요."

지숙은 며칠째 이어진 소화 불량에다가 빈혈 증세마저 겪고 있었다. 열이 올랐다가 다시 떨어지고 이제는 아예 오들오들 떨리기까지 하는 상황에서, 이불을 턱까지 끌어 올렸다. 그렇게 끙끙대며 앓고 있자니 다시금 다이가 원망스러워졌다.

"나쁜 계집애. 멋대로 파혼해 버리고 멋대로 집 나가 버리더니, 이제 와서 케이크 상자 하나 달랑 대문 앞에 두고 가?"

"잊어. 다이는 이제 신경 쓰지 마. 돈 떨어지면 어련히 알아서 들어올까."

"용서가 안 돼요. 우리가 저를 어떻게 키웠는데. 그 좋은 자리를 마다하고 집을 나가요, 나가길?"

"뭐야? 1년 동안 잠잠하더니 갑자기 왜 이렇게 흥분해?"

"아프니까 그렇죠. 아프니까. 몸이 아프니까 집 나간 딸년이 더 미워져서 그렇다구요."

지숙은 이불을 아예 훌쩍 끌어 올려 얼굴을 덮어 버렸다. 그러자 온몸에 땀이 날 정도로 열이 다시 차올랐다. 더운 숨이 어지럽게 흩어졌다. 이 통증은 다이가 집을 나간 지 1년이 되는 시점부터 생겨서, 지금까지 지숙을 괴롭히고 있었다. 겉으론 애써 냉정을 유지하고 있지만 속은 내내 스트레스로 인해 조금씩 피폐해지고 있었다.

행여 다이의 가출을 주변 사람들이 알게 될까 얼마나 신경을 곤두세우고 매번 노심초사하는지 모른다. 집에서 일하는 아주머니들의 입단속은 기본 중의 기본이었다.

괘씸하고 또 괘씸했다.

남편 말대로 돈이 떨어져 다시 집으로 돌아와도 몇 날 며칠씩 엎드려 싹싹 빌지 않으면 용서하지 않을 것이다. 내세울 것 하나 없는 저를 무려 기승전자그룹과 연결시켜 줬으면 입 다물고 얌전히 시집이나 갈 것이지, 어떻게 부모를 이렇게까지 우습고 하찮게 만들 수가 있는지.

"난 이제 다이가 무서워요. 어떻게 1년을 우리한테 연락 한번 없을 수가 있죠? 내 배 아파 낳은 딸자식이지만 그렇게 독한 년인 줄도 몰랐어요, 난."

"여러 말 할 것 없고 오늘 당장 황 교수한테 가 봐. 얘기해 놓을 테니까. 그 전에 밥부터 좀 먹고."

"누워 있을게요. 당신 어서 식사하고 출근하세요."

민철은 힘이 모두 빠진 지숙의 목소리에 염려 섞인 표정을 짓고 방을 나왔다. 그러곤 케이크를 먹고 있는 제이에게 다가가 불쑥 물었다.

"다이 바뀐 연락처 알고 있지?"

민철의 난데없는 질문에 제이는 미처 케이크를 다 삼키지도 못하고 아버지를 물끄러미 쳐다봤다. 중차대한 비밀을 들켜 버린 사람처럼 경계의 날을 세운 눈빛이었다.

"너 다이랑 엄마 아버지 몰래 연락하고 있는 거 다 안다."

"연락처는…… 왜요?"

"내놔 봐."

"안 돼요, 아버지. 언니하고 약속한 게 있어서. 무슨 일인지 말씀해 주시면 제가 대신 연락할게요."

민철은 숨을 들이켰다. 억지로 화를 누르는 듯한 표정이었다. 그러다 이내 평상시의 엄격한 얼굴로 되돌아간다.

"네 엄마가 저렇게 아프시잖아. 잠깐이라도 얼굴 비치는 게 맞지 않아? 어디 본데없이 케이크 하나만 달랑 두고 내빼는 거야!"

제이는 화를 삭여서 더욱 무섭게 느껴지는 민철의 목소리를 들으면서도, 꿋꿋하게 케이크 조각을 찍어 먹었다. 그러다 어느 순간 포크를 내려놓았다.

"아버지."

"왜."

"엄마한테는 자연스럽게 나오는 그 너그러움이 왜 다이 언니한테는 안 됐던 거예요?"

일격을 당한 듯 민철의 얼굴이 파르라니 굳어졌다. 자신이 다이에게 너그럽지 못했다는 사실을 마치 이제야 알았다는 듯한 당황한 모습이었다. 제이는 자리에서 일어났다.

"그냥 그렇다구요. 저 올라가서 쉴게요. 오늘 오프라서요."

마음이 무거운 건 제이도 마찬가지였다. 언제쯤 이런 분위기가 사라질까. 해결책이 보이지 않는 어려운 숙제를 마주한 기분이었다. 하지만 다이를 원망하고 싶지는 않았다. 성장하면서 다이가 겪어 온 심리적인 고통과 눈물을 빠짐없이 지켜본 탓이었다.

* * *

"다이!"

책상에 앉아 기다리고 있던 선경이 반갑게 손짓했다. 다이는 손에 든 종이 가방을 가볍게 흔들며 미소로 화답했다. 선경을 만나기 위해 라디오 본부 건물로 오면서 미리 사 둔 커피와 빵이 든 봉투였다.

"선배님. 이제 이런 거 먹어도 되나 몰라요. 뼈다귀 곰탕 같은 걸로 사 올 걸 그랬나? 칼슘 충전되게?"

선경의 앞에 커피와 갓 구운 베이글을 스윽 밀어 주면서 걱정스레 물었더니, 선경이 금세 빵을 척척 베어 물었다.

"이제 괜찮아. 걷는 데 아무 지장 없어."

"다행이에요. 라디오 본부에서 선배 다시 보니까 고향에 온 것 같고 포근해지려고 해."

"나만큼은 아닐걸? 나 병원에 있으면서 악몽까지 꿨잖아. 너 같은 다리병신은 필요 없으니까 퇴출시킬 거야! 그러더라구."

"헐……. 누가요?"

"교양 본부장님이."

선경이 고개를 세차게 저으며 진저리 치더니 다시 빵을 물었다. 입가에 묻은 크림을 손으로 찍어 내곤 그제야 본론을 꺼내기 시작했다.

"〈시사 오피니언 리더〉라고?"

"네."

미리 선경에게 연락해 대략의 이야기를 건넸던 터라 대화는 물 흐르듯이 자연스러웠다. 하지만 의외로 선경은 마뜩잖은 표정을 지었다.

"아, 나 시사 쪽은 약한데. 그래서 교양 본부로 발령받았을 때 마냥 기쁘지만은 않았거든. 겉으론 출세한 척했는데 마음은 무거웠어. 난 다 이내밀한 게 좋아. 시트콤 같은 거. 물론 실력이 안 되니 이러고 있지만."

"같이해요. 이미 캐스팅 보드에 선배 이름 올라가 있어요."

다이는 간절함을 담아 말했다. 물론 선경이 첫 작품을 양보해 준 것에 대한 고마운 마음도 섞여 있었지만, 다른 간절함도 있었다. 일을 하면서 유현에게 온통 신경이 쓰일 것이 두려웠던 것이다.

자신을 다잡아 줄 누군가가 필요했다.

다른 여자가 안겨 오는데도 내치지 않는 그 남자로 인해, 이렇게 내내 불쾌해하고 있는 자신을. 또 언제 어느 때에 감정적인 롤러코스터를 타지 않도록 누군가는 붙잡아 줬으면 했다.

"정유현 PD라면서? 이번 다큐도 같이했잖아, 너랑. 어때?"

그럼에도 불구하고 여전히, 그 남자의 이름이 들려오면, 이렇게 가슴이 뛰어 버린다.

"뭐가요?"

"업무 태도라든지 생활 습관이라든지, 성질머리 기타 등등. 아, 물론 잘생겼다는 건 알아."

"겪으면서 직접 부딪쳐 보세요. 난 할 말 없어요."

"외모와 성격이 비례하는 건 아니구나. 네 말투를 보니까. 하긴 잘난 놈들은 대부분 그렇지. 그래도 최소한 안구 정화는 되겠지. 그거 하나 믿고 간다, 난. 사람은 모름지기 근무 환경이 좋아야 되거든."

선경을 보면서, 다이는 문득 민지와 수정, 그리고 영주도 비슷한 반응을 보였던 걸 기억했다. 모두 유현에 대해 후하게 평가했다. 특히 외모뿐만 아니라 함께 일을 하면서 비로소 알게 되는 숨은 매력에 다들 새삼스럽게 놀라워하긴 했다.

많은 여자들의 호감을 사는 외모와 단단하고 곧은 심지, 일에 있어서 허점을 용납하지 않는 완벽함. 그런 것들을 두루 갖춘 남자에게 반하는 건 당연한 일이다. 다이 자신이 아니라 그 어떤 여자도 그를 욕심낼 수 있다.

그 생각을 하자 난생처음 욕심이 생겼다.

그를 자신만 독점하고 싶어졌다.

"선배."

"응?"

"어떤 남자가 어떤 여자한테 연애하자고 말했는데요. 여자는 연애 자체가 자기 일이 아니라고 생각해요. 두렵고 무서워요. 눈앞에 산적해 있는 다른 문제를 해결하기도 버거운 상태인 거죠. 그런데 그 남자가 다른 여자와 함께 있는 건 또 못 봐요. 어떻게 해야 돼요?"

"네 얘기냐?"

"그럴 리가요. 나 연애랑 담쌓은 거 알잖아요. 동생 얘기예요."

미안하다, 제이야.

"흐음. 그러니까 나 갖기는 싫고 남 주기도 싫다 이거네."

"그런가?"

"그거 아주 이기적인 거야. 얼마나 이기적인 거냐면, 남 주기 싫어서 결국 연애하잖아? 그럼 여자가 또 싫증 낸다? 여자가 쓰레기지, 한마디로."

선경의 일침에 다이는 커피를 마시는 척 부글대는 속을 달랬다. 굳이 그런 저급한 표현까진 사용하지 않아도 되는데, 정곡을 찔린 듯해 마음이 불편해진 다이에게 선경이 눈을 반짝거렸다.

"그럴 땐 말이지, 다이야. 아주 좋은 방법이 하나 있지."

"그게 뭔데요?"

"자 보는 거야. 그 남자랑."

"……그런……."

"인간의 가장 원초적인 밑바닥을 보는 거야. 그러고 나면 마음이 딱 정해져. 버릴 것인지, 먹을 것인지."

다이는 알지 못하는 세상사의 굴곡을 많이도 겪은 선경이었다. 그런 선경이 건네는 인생의 지혜는 다소 파격적이었다. 난감했던 건 그 파격적인 지혜를 전해 듣자마자 제 젖가슴을 거머쥐던 그의 손길이 떠올랐다는 것이다.

숨 막혀 질식할 것 같던, 폐색의 그 순간이 선명하게 떠올랐다.

* * *

"편집 때문에 중간에 먼저 일어나야 합니다. CP님은 끝까지 남아서 동료들 챙겨 주십시오."

하필 다이가 앉은 자리의 양쪽으로 유현과 경석이 앉은 바람에, 다이는 자신을 사이에 두고 두 사람이 나누는 대화를 꼼짝없이 듣고 있었다. 회식은 방송국 근처 삼겹살집을 통째로 빌려 이루어졌고 다큐에 합류했던 스태프 전원이 빠짐없이 모였다.

각 테이블마다 허공에서 잔들이 부딪쳤고, 술병과 음식이 분주하게 날라졌다.

"아, 자식. 오늘 하루는 그냥 회식에 올인하라니까 그러네. 그렇게 네 자신을 다 내준다고 아무도 안 알아줘."

"혹시 알아요? 알아주는 사람이 한 명은 있을지."

"안 알아줘. 내가 알아. 확실해."

다이는 술에 취한 혀로 무조건 반대의 의견을 내는 경석이 얄미웠지만 함부로 입을 열지는 않았다. 남은 업무 때문에 회식 자리를 지키지 못하고 일찌감치 일어나야 하는 사람의 심정 따위는 경석에겐 아무것도 아니라는 건지.

명색이 CP면서 실무엔 전혀 도움이 되지 않았던 경석이, 다큐 시청률로 혼자 생색을 내고 다니는 것에 모두 불만이었다. 그 와중에 다이는 오늘 회식도 유현과 끝까지 함께할 수 없다는 생각에 벌써부터 허전함이 밀려드는 듯했다.

[30분 후 오피스텔 앞 횡단보도로]

그때 문자 메시지가 들어왔고 발신인을 확인한 다이의 얼굴이 당혹감으로 굳어졌다. 바로 옆자리에서, 고개만 돌리면 아주 가까이에서 시선을 마주할 수 있는 자리에서, 유현이 문자를 보내온 것이다.

그렇게 잠시 문자만 들여다보며 당황해 하고 있는데 옆에서 그가 구둣발로 정강이를 툭툭 쳤다. 얼른 답신을 보내라는 신호였다. 다이는 잠시 테이블 분위기를 확인한 후 서둘러 문자를 입력시켰다.

[회식인데 어떻게 그래요?]

[오늘만 일찍 나와.]

[할 얘기 있으면 전화로 하세요.]

[오늘은 대답을 들어야 할 것 같아서.]

문자 주고받기는 거기에서 멈춰졌다. 그의 문자에선 다급함이 느껴졌지만 다이는 오히려 느긋했다. 얼마쯤 마음을 정한 상태였고 그에게 대답할 기회만 엿보고 있었다. 알겠다는 대답을 전하려고 하는데, 경석이 옆에서 소주병을 들이민다.

"다이 씨. 내 술 한 잔 받아요."

"아, 네. CP님."

얼떨결에 잔을 받으려는데, 반대쪽에서 유현의 손이 뻗어 와 잔을 낚아챘다.

"류다이 씨도 남은 업무가 있습니다, CP님. 저하고 같이 일어나야 돼요."

"아니 대체 무슨 일인데?"

"그런 게 있어요. 술 마시지 말아요, 류다이 씨."

유현의 따끔한 한마디에 다이는 아랫입술을 지그시 깨물었다. 맨정신에 대화를 하고 싶은 것이리라. 술 따위에 현혹돼 순간적이고 감정적으로 대화가 흘러가는 것을 원치 않는 것이다. 다이는 경석을 돌아보며 죄송하다는 의미로 고개를 숙였다.

결국 30분 뒤, 다이는 오피스텔이 마주 보이는 횡단보도 앞에 서 있었다. 당연하게도 옆에는 유현이 서 있었다. 그리고 너무도 자연스럽게 심장이 뛰었다. 그가 가까이에 있다는 이유만으로 이 심장은 항상, 늘 덜컥거렸다.

파란불로 바뀌자 두 사람은 약속이라도 한 듯 횡단보도를 가로질렀다. 차량 소리를 비롯한 일상 소음에 자연스럽게 침묵이 유지됐다. 그러다가 다이가 입을 연 것은, 오피스텔 건물 입구에 다다랐을 때였다.

"묻고 싶은 게 있어요."

유현은 조용히 그녀를 응시했다. 한동안 이리 달아나고 저리 도망치던 다이를 비로소 마주한 순간, 정말이지 손목을 낚아채서라도 끌어안고 싶었다. 그녀는 모를 것이다. 매번 그녀가 외면하고 피할 때마다 욕심은 더더욱 짙어지고 있다는 것을.

"뭔데."

"그 여자, 누구예요?"

다이의 질문에 유현은 한쪽 눈매를 일그러뜨렸다. 선뜻 생각나지 않아 누구? 하고 되물으려던 순간 은진이 제게 안겨 오는 걸 다이가 봤다는 사실을 깨달았다.

"집안끼리 아는 동생."

"아…… 그냥 동생."

"혹시 질투하는 건가?"

"나한테 연애하자고 한 사람이, 다른 여자를 안고 있는 모습을 보면 유쾌하진 않죠."

"흐음. 질투하는 거군."

치미는 미소를 유현은 굳이 숨기지 않았다. 의도한 건 아니었지만 다이의 질투를 끌어낸 점에 대해선 은진에게 고마워해야 할 듯했다. 그녀가 정색하며 다시 말을 이어 갈 때까지, 유현은 아주 잠시 그토록 즐거웠다.

"정유현 씨. 날 좋아하는 건 아니죠?"

"뭐?"

"연애하자고 한 거요. 그저 지금 연애를 하고 싶은 거였거나, 그게 아니면 날 가지고 놀고 싶은 거였거나."

다이의 목소리는 다른 때에 비해 뚜렷하고 당당했다. 단지 핀트가 어긋났을 뿐, 이렇게 감정 섞인 태도는 얼마든지 환영이다. 유현은 바지 주머니에 손을 찔러 넣고 대답했다.

"누군가를 가지고 놀기 위해 연애를 제안할 만큼 치밀하진 않아."

"그런가요? 뭐, 어차피 상관없어요. 난…… 마음에 여유가 없어요, 아직. 해야 할 일이 많고 이루어야 할 일도 많아요."

"짐작하고 있어."

"물론 연애할 마음의 여유도 없어요."

"거절인가?"

"그러니까…… 그래서…… 연애 말고 섹스하는 건 어때요?"

잠시 내려앉은 침묵. 그녀의 입에서 흘러나온 의외의 단어에 놀라기도 했지만, 유현은 그녀의 속내가 뭔지 알 수 없었다. 하지만 그녀의 제안을 거절하고 싶지도 않았다. 진심이든 진심이 아니든, 다이와 연결 지을 수 있는 끈을 이제는 놓치고 싶지 않았다. 그리고 그는 어떤 끈이든 그것을 붙잡은 순간부터 집요해진다.

　그녀는 자신이 내뱉은 말을 후회하게 될 것이다.

　머지않아 늪에 빠지게 될 것이다.

　시간과 감정은 이제 그의 편이었다.

　"섹스만? 아니면 섹스도?"

　"……섹스만."

　"그럼 이렇게 미적거릴 것도 없지."

　유현은 다이의 손을 붙잡았다. 제 방으로 올라가는 계단을 성큼성큼 밟기 시작했다.

9

현관문이 쾅 소리가 나도록 닫히자마자 유현은 다이를 벽으로 밀어붙였다. 벽에 부딪힌 등에서 통증을 느낄 새도 없이 다이는 제게로 부딪쳐 드는 입술에 정신이 혼미해졌다. 맥박이 끝도 없이 솟구치고 심장이 조각나는 듯했다.

오늘 그의 키스는 거칠었고 격렬했다.

얼굴을 감싸 쥔 손길조차 성마르고 다급하게 느껴졌다. 윗입술과 아랫입술을 번갈아 빨다 이내 침범한 혀가 입 속을 휘젓기 시작했다. 다이는 목구멍이 따가울 정도로 입술을 한껏 벌린 채 그를 받아들이고 있었다.

잇새로 타액이 흘렀다. 틈도 없이 밀착된 얼굴 사이를 오가는 숨소리는 거칠었다. 남자의 강한 몸과 벽 사이에 끼인 채 꼼짝도 할 수 없었던 다이는, 어느 순간 그의 손이 젖가슴을 움켜쥐자 저도 모르게 그의 어깨를 붙잡았다.

손이 바들바들 떨렸다. 얇은 셔츠를 두고 선명하게 전해지는 손의 감촉에 몸 곳곳에서 열꽃이 단단히 피어오르는 듯했다. 그는 그녀의 입술을 절대 놓아주지 않고 셔츠 단추를 하나씩 풀어 가기 시작했다.

내뱉은 말이 있으니 여기서 멈추는 건 자존심이 허락하지 않았다. 그럼에도 불구하고 젖가슴과 유두에 닿은 그의 손길에 몸이 바짝 긴장하는 건 어쩔 수 없는 일이었다. 그는 무척 빠른 속도로 단추를 모조리 풀고는 셔츠 앞섶을 활짝 젖혔다.

그제야 힘겹게 그가 입술을 떼자, 누구의 것인지도 모를 격한 호흡이 동시에 터져 나왔다. 닿을 듯 말 듯, 스치는 입술 새로 그가 나직이 신음을 흘렸다. 브래지어를 들춘 커다란 손이 기어이 말랑말랑한 맨살을 움켜쥐었다.

"하……. 왜 이렇게 떠는 거지? 당신이 원하던 일인데?"

그는 얄미운 말만 내뱉었다. 숨이 막혀 미칠 지경인데 놀리듯 내뱉는 말이라니. 다이는 숨을 훅 들이켰다.

"……당신처럼…… 이런 상황에 익숙하지…… 않나 보죠."

"뭐?"

"난…… 처음이라구요."

이 여자, 그의 흥미를 끌어내는 갖가지 재주를 가졌다. 손바닥을 넘어 전신을 저릿하게 만드는 풍만한 젖가슴 때문에 흥분에 들떠 미치겠는데, 섹스가 처음이라는 말로 남자의 본능을 더욱 건드리고 있었다. 애가 타는 건, 그런 말이 남자를 얼마나 미치게 만드는지 본인은 모를 것이라는 거였다.

유현은 작정하고 셔츠를 확 벗겼다. 어둠 속에서 존재감을 과시하듯 드러난 여린 어깨에 슬쩍 시선을 내리자 단전이 더욱 들썩거렸다. 맨살에 고정됐던 시선을 들어 그녀를 응시했다. 파르르 떨리는 아랫입술을 물고 빨고 싶어졌다. 하나부터 열까지, 머리끝부터 발끝까지, 다이의 모든 것이 그를 자극했다.

유현은 그녀의 허리를 껴안다시피 붙잡은 채 천천히 거실로 밀어붙였다. 머뭇머뭇, 더듬더듬, 다이의 몸이 그의 완력에 의해 뒤로 밀리기 시작했다. 뒷걸음질 치면서 다이는 비로소 그가 어느 방향으로 조종하고 있는지 깨달았다.

침대였다.

불시에 두려움이 몰려왔지만 내색하지 않았다. 긴장해 어깨가 뻐근
했지만 그 사소한 통증은 침대로 널브러지자마자 거짓말처럼 사라졌다.
다이는 제 몸에 완벽하게 겹쳐 오는 남자로 인해 숨을 쉴 수 없었다.

"처음이니까 무작정 친절하게 굴지는 않을 거야."

고개를 든 그의 눈빛에서 확연한 욕망을 읽었다. 젖가슴이 뭉개지도
록 맞닿은 육체의 온도가 높아지기 시작한 건 그때부터였다. 잔뜩 경직
돼 굳어졌던 다이의 몸이 두려움에서 차츰 풀리기 시작한 것도 그때부
터였다.

"정유현 씨……."

"난 당신을 내 여자처럼 대할 거야. 침대에서만큼은."

"하아……."

뜨겁게 흘린 신음을 그의 입술이 재차 막아 버렸다. 그때부터 그의 손
이 부지런히 움직였다. 팔에 걸려 있던 셔츠를 마저 벗기고, 거추장스러
운 물건을 떼듯 브래지어까지 홀러덩 벗겨 버렸다.

불을 켜지 않아 다행이었다. 환한 불빛 아래에서 자신의 나신을 그가
내려다보고 있는 상상을 하니 수치심에 얼굴이 한껏 달아오를 지경이었
다.

그의 입술이 느릿하게 움직이더니 볼과 목덜미로 내려갔다. 간질이듯
미약하게, 혹은 빨아들일 듯 강렬하게 키스했다.

"하앗!"

미끄러지듯 가슴팍으로 내려간 그의 입술이 유두를 머금었을 때, 다
이는 허리를 비틀며 신음을 냈다. 누구의 접촉도 허락하지 않은 살결을
무자비하게 침범한 감각이 그녀의 이성을 빼앗아 버렸다.

약간의 통증이 일었지만 그것보다 더 강렬한 쾌감에 다이는 어쩔 줄
몰라 했다. 저도 모르게 그의 머리칼에 손가락을 끼워 넣은 채 온몸에서

파생되는 생경한 기분을 느끼고 있었다. 몸속의 감각이 일깨워지면서 더욱 긴장이 풀려 가고 있었다.

어느새 젖꼭지가 단단해졌다.

유현은 혀끝으로 유두를 굴리고 빨다가 이내 단단해진 그것을 한껏 머금었다. 마른 몸매일 거라고만 생각했는데 의외로 젖가슴은 풍만했고 탄력적이었다. 한 손에 거머쥐자 꽉 차는 그 느낌이 좋아 내내 끈덕지게 주물러 댔다.

그럴 때마다 쾌감이 아우성쳤다.

절대 멈출 수 없는 욕망이 본능과 함께 그를 다그쳤다.

유현은 손을 아래로 내렸다. 매끄러운 복부를 스쳐 바지의 호크에 닿자, 그녀가 움찔하는 게 느껴졌다. 거기에서 멈추지 않은 손길은 아랫배를 지나 야트막한 둔덕을 쓸었다.

"하아……."

지나치게 긴장해 굳어진 그녀의 허벅지를 쓸어내리니 더운 숨이 그의 귀를 간질였다. 인내심이 이미 바닥나 버린 채로, 유현은 상체를 일으켜 그녀의 바지를 빠르게 벗겨 내렸다. 손바닥만 한 팬티마저 아래로 끌어 내릴 땐 그는 불규칙적으로 흔들리는 숨을 골라야 했다.

"후회하는 얼굴인데?"

나신이 된 그녀를 덮치듯 내리찍으며 다시 유두를 머금은 유현이 시선을 날카롭게 들어 올렸다. 덜덜덜 떨리는 다이의 턱선을 흥미롭게 지켜보다가 그녀가 입을 열자 바짝 긴장했다.

"안 해요, 그런 거."

"그래? 그럼 다행이고. 더 편해질 수 있겠군."

그녀의 대답은 일종의 안도감을 주었다. 그래서 유현은 좀 더 자유자재로 몸을 풀 수 있었다.

다이는 아랫입술을 깨문 채 시선을 아래로 던지고 있었다. 볼록한 젖가슴이 시야 끝에 보였고 단단히 선 유두도 보인다. 그리고 그 유두 위를 질펀하게 오가는 남자의 혓바닥도 보였다.

생경한 감각이 전신을 타고 흘렀다.

너무 낯설어서 두려운데도 제힘으로 어쩌지 못하는 통렬한 쾌감은 그녀를 무아지경 속으로 흘러가게 만들었다. 그의 혀가 유두에서 내려가 아랫배를 간질였다. 내처 더 아래로 흐르고 흘러 사타구니로 향했을 때 다이는 행여 신음이 크게 나올까 서둘러 입을 틀어막았다.

다리를 천천히 벌린 그가 말랑말랑한 입술로 음부를 삼킨 순간, 다이는 힘겹게 흐느껴야 했다.

"하읏!"

허벅지에 절로 힘이 들어갔다.

그는 그녀의 가장 은밀한 그곳에, 가장 뜨거운 온도로, 가장 강렬하게 차오르고 있었다.

혀끝의 애무는 다이를 깊고 깊은 감각의 늪으로 빠뜨렸다. 발끝부터 전신으로 퍼지는 야릇한 기분은 지금껏 겪어 본 적 없는 기분이었다. 그의 혀가 음부로부터 떨어져 나가고 그가 옷을 벗고 있는 듯 사각거리는 소리가 들렸지만, 다이는 내내 허공에 붕 뜬 느낌이었다.

다시 그가 그녀를 타고 올라왔다.

나른하게 떠진 눈을, 그의 집요한 시선이 마주했다. 다이는 계속해서 거칠게 숨을 내쉬었고 그는 그런 그녀의 얼굴을 기다란 손가락으로 훑었다.

"당신과 이런 순간을 맞이하리라곤 생각도 못 했는데."

"……."

"이상한 건 꽤 익숙한 기분이라는 거지."

"……무슨 뜻이에요?"

"우습게 들리겠지만 가끔 생각했거든. 당신과 침대에서 뒹구는 모습을."

"뭐…… 뭐라구…… 흐읍!"

반감이 든 대답을 내뱉으려는데 그러지 못했다. 나를 상대로 그런 음탕한 상상을 했던 거냐고 묻고 싶었는데, 그럴 수 없었다. 그가 기습적으로 허리를 움직인 탓에 굵고 단단한 이물감이 아래의 그곳에 닿았기 때문이다.

침묵이 이루어진 가운데 그와의 사이로 거친 숨이 흘러갔다. 서로를 뚫어 버릴 듯 집요하게 오가는 시선은 뜨거웠다. 시선을 먼저 끊어 낸 건 유현이었다. 그는 상반신을 조금 일으킨 채 벌어진 그녀의 다리를 붙들었다.

그리고 가장 은밀한 그곳을 향해 딱딱해진 제 분신을 조금씩 밀어 넣기 시작했다.

"으읏! ……아흣!"

몰려드는 강한 통증에 다이의 이마에 고통의 주름이 새겨졌다. 잠잠하던 바다가 강풍을 만나 파도가 일듯, 여린 속살이 이물감의 침입으로 일제히 긴장하며 바짝 조여들었다.

"읏……."

유현은 제 분신을 감싸고 조이는 속살의 쾌감에 아찔한 기분을 느꼈다. 여체는 좀처럼 자신을 받아들이지 못하고 있었지만, 오히려 그것이 그의 정복욕을 더욱 부추기고 있었다. 유현은 허리에 더욱 강하게 힘을 주었다.

그러면서 그녀의 반응을 지켜보았다. 풀려 버린 입술에선 연신 신음이 쏟아졌고 붉게 달아오른 얼굴은 창백해 보이기까지 했다. 희열에 들떠 가늘게 떠진 여자의 눈에 입 맞추고 싶어졌다. 자신이 허리를 움직일 때마다 들썩거리며 출렁대는 젖가슴을 빨고 싶어졌다.

절대 열리지 않을 것 같던 여체는, 그의 집요한 움직임과 어마어마하게 닿아 오는 쾌감에 천천히 만개하고 있었다. 다이는 눈물이 날 정도로 아팠지만 교성을 지르고 싶어질 정도로 강한 쾌락에 빠져 있었다.

그의 몸 아래에서 좀 더 거칠게 짓쳐 달라고 애원하고 싶었다.

저도 모르고 있던 자신 안의 노골적인 욕망을 들여다본 순간이었다. 엉덩이를 들썩대며 그의 삽입을 종용하고 있는 제 모습이 어이없기도 하고 이 모든 순간이 다 착각인 것도 같았다. 하지만 마침내 그의 몸 끝이 자신의 가장 깊숙한 곳에 다다랐을 때, 다이는 몸을 떨며 경련했다.

"하악!"

방어적으로 고개를 세차게 저었지만 그 와중에도 희열이 눈치 없이 몰려들었다. 이미 뜨거워진 몸은, 그가 허리를 움직이기 시작하면서 더욱 거센 열기로 달아올랐다. 천천히 매너 있게 움직이던 그는 어느 순간부터 속도를 높였고 숨을 헐떡거렸다.

델 것처럼 뜨거워진 몸.

열기로 물든 침대와 시트.

그에게 갇혀 모든 것이 흔들리고 있는데도 선명하게 전해 오는 쾌감.

지금껏 누리고 겪어 온 일상이 깨지고 조각나 뒹구는데도 절대 놓치고 싶지 않은 감각.

다이는 가늘게 뜬 눈으로 그를 올려다봤다. 남자답게 각이 진 턱선에 시선을 꽂은 채 여전히 전신을 파고드는 흥분을 느끼고 있었다.

이토록 짜릿하고 이토록 강렬한 느낌은 처음이었다.

다이는 흥분하면서 유현의 어깨를 붙잡았다.

질식할 정도로 숨 막히는 밤이었다.

손가락 하나 움직일 수 없을 정도로 노곤한 기분이 이어졌다. 다이는 등 뒤에서 선명하게 느껴지는 유현의 가슴팍에 온 감각을 집중시키고 있었다. 등을 타고 오르내리는 숨소리가 귓가에 뚜렷했다.

그녀의 허리를 감은 팔과 결박하듯 허벅지를 감고 있는 탄탄한 다리 근육도 느껴졌다. 섹스는 아까 끝났지만, 몸에 남은 열기의 잔재는 여전했다. 곤란했던 건 이따금 목덜미에 닿아 오는 그의 입술과 더듬더듬 올라와 젖가슴을 애무하는 손이었다.

"일어나야 할 것 같은데……."

다이는 격한 섹스로 쉬어 버린 목소리를 느리게 냈다. 유현은 종알대는 그녀의 입술을 당장 먹어 버리고 싶었지만, 다시금 목덜미에 가볍게 키스를 하는 것으로 대꾸했다.

"조금만 더."

"늦었……어요. 내일 일찍 출근해야 해요."

"당신 몸은 안 그런데?"

"……네?"

"나한테 더 안겨 있고 싶어 하는 것 같다고."

"핫!"

다이는 시트로 젖가슴을 두르곤 그의 팔을 뿌리치고 상체를 벌떡 일으켰다. 부스스 엉망으로 헝클어진 머리칼이 좀 전의 섹스가 얼마나 격렬했는지 말해 주는 듯해 손가락으로 툭툭 머리칼을 헤집었다.

차마 그를 똑바로 쳐다보진 못하고 고개를 틀어 버린 채 나직이 한마디 뱉어 냈다.

"갈게요."

"류다이."

일어서려던 그녀의 팔목이 그에게 붙잡혀 다시 주저앉혀졌다. 다이의 가슴이 폭발할 것처럼 뛰었다.

"나 좀 쳐다보지?"

전에 없이 다정한 음성이었다. 정유현의 목소리가 맞나 싶을 정도로 온유하고 부드러웠다. 다이는 이끌리듯 그를 쳐다봤다. 입매를 끌어 올린 채 그가 씨익 미소 짓고 있었다.

"왜…… 웃어요?"

"예뻐서."

당혹스러운 다이가 미간을 한껏 좁혔다. 그가 저런 말도 내뱉을 줄 아는 남자였던가. 믿을 수 없는 상황에 다이가 할 말을 잃고 있는데, 그가

185

천천히 손을 뻗어 와 그녀의 갸름한 턱을 어루만졌다.

"당신은 이제 큰일 난 거지."

깊은 그의 눈빛에 다이는 완벽하게 갇힐 뻔했다. 미소가 어린 듯도 하고 진지함이 들어 있는 듯도 한 유현의 눈은, 다이의 이성뿐만 아니라 감정도 뒤흔들고 있었다.

그녀는 겨우 정신을 추스르고 입을 열었다.

"왜요?"

"난 시도 때도 없이 할 생각이거든. 이유 불문, 장소 불문."

"그럴…… 리가요."

"못 할 것 같아?"

"고개 돌려요. 옷 입을 거니까."

다이의 야멸친 한마디에 유현은 그대로 베개에 얼굴을 묻었다. 두 귀는 모두 다이에게 활짝 열어 둔 채였다. 옷가지 스치는 소리가 꽤나 자극적이었다. 그의 몸은 아직도 발기한 채 한 번 더 그녀를 파고들 생각만 하고 있는데, 그녀는 아무래도 사라질 모양이다.

"갈게요. 내일 봐요."

다이의 목소리가 귀를 울렸다. 유현은 파묻은 고개를 들지 않고 그저 끄덕거리기만 했다. 그녀의 발소리, 이어서 현관에서 신발을 신는 소리, 그리고 현관문이 천천히 열리고 닫히는 소리가 차례대로 들려왔다.

한참 만에 고개를 돌린 그는 현관을 주시했다. 굳어진 얼굴이었다. 다이가 떠나고 없는 현관을 쳐다보면서 혼잣말처럼 중얼거렸다.

"진심인데."

* * *

"어라?"

선경이 못 볼 꼴을 본 사람처럼 인상을 확 찡그렸다. 선경의 저 반응을 예상하지 못한 건 아니었지만 막상 마주하게 되니 자존감이 얼마쯤 깎이는 듯했다. 다이는 되도록 태연스러운 태도로 선경과 마주 보는 자리에 앉으며 물었다.

"왜요?"

"그 원피스는 뭐야? 입술은 또 뭐고?"

"그냥…… 옷장 뒤져 보니 있기에……. 입술은 색다른 걸…… 발라 보고 싶어서요."

"연애 어쩌고저쩌고하더니 네 얘기가 맞았구나? 동생이 아니라."

"에이. 동생 얘기 맞아요, 선배."

다이는 시선을 내려 좀처럼 익숙하지 않은 자신의 차림새를 슬쩍 훑었다. 연하늘색 바탕에 자잘한 꽃무늬가 들어간 시폰 원피스에, 사 두고 한 번도 신지 않았던 로퍼, 다른 날보다 신경 써서 바른 틴트는 색이 두드러졌다.

아침에 출근 준비를 하는 동안 이렇게 꾸미면서 그녀조차도 낯설어 몇 번이나 입었다 벗었다를 반복했는지 모른다. 희한한 건 그러면서도 손이 무의식적으로 원피스를 놓지 않았다는 것이다. 작가실에 들어서서 선경의 뜨악한 표정을 마주하고 나서야, 다이는 오늘 자신이 경거망동했다는 걸 깨달았다.

"뜬금없이 연애 얘길 꺼내질 않나, 옷이며 화장이 갑자기 바뀌었는데도 잡아떼? 어허! 너 이 선배님의 물리적 공격을 정녕 받고 싶은 게냐!"

문제는 유현의 반응이었다. 혹여 그에게 예뻐 보이고 싶어 분위기를 달리한 거라고 생각한다면 어쩌나. 분명 그렇게 단정 지을 공산이 큰데. 그러게 무슨 바람이 불어 이런 미친 짓을 저질러 버린 걸까.

"차라리 그래 주세요, 선배님. 나도 오늘 아침의 나를 매우 치고 싶으니까요. 그저 기분 한번 내 본 걸로 사람 너무 몰아가지 말구요."

"너 정말, 아무것도 아니야?"

"네. 아무것도 아니에요. 정말로요."

"안녕하세요!"

그렇게 다이와 선경이 물고 물리는 언쟁을 벌이고 있는데 문이 열리고 조연출 승명이 들어왔다. 애써 반갑게 웃으며 인사를 하던 다이의 얼굴이 어색한 긴장으로 차올랐다. 승명의 뒤를 따라 유현이 함께 들어온 것이다.

예뻐서.

예뻐서.

예뻐서.

어젯밤 유현이 속삭였던 말이 기억에서 툭 튀어나와 당혹스러웠다. 결국 오늘 아침 옷과 화장으로 씨름했던 건 예쁘다는 그의 한마디 때문이었던 것이다.

그의 시선을 되도록 피하려 정면으로 고개를 돌렸지만 하필 유현이 선경의 옆자리에 앉는 바람에 시야가 꽉 차 버렸다.

그는 그녀를 물끄러미 응시하고 있었다.

"작가님들, 뭐가 아니라는 거예요?"

눈치 없이 승명이 히죽 웃으며 끼어들었다. 교양 본부로 발령받으면서 이미 한 번씩 안면을 텄던 터라 인사는 서로 생략한 채였다. 선경 역시 눈치 없이 대답한다.

"아, 네. 그런 게 있어요. 다이 씨가 오늘 유난히 예뻐 보이기에 연애하냐고 물었더니 절대 아니래요."

"절대 아닌가 보죠?"

유현이 능청스럽게 물어 오는 바람에 다이는 얼핏 그를 쳐다보았다. 그윽한 눈빛이 그녀의 얼굴과 목선, 그리고 젖가슴을 차례대로 훑고 있었다. 그 유혹적인 태도에 목이 따끔거려 마른침을 겨우 삼킨 다이가 짧게 대답했다.

"네."

"자, 아니라고 하니까 그만 회의에 집중합시다."

유현은 다이에게로 쏟아지고 있는 관심을 일부러 분산시켰다. 그러나 입가에 걸린 흐릿한 미소는 지우지 못했다. 그동안과는 확연히 달라진 다이의 분위기는 그를 흐뭇하게 만들었다. 선경과 승명이 없었다면 장소에 상관없이 당장 물고 빨고 싶은 입술과 살결이었다.

　"프로그램 제작 사무실은 금주 내에 정해질 텐데 아마 복도 끝에 있는 곳으로 마련될 겁니다. 작가 회의는 두 분이 알아서 시간을 따로 정하시고, 매주 월요일과 목요일은 제작진 회의니 그때 회의 내용을 공유하겠습니다. 되도록 금주 안으로 9월 취재 내용이 미리 잡혔으면 하는데, 괜찮겠습니까, 강 작가님?"

　"네. 문제없어요."

　"좋아요. 그리고 게스트 섭외는 두 분께 전적으로 일임하겠습니다. 충분히 고민하시고 의견을 통일한 뒤에 섭외에 신경 써 주십시오."

　"어머, 정말 감사합니다, 정 PD님. 열심히 발로 뛸게요."

　"질문 있으면 하세요."

　"정 PD님. 이번 주 다큐 2회 시청률이 엄청 뛰었던데 기분 어떠세요?"

　선경이 스스럼없이 물었고 다이는 그의 대답을 내심 기다렸다. 선경의 말대로 〈천년의 섬〉 2회는 1회보다 시청률이 무려 2%나 올랐고 경석이 그렇게도 외치던 화제성 점유율도 대폭 오른 것이다.

　다큐멘터리는 그 어느 장르보다도 연출자의 실력과 재능에 따라 성패가 갈리기 때문에 이번 다큐의 성공은 입봉 감독 정유현의 성공이라고 해도 과언이 아니었다. 한데 그는 대수롭지 않은 표정을 지었다.

　"나쁘진 않아요. 다만 지금은 〈시사 오피니언 리더〉에 집중할 때라서."

　지나치게 이성적이고 지나치게 딱딱한 대답에 질문한 선경이 오히려 무안해했다. 그러자 유현이 경직된 분위기를 풀기 위해 일상적인 질문을 흘렸다.

"아침밥들은 먹고 온 겁니까?"

"아뇨."

"밥은커녕 지각할까 봐 열라 뛰어왔죠."

선경과 승명이 차례대로 대답했다. 2박 3일은 굶은 사람들처럼 갑자기 목소리를 기운 없이 깐 채였다.

이번엔 유현의 시선이 다이에게로 향했다. 눈이 아닌 입술로 향한 그의 시선에, 다이는 아주 잠깐 당황했다.

"류다이 씨도 안 먹었죠?"

"어…… 네."

"꾸미는 데 시간을 다 썼을 테니까. 승명 씨, 나가서 커피와 빵 좀 사와요."

다이는 인상을 찌푸렸다. 이렇게 꾸민 게 누구 때문인데 아무 감흥도 없는 사람처럼 오히려 무안을 주다니. 손을 아래로 내린 그녀는 원피스 자락을 꽉 쥐었다. 당장 오피스텔로 가서 옷을 갈아입고 올 테다.

"법카 주시는 겁니까, PD님?"

"PD님. 그러지 마시고 우리 넷이 같이 구내식당으로 내려가요. 오늘 아침 메뉴가 갈비탕이더라구요."

승명의 법인 카드와 선경의 갈비탕이 대립했다. 유현이 잠시 다이를 쳐다보는 것 같더니 법인 카드를 선택했다. 저런 차림의 다이가 구내식당으로 내려가기까지 거쳐야 할 시선이 얼마나 많을지 알 수 없었다. 특히나 여자라면 자다가도 벌떡 일어나는 놈들의 눈은 애초에 차단시켜야 옳았다.

"같이 가요, 승명 씨. 승명 씨 혼자 빵을 고르게 할 수는 없지. 단팥빵만 사 오면 어떡해."

유현에게서 법인 카드를 건네받은 승명에게, 선경이 들러붙었다. 두 사람이 함께 작가실을 나가자마자 유현은 의자에 등을 깊이 기대고 다이를 응시했다. 다이는 핸드폰을 들여다보며 괜히 딴청 부렸다.

제게로 쏟아지고 있는 그의 시선을 모르지 않는 바, 귀밑까지 이미 홍조로 붉게 물들고 있었다.

"이유가 뭘까."

"……뭐가요?"

"맞선 때 말곤 그런 차림을 처음 보는 것 같은데?"

"여자들은 원래 특별해지고 싶은 날이 있어요."

"그게 왜 하필 오늘일까."

그의 질문이 능청스럽다는 걸 모르지 않았다. 아마 눈을 들면 짓궂게 웃고 있는 그와 마주하게 될 것이다. 다이는 일부러 핸드폰에서 시선을 떼지 않았다.

"의심은 하지 마세요. 대답하고 싶지 않으니까요."

"지금, 하고 싶어."

하지만 고집스럽게 핸드폰 액정 화면에 고정시킨 시선이 흔들린 건 얼마 지나지 않아서였다. 이번엔 귀밑이 아니라 얼굴 전체가 붉어졌다. 무시로 어젯밤의 기억이 넘나들었다. 부딪히던 살결, 겹쳐지던 입술, 머리부터 발끝까지 올올이 흥분하던 몸.

아직도 유두와 음부가 아리고 쓰라렸지만, 어젯밤의 황홀한 기억은 몸의 통증을 압도하고 있었다.

"농담……이죠?"

"당연. 내가 지금 여기서 당신 옷을 벗기고 물고 빨게 된다면 저게 가만히 있겠어?"

다이는 그가 가리키는 곳을 쳐다봤다. CCTV가 훔쳐보듯 고개를 내리고 있었다. 다이가 CCTV로부터 시선을 내리기도 전에 그가 말했다.

"그러니까 그렇게 꾸미고 다니지 않아도 돼. 다른 놈들한테 예뻐 보이고 싶은 게 아니라면."

"그게…… 아니라……."

"난 언제 어디서든, 당신이 어떤 모습으로 있든, 하고 싶어질 것 같거든."

"······당황스럽네요."

"오늘 밤 9시. 5분 전부터 현관문 열어 둬."

"······또요?"

"싫은가?"

싫은 거냐고 되묻는 그에게 아무 대답을 하지 못했다. 그와 함께 있을 때면 항상 숨이 막힐 것 같지만 어젯밤의 그 격렬하고 강렬한 순간을 다시 겪어 보고 싶었다. 자신의 감정에, 다이도 당황스러워하고 있었다. 이렇게 노골적이고 발칙하게 밝히다니.

"열어 둘게요."

결코 어떤 감정 없이 섹스만을 위해서라는 걸 보여 주기 위해 다이는 다소 도도하게 대답했다.

그녀는 땀이 밴 손바닥을 원피스 자락이 비벼 댔다. 귀까지 상기된 채 마른 입술을 연신 축였다. 얼른 선경과 승명이 돌아오기만을 내심 바랐다.

* * *

하루 종일 긴장으로 얼룩진 상태에서 퇴근을 맞이한 다이는 내심 환호성을 질렀다. 어서 집으로 가 유현이 오는 9시를 기다리며 마음의 안정을 찾고 싶었다. 하지만 가방을 챙기기가 무섭게 선경이 돌발 제안을 해 왔다.

"너 오피스텔에 들어갔다며? 초대 안 해? 난 오늘도 상관없어."

"아······ 그래요?"

"지금 가자. 나 사실은 너 주려고 디퓨저도 샀어. 이거 봐."

선경이 커다란 에코 백 안에서 조그맣고 앙증맞은 상자를 끄집어 올렸다. 다이의 안색이 곤혹스럽게 변했다. 마음을 써 준 선경이 고마웠지만 갑작스러운 제안이었고, 더구나 9시가 되면 유현이 올 것이다.

"근데 지금 집에 먹을 게 없는데. 다음 주에 제가 정식으로 초대하면 안 될까요? 선배?"

"요 앞에서 떡볶이 3인분이랑 맥주 사서 들어가면 돼. 나 많이 못 먹어."

"그, 그래요. 그럼."

도무지 틈이 보이지 않는 방어였다. 미리 선물까지 준비한 선경의 배려에 다이는 어쩔 수 없이 선경과 함께 작가실을 나왔다. 선경의 제안대로 방송국 건물 앞에 있는 분식집에 들어가 떡볶이와 김밥 등을 샀고 편의점에 들러 캔 맥주도 샀다.

반지하방에 들어가자마자 선경이 내부를 둘러보고는 눈을 휘둥그레 떴다. 다이는 서둘러 원피스를 벗고 편한 옷으로 갈아입었다.

"와아. 반지하지만 근사해. 아주 넓고."

"근데 채광이 전혀 안 되니까 단점은 있어요."

"그럴 땐 말이야. 일찍 출근하는 게 최선이야. 얼른 나가서 햇빛을 쐬는 거지."

"노하우예요?"

"그럼. 너한테도 말했지만 나도 반지하살이에 도가 튼 사람이야. 나한테 말만 해. 자잘한 꿀팁 같은 건 언제든지 대방출할 수 있으니까."

"떡볶이나 먹어요, 선배. 배고파."

다이는 다분히 의도적으로 식사를 서둘렀다. 얼핏 본 시계는 8시를 넘기고 있었다. 만약 9시가 넘어도 선경이 떠날 분위기가 아니라면, 유현에게 오지 말라고 문자 메시지를 보낼 생각이었다.

"나 이번 프로그램에 사활을 걸었어, 다이야."

식탁에 마주 앉아 안주 삼아 떡볶이를 먹고 있는데 선경이 진지하게 입을 뗐다. 다이는 고개를 끄덕였다. 병상에 있으면서 얼마나 일이 고팠을지, 일이 없으니 돈을 벌지도 못했을 테고 가족들의 생계도 당연히 힘들었을 터였다.

선경이 다시금 의지를 다지며 말했다.

"정말 열심히 해서 계속 프로그램이 들어오게 만들 거야."

"우리가 프리랜서도 아닌데 당연히 의무적으로 고정 프로그램은 들어오겠죠."

"아니. 나 프리랜서로 나가려고."

선경의 말이 다소 의외여서 다이는 떡볶이 국물을 먹다 말고 고개를 들었다. 그런 다이의 반응을 예상한 듯 선경이 어깨를 으쓱했다.

"여기서 1년 더 경력 쌓고 나서 나갈 거야."

"선배. 그러다 잘 안 풀리기라도 하면. 그렇게 자신만만해서 나간 선배들 중에 잘된 케이스가 드물잖아요."

"잘될 거라니까? 잘돼서 너도 부를게. 너 설마 지상파에서 안주할 생각은 아니지? 작가라면 자유로운 케이블에서도 뛰어 봐야지."

"난 아직 그럴 생각은 없어요, 선배."

"네가 아직 큰물에서 안 놀아 봐서 그래. 확실히 다르다니까? 프로그램 하나 터지면 그다음부턴 그냥 안전빵이야. 1년에 하나만 해도 충분히 먹고살 수 있어. 만수르보단 못하겠지만."

어쩌면 선경이 프리랜서에 대해 긍정적인 시각을 가지고 있는 건 어려운 가정 형편 때문인지도 모르겠다. 선경은 밑바닥을 헤매던 라디오 프로그램 하나를 전체 청취율 1위로 올려놓은 화려한 이력을 가지고 있는 사람이라, 그녀의 자신감이 얼마쯤 납득되고 있었다.

하지만 다이 자신은 달랐다. 아직 쌓아야 할 경력과 배워야 할 분야가 즐비한 입장이었다.

"난 이 일을 할 수 있다는 사실만으로도 충분히 행복해요. 이 일을 할 수 없을까 봐 전전긍긍하던 시절을 생각하면. 그냥 나 있는 데서 최선을 다할래요. 하지만 선배 결정도 존중해요. 다들 그렇게 하고 싶어 하니까."

"마음 바뀔걸?"

"그럼 두말 않고 선배한테 갈게요."

다이가 제법 화끈하게 대답하자 선경이 고개를 힘차게 끄덕거렸다. 그 와중에도 다이의 시선이 다시 핸드폰 시간에 맞추어졌다. 그리고 그 걸 놓칠 선경이 아니었다.

"애인 오기로 했어?"

슬쩍 떠보는 것 같은 선경의 말투에 다이는 다급히 손사래를 쳤다.

"애인은 무슨······."

"시계를 보는 표정이 계속 초조해."

"시계 본 거 아니거든요?"

"난 이만 일어날게. 애인 만나야 할 애 집에 너무 오래 민폐 끼치는 것도 예의가 아니지."

"아니라니까요, 선배."

"알았어, 알았어. 마침 일어나려고 했어."

선경은 가방을 메는 와중에도 마지막 떡볶이와 어묵을 입에 밀어 넣었고 남은 맥주를 모조리 마셨다. 정말로 초조해진 건 그때부터였다. 유현이 도착하기 전에 샤워를 미리 하고 싶었지만 시간이 아주 촉박했던 것이다.

다이는 현관문을 열고 선경을 배웅했다. 건물 앞 횡단보도의 불이 바뀌고 선경이 멀어질 때까지 지켜보다가 후다닥 계단을 뛰어 내려왔다.

"까악······ 읍!"

그런데 열어 둔 현관문 옆, 시커멓게 어둠이 져 있는 좁은 공간에서 인기척이 느껴지자 다이가 외마디 비명을 질렀고, 그녀의 입은 곧 누군가의 손에 의해 틀어막혔다.

불빛 아래 드러난 얼굴은 유현이었다. 그녀에게서 스르르 손을 뗀 그가 피식 웃기에, 다이는 야속하다는 듯 노려보았다. 놀란 호흡이 아직도 가빴다.

"뭐예요. 놀랐잖아요."

"미안. 계단을 내려오자마자 강 작가와 당신이 나오기에 숨어 있느라."

"아우…… 놀래라."

"걱정 마. 들키지는 않았으니까."

어깨까지 들썩이고 있는 그녀의 팔을 그가 지그시 붙잡고 귓불로 입술을 가져왔다. 정말이지 연달아 들어오는 그의 공격에 호흡이 남아나질 않을 듯했다.

"이렇게 스릴 있는 일상도 즐길 만하군."

그의 짙은 속삭임에 머릿속이 리셋 되었다. 선경과의 간단한 저녁 간식도, 프리랜서에 대해 나누었던 이야기도, 그를 기다리느라 초조했던 마음도, 모두 원점으로 되돌아와서 이제는 그의 유혹에 정신이 빠져 버렸다.

쾅.

그가 이끄는 대로 오피스텔로 들어간 다이는 현관문이 닫히는 소리에 움찔거렸다. 마치 섹스의 시작을 알리는 것 같아 심장이 두근거렸다.

10

"나 이렇게 신선한 멜론은 처음 먹어 봐."

승미는 은진이 포크로 찍어 주는 멜론 한 조각을 먹고 감격에 젖었다. 아주 오랜만에 집을 방문한 은진이 커다란 과일 바구니를 선물이라고 가져왔는데, 모두 승미가 좋아하는 것들로만 구성돼 있었다.

신선한 멜론이야 승미도 여러 차례 먹어 봤지만 은진에 대한 반가움이 더 커서 말이며 표정이며 지나치게 환했다.

오늘 은진의 방문은 저녁이 다 돼서야 갑자기 이루어졌고 승미는 다급히 저녁 식사를 준비하느라 꽤 애를 먹은 참이었다. 그럼에도 불구하고 반가움은 여전했다.

그때 은진이 시간을 확인했다.

"너무 늦은 것 같아요, 사모님. 벌써 9시가 넘었어요. 가 봐야 할 것 같아요."

"더 있다가 가도 돼."

"회장님 오시면 뵙고 가려고 했는데."

"그러니까. 하필 런던 출장 중이시네."

승미는 포크를 내려놓고 은진을 흐뭇하게 바라봤다.

"유학 얘기 더 해 봐, 은진아. 난 유학에 대한 로망이 아직 있거든. 유현이나 이현이가 유학을 한 경험이 없어서 그런가 봐."

"정말 별거 없었어요. 그냥 어학원 다니고 학교에 곧장 가서 수업받고, 시험 기간이 되면 시험 준비 하느라 바쁘고. 그게 전부예요. 저 정말 시험 운이 좋아서 성적은 꽤 잘 나왔어요, 사모님."

"우리 은진이 머리 좋은 거야 내가 익히 알고 있지. 그리고 은진아."

"네."

"사모님이라고 부르니까 내가 더 어색해. 예전처럼 아주머니라고 불러. 너희랑 우리랑 먼 사이도 아닌데."

은진은 변함없이 다정한 승미가 고마웠다. 그녀 자신이 유현을 남몰래 좋아하고 있었고, 그 짝사랑에 상처받고 홧김에 유학을 떠났다는 사실을 전혀 모르고 있을 승미는 여전히 제겐 옆집 아주머니 같은 포근하고 수더분한 분이었다.

사뭇 차가운 자신의 모친과는 반대인 승미의 저런 다정다감함에 끌려 더욱 이 집에 자주 놀러 왔었는지도 모른다.

"그래도 될까요?"

"그럼."

"알겠습니다. 그럼 예전처럼 아주머니라고 부를게요. 저도 훨씬 편해요, 그게."

은진은 그때부터 얼마쯤 더 편해졌다. 승미도 마찬가지였는지 아니면 그저 예의상 꺼낸 말인지, 은진을 기분 좋게 해 주었다.

"네가 유학만 떠나지 않았어도 우리 유현이 신붓감으로 맞선 같은 건 생각도 안 했을 텐데. 어머나, 내 입 좀 봐. 미안해. 실례되는 말을 해 버려서."

"괜찮아요, 아주머니. 근데 유현이 오빠가 그렇게 맞선을 자주 봤어요?"

"회장님이나 나나 유현이가 빨리 결혼하고 안정이 되어야 회사를 믿고 맡길 수 있을 것 같았거든. 지금은 거의 반포기 상태야. 유현이가 먼저 나서서 결혼하겠다고 말하기 전까지는 손도 안 댈래. 덴 적이 있어서."

"덴 적이 있다니요?"

"작년에 한번 파혼한 적이 있었어."

처음 듣는 얘기였다. 은진이 놀라 믿기지 않는다는 투로 물었다.

"파혼이요? 왜요?"

"여자 쪽에서 변심한 거지. 다 지나간 일이니 너한테 가벼운 마음으로 털어놓게 되네."

"어머, 세상에."

무슨 말을 어떻게 꺼내야 할지 알 수 없었다. 감히 정유현을 상대로 파혼을 결정한 여자라면, 대체 얼마나 잘난 존재라는 건지. 유현보다 더 존재감이 있고 파워가 있는 집안의 여자는 아무리 생각해도 떠오르지 않는데.

"그때부터 두 번 다시는 맞선이나 결혼 같은 말은 아예 안 꺼내고 있어. 어이가 없기도 하고 괘씸하기도 하고."

"마음이 많이 상하셨겠어요."

"언론 발표 하기 전에 그 사달이 나서 그나마 다행이라고 생각해. 인연이 아니었던 거지 뭐. 그냥 그 정도로만 알아 둬, 은진아."

"네."

은진은 잠자코 승미의 포크를 가져와 멜론 한 조각을 찍어 건넸다. 승미가 인자한 미소를 지으며 포크를 건네받았다.

승미를 비롯한 이 집의 가족들에겐 유현의 파혼이 상처였을지 몰라도 자신에겐 어마어마한 행운이었다.

승미만 확실하게 자신의 편으로 만든다면 유현과의 결혼도 꿈꿀 수 있는 상황이 펼쳐질 것이다. 어차피 이런 세계 안에서 살아가는 그들에게 결혼이란 뻔한 것이니.

"어어어?"

그렇게 은진이 내심 만족스러워하고 있을 때, 현관문 쪽에서 귀에 익은 음성이 들려왔다. 고개를 돌려 보니 이현이 놀란 눈을 하고 서 있었다.

"뭐야, 이현이 너 이 시간에 집엔 무슨 일이니?"

오히려 승미가 더욱 놀라 용수철이 팅기듯 자리에서 벌떡 일어났다. 이현은 은진을 새삼스러운 표정으로 쳐다보며 승미의 질문에 대꾸했다.

"나? 밥 얻어먹으러 왔죠, 마마."

"하여간, 저 녀석이 진짜. 그렇게 집에서 지내라고 해도 눈썹 하나 꿈쩍 안 하더니, 뭐? 밥을 얻어먹으러 와?"

"나 알바하는 데선 식사 잘 안 챙겨 줘요. 노동청에 고발할까 봐."

이현이 투덜거리자 승미는 노여워하면서도 서둘러 주방으로 자리를 옮겼다. 승미가 자리를 비운 틈을 타 이현이 잽싸게 은진의 옆에 앉았다.

"예쁜 누나. 유학 끝나고 들어온 거야? 언제?"

"며칠 안 됐어. 넌 제대했다며? 입대한 것도 몰랐는데 제대라니. 대단해."

"남자로 태어나서 군대 생활 정도는 경험해 봐야지. 뭐, 대체로 껌이었어. 그나저나 이야아, 반갑다. 누나를 볼 수 있을 거라곤 생각도 못 했는데."

"근데 알바하니? 왜?"

은진이 도통 이해할 수 없다는 얼굴 표정을 지었다. 하긴 기승전자그룹 회장의 아들이 제대 후 아르바이트를 한다는 사실 자체가 모두에게 납득할 수 없는 사건이리라. 은진은 어려서부터 공주 대접에 익숙했고, 유현과 이현은 방목되다시피 성장했으니 서로 가치관이 다른 건 어쩔 수 없는 일이었다.

"그냥. 형이 하라고 해서."

"하여간 유현 오빠 사람 괴롭히는 데 재주가 있다니까."

"괴롭혀? 흐음, 하긴 형이 누나를 좀 괴롭히긴 했지. 죽자 사자 좋다고 따라다녔는데 결국 팽했잖아?"

은진이 이현을 홱 째려보았다. 그녀의 짝사랑을 눈치채고 있었던 유일한 녀석. 그래서였는지 이현을 볼 때마다 마음 한구석이 찝찝하고 초조했었다. 저 녀석이 저 가벼운 입을 놀려서 행여 유현과 사이가 멀어질까 봐. 어렸을 땐 그렇게 언제나 조마조마했었다.

"형은 만난 거야, 누나?"

"응. 방송국에 가 봤어."

"어떤 반응을 보였을지 궁금하네. 보나 마나 돌처럼 봤겠지만."

"그 얘긴 그만할래?"

"그 인간은 여자가 먼저 몸으로 밀어붙이지 않으면 꼼짝도 안 해요. 그렇게 노잼이야, 그 인간이."

"넌 네 형에 대해 그렇게 말하고 싶니?"

"그냥 나한테 와. 나 이제 복학하고 졸업하면 엄마가 바로 맞선 보게 하실 텐데, 그때 가서 땅 치고 후회해 봤자 소용없다고."

"얼마든지 맞선 보셔."

이현의 말은 늘 헷갈렸다. 어려서부터 그랬다. 그녀가 유현에게 마음이 있다는 걸 알면서도 이현은 제게 오라며 짓궂은 농담을 던지곤 했다. 그럴 때마다 은진은 저보다 어린 이현에게 따끔하게 혼을 내기도 했고, 장난처럼 자연스럽게 흘려 넘기기도 했다.

지금도 마찬가지였다.

헷갈리게 만드는 건 여전하나, 은진은 이현의 말을 장난처럼 넘길 수밖에 없었다. 그녀에겐 아직도 유현에 대한 감정이 얼마쯤 자리하고 있었던 것이다.

* * *

"으음……."

키스가 짙어질수록 다이는 몸부림쳤다. 그는 어젯밤과는 사뭇 다른 분위기로 그녀를 몰아붙이고 있었다. 강렬했던 애무는 아주 부드럽고 다정해졌고, 목이 아플 정도로 격한 키스는 느리고 진지하다가 이내 짙어지고 있었다.

젖가슴을 거머쥐고 주무르는 손길, 양쪽 유두를 번갈아 머금은 채 깨물고 빨아 대는 감각, 복부를 타고 흐르는 키스의 향연, 거기에서 그치지 않고 점점 더 아래를 향해 가는 희열까지. 그에게서 건너오는 쾌감은 무척 섬세했고 아찔했다.

"하읏!"

그가 불시에 삽입을 하는 바람에 다이는 짧은 교성과 함께 미간에 주름을 만들었다. 텅 빈 그곳을 가득 채우는 이물감에 몸이 달아올랐다. 하필 불을 끄지 않은 채 섹스가 시작됐기에 오늘은 꼼짝없이 그의 뜨거운 시선과 마주해야 했다.

눈을 떠도 감아도 보이는 건 유현의 얼굴이었다. 그녀의 안으로 가득 밀고 들어와 끝 간 데 없는 쾌감을 느끼고 있는 남자의 유혹적인 얼굴이었다. 그는 무섭도록 허리를 놀리면서도, 아주 가끔 움직임을 멈춘 채 그녀의 얼굴을 쓰다듬거나 어깨에 입을 맞추곤 했다.

"이렇게 길들이면 되는 건가?"

한참 동안 몸이 화끈하게 들썩거리고 있는데 돌연 나른한 그의 목소리가 들렸다. 다이는 가늘게 뜬 눈으로 그를 올려다봤다. 그는 상체를 한껏 낮추고 있어 얼굴이 가까이에 다가와 있었다.

"무슨…… 뜻이에요?"

"당신이 내 몸만 알게 만들고 싶어서."

이 남자, 정말이지 보통 유혹적인 눈빛이 아니다.

"나한테만 반응하고 내 몸 아래에서만 울부짖게 만들고 싶어서."

게다가 내뱉는 말들도 적나라한 것들뿐이었다. 지금도 충분히 그런 거 아니냐고 물으려던 순간, 그가 갑자기 자세를 바꾸었다. 분신을 빼고 그녀의 상반신을 일으켰다. 그는 아예 침대에 다리를 펴고 앉았고 그녀는 다리를 활짝 벌린 채 그의 사타구니 위에 포개어 앉았다.

꼼짝없이 그와 마주 보게 된 다이는 자신의 선정적인 표정을 그에게 모두 들킬까 사뭇 긴장했다. 다이는 남근을 가득 머금고 그가 이끄는 대로 움직였다. 그녀의 허리를 붙들고 아래위로 천천히 흔들어 대는 그에게 리듬을 맞추었다.

"흐으……."

날카롭고 뾰족하지만 굵고 단단한 기둥이 쉴 새 없이 속살을 긁어내렸다. 그럴 때마다 다이는 그의 어깨를 힘껏 붙잡고 고통스러운 쾌감을 만끽하고 있었다. 살결이 부딪치는 자극적인 소리가 귓전에 매달려 사라지지 않았다. 다이는 어느새 수치도 잊고 그와의 모든 순간에 몰입하고 있었다.

샤워를 끝내고 나온 다이는 다소 놀란 얼굴로 유현을 쳐다봤다. 나간 줄 알았는데 그는 바지만 입은 채 식탁 위를 내려다보고 있었던 것이다. 거기엔 선경과 먹다가 남긴 떡볶이가 있었다.

"치워야 돼요."

왠지 어색했다. 섹스가 끝나자마자 그가 이곳을 떠나 주어야 할 것 같은데, 여전히 머물러 있는 그에게서 흡사 연인이라도 된 것 같은 착각을 받았기 때문이다. 다이는 서둘러 떡볶이 봉지를 치웠다.

"배가 고픈데."

유현은 다급히 식탁을 치우는 그녀를 빤히 쳐다봤다. 칭얼대는 아이처럼 말하곤 짓궂게 씨익 웃었다.

"내 방엔 먹을 게 없어서."

"찌개 남은 거 있는데…… 그거라도 데워 줘요?"

"좋지."

유현은 서둘러 식탁 의자에 앉았다. 그녀는 잠시 난감하게 서 있더니 체념한 듯 냉장고 문을 열었다. 반찬 몇 개를 접시에 덜어서 식탁에 놓고 찌개 냄비를 데우기 시작했다. 때맞춰 밥통에서 밥을 담아 그의 앞에 놓아 준다.

유현은 제게로 내밀어진 수저를 집어 들었다. 보글보글 끓어오르기 시작하는 찌개 소리를 들으며, 다이 몰래 설핏 미소를 지었다. 이렇게 사소한 일상을 조금씩 공유하는 것도 나쁘지 않으리라. 그녀는 얼른 자신을 내보내고 싶었겠지만, 유현은 앞으로도 이렇게 그녀와 함께하는 시간을 늘려 갈 생각이었다.

"앉아."

그의 앞에 찌개를 내려놓고 돌아서려던 다이를 그가 불러 세웠다. 얼마쯤 민망하고 무안한 순간인데도 그는 태평스러웠다. 어쩔 수 없이 그와 마주 앉은 다이는 새삼스럽게 식탁이 빈곤해 보여 그에게 미안해졌다.

"갑자기 준비하는 바람에…… 반찬도 없고……."

"이 정도면 훌륭해. 이런 밥상은 처음이야."

"놀리는 거죠?"

"그럴 리가."

"다음엔 미리 말을 하……. 아, 아니에요."

"미리 말을 하면 맛있는 반찬으로 식탁을 꾸며 줄 건가?"

"그러기엔 시간이 없네요. 나도 일을 하는 처지라서."

"뭐, 당신이 바쁘면 내가 하고."

"반찬도 할 줄 알아요?"

"간단한 건 뭐든지."

"하! 먹어 보고 싶네요. 얼마나 잘하는지."

"내일 저녁에 와. 내 방에. 8시 어때?"

이렇게 또…… 약속이 만들어지고 있었다. 그는 빈틈없이 모든 순간 순간을 메우고 있었다. 그리고 다이는 그가 만든 약속을 내심 즐기고 있었다.

"왜 대답이 없는 거지?"

찌개를 열심히 떠먹던 그가 고개를 들고 그녀의 대답을 기다렸다. 다이는 시선을 내리깔았다. 재빨리 내일 일정을 머릿속에 떠올린 뒤 고개를 끄덕였다. 솔직히 말하면 저녁 일정이 있어도 모두 생략하고 그의 오피스텔로 가고 싶다.

그러다 다시 고개를 내린 그녀는 입술을 깨물었다.

지나치게 빨리, 깊이, 사정없이 그에게 휘둘리고 있는 것만 같다.

이러면 안 되는데.

이렇게 그의 모든 것을 의식하고 인식하고 눈에 담으면, 안 되는데.

다이는 깊게 숨을 들이켰다.

다이가 차려 준 식탁을 깔끔하게 비운 유현은 그의 방으로 올라왔다. 거실 불을 켜고 베란다로 나가 아침에 널어놓은 빨래를 걷었다. 그 빨래 더미엔 침대 시트도 있었다. 어젯밤 다이와 섹스 후에 만들어진 잔재가 시트에 묻어 세탁한 것이다.

그건 다이의 처녀의 흔적이었다.

시트를 다시 침대에 깔면서, 유현은 어제에 이어 묘한 기분에 사로잡혔다. 그녀의 처음을 함께했다는 생각에 가슴에서 욕심이 움트기 시작했다. 그는 미간을 찌푸렸다. 오히려 그가 그녀의 늪에 빠져 버린 듯했다.

* * *

"응. 어서들 와요."

다이와 선경이 한경석 CP의 호출을 받고 올라간 건 다음 날 오후였다. 경석이 〈시사 오피니언 리더〉의 담당 CP도 아니었고 프로그램과 어떤 연관도 없었기에, 두 사람을 한꺼번에 호출한 것에 대해 의아해하고 있던 참이었다.

"바쁜데 불러올린 거 아닌가 몰라요."

경석이 미리 준비해 놓은 주스 두 잔을 선경과 다이의 앞에 가져다주었고, 다이와 선경은 경석의 호의에 주춤하며 잔을 받아 들었다.

"아뇨. 괜찮습니다. 팀장님."

"어서 마셔요. 뭐 흔한 주스지만."

"네."

한 모금 입만 대고 다시 잔을 내려놓은 두 사람은 경석의 말을 기다렸다. 잠시 후에 제작 회의가 잡혀 있었고, 따라서 심정적으로도 바쁘고 조급했던 것이다. 그런 작가들의 사정을 잘 아는 탓에 경석은 조금 머뭇대면서도 이윽고 입을 열었다.

"아…… 서론 빼고 본론만 간단히 말해야겠네. 별건 아니고 〈시사 오피니언 리더〉 가을 개편 첫 회 게스트에 민덕진 교수를 추천하고 싶어서요."

경석이 던진 말에 선경과 다이는 잠시 난감한 얼굴로 서로를 마주 보았다. 선경이 고개를 갸웃거리며 물었다.

"민덕진…… 교수요?"

"네. 첫 회 주제가 '고령화 사회에 대비하는 젊은이들'이라고 알고 있는데, 민덕진 교수 전공이 사회학이고 다른 방송국 토론 프로그램에도 자주 출연도 했었고 인지도나 지명도가 아주 높기도 하고……."

"저기 팀장님, 잠시만요."

"네. 선경 씨, 말해요."

"지금 팀장님이 말씀하시는 그 민덕진 교수가 저희가 아는 그 민덕진 교수가 맞나요? 얼마 전에 제자 성추행……."

"으음, 맞아요."

경석은 손가락으로 난감한 듯 이마를 긁적이며 마지못해 인정했다. 그 태도에 선경과 다이는 더욱 아연해져 얼이 빠진 채 서로를 쳐다보았다. 그러다 선경이 인상을 확 찡그린 채 씩씩거렸다.

"그게 말이 됩니까, 팀장님? 다른 문제도 아니고 성추행 때문에 사회적으로 떠들썩했던 인물을 게스트로 섭외하라니요. 저희 프로그램 망치려고 작정하신 거죠?"

"정유현 PD님도 알고 계신가요?"

다이 역시 거들었다. 경석이 무슨 생각으로 내는 의견인지 도무지 납득이 되지 않았다.

"아직 말 안 했어요. 프로그램 게스트 섭외권을 두 사람한테 전적으로 일임했다는 얘길 들어서. 정 PD보다는 아무래도 두 사람을 먼저 만나 보는 게 낫다고 생각했어요."

"정 PD님도 받아들이지 않으실 텐데요."

"흐음. 나도 이렇게까지 하고 싶지는 않은데. 아무것도 묻지 말고 토도 달지 말고, 민 교수 게스트로 섭외해요. 이미 말 다 맞춰 놨으니까. 그리고 정 PD한테는 내가 따로 지시할 거예요. 그 전까지는 말 꺼내지 말고."

부탁도, 제안도 아닌 '지시'라는 단어에 다이와 선경의 얼굴이 동시에 굳어졌다. 프로그램을 만들다 보면 생각지도 못한 상황과 벽에 가끔 부딪치곤 하지만 이처럼 억지스러운 경우는 처음 겪는 일이었다.

각종 교양 시사 프로그램에 패널로 출연하면서 인지도를 쌓아 온 모 대학 사회학과 교수 민덕진이 사고를 친 건 몇 달 전이었다. 제자 성추행 논란이었고 소송으로 이어져 지금까지도 공방이 치열한 중이었다.

아직 혐의의 진위 여부가 판가름 나지도 않았는데, 프로그램 게스트로 섭외하라는 지시가 떨어진 것이다. 다이와 선경은 도무지 그 의도를 납득할 수 없었다.

흡사 갑의 위치에 있는 듯한 경석의 단호한 태도에 두 사람은 더는 반박하지 못하고 자리를 나왔다. 각자의 생각에 빠진 채 복도를 함께 걷다가, 다이가 먼저 걸음을 멈추었다.

"어떻게 할 거예요, 선배?"

"하아, 그러게. 진짜 어이가 없어서. 팀장님 저의를 모르겠네."

"난 반대예요. 절대 그럴 수 없어요."

다이는 소신을 내비쳤고 선경도 동의했다.

"내 생각도 같아. 교양 본부로 옮기고 첫 프로그램인데, 나한텐 금쪽 같은 건데 그렇게 망칠 수 없지."

"그냥 우리 계획대로 밀고 나갈까요? 팀장님 제안은 무시하고요."

"우선 그렇게 하자. 누가 봐도 한 팀장님 말은 말도 안 되는 거니까. 정 PD님한테는 아무 말 하지 말고 게스트 섭외부터 빨리해야겠어. 팀장 님이 별말씀 못 하시게."

"알았어요. 제가 책임지고 서두를게요."

게스트 섭외권을 작가들에게 부여해 준 유현이 고마워서라도 두 사람 은 이번 일을 제대로 정리하고자 했다. 제작 사무실로 돌아온 다이는 가 장 먼저 후보에 오른 게스트들에게 전화 연락이나 이메일을 통해 접선 을 시작했고, 선경은 세부 기획 작업에 돌입했다.

오후 제작 회의는 유현을 비롯해 승명과 작가 두 명이 모두 참석한 가 운데 비교적 간단하게 마무리됐다. 유현과 승명은 완성된 녹화 스튜디 오를 방문해야 했기 때문이다.

회의 내내 다이는 유현이 신경 쓰였다. 한경석의 지시를 그에게 미리 언급해 두어야 하지 않을까, 내내 갈등하다가 회의가 그대로 끝나는 바 람에 갈등은 흐지부지되고 말았다.

어찌 됐든 다이는 회의가 끝나고 나서도 내내 섭외 작업에 매달렸다. 그렇게 하루 종일 업무에 시달려 지쳐 있던 늦은 오후에, 다이는 유현으 로부터 문자 메시지를 받았다.

[내 방으로]

단 네 글자뿐인데도 왜 이렇게 가슴이 떨리는지 알 수가 없다. 오후 회의 내내 사무적으로만 대하던 그가 무슨 일로 자신을 호출했는지도 알지 못했다. 다만 다이는 그의 문자를 확인하자마자 제작 사무실을 나와 다급히 계단을 올랐을 뿐이었다.

"들어와요."

노크를 하니 안에서 그의 음성이 들렸다. 그는 모니터를 들여다보고 있다가 흘깃 시선을 들어 올린 채 턱짓을 했다. 응접 소파에 앉으라는 뜻이었다.

"갑자기……. 이렇게 개인적으로 호출하진 마세요. 누가 보면 어쩌려고."

소파에 앉은 다이는 연신 사무실 출입문 쪽을 살폈다. 혹여 누군가가 들어올지 모를 가능성 때문에 다분히 불안한 상태였다. 그녀의 그런 모습을 곁눈으로 살핀 유현이 실소를 흘렸다.

"문자 보낸 지 2분도 안 돼 도착한 사람의 불만치곤 너무 속 보이는 거 아냐?"

"2분은…… 넘을걸요?"

말도 안 되는 핑계를 지나치게 당당하게 내세우고 있는 자신이, 스스로도 우스웠다. 다이는 무안해져 아랫입술을 질끈 깨물었다. 그러다 그가 의자를 빙글 돌려 제게로 확 다가왔을 때, 다이는 주춤거리며 상체를 뒤로 젖혔다.

"너무 불안해하진 말지? 당신하고 난 같은 프로그램을 만드는 제작진이고, 당신이 내 방에 들어와 있는 건 누가 봐도 이상한 그림이 아니니까. 또 모르지. 내가 지금 당신한테 기습적으로 키스라도 하면 모를까."

그는 대놓고 그녀의 허벅지에 두 손을 얹고는 얼굴을 가까이 들이밀었다. 언제 봐도 그의 모든 것이 유혹적이었다. 업무로만 만나야 하는 이런 공간에서조차도 그의 벗은 몸을 떠올리게 만든다. 다이는 행여 얼굴이 붉어질까 얼른 시선을 내렸다.

"그런 농담은…… 하지 말구요. 무슨 일이에요?"

"회의 내내 얼굴이 어둡던데."

"······그랬나?"

"신경이 쓰여서."

"아무 일 없어요. 그걸 묻는 거라면."

아주 잠시, 다이는 갈등했다. 한경석과 있었던 일에 대해 모두 털어놔야 하지 않을까 생각했지만 선경과 합의된 게 아니라서 그저 입을 다물 수밖에 없었다. 게스트를 확정 짓고 나면 제아무리 한경석 팀장이라 해도 판을 뒤집을 수는 없을 거라고 생각했다.

그 와중에, 유현에게까지 불똥이 튀게 하고 싶지는 않았다.

"알 수 없는 여자라고 생각했는데."

유현은 손을 뻗어 다이의 머리칼을 만지작거렸다. 이마에 붙은 머리칼을 치우기도 하고 귀 뒤로 잔머리를 넘기기도 했다. 그 섬세하고 다정한 손길에 다이의 가슴이 설렘으로 물든 건 당연한 일이었다.

"이제 보니 너무 투명한 여자였어."

맞선이라는 이름으로 대면했을 땐 그 무표정과 담담한 태도에 도무지 속내를 간파하기 힘들었는데, 지금의 다이는 눈만 쳐다봐도 갈등이 있는지 없는지, 걱정이 있는지 없는지, 선명하게 알 수 있었다.

그의 말을 즉각 알아듣지 못한 다이가 물었다.

"무슨 뜻이에요?"

"고민이나 걱정이 있으면 나한테 다 털어놓으라는 소리지."

"그런 거 없는데."

독심술이라도 쓸 줄 아는 걸까. 깊고 그윽한 눈은 언제든 든든한 둥지가 되어 주겠다는 듯 단단하게 그녀에게 박혀 있었다. 그와는 섹스만 하겠다고 말했지만 이렇게 감정을 파고들 때마다 다이는 속절없이 흔들렸다.

"그럼 다행이고."

하지만 흔들림은 거기서 끝나지 않았다. 그녀의 허벅지를 짚었던 유현의 손이 천천히 올라와 허리를 감은 것이다. 다이는 소파에 앉은 자세에서 그의 품으로 훅 안겨 버렸다. 내처 입술을 가까이 닿아 온 채 그녀의 볼과 귓불을 잘근잘근 씹었다.

"잠깐만요. 이건 안 돼요."

목덜미부터 뜨거운 기운이 몰려들어 다이는 그의 팔을 붙잡았지만, 그는 멈추지 않았다.

"돼. 여긴 CCTV가 없어."

"내가 안 되겠어요……."

"맛만 볼 거야."

다소 노골적으로 대답을 내뱉은 유현은 벙싯거리고 있는 그녀의 입술을 한입에 머금었다. 마음 같아선 그녀를 당장 눕히고 올라타고 싶었지만, 다이가 기겁을 할 것이다. 그러나 8시까지 기다리기엔 아무래도 지루하다.

윗입술과 아랫입술이 번갈아 그에게 빨렸다. 저지하려 그의 팔을 힘껏 붙잡았지만 키스의 자극에 악력이 서서히 줄어들었다. 다이는 어느새 그의 입술에 열렬하게 반응하고 있었다. 그의 혀가 들어오자마자 제 혀와 뒤엉겨 끈적끈적해졌다.

다이는 유현이 젖가슴을 거머쥐자 숨을 거칠게 들이마셨다.

이대로 그와 소파에 누워 뒹굴고 싶은 마음이 간절해졌다. 이곳이 유현의 사무실이 아니었다면 그녀 역시 어떻게 대담해질지 알 수 없었다. 결국 그즈음에서 그의 입술이 아쉽게 떨어져 나갔고, 젖가슴을 주물러대던 남자의 손길도 천천히 물러났다.

하지만 그녀의 얼굴을 감싸 쥔 채 뜨겁게 시선을 맞춰 오는 눈은 여전히 가까이에 있었다.

"8시 땡 하면 퇴근해. 나하고 같이."

"같이?"

"우리 둘 함께 퇴근해도 이상하게 볼 사람 없어. 오피스텔 건물 뒤쪽에 대형 마트가 있으니까 거기서 식재료를 사는 거지."

"그건 위험해요. 방송국 근처라서 금방 눈에 띌 거예요. 작가 선배들 퇴근하고 나면 그 마트에서 자주 장을 보곤 하거든요."

"그게 신경 쓰이면 당신 따로, 나 따로. 됐지?"

"그런 거면 뭐……."

마지못한 척 느리게 대답을 꺼낸 그녀를 쳐다보며 그가 피식 웃었다. 다이는 말끝을 뾰족하게 굴리고 물었다.

"왜 웃어요?"

"아까 말했잖아. 너무 투명한 여자였다고."

"그 말, 은근 기분 나쁜 거 알아요? 쉬운 사람처럼 여겨진다는 말 같아서."

"쉬운 게 아니고 투명하다니까. 그리고 난 투명한 사람이 좋거든."

"가 볼게요."

다이는 아주 어렵게 그의 손을 떼어 내고 자리에서 일어났다. 그러자 유현 역시 의자를 뒤로 물러 그녀가 나가기 쉽게 비켜 주었다. 다이는 별다른 인사말도 없이 나가 버렸지만 입술과 손바닥에 남은 그녀의 온기는 쉬이 사라지지 않았다.

그는 책상으로 돌아와 허탈하게 웃었다.

방금 머릿속에 스친 생각이 제가 생각해도 아찔하고 발칙했기 때문이다.

저 소파에서 다이와 뒹군다면…….

* * *

"PD님이 지적하신 거 다 수용하겠답니다. 왼쪽 기둥 모서리에 책장 하나 놓구요. 테이블에는 꽃병 대신 기하학적인 디자인의 조형물 하나 놓기로 했습니다."

엘리베이터 앞에서 만난 승명이 유현에게 도면까지 보여 주며 열심히 설명했다. 녹화가 진행될 스튜디오가 제작돼서 보러 갔다가 수정할 부분을 승명에게 지시한 것이다. 유현은 고개를 끄덕이며 입을 열었다.

"테이블은 투명으로?"

"네."

"좋아요."

유현은 만족했고 승명 역시 가슴을 쓸어내렸다. 깐깐한 성격의 유현이 수정된 스튜디오 도면을 보고도 지적을 하면 어쩌나 전전긍긍했던 것이다. 사무가 끝났는데도 자리를 뜨지 않는 승명을, 유현이 물끄러미 쳐다봤다.

"엘리베이터 탈 거예요?"

"어, 네. PD님. 5층에 내려가야 해서요."

유현은 조금 떨떠름하게 고개를 끄덕였다. 그러다 때마침 저만치 제작 사무실에서 나오고 있는 다이를 발견했다.

지금은 밤 8시. 유현과 다이가 함께 퇴근하기로 한 시간인 것이다. 모든 게 자연스러웠는데 하필 승명이 갑자기 끼어든 바람에, 유현은 그저 딱딱하고 사무적으로 다이를 쳐다봤다.

"류 작가, 퇴근합니까?"

"아, 네. PD님."

"어? 다이 씨, 오늘은 퇴근이 이르네요? 혹시 데이트라도?"

"하하, 그건 아니에요. 일찍 가서 쉬려구요. 승명 씨는요?"

"전 아직요. 5층에 내려가서 예전에 같이 일했던 스태프들 좀 만나 봐야 해요. 나도 일찍 퇴근하고 싶은데."

승명의 투정 어린 말에도 유현과 다이는 그저 슬쩍 쳐다보기만 할 뿐, 의식은 온통 서로에게 가 있었다. 그건 엘리베이터에 타서도 마찬가지였다. 승명을 가운데에 두고 양옆에 선 두 사람은, 승명 혼자서 신나게 떠들어 댈 때마다 차라리 다행스러워했다.

승명을 쳐다보는 척 슬쩍 고개를 돌려 다이의 옆얼굴을 쳐다본 유현은 씩 웃기에 바빴다. 그러다 엘리베이터가 5층에 도착했고, 한창 떠들던 승명은 정중하게 인사한 후 엘리베이터에서 내렸다.

"퇴근길에 마트에 가야 해서."

유현이 짐짓 사무적인 음성으로 말을 꺼내자, 다이 역시 건조하게 대답했다.

"아, 그러세요? 저도 오늘 마트에 들러 장을 볼까 했는데."

"잘됐군요. 같이 가죠."

"뭐, 네."

대답을 하고 나니 웃음이 흘러나왔다. 1층 로비에 도착해서도 다이는 웃음이 멈춰지지 않아 애를 먹어야 했다. 하지만 그녀보다 두어 발 앞서 가던 유현에게 누군가가 다가오자마자, 다이는 웃음을 멈추고 옆에 있는 넓은 기둥 뒤에 몸을 숨겼다.

"형!"

"오빠!"

유현은 숨이 차도록 로비를 가로질러 다가온 이현과 은진을 다소 당황한 표정으로 쳐다보았다. 그 와중에도 곁눈으로 연신 뒤쪽을 살피고 있었다. 갑자기 흔적도 없이 사라진 다이를 찾다가 다시 이현과 마주했다.

"무슨 일이야, 둘이서."

"형 오피스텔에 가서 술 한잔하려고 함께 왔지."

"갑자기 와서 미안해, 오빠. 혹시 오빠가 퇴근이 늦으면 우리끼리 오피스텔에 가 있어도 돼."

난감해진 얼굴로, 유현이 입을 열려는데 이현이 능글거리며 말했다.

"나, 형 오피스텔에 한 번도 안 가 봤잖아. 설마 우렁 각시라도 두고 사는 건 아니지? 지금 퇴근이야? 어서 가자, 그럼."

"선약이 있어. 미리 말이라도 하고 오지 그랬어."

유현의 단호한 대답에 이번엔 이현과 은진이 난처한 표정을 지었다. 그때 유현의 핸드폰이 울렸고 받자마자 다이의 나직한 목소리가 건너왔다.

― 가세요. 전 다시 올라갈 테니까.

　고개를 홱 돌리니 다이의 뒷모습이 보였다. 그녀는 다시 엘리베이터에 몸을 싣고 있었다.

11

"앞으론 개인적으로 찾아오지 마. 알았어?"

이현과 은진은 자정이 넘어서야 유현의 오피스텔을 떠났다. 술에 취한 이현에게 여기서 자고 가라고 말했지만, 한사코 은진과 함께 집으로 가겠다며 따라나선 참이었다. 유현은 콜택시를 부른 후 휘청거리는 이현을 한심하게 쳐다보았다.

"미안해, 오빠. 난 이현이가 방송국에서 알바하는 줄은 몰랐어. 두 사람이 방송국 안에선 서로 모르는 관계라는 것도 몰랐고. 오빠한테 가자기에 따라 나왔던 것뿐이야."

"언제나, 늘, 모든 사건의 시초는 이 녀석이긴 하지."

"너무 야단치지는 마. 이현이가 오빠 만나러 오는 내내 오빠 자랑을 얼마나 했는데."

은진은 이현을 부축하면서도 유현에게서 시선을 떼지 않고 있었다. 그를 볼 때마다 유학이라는 이름으로 실연의 상처를 달랜 스스로가 한심스러워졌다. 조금만 더 버틸걸, 조금만 더 견딜걸. 그랬더라면 지금쯤 그가 자신을 돌아봐 주었을지도 모르는데.

택시가 오면 이현만 태워야겠다. 아직 남아 있는, 어쩌지 못하는 이 감정의 찌꺼기를 유현에게 어떻게든 풀어놔야 할 것 같다. 은진은 그렇게 결심한 채 힐끔힐끔 유현의 얼굴을 감상하고 있었다.

"택시 왔어. 어서 타."

하지만 택시가 도착하자 유현은 서둘러 뒷문을 열고 두 사람을 기다렸다. 은진은 떨어지지 않는 입술을 달싹거리며 유현에게 한 걸음 다가섰다.

"저기, 오빠."

"응."

"그러니까…… 내가 할 말……."

"아, 뭐 해! 누나야! 얼른 타야!"

쭈뼛거리며 더듬더듬 말을 내뱉은 은진에게, 이현이 소리쳤다. 동공이 풀렸고 혀가 꼬일 대로 꼬여선 은진의 옷깃을 붙잡고 택시에 타려 했다. 유현은 하는 수 없이 은진을 쳐다보며 고개를 끄덕였다.

"타라."

은진은 낙담하며 마지못해 이현과 함께 뒷좌석에 올랐다. 유현이 차 문을 닫고 기사에게 주소지를 알려 주자, 택시는 쏜살같이 달리기 시작했다. 은진은 아쉬움이 남은 얼굴로 고개 돌려 유현이 멀리 작아질 때까지 쳐다보았다.

그러다 유현의 실루엣마저 완전히 보이지 않자, 확 토라진 눈길로 이현을 째려보았다. 이 녀석만 아니었다면 어떻게든 유현을 꼬드겨 이 밤을 함께할 수 있었을 것이다. 더할 나위 없이 좋았던 기회를 날려 버렸다고 생각하니 억울함이 치밀었다.

이 망나니 같은 녀석을 어떻게 조진담?

은진은 눈을 감고 느긋하게 뒷머리를 기대고 있는 이현의 이마를 한 대 치고 싶었다.

"너무 그러지 마, 누나."

"헙!"

술에 취한 줄로만 알았던 이현의 발음과 목소리가 지나치게 멀쩡하게 들리자, 은진은 저도 모르게 당황해 놀란 눈을 껌뻑거렸다. 하지만 그녀를 당황하게 만든 이현의 말은 거기에서 그치지 않았다.

"키스해 버린다. 나 미워하면."

"이 자식이 술 취한 주제에 못 하는 소리가 없어."

술에 취했는지 아닌지는 중요하지 않았다. 제 옆에 앉아 기함할 소리를 하고 있는 이현을 어떻게든 정신 차리게 만들어야 했다. 은진이 그런 이현의 뺨을 가볍게 한 대 칠 요량으로 손을 들자, 이현이 눈을 번쩍 뜨고는 그녀의 손목을 붙잡았다.

"내가 술에 취한 걸로 보여? 너무 멀쩡해서 어이가 없을 지경인데."

은진은 묘한 기분에 사로잡혔다. 아주 잠시, 자신보다 세 살이나 어린 이 녀석이 남자로 느껴진 탓이다. 은진은 생각을 떨쳐 내듯 고개를 세차게 젓고는 손목을 비틀어 빼냈다.

"뭐 하자는 거야, 너?"

"형한테 미련 좀 버리시라고. 나 마음 아프다고요."

"대체 네가 왜?"

"나 곧 누나랑 연애할 거거든."

"이게 미쳤나."

"저기요. 기사님."

이현이 뜬금없이 상체를 앞으로 휙 숙이더니 오십 대 중반은 돼 보이는 택시 기사에게 말을 걸었다. 그러자 기사가 살짝 돌아본다.

"네. 손님."

"저하고 이 여자요. 어울려요?"

룸 미러로 뒷좌석을 흘깃 쳐다본 기사가 웃음소리를 흘렸다.

"네. 잘 어울리시네요."

"그것 봐, 누나. 누나한텐 내가 딱이라니까. 인생을 좀 살아 보신 분들의 말씀을 믿어. 어서 현실을 직시하시지."

전혀 술 취하지 않은 사람처럼 잠시 멀쩡하던 이현이 다시 좌석에 풀썩 등을 기댔다. 금세 잠에 빠진 건지 쌕쌕거리는 숨소리마저 들려왔다. 은진은 기가 막혀 허탈감이 다 들었다. 이를 갈고 눈을 부라리면서, 오늘의 이 어이없는 치욕을 어떻게 되갚아야 할지 생각에 빠졌다.

* * *

이현과 은진을 보낸 후 유현은 걸음을 옮겨 오피스텔 입구에 섰다. 다이의 반지하방으로 향하는 계단을 물끄러미 응시했다. 집에 있을 게 분명한데 전화를 걸어 볼까 아니면 초인종을 눌러 볼까, 생각하다가 고개를 젓고 발길을 돌렸다.

자정이 훌쩍 넘은 시각.

그녀는 잠에 빠져 있거나 혹은 혼자만의 시간을 열심히 누리고 있을 터다. 아무리 몸이 달아 있다고 해도 갑작스러운 상황으로 깨져 버린 약속에 미련을 두고 싶지는 않았다. 아마 다이도 마찬가지일 것이다.

걸음을 옮겨 횡단보도를 건넜다. 오피스텔로 돌아가 잠을 청하기엔 정신이 지나치게 말짱해서 방송국에 가서 일이라도 해야 할 것 같았다. 심신이 고달파질 때쯤 별 무리 없이 곯아떨어질 수 있으리라.

아쉬움을 뒤로하고 방송국으로 들어간 유현은 유유히 엘리베이터를 타고 올라갔다. 24시간 내내 불이 꺼지지 않는다는 방송국 내부는 깊은 밤인데도 대낮처럼 환했다. 새벽에 진행되는 생방송이나 라디오 프로그램을 위해 분주하게 뛰어다니는 사람들로 가득했다.

그렇게 대낮과 다를 바 없이 바쁜 곳을 지나 집무실이 있는 층에 내리면 쥐 죽은 듯 복도가 조용했다. 모두 퇴근한 뒤의 이곳은 흡사 폐건물처럼 무거운 침묵이 내려앉곤 했다. 불이 꺼진 여러 사무실을 지나간 그는 집무실로 들어섰다.

그리고 무심코 불을 켜려던 순간 시선이 반사적으로 소파 쪽으로 향했다.

소파에서 어둑어둑한 실루엣을 확인한 유현은 고개를 갸웃거렸다. 그러다 얼핏 어둠 속에서 보이는 낯익은 옷차림에 그의 얼굴에 흐릿한 미소가 어렸다. 불을 켜지 않고 발걸음 소리마저 죽인 채, 조심조심 소파에 다가갔다.

유현은 한쪽 무릎을 바닥에 구부리고 앉았다. 눈에 띄는 하얀 얼굴, 잠이 든 감은 눈, 오늘 하루 내내 보았던 옷, 웅크린 작은 몸. 다이가 다소 불편해 보이는 자세로 소파에 모로 누운 채 잠들어 있었다.

꽤, 흐뭇했다.

차가운 심장으로 따뜻한 물이 흘러드는 듯한 기분이었다.

생각지도 못한 곳에서 만난, 생각지도 못한 여자에게, 유현은 입 맞추고 싶었다. 잠을 깨우지 않으려 조심스럽게 다가간 손길이 그녀의 머리칼을 천천히 쓸어내렸다. 기다란 손가락 끝으로 이따금 볼살이 스칠 때마다, 유현의 아랫도리가 움찔거렸다.

가벼운 접촉만으로도 몸은 더없이 발정했고, 눈앞의 여자를 한입에 먹어 치우는 포식자가 된 듯했다.

"으음······."

결국 유현은 의도적으로 그녀의 볼살을 세게 잡아당겼다. 뒤척거린 다이가 가만히 눈을 뜨는 게 보였다. 그러다 눈앞의 그를 발견했는지 소스라치게 놀라며 상체를 일으켰다.

"헉!"

"쉿!"

전신을 지배하던 잠에서 순식간에 벗어난 듯했다. 다이는 유현을 발견하곤 당황해 눈만 껌뻑거렸다. 어둠에 익숙해진 시야는 유현을 단박에 알아볼 수 있었다. 다이는 머리칼을 쓸어 넘기며 변명할 거리를 찾았다.

"하아⋯⋯. 미안해요. 편히⋯⋯ 잘 수 있는 곳을 찾다가⋯⋯."

그건 사실이었다. 아까 로비에서 유현의 지인들을 피해 올라와 제작 사무실에 처박혀 남은 업무를 보았다. 잠시만 눈을 붙일 곳을 찾다가 CCTV가 없는 유현의 집무실이 떠올랐다. 별다른 고민은 없었다. 그가 다시 방송국으로 돌아올 거라곤 전혀 생각지 않았기 때문이다.

"상관없어. 당신이 여기에 있어서 오히려 다행일 지경이야."

"근데 어쩐 일로⋯⋯. 지금 몇 시예요?"

"자정이 지났을걸?"

"아⋯⋯ 이제 퇴근해야겠어요."

다급히 일어나려던 다이는 유현의 저지에 다시 앉혀졌다. 유현은 이번엔 다이의 옆으로 이동해 앉았다. 어두운 집무실, 아무도 없는 이곳, 어둠만큼이나 짙게 내려앉은 적요에, 다이는 잠시 숨이 막혔다.

"도망치듯 가 버리더니 겨우 숨은 곳이 여긴가?"

"도망친 거 아니에요."

"아니긴. 어찌나 빨리 달아나던지 고개 돌리니 벌써 엘리베이터에 탔던데."

다이는 다소 놀리는 것 같은 그의 말에 피식 실소를 흘렸다. 얼마 전 조연출과 카페에 앉아 있을 때, 통유리 밖으로 보이던 광경이 떠올라서였을 것이다. 그날의 그 여자가, 아까도 있었다. 다이의 말투가 얼마쯤 뾰족해졌다.

"본능적으로 위험하다는 걸 감지했나 보죠."

"당신이 질투한 여자가 다시 등장해서?"

"놀리지 말아요. 바람둥이하곤 친해질 생각 전혀 없으니까."

"내가 바람둥이였다면 그 여자는 혼자 왔지, 다른 놈을 굳이 달고 왔을까?"

"페이크일 수도."

"남자 쪽은 친동생. 당신 얼굴을 아는 눈치였어."

다이가 큰 눈을 부릅뜨고 그를 쳐다봤다. 상황은 엉뚱한 방향으로 튀었다.

"그럴…… 리가요. 우린 상견례도 안 한 채로 파혼했었잖아요."

"어머니가 동생한테 당신 사진을 보여 준 모양이야."

"아……."

"왜 그런 얼굴이지?"

"생각지도 못해서."

"크게 불안해하는 이유가 납득이 안 되는데."

"당신 가족에게 난, 아마 공공의 적이지 않을까요? 파혼은 나의 일방적인 결정이었고 당신이나 당신 가족은 그저 당한 입장이었을 테니까요. 나 같아도 파혼 통보를 한 아들의 결혼 상대가 마냥 예쁘게 생각되진 않을 것 같아요."

내뱉고 나니 씁쓸해졌다. 파혼을 결정할 당시의 그 절망스럽던 기억이 고스란히 떠올랐기 때문이다. 그런데 그가 아주 현실적인 대답을 내어놓았다.

"뭐가 걱정이지? 우리가 결혼할 것도 아닌데."

"아…… 그래요. 맞아, 그러네요."

갑자기 현실로 돌아온 기분. 그의 말이 옳았다. 그와 어떤 것도 약속된 게 없으니 씁쓸해할 필요가 전혀 없는 것이다. 그저 지금처럼 가끔 몸을 섞으며 지내는 게 최선일 뿐이다. 그러니 매번 그를 대할 때마다 조심해야 한다.

두 발 깊숙이 담그지 않도록.

"무슨 생각을 하고 있지?"

"생각 같은 걸 하면 안 되겠다고 생각했어요."

"재미있는 대답이군. 그래서?"

"생각 안 하려구요."

"그래? 난 꽤 자주 생각하는데."

"어떤 걸요?"

물은 순간 다이는 후회했다. 그의 눈빛에 든 솔직한 욕망이 가감 없이 읽혔기 때문이다. 그는 다이의 볼을 감싸 쥐었다.

"당신을 볼 때마다 생각해. 물론 지금도."

"무슨……."

"이 소파에서 섹스를 하면 어떤 기분일까."

그가 금세 입술을 겹쳐 왔다. 어쩔 수 없이 맞이한 혓바닥과, 그의 숨결과, 어지러운 두통 같은 감각. 그는 짓궂게도 키스를 하며 그녀를 천천히 쓰러뜨렸다. 그의 앞에서 또다시 속절없이 무너진 다이는 입술로부터 떨어지며 목덜미에 안착한 그의 입술에 집중했다.

애무는, 집요했고 거칠었으며 또한 뜨거웠다.

그녀가 옴짝달싹할 수 없도록 다리를 단단히 결박시킨 채 음부를 열어 가듯이 살결을 따라 입술을 내렸다. 좁고 작은 소파는 움직이기가 쉽지 않았지만 딱 그만큼 그와 밀착돼 흥분을 안겨 주었다.

"여기 CCTV 없는 거 맞죠?"

불현듯 눈을 뜬 다이가 낮게 속삭였다. 블라우스와 브래지어를 끌어 올려 불룩하게 솟은 젖가슴 위에 키스하던 유현이 피식 웃었다.

"있어도 그만."

"뭐라구요?"

"없어. 없다니까."

유현은 손바닥으로 그녀의 입을 틀어막았다가 다시 내렸다. 지금은 젖가슴을 주무르는 게 먼저였다. 아찔한 감각이 손바닥을 강하게 휘어 감았고, 유현은 버티지 못하고 짐승처럼 짧게 신음했다.

"으음……."

결혼할 것도 아니라던 자신의 말에, 그렇다고 대답한 그녀가 미웠기에, 이번 애무는 무척 아플 것이다. 유현은 손을 아래로 내려 그녀의 바지를 벗겼다. 발끝을 이용해 천천히 벗겨 내리니, 아찔하게 솟은 얕은 둔덕이 그의 사타구니에 닿아 정신이 혼미해졌다.

다시 손을 내려 팬티 위를 지분거렸다. 팬티를 비집고 들어간 긴 손가락 끝이 음부를 공격할 때마다 다이가 움찔거리며 더운 숨을 내쉬었다. 그 숨은 유현의 귓불을 간질였고 색다른 그 쾌감에 아랫도리가 아프도록 욱신거렸다.

"하아……."

"숨만 쉬어. 소린 내지 말고."

"힘……들어요."

"알아. 그래도 짜릿하니까. 나도 당신도."

그는 정말이지 짓궂다. 그녀의 속내를 꿰뚫어 보는 사람처럼 심경을 훤히 알고 있었다. 힘들지만 이 순간이 얼마나 짜릿한지, 눌러 대는 그의 무게가 무겁지만 그 순간조차 얼마나 황홀한지.

그녀가 느끼는 기분을 샅샅이 훑으며 원하는 바를 정확하게 짚어 낸다. 지금도 그는 곧장 자신의 바지를 서둘러 벗고는 한껏 데워진 그녀의 사타구니를 향해 무자비하게 찌르고 들어갔다.

"하압……."

제대로 낼 수 없는 신음은, 절대 드러내선 안 되는 그녀 자신의 감정과도 같았다. 아무리 짜릿하고 황홀해도 삼켜야 하는 것이었다.

다이는 밀려드는 잡념에 고개를 저었다. 지금은 이 남자에게만 집중해야 할 시간이었다.

* * *

"무슨 술을 그렇게나 마시고 다녀? 은진이 보기 창피해서 원."

오전 늦게 일어나 푹 끓인 북엇국으로 해장하고 있는 작은아들을 쳐다보며, 승미가 한심스럽게 혀를 찼다. 술에 취해 새벽에 들어온 것도 기함할 일인데 은진이 부축해서 들어온 걸 보고는 승미와 동훈이 한목소리로 이현을 비난했다. 은진의 얼굴을 볼 면목이 없는 건 당연한 일이었다.

"살다 보면 그럴 수도 있죠. 뭘 그런 걸 가지고, 엄마는? 혹시 알아요? 다음엔 제가 술 취한 은진이 누나를 집까지 바래다줄지?"

"쓸데없는 소리 말고 얼른 복학 준비나 해. 아버지 이번엔 단단히 벼르고 계셔. 알았어?"

"우리 나 여사님께서 단단히 벼르고 계신 게 아니고?"

"이 녀석이!"

승미가 숟가락을 집어 들고 이현의 머리를 한 대 쥐어박으려고 하자 주방 앞을 오가던 아주머니가 그 광경을 보더니 웃음을 터뜨렸다.

"사모님. 젊은 남자아이가 그 정도면 양호한 거예요. 제 친구 아들 녀석은 아예 집엘 안 들어와서 얼굴도 가물가물한대요."

"주변에서 얼마나 욕들을 할 거야."

주방 아주머니의 위로 아닌 위로의 말에도 분이 풀리지 않은 승미가 여전히 눈에 불을 켜고 이현을 째려보았다. 이현은 조용히 국그릇에 얼굴을 파묻은 채 흘짝거렸다. 그러다 어젯밤의 상황을 머릿속에서 되감아 보았다.

"후……."

한숨이 절로 흘렀다. 택시 안에서 은진에게 지나친 추태를 부린 게 아닐까 싶다가도, 그런 충격 요법이 아니면 절대 자신을 돌아보지 않을 여자라는 걸 알았다. 이럴 땐 정말이지 형이고 뭐고 정식으로 결투 신청이라도 하고픈 심정이었다.

어렸을 때부터였다.

이현이 은진을 좋아한 것은.

사근사근한 말투와 친절한 표정은 여자 형제가 없는 이현에게 아주

신선한 모습이었고, 처음 느껴 본 이성적인 감정이었다. 특히나 그 호감이 사춘기 시절과 맞물리면서 전에 없이 은진에게 보내는 시선이 잦아졌다.

그러나 어느 순간 은진의 눈빛이 언제나 유현에게 향해 있다는 걸 눈치채고부터는 마음을 숨기기에 급급했다. 그렇게 한발 다가가지도 못하고, 그렇다고 물러나지도 못한 채로 시간이 흘러간 것이다.

사실 어젠 유현을 여전히 좋아하고 있는 은진의 감정을 이용했었다. 형한테 찾아가 보자고, 만나서 술 한잔 사 달라고 하자고. 별로 내키지 않아 하는 은진을 부추겨 억지로 방송국까지 데리고 갔던 것이다.

"아, 참. 엄마."

어젯밤의 상황을 다시금 그려 보던 이현이 불현듯 고개를 들고 입을 열었다.

"왜."

"형이랑 결혼할 뻔했던 여자 있었잖아요. 사진 아직 갖고 계세요?"

"걔 사진을 내가 왜 갖고 있니? 벌써 없앴지. 그리고 걔 사진이라면 너 군대에 있을 때 내가 보내 줬잖아."

"핸드폰을 바꾸는 바람에."

"갑자기 그 얘긴 왜 꺼내?"

승미의 얼굴이 눈에 띄게 날카로워졌다. 이현은 미간을 찌푸린 채 어젯밤을 떠올렸다. 유현의 뒤에서 따라 나오던 여자, 분명 그 여자가 맞는 것 같았는데. 어느 순간 다시 쳐다보니 여자는 온데간데없이 사라졌다.

방송국에 처음 유현을 만나러 갔던 날에도, 그 여자와 비슷하게 생긴 존재를 봤던 기억을 끄집어내며, 이현은 고개를 갸웃거렸다.

"아니, 그냥…… 본 것 같아서."

"그 얘긴 꺼내지도 마. 앞으로도."

"왜요?"

"왜긴 왜야? 일방적으로 파혼당한 건 우리야. 다른 집이라면 위자료까지 받아야 할 입장이라고. 언론에 발표하기 전이라 망정이지, 다 알려진 다음에 파혼당했다면 어쩔 뻔했어. 어우, 생각만 해도 끔찍해. 다시는 그런 집과 엮이지 말아야지."

"뭐, 살다 보면 그럴 수도 있는 거지."

"살다 보면 그럴 수도 있겠지. 하지만 아닐 수도 있어. 특히 결혼 같은 중차대한 문제에 있어선 신중하고 또 신중했어야지. 그런 식으로 파혼할 거였으면 처음부터 맞선에 나오면 안 됐던 거야."

"아, 그래서 우리 나 여사님께서 그 뒤로 형 맞선에선 아예 손 떼신 거구나."

"그저 지켜보는 중이지. 은진이도 괜찮던데⋯⋯."

승미가 말끝을 흐렸다. 이현은 갑자기 헛기침을 하다가 다시 국물을 입 속으로 떠 넣었다. 부모님이라면 은진을 며느릿감으로 생각하는 게 당연하다. 머리로는 이해하는데 감정이 자꾸만 동요했다.

"은진이 누난 안 돼요."

"뭐가 안 돼?"

"남친 생겼대. 최근에."

"어머, 정말이니?"

"자랑이 장난 아니던데? 형보다 스펙은 떨어지는데 누나 눈에 하트가 떠다녀요. 그러니까 일찌감치 포기하세요."

거짓말이 순순히 잘도 흘러나왔다. 어차피 승미와 은진이 만나는 날에 밝혀질 거짓말인데도 이현은 얼굴색 하나 변하지 않고 사실처럼 고해바쳤다. 마음 한편에 불안감이 자리했다. 예전에는 느끼지 못했던 불안감이었다.

자칫 은진과는 영원히 가능성이 없는 관계로 변하게 될지도 모른다는, 가까이에 있지만 결코 쳐다볼 수 없는 존재가 될지도 모른다는, 그런 불안감이 뜻하지 않게 찾아왔다. 이현은 묵묵히 국을 떠먹었다. 갑자기 맛을 느낄 수가 없었다.

* * *

유현이 본부장의 호출을 받았던 건 늦은 오후였다. 제작 회의가 끝난 직후였고 제법 알맹이가 쏠쏠했던 회의 결과를 바탕으로 승명과 함께 실무 작업에 대해 논의하고 있을 때였다. 시사 교양 본부장과는 입사 때 정식으로 인사를 주고받은 게 전부여서 오늘처럼 개인 호출에 익숙하지 않았다.

그리고 본부장실 앞에서 경석과 마주쳤을 때, 유현은 심상치 않은 일이 벌어졌음을 직감했다. 한껏 인상을 구긴 경석이 그를 보자마자 깊은 한숨을 내쉬었다.

"본부장님 호출 받은 거지?"

"네. 팀장님도?"

"응. 하아······."

경석이 이마에 주름을 잔뜩 만든 채 머리를 긁적거렸다. 무척 난감한 일과 마주했을 때 나오는 경석의 습관이었다.

"무슨 일입니까."

"들어가 보면 알아. 젠장. 요즘 작가들 왜 그렇게 싸가지들이 없냐? 지들이 무슨 천하의 권세라도 누리는 줄 알아요. 까라면 그냥 까는 거지. 후우······."

경석이 짜증 섞인 투로 한탄하듯 내뱉은 말에, 이번에는 유현이 인상을 썼다. 경석이 언급한 작가들이 누구인지 의문이 생긴 까닭이다. 경석은 지친 얼굴로 넥타이를 조금 끌어 내리더니 노크와 함께 문을 열었다.

양재성 시사 교양 본부장은 육십 대 초반으로 육중하고 둔한 몸집을 지녔다. 몸은 둔해 보이지만 젊은 시절 다큐와 뉴스 분야에서 최고의 실력을 자랑하던 PD 출신이었다. 한국 최고의 대학을 나왔고 만만치 않은 집안 배경을 가진 데다 실력도 출중했으니, 누구보다 빠르게 성공 가도를 달린 건 당연한 일이었다.

하지만 빠른 성공만큼 좋지 않은 뒷소문도 무성했다. 지방 군수 출신 아버지의 연줄 덕분이라는 둥, 어머니의 치맛바람이 아주 거셌다는 둥, 처가 덕을 많이 본다는 둥의 이야기는 차라리 식상할 정도였다.

심심치 않게 미혼 여직원과의 추문이 들리는 것이나, 잦은 룸살롱 방문, 목적도 명분도 없는 해외 출장이 지나치게 자주 있어 작년엔 직원들의 빈축을 샀던 적도 있었다. 모두 질투가 만들어 낸 헛소문에 불과한 것인지, 아니면 정말 그런 두 얼굴을 지닌 인간인지, 유현은 아직 알지 못했다.

"으음. 어서 들어와요. 한 팀장, 정 PD. 정 PD와는 입사 때 인사하고 처음인가?"

"네."

"어서 앉아요. 앉아."

양재성이 무거운 몸집을 일으켜 응접 소파로 다가왔다. 그가 자리하자 경석과 유현이 차례대로 앉았다. 일반 PD의 집무실과는 비교도 안 될 정도로 넓고 쾌적하고 안락했다. 유현은 대리석 테이블의 한가운데에 놓인 초록색 화분에 잠시 시선을 던졌다.

"어우, 우리 본부장님은 언제 봬도 혈색이 좋아 보이십니다. 좋은 거 드십니까?"

"음. 요즘엔 식물이 좋다더군. 공기가 워낙 그러니."

양재성은 대답을 하면서도 화초 잎을 스윽 만졌다. 경석이 고개를 힘차게 끄덕였다.

"역시 식물만 한 게 없죠, 본부장님. 조만간 제가 똑같은 걸로 하나 더 갖다 놓겠습니다."

"그래 주겠나?"

"그럼요."

"요즘 워낙 안 주고 안 받는 게 유행이라서 말이야."

"아니! 제가 어디 본부장님한테 뇌물이라도 갖다 바친답니까? 그저 제 방에 갖다 놓아도 되는 걸, 제가 귀찮아서 본부장님 방에 갖다 놓는 건데요."

"하하. 하하하."

문 앞에서 만났을 때와는 확연하게 다른 경석의 태도에, 유현은 내심 코웃음을 쳤다. 경석이 이렇게까지 비위를 맞춰야 할 이유가 뭘까, 생각하던 중 양재성의 시선은 유현에게로 향했다.

"이번 다큐 아주 잘 봤어요. 능력이 좋던걸?"

"감사합니다."

"몇 년 전에 방영됐던 북극 다큐 이후로 최고 시청률에다가 지금 굉장히 화제라지?"

"이 친구가 대학 시절부터 깜냥이 보이긴 했습니다, 본부장님."

유현의 대답을 경석이 가로채면서, 본부장이 다시 경석을 쳐다봤다.

"으음. 맞아. 두 사람이 대학 선후배라고 했었나?"

"네. 그렇습니다. 본부장님."

"한 팀장이 후배 하난 아주 잘 뒀군."

"그러게 말입니다."

"그나저나…… 그래서 말인데……. 내가 이번에 새로 들어가는 정 PD 프로그램에 아주 관심이 많아져서 말이야."

한 톤 낮아진 본부장의 음성에, 유현은 비로소 본론으로 들어가고 있다고 생각했다. 유현은 본부장을 직시하며 고개를 끄덕였다.

"〈시사 오피니언 리더〉에 내가 게스트 한 분을 작가들에게 추천했었는데 누락됐다는 얘길 들어서 말이에요."

"게스트요?"

"네."

양재성 본부장은 화분에만 시선을 준 채 고개를 끄덕였다. 게스트 섭외권은 선경과 다이에게 일임했던지라 유현은 전혀 내막을 알지 못했다. 선경이나 다이 역시 그에게 말한 적이 없어서 더 그랬다.

한편으론 게스트 누락이 담당 PD까지 호출할 일인가 싶어 그때부터 양재성을 보는 유현의 시선이 편치 않았다.

"게스트 섭외에 관한 부분은 전적으로 작가들에게 일임합니다."

"그래서 내가 오늘 정 PD를 따로 부른 거지."

"무슨 뜻입니까?"

"PD란 프로그램 전체를 아우르는 총책임자가 아닌가. 말 한마디, 손짓 하나, 눈빛 하나에도 스태프 전부를 구워삶아야 하지. 거짓도 진실이 되게, 무에서도 유를 창조할 수 있게."

"본론을 정확하게 말씀해 주십시오, 본부장님."

"대상대학교 민덕진 교수 말입니다. 뭐, 종편이나 케이블 채널의 이런저런 프로그램에 출연한 커리어도 꽤 되지요. 그분을 첫 회 게스트로 섭외하세요. 정 PD가 있으니까 하는 말인데, 이건 제안이 아니라 지시입니다. 그리고 조직 사회에서의 '지시'는 언제나 '수행 의무'를 동반하지요."

유현의 미간이 일그러졌다.

민덕진 교수라면 제자 성추행 건으로 사회적인 물의를 일으킨 장본인이었고 그 사건 이후 어떤 프로그램에도 얼굴을 보이지 않고 있었다. 그런데 본부장이 몸소 나서서 출연을 강제한다는 건 뻔했다. 민덕진과 양재성 사이에 존재하는 개인적인 친분을 이유로, 프로그램에서 그에게 면죄부를 주라는 것이다.

"알아요. 민덕진 교수에 대해 항간에서 떠들고 있는 소리들. 그딴 거다 무시해요. 이런 거 저런 거 다 신경 쓰고 빼고 제외시키고 하다 보면, 남는 프로그램이 있겠나. 나는 방송의 순기능 중에 이런 것도 포함된다고 생각해요. 우리가 잘못 알고 있는 것을 바로잡아 주는 것."

231

"그러니까 본부장님 말씀은, 민덕진 교수에 대해 잘못 알고 있는 부분을, 프로그램이 나서서 바로잡아 주라는 지시인 겁니까?"

"바로 그거지. 시청률도 보장하지, 내가."

"본부장님."

"내 말대로만 해 주면 정 PD 차기작 할 땐, 러닝 개런티 조항을 포함시키라고 일러두지. 정 PD 정도면 한 프로그램당 못해도 3억은 거뜬히 벌 수 있어. 그 정도면 프리 선언한 PD들도 쌈 싸 먹는 수입이지."

"그 지시, 수행하지 않으면 어떻게 됩니까."

"뭐?"

유현의 질문에 분위기가 일순 싸늘해졌다. 그때까지 한마디도 열지 않고 있던 경석이 옆에서 괴로운 듯 한숨을 짓는 소리가 났다. 본부장은 억지로 몸을 움직여 다리를 꼬았고, 온 얼굴을 통해 심기가 불편함을 내비치고 있었다.

"시사 교양 본부만의 방송 지침 중 하나가 정의롭고 올바른 프로그램 제작을 지향한다, 입니다. 그런데 왜 본부장님이 솔선수범해서 지침을 어기려 하십니까. 게다가 주말 저녁 황금 시간대입니다. 시청자들이 식사하다가 밥맛 떨어져 숟가락 내려놓게 만들고 싶지는 않은데요."

"난 말이야, 정 PD. 방송 물을 몇십 년 먹으면서 알게 된 게 있어. 그 누구도 정의롭고 올바른 인간은 없다는 것. 말해 봐, 정 PD. 자네의 삶도 온전하게 정의롭고 올바른지."

"최소한 법적으로 시시비비를 가려야 하는 상황에 놓인 적은 없습니다."

"향후에라도? 그럴 자신이 있나? 사람은 함부로 스스로를 판단하고 재단해선 안 돼."

"혹시라도 그런 때가 온다면 그땐 본부장님을 찾아뵙고 사죄드리죠. 하지만 지금은, 저는 제 프로그램을 지켜야겠습니다. 그 '지시'를 꼭 하셔야겠다면 다른 프로그램을 이용하십시오."

"후우……. 유현아, 그만해."

경석이 유현의 팔을 잡고 흔들었다. 유현은 더는 입을 열지 않았지만 양재성 본부장의 입가에 어린 조소의 기운을 뚫어져라 쳐다보았다.

"신입들은 역시 패기가 있어. 그 점은 참 좋아."

빈정거리는 듯한 말투와 더없이 거만하고 오만한 양재성의 태도에 유현은 이 일이 자신의 거절로만 끝나지 않을 거라는 예감을 했다.

"본부장님. 저희는 이만……."

"으음, 그래요. 나가들 봐요. 바쁠 텐데."

본부장의 허락이 떨어지자마자 경석이 유현의 손목을 붙잡고 바깥으로 끌어냈다. 복도로 나온 두 사람의 사이에 냉랭한 기운이 감돌았다. 당연히 흘러나오는 유현의 목소리도 곱지 않았다.

"다 알고 계셨어요?"

"그래."

"우리 작가들한테도 이런 식으로 강요했었던 겁니까?"

"강요는 무슨. 그냥 넌지시 한마디 던져 본 거지. 본부장님이 말씀하시는데 안 하고 버텨 낼 재간이 있는 사람 있으면 나와 보라고 그래."

"저한테도 말씀해 주셨어야죠."

"작가들이 어련히 알아서 너한테 전달할까, 했던 거지. 일언반구도 없었을 줄은 몰랐어. 하긴 네가 미리 알았다면 당장 나한테 쳐들어와서 따지고 들었겠지만."

"잘 아시네요."

"유학 시절 학교에서 선후배로 지냈던 모양이야. 딱 그것만 말씀하시는데 뭐 그 정도 단순한 관계였다면 이런 지시까지 했겠어? 받아먹은 게 있으니까 저러는 거지. 하여간 어딜 가나 그놈의 욕심이 문제야, 다들."

"이걸로 끝이 아닐 것 같은데요."

유현의 말에 경석이 난감한 듯 이맛살을 모았다. 머리를 슥슥 긁적이더니 목소리를 확 낮췄다.

"이건 그냥 내 불안한 예감일 뿐인데 아마 작가 두 명, 다른 데로 발령 날지도 몰라. 그나마 다행이면 라디오 본부, 최악이면 지방으로. 저 인간, 전적이 이미 있거든."

12

출입문이 거칠게 열리는 소리에 다이와 선경이 동시에 고개를 돌렸다. 지금껏 본 적 없는 굳어진 얼굴로 유현이 들어서자, 다이는 설레다가도 바짝 긴장했다.

"PD님."

먼저 입을 연 선경이 유현을 맞이했지만, 그의 표정은 의자를 확 끌어내 앉는 순간까지도 엄청나게 어두웠다. 감히 말을 붙이기 힘들 정도로. 다이는 순간적으로 무슨 일이 생겼음을 직감했다.

"두 사람, 앉아요."

다이와 선경이 유현의 명령에 쭈뼛거리며 앉았다. 다이뿐만 아니라 선경도 유현의 얼굴이 심상치 않음을 깨닫고는 숨을 죽이고 있었다.

"뭐 하고 있었어요, 두 사람?"

"아, 선정된 주제에 대해서 게스트들이 보내온 이메일 내용을 취합하고 있었어요."

"다들 열의가 대단해서 하루 이틀 걸릴 일이 아니더라구요."

다이가 먼저 대답했고, 선경이 덧붙였다. 선경의 목소리가 조금 긴장해 있음을 다이가 알아채고는 심호흡을 했다. 그녀는 유현을 쳐다보았다.

"무슨 일로……."

"민덕진 교수 섭외 건."

짧은 유현의 대답은 다이와 선경을 당혹스럽게 만들었다. 언젠가는 터질지도 모른다고 생각하고 있었지만 그 시기가 비교적 빨리 온 것이다. 선경이 등을 펴고 대답했다.

"네."

"왜 나한테 미리 말하지 않았습니까."

"게스트 섭외권은 PD님이 저희한테 일임하신 부분이라서……."

"이건 평범한 건이 아니죠?"

"그렇긴 합니다만, 무슨 문제라도 있나요?"

유현과 선경이 대화를 주고받는 사이에, 다이는 그저 침묵만 지켰다. 이렇게 업무 때문에 그와 마주 보는 건 참으로 괴로운 일이라는 생각을 했다.

"게스트 리스트에 민덕진 교수는 없었는데, 그건 전적으로 두 사람의 의견입니까?"

"네."

"네."

두 사람에게서 동시에 대답이 흘러나왔다. 유현은 다이를 지그시 쳐다보았다. 불안감이 깃든 눈빛이지만 여느 때처럼 맑고 투명하다. 그런 그녀와 24시간 내내 붙어 있지 못해 안달이 나 있는데 도리어 갈라놓겠다니.

유현은 등을 의자에 기대고 팔짱을 꼈다. 누구에게랄 것도 없이 다시 질문을 던졌다.

"한 팀장님이 지시한 거면 따랐을 수도 있었을 텐데요."

"민덕진 교수는 저희가 원하는 방향의 게스트가 아닙니다. 우리 프로그램에서 민덕진 교수의 얼굴을 보여 주고 싶지도 않았구요. 그 이유는 PD님도 잘 아실 거라 생각해요.”

단정하고 또렷하고 분명한 다이의 대답에, 유현이 고개를 끄덕였다.

“물론입니다.”

“그럼 문제 될 게 있나요?”

“아주 많이.”

“무슨……. 어떤…….”

“이걸로 두 사람한테 불이익이 갈 수도 있어요. 민덕진 교수와 연결된 게 생각보다 많고 복잡해서.”

다이는 숨을 들이켰다. 옆에 앉은 선경도 깊은 한숨을 쉬는 소리가 들려왔다. 다이가 물었다.

“불이익……이라뇨?”

“상관의 지시를 거부했을 땐 후폭풍 정도는 각오했어야지. 그런 배짱도 없이 그랬던 겁니까? 어떤 조직이든 상관의 명령에는 토를 달지 말아야 한다는 것 정도는 아는 줄 알았는데요.”

다이의 안색이 창백해졌다. 서슬 퍼런 그의 말은 마치 잘못된 판단을 한 부하 직원을 나무라는 상사의 그것과도 같았다. 게다가 민덕진이 어떤 일에 연루돼 있는지 뻔히 알 텐데도, 게스트에서 제외시킨 데 대해 일침을 놓는 듯한 저 태도라니.

갑자기 다이는, 지금 눈앞에 앉아 있는 그가 자신이 알고 있는 정유현이 맞는지 의구심이 들었다. 그가 말을 이었다.

“이제 말해 봐요. 어떤 불이익이 와도 다 감수할 정도로 이번 일에 대해 후회하지 않을 자신이 있는지.”

“그걸 왜 물으시죠?”

“그래야 나한테도 명분이 생기니까.”

당신, 대체 무슨 말을 하고 있고 무슨 생각을 하고 있는 거지?

다이는 도무지 알아차릴 수 없는 유현의 말에 선뜻 대답하지 못하고 있었다. 그렇게 다이가 머뭇대는 사이, 선경이 먼저 말했다.

"후회 안 해요. 그런 사람을 게스트로 쓰느니 프로그램에서 하차하겠어요."

다시 제게로 닿아 오는 유현의 시선에, 다이 역시 마찬가지라는 의미로 고개를 끄덕였다.

"두 사람의 생각, 잘 알았습니다. 아무 일 없었다는 듯이 지금처럼 일에 집중하세요. 1회에 모든 걸 다 쏟아붓는다 생각하시고. 우리가 가진 카드는 그것뿐이니까."

유현이 자리에서 벌떡 일어나 제작 사무실을 나가며 한마디 덧붙였다.

"참고로, 민덕진 교수를 추천한 건 양재성 본부장이고, 불이익을 줄 사람도 양재성이에요."

쾅.

출입문은 유현이 들어왔을 때와 마찬가지로 거칠게 닫혔다. 다이와 선경은 누가 먼저랄 것도 없이 어깨를 축 늘어뜨렸다. 긴장이 풀리자 두 사람은 번갈아 가며 숨을 몰아쉬었다. 마라톤이라도 뛴 것처럼 호흡이 가빠지는 이유를 알 수 없었다.

선경이 다이를 향해 의자를 돌렸다.

"본부장님의 지시였다니. 그게 말이 돼?"

"그러게요. 대체 어떤 불이익을 주려고 그러는 건지."

"난 알 것도 같아."

"뭔데요?"

"몇 년 전에……. 그러니까 양재성 본부장이 막 본부장으로 취임했을 때 당시 잘나가던 시사 프로그램이 있었어. 〈소리 듣기〉라고."

"으음, 나도 알아요. 자주 봤어요. 그 일만 아니었어도 좋은 프로그램으로 남을 수 있었을 텐데."

다이는 세차게 고개를 끄덕였다. 〈소리 듣기〉는 소외된 계층의 사람들을 찾아가 그들의 하루를 밀착 취재 하여 시청자들로부터 실시간으로 성금을 모금하는 프로그램이었다. 하지만 출연자 중 한 명의 환경을 실제보다 더 피폐하게 조작했다는 논란에 휩싸였다.

결국 프로그램은 사건 직후 곧장 종영했고, 진위 여부가 가려지지 않은 채 뒷소문만 무성하게 남은 것이다.

"바로 그 일을, 양재성 본부장이 주도했다는 소문이 있었어."

"정말이에요?"

"응. 본부장으로 승진했으니까 실적을 보여 줘야 했던 거지. PD랑 작가들 입단속에 신경 썼었는데 작가 중 한 명이 그걸 소문낸 거야. 결국 그 작가는 제주도로 발령받았고, 제주도로 내려갈 생각이 없었던지 사표를 던졌지."

"그럼 우리도 그렇게 된다는 거예요?"

"그럴지도 모르지."

얼굴이 붉게 상기된 채로 선경이 길게 한숨을 지었다. 생각보다 일이 복잡하게 꼬여 버렸다는 후회가 치밀었다. 한경석 팀장이 지시한 대로 움직였어야 했나, 아주 잠시 아쉬움이 일었다. 다이는 선경이 막막하게 하는 말을 듣고만 있었다.

"정 PD님이 카드 운운했지만 양재성 본부장이 제대로 돌아 버리기라도 하면 뾰족한 방법은 없을 거야. 너랑 나 지방으로 발령받는 걸로 마무리되겠지. 만약 그렇게 된다면 난 사표 쓰고 프리랜서로 나갈래. 넌?"

선경의 물음에 다이는 곧장 대답하지 못했다. 생각해 본 적 없는 상황이었고 생각하고 싶지도 않은 일이었다. 다이가 대답을 주저하자 선경이 쓰게 웃었다.

"3년 정도는 더 붙어 있으려고 했는데."

"우선 정 PD님 말씀대로 1회에 신경 써요, 선배. 우리한테는 그게 제일 중요할 것 같아요."

"그래. 그게 최선이고 정답이지. 1회가 대박 나면 본부장님이라 해도 할 말 없을 거야."

말은 그렇게 했지만 둘 다 딱히 자신감을 가진 얼굴은 아니었다. 프로
그램의 특성상 화제를 끌어올리기가 어렵고, 화제가 된다고 해도 시청
률이 받쳐 줄지 알 수 없었다. 그저 모든 건 노력과 운에 맡기는 방법뿐
이었다.

* * *

선경과 하루 종일 일을 하다 지친 다이는 밤 11시가 넘어서야 제작
사무실을 나왔다. 선경에게 자신의 방으로 가자고 권유했지만, 잠만큼은
집에서 자야 한다고 부득불 우긴 선경은 막차를 타고 떠났다.

힘없이 반지하로 향하던 다이는 문 앞에서 기다리고 있던 유현을 발
견했다. 다급히 계단을 내려간 다이는 그의 안색부터 살폈다. 선경과 함
께 있을 땐 어쩔 수 없이 담담하게 대했지만, 내심 그를 걱정하고 있었
다.

유현이 그녀의 손목을 부드럽게 움켜쥐고 말했다.

"그렇게 기운 없을 줄 알고 기다리고 있었지."

"괜찮아요?"

"왜 그런 걸 묻지?"

"그냥요. 우리 때문에 괜히 당신한테까지 불똥이 튄 것만 같아서."

"어서 문이나 열어. 키스하고 싶으니까."

그가 턱짓으로 현관문을 가리켰다. 그 짧은 신호에 다이의 얼굴에 어
쩔 수 없이 긴장감이 맴돌았다. 이렇게 머릿속이 복잡하고 뒤죽박죽일
땐, 누군가에게, 그리고 어떤 일에, 집중하고 몰입해야 했다. 그게 이 남
자와의 섹스라면 더할 나위 없을 것이다.

다이는 번호를 눌러 현관문을 열었다. 그리고 문이 열리자마자 유현
에 의해 입술이 잠식당했다. 그의 팔이 허리를 격하게 둘렀고, 다이의

어깨에서 가방이 스르르 바닥으로 떨어져 내렸다.

어둠 속에서 거친 호흡 소리가 귀를 울렸다. 키스에 빠져 주춤주춤 걸음을 옮기며 그는 그녀의 옷을, 그녀는 그의 옷을 성마른 손길로 벗기기 시작했다. 겉옷부터 속옷까지 모조리 벗고 나신이 된 채로 다시금 격렬한 키스에 사로잡혔다.

침대에 도착하기도 전에 소파가 다이의 다리에 닿아 버려, 두 사람은 그대로 좁은 소파로 함께 널브러졌다.

"하아……."

평소와는 다른 자세에 다이는 길게 호흡하며 고개를 들고 그를 내려다보았다. 그가 자신의 아래에 깔려 있었다. 어두웠지만 욕망이 짙게 스며든 그의 눈빛은 그녀를 꼼짝할 수도 없게 만들었다.

유현이 그녀의 삐져나온 머리칼을 쓸어 주며 속삭였다.

"위로."

그는 명령처럼 짧게 내뱉었다. 다이는 심호흡을 하며 상반신을 위쪽으로 움직였다. 그러자 때마침 젖꼭지가 그의 입술에 의해 삼켜졌다.

"하웃……."

소름 끼치도록 절절한 애무였다. 아래에서 물고 빠는 그의 입술이 한동안 강한 애무를 반복했고, 그 와중에 그녀의 등을 타고 천천히 흘러내린 손길이 음부를 향했다. 이미 가벼운 애무만으로 몸이 젖어 버린 탓에, 다이는 수치심에 어깨를 오므렸다.

다이는 애써 그에게만 집중했다.

성가신 생각도, 오늘 하루 그녀를 괴롭게 만든 것도, 모두 유현과의 섹스를 통해 잊고 싶었다.

그리고 그 바람은 섹스를 하는 동안 완벽하게 이루어졌다.

"안 가요?"

다이는 겨우 입을 열었다. 소파에서 한 번, 침대로 장소를 옮겨 다시 한번. 두 번의 섹스에 몸이 만신창이가 된 기분이었다. 그와 나란히 침대에 엎드려 마주 보고 있는 지금은, 좀 전의 격렬했던 순간이 거짓말처럼 느껴졌다.

유현이 그녀의 질문에 태연하게 되물었다.

"어딜?"

"뻔뻔한 것 좀 봐."

"오늘은 여기서 자려고."

"말도 안 돼. 아침 출근 시간에 현관문 앞이 얼마나 북적거리는 줄 알아요? 입구랑 바로 연결돼 있어서 직원들이 말도 못 하게 바글거려요."

"둘 중 하나겠지. 들키거나 들키지 않거나."

"정말…… 대책이 없다."

다이가 허탈하게 뇌까리자 유현이 가만히 손을 뻗어 그녀의 얼굴을 어루만졌다. 섹스만 하자고 당당하게 말하던 그녀의 모습은 온데간데없고 지금은 자신의 손길에 위로를 받는 여자만 남았다.

유현은 심장이 뻐근하도록 이 조용한 순간이 마음에 들었다.

"우리 때문에 당신이 다칠까 겁이 나요."

제 손바닥 아래에서 다이의 볼살이 움직였다. 그녀의 말이 어떤 의미인지 모르지 않았지만 유현은 그저 천연덕스럽게 묻기만 했다.

"내가?"

"네. 신념으로만 행동하기엔 세상이 만만치 않잖아요. 거기에 따른 피해자도 생길 테고. 선경 선배나 나야 우리 뜻대로 한 거였으니까 후회는 없는데, 당신한테 피해가 갈까 봐. 그게 겁이 나요. 정말이지 싫은데, 그건."

"왜 겁이 날까. 난 작가들보다 발언권이 더 많고 또 센데."

"그러게요."

"만약 당신이 한 팀장의 지시에 따랐다면, 실망했을 거야."

"그런 걱정은 하지 않아도 돼요. 만약 같은 일이 또 생긴다면 그때도 똑같은 선택을 할 거니까요."

맑은 눈빛, 맑은 말투.

이런 여자가 어째서 부모님의 정서적인 차별을 받고 자란 것일까.

유현은 다시 다이의 뺨을 다정하게 쓸어 주었다. 손길을 따라 그녀의 입매가 미소로 부서진다. 그러고 보니 언뜻 비치곤 했던 그녀의 어두운 그늘이 요즘은 보이지 않는다. 그건 아주 좋은 징조였다.

"어떻게 할 생각이에요?"

"당신하고 선경 씨는 그냥 있어. 앞으론 내가 상대할 거니까. 우린 그저 계획한 대로 하면 돼. 다음 주 첫 녹화는 예정대로 이루어질 거야."

그의 목소리는 든든한 신뢰감을 주었다. 다이는 고개를 끄덕였다. 하루 종일 불안감과 함께 긴장에 휩싸인 채 지냈던 탓인지, 온전히 그에게 기대고만 싶어졌다. 그녀의 심정을 알아차리기라도 한 듯, 그가 온화하게 미소를 던졌다.

그리고 순식간에 그가 자세를 바꾸었다.

다이의 몸을 타고 올라와 강하게 압박해 온 것이다. 사타구니로 그의 단단하게 힘이 들어간 남근이 선명하게 닿아 왔다. 다이는 눈을 부릅뜨고 그를 마주 보았다.

"설마…… 또요?"

"음."

"안 돼요."

"왜지?"

"한 번 더 했다간 내일 업무에 지장이 있어요."

"난 앞으로 세 번은 더 할 수 있을 것 같은데."

"그거야 당신 사정이구요."

다이는 그의 몸을 밀쳐 내려 손에 힘을 주었다. 하지만 파닥거리던 손은 곧장 그의 악력에 갇혔고, 그녀는 어쩔 수 없이 유현의 나른한 눈빛을 응시했다. 키스할 듯 말 듯, 입술을 가까이 맞댄 그에게서 섹시한 신음 소리가 들려왔다.

"나한테 넘어와. 되도록 빨리, 그리고 완전하게."

아찔하도록 유혹적인 음색이었다. 그의 무릎에 의해 다리가 천천히 벌어지는 것도 깨닫지 못한 채, 다이는 아주 잠시 그의 목소리에 심취해 있었다.

* * *

"네가 여기 웬일이야?"

은진은 허겁지겁 달려 나간 갤러리 건물 앞에서 이현과 마주 섰다. 사흘 전부터 모친의 제안으로 이곳 갤러리에 직원으로 출근하기 시작했고, 최소한 2년 정도 근무하면서 업무를 익힐 계획이었다.

점심시간도 잊고 업무에 매달려 있는데 이현에게서 전화가 걸려 왔다. 쓸데없는 연락이라고만 생각해 금세 끊으려 했으나, 갤러리 건물 앞에 와 있다는 말에 행여 다른 직원들이 눈치챌까 다급히 나온 것이다. 이현은 평소와는 달리 완벽한 직장인의 차림새를 한 낯선 은진의 모습에 눈살을 찌푸렸다.

"왜? 오면 안 되는 곳이야?"

"뜬금없으니까 그렇지."

"밥 사 줘."

"뭐?"

"점심시간이잖아. 설마 벌써 먹은 건 아닐 테고."

"나 바빠. 밥 먹을 시간도 없어."

"뭐라는 거야. 사람이 밥을 먹어야지. 다 먹고살자고 하는 짓인데."

"넌 알바 안 해? 그래서 이 시간에 이렇게 돌아다녀?"

"내 일은 내가 알아서 합니다요. 그럼 뭐……."

이현은 은진의 아래위를 시선으로 스윽 훑으며 그녀의 손목을 잡았다.

"그냥 가자. 오늘은 내가 살게."

"야! 이현아! 잠깐만!"

은진은 만류했지만 이현의 악력이 워낙 강해 힘없이 질질 끌려가다시피 했다. 워낙 막무가내인 녀석인지라 거절이 통할 리 없다는 걸 모르지 않았다. 하지만 은진은 이현과의 만남이 사뭇 어색했다.

분명히, 어색해졌다.

그날 밤, 택시를 함께 탔을 때부터.

"메뉴 골라 봐, 누나."

갤러리 건물에서부터 넓은 골목을 쭉 내려와 횡단보도 앞에 도착하자 그제야 이현이 그녀의 손목을 놓았다. 벌써 30도가 웃도는 한낮의 기온에 이현이나 은진이나 이마에 땀이 맺혀 있었다.

결코 곱지 않은 눈빛을 한 은진에게, 이현이 실긋 웃어 보였다.

"먹기 싫어, 나랑은?"

"쌀국수나 먹자. 건너편에 가게가 있어."

"좋지."

파란불로 신호가 바뀌자 사람들이 일제히 움직였다. 이현은 은진의 옆에 나란히 서서 함께 걸었다. 그러다 무수히 많은 사람들 사이를 뚫고 지나가면서 은진의 손을 다시 붙잡았다. 은진에게서 움찔하는 것이 선명하게 느껴졌다.

횡단보도를 무사히 건너오자 손은 다시 떨어졌고, 이현은 은진의 뒤를 따라 쌀국수 가게로 들어섰다.

"비싼 레스토랑만 있는 동넨 줄 알았더니, 이렇게 소박한 식당도 다 있네?"

이현은 의자에 등을 기대고 은진을 응시했다. 주문을 끝내고 냅킨과 수저를 세팅한 뒤 은진이 사뭇 굳어진 얼굴로 그를 쳐다보았다.

"다음엔 이렇게 갑자기 찾아오지 마. 곤란해."

"어차피 점심시간인데 어때? 누나랑 나랑 내외하는 사이도 아니고."

"정식으로 취직한 내 직장이야. 행동을 조심해 줬으면 해. 알았어?"

"휘우우."

이현이 입술을 삐죽 내밀더니 휘파람을 불었다. 주변 테이블에 앉은 사람들이 힐끔거렸다. 은진은 미간을 찌푸리며 이현에게 충고했다.

"그렇게 건들거리지 좀 마. 네가 애니?"

"애들은 이렇게 건들거리지 않지. 마음에 숨겨 둔 말 다 해 버리지."

"마음에 숨겨 둔 말이라도 있다는 거야?"

"응."

거칠 것이 없는 이현의 대답에 은진은 입을 다물었다. 때마침 주문한 쌀국수가 나와 황급히 젓가락을 쥐었다. 대충 면발 몇 가닥을 집은 채 휘휘 젓고 있는데 갑자기 후루룩 소리를 내며 먹기 시작한 이현의 말소리가 테이블을 건너왔다.

"여자들 그렇게 깨작깨작 먹는 거 마음에 안 들어. 팍팍 먹어, 누나. 살쪄도 예쁠 테니까."

은진의 표정이 더욱 일그러졌다. 사람 놀리는 것 같은 헷갈리는 말만 툭툭 던지며 겉만 맴도는 말들. 자신이 그렇게 만만하게 보이는 건가. 짓궂은 장난 같은 말로 얼마든지 놀려도 되는, 가장 만만한 이웃집 누나인 건가.

은진은 굳어진 얼굴로 쌀국수를 먹기 시작했다.

그렇게 반쯤 먹고 나서 고개를 드니 이현의 그릇은 이미 텅 비어 있었고, 이현은 빤한 시선을 그녀에게 던지고 있었다.

"캘록! 벌써 다 먹은 거야?"

"응. 누난 더 먹어. 기다려 줄게."

"아냐. 나도 다 먹었어."

이현은 반이나 남은 은진의 쌀국수 그릇을 스윽 쳐다보고는 다시 그녀에게로 시선을 고정시켰다. 냅킨으로 입술 언저리를 닦고 있는 은진을 쳐다보자 가슴이 울렁거린다. 오늘 자신이 무슨 결심을 하고 여길 왔는지, 은진은 꿈에도 생각하지 못할 것이다.

"커피 마시러 갈까, 누나?"

"아니. 따로 자리 옮길 필요 없이 여기서 마시자. 여기 커피도 나름대로 괜찮아."

은진은 그렇게 대답하고 커피를 주문했다. 커피는 금세 서비스되었고, 은진은 하얀색 머그잔을 말없이 들어 올렸다. 한 모금, 두 모금, 홀짝거리는데 이현이 말을 건넸다.

"안 더워? 이런 날씨에 뜨거운 아메리카노 마시면?"

"에어컨 켜졌잖아."

"흐음. 근데 왜 안 물어? 그날 밤, 괜찮았냐고."

이현이 말한 그날 밤이란 유현의 오피스텔에서 놀다가 택시를 타고 함께 돌아온 밤을 말할 터였다. 그날 밤을 떠올린 은진이 잠시 인상을 찡그리다 대답했다.

"꼭 물어야 하니? 이 날라리 같은 자식아?"

"누나가 쌀국수를 다 먹지 않아서 다행이야."

"무슨 말이야?"

"다 먹을 때까지 기다리려고 했는데 어찌나 속도가 느리던지 꽤 답답했거든."

"왜?"

"그거야 할 말이 있어서지."

심상치 않은 예감에 은진은 머그잔을 천천히 내려놓았다. 그녀의 눈빛에는 경계심이 잔뜩 서려 있었다.

"해 봐, 뭔지."

"나랑 사귀자. 정유현 같은 거 잊고 나랑 연애해."

평상시였다면 이현이 또다시 짓궂은 장난을 친 거라 생각하며 가볍게 넘겼을 것이다. 유현에 대한 자신의 감정을 놀려 대는 걸로 생각했을 것이다. 하지만 지금은 눈빛부터 다르게 느껴졌다. 그녀가 알던 평소의 이현이 확실히 아니었다.

"정이현."

"언제나 내가 하고 싶었던 말이야. 알지? 나 어렸을 때부터 누나 좋아한 거. 순수한 내 순정, 짓밟지 마라. 나 상처받을 테니까."

"이현아."

"갈게. 대답은 일주일 후 딱 이 시간에 여기서 들을게. 그때 다시 만나."

은진은 자신의 대답을 듣지 않고 일어서는 이현을 그저 멀거니 쳐다만 보았다. 식당을 나간 이현이 아까 건너온 횡단보도를 다시 건너가는 것을, 통유리를 통해 지켜보았다. 그러다 문득 정신을 챙긴 은진은 당황한 눈동자를 이리저리 굴렸다.

지금, 무슨 일이 일어난 거지?

저 자식이 대체 무슨 소리를 지껄이고 나간 거지?

* * *

"식사는 했어, 황 교수?"

민철은 점심시간을 이용해 황철하 교수의 진료실을 찾았다. 찾았다기보다는 황 교수의 연락을 받고 가장 한가한 점심시간에 방문한 것이다. 소화기내과 전문의이자 민철의 의대 동기이기도 한 황 교수는, 열흘 전에 지숙의 건강 검진을 담당했었다.

"으음, 어서 와. 류 교수."

"오늘 점심 메뉴가 훌륭하던데 아직 식사 전이면 먹고 오지 그래? 난 기다릴 테니까."

"자네하고 용건 끝나고 먹지 뭐. 그나저나 안 교수는 오늘 출근했어?"

"응. 아마 오전 근무만 하고 퇴근하지 싶어. 요즘 몸이 안 좋아서."

"계속 소화가 안 된다고 하지?"

"그러네. 검진 결과는 어떤가? 그것 때문에 나를 불렀지? 어때? 궤양쯤 되나?"

민철은 대수롭지 않게 물었다. 대수롭지 않아야 하고 그렇게 생각하고 싶었다. 하지만 이 진료실에 들어선 순간부터 등골을 관통하는 싸늘한 예감이 그를 불쾌하게 만들었다. 황철하 교수의 표정이 제법 굳어 있었기 때문이다.

"다른 곳엔 이상이 없어. 그런데 내가 자네한테 말하지 않은 게 하나 있네."

"그게 뭐지?"

민철의 질문에 황 교수는 대답 대신 모니터를 돌려 민철에게 보여 주었다. 화면엔 내시경 검진 결과인 듯한 영상이 떠 있었다.

"안 교수 내시경 검진 결과야. 뭔가 보이지 않아?"

민철은 모니터에 집중하며 화면을 들여다보았다. 잠시 후 그의 낯빛이 창백해지고 안면 근육이 일그러졌다.

"종양……이야?"

"응."

"종류는?"

"검진할 때 안 교수한테 언급하지 않고 조직을 떼서 검사 넘겼어. 그 결과가 오늘 나왔고."

"종류는……."

"Stomach Cancer. 위암이 맞아."

민철은 어깨를 늘어뜨렸다. 믿을 수 없다는 얼굴로 모니터만 노려보다가 이내 손바닥으로 얼굴을 쓸어내렸다. 손바닥 안에 혼란스러운 한숨이 가득 고였다. 생각이 막혀 버렸고 눈앞이 어두워졌고, 귀가 암전됐다.

"다행히 아직 초기야. 얼른 수술 날짜 잡자, 류 교수."

황 교수의 위로 섞인 말은 그나마 안도감을 느끼게 만들었다. 민철은 몇 번이나 까칠해진 얼굴을 문지르다가 고개를 끄덕였다.

"다행이군. 그래야지. 아내한테 얘기해서 하루빨리 날짜 잡도록 하지."

"너무 걱정하지 마. 내가 최선을 다할 테니까."

"고맙네, 황 교수."

민철은 갑자기 떨리는 두 다리를 겨우 지탱하고 몸을 일으켰다. 느린 걸음으로 황 교수의 진료실을 나선 그는 몇 걸음 걷다가 벽을 짚고 서서 발치로 한숨을 쏟아 냈다. 괴로운 듯 이마가 주름살을 만들어 냈다.

추스르기 힘든 감정에 복도 한편에 놓인 벤치에 겨우 앉았다. 상체를 숙이고 허벅지에 팔꿈치를 괸 채 다시금 손바닥에 얼굴을 묻었다. 복잡한 생각과 서글픈 감정이 물밀듯이 밀려들어 헤어나기 힘들었다. 아내를 어떤 얼굴로 마주해야 할지, 이 이야기를 어떻게 시작하고 끝맺어야 할지, 모든 것이 무너지고 허무해지고 사라지는 것 같은 기분이었다.

지금까지 악착같이 살아온 삶조차도.

Rrrr.

가운 주머니 안에서 핸드폰이 울렸다. 민철은 핸드폰을 꺼내 들었고 발신인을 확인하자 울컥해졌다. 전화를 건 이는 아내 지숙이었다. 그는 목을 추스른 후 겨우 말을 끌어냈다.

"아, 여보."

— 점심은 먹었어요?

"응. 집이야?"

— 네. 조퇴하고 방금 들어왔어요. 아주머니한테 죽 끓여 달라고 말해 뒀는데 그것조차도 입맛이 없네요.

"억지로라도 먹고 누워 있어."

— 황 교수한테 연락 없었어요? 오늘 검진 결과 나오는 날인데.

"으, 응. 방금 만나고 나오는 길이야."

— 그래요? 어때요?

"집에 가서 얘기하지. 걱정 말고."

— 알았어요. 퇴근하고 바로 올 거죠?

"응. 이따 봐."

아내에게 벌써부터 티를 내고 싶지는 않다. 그는 자신의 인생에서 아내를 만난 것을 가장 잘한 일이라고 생각해 왔다. 살아오며 삐걱댄 날들도 있었지만 대체로 성공적이고 그럴듯한 인생이라고 생각했었다. 그들 부부의 바람대로 자라 주지 않은 다이만 빼면.

다이.

큰딸을 생각하자 민철은 목이 따가워졌다. 그저 잘 살 수 있는 쪽으로 이끌어 준 것뿐인데, 옳은 방향으로 살 수 있기를 바랐던 것뿐인데, 잘하는 제이에겐 칭찬을, 잘하지 못한 다이에겐 채찍질을 가하면서, 험난한 세상을 무리 없이 살아갈 수 있도록 하고 싶었을 뿐인데, 그게 다이에겐 집을 나가고 싶을 정도로 혹독한 고통이었던 걸까.

민철은 흔들렸다.

고집스럽게 무언가를 붙잡고 있었는데, 갑자기 툭 끊겨 버려 손에 아무것도 남지 않은 공허함이 느껴졌다. 민철의 얼굴을 타고 뜨거운 눈물이 흘러내렸다. 민철은 손에 쥔 핸드폰을 들여다보며 떨리는 아랫입술을 깨물었다.

한 글자, 한 글자, 입력시키는 손길조차도 떨리고 있었다.

* * *

[제이야. 얼굴 좀 보자. 지금 아버지 진료실로 와.]

제이는 민철에게서 도착한 메시지를 보며 한숨을 흘렸다. 아직 갈비탕을 반도 채 먹지 못했다. 오늘 병원 식당 메뉴가 갈비탕이라기에 점심시간 회진을 끝내자마자 부리나케 달려와 숟가락을 들었건만, 아버지는 이 짧아서 더욱 소중한 여유조차도 용납이 안 되는 모양이다.

제이는 의자에서 몸을 일으키면서 숟가락을 빠르게 움직였다. 한 입, 두 입, 세 입. 그리고 갈빗살과 당면을 후루룩 마시듯이 먹고 나서 입을 스윽 닦았다. 타닥타닥, 식당을 가로지르는 발소리가 요란했다.

식당을 나온 제이는 곧장 외과 병동으로 뛰었다.

엘리베이터를 타고 민철의 진료실에 도착하기까지 걸음은 매우 빨랐다. 그도 그럴 것이 점심시간이 끝나 가고 있었다.

"아버지."

"으응, 그래. 들어와라. 뛰어왔니?"

"네."

제이는 헥헥거리며 진료실에 들어섰고 한편에 있는 정수기에서 물을 받아 마셨다. 연거푸 세 번을 들이켠 뒤에야 숨을 진정하고 의자에 앉았다.

"왜 뛰어와."

"빨리 안 오면 화내시잖아요."

제이는 대수롭지 않게 대답했지만 민철은 내심 당황했다. 딸들은 언제부터 자신의 말 한마디에 꼼짝도 못 하고 있었던 건가. 쓴웃음조차도 나지 않는 서글픈 생각에 민철은 마른침을 삼켰다.

"다이 연락처 알려 다오."

그저 여느 때와 마찬가지로 민철이 고집을 부리는 거라고만 생각했다. 그래서 제이 역시 여느 때와 마찬가지로 비슷한 대답을 건넸다.

"안 된다고 말씀드렸잖아요, 아버지."

"알려 줘. 얘기할 게 있어서 그래."

"무슨 얘긴데요? 제가 전할게요."

제이는 민철을 쳐다봤다. 잠시 아버지의 얼굴을 뚫어지게 쳐다보던 제이가 고개를 갸우뚱거렸다. 평상시와 달라 보이는 민철의 안색에 난생처음으로 걱정마저 스며들었다.

"네 엄마, 수술해야 한다."

천천히 열린 민철의 입술에서 생각지도 못한 대답이 흘러나왔을 때, 제이는 눈을 껌뻑거렸다.

"수술……이요?"

13

아침 9시부터 시작된 〈시사 오피니언 리더〉의 첫 녹화가 밤 8시에 끝났다. 선경과 다이가 섭외한 게스트들과 제작진이 계획한 구성대로 차질 없이 진행됐고 서로 파이팅을 외쳐 주고 마무리 지었다.

유현은 녹화 내내 다이가 스튜디오 출입문을 불안하게 쳐다보곤 했던 것을 모르지 않았다. 아마 한경석 팀장이나 양재성 본부장이 쳐들어오지나 않을까 걱정한 것이리라. 갑작스러운 상황으로 녹화가 중단되는 일이 이 세계에선 매우 비일비재했고, 무사히 녹화가 끝난다는 것은 이미 절반의 성공이라 해도 과언이 아니기 때문이다.

유현이 컷을 외치자마자 다이가 의자에 늘어지도록 주저앉은 이유도 그 때문일 것이었다.

"수고했어요."

유현은 비슷한 자세로 축 늘어진 채 의자에 앉아 있는 다이와 선경에게 다가갔다. 그녀들은 서둘러 몸을 일으켰다.

"PD님도 수고하셨어요."

"수고하셨어요."

다이는 자신과 시선이 마주친 유현에게 깊은 눈빛을 보냈다. 그는 돌아서서 승명과 함께 스튜디오를 나갔지만, 그녀는 오늘 하루 내내 그가 만들어 낸 탁월하고 체계적이며 신중한 녹화 분위기에 여전히 심취해 있었다.

"정 PD님 말이야. 되게 능력자지?"

선경도 비슷한 기분이 들었나 보다. 그가 나간 스튜디오 문을 바라보다가 문득 꺼낸 말에 다이가 고개를 끄덕였다.

"그런 것 같아요."

"놀랐어. 신입 PD치곤 현장 지휘하는 게 카리스마가 장난 아냐. 아까 봤지. 정현식 교수한테 녹화 매뉴얼이랑 애티튜드 지적하는 거. 카아, 적당한 리더십에 적당한 싸가지 없음에 적당한 예의까지. 그 정도라면 양재성 본부장한테도 절대 꿀리지 않고 할 말 따박따박 할 것 같아."

"별일 없겠죠?"

다이가 근심 어린 얼굴로 선경에게 물었다. 말뜻을 모르지 않는 선경 역시 짧게 한숨을 흘렸다.

"별일 있어도 이젠 어쩔 수 없지."

"오늘 녹화 내내 얼마나 긴장했는지 몰라요. 본부장님이 문 열고 들어오실까 봐."

"아마 그랬다면 정 PD님이 가만 안 뒀을 거야. 목덜미 질질 끌고 바깥으로 집어 던졌을걸."

"그렇게 집채만 한 사람을?"

"푸하하."

다이와 선경은 양재성의 거대한 신체를 두고 잠시 웃었다. 그러다가 다시 약속이라도 한 듯 얼굴빛이 어두워졌다. 다이는 스튜디오의 여러 소품들을 치우고 있는 스태프들을 멀거니 쳐다보았다.

"그러지 말고 밥이나 먹으러 가자. 아직 구내식당 문 닫히려면 20분 남았어."

선경의 말에 그제야 허기가 느껴졌다. 하루 종일 긴장 상태로 있다 보니 끼니를 제대로 챙겨 먹지 않았던 것이다. 스태프가 사 온 빵이나 커피, 과자 등만 조금씩 먹었을 뿐이었다. 다이는 선경과 함께 스튜디오를 나섰다.

구내식당으로 향하는 복도를 걷다 승명이 외치는 소리에 두 여자는 일제히 뒤를 돌아보았다. 다이의 얼굴에 홍조가 일었다. 승명과 유현이 함께 다가오고 있었던 것이다. 승명이 핸드폰을 흔들어 보이며 빙긋이 웃었다.

"작가님들! 안 그래도 식당에 내려오시라고 전화드리려던 참이었는데."

"들어가죠. 배가 많이들 고플 텐데."

유현이 무심하게 다이의 등을 감쌌다. 등을 타고 흐르는 전율에 다이는 누구도 알지 못하는 저릿함을 느껴야 했다.

마감 시간에 가까워진 구내식당은 텅 비어 있었고, 덕분에 네 사람은 남은 반찬들까지 모조리 끌어모아 뷔페처럼 테이블을 꾸몄다.

"스태프 전체 회식은 첫 회 방송이 끝나면 하겠습니다."

"네."

뷔페 형식으로 반찬 그릇을 놓긴 했지만 초라하기 그지없는 식단이라, 유현은 세 사람의 기분을 맞추기 위해 선언했다. 그렇게 식사가 시작되고 선경이 밥을 우걱우걱 씹으며 유현을 쳐다봤다.

"참, PD님. 다큐 마지막 회요. 시청률 폭발했던데요?"

"흐음. 예상했던 일이어서."

"PD님, 그런 거만한 모습도 이젠 장난처럼 안 보여요. 아주 당연하게 보인다니까요."

"그래요? 좋은 말인지 나쁜 말인지 구분이 안 가지만, 좋게 듣도록 하겠습니다."

"우리 프로그램도 PD님 다큐처럼 반응이 좋아야 할 텐데요."

"에이, 걱정 마세요. 우리 PD님 벌써 인기인이 다 됐다니까요."

승명이 국을 후루룩 마시다 말고 열의에 차서 말했다. 밥풀이 튀는데도 승명의 열의는 거기에서 멈추지 않았다.

"SNS 못 보셨어요? 다큐 한 장면에서 PD님 얼굴이 짧게 스친 부분이 있었는데 그걸 누가 캡처를 한 거죠. 존잘 PD라고 난리 났잖아요."

"승명 씨. 밥이나 좀……."

유현이 팔꿈치로 승명의 팔을 가격하니, 민망했던 승명이 티슈로 제 앞에 떨어진 밥풀을 부지런히 쓸었다. 다이와 선경이 소리 내어 웃었고, 구내식당의 마지막 테이블은 더없이 화기애애했다.

간간이 주고받은 유현과의 시선 속에서, 다이는 작은 긴장감까지도 모두 내려놓을 수 있었다. 적어도 오늘 밤만큼은 편히 잠을 잘 수 있을 듯했다. 첫 녹화였던 만큼 그는 분명 밤늦게까지 남아 잔무를 할 테니, 오늘은 그녀 혼자 마음껏 게으름을 부리며 침대에서 뒹굴 것이다.

* * *

[아직 방송국이에요?]

다이한테서 메시지가 온 것은 늦은 밤이었다. 승명을 먼저 퇴근시킨 후 혼자 남은 유현은 편집실에서 녹화 영상을 살펴보고 있었다. 가편집 단계로 전문 편집 기사와 함께 작업하기 전, 담당 PD의 손길을 먼저 거치는 일이었다.

유현은 화면에서 눈을 떼지 않고 답신을 보냈다.

[응. 아쉽지만 오늘은 혼자 푹 쉬어.]

[그러려구요.]

[보고 싶어?]

[하아……. 설마요.]

[당신이 먼저 메시지를 보내니 묘한 기분이 드는데.]

[어떤 기분?]

[우리가 진짜 연애라도 하는 것 같은.]

진심이 담긴 문자에 그녀는 반응하지 않았다. 유현은 쓰게 웃고는 다음 메시지를 작성해 보냈다.

[지금 전화할래? 목소리 듣고 싶은데.]

[또 무슨 음탕한 말을 하시려고?]

[폰 섹스라도 하자고 할까 봐?]

[열일하세요. 난 잘래요. 굿밤!]

다이의 메시지를 끝으로 유현의 핸드폰은 침묵에 잠겼다. 잇새로 헛웃음을 흘린 그는 다시 모니터에 집중했고, 협소한 편집실은 모니터에서 흘러나오는 음향 소리만이 가득했다. 그때 울린 핸드폰 벨 소리에 그는 다시금 입매를 늘이며 웃었다. 결국 다이가 전화를 걸어 온 것이다.

흐뭇해하며 핸드폰을 들여다본 유현의 얼굴이 잠시 굳어졌다. 전화를 건 사람은 다이가 아니라 경석이었다. 이 시간에 경석이 전화를 건 이유는 너무도 뚜렷했다. 첫 녹화가 끝났고, 그 소식을 전해 들었을 테고, 거기에 대한 언질을 주려는 것이다.

그게 조언이든, 협박이든.

"네."

— 어디니? 오피스텔이야?

"아뇨. 아직 퇴근하지 않았습니다."

— 여기 〈브리즈〉야. 지금 와야겠다. 유현아.

조금 높아진 음성이 날카롭게 귓가를 울렸다. 재즈가 들려오는 걸 보니 술집인 듯한데 그는 알지 못하는 가게 이름이었다.

"〈브리즈〉는 어디고, 무슨 일로 저를 부르시는 겁니까."

— 와인 바야. 방송국 뒷골목에 있어. 간판이 커서 금방 찾을 수 있을 거야. 나 지금 본부장님이랑 같이 있다. 대충 분위기 알겠지? 그러니까 얼른 와.

경석은 통보하듯 말하곤 통화를 끝내 버렸다. 양재성 본부장과 함께

있는 자리라니 경석의 말대로 어떤 분위기가 형성되고 있는지 모르는
바 아니었다.

"후우······."

진심으로 피곤했다. 유현은 앞머리를 쓸어 올리곤 한숨을 흘려보냈
다. 언젠가 다시 부딪쳐야 할 상황이라 여기고는 있었지만 녹화 당일 호
출이라니. 게다가 양재성이 얼마나 바득바득 이를 갈고 있기에, 경석의
목소리가 그토록 흥분돼 있는지.

유현은 어쩔 수 없이 몸을 일으켰다.

그러고는 작업 분량을 남겨 둔 채 서둘러 편집실을 나섰다.

경석의 말대로 와인 바 〈브리즈〉는 눈이 짓무르도록 붉은 색깔의 커
다란 간판이 인상적인 곳이었다. 멀리서도 단연코 눈에 띄었으며 가까
이 다가갈수록 주변으로 퍼지는 붉은빛 때문에 어지러울 정도였다.

지하 입구로 내려가는 계단에 서자, 경석과 통화할 때 흘러나왔던 재
즈 음악은 어느새 팝 발라드로 바뀌어 있었다. 내키지 않는 걸음은 그다
지 속도를 내지 않았다. 붉은색의 카펫이 깔린 복도에 내려서니 담배를
피우고 있는 경석이 보였다.

유현을 발견하곤 가슴을 쓸어내린 경석이 후다닥 다가왔다.

"잘 왔다. 잘 왔어."

술에 취한 사람처럼 보이지는 않지만 어지간히 양재성한테 시달렸
는지 넥타이가 다 헝클어져 있었다. 유현은 못마땅한 기색을 노골적으
로 드러내며 물었다.

"대체 무슨 일입니까."

"무슨 일인지 몰라서 묻나? 응?"

"녹화를 그대로 밀고 나간 것 때문에요?"

"그래."

경석이 이를 악다물고 대답했다. 울분이 뒤섞인 경석의 포효는 그걸

로 그치지 않았다.

"내가 미친다, 미쳐. 위로는 저 양반한테 아래로는 네 녀석한테. 이리저리 쥐어 터지고 터져서 바짝 말라 간다고!"

"본부장님은 뭐라 그럽니까?"

"들어가서 네가 직접 확인해. 내 입으로는 차마 말하지 못하겠다."

경석의 반응으로 미루어 짐작건대, 아무래도 양재성이 심상치 않은 술수라도 꾀하고 있는 듯했다. 유현은 위로의 의미로 경석의 팔을 툭툭 치곤 양재성이 앉아 있다는 룸으로 들어갔다.

"어이구. 정 PD, 왔어?"

경석과는 달리 양재성은 옷깃 하나 흐트러진 것 없는 모습으로 앉아 있었다. 와인 한 병과 와인 잔 두 개, 그리고 간단한 안주 접시가 전부인 테이블은 아주 작았고, 룸의 크기 또한 서너 명이 들어서면 꽉 찰 만했다.

"늦게까지 고생이 많으십니다, 본부장님."

"하하. 그렇지? 누구 때문에 말이지."

다분히 겨냥해서 건넨 말이었는데 양재성 또한 그걸 간파하고선 날선 음성을 냈다. 유현이 양재성의 맞은편에 앉자 곧장 뒤따라 들어온 경석이 유현의 옆에 앉았다. 언제 준비했는지 경석의 손에는 빈 와인 잔이 들려 있었고, 그걸 유현의 앞으로 스윽 내밀었다.

"받아."

"네."

유현은 빈 잔에 붉은색의 와인이 반쯤 채워지는 것을 묵묵히 지켜보고 있었다. 머릿속이 또 한 번 뒤엉키기 시작했다.

"녹화가 끝났다지?"

양재성이 안주로 나온 큐브 치즈를 손으로 집어 입에 쏙 넣고는 담담한 표정으로 물었다. 유현 역시 비슷한 얼굴로 맞받아쳤다.

"네."

"몰랐는데, 우리 정 PD, 아주 고집이 세더군."

"대체로 그런 편입니다."

"내가 분명히 '지시'라고 말했었는데."

"프로그램을 직접 제작하는 주체는 저를 포함한 제작진이니, 다른 '지시' 사항은 그저 취사선택할 수 있다고 생각했습니다."

"뭐, 그건 옳은 말이야. 담당 PD는 충분히 그럴 권리가 있지."

"저를 왜 부르신 겁니까."

"그런데 말이야, 정 PD. 난 내 지시가 버려질 거라 생각하고 말했던 건 아니었어요. 정 PD가 충분히 고려할 거라고 생각했지."

"그렇습니까? 저는 고려할 만한 가치가 없다고 판단했는데요."

옆에서 경석이 안절부절못하고 손을 쥐었다가 폈다가 반복하는 모습이 언뜻 눈에 보였다. 그의 말에 양재성이 등을 소파에 기대고 다소 느긋한 표정을 지어 보였다. 양재성의 입가에 걸린 미소는 절대 호의에서 나온 게 아님을 유현은 알고 있었다.

"정 PD가 만든 다큐 말이야. 작품성이 있어 보여서 올 연말에 호주에서 열리는 '국제 다큐 영화제'에 출품하려고 했었는데…… 접어야겠어."

"흠, 어쩔 수 없지요. 본부장님이 그렇게 결정하셨다면."

이걸로, 다큐를 영화제에 출품하지 않는 걸 불이익으로 삼고, 이 지루하고 재미없는 줄다리기를 끝내고 싶었다. 하지만 그건 시작에 불과했다. 양재성은 안주머니에서 핸드폰을 꺼냈고 잠시 후 그것을 유현에게 건넸다.

"그리고 이걸 한번 보지."

「전출 발령

금일 자정을 기해 시사 교양 본부 소속 작가 강선경, 류다이를 울산 지사로 전출 명령 함.」

두 줄 분량의 간략한 글은 본부장 전용 창에 입력돼 있었다. 가장 윗줄에 '보내기'라는 글자가 반짝거렸다. 결국 양재성은 하고자 하는 일을 해 버린 것이다. 유현의 눈빛이 서늘하게 가라앉았다.

"어떤가? 난 이 이메일을 지금 당장 인사 본부장한테 보낼 생각인데."

"사유는요."

"그거야 만들면 되는 거고. 현재 인원 포화 상태라든지 울산 지사 인원이 부족해서라든지."

유현은 조용히 핸드폰을 테이블에 내려놓았다. 옆에서 경석이 한숨과 함께 고개를 아래로 떨구고 있었다. 양재성은 아까보다 더 느긋하게 유현을 쳐다보았다.

"이게 정 PD가 바라는 거지? 내가 가장 참을 수 없는 게 있는데, 바로 모욕을 당하는 거야. 그것도 가진 게 쥐뿔도 없는 놈한테서."

"……."

"조직은 상명하복이야. 거기엔 가타부타 설명이 필요 없어. 일개 PD는 쥐뿔 아무 존재도 아닌 거지. 정 PD가 아직 아무것도 모르는 것 같아서 내가 알려 주려고 불렀어."

그날, 양재성을 만난 이후부터 수도 없이 고민했다. 다이와 선경에게 우려한 일이 일어난다면 어떤 방법을 모색할 수 있을지. 옳고 그른 것들을 구분하지 않아도 되는 건지, 정면 돌파가 나은지.

그렇게 반복된 고민 속에서 어렴풋이 해결책을 잡아 가고 있었다. 되도록 이 방법을 쓰는 순간이 오지 않기를 바랐지만, 불이익이 올지 알면서도 다이와 선경이 프로그램의 정체성을 지켰듯이, PD로서 그들을 지키는 게 옳다고 판단했다.

"유감입니다, 본부장님. 진심입니다."

"그래야지요?"

"본부장님이 가진 권력과 직책으로 저를 흔드시니, 저도 어쩔 수 없이 제가 가진 힘으로 제 사람들을 지켜야겠습니다."

여유롭게 조소를 내비치던 양재성이 그때부터 조금씩 낯빛을 바꾸고 있었다.

"빠르면 다음 주부터, 늦어도 보름 후부터 이 방송국에 제공되는 광고 중 일부가 사라질 겁니다. 대기업 광고라 아마 타격이 좀 있을 겁니다."

"그게…… 무슨 소리지?"

"제가 여기서 나가고 나면 한 팀장님이 자세한 설명을 해 주실 겁니다. 그걸 듣고 나서 판단해 주십시오. 그럼."

유현은 몸을 일으켰다. 경석의 앞을 지나가면서 그의 어깨를 지그시 눌렀다. 이렇게 신호를 보냈으면 나머지는 경석이 알아서 할 것이다. 유현은 다소 가벼운 발걸음으로 와인 바를 나섰다. 대낮처럼 밝은 골목길을 유유히 빠져나갔다.

* * *

"진심으로 사과드립니다, 작가님들."

다이와 선경은 경석의 달라진 태도에 얼마쯤 얼이 빠져 있는 상태였다. 어제 첫 녹화를 마치고, 오늘 어쩌면 경석에게 호출당할지도 모른다고 생각하며 각오를 다지고 있던 참에 갑작스러운 경석의 사과에 두 사람은 당황했다.

"상사라는 이유로 말도 안 되는 지시를 내린 건 전적으로 내 잘못이고 실수였어요. 하지만 나한테도 입장이라는 게 있었기 때문에 어쩔 수 없었어요. 그건 이해해 주길 바랍니다."

"아…… 네."

경석의 사과의 말에 선경은 그저 다행스러워 대답을 하고 말았지만, 다이는 분명 다른 내막이 더 있을 거라는 생각이 들었다. 유현이 그 말도 안 되는 지시에 대해 알게 됐고, 그 지시는 양재성 본부장과 관련된 것이었고, 별다른 변화 없이 어제 첫 녹화가 이루어졌고, 그 직후 경석이 두 사람을 불러 사과를 한다는 건 그 사이에 빠진 무언가가 있다는 의미였다.

"어떻게 일이 마무리 지어진 건지 여쭤도 되나요?"

다이가 용기를 내 물었다. 옆에서 선경이 옆구리를 푹 찔렀지만 개의치 않았다. 경석의 대답을 듣고야 말겠다는 자세로 꿋꿋한 표정을 유지했다.

"정 PD가 잘 수습했어요. 자칫 두 사람, 지방 발령 받을 뻔했거든. 이를 테면 좌천이지. 그렇게만 알아 둬요. 이제 다시는 이런 상황이 만들어지지 않을 겁니다."

겸연쩍게 입맛을 다신 경석의 대답은 두루뭉술했다. 지방 발령이라는 말에 선경이 한숨을 짧게 내뱉는 소리가 들려왔다. 다이 역시 울컥했지만 내색하지 않았다. 그 사이에 생략된 내용이 어떤 건지 대략 짐작할 수 있었기 때문이다.

유현이 잘 수습했다는 말.

결국 유현이 큰일로 번지기 전에 막은 것이고 선경과 자신을 지킨 것이다.

두 사람은 얼마쯤 굳어진 얼굴로 경석에게 인사하고 팀장실을 나왔다. 약속이라도 한 것처럼 말이 없었다. 기운 없이 복도를 걷다가 엘리베이터 앞에 동시에 멈춰 섰다. 숫자판을 멀거니 쳐다보면서 선경이 헛웃음을 터뜨렸다.

"지방 발령이라니. 어이없어서."

"그러게요."

"근데 PD님은 대체 어떻게 수습하신 거지? 양재성 본부장을 상대로 이번 일을 수습하기가 쉽지 않았을 텐데. 커리어 화려한 PD도 아니고 완전 신입에다가 백그라운드도 없을 텐데. ……헉! 설마 우리 대신 PD님이 지방에 내려가신다거나 뭐 그런 건 아니겠지?"

"네?"

"왜, 기사도 정신이 투철한 사람들, 그런 거 있잖아. 차라리 내가 당하겠다, 이런 거."

"설마……요."

"그렇겠지? 아니겠지? 아, 이젠 모르겠다. 불이익이 올 뻔했다니까 겁이 나고, 그게 해결됐다니까 그저 다행이야. 열심히 일만 해야지. 올라가서 바로 회의하자, 다이야."

"그래요."

선경이 금세 말을 바꾸었지만 다이는 그때부터 심란해졌다. 선경의 짐작이 사실일지도 모른다는 생각에 가슴이 답답하고 명치가 쓰렸다. 어쩔 수 없이 제작 사무실로 돌아오자마자 선경의 눈을 피해 유현에게 메시지를 보냈다.

[어디예요?]

그의 답신을 기다리며 다이는 선경 몰래 복도로 나왔다. 복도 끝까지 걸어가 커다란 창문 앞에서 서성댔다. 그의 메시지는 곧장 건너왔다.

[당신 뒤.]

다이는 놀라 흠칫하며 뒤를 돌아보았다. 하지만 복도는 텅 비어 있었다. 다시 문자 소리가 울렸다.

[조금은 웃었길 바라. 지금 외부 출장 나와 있어. 승명 씨하고 무슨 일?]

그녀가 웃길 바란다며 농담을 던진 유현 때문에, 다이는 정말이지 웃음이 났다. 잠시 그늘이 졌던 기분이 갑자기 쾌청해진 듯했다. 승명과 외부 출장 중이라면 분명 시그널 화면 제작 때문에 인천 쪽으로 촬영을 간 것이리라.

다녀오면 얼굴 보자는 메시지를 입력시키려는데, 뒤에서 누군가가 등짝을 내리치는 바람에 다이가 어깨를 움츠렸다.

"뭐 해, 여기서?"

선경이었다. 따가운 통증에 이맛살을 찌푸리니 이번엔 아예 팔짱을 척 끼며 범인을 연행하듯 이끌었다.

"얼른 들어가자. 회의해야지. 작가 회의라 너랑 나 둘뿐이지만 그래도 시스템은 지켜야지. PD님을 위해서라도 일하자, 일."

"알았어요, 선배. 잠깐만."

"노닥거릴 시간 없어, 이것아."

"으으으."

다이는 선경에 의해 질질 끌려가며 괴로운 비명을 질렀다.

* * *

승명과 함께 외부 촬영을 나갔다가 방송국으로 돌아온 유현은, 그때까지도 메시지 답신이 없는 다이를 생각하고 있었다. 마음은 여러 갈래로 갈라지고 있었다. 어젯밤 와인 바에서 양재성을 만난 이후로 어떤 식으로든 결론이 지어졌을 거라 여기고 있었고, 그 결론은 절대 자신에게 불리하지 않으리라 믿고 있었다.

그래서 다이의 메시지가 반가웠는데 아직까지 핸드폰은 침묵에 잠겨 있는 것이다. 마음이 꽤 조급했다. 엘리베이터에 타면서도, 승명이 오늘 자 촬영분에 대해 이것저것 질문을 던져도, 그의 마음은 다이에게 머물러 있었다.

승명을 편집실로 보내고 제작 사무실이 있는 층에서 먼저 내린 그는 황급히 문을 열고 들어갔다. 하지만 그를 기다리고 있던 건 다이가 아니라 경석이었다. 그것도 멋쩍은 얼굴을 하며 어색하게 미소 짓고 있는.

"작가들한테 점심이나 사 주려고 왔는데 아무도 없다?"

유현은 허탈하게 어깨를 으쓱하며 경석 앞에 앉았다.

"그럴 생각이었다면 미리 약속을 잡으셨어야죠."

"그러게. 또 실수했네."

허한 웃음소리가 지나간 테이블에 잠시 침묵이 내려앉았다. 손가락으로 테이블을 툭툭 치고 있던 경석이 잠시 후 먼저 입을 열었다.

"왜 안 묻냐?"

"뭘 말입니까?"

"그 이후로 어떻게 됐는지 안 궁금해?"

"말씀해 보세요."

"다 말씀드렸어, 본부장님한테. 네가 누군지. 아주 궁금해하시더라고."

"잘하셨어요. 저도 그걸 노렸던 거니까."

"인사 본부장한테 이메일 보내려던 거 다 취소하셨어. 아마…… 앞으론 너 털끝 하나도 못 건드리실 거야. 뭐, 다른 사람들한테 발설하지도 않으실 것 같고. 내가 신신당부했거든. 본부장님이 원래 간이 좀 작으셔."

"팀장님은요?"

"응?"

"팀장님은 사과하셨습니까? 우리 작가들한테?"

"후우……. 석고대죄 이미 했다. 아침에."

생각만으로도 착잡한지 경석은 고개를 푹 떨구었다. 그러고 보니 안색이 꽤 창백한 데다 입술이 제법 부르텄다. 경석 역시 괴로웠을 터였다. 아닌 걸 알면서도 명백하게 항의할 수 없고, 그럴 만한 힘을 가지지 못한 자신을 경멸하고 질책했을 터였다.

사회라는 현실은 종종 의지를 무너뜨린다.

아무리 단단하게 무장을 하고 있어도.

"저의 배경. 그 카드는 최후까지 쓰고 싶지 않았는데, 그걸 꺼내지 않는다면 작가들이 위험하니 어쩔 수 없었습니다. 나하고 함께 일하면서 최소한 불이익 당한 작가라는 오명을 쓰게 하고 싶지는 않아서."

"이해해. 네가 가진 배경을 이용할 녀석은 절대 아니라는 걸 내가 더 잘 알지. 잘한 거야. 본부장님은 그런 방식이 아니면 절대 이길 수 없을 테니까."

"이해해 주셔서 다행입니다."

"아! 또 하나 더! 우리 다큐 말이야. 계획한 대로 시상식에 출품할 거야. 내가 밀어붙였지."

"언감생심 수상은 꿈도 안 꾸겠지만, 수고하셨어요."

"앞으로도 고생하자. 정 PD."

경석이 새삼스럽게 악수를 청해 왔다. 다소 겸연쩍은 상황이었지만 유현은 머뭇거리지 않고 경석의 손을 잡았다. 듬직하게 느껴지는 그에게 유현은 담담히 미소를 지었다.

복도로 나온 유현은 서둘러 핸드폰을 꺼냈다.

[어디야?]

다이에게 메시지가 전송되자마자 그녀에게서 답장이 도착했다.

[식사 다 하고 올라가고 있어요.]

[지금 3층 비상구로 와.]

[알았어요.]

방송국 안에서는 통화를 할 수 없다는 사실을 못내 답답해하면서 유현은 빠른 걸음으로 3층 비상구로 나갔다. 벽에 등을 기대고 서서 초조하게 그녀를 기다린 지 수분. 조심스럽게 열린 문 뒤로 다이가 모습을 드러냈다.

"오래 기다렸어요?"

"아니."

다이는 그의 얼굴을 보자마자 감정이 울컥 치받치는 듯했다. 그러고 싶지 않았지만 어쩔 수 없이 서글픈 웃음을 짓기도 했다. 그에게 지나치게 무거운 짐을 지운 것 같아서, 마음 한편에 내내 미안한 심정을 가지고 있었다.

"시그널 촬영은 잘 끝났어요?"

"응. 점심은 잘 먹은 건가?"

"그럼요."

서로가 겉돌기만 하는 대화였다. 다이는 잠시 심호흡을 크게 하고는 다시 고개를 들고 그를 바라보았다.

"어떻게 된 건지 물어도 돼요?"

"뭐가?"

"본부장님 사건이요. 그 얘기 해 주려고 오라고 한 거 아니었어요?"

호기심과 궁금증에 눈빛이 초롱초롱한 다이를 보면서, 유현이 피식 웃었다. 이럴 때마다 정말이지 그녀에게 키스하고 싶어진다는 것을 그녀는 모를 것이다.

"내가 누군지 가르쳐 드리기만 했을 뿐이야."

이 정도만 설명해도 다이는 모두 알아들을 것이다. 그리고 실제로 다이는 그 짧은 한마디에 모든 것을 납득했다. 절대 드러내고 싶지 않은 부분이었을 텐데.

"고마워요, 정유현 씨."

"그렇게 딱딱하게 내 이름 부르지 말지?"

"딱딱해요?"

"무척."

"그럼 어떻게 불러 줄까요?"

"성은 빼고 이름만 불러."

"유현 씨."

작정하고 부른 듯한 말투였다. 유현은 잠시 눈을 껌뻑거리다 지그시 그녀를 응시했다.

"다시."

"유현 씨."

"흐음. 내 이름이 이렇게 듣기 좋은 이름이었나?"

"나, 당신한테 하고 싶은 말 있어요."

"해. 듣고 싶어."

다이는 대답하기 전 숨을 골랐다. 이 남자를 어떻게 해야 할까. 늘, 언제나, 그녀를 고민하게 만드는 숙제 같은 것이었다. 어쩌면 결혼했을지도 모를 남자. 파혼했던 남자. 그래서 한때는 엮이기 싫었던 남자.

이젠 그 남자를 진심으로 가지고 싶어졌다.

"우리, 진짜 연애 해요."

고백하듯, 털어놓듯, 잔잔한 목소리가 흘러나왔다. 차마 고개를 들지 못한 채 마음만 전하고 있는 그녀를, 유현은 깊은 눈빛으로 쳐다보고 있었다. 그리고 안도했다. 이 여자가, 진심을 보고 느낄 줄 아는 여자여서 다행이었다. 자신이 주는 마음을 거절하지 않고 받아 주는 심장을 가진 여자여서 다행이었다.

"이미 하고 있던 거 아니었어?"

"네?"

"연애 말이야. 난 우리가 단 한 번도 연인이 아니라고 생각한 적 없어."

"하! 그건 반칙인데? 난 분명히 섹스만 하자고 했는데?"

"그건 억진데? 남녀 사이에 섹스만 하는 건 있을 수가 없는데?"

자신의 말투를 따라 하는 유현을 다이가 슬쩍 째려보며 피식 웃음을 터뜨렸다. 웃음소리가 채 끝나기도 전에, 그가 한 걸음 다가섰다. 다이의 시야를 완전히 막아 버리는 넓은 어깨였다. 다이는 자신의 턱을 쥐고 가볍게 들어 올리는 그의 손길에 금세 취했다.

그의 품에 안기고 그의 입술에 먹혀 버렸다.

숨소리 하나, 손길 한 번, 미소 한 번으로도 그에게 얼마든지 흠뻑 젖어 들 수 있을 것 같았다.

결국 이렇게 돼 버릴 일이었는데 왜 그동안 쓸데없이 버틴 건지, 다이는 시간과 감정을 허비했다는 생각에 적잖이 후회했다.

그는 사랑하지 않을 수 없는 남자였다.

빠지지 않을 재간이 없는 남자였다.

다이는 쏟아지는 그의 짙고 강렬한 키스에 정신이 혼미해지면서도, 빈틈없이 그에게 안겨 있으면서도, 그를 잃고 싶지 않았다.

"오늘은 일찍 만나. 8시에 내 오피스텔로."

입술을 뗀 그가 속삭였다. 입술을 떼긴 했으나 여전히 닿을 듯 말 듯 한 거리여서 그가 속삭일 때마다 뜨겁게 스쳤다.

"알았어요. 시간 맞춰 갈게요. 기다려야 해요, 꼭."

"난 항상 당신을 기다리고 있어. 몰랐어?"

"이젠 기다리게 만들지 않아요."

다짐 같은 말을 건네면서 다이는 환하게 웃었다. 이렇게 꾸민 것 하나 없이 가식 한 점 없이 웃어 본 건 정말이지 오랜만이었다.

14

"어어?"

출근을 위해 현관문을 열고 나온 다이는 발치에 무언가 물컹한 것이 걸리는 느낌에 다급히 행동을 멈추었다. 고개를 내려 아래를 확인한 그 녀의 표정이 당혹스럽게 일그러졌다. 누런색 털이 오밀조밀하게 난 조그만 강아지가 앉아 있었던 것이다.

"어머나."

놀란 다이는 살포시 몸을 구기고 앉아 강아지를 들여다보았다. 유기 견인가 싶었지만 행색이 그다지 초라해 보이지는 않았다. 더위에 지쳤 는지 헥헥거리는 강아지가 안쓰러워 보여 다이는 다시 오피스텔로 들어 가 조그만 그릇에 물을 담아 가지고 나왔다.

강아지는 물을 보자마자 정신없이 핥아먹었다.

"아가야. 여긴 네 집이 아닌데, 왜 여기에 앉아 있니?"

다이는 강아지를 쓰다듬으며 부드러운 목소리를 냈다. 강아지는 끼잉 끼잉 소리를 냈지만 다이를 그윽한 눈동자로 쳐다보기만 할 뿐, 물을 마 시는 일에만 집중했다. 강아지의 등이며 목을 쓸다가 문득 손가락에 걸리는 게 있어, 다이는 고개를 기울여 그것을 쳐다보았다.

강아지의 목에 달린 조그만 이름표였다.

「파도. ○○오피스텔 723호」

"파도? 파도가 네 이름이니? 그리고 이건…… 우리 오피스텔인데."

다이는 고개를 들고 하늘로 쭉 뻗어 있는 오피스텔 건물을 올려다보았다. 723호에 사는 강아지인가? 그런데 왜 이 아침에 이곳에.

다이는 어쩔 수 없이 파도를 안고 몸을 일으켰다. 이유는 알 수 없었지만 집을 나와 헤매고 있는 이 녀석을 제가 살던 곳으로 데려다주어야 할 것 같았다. 그렇게 녀석을 품에 안고 엘리베이터에 몸을 실은 다이는 7층에서 내렸다.

723호를 찾아 벨을 누르니 품에 안겨 있던 파도가 왈왈 짖어 댄다. 제 집인 걸 아는지 꼬리까지 연신 흔드는 걸 보며, 다이는 피식 웃었다.

"이제 집에 오니까 좋아? 그러게 왜 아침부터 헤매고 있었니."

나직하게 속삭인 뒤 다시 벨을 눌렀다. 하지만 아까부터 안에서 돌아오는 대답은 없었다. 미간을 찌푸린 다이가 다시 벨을 누르려는데, 724호 문이 열리며 출근 차림을 한 여자가 나왔다. 낯선 얼굴이었지만 분명 방송국 직원이리라.

"거기 엊그제 방 뺐어요. 빈집이에요."

다이가 먼저 묻기도 전에 여자가 친절하게 일러 주었다. 그러곤 강아지를 발견했는지 눈을 휘둥그레 뜨며 다가왔다.

"어머나? 이 강아지가 왜."

"제 방 앞에 앉아 있었어요. 목줄에 723호라 적혀 있어서 데리고 온 거구요."

"이 녀석. 그렇게 매일 시끄럽게 짖더니. 그런데 왜 얘를 놔두고 간 거지?"

"혹시 어느 부서 직원인지 알아요?"

"아뇨. 저도 잘 몰라요. 일주일 전에 입실했거든요. 인사할 새도 없다가 엊그제 점심시간에 잠시 들렀는데, 그때 방을 빼고 있더라구요. 저야 뭐 얼른 방송국으로 다시 돌아가야 해서 인사를 나누고 말고 할 시간도 없었구요."

"아, 네."

여자는 핸드폰의 시간을 확인하더니 가방을 고쳐 메고 얼른 엘리베이터에 탔고, 홀로 남은 다이는 난감해졌다. 제 품에서 낑낑거리는 녀석이 마치 주인을 잃고 우는 것 같아 몹시 안타까웠다. 유현에게 연락을 해 어떤 도움이라도 받아 볼까 생각했지만 그는 오늘 새벽에 CP 연락을 받고 갑자기 연출부 회의가 잡혀 방송국으로 먼저 출근한 상태였다.

"파도야. 나도 출근해야 하는데 어쩌지?"

낑잉, 낑잉.

커다란 눈망울로 그녀를 하염없이 쳐다보는 파도 때문에 다이는 이러지도 저러지도 못하고 있었다. 그러다 어깨를 축 늘어뜨린 채 파도를 쳐다보았다.

"걱정 마. 너 안 버려. 대신에 조용히 있어야 돼. 알았지?"

다이는 파도의 머리를 한 번 쓸어 주고는 서둘러 다시 엘리베이터에 올랐다. 어쩔 수 없이 파도를 데리고 출근하기로 한 것이다.

방송국 건물로 들어가는데 주변의 시선이 온통 그녀에게로 쏠렸다. 다이는 하는 수 없이 에코 백에 파도를 넣고 가장 먼저 총무인사팀 사무실에 들렀다. 담당자에게 사정을 설명한 후 723호에 살던 직원의 신상을 파악하고 싶었는데, 규정 때문에 직원 신상을 함부로 알려 줄 수 없다는 말만 반복했다. 어쩔 수 없이 다이는 해당 직원에게 연락해 두겠다는 약속만 받을 수 있었다.

사무실을 나선 다이는 가방을 열어 얌전히 앉아 있는 파도를 들여다보았다.

"고생이 많지? 조금만 기다려."

다이는 파도를 진정시키고는 작가실로 향했다.

"세상에. 이렇게 귀여운 애를 두고 갔다니."

먼저 출근해 있던 선경이 자초지종을 모두 듣고는 파도를 품에 안고 다독였다. 강아지를 데리고 출근한 것에 신경이 쓰였는데, 다행히 선경이 강아지를 예뻐해 줘서 내심 안도했다.

"그래도 얘기해 두었다니까 찾으러 오겠지. 어차피 이 방송국 직원일 거 아냐."

"그렇겠죠, 선배?"

"이렇게 예쁜 녀석이 작가실에 있으면 분위기도 쇄신될 거야. 주인이 찾으러 올 때까진 우리가 데리고 있자."

"그렇게 말해 줘서 고마워요, 선배. 나 얼마나 걱정했는데."

"걱정을 왜?"

"선배가 강아지 싫어할까 봐서요."

"어머, 얘는. 나 이래 봬도 귀여운 거 예쁜 거, 좋아해. 환장해. 넌 날 그렇게 겪고도 모르냐?"

"그……래요?"

"뭐야. 그 미심쩍은 표정은."

"으으음. 아무것도 아닙니다."

"근데 파도 얘 암컷이야. 알고 있었어?"

"그래요? 몰랐는데."

"생긴 건 아주 카리스마 쩔게 생겼는데 암컷이었네."

"아무튼 선배. 이 녀석 잠시만 데리고 있어 줘요. 목줄이랑 사료 좀 사 올게요. 방송국 근처에 애견 숍이 있더라구요."

"그래. 다녀와."

선경이 시원시원하게 그녀를 보내 주었다. 다이는 지갑만 들고 서둘러 복도로 나갔다. 엘리베이터를 타려던 순간, 유현과 승명이 먼저 타고 있는 걸 확인하고는 걸음이 느려졌다. 승명의 얼굴에는 잠이 묻어 있었고, 그녀를 본 유현의 표정은 천천히 바뀌고 있었다.

저 보일 듯 말 듯 한 미소를 알아차릴 수 있는 이는, 오직 다이 자신뿐이었다.

다이는 두 사람을 향해 인사를 하고는 엘리베이터에 탔다. 승명을 사이에 두고 양옆에 그와 다이가 서 있는데, 어쩐지 등골로 땀이 흘렀다. 에어컨이 시원하게 흐르고 있는데도 이 좁은 공간에 마치 유현과 단둘이 있는 듯해 심장이 버석거렸다.

"출근했어요?"

그의 목소리가 승명을 건너 전해졌다. 다이는 제가 생각해도 뻔뻔할 정도로 태연하게 대답했다.

"네. PD님. 연출 회의 다 하셨어요?"

"그래요."

"응? 류 작가님, 저희 연출 회의 한 거 어떻게 아셨어요? 새벽에 갑자기 잡힌 건데?"

하품을 하다 만 승명이 갑자기 고개를 돌리고 그녀를 홱 쳐다보았다. 아까는 피곤이 잔뜩 묻은 얼굴이었는데, 지금은 온통 의구심에 휩싸인 표정이었다. 다이는 얼굴이 발개진 채 실실 웃었다.

"아, 그게……."

"강 작가가 말해 줬겠죠. 그렇죠?"

"아, 네. 맞아요."

유현이 중간에 슬쩍 끼어들어 상황을 무마시키자 다이는 고개를 외로 꼰 채 한숨을 내쉬었다. 승명이 쓸데없이 눈치가 빨랐다면 아마 이 어색한 분위기의 정체를 알아챘을지도 모른다. 승명이 다시 목소리를 냈다.

"근데 류 작가님은 어디 가세요?"

"아, 저요? 후우……. 난감한 일이 생겨서."

그녀의 대답에 유현이 이쪽을 슬쩍 쳐다보는 게 느껴졌다. 그녀가 대답하려던 찰나 엘리베이터가 멈추고 두 사람이 내렸다. 닫히려는 문틈 사이로 유현이 손을 스윽 내밀자, 문이 도로 열린다. 제 앞으로 불쑥 내밀어진 손을 다이가 잡았다. 그가 픽 웃더니 다시 손을 거두었고, 문이 닫혔다.

다이는 손에 남은 유현의 체온을 한껏 느끼면서 부드럽게 미소 지었다.

파도는 그날 하루 동안 제작진들의 귀염둥이가 돼 버렸다. 다른 프로그램 제작진들에게도 소문이 나서 수시로 방문객들이 몰려들었다. 파도는 그들의 애정을 독차지했다. 하지만 저녁이 되어도 주인은 나타나지 않았고, 모두 파도를 귀여워만 할 뿐 누구도 나서서 책임지려 하지 않았기에, 다이는 하는 수 없이 파도를 데리고 퇴근을 해야 했다.

오피스텔로 들어와 에어컨을 켠 다이는 옷을 갈아입지도 않고 온종일 복도를 달리고 여러 사무실을 들락거리느라 더러워진 녀석의 발을 닦았다.

"어떡하냐, 파도야. 이 언니가 언제까지 널 데리고 있어 줄 순 없는데 말이지."

안타까워하면서도 다이는 파도의 발을 닦는 손길에 정성을 들였다. 그때 유현이 보낸 문자가 도착했다.

[지금 퇴근 중. 어디지?]

[난 벌써 퇴근했어요]

[금방 도착할 거야.]

금방 도착한다더니, 유현은 정말로 5분도 안 돼 그녀의 오피스텔로 들어왔다. 땀에 전 셔츠를 손으로 펄럭거리며 등장한 유현에게, 파도가 쏜살같이 달려 나갔다.

왈왈.

"어어어."

점프력이 어마어마한 파도가 폴짝 뛰어올라 유현의 품에 안겼다. 하마터면 주저앉을 뻔한 유현이 인상을 확 찡그리며 파도를 내려다보았다.

"뭐야, 이 녀석."

"아, 미안해요. 유현 씨는 오늘 한 번도 이 녀석을 못 봤을 텐데."

"그게 무슨 뜻이지?"

다이는 조금 난감해하며 오늘 아침에 있었던 일을 설명했다. 그사이 파도를 바닥에 내려놓은 유현은 마치 만져선 안 될 물건을 만지기라도 한 것처럼 곤혹스러워했다. 무더운 여름밤을 다이와 함께 맥주를 마시며 보내고 싶었는데, 이 훼방꾼은 대체 뭐지?

"그래서 주인은 아직 소식이 없는 건가?"

유현은 다가온 다이의 손을 잡고 볼에 입술을 문지르며 물었다. 다이가 고개를 끄덕이자 그가 한숨을 흘렸다. 어쩐지 오늘 밤은 이 녀석으로 인해 평화롭지 못할 것 같다는 불길한 예감이 들어서였다.

하지만 유현은 되도록 개의치 않으려 노력하며, 다이의 손을 잡고 소파에 앉았다. 다이의 얼굴을 쳐다보고 있자니 피곤이 모두 가시는 듯했다. 못내 무겁던 그리움도 살포시 내려놓을 수 있었다. 그녀와 감정을 확인한 지 며칠이 흘렀는데도 바쁜 스케줄 탓에 얼굴 보는 것조차 힘들었던 것이다.

"당신을 만나는 일이 나한텐 비밀 작전이나 다름없어."

유현은 다이의 입술에 가볍게 입을 맞추며 속삭였다. 그러자 다이가 고개를 끄덕인다.

"알아요. 그래서 내가 포상을 하잖아요. 항상."

"오늘은 더 센 포상이 필요해. 당신 보려고 CP와의 미팅 일정을 내일 아침으로 미뤘거든."

"어머나. 이 남자, 대책이 없네."

"대책이 없으니까 당신이 책임져야 해. 당신 옷을 먼저 벗고 내 옷도 벗겨서 키스해 줘."

속삭임이 서로에게 흘러들어 왔다. 맞댄 입술이 차차 서로에게 깊숙이 파고들었다. 유현은 다이의 두 팔을 결박한 채 입술로 밀어붙였다. 그의 키스에 굴복한 다이가 먼저 소파에 풀썩 널브러졌고, 유현이 입술을 떼지 않고 그녀의 몸을 덮었다.

왈왈!

그녀와 뒤엉킨 채 더욱 짙어진 키스에 몰입하던 유현은 귓전을 사납게 두드리는 소리에 미간을 좁혔다. 신경 쓰지 않고 계속 키스를 이어가고 있는데 다시금 소음이 일었다.

왈왈!

"아⋯⋯."

다이가 파도의 짖는 소리에 그쪽으로 고개를 돌리는 바람에 저절로 입술이 떨어졌다. 유현도 인상을 확 찡그린 채 고개를 돌려 파도를 쳐다보았다.

"쉿!"

유현이 작게 소리를 내며 파도를 조용히 시켰지만, 녀석은 엉긴 두 사람을 민망할 정도로 빤히 쳐다보고는 다시 짖어 댔다.

왈왈왈!

"우리가 지금 하려는 이 짓은 아주 신성한 거야. 너 같은 녀석은 감히 생각할 수도 없는."

유현이 짐짓 심각한 얼굴로 파도에게 말을 걸자, 다이는 그만 푸핫, 소리를 내 웃고 말았다. 파도한테서 시선을 거둔 유현이 그런 다이를 물끄러미 내려다보았다.

"왜 웃는 거지?"

"파도를 대하는 유현 씨 태도가 웃겨서."

"내 태도가 어떤데?"

"못마땅해하는 그 표정이 웃겨요. 난 유현 씨한테 그런 표정도 있는 줄 몰랐어요."

무진장 귀찮은데 함부로 대할 수는 없고, 내쫓고 싶은데 은근히 걱정과 염려가 되는 상대. 유현이 파도를 바라보는 표정은 딱 그러했다. 그러면서도 파도가 다가오는 건 한없이 꺼리는 모습이 묘하게 웃음을 자아내는 것이다.

물론 유현은 그런 다이의 생각도 마음에 들지 않는 듯했다.

"흐음. 대체 저 녀석 언제 내보낼 생각이지?"

"글쎄요. 주인이 어서 나타나야 할 텐데."

"주인이 영영 나타나지 않으면 저 녀석과 동거라도 하겠다는 말?"

"그건 생각을 해 봐야겠어요. 나도 아주 바쁘니까."

유현은 다이의 콧날에 제 코를 슥슥 비볐다. 곁에서 여전히 물끄러미 쳐다보고 있는 파도 녀석을 다시 한번 흘깃 본 후 입을 열었다.

"나야, 저 녀석이야. 선택해."

"흐음. 그 어려운 걸 하라구요?"

"뭐? 어려워? 당연히 나 아니었나?"

유현은 서늘한 눈을 내리깔며 다이를 내려다보았다. 제 이마로 다이의 이마를 툭 치며 원망스럽게 속삭였다.

"내 자존심이 용납할 수 없을 것 같은데. 감히 저 한 줌도 안 될 강아지와 나를."

"먼저 비교한 건 당신이에요. 물론 난 무조건 정유현 씨 당신을 선택할 거예요. 하지만 파도 눈을 보면 안쓰러워서요."

"그럼 눈을 보지 마. 코만 봐."

"뭐라구요?"

"그게 안 될 것 같으면 귀만 봐."

"억지도 이런 억지가…… 으읍!"

다이가 유현의 억지에 대해 불만을 터뜨리려 하는데, 유현이 그 입술을 막아 버렸다. 매우 자연스럽게 다이의 두 팔이 유현의 목을 감았고, 두 사람의 입술이 틈새 하나 없이 깊이 맞물렸다.

왈왈왈!

두 사람의 요상한 행동을 지켜보고 있던 파도가 짖으며 다가와 소파에 올라서려 했다. 그러자 유현이 발로 파도를 막아 버렸다. 소파에 올라서려는 파도와 그런 파도를 저지하는 유현 사이에 벌어진 전쟁은 꽤 오랜 시간을 갉아먹고 있었다.

* * *

파도의 주인은 그 후로도 며칠 동안 나타나지 않았다. 해서 다이는 파도를 데리고 출근했고, 파도와 함께 퇴근했다. 가끔 야근을 해야 하는 날엔 작가실 책상에 묶인 파도를 선경과 번갈아 가며 챙기곤 했다.

워낙 순하고 잘 짖지 않는 성격을 가진 탓에 누구 하나 파도 때문에 얼굴을 붉히지 않았다. 이대로 시간이 흐른다면 〈시사 오피니언 리더〉 제작팀의 마스코트가 될지도 모를 일이었다.

우스운 건 그 시간만큼, 파도와 유현의 관계도 제법 발전했다는 것이다. 파도 때문에 당분간 다이가 유현의 오피스텔에 가지 못하니, 매번 퇴근할 때마다 유현이 다이의 오피스텔에 오곤 했다. 자연스럽게 파도와 마주치는 일이 잦아졌고, 다이와 함께 누워 있는 순간마다 녀석이 달라붙으니 낯이 익지 않을 도리가 없는 것이다.

분명 파도는 유현에게 호의적이었고 동물을 그다지 좋아하지 않는다는 유현만 날을 세우고 있는 듯한 풍경이었는데, 다이에겐 그런 모습이 간간이 웃음을 짓게 만들었다. 항상 냉정하고 칼같고 지나치게 이성적이라는 평을 듣는 유현이, 파고들다 보면 얼마나 부드럽고 다정하고 정감 있는 남자인지. 강아지에게 구시렁거리면서도 말없이 사료를 챙기는 심성을 가진 남자라는 사실을, 오직 그녀 자신만 안다는 것이 묘한 쾌감을 불러일으켰다.

"파도 때문에 불편할 텐데 돌아가요. 유현 씨."

다이는 책상에 앉아 자료 정리를 하고 있는 유현에게 찻잔을 내밀며 말했다. 유현은 저녁 회의 자료를 가지고 그녀의 오피스텔에 와서 보고 서를 작성하고 있는 중이었다. 내일 교양 본부 PD 회의 때 제출해야 할 것들이라 퇴근하자마자 작업에 매달려 있었다.

유현이 그제야 고개를 들고 다이를 쳐다보았다.

"당신이야말로 내가 불편한 것 같은데?"

"설마요. 편히 일하라는 뜻이에요."

"그럼 이리 와 봐."

유현은 의자를 돌렸다. 다리를 벌린 채 그녀를 향해 손을 내밀었다. 다행히 파도 녀석은 깊은 잠에 빠져 있는지, 의자가 삐걱대는 소리에도 눈을 뜨지 않았다. 다이는 그런 파도를 흘깃 보고는 그의 손을 맞잡았다.

다이는 그에게 이끌려 느닷없이 허벅지에 걸터앉게 되었다. 넘어지지 않으려 어쩔 수 없이 그의 허리를 붙잡았다. 누가 먼저랄 것도 없이 서로에게 입술을 붙였다. 자연스러운 그의 터치에 다이의 호흡이 가빠졌다.

다이는 입술을 떼고 나지막이 입을 열었다.

"정유현 씨. 당신 생각했던 것보다 더 좋은 사람 같아요."

"나에 대해 어떻게 생각했기에?"

"차가운 사람?"

"너무하네. 난 나 자신이 아주 따뜻한 사람이라고 생각하고 있는데."

"그러니까요. 나도 그걸 이제야 알았다니까요."

유현은 한쪽 입꼬리를 올리며 다이의 얼굴 구석구석에 애정 어린 시선을 보냈다.

"당신이 요즘 저 녀석한테만 신경을 쓰기에 어리광 좀 부리려고 했는데. 먼저 이렇게 선수 치니 할 말이 없군."

"내 신경은 온통 정유현 씨에게만 가 있답니다."

"당연히 그래야지."

그와 나누는 일상이 더없이 편안하고 즐거웠다. 살면서 누릴 수 있는 가장 큰 여유와 넉넉함인 듯했다. 이것 이상의 행복을 바라지 않았다. 이 이상의 것을 누리고 싶지도 않았다.

"저 녀석이 잠을 자니, 이렇게 평화로울 수가."

유현이 더욱 소리를 낮춰 속삭였다. 다이는 키득거렸고 파도는 아주 잠시 몸을 뒤척이다가 다시 잠에 빠졌다. 그가 있고, 행복한 자신이 있는, 가장 평화롭고 좋은 시간이었다.

* * *

"이 문장을 여기 말고 여기에 넣는 건 어떨까."

모니터를 들여다보며 원고를 작성하던 선경이 의자를 드르륵 움직여 다이에게 다가왔다. 원고 수정 작업 중이던 다이는 고개를 끄덕이며, 선경의 제안을 토대로 다시금 검토하기 시작했다. 곧 제작진 회의 시간이었고 그 전까지 원고를 완성해서 회의 때 공유해야 했다.

그로 인해 다이와 선경은 점심을 먹는 둥 마는 둥 부랴부랴 작가실로 돌아와 두 시간째 모니터와 씨름 중이었다.

"파도야! 오빠 왔다!"

그렇게 활자와 한창 싸우고 있는데 문이 덜컥 열리며 승명이 들어왔다. 승명은 들어오자마자 파도에게 달려가 품에 안고 얼굴을 비벼 대었다. 선경이 당황해 시간을 확인한 후 승명에게 말했다.

"어라? 아직 30분이나 남았는데요?"

"알아요. 그냥 먼저 온 거예요. 파도랑 놀려고요. PD님도 곧 오실 거예요."

"뭐야. 우리 눈치 보여서 어디 일이나 제대로 하겠어요?"

"그냥 일하세요, 작가님들. 진짜 파도랑 놀려고 먼저 온 거라니까요. 아시잖아요. 우리 PD님, 회의 시간은 정확하게 지키시는 거."

승명은 파도를 안고 귀여워 어쩌지 못하고 있었지만, 선경의 심기는 다소 난처해 보였다. 다이는 그 이유를 잘 알고 있었다. 회의 시간이 되기도 전에 업무하는 데 방해받았다는 것도 있겠지만, 더 큰 이유는 아마도 파도 때문이리라.

파도가 작가실에서 지내는 며칠 동안, 유현은 단 한 번도 작가실에 오지 않았다. 워낙 외부 회의가 많았고, 쉬는 시간에는 거의 편집실에 있었기 때문이다. 그러니 파도를 처음 보는 유현이 과연 이 일을 그냥 넘길까, 하는 노파심이 생겼을 것이다.

아나나 다를까, 선경이 걱정스럽게 다이를 쳐다보았다.

"괜찮을까?"

"정 PD님이요? 괜찮으시겠죠."

"아니, 난 파도 걱정을 하는 거야. 정 PD님이 과연 강아지를 예뻐하실까, 싶은 거지. 딱 보면 견적 나오잖아. 안 봐도 뻔해. 이게 지금 무슨 짓이냐고, 당장 내보내라고 할걸?"

다이는 내심 제 발 저렸다. 실제로는 유현이 선경이나 승명보다 파도를 더 자주 만났다는 사실을 두 사람이 알 리 없으니, 무슨 말을 어떻게 꺼내야 할지 알 수 없었던 것이다.

승명도 선경의 말에 의견을 보탰다.

"그러게요. PD님 성격에 이 녀석 가만두지 않으실 텐데. 그렇지, 파도야? 우웅, 걱정 마요. 이 오빠가 정의 구현 해서 지켜 줄게. 오빠는 불의에 맞설 수 있어요. 우쭈쭈쭈."

승명이 혀 짧은 발음까지 내며 어울리지도 않는 애교를 피우자 선경이 뜨악하게 인상을 찡그렸다.

"아우, 승명 씨. 왜 그래요. 낯간지럽게. 제발 자기 덩치에 어울리는 짓만 하자구요."

"왜 그래요, 강 작가님은. 나 보기보다 애교도 많고 감수성도 풍부하다고요."

"네네. 알겠으니까 그런 건 다른 곳에 가서 하시구요. 우리 안구도 좀 보호해 줘요."

선경과 승명이 파도를 사이에 두고 투덕거렸다. 정확하게는 승명에게 어울리지 않는 과도한 애교와 아양에 대해 선경이 불만스럽게 이죽거렸다. 그 사이에서 다이는 파도를 향해 손짓과 표정을 보내며 애정을 드러냈다.

덜컥.

그렇게 각자 다른 행동과 말로 작가실이 시끌벅적한 가운데 문이 열리고 유현이 등장했다. 시끌벅적했던 분위기가 일순 고요해졌다. 서로를 향해 날 선 얼굴로 비아냥거렸던 승명과 선경 또한 순간적으로 말문을 닫은 채 일제히 유현을 쳐다보았다.

유현의 시선이 파도에게 꽂히는 걸 보자, 모두에게 긴장감이 흘렀다. 혹여 유현이 파도를 당장 내쫓으라는 말을 할까, 긴장에 조바심까지 일었다.

왈왈왈.

하지만 선경과 승명의 그런 노파심과 긴장은 잠시 후 전혀 다른 의미로 변질됐다. 유현을 보자마자 그를 향해 달려간 파도가 냅다 품에 안기는 바람에, 두 사람이 당황한 것이다. 심지어 유현의 품에 안긴 파도는 유현의 턱 끝을 혀로 핥으며 반갑다고 꼬리까지 흔들었다.

"으, 응?"

"에에?"

선경과 승명이 동시에 고개를 갸웃거렸다. 강아지의 습성상 낯선 이를 절대 경계해야 당연한 일인데, 파도는 너무도 스스럼없이 유현의 품에 안긴 것이다. 유현은 다이가 파도를 작가실에 데리고 출근하기 시작했을 때부터 지금까지 파도를 본 적이 한 번도 없었으니 말이다. 적어도 선경과 승명이 아는 한에선 그랬다.

하지만 둘보다 더욱 당황한 건 다이였다. 파도는 평상시 오피스텔에서처럼 거리낌 없이 유현에게 다가간 것일 테지만, 선경과 승명에겐 충분히 이상해 보일 수 있는 광경이었다. 무엇보다 이 일로 자신과 유현 사이가 탄로 날까, 조바심이 생긴 것이다.

"와, 대박! 파도 좀 봐요. 낯가림이 하나도 없어요."

다이는 일부러 크게 웃으며 몸을 일으켰다. 유현에게 다가가며 그와 시선을 맞추었다. 크게 곤란한 일이 생기지 않도록 내가 알아서 한다는 눈치를 그에게 전달한 다이는 일부러 파도를 그의 품에서 뗐다.

"파도야. 너 그렇게 쉬운 여자야? 우리 무서운 PD님한테도 넙죽 안길 정도로?"

왈왈. 끼잉끼잉.

파도가 유현을 쳐다보며 미련 짙은 눈빛을 보냈다. 다이는 더욱 당황해 아예 유현으로부터 몸을 돌려서, 파도가 그를 쳐다보지 않게 했다. 잠시 놀란 표정으로 굳어 있던 선경이 그제야 슬쩍 미소를 짓고는 유현을 쳐다보았다.

"파도 얘가 비주얼 감별사인가 봐요, PD님. 아까 승명 씨한테 안길 땐 인상만 확 찡그리더니."

"에이. 나한테 안겨 있을 때도 꼬리 흔들었어요. 내 품이 얼마나 따뜻한데요."

"으음. 그거야 내가 안겨 보지 않았으니 모르는 거고."

"회의합시다."

곤혹스러운 다이, 미소를 짓는 가운데 석연치 않은 표정을 간간이 보이는 선경, 그리고 아무 생각이 없어 보이는 승명, 세 명의 어수선한 분위기를 유현이 단숨에 정리했다. 그가 내뱉은 짧은 말에, 작가실은 순식간에 회의 분위기로 바뀌었다.

원래 정해진 회의 시간보다 30분이나 앞당겨졌지만 누구 하나 토를 달지 않았다. 다이는 서둘러 파도를 책상 다리에 묶었고, 선경은 정리한 원고를 챙겼으며, 승명 또한 얼른 자리했다. 유현은 굳은 얼굴로 의자에 앉았다.

끼잉끼잉.

발치로 파도 녀석이 자꾸만 닿을 때마다 미간을 확 찌푸리면서.

두 시간 동안 이루어진 회의가 끝나고, 유현과 승명이 작가실을 나갔다. 그러자 기다렸다는 듯 선경이 다이 쪽으로 의자를 홱 돌렸다. 느긋하게 원고를 정리하던 다이가 깜짝 놀랄 정도였다.

"왜 그런 눈으로 쳐다봐요, 선배?"

선경은 팔꿈치를 책상에 대고 손바닥으로 한쪽 볼을 괸 채 그녀를 주시하고 있었다. 마치 탐색하는 듯이 가늘게 뜬 눈은 무언가를 알아내려는 집요함도 엿보였다.

"글쎄다. 내가 왜 이런 눈으로 널 쳐다보고 있을까."

"뭐예요. 대체 왜 그러세요."

"너 말이야."

선경이 갑자기 목소리를 낮추었다. 그러고선 잠시 말을 끊고는 아예 다이 옆으로 바짝 다가왔다.

"너 설마 정 PD님하고…… 그렇고 그런 건 아니지?"

"캘록!"

다이는 몰려드는 헛기침을 애써 참으며 긴장한 표정을 수습하려 노력했다. 원고를 차곡차곡 정리하는 손길이 자연스럽도록 얼마나 애썼는지 모른다.

"무슨 그런 말을. 말도 안 돼요."

"그렇지? 내가 착각한 거지? 아니 난, 파도가 정 PD님을 보자마자 막 달려가 안기기에 혹시나 싶었지. 그 정도면 아예 매일 파도랑 안면을 익혔다는 건데, 파도는 분명히 너랑 같이 사는데 말이지."

"그…… 파도 얘가 낯가림이 좀 없더라구요. 오피스텔에서도 낯선 사람들한테 꼬리도 잘 흔들고, 뭐……."

"아아……. 그래?"

"네. 그리고 정 PD님이 좀 안기고 싶게 생겼잖아요. 가슴이 막……."

정신없이 중얼거리던 다이가 갑자기 말을 멈추었다. 선을 넘은 것이다. 순간을 포착한 선경이 의구심을 가진 눈을 또다시 가늘게 뜨고 추궁했다.

"그런 소린 처음 듣는데? 정 PD님이 안기고 싶게 생겼어? 무슨 근거로?"

"아, 아니요. 그러니까 내 말은……. 말을 하자면 그렇다는 거죠."

"류다이. 우리 솔직해지자. 너 정말 정 PD님하고 아무 사이 아니야?"

"아니에요. 절대! 네버!"

똑똑똑.

형사처럼 취조하며 점차 목을 조여 오는 선경으로부터 다이를 구한 건, 때아닌 노크 소리였다. 다이와 선경이 일시에 출입문을 보았다. 투명한 유리창 너머로 낯선 여자가 기웃거리고 있었다.

왈왈왈왈!

그리고 낯선 여자를 본 파도가 미친 듯이 울부짖으며 꼬리를 흔들었다. 여자가 문을 살포시 열고 들어오자 파도가 반가움에 날뛰었다.

"어머, 파도야."

여자는 대뜸 파도에게 달려와 품에 안았다. 여자의 눈에는 눈물까지 맺혀 있었다. 여자의 품에 안긴 파도 역시 반가움에 어쩔 줄 몰라 하는 걸 보니, 파도의 주인이 드디어 등장했다고 생각했다.

그런 파도를 보고 있자니, 어쩐지 며칠 동안 쏟아부은 애정에 울컥해진 다이가 몸을 일으켰다.

"저어. 혹시 파도 주인 되세요?"

"아, 네."

파도를 안기 위해 웅크리고 앉았던 여자가 그제야 눈물을 훔치며 일어났다. 처음 본 여자는 대충 감정을 수습하고는 다이를 마주 보았다.

"지금까지 파도를 맡아 주신 분 맞나요? 류다이 씨라고 하던데."

"네. 제가 맞아요."

"정말 감사합니다. 정말정말. 이 은혜를 어떻게 갚아야 할지요."

"이사 가시느라 파도를 놓치셨나 봐요."

"그게 아니라 사실 파도는 제 언니 강아지예요. 거기 오피스텔에 살던 사람도 제 언니였구요. 여기 방송국 홍보 본부 직원이었는데 얼마 전에 몸이 좋지 않아 두어 달 병가를 내고 고향으로 내려갔어요. 제가 올라와 언니 짐을 정리하다가 정신없는 와중에 애를 놓친 거죠."

"아……."

"언니가 파도 챙기라고 신신당부했었는데. 며칠 동안 병원에서 진료 받는 바람에 저도 언니를 못 만났거든요. 어제 퇴원하자마자 집에 와서 파도부터 찾는데, 아차 싶더라구요. 언니 핸드폰을 다시 켰는데 파도 때문에 인사 본부에서 연락이 와 있었구요."

"아, 다행이네요."

"정말 감사드려요."

여자는 연신 다이를 향해 인사했다. 여자는 돈으로 사례를 하겠다고 했으나 다이가 한사코 거절했다. 파도가 제 주인을 찾아 떠나게 됐다는 사실에 선경도 마음이 울적했는지 다가왔다.

"우웅. 우리 파도, 이제 가는 거야? 잘 지내. 우리 잊지 말고."

끼잉끼잉.

다이와의 작별을 예감했는지 파도가 다이에게서 눈을 떼지 않았다. 여자가 안고 작가실을 나가는 동안에도, 파도는 계속해서 다이만 쳐다보았다. 문이 다시 닫히고 나서야 다이는 조용해진 작가실을 체감하며 한숨을 지었다.

"잘됐지 뭐. 주인을 다시 만났으니까."

"그러게요."

"그래도 서운하겠다, 넌."

"서운함보다는 다행이라는 생각이 먼저죠."

그건 사실이었다. 포위망을 좁혀 오는 선경에게서 해방됐으니 그것 또한 다행스러웠다. 선경은 곧장 아무 일 없었다는 듯 다시 모니터 앞에 앉았고, 다이는 문을 열고 바깥을 내다보았다. 이미 엘리베이터를 탔는지 여자는 보이지 않았다.

파도의 목줄과 사료 그릇을 챙기면서, 다이는 녀석의 행복과 안위를 빌었다.

"아무 일 없었어?"

그로부터 30분 후, 다이는 3층 비상구로 나오라는 유현의 문자 메시지를 확인한 후 그와 다시 만났다. 유현은 다이를 비상구 끄트머리 창가로 데리고 갔다. 다이는 고개를 끄덕였다.

"네."

"선경 씨가 의심을 하는 것 같던데."

"그랬는데 다행히 다른 사건이 터져서."

"다른 사건이라니?"

다이는 파도의 주인이 찾아왔다는 이야기를 그에게 들려주었다. 유현의 얼굴에 화색이 감돌았다.

"다행이군. 이제 우리 둘만의 시간이 보장된 셈이니."

"하하. 좀 허전하기도 할 거구요."

"그건 염려 마. 내가 잘할 테니까."

그가 눈을 반짝거렸다. 이럴 때의 그는 정말이지 짓궂고 음험하고 위험한 남자로 보인다. 그는 키스를 하기 위해 고개를 기울이는가 싶더니 뺨에 살짝 입만 맞추었다.

"키스는 밤을 위해 남겨 두기로 하지."

그의 미소를 곁눈질한 다이가 피식 헛웃음을 흘렸다.

그는 다시 편집실로 돌아갔고, 다이 역시 작가실로 향했다. 다른 날보다 발걸음이 가벼웠고 얼굴에 드리워진 홍조는 아직 사라지지 않고 있었다. 파도가 주인에게 돌아갔고, 선경의 의심도 걷혔으며, 유현은 여전히 제 곁에 있을 것이다.

이 모든 일들이 갑자기 더할 나위 없이 행복하게만 느껴져서, 자꾸만 웃음이 났다.

Rrrr.

작가실에 다다랐을 즈음, 느닷없이 걸려 온 전화는 제이의 것이었다. 다이의 얼굴에 오른 미소가 천천히 사라졌다. 다소 긴장된 손길로 핸드폰을 귀에 댄 다이는 느리게 대답했다.

"어. 제이야."

— 언니…….

그런데 지금껏 들어 본 적 없는 제이의 어두운 목소리에 다이는 미간을 찡그렸다. 제이는 금방이라도 울 것 같은 음성이었다.

"목소리가 왜 그래? 무슨 일 있어?"

— 언니…… 어떡해…….

"제이야."

— 엄마가…… 수술받아야 한대…….

말을 잇지 못하던 제이가 결국 울음을 터뜨렸다. 핸드폰 너머에서 들려온 제이의 울음소리가 귀를 부수고 가슴을 무너뜨리고, 머리까지 파괴시키고 있었다.

15

여름의 한복판에 들어선 태양이 사악하게 이글거렸다. 가만히 서 있기만 해도 온몸이 땀에 젖어 버리는 계절. 다이는 뜨겁게 가열돼 내리치고 있는 한낮의 햇빛 아래에 서서 병원 건물을 바라보고 있었다.

이마와 볼을 타고 땀이 흘러내렸고, 누군가를 기다리고 있는 아프고 절박한 낯빛은 창백했다.

대명종합병원.

그녀가 그토록 미웠고 원망했던 이름의 병원 앞에 서 있었다. 아버지와 어머니, 그리고 사랑하는 동생 제이가 함께 있는 곳이었기에 외면하지도 다가서지도 못했던 곳이었다. 그런 곳에서, 지금은 하염없이 아파하고 있었다.

다이는 건물 입구에서 뛰어나오고 있는 제이를 발견하곤 서둘러 뜨거워진 눈가를 수습했다. 좀 전에 제이의 전화를 받자마자 선경에게 양해를 구한 후 곧장 병원으로 달려온 참이었다. 발길은 지나치게 무거웠고 가슴은 고통으로 일그러지고 있었다.

"근무 시간 아니야?"

숨을 헐떡거리며 달려온 제이가 그녀의 팔을 붙잡았다. 한눈에도 제이의 얼굴이 초췌해졌다는 걸 알 수 있었다. 다이는 제이의 얼굴을 쓰다듬었다.

"그냥 왔어. 얘기해 봐. 좀 더 자세하게."

제이가 고개를 끄덕였고 두 사람은 바로 옆에 있는 나무 벤치에 나란히 앉았다. 더웠지만 더위를 느낄 수 없을 정도로 감각과 생각이 흩어진 상태였다.

"나도 알게 된 지는 얼마 안 됐어. 아버지가 얘기해 주시더라구. 엄마가 계속 아팠다고 내가 말했던 거 기억나지?"

"응."

"아버지 권유에 못 이겨서 건강 검진을 받으셨던 모양이야. 거기서 발견됐대. 아버지가 언니 연락처 달라고 하셨는데 그냥 내가 연락하겠다고 했어. 그래서 전화한 거야."

"어머니는?"

"입원해 계셔. 내일모레 수술이고."

"수술만 하면 다 낫는 거래?"

"아직 초기니까 너무 다행이지. 하지만 이제부터 엄마는 관리를 잘해야 해. 우리도 옆에서 계속 신경 써야 하고."

다이는 고개만 끄덕였다. 담담하고 싶었는데 심장이 자꾸만 불안하게 뛰었다. 소리 낼 수 없는 서글픔이 목까지 따갑게 만들었다.

"엄마 만나 볼래? 1013호 특실이야."

"어, 그, 그건 내가…… 내가 알아서 할게."

"티는 안 내셨지만 언니 집 나가고 나서부터 눈에 띄게 말수가 줄어드셨어. 두 분 모두. 그건 내가 알 수 있어."

"제이야."

다이는 제이의 이름을 부드럽게 부른 후 손을 잡아 주었다. 혼자서 힘겹게 버텼을 동생이 안쓰럽고 가여웠다.

"너 혼자 감당하느라 힘들었겠다. 언니가 옆에 없어서 미안해."

"그런 말 하지 말고 그냥 엄마랑 아버지를 만나 봐. 아프셔서 그런지 두 분…… 요즘 너무 기운이 없으셔. 나 매일 울어, 언니야."

제이가 어깨까지 들썩이며 울먹이기 시작했다. 다이는 제이를 끌어 안았다. 자신보다 강하다고 생각했던 동생이, 오늘따라 여리게만 느껴졌다. 무엇보다도 그녀 자신이 어떻게 행동해야 할지 갈등이 일었다.

해답이 어디에 있는지, 분주하게 찾아 대는 다이의 눈동자가 격하게 흔들렸다.

급한 호출에 제이는 다시 병원으로 돌아갔고, 다이는 입구 앞에서 잠시 망설였다. 수많은 환자와 보호자가 오가는 로비를 유리창 너머로 망연히 바라보았다. 그러다 출입문을 열고 안으로 들어선 건 잠시 뒤였다.

엘리베이터에 탄 다이는 10층 버튼을 눌렀다. 아버지와 어머니가 교육이라는 이름으로 두 딸을 자주 병원에 데리고 왔던지라, 병원 내 지리는 훤했다.

10층에 도착해 엘리베이터에서 내리자마자 다른 입원 병동에 비해 지나치게 조용한 복도에 잠시 걸음을 멈추었다. 간호사 스테이션이 보였고, 소독약 냄새가 코를 찔렀고, 어떤 간호사가 경계하는 얼굴로 다가오는 것도 보였다.

"누구시죠?"

"……네?"

"여긴 방침상 등록된 보호자분만 출입하실 수 있습니다. 최근에 한 번도 못 뵌 분이신 것 같아서요."

간호사가 단호하게 말하자 다이는 머뭇거렸다. 등록된 보호자가 아니니 어떤 말로 자신을 설명해야 할지 애매해져 있는데, 그때 뒤쪽에서 누군가가 다이를 알아보았는지 조용히 다가왔다.

"어어?"

돌아보니 제이와 함께 병원에 방문할 때마다 따뜻하게 맞아 주었던 외과 병동 수간호사였다.

"혹시 안 교수님 큰따님 아니세요?"

"네. 맞아요. 안녕하셨어요?"

다이가 인사하자, 수간호사가 옆에 있던 간호사에게 귓속말로 속삭였다. 곧 간호사는 죄송하다는 얼굴로 고개를 숙였고, 수간호사가 다이에게 한 걸음 가까이 다가왔다.

"13호예요. 복도 끝이요."

다이가 무슨 일로 찾아왔는지 다 안다는 눈빛이었다. 다이는 고개를 끄덕이곤 발길을 옮겼다. 조용한 복도는 마치 카펫을 깔아 놓은 것처럼 발소리 하나 나지 않았다. 병실마다 꽉 닫혀 있는 문들이 답답하게 느껴졌다.

13호 앞에 선 다이는 출입문 한가운데에 나 있는 사격형의 유리창을 통해 안을 들여다보았다. 가습기가 내뿜는 희뿌연 수증기 사이로, 미동도 없이 누워 있는 지숙이 보였다. 다이는 손바닥으로 입을 틀어막고 황급히 돌아섰다.

갑자기 눈물이 쏟아졌다.

눈물은 뜨거워진 낯으로 쉴 새 없이 흘러내렸다.

복잡한 감정이 가슴을 울렸다. 머릿속이 지잉, 하고 아프게 울렸다. 모든 것에 자책이 느껴진 다이는 어쩔 수 없이 그곳을 떠났다.

* * *

"바이털은 정상이세요, 교수님."

간호사가 나지막한 목소리로 위로처럼 말했지만 지숙은 그저 고개만 끄덕였다. 팔뚝에 묶었던 혈압 밴드를 풀 때에도 지숙은 마치 인형처럼 그저 흔드는 대로 흔들렸다. 상체를 일으켜 앉은 채 명한 시선으로 창밖만 응시하고 있었다. 한창 더운 날씨라 남편의 건강이 걱정됐다. 더위를 잘 타는 체질이라서 여름만 되면 보양식을 달고 살아야 하는 양반인데.

"아, 참. 교수님."

간호사가 다시 말을 걸자 지숙은 그제야 고개를 돌리고 대답했다.

"네."

"아까 큰따님 만나셨어요? 찾아왔던데."

'큰따님'이라는 단어에 잠시 머릿속이 헝클어졌다. 누구더라? 누굴 말하는 거지? 며칠간 아무 생각 없이 그저 시간을 흘려보낸 탓에 정신마저 멍멍해져 있었다. 하지만 금세 떠오른 얼굴에 떨리는 아랫입술을 억지로 깨물었다. 물어보는 간호사에게 엉겁결에 둘러댔다.

"아…… 얼굴만 잠깐 보고…… 보냈어요, 바쁘대서. 고마워요."

"네. 그럼 쉬세요."

"그래요."

간호사는 들어왔을 때처럼 조용히 나갔다. 문이 닫히자마자 지숙은 크게 숨을 내쉬었다. 심장이 아플 듯이 조여들었다.

다이가…… 왔던 걸까.

왜…….

왜 얼굴도 보지 않고 가 버린 거지?

자신답지 않게 갑자기 눈물이 솟구쳤다. 다이가 이곳에 왔었다고 생각하니 감정이 주체할 수 없이 쓰라렸다. 지숙은 조용히 자리에 다시 누웠다. 몸을 모로 돌리고 여전히 맑고 화창한 바깥 하늘을 응시했다.

눈물이 계속해서 온 얼굴을 적셨다.

이렇게 나약해지면 안 되는데.

큰 병은 언제나 꼿꼿하던 그녀를 한순간에 무너뜨렸다. 남편으로부터 병명을 전해 들었을 때 가장 먼저 떠오른 게 다이였다. 다이가 없었던 지난 1년 동안 단 한 번도 다이의 이름을 꺼내 본 적 없었는데, 그 순간만큼은 절실하게 큰딸이 보고 싶었다.

"다이……야."

언제나 다이가 답답했다. 자신과 같은 피가 흐르고 있는 딸인데도 가끔은 머리를 쥐어박고 싶을 정도로 밉기도 했다. 조금만 더 노력해 주었다면 더 나은 인생을 살 수 있었을 텐데. 그 강박적이지 않고 단단하지도 않고 악다구니조차 없으며 매사 물렁하기만 한 큰딸이 항상 불만이었다.

그랬던 다이가 집을 나갔을 땐, 표정 수습을 하느라 제법 힘들었다. 언제나 다이가 물렁하다고만 생각했는데 그런 오기도 지녔다는 사실이 놀랍기도 했고 당황스럽기도 했다. 하지만 며칠 못 가 항복하고 다시 집으로 돌아올 거라 여겼다. 남편 역시 그랬을 것이다.

일부러 다이를 찾지 않고 연락하지 않는 것으로, 그들 부부가 얼마나 화가 나 있는지 알려 주려 했다. 당연히 딸인 다이가 먼저 숙이고 들어와 언제나처럼 그들에게 복종해 주길 바랐다. 지금이라도 늦지 않았으니, 고르고 고른 혼처에 들어가 남은 삶을 남부럽지 않게 살아가길 바랐다. 얼마든지 그럴 수 있다고 믿었다.

하지만 지금은 모든 게 부질없다고 여겨진다.

몸이 아파 마음까지 병이 든 건지, 성공만을 위해 발버둥 치며 달려온 시간들이 허무해졌다. 삶 앞에서 그 어떤 것도 가치 있는 건 없었다. 지금 살아 있다는 사실만이 가장 중요한 것이다. 사람을 살리는 의사였으면서, 지숙은 이제야 그것을 깨닫게 되었다.

그래서 다이가 너무 보고 싶었다.

처음 태어났을 때 신기하고 눈물 나고 감격스러웠던 순간, 첫 걸음을 뗐을 때 으스러지도록 안아 주고 싶었던 사랑스러움, 머리를 묶어 주고 예쁜 옷을 입혀 주고, 차에 태워 드라이브를 즐겼을 때의 행복감.

다이와 함께했던 모든 순간이 뚜렷하게 눈앞에 떠돌았다. 다이는 자식을 낳고 키우는 행복감을 알게 해 준 첫아이였다. 그들 부부의 모든 처음의 순간에, 항상 다이가 있었다. 그렇게 소소한 행복으로 만족했어야 했는데, 가당치도 않은 욕심과 허영이 다이와의 사이에 거리를 만들어 버린 것이다.

죽음의 문턱에 와서야 후회가 치민다.

그 순간들을 행복으로 받아들이지 못하고 더 큰 욕심을 부린 것에 더없는 후회가 스며들었다. 자신들의 욕심으로 인해 다이의 가슴을 상처로 얼룩지게 만들었다고 생각하니, 그 후회는 멍에가 되어 그녀의 가슴을 쳤다.

지숙은 드러내지 못하는 목울음을 토해 냈다.

주먹으로 가슴을 툭툭 치면서, 다이에 대한 그리움을 달래고 또 달랬다.

* * *

"······이야. 다이야······. 류다이!"

다이는 테이블을 크게 두드리며 자신의 이름을 부르는 목소리에 고개를 번쩍 들었다. 선경이 눈을 부릅뜬 채 쳐다보고 있었다.

"어, 네. 선배."

"이거 복사 좀 해 오라니까?"

선경이 테이블에 쌓여 있는 문건을 가리켰다. 다이는 길게 한숨을 지은 후 고개를 끄덕였다.

"알았어요."

"오늘 왜 그러냐, 너. 정신이 반쯤 빠진 사람 같아. 파도 때문에 슬퍼서 그래?"

"아뇨. 미안해요, 선배. 복사해 올게요."

다이는 문건을 안고 사무실을 나섰다. 힘없이 복도를 걸어 복사실로 들어간 그녀는 모니터 앞에 앉아 있는 유현을 발견하고는 우뚝 걸음을 멈추었다. 기척을 느낀 유현이 뒤돌아보더니, 다이의 등장에 더할 나위 없이 밝은 미소를 지어 보였다.

그의 얼굴을 보는데 왜 이렇게 마음이 아픈지 알 수가 없다. 안 그래도 지숙을 차마 만나지 못하고 돌아온 어제부터 바닥 아래로 꺼질 것처럼 슬픈데, 그의 찬란한 미소에 더욱 가슴이 아파 왔다. 다이는 CCTV에 흘깃 눈길을 준 후 복사기 앞에 섰다. 전원 버튼을 누르는데 유현의 목소리가 들려왔다.

그 역시 CCTV를 의식해 모니터로 다시 시선을 돌린 뒤였다.

"얼굴이 왜 그런 거지?"

"내 얼굴이 왜요?"

"무슨 일 있는 건가?"

"얼굴이 어떻기에."

"울 것 같아, 금방이라도."

그는 어째서 마음까지 정확하게 읽어 내는지. 다이는 문건을 복사기에 차례대로 올리고는 동작 버튼을 눌렀다. 요란한 기계 소리가 시작되면서 복사된 용지가 하나씩 쏟아졌다. 쌓여 가는 종이를 빤히 쳐다보던 다이는 고개를 살짝 돌려 유현에게로 시선을 던졌다.

이 사람에게는 어떤 말도 다 털어놓을 수 있을 것 같다.

정유현에게는 가슴 깊은 곳에 숨겨 둔 작은 감정 하나까지도 다 끌어올려 보여 줄 수 있을 것 같다.

"유현 씨."

"응?"

"어머니가 아프시대요."

키보드를 두드리던 유현의 손가락이 멈칫했다. 유현은 의자를 돌려 그녀와 마주했다. 복사기 앞에 서 있는 그녀와는 옆얼굴만 겨우 볼 수 있는 구도였지만, 보일 듯 말 듯 한 그 얼굴만으로도 그녀의 감정이 고스란히 닿는 듯했다.

"어떻게?"

"위암 초기요."

"아……."

"수술을 하면 괜찮아지실 거라는데 워낙 무서운 병이니까."

"그래서 뵙고 온 거야?"

"네. 어제 병실 앞까지 갔는데…… 차마 들어가진 못했어요. 용기가 안 나서."

"무슨? 어떤 용기?"

"말없이 집을 나가 버린 나를 당당하게 보여 줄 용기. 그리고 아픈 어머니를 마주할 용기요. 아직 실감이 안 나요. 그렇게 강하고 모질던 어머니가 아프시다는 게."

잔잔하고 담담하게 말하고 있지만 그녀의 긴 손가락이 파르르 떨리고 있는 게 보였다. 유현은 천천히 몸을 일으켰다. 이 순간만큼은 CCTV 따위 상관없었다. 지금 다이가 얼마나 혼란스러울지, 아플지, 서글플지, 그런 생각만이 그를 움직이게 했다.

유현은 다이를 제게로 돌려세우고 그녀의 얼굴을 부드럽게 감싸 쥐었다. 예상대로 그녀는 눈물을 흘리고 있었다. 그녀의 가슴에 여전히 맺혀 있을 무수한 상처들이 눈물에 섞여 있는 듯했다. 다이의 얼굴은 정말이지 고통스럽게 일그러지고 있었다.

"다시 병원으로 가. 가서 어머니를 뵙고 와. 그래도 돼, 류다이."

낮지만 힘이 들어간 그의 목소리. 다이는 그제야 목을 놓고 울었다. 그의 어깨에 이마를 기대고 어깨를 들썩거렸다. 어쩌면 누군가가 말해 주기를 바랐는지도 모르겠다. 가도 된다고, 당당하지 않아도 충분히 갈 수 있다고. 그렇게 누군가가 안도시키며 등을 떠밀어 주길 바랐는지도 모른다.

다이는 유현의 허리를 끌어안았다. 그의 안온한 품에서 오랫동안 머물고 싶었다.

* * *

유현의 한마디가 위로와 힘이 됐는지, 다이는 퇴근 후 다시 병원을 찾았다. 이번엔 어제보다는 가벼운 발길이었다. 저녁 시간이니 어쩌면 지숙의 병실에 민철이 와 있을지도 모른다는 생각이 들었지만, 그것 때문에 발길을 돌리지는 않았다.

다행히 어제 보았던 수간호사의 도움으로 다이는 무사히 지숙의 병실까지 도착할 수 있었다.

"지금은 주무시고 계세요. 좀 있다 저녁 식사 시간인데 드실지 모르겠어요. 곧 일어나실 거예요."

"네. 고맙습니다."

다이는 수간호사를 향해 인사를 했고 수간호사는 곧장 자리를 떴다.

문은 소리도 없이 열려 다이의 마음을 더욱 가라앉게 만들었다. 병실은 어두웠다. 커튼도 모조리 닫혀 있었고 침대 옆 조그만 스탠드에서 불빛이 흘러나오고 있는 게 전부였다.

조심스러운 발걸음으로 침대로 다가갔다. 꼼짝도 않고 누워 있는 지숙이, 비로소 시야에 가득 들어왔다. 다이는 지숙의 얼굴을 보자마자 왈칵 눈물이 솟구치는 것을 참을 수 없었다. 완전히 달라져 버린 분위기와 안색에, 지숙의 상태가 어떤지 실감한 까닭이다.

죽음을 목전에 두기라도 한 것 같은 사람의 모습.

핏기 하나 없는 초췌함과 창백함에 생기를 잃어 가고 있는 모습.

시체처럼 누운 지숙은 다이를 큰 충격에 빠뜨렸다. 그토록 당당하고 자신감에 넘쳐 있던 지숙은 온데간데없이 사라졌다. 살이 빠진 만큼 기력도 사라진 듯한, 얇은 종잇장 같은 지숙만이 남아 있었다.

다이는 입술을 틀어막고 울음을 삼켰다.

정말이지 이상한 일이다.

가슴에 묻어 둔 말과 상처가 너무 많아서 쏟아 낼 것도 많을 거라 생각했는데, 지숙의 병색이 짙은 얼굴을 마주한 순간, 아무 생각이 나지 않았다. 생각이 막혀 어떤 말과 행동을 해야 할지 알 수 없었다.

"으음……."

그렇게 울음을 참고 있는 동안, 지숙이 잠결에 몸을 뒤척였다. 그러다 옅은 숨과 함께 눈꺼풀을 천천히 들어 올리는 게 보였다. 다이는 울음으로 인해 여전히 떨리는 아랫입술을 진정시키고 상체를 낮추었다.

지숙과 더 가까이에서 시선을 마주하기 위해서였다.

흐린 시야, 흐린 방 안. 지숙은 눈앞을 막고 있는 검은 형상이 무엇인지 곧바로 알아차리지 못했다. 미간을 찌푸리고 다시 눈을 감았다 크게 뜨고 나서야 눈앞에 희미하게 어른거렸던 게 선명하게 다가왔다.

다이였다.

"흐읍……."

지숙은 다이의 얼굴을 확인한 순간 가슴을 옥죄는 고통을 느꼈다. 자신이 아주 모진 사람이라 생각했는데, 너그럽지 못한 사람이라 여겼는데, 돌아온 딸을 확인한 순간 어쩔 수 없이 체온부터 느끼고 싶었다.

지숙은 눈물을 흘리면서도 가만가만 손을 움직여 다이의 손에 자신의 손을 덮었다. 그러자 다이는 소리 내어 울며 도리어 지숙의 손을 힘껏 잡아 주었다.

"어머니……."

"다이야……."

"죄송해요, 어머니……."

"와서 다행이야……. 네가 와서 다행……."

지숙은 말을 잇지 못하고 그저 다이의 손만 만지작거렸다. 정말이지 오랜만에 느끼는 딸의 체온이었다. 이렇게 가까운 거리에서 눈을 마주

본 것도 아주 오랜만이었다. 딸을 닦달하기에만 바빴던 지난 세월이 사무치게 후회되었다.

남편과 제이 앞에서 일부러 꿋꿋한 척했던 지숙은, 그렇게 다이 앞에선 한없이 무너지고 있었다.

그때 병실 불이 켜지며 구둣발 소리가 무겁게 들려왔다.

"다이야."

커다란 눈물방울을 주렁주렁 매단 채 고개를 돌리니, 입구에 서 있는 민철이 보였다. 다이가 눈물을 닦지도 못하고 목울음을 수습하지도 못하고 있자, 지숙이 한결 높아진 목소리를 보냈다.

"여보. 나…… 저녁 먹을게요. 갑자기 먹고 싶어졌어."

민철이 다소 흥분한 듯한 지숙의 모습에 잠시 얼이 빠져 있다가 이내 고개를 끄덕였다.

"입에 맞겠어? 간은 최대한 빼 달라고 했는데."

저녁 식사는 민철의 진료실 한편에 있는 작은 방에서 이루어졌다. 늘 제이와 셋이 점심을 먹던 바로 그곳이었다. 언제나 셋뿐이던 작은 테이블에는 다이까지 합세해 북적거렸다. 기본적인 한식 상차림이었지만, 지숙의 앞에는 죽 그릇만 놓여 있었다. 지숙이 어깨를 으쓱했다.

"괜찮아요. 아무거나 먹으면 되지."

"네 엄마 내일부터 금식이라서 오늘은 간단히 죽만 드시는 거야."

"네……."

다이가 걱정스럽게 지숙을 쳐다보자, 지숙이 다이의 손등을 가볍게 두드려 주며 안심시켰다.

"난 괜찮아. 죽도 먹을 만해."

"많이 드세요, 어머니."

지숙의 따뜻한 말투와 표정을 겪은 건 정말이지 오랜만이었다. 스스럼없이 지숙의 품에 안기고 웃고 수다를 떨었던 어린 시절 이후 처음인

듯싶었다. 그래서 다분히 어색했지만 너무도 오랫동안 갈구했던 애정이라 어색함 정도는 얼마든지 넘길 수 있었다. 지금은 그저 지숙의 수술이 무사히 끝나기를, 그래서 저 회색빛 그늘이 진 얼굴이 다시 생생해지기를, 바라고만 싶었다.

그런 다이와 지숙의 모습을, 제이가 흥미롭게 쳐다보았다. 어쩌면 지숙의 병이 가져다준 단 하나의 좋은 일인지도 모르겠다. 제이가 늘 보고 싶었던, 바라 왔던 모습이었다. 그래서인지 제이는 한껏 들뜬 기분으로 다이를 쳐다보았다.

"바로 이 자리에서 매번 점심을 먹었다는 거 아냐. 언니 없을 때. 이 분들하고. 밥이 아니라 무슨 쇳조각을 씹는 것 같았다니까?"

"고생했어, 제이야."

"고생은 무슨. 호사 누린 거지. 레지던트가 어딜 감히 그런 수준의 식사를 할 수가 있어? 그것도 매일?"

민철이 제이를 향해 공격하자, 제이가 은근히 맞받아쳤다.

"아버지. 그래서 전 그런 수준 높은 식사 말고 빵 조각 하나 먹어도 괜찮았다니까요?"

"말버릇하고는."

민철이 못마땅하다는 듯 혀를 찼다. 다소 전쟁 같은 식사 분위기였으나 다이는 이런 상황마저도 그리웠다. 아무 일 없었다는 듯이, 지난 1년이라는 시간을 묻어 둔 채로, 아무것도 아니라는 듯이 서로를 마주 볼 수 있어서 다행이었다.

"왜 이렇게 야위었어. 대체 어디서 뭘 한 거야, 그동안."

민철의 시선이 다이를 향했다. 한결 누그러진 음성과 표정이었다. 어쩌면 처음부터 묻고 싶었던 것이리라. 민철과 비슷한 심경이었는지 지숙도 다이를 쳐다보았다.

"너무 말랐어."

기운 없는 목소리로 지숙이 말했다. 예전 같았다면 그 뒤에 따라올 잔소리를 묵묵히 기다렸겠지만, 지금은 달랐다. 차라리 잔소리를 퍼부을 정도로 지숙의 기운이 살아나도 좋을 것 같았다. 다이는 작심한 듯 입을 열었다.

"저 방송국 다녀요, 어머니, 아버지. 작가로 일하고 있어요. 방송국에서 마련해 준 오피스텔에서 지내고 있구요."

"뭐?"

민철이 놀라 물었고, 지숙 역시 놀란 눈치였다.

"처음엔 라디오에서 일하다가 올해 초에 텔레비전으로 옮겼어요. 지금도 맡은 프로그램이 있구요. 제가 정말 좋아하는 일이라서 재미있게 일하며 지내고 있어요. 제 걱정은 하지 마세요."

잠시 식탁에 침묵이 감돌았다. 지숙은 의외의 직업을 가지게 된 다이를 물끄러미 쳐다보다가 엷은 미소를 지었다.

"방송…… 작가."

"네, 어머니."

"다이 네가 중고등학교 다닐 때 백일장 대회마다 상을 타 오긴 했지."

"그리고 아버지랑 엄마는 백일장 상 따윈 인생에서 중요한 게 아니고 오로지 성적만이 중요한 거라고 했었고."

제이가 중간에 끼어들어 찬물을 끼얹었지만 지숙은 순순히 고개를 끄덕이며 수긍했다.

"그땐 정말 그런 줄 알았어. 그런 건 중요하지 않은 줄 알았어."

누구나 오류를 범한다. 실수와 시행착오도 거친다. 잘못인 줄도 모르고 잘못을 서슴없이 저지르기도 한다. 두 발만 반대쪽으로 돌리면 마주볼 수 있는데도 돌릴 줄 몰라 외면하면서 살아가기도 한다.

돌아서기만 하면 되는데 왜 지금까지 그걸 몰랐을까.

다이는 지숙의 죽 그릇을 더욱 가까이 밀어 주었다. 지숙의 떨리는 손가락을 가만히 잡아 주면서 그 손에 숟가락을 쥐여 주었다. 착잡한 지숙의 표정에 다이의 마음도 무거워졌다. 식사는 그렇게 조용하다가 시끄럽다가 다시 조용하게 이루어졌다.

"뭐 해요?"

식사 후 민철은 퇴근을 했고, 제이는 의국으로 돌아갔다. 다이는 지숙을 병실로 데려다준 후 잠시 복도로 나와 유현에게 전화했다. 궁금해하면서 자신의 연락을 기다렸는지 그는 숨을 몰아쉰 후 대답했다.

— 저녁 먹고 편집실. 목소리가 밝아 보이는데?

"부모님과 제이랑 함께 저녁을 먹었어요. 자라면서 그렇게 대화가 많고 웃음소리가 많은 식사 시간은 정말 오랜만이었던 것 같아요. 으음, 어렸을 때 이후로 처음?"

— 잘됐군. 당신 목소리가 밝아 보여서 다행이야.

"유현 씨한테 고마워요."

— 내가?

"당신 덕분에 병원에 올 용기를 낸 거거든요."

— 으음, 보고 싶은데.

"오늘은 어머니 병실에서 자려구요. 내일 아침 일찍 출근할게요."

— 그래. 그렇게 해.

다이는 유현과 통화가 끝난 핸드폰을 손에 꽉 쥐었다. 보고 싶었다. 지숙을 보며 마음이 아픈 만큼, 유현이 그리워졌다. 그의 품에 안겨 울거나 웃거나 그것도 안 된다면 소리라도 마음껏 지르고 싶었다.

행복한데 서글프고, 다행인데 불행하고, 흐뭇한데 슬펐다. 그런 이중적인 감정을 한숨으로 추스른 다이는 지숙의 병실로 다시 들어갔다. 지숙이 침대에 눕기 위해 시트를 들추자 다이가 황급히 다가가 부축했다.

"아직은 괜찮아. 혼자 얼마든지 움직일 수 있어."

"그래두요."

지숙은 다이의 도움을 받고 침대에 누웠다. 다이는 시트를 올려 주었고 에어컨 온도를 조절했다. 부지런히 병실을 돌아다니는 딸의 모습을 지켜보던 지숙이 나직이 입을 열었다.

"몰랐어, 난. 네가 작가가 되고 싶어 했다는 걸."

"한 번도 말하지 않았으니까요."

"내가 물어보지도 않았지."

"맞아요, 어머니."

다이는 살짝 원망스러운 눈짓을 했다. 그러자 지숙이 미안한 기색을 보이며 무안해했다. 화장실에 들어가 손과 얼굴을 대충 씻고 나온 다이에게, 지숙이 다시 묻는다.

"안 가?"

"오늘 여기서 자면 안 돼요?"

"여기서?"

"네."

"그래도 되지. 당연히."

신기했던 건 다이가 오기 전까지만 해도 넓게 여겨졌던 병실이, 지금은 얼마쯤 무언가로 가득 차 보인다는 것이다. 수술이든 병이든, 거뜬하게 버티고 견뎌 낼 수 있을 것처럼 기운이 솟는 듯했다.

지숙은 고개 돌려, 다이가 보호자용 침대에 눕는 것을 가만히 쳐다보았다.

"다이야."

"네."

"다시 집에 들어와."

여린 목소리지만 절박함이 느껴져 다이는 당황했다. 대답을 머뭇거리고 있는데 지숙이 다시 덧붙였다.

"집에서 출퇴근해. 엄마 수술 잘돼서 다시 건강해지면 제이랑 셋이서 같이 여행이나 다니고 싶어서 그래. 요즘은 시간이…… 아까워졌어. 그러니까 집으로 다시 들어와."

눈이 매워지고 목이 아프도록 울컥해졌다. 저토록 다정하게 말을 건네는 지숙의 모습은 처음이었다. 아파서 힘이 없는데도, 낱낱이 느껴지는 걱정과 염려가 가슴으로 콕 박혀 들었다.

하지만 집으로 다시 돌아간다면 유현은……. 그는…….

"생각해 볼게요, 어머니. 주무세요. 아무 생각 하지 말구요."

"요 며칠 잠을 못 자서 그런지…… 오늘은 깊이 잘 수 있을 것 같아."

"네."

다이는 몸을 모로 누운 채 지숙을 쳐다보고 있었다. 지숙은 정말로 5분도 안 돼 잠에 빠졌다. 색색거리는 숨소리가 다소 불규칙적으로 흔들렸다. 다이는 천천히 일어나 병실 불을 끄고 다시 누웠다. 이번엔 똑바로 누워 어두운 병실 천장을 응시했다.

온갖 감정이 교차하는, 그런 복잡한 밤이었다.

* * *

— 집에 온다고?

"네. 아직 저녁도 안 먹었으니까 준비해 주세요."

유현은 거치대에 놓인 핸드폰에서 승미의 웃음소리를 들었다. 승미가 다시 묻는다.

— 좀 늦은 시각인데 뭘 준비하지? 찌개랑 밑반찬은 금세 준비할 수 있는데.

"그거면 돼요."

— 아우, 우리 큰아들이 오랜만에 집에 온다는데 상다리 휘어지게 차려야지.

"어머니. 저 그럼 차 다시 돌립니다."

— 알았어. 알았어. 운전 조심해서 와.

"네."

식사 준비 할 생각에 마음이 조급해졌는지 승미는 다급히 전화를 끊었다. 계기판의 시계를 보니 밤 9시가 지나 있었다. 차는 왕복 8차선 도로를 달리고 있었다. 유현은 에어컨을 한 단계 더 올리고 음악을 연결했다.

느린 록 발라드가 흐르고 차는 불야성을 이룬 도심을 빠르게 훑으며 지나갔다.

왜 갑자기 불쑥 집에 가야겠다고 생각했는지 모를 일이다. 아마도 오늘은 병원에서 자겠다는 다이와의 통화를 끝낸 뒤 떠올랐는지도 몰랐다. 바쁘지만 잊어선 안 되고, 돌아섰지만 언제든 다시 마주 봐야 할 수도 있는 주변을 챙겨야겠다고 생각한 것이다.

그리고 무엇보다 다행인 것은 부모님으로 인해 그토록 힘겨워하다가 파혼까지 해 버린 다이가, 어쩌면 가장 중요할지도 모를 인생의 숙제를 완성했다는 것이다. 처음 보았을 때부터 알아챘던 그녀의 그늘, 우울, 그림자를 지금부터는 조금씩 지워 갈 수 있다는 것이다.

지금 당장 다이와 함께할 수 없어도, 유현에겐 그것이 가장 중요했다.

복잡한 도로를 벗어난 차는 넓은 골목길을 천천히 올랐다.

가로등만이 환한 골목은 여름밤답지 않게 고즈넉하고 쓸쓸하게 느껴졌다. 부촌이라 일컬어지지만 그만큼 삭막해 보이는 것이다. 유현은 익숙한 길을 따라 차를 끌다가 어느 지점에 멈춰 세웠다.

집 근처였다.

오랜만에 걷고 싶어, 골목의 어느 갓길에 주차를 시킨 뒤 내렸다. 집에 도착하려면 조금 더 걸어야 했기에, 유현은 땀을 흘리며 발길을 옮겼다.

그러던 어느 순간, 집에 다다랐다 싶을 때쯤, 속삭이는 남녀의 목소리가 들려왔다.

"그냥 가면 나 다시는 누나 안 봐."

"안 봐도 상관없어. 얼른 들어가래도!"

"어어어. 이러기야? 야! 권은진! 너 이러기야?"

"술 취했어, 이현아. 내일 맨정신으로 얘기해. 응?"

"나, 누나 사랑한다고! 내가 맨정신으로 할 얘긴 그것뿐이라고!"

유현의 미간이 일순 일그러졌다. 대문 앞에서 투덕거리고 있는 남자와 여자. 술 취해 비틀거리고 있는 이현과 그런 이현을 부축하다가 말리다가 땀을 뻘뻘 흘리고 있는 은진이었다. 유현의 입가에 헛웃음이 흘렀다.

정이현, 저 녀석, 은진을 좋아하고 있었던가.

16

"이현아."

밀고 당기는 싸움을 여전히 진행 중인 두 사람에게 유현이 다가갔다. 그의 등장에 얼음물이라도 뒤집어쓴 것처럼 두 사람의 분위기는 일순 싸늘해졌고, 유현을 쳐다보는 얼굴에 짙은 당혹감이 보였다.

"오…… 오빠……."

상황이 예상치 못한 방향으로 흐르게 된 걸 가장 먼저 알아차린 이는 은진이었다. 은진은 제 손목을 붙잡고 있는 이현의 손을 얼른 떼고 한 발 물러났다. 그런 은진을 야속하다는 듯 쳐다본 이현이 얼굴색을 싹 바꾸고 이번엔 유현에게 와락 달려들어 안겼다.

"어라? 형! 안녕!"

"술꾼으로 나서지 그래?"

이현의 무게 때문에 잠시 휘청한 유현이 은진을 쳐다보았다. 이현이 술을 많이 마셨느냐고 얼굴 표정으로 묻자, 그녀가 고개를 가로저었다.

"그런데도 이렇게 취했어? 정신 차리지? 정이현?"

이현이 입맛을 스읔 다시며 유현의 가슴팍으로부터 얼굴을 뗐다. 좀 전과는 사뭇 다른 안색에 은진은 뜨악해졌다. 술에 취한 모습이 전혀 아니었던 것이다.

"집 앞이야. 조용히 마무리 지어. 먼저 들어간다."

유현이 아까 들었던 두 사람의 대화를 모른 척하며 돌아서려는데 은진이 다급히 붙잡았다.

"저기…… 오빠!"

"응."

"서, 설마…… 우리 얘기 거 다 들은 건 아니지?"

"무슨 얘기?"

"아, 못 들었으면 됐어. 얼른 들어가."

은진이 서둘러 유현을 집 안으로 밀자 이번엔 이현이 나섰다. 유현이 나타나자마자 눈에 띄게 달라진 은진이 못마땅했다. 때마침 형이 나타났으니, 이 자리에서 자신의 속내를 공개해 버리는 것도 나쁘지 않을 거란 판단이 섰다.

이현은 아까와는 판이하게 다른, 또렷한 눈빛으로 유현을 쳐다보았다.

"형. 남자답게 여기서 깔끔하게 결판 짓자. 나 은진이 누나 좋아해. 근데 이 누나는 아직도 형이 좋대. 더 가관인 건 그런 은진이 누나 마음을 잘 아는데도, 그래도 난 누나가 좋아. 이 삼각관계를 어떻게 해결해야 돼?"

역시, 그런 거였군.

유현은 묘한 기분을 느끼며 이현과 은진을 번갈아 쳐다보았다. 어린 동생들의 마냥 소꿉놀이 같은 장난을 보는 느낌이랄까. 은진에 대한 이현의 감정은 의외였지만 두 사람은 충분히 서로에게 어울릴 만했다.

이현의 감정이 오래된 거라면 그 짝사랑에 그동안 남몰래 속앓이를 해 왔을 터. 그러니 자신은 이쯤에서 빠져 주는 게 옳은 일이었다. 물론 끼어든 적도 없었지만.

"너희 둘이서. 잘."

"들었지, 누나? 우리 둘이서만 해결하면 되는 문제래. 그 말인즉, 우리 형은 이 삼각관계에 절대 노관심이라는 말이지. 그냥 아무 상관 없다는 거야. 알겠어?"

유현이 대문 앞으로 빠르게 사라졌고, 이현이 기다렸다는 듯 은진에게로 돌아섰다. 취기 하나 없는 이현의 모습에 아주 잠시 배신감을 느낀 은진은, 이현의 발등을 구두 굽으로 팍 내리찍었다.

"아아앗! 아파, 누나!"

"바보야. 아프라고 그런 거야."

"와, 이 누나 좀 봐. 최소 폭행 치산데 이거. 고소는 안 할 테니까 나하고 연애하자."

"이 미친놈."

"형도 이젠 발 뺐어. 그러니까 나하고 연애하자."

"나도 모르는 거 아니야. 그러니까 그만 좀 하지?"

"뭘 그만해?"

"감히 술 취한 척 나한테 주사를 부려? 이 자식아?"

은진은 이맛살을 확 구기곤 돌아섰다. 술에 취했으니 집까지 데려다 달라고 떼를 쓰는 이현의 말을 곧이곧대로 믿은 게 실수였다. 여기까지 왔으면 더는 말을 섞지 않고 냉정하게 돌아섰어야 했는데 이현의 횡설수설을 다 받아 준 것도 실수였다.

무엇보다도 갑작스러운 유현의 등장에 자신도 모르게 흔들린 게 가장 큰 실수였다. 이현이 녀석 앞에서 흔들리는 모습을 보여 주고 싶지 않았는데. 이현이 자신을 나약한 여자라고 생각하는 게 싫었다.

그리고 자꾸만 이현을 신경 쓰는 자신의 모습은 더욱 싫었다.

"권은진!"

그런 자신이 마음에 들지 않아 잔뜩 화가 난 상태로 씩씩대며 걷던 은진은 뒤에서 달려오는 발소리에도 아랑곳하지 않았다. 하지만 다가온 이현의 팔에 붙들린 채 돌려세워진 그녀에게 이현의 입술이 다가왔을 때, 그녀의 몸은 돌처럼 굳어졌다.

"누나 임자는 난데, 왜 그걸 몰라."

키스는 가벼웠고 짧았지만, 숨을 쉴 수도 없고 눈동자도 움직일 수 없었다. 힘껏 이현을 밀어 내야 하는데 힘은커녕 생각조차도 나지 않았다. 태엽이 멈춰진 기계인형처럼 혈류가 막히기라도 한 것 같았다. 그렇게 굳어진 은진에게, 이현이 가만히 속삭였다.

"자꾸 그렇게 튕기면 나 마음 접어. 어때? 접을까?"

"뭐?"

"접어 말아? 말만 해."

"고작 이 정도로 접을 거였어?"

밀고 당기는 눈빛이 불꽃처럼 튀며 교환되었다. 먼저 돌아선 건 은진이었다. 어깨를 펴고 당황한 티를 내지 않고 두 발에 힘을 빡 주고 걸었지만 이내 휘청거렸다. 마음이 불안정하게 흔들리다 보니 걸음걸이마저 흔들린 것이다.

"조심해서 걸어, 누나. 너무 티가 나잖아!"

뒤에서 이현이 놀리듯 외쳤다. 은진은 아랫입술을 깨물었다. 이 골목만 빠져나가면, 엄마가 보내 준 기사 딸린 차가 대기하고 있을 것이다. 거기까지만 완벽하게 걸어가면 되는데 벌써 당황한 모습을 들키고 말았으니.

저 화상을 어떻게 한담.

은진은 어쩔 수 없이 빠른 걸음으로 골목을 내달렸다. 여전히 뒤에서 이현의 웃음소리가 따라붙는 듯했다.

"아, 깜짝이야."

샤워를 하고 나온 이현은 침대에 걸터앉아 있는 유현을 발견하곤 제 발 저리듯 당황했다. 뭔가를 캐내려고 하는 형사의 표정이, 유현의 얼굴에 드러나 있었다. 유현이 뭘 궁금해하고 있는지 모르지 않는 이현은 시치미를 떼고 수건으로 머리를 털었다.

"밥은 먹고 올라온 거야?"

"음."

"엄마가 아주 반가워하실 텐데, 엄마랑 깊은 대화를 나누지 않고 왜 누추한 곳까지."

"앉아 봐."

"싫은데?"

"수건 두고 앉아."

유현은 일부러 자신의 시선을 피하는 동생 녀석에 피식 웃음이 났지만 묵묵히 참고 제 옆자리를 툭툭 쳤다. 하는 수 없이 이현은 수건을 욕실로 휙 던지고는 침대가 아니라 의자를 끌어와 앉았다.

"자자, 훈장님. 하실 말씀이 무엇인지요."

"은진이는 갔어?"

"응. 집에서 차를 보내 주셨나 봐."

"언제부터인 거야?"

"뭐가?"

"은진이 좋아한다면서."

"뭐, 제법 됐지."

"노선을 확실히 해. 은진이 부모님과 우리 부모님 관계는 오래됐고 각별해. 너희 둘 때문에 그 관계가 깨지면 곤란해."

"무슨 말이야?"

"시작하려면, 끝까지 가라는 소리야. 그 과정에서 힘든 게 있으면 나한테 말하고. 난 너희 둘의 아군이라는 걸 확실히 해 두는 거야."

유현이 아군이라고 해서 크게 달라질 것도 없을 텐데, 이현은 자신의 어깨에 괜히 힘이 들어가는 듯한 착각이 들었다. 누구보다 믿고 따르는 존재를 향해 이현은 가볍게 웃어 주고는 역시나 가볍게 물었다.

"누나에 대해 아무 감정이 없는 거 확실해?"

"있는 것처럼 보여?"

"아니."

"잘 봤어. 난 지금 다른 여자 때문에 머리가 터질 것 같으니까."

"그건 또 무슨 소리래?"

그나마 남아 있는 취기마저 확 달아나는 한마디였다. 이현은 아연해져서 유현의 옷소매까지 붙잡고 물었다. 하지만 유현은 동생의 손을 떨쳐 내고 묵묵히 일어날 뿐이었다.

"못 들은 걸로 해. 푹 자라."

그는 이현의 어깨를 가볍게 두드린 후 방을 나섰다. 더 듣고 싶은 말이 있었는지 이현이 '형!'을 외쳤지만 못 들은 척 계단을 내려갔다. 잠자기 전 승미와 동훈에게 인사하기 위해 거실에 다다랐을 때 막 주방 정리를 끝낸 승미가 나오고 있었다.

"아버진 주무세요?"

"응. 고단하신가 봐."

"어머니도 들어가서 주무세요."

"자려고? 오랜만에 우리 큰아들 얼굴 보는 건데 얘기 좀 더 하자. 내일 새벽에 나가야 한다며."

"얘기하고 싶으세요?"

"새벽에 출근해야 할 애를 피곤하게 만드는 것 같아서 미안한데, 그래도 얼굴 마주 보고 얘기하고 싶어. 10분만 얘기하자, 응?"

승미답지 않은 애교에 유현은 웃음을 터뜨리며 어쩔 수 없이 소파에 자리했다. 신이 난 승미는 숙면에 좋다는 허브차에 얼음 조각을 띄워 금세 가져왔다. 쌉싸름한 냉차가 입 속을 맑고 시원하게 만들어 주었다.

오랜만에 만난 어머니와, 집.

그 두 가지만으로도 오늘 유현의 갑작스러운 '집으로의 퇴근'은 성공한 셈이었다. 문득 다이도 지금 어머니와 함께 이런 시간을 가지고 있을 거라 생각하니 흐뭇해졌다. 멀리 있어도 이렇게 가깝게 느껴지는 건 머릿속이 언제나 그녀로 가득 차 있기 때문일 터다.

"저 때문에 신경 쓰이시죠?"

찻잔을 내려놓고 유현이 물었다. 늘 차분하고 잔잔한 승미의 입가에 환한 미소가 걸렸다.

"신경은 무슨. 넌 커 오면서 단 한 번도 걱정이라는 걸 끼친 적이 없었는데 뭐. 오히려 이현이 녀석이 그렇지."

"작년에 저 파혼했을 때, 뜬금없이 방송국에 입사하겠다고 했을 때, 그때 힘드셨다는 거 알아요."

"그때뿐이었어. 넌 변함없이 그 자리를 지키고 있고 또 앞으로도 그럴 거라고 믿으니까. 아버지나 나나."

"저 파혼했을 때 어떠셨어요?"

"뭐가?"

"기분 말입니다."

유현의 물음에 승미는 잠시 생각에 잠기는 듯했다. 그때를 떠올리자 입가에 어렸던 미소가 슬쩍 자취를 감추었다. 그러더니 곧 씁쓸한 표정으로 뇌까렸다.

"불쾌했지. 파혼당한 입장이었으니까. 감히 우리 집안을……. 뭐, 이런 심정이었어. 그런데 생각해 보면 이해 못 할 것도 아니지. 하기 싫다는데 어쩔 거야. 돈 주고 사 오듯 억지로 데려올 순 없잖아."

"이해를 하신다니 다행입니다."

"뭐가 다행이라는 거야? 그것도 그렇고, 갑자기 파혼 얘긴 왜 꺼냈어?"

"아는 지인이 저처럼 예전에 파혼했는데, 우연찮게 파혼 상대와 다시 만나 연애를 한다고 해서요."

천연덕스럽게 거짓말이 흘러나왔다. 승미의 반응이 궁금해 즉석에서 지어낸 얘기였지만, 승미의 표정은 의외로 냉담했다.

"어머나. 그런 일이."

"제게도 그런 일이 일어난다면 어머니나 아버지는 어떻게 보실까, 궁금해져서."

"난 반대야."

생각할 여지도 없이 돌아온 승미의 대답은 짧고 간결했다. 유현의 입술이 뜻을 알 수 없게 굳어졌다.

"파혼은 그럴 수 있다고 치겠어. 하지만 언제 또 우리 뒤통수를 칠지 모르잖니? 한 번 튕긴 애가 두 번은 못 튕길까. 믿음이 안 갈 것 같아. 그런 상태로는 절대 마음이 동할 리 없지. 모르긴 해도 네 아버지도 비슷하실 거야."

심장이 삐거덕거렸다. 괜한 이야기를 꺼냈나 싶어 표정이 풀어지지 않았다. 유현은 찻잔을 머금는 것으로 얼굴 표정을 숨겼다.

"그 얘긴 그만하자, 유현아. 나 방송국 얘기 듣고 싶어."

승미는 호기심 가득한 사춘기 여자아이처럼 눈을 반짝거렸다. 쓰게 웃은 유현은 찻잔을 내려놓았다. 짧은 순간에 다이와 자신의 미래가 어떤 모습이 될지 걱정과 근심이 동시에 생겨났다.

* * *

다이의 모친이 수술을 한 날, 2회 녹화를 앞두고 그녀는 휴가를 내고 출근하지 않았다. 다이 없이 하루 종일 녹화 준비에 매달린 탓인지 늦은 밤이 되자 기운이 소진돼 버렸다. 선경과 승명을 일찌감치 퇴근시킨 유현은 10시가 넘어서야 방송국을 나섰다.

후텁지근한 더운 바람이 아니어도 몸은 충분히 땀으로 젖어 있었다. 열기가 오른 밤공기와 시끄러운 자동차 경적 소리가 더욱 그를 지치게 만들었다. 하지만 가장 그를 지치게 만든 건 기다림이었다.

다이로부터의 연락과 그녀와의 만남에 대한 기약 없는 기다림.

개인 사정으로 정신없을 그녀에게 절대 보채지 말자고 다짐했건만, 오늘처럼 그리움이 사무치는 날이면 뼛조각마저 가루로 부서질 것처럼 시리다. 혼자 횡단보도를 건너고, 혼자 편의점에 들어가 맥주와 안주를 사고, 다시 혼자 오피스텔로 들어갔다.

유현은 오늘도 습관처럼 다이의 반지하방 앞을 살폈다. 어제 그가 따로 모아 둔 공과금 통지서들이 그 자리에 그대로 있었다. 다이가 아직 돌아오지 않았다는 뜻이다. 씻고 그녀에게 전화를 걸어 봐야겠다고 생각한 유현은 발걸음을 재촉했다.

그런데 자신의 오피스텔로 들어가 불을 켜려던 그는, 손길을 멈추었다.

현관에 놓인 눈에 익은 스니커즈 한 켤레.

그의 눈동자 가득 화끈거리는 열기가 감돌기 시작했다.

유현은 서둘러 신발을 벗고 어두운 거실에 올랐다. 둘러볼 필요도 없이 소파에 시선이 고정되었다. 에어컨만 켜 둔 채 엎드려 잠이 든 다이가 보였다. 유현은 조심조심 편의점 비닐 봉투를 식탁에 올려 두고 소파 옆에 다가가 앉았다.

머리칼, 등, 팔까지 손가락 끝이 닿는 순간순간마다 전율이 파닥거렸다. 실제론 사흘 만에 얼굴을 본 거였지만, 체감으론 몇 달이나 지나 만난 것처럼 모든 것이 아련하다.

"류다이."

유현은 어쩔 수 없이 다이의 어깨를 흔들었다. 잠을 더 재워야 했지만 지금이 아니면 그녀의 얼굴을 오랫동안 볼 수 있을 시간이 부족할 것 같았다.

그런 그의 마음을 알아차렸는지 다이가 후다닥 상체를 일으켰다. 잠에 시달린 눈을 비비며 쉰 목소리를 냈다.

"으음. 왔어요?"

"전화라도 하지 그랬어."

"그러려고 했는데 누워 있다 보니 잠이 들었나 봐요."

"수술은?"

"성공적으로 끝났어요. 유현 씨가 궁금해할까 봐 빨리 말해 주고 싶었는데."

"보고 싶진 않았고?"

"보고…… 싶었죠. 아주 많이."

어두웠지만 그녀가 웃고 있는 게 보였다. 다이가 두 팔을 벌려 그의 목을 끌어안았다. 기습적인 포옹이었지만 유현은 든든하게 그녀의 지지대가 되어 주었다. 더듬더듬 입술을 움직여 그녀의 볼에 입을 맞추었다.

"피곤하지 않아?"

"아니. 피곤하지 않아요."

그녀의 확신에 찬 대답에 유현의 몸은 여름밤보다 더 뜨겁게 달아올랐다. 며칠 동안 그녀를 안지 못해 생긴 갈증에 유현은 다른 생각은 할 틈도 없이 다이를 쓰러뜨렸다. 풀썩 널브러지는 소리, 소파가 삐걱거리는 소리가 모두 그를 오랜만에 자극시켰다.

다이는 아무 거리낌 없이 그를 받아들였다. 얇은 반소매 티셔츠와 브래지어가 다소 거칠어진 그의 손길에 벗겨질 때에도, 거추장스러운 청바지가 그에 의해 끌어 내려질 때에도, 다이는 적극적으로 몸을 움직이며 도왔다.

뜨겁게 닿는 체온에 저절로 몸이 긴장했다. 병원에서 지숙의 수술이 진행되는 내내 다이는 가만히 앉아 침착하게 기다렸다. 이 수술이 성공적으로 끝나 웃는 낯으로 유현을 만날 수 있기를 간절하게 바랐다.

그녀의 마음과 별반 다르지 않을 민철, 제이 역시 한결같이 수술실 앞을 지켰다. 그녀 가족이 이렇게 같은 마음이 된 건 어쩌면 처음일지도 몰랐다. 그래서 더 간절하고 그래서 더 애틋했을지도.

수술이 아주 성공적이라는 의사의 마지막 말 한마디까지 온몸에 새겨 넣듯 들은 후에야, 다들 서로에게 수고했다 말하며 부둥켜안았다. 다이는 수술실에서 나온 지숙이 입원실로 올라가는 걸 본 후에 유현에게로 달려온 것이다.

다이는 유현의 셔츠를 끌어 올렸다. 언제나처럼 유두를 점령하는 입술, 그 입술에 여전히 긴장하는 여체, 미세하게 떨리는 살결, 간질거리다 이내 단단해지는 젖꼭지와 음부까지. 그의 애무는 가볍든 무겁든, 언제나 그녀를 떨리게 만들었다.

꼿꼿하게 선 유두는 그의 입 속에서 더욱 단단해지고 있었다. 다이는 유현의 머리칼 속으로 손가락을 집어넣었다. 그의 애무를 요구하는 듯 도도한 손길에 그는 입술에 더욱 힘을 주고 유두를 빨았다.

"하아……."

유두를 짓이겨 놓고 내려간 입술이 자연스럽게 복부와 옆구리를 쓸었다. 이미 팬티 한 장 남아 있지 않은 나신은 지독한 열기에 취해 흠뻑 젖어 들고 있었다. 그를 향해 만개한 사타구니 사이로, 욕망에 미쳐 버린 입술이 당당하게 들어섰다.

"하웃!"

다이는 허리를 비틀었다. 음부 가장 깊숙한 곳을 점령하고 미친 듯이 휘저으며 빨아 대는 애무에, 몸속의 감각이 송두리째 아우성이었다. 그는 혓바닥으로 강하게 물고 빨다가 부드럽게 쓸어 올리며 강약을 조절했다.

그럴 때마다 다이의 허벅지는 요동쳤다. 그가 가장 여리고 민감한 부위를 자극한 순간 의지와는 상관없이 허벅지 안쪽 살결이 진동하며 쾌감을 알렸다. 그러자 그는 어김없이 더욱 강하게 밀어붙인다.

"하……. 유, 유현 씨…… 그만……."

쾌감은 고통과도 같았다. 몸이 조각나 버릴 듯한 극도의 오르가슴이 찾아왔다. 머리카락 한 올까지 떨릴 것처럼 어마어마한 쾌감이었다. 그 짧은 순간에, 오랜 시간 그녀를 점령해 왔던 상처와 그늘이 말끔히 씻겨 나간 듯했다.

모든 걸 비워 내고 게워 낸 뒤 더없이 깨끗해진 마음, 가벼워진 몸, 맑아진 머릿속. 다이는 간질거리는 유현의 혓바닥에 까르르 웃었다. 그 웃음소리에서조차도 티 하나 없이 오롯한 즐거움이 느껴졌다.

"당신은 몸과 감정이 다 솔직해. 그래서 더 미치지."

어느새 정신을 혼미하게 만든 애무를 끝내고 올라온 그가 짓궂게 속삭였다. 그러고는 다이가 대답을 할 틈도 주지 않고 그녀의 어깨를 붙잡고 일으켜 세웠다. 여전히 쾌감의 늪을 허우적거리고 있던 다이는 그가 이끄는 대로 움직였다.

몸이 돌려졌다. 소파에 손을 짚고 엎드리자 그가 둔부를 붙잡았다. 벌어진 허벅지 사이로 곧장 거대한 이물감이 찾아들자, 다이는 저도 모르게 교성을 질렀다.

"으으읏!"

그러다 오피스텔의 방음 시설이 확실하지 않다는 사실을 깨닫고는 얼른 입을 다물었다. 그런 다이를 내려다보고 있던 유현은 입가에 웃음을 묻히곤 그대로 기둥을 밀어 넣었다. 그의 이마가 잘게 주름졌다.

그녀의 속은 언제나처럼 좁고 뜨거웠다. 그의 몸 끝이 깊이 들어갈 때마다 꽉 조이고 문 채로 놓아 주지 않는 내부는 뜨겁게 질척거렸다. 부드러운 살결은 쾌감으로 연신 파닥거렸고, 그가 잠시 뒤로 물러날 때면 더 깊은 삽입을 요구하며 또다시 조이곤 했다.

하얗고 여린 등을 커다란 손으로 쓸어내렸다. 손바닥에 감기는 여체에 몸은 더욱 흥분했다. 내처 팔을 길게 뻗어 젖가슴을 거머쥐었고 다이가 신음을 내뱉었다.

"으읏…… 하아……."

다이가 신음을 흘릴 때마다 긴장한 여체가 그를 꽉 조였다가 다시 풀어 주기를 반복했다. 그 순간마다 유현은 허리에 더욱 힘을 주며 깊은 삽입을 시도했다. 땀과 신음, 체온과 체온이 뒤엉켜 미쳐 버릴 만큼 격렬한 밤이었다.

물러서지 않고 서로에게 달려들기만 하는, 그런 야만적인 밤이었다.

아직 섹스의 잔재가 고스란히 남아 있는 몸은 뜨거웠다. 다이는 유현의 품에 안겨 있었다. 여전히 둘 다 나신이었으며, 누구 하나 일어나 자리를 정리할 생각도 하지 않았다. 다이에겐 이토록 평온한 순간이 절실했고, 유현에겐 다이가 절실했다.

하지만 스르르 반쯤 눈을 뜬 다이의 머릿속은 어김없이 현실과 접속되기 시작했다. 집으로 다시 들어오라는 민철과 지숙의 말. 예전이었다면 서슴없이 거절했을 테지만, 시간이 아까워졌다는 지숙의 슬픈 얼굴에 다이는 어느 정도 마음의 결심을 한 상태였다.

민철과 지숙, 그들과 누려 보지 못한 시간들을 앞으로 누려 볼 생각이다. 다가가려 노력하고 이해하려 노력하고, 그리고 사라졌다고 생각한 사랑을 다시 꺼내 볼 계획이다. 지숙을 보면 가슴이 아프니까.

하지만, 정유현.

가까이에 살면서 스스럼없이 왔다 갔다 할 수 있었던 시간들이, 그만큼 없어질 것이다. 바로 옆에 있었기 때문에, 거리낌 없이 친밀해졌고 가까워졌는데.

"무슨 생각 해?"

그의 목소리가 가슴팍을 타고 귓전을 울렸다. 다이는 좀 더 깊이 그의 품에 파고들면서 대답했다.

"아주 중요한 생각."

"나보다 더 중요한 생각인가?"

"나, 집으로 들어갈 거예요."

다이의 머리카락을 천천히 쓸어내리던 유현은 별안간 손길을 멈추었다. 모친의 병으로 어쩌면 당연해진 일인데도, 허한 감정이 먼저 든 것이다. 하지만 유현은 자신의 감정은 애써 밀어 두고 대견하다는 듯 다이의 머리를 쓰다듬어 주었다.

"정말 중요한 생각이었군. 결정 잘한 거야. 잘했어."

"어머니를 위해서 내린 결정인데, 그만큼 당신과 멀어질지도 모른다고 생……."

"멀어지다니. 당신이 집으로 들어가는 것뿐인데."

"아무래도 함께할 수 있는 시간이 줄어들 테니까요."

"방송국에서 늘 붙어 다니면 돼."

"그러다 소문나요."

"소문, 내야지. 필요한 거면."

"이 남자, 위험하네."

"더 위험해질 수도 있는데."

목소리를 낮추고 짓궂게 씩 웃은 그가 젖가슴을 움켜잡았다. 아프도록 악력을 가하자 다이가 미간을 찌푸렸다.

그녀가 통증을 느낀 반면 유현은 더할 나위 없이 큰 욕망을 느꼈다. 탱탱하고 탄력적인 젖가슴으로 금세 입술을 내리고 유두를 빤 뒤 다시 그녀와 마주 보았다.

"주말에 바쁘지 않으면 데이트할까?"

"데이트……."

"왜? 싫어?"

"새삼스러워서요. 생각해 보니까 우리 그동안 데이트다운 데이트를 한 번도 해 본 적 없었네요."

"그럴 처지가 아니었잖아. 당신이 나하고의 연애를 비로소 오케이 한건 바로 얼마 전이라고."

"좋아요. 그렇게 해요. 멀리 가요, 아주 멀리요."

찬 공기에 몸이 언 아이가 따뜻한 품을 찾듯, 다이는 또다시 유현의 품을 파고들었다.

집으로 들어가게 된다면 그와 함께할 수 있는 시간이 줄어들 것이다. 함께할 수 있을 때 마음껏 같이 있어야 했다.

* * *

"후우…… 대단한 회의였어."

제작 사무실로 돌아온 선경이 의자에 퍼질러 앉더니 고개를 한껏 뒤로 젖히고 한숨을 토해 냈다. 토요일이었지만 아침 일찍부터 제작 회의가 잡혀 있었고 오전 11시가 지나서야 끝난 것이다.

오늘 회의는 3회와 4회 기획 회의였으며, 각자 준비한 자료를 가지고 토론을 반복했다. 주로 유현이 안건을 제시하면 그것에 대해 선경과 다이, 그리고 승명이 돌아가며 의견을 내거나 반박하는 흐름이었다.

무엇보다 유현이 준비한 자료들이 워낙 시류에 민감하고 다양한 판단들이 오갈 수 있는 것이어서, 무척 긴 시간을 할애하며 의견을 모았다. 그러고 나니 다들 지쳐 버린 것이다.

"그렇게 피곤해요, 선배?"

다이는 시계를 흘깃 확인하며 모니터를 켰다. 회의 결과를 빨리 정리한 뒤 유현과 만나기로 한 장소로 나가야 했다. 유현은 오늘 데이트를 위해 캠핑카를 빌렸다.

"정 PD님 말이야. 아주 사람을 잡는다, 잡아. 기획 회의가 아니라 아예 우리가 〈시사 오피니언 리더〉를 찍었어."

"아무래도 시사 프로그램이니까."

"그래도 정도가 있지. 우린 정치인도 아니고 사회 저명인사도 아니잖아. 그 사람들을 게스트로 불러서 녹화해야 할 것들을 왜 우리가 하고 있냐고. 그것 말고도 할 게 얼마나 많은데."

"아이, 선배, 그럼 안 되죠. 정 PD님이 우리 둘 구해 준 영웅인 거 벌써 잊었어요?"

다이는 자신도 모르게 유현의 편을 들어 주고 있었다. 마음이 바쁘고 한껏 들떠 있었다. 그래서 키보드를 두드리는 속도가 다른 날에 비해 현저히 빨랐다. 선경이 한숨과 함께 말했다.

"그거야 알지. 아직도 고맙지. 그 잘생긴 얼굴을 보면 사실 불평불만이 다 사라지긴 하지. 흐음, 네가 그런 식으로 접근해 오니까 내가 할 말이 없다."

좀 더 깊숙이 의자에 등을 묻은 선경이 문득 생각났다는 듯 다이 쪽으로 고개를 홱 돌렸다.

"아, 참. 어머니 수술은 잘 끝났니?"

"네. 덕분에요."

"다행이다. 정신없어서 잊고 있었어. 앞으로 관리 잘하셔야 돼. 일도 그만두시면 좋을 텐데."

"평생 해 오시던 일인데 갑자기 그만두시는 게 쉬운 건 아닐 거예요. 어머니도 차츰 일상을 찾으셔야 하고."

"딸들이 잘해 드려. 아주 나중에…… 꼭 후회하게 되더라구."

들떠 있던 마음이 선경의 한마디에 조금 누그러졌다. 지숙 대신 민철이나 제이와 수시로 통화하면서 지숙의 상태를 체크하고 있던 참이었다. 일찍 퇴근하는 날엔 어김없이 지숙에게 다녀왔고, 어떤 날엔 출근하기 전 새벽 시간에 다녀올 때도 있었다.

오늘은 주말이라 다이의 병문안을 기다리고 있다는 지숙에게 미안해하면서도, 유현과의 시간을 포기할 수는 없었다. 유현의 안락한 품을 잠시나마 독차지하고 싶었다.

"다이야. 너 그거 언제쯤 끝나?"

빠른 속도로 문서를 작성하고 있던 다이에게 선경이 물었다. 다이는 모니터에서 눈을 떼지 않고 대답했다.

"30분 후쯤요?"

"그래? 그럼 기다릴 테니까 퇴근하고 같이 점심 먹으러 가자."

"어……."

"뭐가 어, 야?"

"약속이 있어서요."

"약속? 무슨 약속?"

"치, 친구하고."

"그래? 점심 먹으면서 간단히 맥주나 한잔할까 했는데. 어쩔 수 없지 뭐. 승명 씨나 정 PD님한테 물어봐야겠다."

행동이 빠른 선경이 말이 떨어지기가 무섭게 어디론가 전화를 걸었다.

"승명 씨, 나 선경이에요. 같이 점심 먹으면서 맥주 한잔 어때요? ……정 PD님은요? ……아, 그래요? ……그럼 알았어요."

무척 간단한 통화를 끝내고 선경이 한숨을 푹 내쉬었다.

"뭐야. 다들 왜 이렇게들 바쁜 건데?"

"약속 있대요?"

"응. 으잇! 어쩔 수 없지. 혼밥과 혼술은 역시 나의 운명인가 봐. 그치 다이야?"

"하, 하하."

어색하게 웃어 주고는 다시 회의 결과 보고서 작성에 집중했다. 선경이 옆에서 계속 불만스러운 듯 이죽거렸지만 다이의 머릿속은 오직 이 작업을 서둘러 끝내야 한다는 생각뿐이었다.

* * *

그날, 캠핑카를 끌고 도착한 곳은 경기도 외곽의 이름 모를 강가였다. 강인지 호수인지 명확하지 않은 규모와 분위기였지만, 두 사람은 강이라고 정해 버렸다.

고기와 맥주를 들고 캠핑카 밖으로 나온 유현은 숯불 앞에서 통화 중이던 다이를 보고 걸음을 멈추었다.

"응……. 응……. 그래? 알았어……. 내일 저녁에 들를게……. 어머니한테 그렇게 전해 드려……. 응. 끊어, 제이야."

"동생?"

그의 등장에 고개를 든 다이가 미소를 지었다. 그러곤 다시 커다란 집게로 숯불을 정리한다. 이미 휴가철이 지났고 열대야마저 사라진 시기여서 조금 서늘한 바람까지 불고 있었다. 다이는 탁탁 소리를 내며 신나게 타들어 가고 있는 숯불을 내려다보았다.

"지금 가야 하는 거면 말해. 데려다줄 테니까."

맞은편에 자리한 유현이 고기를 가지런히 놓으며 말했다. 다이는 고개를 저었다.

"그런 거 아니에요. 그냥 이렇게 조용하고 적막한데, 또 즐겁고 행복한 시간이 꽤 오랜만인 것 같아서, 그래서 좋아서."

"여기에 고기와 맥주가 곁들여진다면 더 좋겠지?"

"그렇겠죠?"

다이는 유현으로부터 맥주를 건네받고는 테이블에 올렸다. 종이컵과 접시, 그리고 좀 전에 그녀가 직접 끓인 김치찌개 냄비와 밥공기도 같이 올렸다. 완벽한 저녁 테이블이 완성되자 고기를 굽는 속도가 차츰 빨라졌다.

"캠핑은 처음이야?"

노릇노릇하게 구워진 고기를 접시에 옮겨 담으면서 유현이 물었고, 다이가 고개를 끄덕였다.

"네. 처음이에요. 유현 씨는 경험이 많은가 봐요?"

"가끔. 혼자서도 다녔고 동생 입대하기 전에는 데리고 다녔지."

"하, 부럽다. 나한테도 그런 오빠가 있었다면 이렇게나 세상 물정 모른 채로 자라진 않았을 텐데요."

"여기 있잖아."

이따금 현실 같지 않은 상황에 새삼스러운 감정에 빠지곤 한다. 다이는 숯불 때문에 붉게 어른거리는 그의 얼굴을 물끄러미 바라보았다.

정유현, 이 남자와 연애를 하고 데이트라는 걸 하게 되다니.

파혼의 순간에도 그녀에게 아무 존재도 아니었던 이 남자가 이제는 마냥 그립고 보고 싶은 사람이 되어 있다니. 그를 더욱 사랑하고 싶다. 그에게서 더욱 사랑받고 싶다. 견디기 어렵도록 애가 타는 마음이었다.

"먹어. 식기 전에."

"다 구워지면 같이 먹어요. 고기를 혼자 무슨 맛으로 먹어요?"

"혼자인 것에 익숙한 것 같더니, 내가 길을 잘못 들인 건가?"

"흐음. 그러게요. 이젠 밥 먹을 때도 커피를 마실 때도, 그리고 퇴근할 때도, 옆에 정유현 씨가 없으면 허전하네요. 그쪽이 길을 잘못 들인 거 맞아요."

그저 웃으며 농담으로 건넨 말이었다. 그 농담 속에 약간의 진담을 포함해서, 그저 그도 웃으라고 던진 말이었다. 하지만 그에게서 돌아온 대답에 다이는 결코 웃지 못하고 멍멍해졌다.

"그럼 어쩔 수 없지. 결혼하는 수밖에."

17

여름을 즐기는 풀벌레 소리가 귀를 찌를 듯 요란했다. 야영을 위해 만들어진 공간이 아닌데도 강가엔 듬성듬성 가로등이 켜져 있어 먼 풍경까지 감상할 수 있었다. 테이블을 모두 치운 후, 맥주를 들고 나란히 앉은 두 사람은 약속이라도 한 듯 말없이 그림 같은 풍광만 감상하고 있었다.

몸은 땀에 절었고, 덥고 습하고 얼마쯤은 시원하고 복잡한 바람이 불었지만, 그 어느 날보다 여유로운 시간이 흘러가고 있었다. 이렇게 여유를 부려 본 게 얼마 만인지 생각이 나지 않을 정도였다.

다이는 물끄러미 고개를 돌려 유현의 옆얼굴을 바라보았다. 내심 묻고 싶었다. 아까 했던 말은 농담이었는지 진심이었는지. 진심이라면 왜 그런 마음이 생겼는지.

하지만 물을 수 없었다. 그저 농담이었다는 대답이 돌아올까 봐.

스스로가 우습고 기막혔다.

파혼을 먼저 말한 장본인이 뒤늦게 변덕이라니.

자신의 부모님은 그렇다 쳐도 유현의 부모님께는 영원히 지워지지 않을 상처가 됐을 텐데, 이제 와서 뭘 어쩌자는 건가. 얼마나 어이없고 우스운 일인지.

"기억나? 예전에 당신이 질투했던 그 여자."

머릿속이 뒤죽박죽인데, 유현이 불현듯 먼저 입을 열었다. 그의 말에 다이는 퍼뜩 한 여자를 떠올리며 인상을 굳혔다.

"뭐, 기억은 나죠. 하지만 질투는 아니에요."

"질투 맞는다고 당신이 그랬었는데."

"으음. 근데 그 여자가 왜요?"

"인연이라는 게 신기한 거야. 아직 시기상조지만 내 동생하고 연애를 할지도 모르겠거든."

"어머나."

"그 녀석 성격이라면 좋아하는 여자를 절대 놓칠 리가 없지."

다이는 고개를 갸웃거렸다. 유현을 덥석 안는다든지 끌어안았을 때의 표정에는 분명 이성을 향한 설렘과 애정이 보였기 때문이다.

"의외네요. 틀림없이 당신을 좋아하고 있다고 생각했는데."

"처음엔 그랬겠지만 아마 시간이 흐를수록 내 동생의 매력에 빠지게 될 거야."

"동생이 꽤 매력적인가 봐요?"

"그런 편이지. 허풍이 심해서 탈이지만."

동생에 대한 이야기를 하는 유현의 얼굴은 더없이 온화해 보였다. 분명 사이가 아주 좋은 형제일 것이다. 그녀 자신과 제이처럼.

"동생은 몇 살이에요?"

"이제 막 제대했어. 곧 복학할 거고. 우리 방송국에서 아르바이트를 하고 있지."

"우리 방송국?"

"응. 여러모로 동생한테 도움이 될 것 같아서 내가 제안했지. 생각보다 잘 적응했어."

"저번에 당신 동생이 날 알아본 것 같다고 하지 않았어요?"

"그랬지."

"그 뒤로 어떻게 됐어요?"

"아직 확실한 건 없어. 당신도 나도, 불안해야 하는지 안심해야 하는지. 아무것도 알 수 없지."

"아……."

다이는 안도의 한숨을 깊이 내쉬었다. 희게 탈색된 얼굴빛도 차츰 회복되었다. 짧은 시간이었지만 기분이 널을 뛰었다. 맥주를 머금으며 속을 달래고 있던 다이는, 이어진 유현의 말에 턱을 굳혔다.

"아직은 그 정도지만 이제 곧 모든 사실을 알게 되겠지."

"응? 모든 사실을 알게 될 거라뇨?"

"당신은 나하고 연애만 할 건가?"

정면만 고집스럽게 응시하던 그가 고개를 돌려 그녀를 쳐다봤다. 이글거리는 붉은 조명등 아래, 그의 얼굴이 빨려 들어갈 듯 유혹적으로 보인다. 그가 한 질문의 의미를 모르지 않았다. 결국 아까 진의를 파악하고 싶었던 그의 한마디는 진심이었던 셈이다.

갑자기 혼란스러워졌다.

결혼할 뻔했던 작년과는 확연하게 다른 혼란스러움이었다. 막연했던 결혼의 실체가 지금에야 실감이 나는 듯했다. 작년엔 자신과는 동떨어진 단어라고만 생각했는데, 지금은 결혼 날짜라도 정해진 양 모든 게 구체적으로 느껴지는 것이다.

"우리 연애 시작한 지 얼마 안 됐어요. 조금 더 시간을 함께하고 결론지어도 상관없을 것 같지 않아요?"

"작년엔 연애 기간조차 가져 보지 않고 결혼하기로 했었는데, 잊었어?"

"생각해 보니 그러네요. 하지만 그때와 지금은 다르니까. 그땐 정략이었고 지금은 연애고. 난 당신하고 좀 더 연애라는 걸 해 보고 싶어요. 내 인생에 처음 있는 일이라서. 당신은 자주 해 봤을지도 모르겠지만요."

"내가 자주 해 봤을 것 같아?"

"성격만 보면 아니지만."

"나도 처음이야. 그러니까 너무 억울해하지는 마."

"작년에도 그렇고 지금도…… 당신한테는 결혼이라는 게 아주 쉬운 일 같아요. 오해하진 마요. 절대 비난은 아니니까. 그렇게 생각하는 사람도 있다는 거죠."

유현은 웃으며 고개를 끄덕였다. 쉬운 일이 절대 아니라는 걸 증명하기 위해 지금 당장 할 수 있는 말은 하나뿐이었다.

"내가 얘기 안 했나?"

"뭘요?"

"나, 당신한테 첫눈에 반한 거."

다이는 숨을 훅 들이켰다. 그의 말을 믿을 수 없었다. 작년의 일을 아무리 세세하게 더듬어 봐도 그는 내내 오만하고 거만하게 굴었던 것이다.

"그땐 몰랐지. 어떤 자리에 가도 자존심 구겨 본 적 없었던 나를 유일하게 당신만 주눅 들게 만들었으니까. 그저 오기라고 생각했어. 당신이 나를 무시하지 않고 똑바로 쳐다봤으면 좋겠다고 생각했어. 그래서 결혼하자며 강하게 나갔던 것뿐이야. 어차피 할 결혼이라면 당신을 이기는 게 중요했지."

"하! 그런 마음이었다니."

"지금 생각해 보면 당신한테 반했던 것 같아. 만날 때마다 당신 눈길한번 받아 보는 게 소원이자 숙제였으니까. 반하지 않았다면 당신이 나를 쳐다보든, 테이블만 쳐다보든, 천장만 쳐다보든, 결코 관심 없었을 거야."

결국 유현은 인정해 버렸다. 다이에게서 한시라도 시선을 뗄 수 없었던 건 빌어먹을 오기나 자존심이 아니라 그저 반해서였다는 걸. 제게 집중하지 않는 그녀의 시선을 억지로라도 끌어오고 싶었던 건 바로 그 이유였다는 걸.

"충분히 갑작스러울 거라는 거 알아. 그러니 바로 대답하지 않아도 돼. 난 좀 더 기다릴 수 있으니까. 그래도 어떤 확신 같은 건 있어야겠지. 당신의 마음. 나하고 결혼할 생각이 있는지."

서로를 응시하는 깊고 그윽한 눈빛.

이 남자를 잃고 싶지 않다. 늘 욕심이 나고 보고 싶다. 다이는 조용히 자신의 감정을 들여다보았다.

"난, 당신을 좋아해요. 항상 보고 싶고, 만지고 싶고, 안기고 싶어요."

"됐어. 그거면."

천천히 다가온 그가 다이의 뒷머리를 잡고 끌어당겼다. 기습적인 키스에 다이의 두 팔이 허공을 휘적거리다 이내 늘어졌다. 깊게 파고드는 입술에 다이는 이미 이성을 상실해 버렸다. 발칙하게도 어서 그와 캠핑카 안으로 들어갔으면 좋겠다고 생각하고 있었다.

멀리 여름의 끝자락을 붙잡은 채 저들끼리 부딪치고 있는 풀벌레가 요란하게 웃고 울고 떠들고 있었다.

* * *

[집 앞이야. 나와.]

은진은 핸드폰을 슬쩍 쳐다보곤 다시 텔레비전으로 시선을 돌렸다. 토요일 밤. 넓은 거실에 혼자 앉아 영화를 보는 건 익숙하지 않은 일이었다. 부모님은 모임이 있어 일찌감치 나가셨고 일하는 아주머니들도 뒤늦은 여름휴가 중이라, 집엔 은진 혼자뿐이었다.

물론 이현이 그 사실을 알 리는 없었을 터였다.

그런데 혼자인 것에 익숙하지 않은 은진이 한창 예민한 상태에서 영화를 보고 있는데 이현이 문자를 보낸 것이다. 그때부터 영화에 집중되지 않았다. 눈은 화면에 두고 있지만, 두 귀는 핸드폰 소리에 활짝 열려 있었다.

[안 나오면 쳐들어간다. 쿵짜라라짝.]

절대 문자 알림 따위는 듣지 않으려 귀를 틀어막고 영화에 집중해 보려 애썼지만 헛수고였다. 때마침 남녀 주인공이 키스를 하는데, 순간적으로 남자의 얼굴에 이현의 얼굴이 겹쳐 보인 것이다.

화면 속에서 이현이 다른 여자와 키스를 나누고 있었다.

자신이 아닌 다른 여자와.

"미쳤어, 미쳤어."

은진은 고개를 세차게 저었다. 민감하게 곤두선 신경이 거슬렸다. 어쩔 수 없이 핸드폰을 낚아채듯 가져와 정신없이 문자를 입력했다.

[나 지금 집에 없어.]

[거짓말. 누나 차가 차고에 있는데?]

[택시 타고 나왔어. 얼른 돌아가.]

[거실 불이 켜져 있는 게 보여. 집에 있는 게 아니라면 얼른 있는 곳을 대. 갈 테니까.]

[대체 왜 그러는데?]

[할 얘기가 있어. 아주 중요한 얘기야. 듣고 싶으면 나와. 듣기 싫으면 어쩔 수 없지. 그냥 가지 뭐. 딱 5분 기다릴게.]

은진은 하는 수 없이 몸을 일으켰다. 나가기 싫은데 어쩔 수 없이 나가는 거라고 스스로를 세뇌시키면서, 이현이 무슨 말을 지껄이든 절대 흐트러지지 말자고 다짐하면서, 샌들을 신었다.

이현에게 자꾸만 휘둘리는 자신이 못마땅한 가운데, 대문을 열고 나간 그녀를 본 이현이 빈정거렸다.

"집에 있었네. 거짓말하면 못써요."

다가가던 은진은 잠시 멈칫했다. 이현이 검은색 슈트를 입고 있었기 때문이다. 슈트 차림의 이현은 처음 본지라 은진은 적잖이 당황했다. 유현을 닮아 이현 역시 키와 체격에서 유난히 수컷의 분위기가 풍기곤 했는데, 그 분위기가 슈트와 만나니 시너지가 아찔할 정도로 컸다.

어딜 다녀온 걸까.

내심 궁금했지만 은진은 도도하게 턱을 치켜올리며 물었다.

"할 얘기가 뭐야. 어서 해."

"여기서?"

"그럼?"

"맥주라도 마시면서 얘기해. 나 오늘 알바한 거 월급 받았어. 낮에 다녀온 학교 선배 부친상에 갔다가 10프로 썼지만."

아하, 장례식장에 다녀온 거였구나. 장례식장 차림새가 저렇게까지 멋질 일인가. 누구와 함께 갔을까. 학교 선후배라면 그중에 여자아이도 있었을까.

"우유나 많이 먹어라, 아그야. 어서 할 얘기가 뭔지 말하라니까."

자꾸만 이현에게 가는 눈길을 은진은 고집스럽게 붙잡고 있었다. 일부러 대문만 쳐다보았다. 그 와중에도 아까 본 영화 속 장면이 자꾸만 머릿속을 헤집었다. 이현이 여주인공과 키스하는 상상이 말도 안 되게 선명한 모습으로 동공을 스치고 지나갔다.

"나 소개팅할 건데."

그랬는데 이현의 짧은 한마디에 은진의 고개가 반사적으로 그를 향했다.

"……뭐?"

"못 들었어? 다시 말해 줘? 나 소개팅한다고."

"왜?"

"하고 싶어서."

"소개팅이 왜 하고 싶은데?"

"여자를 만나고 싶어서?"

"여자를 왜 만나고 싶은데?"

"누나가 만나 주지 않아서?"

그럴 이유가 전혀 없는데 우습게도 손이 다 떨렸다. 이현을 쳐다보는 눈동자도 비슷한 속도로 떨리고 있을 것이다. 그저 남동생 같은 녀석의

치기 어린 감정이라고만 생각했는데, 정작 문제는 자신에게 있었다.

이현이 다른 여자와 만난다고 생각하니 머리가 지글지글 끓는 것 같았다. 다른 여자와 마주 앉아 시시콜콜한 이야기를 나누며 식사를 하고 술을 마시고, 그리고 집까지 데려다준다고 생각하니 손바닥에 땀이 다 생겼다.

실컷 이현의 마음을 거절해 놓고 이제 와서 이런 이중성이라니.

대체 왜 이런 심경이 드는 건지 스스로가 이해되지 않았다.

"네 마음은 고작 이것밖에 안 되는구나. 내가 몇 번 튕겼다고 벌써 소개팅을 해? 뭐? 여자를 만나고 싶어?"

"나 싫어서 튕긴 거 아니었어?"

이현이 작정한 듯 물어 오자 은진은 선뜻 대답하지 못했다. 이현을 싫어하지 않는다. 당연하게도 이성으로 느낀 적도 없다.

"말해 봐. 나 좋아하는 거 아니잖아. 그럼 내가 소개팅을 하든 맞선을 보든, 신경 *꺼셔*야지."

그러니 이현의 말대로 그가 무슨 짓을 벌이든 관심이 없어야 옳았다. 그런데 왜 이렇게 신경에 거슬리는 거지? 이현이 한다는 그 소개팅이 왜 이렇게 불쾌한 거지?

"그래. 알았어. 마음대로 해."

은진은 결국 다른 핑계를 대지 못하고 돌아섰다. 콧김이 쉭쉭 뿜어져 나오고 눈매가 야멸치게 일그러졌다. 하지만 이현에겐 멀쩡해 보이고 싶어 온 힘을 다해 걸어가고 있는데 결국 발목이 삐걱거렸다.

뒤에서 후다닥 다가온 이현이 은진의 팔을 붙잡았다.

"진정해. 앞 좀 보고 걸어."

"진정하고 있어. 진정하지 못할 게 뭐가 있다구."

"전혀 그래 보이지 않아."

이현의 음성이 빈정거리는 듯한 음색에서 갑자기 한 톤 낮아졌다. 부드럽고 다정하다. 이 녀석에게 이런 목소리도 존재했나 싶게, 얼마쯤 야룻하게 들리기도 했다. 바로 그 목소리가 문제였다.

심장까지 내려앉게 만드는, 그 낮고 로맨틱한 목소리가 문제였다. 은진은 한숨처럼 내뱉듯이 한 단어 한 단어, 어렵게 말했다.

"아직 생각…… 중이야. 아직…… 정리가…… 안 됐다구."

"무슨? 어떤 정리?"

"너한테 완전하게 휘둘릴지 말지. 아직 결정을 못 내렸다구."

은진은 그 순간에 이현의 눈빛이 얼마나 반짝거렸는지 알아채지 못했다. 드디어 그가 친 덫에 완전하게 걸려들었다는 사실도 전혀 모르고 있었다. 그저, 좀 전보다 더 그윽한 음성으로 귓전을 달콤하게 만드는 이현만 신경 쓰일 뿐이었다.

"누나. 솔직하게 말해도 돼. 나 소개팅하는 거 싫지?"

이현의 손이 조용히 올라와 그녀의 턱을 쥐었다. 천천히 다가와 격하게 겹쳐지는 입술에도, 은진은 별다른 저항을 하지 못했다. 더 용기를 낸 이현이 그녀의 허리를 끌어안았고, 은진은 가만히 있는 걸로 키스를 용인했다.

그래, 싫어.

네가 다른 여자를 만나는 게 싫어.

나도 내가 왜 이러는지 모르겠지만 어쨌든 싫어. 그러니까 하지 마, 그거.

속으로 울린 말은 행동으로 나타났다. 은진이 저도 모르게 두 팔을 들어 올려 이현의 목을 끌어안아 버린 것이다. 키스는 더욱 깊고 짙어졌고, 이현의 입술 끝이 미소로 스윽 올라갔다.

* * *

민철은 지숙을 위해 방문을 천천히 열어 주었다. 다이의 방이었다. 1년이 넘는 시간 동안 청소를 위해 아주머니만 규칙적으로 드나들었을 뿐, 민철이나 지숙은 의식적으로 찾지 않은 곳이었다.

그랬던 방은 일주일 전부터 다시 주인을 되찾았다. 다이가 방송국 오피스텔 생활을 정리하고 집으로 들어온 것이다. 그리고 오늘은 지숙이 퇴원을 했다. 지숙은 퇴원하자마자 가장 먼저 다이의 방이 보고 싶다고 했다.

다이가 출근하고 없는 방은 텅 비었지만 모습은 예전의 그것으로 되돌아간 듯했다. 화장품으로 채워진 화장대, 노트북이 놓인 책상, 계절에 맞게 바뀐 침대 시트와 베개, 그리고 창문의 블라인드도 모두 새로 바꾸었다.

지숙은 천천히 들어가 침대 끝에 걸터앉았다. 아직 기운이 충전되지 않은 손으로 시트를 부드럽게 쓸어 보았다. 그저 원망스럽고 밉기만 했던 딸이라고 생각했는데, 자신의 뜻대로 되지 않아 항상 불만스러운 아이였는데, 지금은 그저 곁에 돌아와 준 것만으로도 고마웠다.

어떤 것도 바라지 않고, 아무것도 원하지 않을 것이다.

다시는 다이를 숨 막히게 만들지 않을 것이다.

그 아이의 눈에서 눈물 흘리게 두지 않을 것이다.

"여보. 피곤하지 않아?"

민철의 눈에 지숙은 힘없는 종이 같았다. 만지면 금세 부러질 것 같은 약하고 여린 나뭇가지 같았다. 아직 충분히 완쾌되지 않았기에 아내가 굳이 힘들게 몸을 움직이게 하고 싶지 않았다.

"내려가자고. 죽을 끓여 놨대. 그게 오늘 점심이야."

"아, 그래요? 알았어요."

지숙은 고개를 끄덕이며 몸을 일으켰다. 민철은 지숙의 어깨를 끌어안고 부축한 채 방을 나섰다. 주방 식탁에는 민철이 말한 대로 죽 그릇과 반찬이 놓여 있었다. 아주머니가 반갑고 또 애틋한 얼굴로 다가왔다.

"사모님. 죽이나 반찬도 간을 거의 안 했으니까 천천히 꼭꼭 씹어 드세요. 얼른 회복하시구요."

"고마워요."

지숙은 감사의 한마디를 잊지 않았고 죽을 한 숟가락 떠서 입에 넣었다. 전복과 해산물, 그리고 야채가 잘게 어우러져 부드럽게 식도를 타고 내려갔다. 고개를 드니 숟가락만 든 채로 자신을 쳐다보고 있는 남편이 보였다.

"당신, 안 먹어요?"

"응. 먹어야지."

"드시고 얼른 다시 병원으로 가세요. 그동안 나 때문에 진료에 집중도 못 했을 텐데."

"진료에 집중 못 하면 쓰나. 염려 마. 내가 일이 년 일한 레지던트도 아닌데."

민철은 가볍게 말했지만 지숙은 모르지 않았다. 민철이 그 누구보다 가장 많이 걱정했으며 자신 몰래 많이도 울었다는 것을. 결혼하고 함께 산 지 30년이 된 지금, 사랑보다 더 깊은 믿음이 굳건하게 박혀 있었다.

갑자기 눈물이 나려 해 지숙은 목기침을 하고는 고개를 내렸다.

"미안하고 고마워요, 여보."

"뭐가?"

"이렇게 아파서 미안하고 또 아픈 나를 걱정해 줘서 고맙고."

"어서 먹자구."

"그래요."

민철은 묵묵히 죽을 떠먹었다. 이후 조용하고 차분한 식사 시간이 지나고 두 사람은 거실로 자리를 옮겼다. 민철이 지숙을 위해 약 봉투와 물 잔을 가져왔고, 지숙은 묵묵히 그것을 삼켰다.

"조금 앉아 있다가 들어가서 누워."

"알았어요. 당신도 얼른 병원에 가 봐요."

"내가 알아서 할게."

여느 날과 다름없이 조용한 집, 조용한 대낮, 조용한 시간이었다. 지숙은 다시 일상으로 돌아온 것을 누구에게랄 것도 없이 감사해했다. 등을 기대고 눈을 감고 집에서만 누릴 수 있는 편안함을 마음껏 만끽했다. 그러다 눈을 뜬 건 민철의 말 때문이었다.

"당신, 자?"

"아뇨."

"그럼 내 얘기 듣기만 해."

"무슨 얘기요?"

"경기도 끄트머리에 땅을 좀 샀어. 당신 병원에 있을 때."

지숙은 가만히 눈을 떴다. 부동산 쪽으로는 전혀 관심이 없는 남편은 의외의 말을 던졌다. 땅이라니. 대체, 왜.

"거기다가 집을 지을 거야. 당신하고 내가 살 집."

"집이요?"

"응. 생각을 많이 했어. 이렇게 북적거리는 곳 말고 조용한 데로 가서 당신하고 나, 둘이서 조용히 살면 어떨까. 뒤에 산도 있고 앞엔 개울도 흘러. 새도 지저귀고 흙냄새도 나고. 마당에 작은 텃밭 가꾸면서 그렇게 살면 어떨까."

"병원은요."

"넘겨주면 되지. 경영 머리가 뛰어난 사람들이 있어. 황 교수도 그렇고 내과 손 교수도 있고."

"여보. 그래도……."

"당장 가자는 게 아니야. 집 지으려면 시간이 많이 필요해. 우리가 남은 인생 동안 살 집인데, 아주 튼튼하게 지어야지. 이 집은 두 딸들 알아서 살라고 하고, 우린 가자고."

지숙은 끝내 눈물을 보였다. 일에 빠져 살던 남편이 어째서 이런 결정을 내렸는지 이유를 잘 알기 때문이었다.

"아프고 나서 당신이 그랬지. 모든 일이 후회가 된다고. 나도 그래. 다 얻어도 건강을 잃으면 무슨 소용이겠어. 내 이름 석 자, 알아주는 이가 많아도 내 몸 하나 건사하지 못하면 그게 무슨 소용이야. 다이도 돌아왔으니까 이제 우린 우리의 인생만 삽시다, 여보. 그동안 우리 애들 우리 때문에 눈치 보며 살았을 텐데, 이쯤에서 우린 빠져 줍시다."

남편의 한마디 한마디가 지숙의 귀를 울리고 가슴을 울렸다. 우느라 코끝이 발개진 지숙이 목울음을 삼키며 겨우 말했다.

"나 때문에……."

"절대 당신 탓이 아니야. 오히려 당신 덕분에 우리가 그동안 어떻게 살아왔는지 돌아볼 수 있었지. 우린 잘 살아왔고 또 잘 살아갈 거야. 걱정하지 마."

민철은 조용히 지숙의 옆에 앉았다. 아내의 어깨를 끌어안고 위로하듯 토닥거려 주었다. 나약해진 아내의 어깨는 민철의 서글픔을 자아냈다. 앞만 보며 달려온지라 멈추는 방법을 몰랐는데, 이제는 잠깐 쉬었다 갈 수 있을 것 같았다.

삶은 때론 뒷걸음질도 용납되는 것이리라. 잠깐 멈췄다가 다시 걸어 가는 것 역시 용인되는 것이리라. 바쁘고 치열한 것을 즐겼지만 이젠 내려놓는 방법도 알아야 했다. 지금이 바로 그런 시기였다.

* * *

어느새 밤 기온이 가을이 다가왔음을 일러 주고 있었다. 긴소매 옷을 걸쳐야만 밤공기를 맞을 수 있는 계절이 시작되고 있었다.

유현이 시사 교양 본부 전체 PD 회의에 참석한 틈을 타, 다이는 오랜만에 연희와 원호의 가게에 와 있었다. 한 시간 후, 유현의 회의가 끝날 시간에 맞춰 방송국 앞에서 만나기로 했다.

가을이 시작되면서 가게의 내부 인테리어도 얼마쯤 바뀌었다. 물론 고작 모조 단풍잎과 은행잎을 벽 여기저기에 붙이고, 반으로 쪼개진 나무토막에 깨알 같은 글씨로 메뉴를 적어 넣은 게 전부지만, 가을을 만끽하기엔 충분했다.

"왜 안 마셔?"

좁은 가게는 이미 손님들로 꽉 찼고, 다이는 혼자 바에 앉았다. 연희가 맥주 한 잔을 내왔지만 거품이 꺼지도록 그대로 두었다.

"좀 있다 약속이 있어서."

"누구랑?"

"으음, 있어. 원호는 안 보이네."

"아까 싸우고 바람 쐰다고 나갔어. 왜 싸웠는지는 묻지 마. 우리 부부 싸움은 항상 묻지 마 싸움이니까. 이틀에 한 번꼴로 싸우지 않으면 사는 재미가 없어, 우린."

"알았어. 안 물어."

친구의 얼굴 표정만 봐도 의미심장한 기분을 느꼈는지, 연희가 젖은 손을 앞치마에 슥슥 닦더니 다이에게로 다가왔다. 바를 사이에 두고 다이와 연희가 마주 보았다.

"너 남자 생겼지?"

연희가 취조하듯 묻자 다이는 눈을 부릅뜨고 고개를 저었다.

"놉!"

"이년이 거짓말하네. 너 남자 생겼어. 백 프로야."

"아닙니다."

이제 이런 유도 신문에 넘어가지 않을 정도의 배짱과 오기는 있었다. 다만 연희라는 친구는 다른 사람들에 비해 몇 배의 눈치와 촉을 소유했다는 것을 잠시 잊고 있었다.

"내가 어떻게 아는지 알아? 나 원호랑 썸 탈 때, 딱 지금의 너 같았거든. 안절부절못하고 괜히 얼굴 빨개지고 항상 초조했단다. 언제 어디서 원호가 나타날지 몰라서."

연희는 확신하는 듯했다. 그저 유현이 회의를 끝낼 때까지 무료함을 달래기 위해 들른 것인데, 얼토당토않게도 연애 사실을 들켜 버리다니.

이 정도면 집에서 지숙과 민철, 그리고 제이의 눈치가 백 단이 아님을 감사해야 하는 건가.

"결혼하니 좋아?"

다이는 대화의 결을 바꾸었다. 연희의 말에 긍정도 부정도 하지 않았지만 연희라면 알 것이다. 다이가 연애 사실을 인정한 것과 같다는 것을.

"나쁠 것도 없어."

"대답이 시큰둥하다, 어째?"

"웬 다이야. 사랑이라는 감정의 유효 기간은 딱 3년이야. 케바케, 사바사로 더 짧거나 더 긴 사람들도 있지. 하지만 원호와 나는 너무 평범하고 평균적인 사람들인지라 딱 3년이었어."

"3년이 지나면? 서로 으르렁거려?"

"으르렁거렸다가 헤헤거렸다가, 그때부터는 전쟁을 치르면서 살아. 원호와 나는 아군이 됐다가 적군이 됐다가 연합군도 됐다가 동맹도 맺었다가, 그렇게 끝나지 않는 전쟁을 치르다 보면 어느새 동지가 되어 있지. 그럼 정(情)이라는 게 생겨. 그걸로 살아가는 힘을 비축하는 거야."

"어렵다. 결혼이라는 거."

"그래서 러시아 속담에 이런 말도 있잖아. 바다에 나갈 땐 한 번 기도하고, 전쟁터에 나갈 땐 두 번 기도하고, 결혼을 결심할 땐 세 번 기도하라."

"너하고 원호는 세 번 기도하지 않았던 거니? 그래서 자주 싸우는 거야?"

"그러게. 그런데 우린 싸울 때도 상도덕은 지켜. 서로의 자존심은 절대 건드리지 않고 가게 일에도 소홀하지 않거든. 그게 우리의 암묵적인 룰이지. 웬 다이야. 사람은 말이야. 언제 어디서 뭘 하든, 그 룰만 지키고 살면 아무런 문제가 없단다."

다이는 고개를 천천히 끄덕이며 맥주잔을 멀거니 응시했다. 만약 작년에 예정대로 유현과 결혼을 했더라면 지금 어떻게 변해 있을까. 서먹하고 어색하고 민망한 채로 일상을 공유하면서도, 느린 속도로 서로에게 파고들 수 있었을까.

서로를 충분히 알고 파악하기엔 지나치게 부족했던 시간이었고, 결혼이라는 이름으로 묶이기에도 아주 짧은 시간이었다. 그와는 여전히 파혼한 관계였지만 다이는 지금이 훨씬 더 중요하고 소중했다.

그와 많은 것들을 함께할 수 있으니까.

그녀는 집으로 들어갔고 그는 오피스텔에 남았고, 그런 탓에 자주 얼굴을 볼 수 없었지만 오가는 문자와 전화 통화로 그리움을 달랬다. 어쩌다 복도 멀리에 있는 그를 발견할 때면 다이는 그가 알아보든 말든 저도 모르게 손을 흔들곤 했다.

그렇게 밖으로 드러낼 수 없는 감정이어도 좋았다.

이렇게 결혼하게 된다면 아무리 큰 전쟁을 치러도 이겨 낼 수 있을 것만 같다.

가게에 손님이 점점 더 늘어나자, 다이는 어쩔 수 없이 연희에게 작별 인사를 하고 가게를 나왔다. 그러곤 기다렸다는 듯 핸드폰을 꺼내 지숙에게 전화를 걸었다. 한 시간 후 지숙이 잠들 시간이므로, 지금 통화를 해야 했다.

— 다이야.

"어머니. 아직 주무시지 않으셨죠?"

— 응. 이제 씻고 나왔어. 넌 어디야? 퇴근하려면 아직 멀었어?

"퇴근은 했는데 약속이 있어서 좀 늦을 것 같아요. 먼저 주무세요."

— 들어오는 거 보고 자려고 했더니. 많이 늦나 보구나.

"네. 오늘 식사는 꼬박꼬박 하셨어요?"

— 응, 식단표대로 먹었어. 낮엔 정원에 나가서 산책도 하고.

"잘하셨어요. 뭐 드시고 싶은 거 있으면 말씀하세요. 사 갈게요."

— 없어. 일찍 들어와. 너 차 한 대 사야겠다. 이렇게 늦게 들어올 땐

신경 쓰이네.

"아직은 필요 없어요. 필요하게 되면 제가 살게요. 참, 어제 제가 가르쳐 드린 거 해 보셨어요?"

— 응. 다 하고 있어. 숙제 검사 받는 기분이다, 다이야.

다이는 피식 웃고는 지숙과의 통화를 끝냈다. 어제는 창고에 있던 다기 세트를 꺼내 와 지숙에게 각종 차 우리는 법을 가르쳤다. 당분간 집에 있으면서 지숙이 취미 삼아 할 수 있는 일 몇 가지를, 앞으로도 하나씩 가르칠 생각이었다.

뜨개질, 십자수, 비즈 공예 등 그녀가 할 수 있는 것들을 다 끌어내 지숙과 공유할 생각이었다.

다이는 새삼스럽게 풍요로운 기분이 되었다. 부모님과 이렇게 자주, 오랫동안, 가볍고도 즐거운 심경으로 통화를 한 적이 있었던가.

지숙의 병을 생각하면 마음 한편이 여전히 사무치게 아프지만, 더는 그걸로 슬픈 티를 내지는 않았다. 하루하루 주어진 시간에 감사하면서 흘러가는 시간을 아까워하면서, 네 식구는 그렇게 살아갈 것이다.

그리고…….

다이는 걸음을 멈추었다.

걷다 보니 어느새 방송국 앞이었고 저만치 앞 횡단보도에 그가 서 있었다. 신호등 불빛이 바뀌기를 기다리던 그가 바지 뒷주머니에서 핸드폰을 꺼낸다. 다이는 유현이 자신에게 전화를 걸 거라는 걸 알았다.

"정유현 씨. 전화할 필요 없어요. 나 왔으니까."

다가간 다이는 말간 얼굴로 환하게 웃으며 그의 손을 잡았다. 핸드폰을 쥔 손이 허공에서 멈춰지며 유현은 다이를 반갑게 내려다보았다.

"기다렸던 거야, 여기서?"

"아뇨. 근처에 친구 가게가 있는데 거기서 시간 보내고 있었어요."

"친구 가게?"

"네. 대학 친군데 부부예요. 맥주를 파는 아주 작은 가게요."

"다음엔 나도 함께 가. 당신 친구들이라니 한번 만나 보고 싶은데."

"좋아요. 조만간 한번 가요."

고개를 끄덕인 유현은 제법 쌀쌀해진 바람에 흔들리는 다이의 머리칼을 걷어 주었다. 누가 볼세라 다이가 서둘러 고개를 틀며 그의 손길을 피했다. 그런 다이에게 유현의 더욱 짓궂은 장난이 계속됐다.

"자꾸 그렇게 피하면, 횡단보도 건널 때 손잡아 버린다."

그가 정수리로 입술을 내려 속삭이자 뜨거운 입김이 머리를 적셨다. 다이는 화끈거리는 얼굴을 긴 머리로 감추고 그의 발을 꽉 내리밟았다.

"장난은 그만요. 누가 보기라도 한다면 우리 둘 내일 아침 로비에서부터 경호원을 불러야 할 거라구요."

"불러야 되는 거면 부르지 뭐. 난 상관없는데."

"앗! 빨간불이다. 얼른 가요."

다이는 유현보다 두어 걸음 앞서 걸었다. 걷는다기보다는 뛴다는 표현이 옳을 정도로 그녀의 발은 무척 빨랐다. 오피스텔에 도착해 계단을 오를 때에도 유현은 토끼처럼 날쌘 그녀를 보며 헛웃음을 흘려야 했다.

그런 다이의 속도를 유현이 따라잡은 건 그의 오피스텔 현관문 앞에 다다라서였다.

"단거리 달리기 선수였어? 빛보다 더 빨랐어."

"어서 문부터 열죠?"

"문을 열자마자 키스부터 할 거니까 각오해."

"배가 고픈데 밥부터 먹어야 하지 않을까요?"

"난 당신이 더 고파. 이렇게 허기져 본 적은 처음이야. 멀리 있으니 더더욱."

잠금장치를 삑삑 여는 그의 손길이 성마르도록 다급했다. 멀리 있어 더욱 허기진다는 그의 말에, 다이는 문득 그의 손을 잡고 싶어졌다. 멀리 있지 않다고 말해 주고 싶었다. 현관문이 열리고 다이가 그의 손을 잡고 함께 안으로 들어섰다.

하지만 이미 오피스텔 내부는 불이 켜져 환했다. 그리고 이어 흘러나오는 구수한 찌개 냄새와 중후하면서도 인자한 여자의 목소리.

"유현이 왔니?"

손을 잡은 채로, 두 사람은 그 자리에 잔뜩 굳어진 채 서 있었다.

18

"왜 말씀도 안 하고 오셨어요."

유현은 지금의 분위기에 꺼낼 말이 아니라는 걸 알았지만 차 안에 내려앉은 침묵이 신경 쓰여 억지로 입을 열었다. 신호등 앞에서 잠시 멈춰 핸들 위로 손가락을 툭툭 치며 룸 미러를 쳐다보니 말없이 창밖만 내다보고 있는 승미가 보였다.

유현은 한숨을 지었고 신호등이 파란불로 바뀌자 다시 차를 몰았다.

승미가 아들을 위해 해 둔 찌개는 냉장고로 들어갔고, 다이는 승미의 부탁에 의해 인사만 하고 돌아섰다. 아버지가 차를 보내 주시겠다고 했다는데, 유현이 우겨 자신의 차에 승미를 태우고 본가를 향해 가고 있었다.

승미의 얼굴에 여러 가지 복잡한 감정이 올라 있었다. 그녀는 창밖 풍경에서 시선도 떼지 않고 대답했다.

"그냥 놀라게 해 주고 싶었나 봐. 너 집에 자주 오지도 못하는 대신에 내가 한번 갈까, 항상 생각만 하고 있었거든."

"이현인 꼬박꼬박 집에 들어오죠?"

"응."

"아버지도 별 탈 없으시구요?"

"응."

서로에게 돌아가는 질문과 대답. 정작 묻고 대답하고 싶은 건 그런 것들이 아닐 텐데. 유현은 전후 사정이 어찌 됐든 다이와의 관계를 미리 언질 주지 않아 승미를 당황하게 만든 것은 자신의 실수라 여겼다.

"놀라셨을 텐데 미리 말씀 안 드린 것 죄송합니다, 어머니. 올봄에 우연히 방송국에서 만났어요. 다이 씨도 방송국에서 일하고 있어요. 작가로."

무엇보다 승미의 굳어진 모습이 적잖이 신경 쓰인 탓에 유현은 하는 수 없이 자신이 먼저 이야기를 꺼내기로 했다. 그러자 승미가 고개를 돌려 룸 미러 속 유현을 똑바로 응시하며 물었다.

"너 며칠 전에 집에 와서 작년에 파혼한 얘기 꺼냈을 때 말이야."

"네."

"그 아이 염두에 둔 말이었니?"

"네."

"그래. 이유가 있었을 거라 생각은 했어. 지나가 버린 일에 미련을 두는 타입이 절대 아닌데, 넌."

"어머니."

"응. 말해."

"다이 씨하고 저, 연애 중입니다."

승미는 가볍게 숨을 들이마셨다. 머릿속이 복잡했다. 분명히 끝난 인연인데, 다이라는 아이가 유현과 함께 오피스텔에 들어왔을 때, 머릿속이 지잉 울리는 느낌이었다. 잡고 있는 손, 두 사람의 얼굴에 만족스럽게 피어오른 미소.

그 모든 것이 두 사람의 관계가 심상치 않다고 말해 주고 있었지만, 승미는 냉정해졌다. 분명 그 아이도 당황했을 텐데 그런 기분을 숨기고 자신을 향해 공손히 인사를 해 왔지만, 어쩔 수 없이 돌려보냈다.

연애 중이라니.

파혼한 상대와 시간이 흘러 다시 만나 연애를 하고 있었다니.

게다가 그 파혼은 자신들 쪽에서 일방적으로 당한 것이었고, 그로 인해 입은 심적인 피해도 컸다. 뭣보다 남편과 자신의 구겨진 자존심을 회복하는 데엔 시간이 오래 걸렸다. 그런 걸 모르지 않을 녀석이, 바로 그 아이와 연애를 하고 있었다니.

"그래서 결혼까지 하려고?"

"그러고 싶습니다. 다이 씨만 좋다면."

"유현아. 난 아직 그때 생각만 하면 불쾌하고 괴로워. 아마 인생에서 내가 겪은 일 중 쓰라린 경험 세 손가락 안에 들 거야. 네가 그런 어미 마음을 이해한다면 그 아이와 연애까지 하진 않았을 거라 생각해."

"배신감 드세요? 저한테?"

유현이 웃으며 말했고 승미는 서늘한 표정을 지었다.

"솔직히 말하면 좋은 기분은 아니야. 어떻게 결론지어야 할지 모르겠어."

"제가 알아서 할 테니 어머니는 지켜만 보세요."

"어떻게 지켜만 봐? 부모가 허수아비니?"

"결혼은 제가 하는 거고, 그에 따른 모든 결정도 제가 합니다. 1년 전엔 그걸 몰랐고 지금은 달라요. 지금은…… 제가 다이 씨를 사랑하고 있습니다. 그때와는 전제부터가 달라졌으니 과정도 달라야겠죠."

"유현아."

"어머니. 어머니 아버지가 겪으셨던 상처, 모르지 않아요. 자존심이 얼마나 상하셨는지 잘 압니다. 하지만 저 또한 아무렇지 않았던 거 아니고, 파혼을 강행한 다이 씨 역시 많은 아픔을 가지고 있어요. 어머닌 다이 씨가 왜 여러 사람들에게 상처를 안기고도 파혼할 수밖에 없었는지 모르십니다."

"결혼하고 싶지 않아서였다며."

"그건 공식적인 거고요."

"그럼 비공식적인 이유도 있다니?"

"네. 이 자리에서 제 입으로 드릴 말씀은 아닌 것 같아서 더는 언급하지 않을 테지만, 어머닌 분명 다이 씨를 측은하게 여기실 겁니다. 제가 아는 어머니라면, 분명 그러실 거예요."

아들의 말에 승미는 할 말을 잃었다. 무슨 이유로 그 아이를 측은하게 여길 거라고 자신하는지 알 수 없었지만, 어머니라면, 이라는 단서가 승미의 마음을 요동치게 만들었다. 마치 그녀 자신은 어떤 일에 있어서도 너그러운 사람일 거라는 강요 같아서 심적으로 부담스러웠다.

"조만간 자리를 마련하겠습니다. 다이 씨를 다시 보게 되실 거예요."

"난 모르겠다."

승미는 냉랭하게 대답했다. 그러고 나서 차는 다시 적요에 휩싸였다.

본가에 도착하자 승미는 조심해서 가라는 짧은 인사만 전달하고 집으로 들어갔다. 냉랭하게 닫힌 대문을 잠시 쳐다보던 유현은 이내 차를 돌렸다.

골목길을 따라 천천히 내려가다가 다이에게 전화를 걸었다. 그의 전화를 기다리고 있었는지 신호음 두 번 만에 다이의 목소리가 들려왔다.

— 유현 씨.

"집?"

— 네. 유현 씨는요?

"어머니 모셔다드리고 오피스텔로 가는 중이야."

대답과 동시에 다이에게서 기다란 한숨 소리가 들렸다. 그녀가 혼란스러워하고 있다는 게 여실히 느껴졌다.

"괜찮아?"

— 그럼요. 미안해요, 유현 씨. 중간에서 당황했을 텐데.

"당신이 더 당황했겠지. 신경 쓰지 마. 당신이 그런 일로 신경 쓰는 거 싫어."

— 그럴게요. 어서 들어가요. 피곤하겠어요.

"이대로?"

— 네. 이대로.

"으음, 집 주소 불러 봐."

— 집 주소는 왜요?

다이는 그렇게 물으면서도 집 주소를 불러 주었다. 유현은 자신의 위치에서 다이의 집까지의 거리를 계산한 뒤, 다시 입을 열었다.

"20분 안에 집 앞에 도착해 있을 테니까 나와. 전속력으로 갈게."

— 네? 유현 씨! 유현 씨!

유현은 전화를 끊은 뒤 차의 방향을 바꾸었다. 다소 충동적인 행동이라는 걸 모르지 않았다. 하지만 지금 그녀의 얼굴을 보지 않으면 안 될 것 같은 불안감이 고개를 치켜들었고, 유현은 속도를 내 도로를 달렸다.

다이의 집 앞에 도착한 유현은 카디건을 입고 골목에서 서성대고 있는 다이를 발견했다. 헤드라이트에 눈이 부셨는지 팔로 얼굴을 가린다. 유현은 서둘러 차에서 내려 그녀에게 다가갔다. 그녀가 뭐라 입을 열기도 전에 입술을 막아 버렸다.

얼굴을 감싸 쥐고, 입술에 닿는 그녀를 마음껏 느낀다.

가을을 알려 주는 밤바람이 지나갈 틈도 없이 유현은 다이의 입술을 거칠게 물고 놓아 주지 않았다.

* * *

"이현이 녀석은 아직 자나?"

동훈의 앞에 마지막으로 국그릇을 놓은 승미가 고개를 끄덕였다.

"네. 그런가 봐요."

"당신도 앉아서 먹지."

"입맛이 없는데 그래도 앉아 있어야겠죠? 당신은 식탁에 혼자 앉아 식사하는 걸 싫어하니까요."

국을 떠먹던 동훈이 이건 또 무슨 불만인가 싶어 고개를 들고 아내를 쳐다보았다. 아내의 얼굴은 굳어 있었다. 그러고 보니 지난밤에도 잠을 이루지 못하고 뒤척거렸던 것 같다.

"무슨 일 있어?"

"아무것도 아니에요. 어서 식사하세요."

"있으면 말을 해. 그렇게 속으로만 끙끙 앓지 말고."

"얘기해 봐야 나만 나쁜 소릴 들을 것 같아서요. 혼자 삭이면 돼요. 당신은 어서 식사하시고 약 먹어요."

동훈은 조용히 수저를 내려놓았다. 아내가 밤잠까지 설치는 덴 분명 이유가 있을 터. 이대로 식사를 계속하다간 분명 입맛도 잃을 것이다. 어떤 상황에도 결코 동요하는 법이 없는 동훈이 부드럽게 말했다.

"어서 말해 봐. 무슨 일인지."

승미는 남편이 수저까지 내려놓고 대화를 종용하자 다소 머뭇거려졌다. 하지만 한번 시작한 일은 끝을 보고야 마는 남편의 성격을 잘 아는지라, 어쩔 수 없이 이실직고를 해야 했다.

"유현이요. 작년에 파혼했던 애랑 연애를 하고 있더라구요."

"……뭐? 유현이가 류 원장 큰딸과 연애를 하고 있다고?"

"네. 저도 어제저녁에 유현이 오피스텔에 갔다가 알았어요. 아니, 우연찮게 본 거죠. 둘이 손잡고 웃으면서 들어오더라구요. 나 참, 기가 막혀서."

동훈이 미간을 찡그리고는 사태 파악을 위해 눈동자를 굴렸다. 그 결과 그는 평소답지 않게 큰 소리로 웃기 시작했다.

"하하하하하하."

파혼한 상대와 뒤늦은 연애라니.

아무리 생각해도 유현의 성격과는 전혀 어울리지 않는 상황이라 더욱 흥미가 생겼다. 파혼까지 해 놓고 그 여자와 연애까지 할 정도면, 유현의 감정이 아주 깊다는 의미였다. 그리고 그 정도로 그 아이 역시 매력을 가졌다는 뜻이겠고.

하지만 아내의 기분은 영 아닌가 보다.

"당신은 지금 웃음이 나와요?"

"하하하, 미안. 웃음이 자꾸 나서. 그래. 대체 어떻게 된 건데? 어떻게 그리 연애를 하게 된 거야?"

"그 아이가 유현이가 들어간 방송국에서 작가로 일하고 있었나 봐요. 한때 결혼할 뻔했던 관계니까 뭐, 서로에게 생판 남남은 아니었을 거 아니에요?"

"하하하. 유현이 그 녀석도 참. 이럴 때 보면 순정파야. 나랑 비슷하다니까."

"아니, 당신은 자꾸만 왜 그렇게 웃어요? 뭐가 재미있다고?"

"재미있지, 충분히. 아니 이게 말이 되는 일이냐고."

동훈은 그렇게 말하면서도 끅끅 웃었다. 승미는 그런 남편이 못마땅해 한참 동안 흘겨봤다. 제 마음도 모르고 그저 너털웃음만 터뜨리는 남편이 곱게 보이지 않았다. 그랬는데 홀연히 나타난 이현이 녀석이 한술 더 떴다.

"자암깐만요! 어머니, 아버지. 잠시 스톱!"

아직 잠에서 덜 깬 듯 머리칼이 부스스한 채로 내려온 이현이 매우 진지한 표정을 하며 동훈의 옆에 와서 앉았다. 아직도 남편 때문에 화가 나 있던 승미가 일어나 밥그릇을 가져다 놓았다.

"어서 밥이나 먹어. 넌 뭐가 그렇게 매일 바빠서 12시를 넘겨."

"그게 중요한 게 아니라 내가 방금 뭘 들은 거지? 그러니까 형이 작년에 파혼한 여자랑 연애를 하고 있다는 거죠? 그리고 그 여자는 방송국에서 일하고 있고?"

"어서 밥이나 먹으라니까."

"하하하. 그렇다는구나, 이현아."

승미와 동훈이 상반된 태도로 서로 다른 대답을 했다. 그러자 이현이 무언가를 확신하는 눈빛으로 내뱉었다.

"나 방송국에서 그 여자 봤거든."

"뭐?"

"엄마가 나한테 그 여자 사진 보내 줬잖아요. 내가 딱 기억하고 있었어. 그 여자가 분명한데, 형은 자꾸 아니라고 하니까 내가 잘못 본 건가, 했죠."

"하! 감춰 준 거지, 뭐. 네 형이."

"아……. 우리 형, 뭐지? 반하고 싶어지네. 근데…… 그래서…… 그게 뭐 어때서요? 두 사람이 다시 만나서 이번엔 정략결혼이 아니라 연애를 한다는데 잘된 거 아닌가?"

"모르는 소리. 넌 가만히 있어."

"아하……. 우리 어머니 존심에 스크래치 나셨구나. 그러셨구나. 이번엔 어머니가 반대로 퇴짜 놓고 싶으신 거죠?"

"너 정말. 가만히 있으랬지?"

"그러지 마세요. 나이 먹고 연애 좀 해 보겠다는 형한테 꼭 그렇게 모질게 하셔야겠어요? 우리 세계에서 형 같은 사람이야 연애 없이 곧장 결혼으로 가는 게 당연한 일이지만, 이왕이면 연애도 해 보는 게 좋죠. 막말로 둘이 벌써 갈 데까지 갔을 텐데, 반대하시면 어쩔 건데요?"

"뭐…… 뭐? 갈 데까지 가?"

"당연하죠. 남자 여자 둘이 연애하다가 잠자리 갖는 게 무슨 대수라고. 더구나 집을 나와 따로 사는데 저 같아도 백 번은 더 했겠……."

"그만!"

승미가 인상을 확 찌푸리며 이현을 노려보았다. 동훈도 이번엔 승미의 편을 들어 준다.

"그래. 네 엄마 충격받으신다. 그만해. 그리고 당신도 이제 기분 풀어. 걔들이 당장 결혼하겠다는 것도 아니고 연애하는 건데 그렇게 오만상 찡그리고 있으면 마음 편하겠어? 유현이 입장도 생각해야지. 분명 뭔가 느낌이 왔으니 연애를 시작한 거야. 유현이 성격에. 그렇게 믿고 지켜보자고."

"누가 뭐랬나요. 그저 불편하다는 거죠. 대체 이게 무슨 일이람. 파혼한 여자애와 난데없이 연애라니."

"사람 일이라는 게 늘 그렇게 앞을 알 수 없는 거지. 좋은 일이든 싫은 일이든, 그저 현명하게 대처하는 게 최선이야. 특히나 당신과 나처럼 나이를 먹을 대로 먹은 사람들은 말이야."

"나도 알아요. 어서 식사하세요. 이현이 너도 먹고."

걱정과 갈등을 오가고 있는 승미의 끓는 속과는 달리 동훈과 이현은 느긋하게 아침 식사를 즐겼다. 그 와중에 이현은 고개를 아예 그릇에 박은 채 국물을 후루룩 떠먹었다. 두 분의 눈치를 이리저리 살피는데 적절한 타이밍을 찾기가 쉽지 않았다.

이왕 형의 일로 두 분이 연애와 삶의 상관관계에 대한 논리를 펼치고 있는 마당에, 이 틈을 타 자신의 연애에 대해서도 고백할까 싶은 것이다. 하지만 승미의 저 날카롭고 예민한 신경을 받아 내기가 쉽지 않을 듯했다.

아무래도 자신의 문제는 아직 시기상조 같다.

* * *

〈시사 오피니언 리더〉의 첫 방송이 나간 후 유현은 도처에서 쏟아지는 축하 문자에 정신이 다 없을 정도였다. 주말 저녁 황금 시간대에 예능 프로그램이 아닌 시사 프로그램을 방영하는 만큼, 친숙한 소재와 주제를 선정하여 딱딱한 분위기를 지양하고 코믹적인 요소를 가미한 것이 큰 도움이 된 듯했다.

"실시간 시청률 보셨어요? 최고 6.8%까지 찍었어요."

제작 사무실로 들어온 선경의 얼굴은 무척 상기돼 있었다. 승명과 함께 모니터로 시청자 의견을 살펴보고 있던 유현은, 선경의 뒤를 따라 들어오는 다이를 보곤 미묘하게 표정을 바꾸었다. 화색을 감추려고 해도 숨겨지지 않는다.

　"들었어요. 고생했어요, 작가님들."

　"고생했는데 오늘 뭐 없나요? PD님?"

　선경이 정말로 고생한 티를 내려 다 죽어 가는 목소리로 회식을 원하자, 유현이 빙긋이 웃었다. 양재성 본부장으로 인해 시작부터 부침(浮沈)이 많았던 터라, 모두 첫 방송이 무사히 끝나기만을 기원하던 참이었다.

　그러니 회식 시간쯤은 얼마든지 낭비해도 되리라.

　"승명 씨도 시간 됩니까?"

　"어우, 그럼요. 우리 넷이 모여 술 한잔할 시간이야 충분합니다."

　"류다이 씨는?"

　유현의 시선이 다이에게로 향했다. 하지만 다이는 곤란한 기색을 내비쳤다.

　"전 곤란해요. 동생이 오랜만에 쉬는 날이라 같이 늦은 저녁을 먹기로 했거든요."

　"다이 너 집으로 들어갔다고 요즘 너무 튕겨. 같이 밥 먹을 시간도 없고."

　"미안해요, 선배. 이해해 주세요."

　선경 대신 유현이 고개를 끄덕였다. 아쉬움이 묻은 표정으로 그녀의 퇴근을 부추겼다.

　"그렇게 해요. 어서 퇴근해요, 다이 씨."

　"네. 모두 고생하셨어요."

　다이가 가방을 메고 사무실을 나갈 때까지 유현은 그녀의 등에서 눈을 돌리지 않았다. 문득 셋만 남으니 허탈해졌는지 승명이 고개를 들고 유현을 쳐다보았다.

　"그럼 회식은 다음 주로 미루죠, PD님. 주요 제작진이 우리 넷인데

한 명만 빠져도 뭔가 듬성듬성하네요."

"선경 씨, 그래도 되겠어요?"

"뭐, 어쩔 수 없죠. 아우, 제가 다이 교육 똑바로 시킬게요, PD님."

"그래 주면 고맙겠어요."

유현이 뼈 있는 농담을 던진 후 승명의 어깨를 툭 쳤다.

"그럼, 승명 씨 계속 체크 부탁해요. 급한 일이 있어서 한 시간 후쯤에 다시 돌아올 테니까."

"어, 네. PD님."

유현은 의자에 걸쳐 둔 점퍼를 쥐고 서둘러 사무실을 나섰다. 점퍼에 팔을 꿰면서 꽤 다급히 핸드폰을 꺼내 다이에게 전화를 걸었다.

―유현 씨?

"아직 방송국 안이지?"

―네. 로비예요.

"후문 앞에서 기다려. 주차장에서 차 빼고 올라갈 테니까."

―네?

유현은 다이의 대답을 듣지 않고 전화를 끊었다. 급한 마음은 걸음까지 재촉하게 만들었다. 서둘러 차를 몰고 후문 쪽으로 올라가니 관리실 앞에 서 있는 다이가 보였다. 가벼운 미소와 함께 차에 오른 다이에게서 제법 차가워진 밤공기가 느껴졌다.

"버스 타고 가도 되는데."

"마음에도 없는 말 같은데?"

"음. 맞아요. 당신이 와 줘서 기뻐요."

다이가 소리 내어 웃었다. 억지가 아닌 말 그대로 심연에서 끌어 올린 반가운 웃음이었다. 그의 모친으로 인해 늘 가슴 한편이 답답했는데 유현의 얼굴만 보면 행복감 말고 다른 감정은 모두 사라지곤 했다.

늘 그게 문제였다.

이 남자의 존재에 다른 생각은 모두 사라지는 게.

"당신 어머니요."

"어머니 말이야."

그렇게 웃음소리가 잦아들고 잠시 내려앉은 침묵을, 두 사람이 동시에 깨뜨렸다. 하필 이야기의 소재도 똑같아서 두 사람은 마주 보고 웃음을 터뜨렸다. 다이는 며칠 동안 내내 무거웠던 마음이 이 웃음소리에 날아가 버렸으면 좋겠다고 생각했다.

"내가 먼저 말할게요, 유현 씨."

"그래."

"당신 어머니를 한번 만나 뵙고 싶어요. 둘만요."

다이의 말은 무척 의외였다. 유현은 대답을 미루고 차를 잠시 갓길에 주차시켰다. 시동을 끄지 않은 차의 엔진 소리가 마치 뛰고 있는 자신의 심장 소리처럼 들렸다.

"어머니를?"

"네."

다이가 고개를 끄덕였고 다시 입을 열었다.

"당신이 하려던 말은 뭐였어요?"

"흐음. 당신과 비슷한 말? 언제 한번 자리를 마련했으면 좋겠다는 거였어."

유현의 말을 듣고 다이는 다시 고개를 끄덕였다. 유현과의 연애 과정에서 어쩔 수 없는 통과 의례일 것이다. 그때의 파혼은 분명 유현의 부모에겐 상처로 남아 있는 일일 테니까.

"왜 어머니를 만나야겠다고 생각한 거지?"

"그저 당신과 나를 위해서요. 당신 마음이 편해졌으면 좋겠고 나 또한 그랬으면 해서. 이기적이죠?"

"아니. 충분히 그럴 수 있어."

"그래서 어머니께서 허락하시면 계속 연애할 거고, 허락하지 않으시면…… 연애만 할 거예요."

현관문을 열고 들어갔을 때, 유현의 모친과 눈이 마주쳤을 때, 그 순간의 싸늘한 분위기를 잊을 수 없었다. 그녀를 알아본 유현의 모친이 얼마나 차갑게 얼굴을 굳혔는지, 다이는 지금도 생생하게 기억하고 있었다.

"연애만 해?"

유현은 확인하듯 물었다. 다이의 쓰디쓴 웃음이 그렇다는 대답을 대신했다.

"난 지금 다시 그때로 돌아간다고 해도 같은 선택을 했을 거예요. 본의는 아니었지만 그런 내 선택 때문에 분명 고통과 상처를 받으셨을 테니까 그 점에 대해선 늦었지만 사과를 드리고 싶어요. 그래서 그런지 제가 가해자라는 생각을 늘 지울 수 없어요. 그리고 가해자는 무조건 피해자의 처분에 따라야 하죠."

"류다이."

"사랑해요, 정유현 씨. 당신을 다시 만나지 않았다면 내 인생은 아직도 먹구름이 끼어 있었을 거예요. 난 행복이라는 단어를 느끼지도 못하고 살아가고 있었을 거고, 이렇게 가슴이 뛰고 설레는 기분도 전혀 알지 못했을 거예요. 난 당신을 만나서 인생 핀 거예요."

유현은 다이의 턱을 잡고 제게로 돌렸다. 음성은 무척 담담했지만 그녀의 눈동자는 흔들리고 있었다. 얼굴을 감싸 쥐고 시선을 고정시키자 다이가 일부러 눈매를 휘며 미소를 지었다.

"만나 봬야겠다고 해서 자리를 만들어 주겠지만 혼자만의 추측과 짐작으로 작아지지 마. 파혼이라는 건 누구나 할 수 있고 누구에게나 일어날 수 있는 일이야. 누구나 할 수 있는 건 죄가 아니지. 나였다고 해도 당신이 내 마음에 들지 않았다면 먼저 파혼했을지도 모르니까."

"유현 씨."

"나 때문에 인생에서 먹구름이 지워졌다는 당신을, 내가 연애 상대로만 둘 것 같아? 나 때문에 행복해진 여자와 연애만 한다는 건 억울하지. 난 당신이 더 행복해지는 걸 보고 싶어. 난 절대 당신 손을 놓고 싶은 생각이 없으니까 당신도 그래 줘. 나하고 같은 마음이라면."

그러고 싶지 않았지만 눈물이 나려 했다. 다이는 입술을 깨물고 눈물을 참으며 그와 시선을 얽었다. 어느새 너무 깊어진 눈빛과 감정이 북받쳤다. 이 남자를 사랑한다. 이 남자가 보여 주는 모든 면모를 사랑하고 있다.

다이는 단단한 유현의 눈동자를 바라보며 고개를 끄덕일 수밖에 없었다. 볼에 얹힌 그의 체온에 더없이 편안함을 느끼면서 다이는 더욱 눈매를 휘었다.

* * *

분명히 넓고 환한 커피숍 내부였다. 작은 공간 사이로 테이블이 수도 없이 넘쳐 날 만큼, 너무 넓어 직원이 곳곳에 서서 대기하고 있어야 할 만큼, 광활한 곳이었다. 그런데도 다이는 숨 막히는 긴장에 자꾸 갈증만 일었다. 그래서 커피가 나온 지 3분도 채 되지 않았는데 잔이 이미 비어 버렸다.

무엇보다 다이가 가장 곤란했던 건, 이곳에서 승미를 만나 인사를 하고, 커피를 주문하고, 주문한 커피가 나오고 나서도 테이블은 침묵만이 흘렀다는 점이었다. 승미는 그저 묵묵히 커피만 마실 뿐, 다이에게 먼저 말을 걸지 않았다.

말을 하지 않아도 상대한테서 느껴지는 분위기라는 게 있었다. 바보가 아닌 이상 승미가 이 자리를 무척 달갑지 않게 여긴다는 것 정도는 이미 파악하고 있었다. 다이는 하는 수 없이 고개를 들었다. 예상했던 분위기였고 그녀가 먼저 제안해 이루어진 자리니, 그녀 자신이 리드하는 게 옳다고 생각했다.

"갑작스럽게 약속을 잡아서 번거롭게 해 드린 게 아닌가 계속 걱정했어요, 사모님."

"뭐, 갑작스럽긴 했죠."

362

승미는 커피 잔을 내려놓고 짧게 대답했다. 유현으로부터 다이와 약속을 잡았다는 말을 전해 들은 게 어제저녁이었으니, 사실 승미의 입장에선 마음의 가닥을 잡을 시간도 충분하지 않았던 셈이었다.

유현이 그렇게나 좋아한다니, 그리고 동훈과 이현도 옆에서 그토록 추임새를 넣어 버리니 최대한 긍정적으로 생각하려 해도, 막상 다이를 직접 대하니 작년의 그 모멸감이 고스란히 떠올라 버린 것이다.

분명 약속 장소인 이 호텔 커피숍으로 출발할 때까지만 해도 마음을 다잡았는데, 다이를 본 순간 애써 감춰 두었던 감정이 들끓어 버렸다. 그렇게 자신들을 망신시킨 주제에, 다시 제 아들을 만나 연애를 하고 있다는 다이의 뻔뻔함을 도저히 모른 척할 수 없었다.

"지금에 와서 이런 말씀, 정말 새삼스럽고 쓸데없고 또 사모님 심기를 불편하게 만드는 것 같아 염려스럽지만, 작년에 죄송했습니다."

다이는 진심을 담아 승미를 향해 고개를 숙였다. 제 안의 문제에만 갇혀 자신의 판단 때문에 상처를 입었을 타인을 헤아리지 못했다. 그건 명백한 그녀의 실수였고 오류였다. 그걸 다시 되짚는다는 게 자신에겐 흠이고 승미에겐 상흔을 헤집는 일이라 할지라도 분명 필요한 것이었다.

"그 사과를 당사자한테선 1년 만에 들어 보네요. 아, 물론 류 원장님하고 안 교수님한테선 이미 들었지만."

"정말 죄송했습니다."

"이미 지나간 일이니 신경 쓰지 말아요. 우리도 다 잊고 살았으니까."

승미의 말투에서 냉랭한 기운이 여과 없이 느껴졌다. 어쩌면 승미는 일부러 더욱 티를 내려 하고 있는 것일지도 몰랐다. 어찌 됐든 다이는 승미가 건네는 모든 말들을 묵묵히 들을 각오였다.

승미가 다시 말을 이었다.

"방송국에서 우리 유현이랑 다시 만나다니. 이게 인연인지 악연인지 도무지 갈피를 잡을 수가 없네요."

"저도 처음엔 많이 놀랐습니다."

인연, 악연.

승미가 그 어떤 단어로도 유현과 다이의 사이를 규정하지 않는 건, 둘의 관계를 아직 용인하지 않겠다는 뜻이리라. 짐작은 했지만 다이는 오늘 이 만남이 결코 편하게 흘러가지는 않을 거란 생각이 또다시 들었다.

"그때 두 사람 봤을 때, 사실 좀 충격이었어요. 둘이 함께 오피스텔로 온 날 말이에요."

"네. 충분히 그러실 거라 생각합니다. 죄송했습니다."

"난 꿈에도 생각 못 했지. 뭐, 같은 직장에서 근무하게 됐다곤 해도 감정까지 발전할 수 있었다니. 젊은 사람들 사고방식이 다들 그런 건지, 내가 깐깐한 건지. 그것도 모르겠네요."

"뭐라 드릴 말씀이 없습니다."

"그러면 오늘 날 왜 보자고 한 거죠?"

단도직입적이고 다소 쌀쌀맞은 어투였다. 마치 단단한 벽을 마주하는 기분에 다이는 선뜻 입을 열기 어려웠다. 하지만 언젠가는 부딪쳐야 할 상황이었고 해결해야 할 일이었다. 무엇보다 유현을 잃기 싫은 마음이 확고하니까.

"유현 씨와의 연애를 허락해 주세요, 사모님."

다이의 부드럽지만 당돌한 말에 승미는 가볍게 한숨을 토해 냈다. 결국 다이가 꺼낼 말이라는 게 뻔했으면서도, 승미는 그때까지도 자신이 어떤 자세를 취해야 할지 갈등하고 있었다. 유현을 위해서 두 사람의 연애를 받아들여야 한다는 걸 아는데도, 마음은 작년의 상처를 이겨 내지 못했나 보다.

"두 사람 연애를 내가 왜 허락하고 말고 해요? 두 사람은 성인이고 알아서 할 일인데."

"아마 제가 이기적인가 봐요. 꼭 사모님 허락하에 만나고 싶습니다."

"글쎄요. 헷갈리네요. 두 사람의 연애를 허락하면, 마치 그게 결혼도 허락한다는 뜻 같아서."

"그건……."

"류다이 씨."

"네, 사모님."

"난 사실 이 자리도 불편해요. 이미 파혼한 상대와 만나는 것 자체가 불편하다는 말이에요. 아직 감정이 정리도 안 됐는데 이렇게 불쑥 약속 잡고, 연애를 허락해 달라고 말하니, 나로선 무슨 말을 어떻게 해야 할지도 모르겠어요."

"사모님."

"난요. 아직 다이 씨를 받아들이는 게 쉽지 않아요. 그건 이해해 줬으면 해요. 두 사람의 연애에 대한 이해를, 나한테까지 요구하지 말아 달라는 거예요."

생각보다 승미의 벽은 매우 두꺼웠다. 다이는 도무지 열릴 생각도 하지 않는 입을 오물거리며 승미가 쏟아 내는 말을 묵묵히 듣고만 있었다.

"두 사람이 연애하는 건 두 사람이 알아서 해요. 그 이상의 것을 나한테 강요하진 말구요. 그리고 이런 자리, 더는 만들지 말았으면 해요. 난 이만 일어날게요."

승미는 서늘한 음성을 뱉어 내고 자리에서 일어났다. 다이도 주춤 일어나 커피숍을 빠져나가는 그녀를 향해 고개를 숙였다.

다이는 승미가 가고 없는 테이블에 무너지듯 주저앉았다. 온몸에서 기운이 모조리 빠져나간 듯 금세 쓰러질 것만 같았다.

승미의 말은 유현의 여자로 다이를 절대 인정하지 않겠다는 뜻이라는 걸, 다이는 무겁게 알아차리고 있었다.

19

잠에서 깬 동훈은 사이드 테이블의 스탠드를 켰다. 은은한 불빛이 퍼지자 고개를 돌려 옆자리를 쳐다보았다. 승미는 등을 돌린 채 누워 있었다. 누워는 있지만 잠을 자고 있는 게 아니라는 걸 알았다. 승미는 어젯밤에도, 그리고 지금도 잠을 이루지 못하고 있었던 것이다.

"여보."

"응? 어머나, 불은 언제 켜셨대? 왜 깼어요?"

깜짝 놀라 돌아누운 승미가 묻자, 동훈이 슬그머니 상체를 일으켰다. 승미 역시 상반신을 일으켜 침대 헤드에 등을 기대고 앉았다. 시계를 보니 새벽 1시였다. 동훈이 마른세수를 하며 물었다.

"왜 그렇게 못 자는 거야. 어제부터."

"그러게요. 왜 이렇게 잠을 못 자는지."

"어제 그 아이 만난 거 아는데, 설마 그 일 때문이야?"

"그런가 봐요."

동훈이 한숨을 흘렸다. 어제 아내와 다이라는 아이가 약속을 잡고 만났다는 걸 알았지만, 어땠느냐고 일부러 묻지 않았다. 어젯밤에, 그리고 오늘 아침 식탁에서의 아내를 봤을 때 분위기가 어떠했을지 이미 짐작할 수 있었기 때문이다.

아내가 이렇게까지 잠을 이루지 못하고 힘겨워하고 있다는 것은, 아마도 그 아이에게 모진 말을 건넸기 때문일지도 모른다. 동훈은 아내의 어깨를 토닥거렸다. 자신들 부부가 생각지도 못한 일과 마주했을 때 아내는 항상 차분했고 그에게 큰 용기가 되곤 했다.

신제품 디자인이 표절 루머에 휘말렸을 때, 과로에 말단 직원이 쓰러져 기업 이미지가 곤두박질쳤을 때, 그리고 무엇보다 장수하실 거라 생각한 모친이 갑자기 돌아가셨을 때, 아내는 특유의 여유롭고 털털한 성격을 무기로 언제나 그를 안심시켜 주었다.

그랬던 아내가 이틀째 불면의 밤을 보내고 있다는 건, 자신의 성격과 걸맞지 않은 말이나 행동을 다이에게 건넸을 게 분명했다. 그게 불편해 견딜 수 없는 것이다. 잠이 오지 않을 정도로.

"당신답지 않게 싸늘하게 대했나 보군. 그 아이한테 말이야."

동훈이 나지막이 웃음소리를 내자, 승미가 고개를 흘깃 돌려 남편을 야속하다는 듯 쳐다보았다. 이럴 때의 남편은 정말이지 아플 정도로 정곡을 콱 찌른다.

"그렇게 매번 날 너무 잘 아시니 무슨 말을 못 하겠네요."

"이야기해 봐. 다 들어 줄 테니까."

"정말이요? 나한테 뭐라 하기 없기예요."

"약속하지."

남편의 약속한다는 한마디에, 승미는 그제야 기나긴 한숨을 내질렀다.

"그 아이를 보자마자 작년 일이 떠오르는 거예요. 너무 또렷하게. 유현이 파혼하고 나서 나 며칠 동안 앓아누웠잖아요. 그때가 생각나더라구요. 그때의 억울했던 감정이."

"당신이 앓아누웠던 건 그저 지쳐서였지, 억울해했던 것까지는 아니었던 것 같은데."

"뭐 따지고 보면 둘 다죠. 새 식구를 들인다는 사실에 마냥 들뜨고 즐거웠는데 그게 우리만의 즐거움이었다고 생각하니까 좀 섭섭하고 안타까웠죠."

"그래. 이해해."

"그런데 어제 그 아일 보니까 그때의 감정이 되살아나는 거예요. 그래서 좋은 말을 할 수가 없었어요."

"어떻게 말했는데?"

"두 사람이 연애하는 건 나하고는 상관없는 일이다, 나한테 그걸 용인해 달라고 요구하지 마라, 뭐 대충 그렇게."

"그 아이가 상처가 컸겠군."

"그렇겠죠?"

"상관없는 일이라니. 마치 넌 내 며느리로 결코 받아 줄 수 없으니 그렇게 알고 물러나라, 하는 말 같잖아."

"정말 그렇게 생각돼요?"

"그럼."

승미는 미간을 찡그렸다. 일에만 능숙하지 감정적으로는 무디고 서툴기 짝이 없는 남편의 귀에도 그렇게 들렸다면, 다이라는 아이는 여지없이 그렇게 생각하고 있을 것이다. 결국 승미는 자신이 이틀째 잠을 이루지 못하고 있는 이유를 내심으로 인정하고야 말았다.

다이가 내내, 지나치게, 마음에 걸린 것이다.

그렇게까지 말할 건 아니었는데, 그토록 쌀쌀맞게 대할 것도 아니었는데. 다이가 받았을 상처뿐만 아니라 유현에게도 갑자기 미안해졌다. 가까이에서 마주한 다이라는 아이는 아주 선한 인상에 말투도 부드러웠다. 어떤 악의나 흑심도 느껴지지 않는 아이라 더욱 그랬다.

"하지만 너무 걱정하지 마."

"걱정이 되네요, 난. 나이가 훨씬 많은 어른이면 어른답게 굴었어야 했는데. 1년이나 지난 일 정도는 다 잊었어야 했는데 말이에요."

"걔들이 정말 미래를 함께하기로 약속했다면, 그 아이가 정말로 우리 며느리가 될 아이라면, 그깟 일로 물러나진 않을 거야."

"정말 그렇게 생각해요?"

"그럼. 당신 말 한마디로 나가떨어질 거였다면 애초에 유현이랑 연애할 엄두도 내지 않았겠지. 안 그래?"

"그렇게 생각하니 한편으로는 안심이 돼요. 그 아이한테 너무 차갑게 군 게, 내가 생각해도 좀 지나쳤다 싶어서. 그 아이가 아랑곳하지 않고 당당하게 부딪쳐 온다면 좋겠네요. 삼세번 정도는 더."

"삼세번이나 더? 허허, 그 아이가 아니라 유현이가 울겠네."

동훈이 놀리듯이 웃어 대자, 승미도 그제야 한결 여유로워졌다. 불안과 후회를 한 방에 날려 준 남편과의 대화가 그녀를 안심시켰다. 어쩌면 오늘부터 무사히 잠을 잘 수도 있을 듯했다. 승미는 다시 자리에 누우며 애써 잠을 청했다.

* * *

"사모님. 어떤 여자분이 이걸 주고 가셨는데요."

주방 아주머니가 품에 넘칠 정도로 커다란 국화꽃 바구니를 들고 들어온 건 다음 날 오후였다. 꽃바구니에는 색색의 국화와 안개꽃이 가득했다. 바구니 구석에는 투명한 크리스털병도 있었는데, 병 속에는 노란색의 말린 소국이 가득 채워져 있었다. 승미는 고개를 갸웃거리며 꽃바구니를 들여다보았다.

"아니, 이걸 누가요?"

"서도 잘…… 좀 전에 초인종 소리가 나기에 인터폰을 확인했는데 잠시 나와 달라고만 하더라구요. 그러곤 이걸 사모님께 전해 달라고 하고는 바로 갔어요. 아주 젊고 예쁘장한 아가씨던데요."

"젊고 예쁜 아가씨?"

내내 고개만 갸우뚱하던 승미는 크리스털병 뒤에 꽂힌 빨간색의 메모 카드를 확인한 후 비로소 꽃바구니의 출처를 알게 되었다.

「국화를 좋아하신다는 얘길 듣고 준비했습니다. 같이 보내 드린 건 잘 말린 소국인데 차로 끓여 드세요. 그저 사죄의 마음을 담은 것이니 받아만 주시면 그걸로 감사하겠습니다. 즐거운 하루가 되시기를 바랍니다.

― 류다이 드림」

"어머나."

카드를 본 승미는 당혹스러웠다. 국화를 좋아한다는 정보는 틀림없이 유현으로부터 들었을 테지만 꽃바구니를 보낼 생각까지 했다는 게 다소 의외였다. 그저 차분하고 순해 보이기만 했는데, 이렇게까지 적극적인 구석도 있었다니.

승미는 얼마쯤 곤혹스러워하며 꽃바구니를 쳐다보았다. 노란색, 보라색, 흰색, 분홍색의 색깔을 가진 국화가 종류도 다양했다. 실국화나 좀처럼 보기 힘든 팔랑개비국화도 보였다. 세심하고 주의 깊게 알아보고 꽃을 골랐을 거란 생각에, 승미는 더욱 난감해졌다.

잠시 코를 꽃바구니에 대어 보았다. 코를 찌르는 국화의 향기는 곧이어 은은하고 개운한 기분을 그녀에게 선사했다. 남편과 연애 시절 처음 받아 본 국화꽃 다발 선물을, 아주 잠시 떠올리게도 만들었다. 그때를 회상하자 승미의 얼굴에 잔잔한 미소가 깔렸다.

승미는 저도 모르게 이 꽃을 어디에다 둬야 할지 다급히 주변을 두리번거리기 시작했다.

그날부터 매일 다이에게서 선물이 도착했다. 오전 10시에서 11시 사이에, 초인종이 울려 약속처럼 아주머니가 나가면 선물 꾸러미를 들고 들어오곤 했던 것이다. 선물들의 종류만 보자면 비싸다거나 받기 부담스러울 정도의 수준은 아니었다. 받는 이가 가장 부담이 덜하게, 그러면서도 의미를 담은 것들이 대부분이었다.

「시간 날 때 만든 코르사주입니다. 손이 느려 진주 장식을 다섯 개밖에 달지 못했습니다. 그래도 한 번쯤 사모님의 옷에 달려 있는 걸 보게 된다면 아주 행복할 것 같습니다.

— 류다이 드림」

「프로그램 게스트분께 추천받은 시집들입니다. 가을 햇빛 아래에서 차를 마시며 읽어 보시기에 큰 무리가 없는 것들로만 골랐습니다. 처음엔 사모님께 선물을 드리면서 많이 머뭇거렸는데, 지금은 하루의 즐거운 일상이 된 것 같습니다.

— 류다이 드림」

「유명한 뮤지컬 공연 관람 티켓입니다. 관람 기간은 여유로우니 시간이 되실 때 회장님과 다녀오세요. 언젠가, 사모님으로부터 후기를 전해 들을 수 있는 날이 온다면 좋겠습니다.

— 류다이 드림」

어쩌면 며칠간 다이의 선물을 받는 일이 습관이 됐는지도 모르겠다. 은근히 오전 10시만 되면 다른 일을 하다가도 거실 소파에 앉아 있게 된다. 승미는 자신의 이런 모습이 기가 막히고 한심스럽다가도, 주방 아주머니가 스쳐 지나가는 것만 봐도 손에 무언가가 들려 있는지 무의식적으로 확인하고 있었다.

그렇게 한참을 묵묵히 신문을 보며 기다리던 승미가 하는 수 없이 주방 쪽을 쳐다보았다.

"아줌마. 혹시 오늘은 안 왔어요?"

"그러게요. 오늘은 조용하네요. 벌써 올 시간이 한참 지났는데."

아주머니도 고개를 갸우뚱하며 시간을 확인했다. 승미는 고개를 끄덕이며 몸을 일으켰다. 그러곤 안방으로 발길을 옮기며 곰곰이 생각했다. 혹시 어디가 아픈 걸까. 아니면 아주 바쁜 일이라도 갑자기 생긴 걸까.

승미는 난감해졌다. 연락이라도 해 봐야 하나. 이렇게 많은 선물들을 받고서 게다가 선물을 거절하지도 않았으면서, 뻔뻔하게 아무런 반응도 보이지 않은 것이다. 갈등과 고민의 한숨이 계속 쏟아져 나왔다. 승미는 기운 없이 안방으로 들어갔다.

* * *

"네. 어머니."

유현은 승미에게서 걸려 온 전화를 복도에서 받고 있었다. 승미의 전화를 받는데 이토록 긴장한 건 처음 있는 일이었다. 며칠 전 승미와 만났던 다이에게서 모든 이야기를 전해 듣고, 당장 승미에게 연락을 하려던 그를 다이가 극구 말렸다.

제 생각에도 묵묵히 지켜보고 기다려 주는 게 승미와 다이를 위해 할 수 있는 일이라 여겼기에 지금까지 침묵하고만 있었다. 하지만 승미의 연락에 그의 신경이 온통 곤두섰다.

— 저기 말이야, 유현아. 그 아이, 다이 말이야. 별일 없는 거니?

"왜 그러십니까."

— 너한테 말을 해야 되나 모르겠다.

"말씀하세요. 어머니."

평소답지 않게 망설인 승미는 뜻밖의 이야기를 꺼냈다. 그러자 유현의 표정이 미묘하게 변해 갔다. 그는 승미와의 통화를 끝내고 돌아섰다. 다이의 이름표가 붙은 병실 문을 주시하다가 노크와 함께 들어갔다.

다이는 상체를 일으킨 채 침대에 기대고 있었다. 그가 나타나자 빙긋이 미소를 짓는다. 아무 일 없었다는 듯한 그 태연한 표정에 유현의 마음이 일순 안타깝게 가라앉았다.

"몸은 괜찮은 건가?"

"응, 네."

"아직 열이 있는데."

다이의 이마를 짚은 유현이 걱정스럽게 말하며 의자에 앉았다. 차가운 그의 체온이 더운 열기를 잠시 식혀 주었다. 물론 아직 괜찮은 건 아니었다. 승미와 호텔 커피숍에서 만난 날 이후 닥친 몸살은 고열과 함께 근육통까지 유발해 결국 어젯밤 응급실에 실려 가게 만들었다.

다행히 유현과 함께 새벽까지 편집실에 남았던 터라, 그가 발 빠르게 움직여 근처 병원에 온 것이다. 그래도 이런 특실까지 이용할 필요는 없었는데.

"오늘 퇴원할 거예요. 열은 계속 가라앉겠죠. 선경 선배가 기다릴 텐데."

"그런 걱정은 하지 마. 당신이 몸살로 입원했다고 말해 뒀으니까. 그것보다 왜 나한테 말하지 않았어?"

"응? 뭘요?"

유현은 천연덕스럽게 되묻는 다이를 망연히 응시했다. 커피숍에서 승미로부터 차갑게 외면당한 뒤 며칠 동안 다이가 자신 몰래 했던 행동들. 그제야 모든 퍼즐 조각이 맞추어졌다.

"어머니가 어떤 꽃을 좋아하시는지, 취향이나 취미 같은 걸 집요하게 물어볼 때 눈치를 챘어야 했는데."

"으, 응?"

다이는 일부러 눈을 둥글게 뜨며 물었다. 큰 눈동자가 두서없이 흔들렸다. 설마 사모님이 유현에게 모두 다 말한 건가. 설마, 선물 공세가 부담스러우셨던 건가. 그래서 더는 선물을 갖다 바치지 말라고 선을 긋기라도 하신 건가.

별의별 생각이 두통으로 아직도 무거운 머릿속을 오갔다. 그런 다이의 흔들림을 유현은 금세 눈치챌 수 있었다.

"어머니한테서 전화를 받았어. 방금."

"아…… 그래요?"

"매일 오던 선물이 오늘은 오지 않아 전화하셨더군. 혹시 당신한테 무슨 일이 있나 싶으셨나 봐. 그간 보내 준 선물, 고마웠다고."

"아……."

다이는 유현 앞에서 괜스레 멋쩍어졌다. 진심으로 다른 뜻은 없었다. 승미와 동훈 부부에게 그녀가 알게 모르게 끼쳤을 상처에, 조금이나마 위로를 드리고 싶었다. 너무 늦었고 이제 와서 아무 의미가 없는 행동이겠지만, 그러니까 결국 그녀 마음 편하자고 저지른 일일 수도 있겠지만, 그러고 싶었다. 그래야 할 것 같았다.

유현이 그녀의 볼을 쓰다듬으며 한숨처럼 말을 흘렸다.

"그것 때문에 마음 쓰다 아프기까지 했던 거군."

"아닐걸요. 정유현 PD님이 너무 일을 많이 시키니까."

유현은 가만히 움직이는 그녀의 입술을 제 입술로 가볍게 막았다. 다이의 입술에선 미약하게 약 냄새가 났다.

"사모님이 뭐라고 하셨어요?"

"걱정돼서 전화하신 거야. 무슨 일이라도 생긴 건가 싶어서."

"다행이다. 난 앞으로 선물 따위 보내지 말라고 무섭게 말씀하신 줄 알고."

"앞으론 하지 마. 안 해도 돼."

"내 마음이에요."

"나한테는 당신이 소중해서 더는 아프지 않았으면 해. 그래도 하겠다면 나하고 같이해. 그러면 돼."

그의 진심을 모르지 않았다. 행여 자신이 더욱 상처받을까 전전긍긍하는 그의 모습을 가끔 보곤 했으니까. 걱정이 되지만 그녀의 행동에 절대 간섭하지 않는 건 정유현, 그만의 사람을 대하는 방식이리라. 혼자 해결할 수 있도록 두는 것, 그저 지켜만 보는 것, 그렇게 하다가 어느 날 끼어들어도 되겠다 싶을 때 서슴없이 다가오는 것.

그건 배려였고 걱정이었고 그의 사랑 방식이었다.

지금까지 그는 충분히 지켜보았다. 이젠 끼어들어도 된다 생각할지도 모르겠다.

"정유현 씨."

"응."

"내가 당신과의 사이를 인정받기 위해서 선물 공세를 펼친다고 생각해요?"

"아니. 내가 아는 당신은 고작 그런 이유로 이러진 않을 거야."

"어어? 맞는데?"

"다른 이유도 있겠지."

"으음, 맞아요. 나 당신 부모님한테 사과하고 용서받고 싶어요. 물론 시간이 흘렀고 되짚기조차 아픈 일이지만 난 그냥, 거기서부터 시작하고 싶어요."

"당신이 그러고 싶다면, 좋아. 하지만 이제부터는 나하고 함께해. 그러겠다고 약속해."

무시로 다가와 심장을 그윽하게 울리는 목소리.

그의 목소리는 어쩔 수 없이 사람을 굴복시키는 묘한 힘이 있었다. 다이는 웃으며 고개를 끄덕였다. 몸을 가득 잠식하던 신열은 이미 사라진 지 오래였다.

* * *

"너 오늘 퇴근하고 뭐 할 거니?"

은진은 샐러드를 먹다 말고 고개를 들었다. 여경은 식사가 다 끝났는지 포크를 내려놓고 있었다. 발레리나라는 직업상 은진보다 반쯤 덜 먹는 여경인데, 샐러드마저도 3분의 1이 남겨져 있었다.

"왜?"

"너하고 저녁이나 같이 먹을까 하고. 요즘 엄마가 공연 시즌이라 바빠서 우리 딸하고 데이트도 못 했잖아."

"공연 시즌인데 저녁밥을 먹을 거라고? 엄마가?"

"샐러드 정도는 먹어도 돼. 더 먹고 싶으면 너 먹는 거 구경할 거야. 그래도 충분히 배불러."

"흐음. 왜 아니겠어."

은진은 고개를 설레설레 저었다. 지금은 국립 발레단 단장이라 그 강도가 약해졌지만 여경이 한창 현역의 자리에 있을 땐 하루에 두유 하나와 사과 한 개로 버티는 모습도 보았다. 은진의 기억 속에 엄마인 여경은 그렇게 지독했다.

물론 지도자의 위치가 된 지금도, 현역 시절 못지않게 식이 조절을 독하게 하고 있지만 확실히 과거에 비해 진일보한 셈이었다. 저녁 식사로 샐러드 정도는 먹을 수 있다는 걸 보면 말이다.

여경은 은진에게 늘 친구 같은 엄마였다. 유학을 가기 전에 은진이 잠시 망설였던 적이 있었는데, 바로 여경의 하소연 때문이었다. 딸을 3년 동안이나 보지 못하면 무슨 재미로 사냐며 눈물짓곤 한 것이다.

물론 은진이 없더라도 여경은 아버지와 너무 사이좋게 잘 지내면서 말이다.

그 정도였으니 은진이 유학을 마치고 돌아오자마자 여경은 꿈에 부풀어 있었다. 딸과 함께 매일 데이트할 거라며 호언장담하곤 했다. 하지만 곧장 공연 시즌을 맞이했고, 단장인 여경은 평소보다 두세 배는 더 바빠졌다.

"뭐 사 줄 건데, 엄마?"

"너 유학 가기 전에 우리 자주 가던 레스토랑 있잖아. 네가 와인 맛있다고 한 곳. 거기 가자."

"알았어. 저녁에 갤러리로 나 데리러 와, 엄마."

"그러자."

데이트에 대한 합의가 끝나자마자 이현에게서 문자가 도착했다. 얼굴이 조금 붉어진 은진은 여경이 보지 못하도록 핸드폰을 최대한 세운 뒤, 문자를 확인했다.

[저녁에 만나. 내가 갤러리 앞으로 갈게.]

"아⋯⋯."

"왜? 무슨 일 있니? 무슨 문자야?"

"응? 아무것도 아니야, 엄마. 갤러리에서 온 거."

"출근하기 전부터 웬 문자야?"

"아, 그게⋯⋯ 뭘 좀 가지고 오라네."

은진은 침착하고 차분하게 대답했다. 절대 남자에게서 온 문자라는 걸 여경에게 들켜선 안 된다. 분명 여경은 간섭할 것이고, 이현이라는 걸 반드시 알아낼 거고, 그때부터 결혼 얘기까지 들먹일 것이다.

뭐든지 앞서 나가는 성격인 여경은 틀림없이 그럴 것이다.

은진은 잠시 갈등했다. 하필 여경과 이현 둘과의 만남이 자칫 꼬이게 생겨 버렸다. 여경의 경우 바쁜 와중에 어렵게 낸 시간이라는 걸 아는 터라 거절하기 힘들고, 이현은 은진 자신이 보고 싶었다.

은진은 어쩔 수 없이 둘 모두와 시간을 가질 수 있는 방법을 고민했다.

[아니. 갤러리로 오지 말고 청담동 〈피아〉 레스토랑 근처로 9시까지 올래? 선약이 있어서.]

[분부대로 합지요.]

겨우 데이트 순서를 정리했다는 안도감에 은진은 한숨을 후욱 내쉬었다. 그러자 여경이 안면을 찡그리며 딸을 응시했다.

"왜 그런 한숨을 쉬니? 젊은 애가. 팔딱팔딱 뛰는 맛이 없어 보이게."

"내가 무슨 십 대야? 팔딱팔딱 뛰게?"

"여잔 언제 어느 때고 아름답고 생기가 넘치는 존재여야 해. 엄마 봐라. 항상 우아하다는 말을 듣고 살잖아."

"아아, 그래? 난 엄마 닮아서 얼굴이 맘에 안 들어 수술이란 걸 한 건데."

"뭐어?"

여경이 찌릿 눈을 흘기자 은진이 스르르 고개를 숙였다.

"어쨌든 오늘 저녁엔 한껏 꾸미고 나와. 너무 화려하게는 말고, 기품 있고 품위 있으면서도 적당하게 활기와 생기를 겸비한 이미지로. 알았지?"

"왜 그래야 해? 그냥 엄마랑 저녁 먹는 건데?"

"아이, 참. 엄마 유명 인사잖니. 알아보는 사람이 많을 텐데 딸이라는 애가 엄마 이미지에 부합 안 되면 되겠어? 애가 유학 다녀오더니 어째 전보다 더 허접해졌어."

아무래도 자신의 내부에 여전히 도사리고 있는 허영심은 엄마의 그것을 물려받은 게 틀림없다. 은진은 그걸 인정했다. 그리고 유학 다녀와서 더 허접해진 것 같다는 여경의 말도 어느 정도는 인정했다.

도도하고 거만했던 그녀는 유현에게서 완벽하게 차인 뒤로 자신감을 잃은 상태였다. 그래서였는지 이현에겐 딱히 예쁘고 화려하게 보일 이유도, 필요도 느끼지 못하고 있었다. 그러고 보니 이현은, 예전처럼 덜 화려하고 덜 꾸미는데도, 그런데도 자신을 좋아하는 건가.

그 생각을 하자 갑자기 오늘은 한껏 꾸미고 싶어졌다. 여경과의 데이트가 아니라 그 후에 있을 이현과의 만남을 위해서, 이현에게 예뻐 보이고 싶은 마음이 문득 들어 버린 것이다. 은진의 머릿속에서 벌써부터 오늘 하루 스타일링을 어떻게 할 것인가, 구상이 떠오르기 시작했다.

제 모습을 보며 놀라고 당혹스러워할 이현의 얼굴 표정을 상상하는 것도 재미있었다.

* * *

퇴근하자마자 레스토랑 〈피아〉에 도착한 은진은 가고 있다는 여경의 연락을 받고 예약된 자리에 앉았다. 여름의 끄트머리라 저녁인데도 창밖은 아직 환했다. 유학 가기 전, 여경과 자주 들렀던 곳이라 어디로 고개를 돌리든 익숙한 분위기여서 그다지 새로울 건 없었다. 은진은 어서 여경과 헤어지고 이현과 만나고 싶었다.

이현을 위해 오늘 특별히 파란색의 시폰 원피스를 입었다. 머리엔 웨이브를 넣었으며 퇴근하기 전 화장을 공들여 수정하기도 했다. 베이지색 하이힐과 토트백, 그리고 절대 화려하지 않은 실버 목걸이를 건 차림을, 이현에게 보여 주고 싶었다. 흐트러지지 않도록 오늘 하루 얼마나 조심하며 근무했는지 모른다.

은진은 백에서 거울을 꺼내 화장과 함께 앞머리를 다시 한번 손보고 있었다.

"권은진 씨 되시나요?"

하지만 생각지도 못한 상황이 그 후에 일어났다. 은진은 고개를 들고 제 이름을 부르는 남자를 쳐다보았다. 검은색의 뿔테 안경을 쓴 남자가 헤실헤실 웃고 있었다. 두툼한 살집에 억지로 껴입은 슈트가 터질 듯해 보인다. 은진은 미간을 좁혔다.

"그런데요. 누구시죠?"

"아……. 제가 자리를 잘 찾았네요. 멀리서 봐도 딱 알아보겠더라고요."

은진은, 자신의 허락도 없이 여경의 자리에 당당하게 앉는 남자를 아연해하며 쳐다보았다. 하지만 더욱 경악한 것은, 마주 앉은 남자의 머리였다. 서 있을 땐 몰랐는데, 마주 앉아 보니 정수리 부분이 휑해 보인 것이다.

은진의 뜨악해진 눈빛을 알아챈 남자가 멋쩍게 머리를 스윽 만지며 말했다.

"가발을 맞추고 있습니다. 하하, 좀 보기에 그렇죠?"

"도대체 누구시죠?"

"아! 제 소개를 안 드렸네요. 저는 오늘 은진 씨와 맞선을 보기로 한 사람입니다. 기승호텔 상무 안호경이라고 합니다."

"……마, 맞선이라구요?"

"예. 전무님께서 부탁하셔서…….."

"자, 잠깐만요."

"예?"

"실례 좀 하겠습니다."

은진은 다짜고짜 핸드폰을 들고 자리에서 일어났다. 안호경이라는 남자의 시선이 따라붙는 게 느껴졌지만 개의치 않았다. 이건 분명 엄마의 작품일 터였다. 아버지는 엄마의 말이라면 그저 예스맨이니, 틀림없이 엄마의 계략에 의해 이루어진 일일 것이다.

레스토랑 입구로 나온 은진은 신경질적으로 차올랐던 감정을 잠시 누른 뒤 여경에게 전화를 걸었다. 은진이 전화를 할 거라는 걸 알았는지, 여경의 목소리가 아주 담담했다.

— 너 그 남자 때문에 전화한 거지?

"대체 이게 무슨 상황이야, 엄마? 맞선이라니?"

— 한번 봐 봐. 맞선도 경험이 있어야 실력이 되는 거야. 그리고 그 실력을 바탕으로 좋은 놈을 고를 수도 있는 거고. 네 아버지가 안 상무 그 사람 좋다고 그러더라구. 일도 잘하고 인간관계도 좋대. 부모가 둘 다 강성대학교 교수래.

"그래서? 교수면 뭐?"

— 은진아. 그냥 눈 딱 감고 한번 만나 봐. 네 나이 땐 사람을 많이 만나 봐야 한다구.

"아무리 그래도 그렇지. 엄마랑 데이트하자고 해 놓곤 사람을 이렇게 당황시켜?"

— 미안해. 사실대로 말하면 네가 거절할까 봐 그랬어. 오늘은 그냥 가볍게 친구 만난다고 생각하고 만나 봐.

"엄마. 저 남자 머리 봤어?"

— 머리라니?

"정수리가 하얘. 아주 백지장 같다구."

— 어머나, 세상에. 정말이니?

"거짓말 같아? 엄마가 직접 볼래?"

— 애애. 요즘 남자들 안 그런 사람 찾기 드물어. 오죽하면 탈모 샴푸가 그렇게나 잘 팔리겠니?

"나 그냥 일어날 거니까 그렇게 알아."

— 은진아! 은진아!

은진은 여경과의 통화를 끝내고 핸드폰의 전원도 꺼 버렸다. 혹여 여경이 줄기차게 전화를 걸어 올까, 짜증이 난 것이다. 아직 추슬러지지 않은 감정으로 돌아서니 저 멀리 안경 쓴 남자가 기다리고 있는 게 보였다. 한숨을 쏟아 낸 은진은 저 자리를 어떻게 마무리 지어야 할지 고민하기 시작했다.

일단 자리로 돌아간 그녀는 백을 허벅지 위에 놓았다. 다시금 고개를 들고 쳐다본 남자는 그저 싱글벙글 웃고만 있었다.

"저어, 죄송한데요."

"예. 은진 씨."

"전 오늘 이 자리가 맞선 자리라는 걸 모르고 나왔거든요."

"예?"

"엄마랑 같이 저녁 먹으려고 나온 자리였는데, 엄마가 저 몰래 장난을 좀 치신 것 같아요. 그래서 정말 죄송하지만……."

"권은진."

조금은 어색하고, 민망하고, 짜증 나는 테이블의 분위기를 일순 긴장시킨 또 다른 목소리가 날아들었다. 눈을 든 은진의 얼굴이 창백하게 일그러졌다. 이현이 서늘한 눈빛을 하고 그녀를 내려다보고 있었던 것이다.

"이, 이현아……."

"죄송하지만, 이 맞선은 없던 걸로 하셨으면 합니다."

이현이 남자를 향해 짧게 내뱉고는 그녀의 손목을 낚아챘다. 은진은 깃털처럼 가볍게 이현의 손에 이끌려 일어났다.

이현에게 손을 잡힌 채 지하 주차장까지 내려간 은진은, 이현이 유현의 차를 가지고 나온 것을 보았다.

"뭐야, 유현이 오빠 차를 빌려 온 거야?"

"지금 그게 중요해?"

이현은 쌀쌀맞게 내뱉으며 은진을 조수석에 태웠다. 그러곤 운전석에 올라타면서 다소 거칠게 시동을 걸었다.

"이현아. 얘기 좀 해."

"무슨 얘기를? 누나가 나 몰래 맞선 본 거?"

"대체 어떻게 알고 여기로 온 거야?"

"누나가 여기로 오라며. 차를 대놓고 기다리기 지루해서 올라가 봤어. 그런데 아주 그럴싸한 풍경이 펼쳐져 있더군."

"오해야."

"그래? 그럼 다행이고."

"엄마가 나 몰래 꾸민 일이야. 난 엄마가 그저 저녁이나 같이 먹자기에 나갔던 거였고."

"그렇게 예쁘게 차려입고서? 엄마를 만나러 간 거라고?"

이현의 말투는 날이 잔뜩 서 있었지만, 은진은 내심 만족스러웠다. 이현이 예쁘다는 말을 했다는 사실에 꽂혀 입가에 미소를 묻히며 물었다.

"예뻐 보이긴 하니?"

"잡아먹고 싶을 만큼."

차는 금세 주차장을 벗어나 도로에 진입했다. 어느새 어둠이 스멀스멀 깔리기 시작했다. 1차선으로 차로를 변경한 이현이 신호등 앞에서 차를 멈추며 말했다.

"그래서 오늘 데이트 계획을 좀 바꿨어. 지금 내가 누나를 데리고 어디로 좀 갈 생각이야."

"어디로 가는데?"

"호텔."

은진은 반사적으로 이현을 향해 고개를 돌렸다.

20

"차 세워."

은진한테서 처음으로 듣는 서늘하고 차가운 말투였다. 그 사실에 이현은 짐짓 당황했지만 차를 멈추진 않았다. 그는 지금 은진에게 화가 나있는 상태였고, 은진은 마땅히 그의 화를 풀어 주어야 했다.

그런데 오히려 적반하장이라니.

"차 세우라니까."

"세우면?"

"세우기나 해. 안 그러면 지금 뛰어내릴 거야."

"하!"

이현은 기가 막혀 헛웃음을 흘렸다. 그러다 입술을 굳게 다물고는 곧 핸들을 돌렸다. 차는 서서히 3차선으로 이동하더니 이내 갓길에서 멈춰섰다. 차가 서자마자 은진이 차에서 내리며 거칠게 문을 닫았다.

뒤이어 이현이 운전석에서 내렸다. 벌써 인도를 저벅저벅 걸어가고 있는 은진의 뒤를 따라붙었고, 그녀의 손목을 잡았다.

"얘기는 하고 가셔야지?"

"무슨 얘기? 어떤 얘기?"

은진의 표정을 본 이현이 다시금 턱을 굳혔다. 역시나 처음 대하는 은진의 냉랭한 표정이었다. 싸늘하고 냉정한데, 어딘가 가슴 한구석을 저미는 듯도 싶었다. 그러다가 이현은 미간을 꿈틀거렸다. 은진의 눈에 금세 눈물이 고였기 때문이다.

"권은진."

"너까지 왜 이래. 나 지금 충분히 괴로운데."

"그럼 누나 어머니가 꾸민 일이라는 말이 사실이야?"

"내가 거짓말한 것 같아?"

"후우……."

이현은 발치로 한숨을 쏟아 냈다. 은진의 손을 잡고 있는 손에 힘을 꽉 주었다. 본의 아니게 은진을 울렸다는 생각에, 스스로가 한심스러워졌다. 이현은 감정을 누그러뜨린 뒤 표정을 가다듬었다. 여전히 은진은 금세 울기라도 할 것처럼 눈물을 글썽이고 있었다.

"미안해. 내가 잘못 안 거면. 난 형 차까지 빌려서 누나랑 데이트할 생각에 들떠 있었는데, 누나가 다른 놈하고 마주 앉아 있는 걸 보니, 돌 것 같았어. 그렇게 예쁘게 차려입고 말이지."

"아까도 말했지? 난 그저 엄마가 저녁에 밥이나 같이 먹자고 해서 나간 거라구. 엄마랑 밥 다 먹고 나서 널 만나러 가려고 했었어. 이렇게 차려입은 건…… 너한테 예뻐 보이고 싶어서……."

"뭐?"

"그래서 그런 거야. 나도 엄마가 아닌 생면부지의 남자가 자리에 앉기에 얼마나 기겁하고 놀랐는지 몰라. 아마 엄마하고 일주일 내내 냉전 상태로 지낼지도 모른다구. 그런데 너까지 날 오해하고 호텔 가겠다는 말이나 하고……."

"미, 미안."

"나쁜 놈."

"미안해, 누나. 내가 잘못했어. 사과할게."

이현은 뿌리치려 하는 은진의 손을 잡고 놓아 주지 않았다. 가슴이 얼마나 뛰고 있는지 은진은 모를 것이다. 그녀가 자신을 위해 이처럼 예쁘게 차려입은 거라는 말에 오늘 하루 내내 은진을 생각하며 곡 작업에 매달린 시간이 아깝지 않았다.

"이거 놔."

은진이 야멸치게 한마디 내뱉더니 급기야 이현의 손을 뿌리쳤다. 그러곤 돌아서서 씩씩대며 걸어갔다. 이현은 멀어지는 은진을 멀거니 바라보고만 있었다. 달려가서 붙잡고 싶었지만, 어쩌면 오늘은 그녀 혼자서 마음 추스르는 게 더 나을지도 모른다.

대신 이현은 핸드폰을 꺼내 요즘 한창 작업 중인 미완성의 곡 파일을 은진에게 전송했다. 한창 연애 중인 남자의 달아오른 연애 세포를 소재로 만든 곡이었다. 파일을 보내며, 이현은 메시지도 함께 첨부했다.

[누나한테 어울릴 노래야. 밤새 감상하고 내일 나한테 소감을 들려줘. 미안하고 사랑해. 미친 듯이.]

파일과 메시지를 전송한 이현은 다시 고개를 들었다. 멀리 모퉁이를 돌아갔는지 은진의 모습은 더 이상 보이지 않았다. 늘어진 어깨만큼이나 차로 돌아가는 발길도 무척 느렸다. 운전석의 문을 열기 위해 손잡이를 잡은 순간, 이현의 고개가 무의식적으로 돌아갔다.

은진이 사라졌던 골목의 끝을 무심하게 쳐다보던 그의 얼굴이 별안간 화색에 젖어 들었다. 이현은 얼떨떨한 기분을 감추지 못한 채 다시금 인도를 향해 달렸다. 사라졌다고 생각했던 은진이 이쪽을 향해 걸어오고 있었던 것이다.

"누나."

"바보니? 날 그냥 보내?"

울었던 게 분명한 얼굴이었다. 눈이 발개진 채로 은진이 이현의 가슴팍을 툭 쳤다. 맞았지만 전혀 아프지 않은 주먹질에 이현의 얼굴은 미소를 되찾고 있었다.

"그럴 땐 날 따라와 붙잡았어야지. 나를 그냥 보내?"

"아, 미안해. 내가 또 잘못한 거지?"

"어휴. 이런 걸 내가 일일이 가르쳐야 해?"

"아니."

이현은 은진을 품으로 끌어당겼다. 숨도 쉬지 못할 만큼 강하게 안았다. 지나가는 사람들이 흘깃 그들을 쳐다보았지만, 이현은 은진을 풀어줄 생각이 전혀 없었다.

"내가 노래 보낸 거 봤지?"

"응."

"밤새 반복해서 들어 봐. 누나 생각 하면서 만든 거니까. 이걸로 나 대박 낼 거니까."

"알았어. 밤새 들어 볼게."

"하나만 약속해 줘."

"무슨 약속?"

"우리 둘 사이에 어떤 놈도 끼어들게 하지 않겠다고."

"너나 조심해."

은진은 다시금 주먹으로 이현의 등을 툭 쳤다. 이현의 품에 안긴 순간 은진은 깨달았다. 이 녀석에게 안기기 위해 오랜 시간을 돌아왔다고. 이 녀석을 그녀 또한 사랑하게 되었다고. 이 품에서 떨어지고 싶지 않다고.

선선한 밤바람이 불기 시작한 계절에, 은진은 새롭게 찾은 사랑에 가슴이 뜨거워지고 있었다.

* * *

"난 괜찮아요. 걱정하지 마요."

유현은 오늘도 변함없이, 하루 종일, 시시때때로 그녀를 걱정하고 있었다. 심지어 가족 식사를 위해 일찍 퇴근했는데도 이렇게 전화 통화로 그녀를 염려하고 있었다. 가족 누구에게도 입원 사실을 알리지 않았던 건 그들의 걱정을 사기 싫어서였는데, 정작 유현의 걱정을 가장 많이 사고야 말았다.

물론 그의 진심을 알고 있었다.

그는 어쩌면 몸보다도 마음에 대한 걱정을 하고 있는 건지도 몰랐다.

— 가족들과 식사할 거라며. 다 끝난 건가?

"네. 오랜만에 동생도 일찍 끝나고 집에 와서 같이 저녁을 먹었어요."

— 잘됐군. 퇴원하고 영양 보충이 필요할 것 같아서 뭘 먹일까, 고민했는데.

"유현 씨."

— 응?

"걱정시켜서 미안하고 걱정해 줘서 고마워요. 나 오늘 영양 보충 열심히 할게요."

— 오늘은 오늘이고. 내일은 나하고 놀아 줘야지.

그는 아주 가끔, 이미지와 덩치에 어울리지 않게 어리광을 피우곤 했다. 물론 그가 부리는 어리광이라는 게 대부분 이런 식이었다. 그녀를 위해 필요한 걸 살 때에나 무언가를 해야 할 때, 그녀가 잘 따라오게끔 부탁하는 형태였다. 물론 다이는 그럴 때마다 군말 없이 따라 주곤 했다.

"내일은, 같이 놀아요. 맛있는 거 많이 사 줘야 돼."

— 당신은 내가 사 주는 맛있는 걸 먹고, 나는 당신을 먹고.

그러다 대부분의 대화는 이런 식으로 민망하고 어색하게 흘러가고 만다. 다이는 헛기침을 하며 정색했다.

"끊습니다. PD님."

유현과의 통화를 끝낸 다이는 슬쩍 웃고는 나머지 설거지를 끝냈다. 젖은 손을 닦고 제이가 기다리고 있을 현관 밖으로 나가려는데, 민철과 지숙이 때마침 들어오고 있었다.

"어머니, 아버지. 벌써 주무시게요?"

"응. 엄마가 피곤하다고 하시는구나."

"우린 먼저 잘 테니까 제이랑 같이 도란도란 얘기도 나누고 해. 알았지?"

"네. 그럴게요."

민철이 지숙을 다정하게 부축하며 안방으로 들어갔다. 사라지는 부모님을, 다이가 흐뭇하게 바라보고 있었다.

정원으로 나가자 짙은 어둠이 깔린 게 보였다. 환하게 켜진 전등 아래 하루살이가 윙윙 모여들었다.

오랜만에 가족이 모두 모인 저녁이었다.

풍성하게 차린 식사는 맛있었고 제이의 주도로 차린 후식 테이블 역시 풍미가 담긴 차와 과일로 가득했다. 다이는 제이의 옆자리에 앉았다.

"혼자 설거지하느라 힘들었겠다, 언니야."

"넌 그동안 아버지랑 어머니 챙겼잖아. 네가 더 힘들었지."

"자자, 이제 어른들도 들어가셨고 했으니!"

제이가 말을 잠시 멈추고는 기다렸다는 듯 다른 의자를 척 끌어오더니 두 발을 올렸다. 그러곤 바닥에 내려놓은 조그만 비닐 봉투에서 캔 맥주 두 개를 꺼냈다. 그중 하나를 다이에게 내밀었다.

"마셔, 언니야."

"뭐야, 이건 또 언제 준비한 거야?"

"퇴근할 때 사 왔지. 오랜만에 비번인데 밥이랑 차로 보낼 수는 없어."

제이는 벌컥벌컥 맥주를 들이켰다. 입가로 흘러내리는 것도 아랑곳하지 않고 열심히도 마셔 댔다. 그런 제이를 쳐다보다가 다이도 마시기 시작했다. 제이와 함께 이런 여유를 부리며 맥주를 마시는 것도 제법 오랜만이었다.

제이가 입술 언저리를 스윽 닦고는 입을 열었다.

"솔직히 언니가 집에 다시 돌아오기까지 할 줄은 몰랐어. 어떤 마음으로 나갔는지 너무 잘 아니까."

"그랬니?"

"하긴 이번에 엄마 수술이 좀 큰 사안이긴 했지만."

다이는 제이의 말을 들으며 묵묵히 맥주를 들이켰다. 정원 저 멀리 어둠에 시선을 던지며 쓴 맥주를 목으로 넘겼다. 그러자 지숙의 상황을 알게 된 순간, 그때의 초조함이 기억에서 되살아났다.

"시간이 아깝다고 하시더라구."

"응?"

"어머니가 그러셨어. 시간이 아깝다고. 그 말을 듣고 다시 돌아오지 않을 수가 없었어. 지나간 건 어쩔 수 없지만 남아 있는 건 충분히 바꿀 수 있을 테니까."

다이의 목소리는 차분했지만 제이의 감정은 서글펐다. 지숙의 심경이 현재 어떤지 알 것 같았기 때문이다. 이제 엄마는 어떻게 사느냐가 아니라 사느냐 죽느냐의 문제로 치열해질 것이기에, 거기에 조금이나마 불편을 덜어 주고 싶은 다이의 마음도 이해가 갔다. 제이 자신이었어도 그랬을 것이다.

이성적으로 생각해 보면 그렇다.

하지만 감정적으로는 매 순간마다 울고 싶었다. 커 가면서 온전하게 행복한 기억으로만 함께한 부모님은 아니었지만, 부모라는 존재가 만들어 주는 든든한 울타리를 모르는 바 아니었다. 그래서 지숙의 수술은 제이에게 커다란 충격으로 다가왔다.

늘 곁에 있기에 고마움을 몰랐고, 습관이었고 버릇이었기에 그저 당연한 걸로만 생각했었다.

제이는 흘러내리는 눈물을 닦고 다시 맥주를 마셨다. 이제는 항상 곁에 있는 존재를, 적어도 당연하게 생각하지는 않을 것이다.

"나 때문에 너도 답답했지?"

다이는 동생을 바라보며 물었다. 이 집에서 살 때 유일하게 숨통이 돼 주었던 동생이, 오늘따라 지켜 주어야만 하는 존재로 보인다.

"조금. 하지만 괜찮아. 그때 언니는 아주 절박했을 테니까."

"이해해 줘서 고마워. 넌 앞으로 병원 일에만 신경 써. 어머닌 내가 시간 날 때마다 케어해 드릴 거니까."

"이럴 때 보면 장녀는 장녀야."

"무슨 뜻이야?"

"든든하다는 말이지. 난 막 쩔쩔맸는데 언닌 너무 침착했잖아."

"꼭 그런 것도 아니야. 나한테도 쩔쩔매는 일이 있어."

"그게 뭔데?"

제이가 캔을 내려놓고 물었다. 순간 갈등이 일었다. 제이에게만큼은 다 털어놓을까. 충고나 해결을 바란다기보다는 그저 아군을 얻어 용기를 내 보고 싶은 심정이었던 것이다.

"제이야."

"응. 뭔데? 그 쩔쩔매는 일이?"

"나 연애해."

제이가 입 속에서 오물오물하던 맥주를 확 삼키고는 캘록캘록 기침 소리를 냈다. 헛기침에 잔뜩 붉어진 얼굴로 눈을 크게 뜬다.

"……뭐? ……뭐라고?"

엉덩이까지 들썩거리며 흥분하기에, 다이가 그만 진정시켰다.

"진정해, 제이야."

"이게 지금 진정할 일이야? 세상에. 이 언니 좀 보소. 일하라고 내보 냈더니 뭐어? 연애?"

하도 큰 소리로 떠드는 바람에 혹여 목소리가 집 안까지 흘러 들어갈 까, 다이는 서둘러 제이의 입을 틀어막았다.

"소리 좀 낮춰."

"알았어. 손 떼 봐."

다이가 스르륵 손을 내리고 다시 입을 열었다.

"그런데 상대가 누군지 궁금하지 않아?"

"뭐지? 어째 뉘앙스가 내가 아는 사람 같다?"

"작년에 나랑 결혼할 뻔했던 사람."

"……뭐? 그…… 기승전자그룹 장남? 언니랑 파혼한…… 그 사람?"

"응."

"어머나, 어머나. 세상에. 진짜. 대박이야. 어떻게? 대체 어떻게 된 거야, 언니?"

"방송국 PD더라구. 같은 프로그램 하면서 이래저래 친해지고…… 연애까지 하게 됐어."

다이는 캔 맥주를 빙글빙글 돌리며 다소 침착하게 말을 이었다. 제이는 여전히 흥분한 표정이었지만 다이의 얼굴을 보니 어쩐지 흥분이 쏙 기어들어 가는 듯했다.

"근데 연애한다는 여자의 얼굴이 왜 그런 건데?"

"내 얼굴이 왜?"

"어두워. 고민 있는 사람 같잖아."

"귀신같으니."

다이는 후우 하고 한숨을 뿜었다. 이왕 시작된 고백이니 제이에게만큼은 화끈하게 털어놓아야 할 것 같았다.

"사실은 얼마 전에 그 사람 어머니를 우연히 만났거든."

"아……."

"생각해 봐. 제 아들이 파혼을 선언한 여자와 뒤늦게 연애를 한다니. 부모 입장에선 뒤통수 맞은 기분이지 않을까? 거긴 꼼짝없이 파혼당한 상황이었으니까."

"흐음, 뭐. 생각해 보니 그럴 수도 있겠네."

"분명 표정이 좋지 않으셨어. 그리고 단도직입적으로 불쾌하다고 하시더라구. 그래서 그 후부터 계속 마음이 쓰이고 있는 중이야."

"사과드리면 되잖아."

"응. 당연히 그래야지. 생각해 보니까 파혼할 때 그쪽에 제대로 사과도 안 했던 기억이 나. 물론 어머니랑 아버지는 따로 사과를 하셨겠지만, 분명 나만 아니었어도 파혼은 아니었을 테니까. 그래서 그 사람을 위해서라면 난 뭐든 할 준비가 돼 있어."

"마음이 아주 깊구나?"

"사랑해. ……사랑하고 있어."

"헐."

난생처음 접하는 다이의 생소한 모습에, 제이가 장난스럽게 이마를 찡그렸다. 자매는 금세 다시 맥주를 머금었다. 다이는 서글프게 피어나는 유현을 향한 그리움에, 제이는 그런 언니의 처음 보는 모습이 반가워서, 서로가 멋쩍게 웃어 버렸다.

지숙은 조용히 현관문을 닫았다. 두 딸이 나눈 대화를 모두 들은 후였다. 낮에 만든 쿠키를 가져다주기 위해 주방에 들렀다가 나서던 참이었다. 지숙은 쿠키 접시를 식탁에 두고 방으로 들어갔다.

남편은 욕실에서 샤워 중이었고, 지숙은 침대에 올라가 등을 기대고 앉았다. 긴 한숨이 쏟아졌다. 생각지도 못한 일과 마주했을 때 지숙은 항상 한숨을 쉬곤 했다.

다이가, 그 남자와 다시 만나 연애를 하고 있었다니.

당황스러움은 곧이어 깊은 시름으로 이어졌다.

다이의 파혼 선언으로 곤란해진 지숙은 기승전자그룹 회장의 사모를 만나 사죄의 말을 건넨 적이 있었다. 무너진 자존심에 곤혹스러워하면서 땀을 뻘뻘 흘렸었다. 하지만 지금은 다른 의미로 곤혹스러워졌다.

그쪽 집에서 다이를 좋게 보고 있지 않은 것이다.

그리고 바로 그 점 때문에 다이는 사랑하는 사람을 잃게 될까 봐 두려워하고 있었다.

과거의 파혼 때문에 현재의 사랑이 위태로운 것이다.

이런 인연도 다 있다 싶어 지숙은 난감해졌다. 하지만 확실한 것은 더는 다이가 자신으로 인해 아파하는 걸 볼 수 없다는 것이었다. 파혼의 이유에는 자신들 부부도 포함됐을 것이기에.

지숙은 사이드 테이블 위에 놓인 핸드폰을 가져왔다. 연락처를 찾고 또 찾아 승미의 전화번호를 발견해 냈다. 번호가 바뀌지 않았다면, 승미와 직접 연락할 수 있을 것이다. 지숙은 호흡을 가다듬었다.

* * *

「어머니와 함께 만든 쿠키입니다. 저희 어머니께서 요즘 취미 생활이 부쩍 느셨습니다. 그래서 시간을 내 함께 만들어 봤는데 맛있게 드셔 주시면 좋겠습니다. 그리고 실례가 되지 않는다면 사모님을 한 번만 더 봬도 될까요? 염치 없고 무척 송구하지만 제게 시간을 내 주십사, 부탁드립니다.

— 류다이 드림」

며칠 뜸했던 다이의 선물이 다시 도착했다. 승미는 아주머니가 들고 들어온 상자를 보자마자 반가운 표정을 감추지 못했다. 그러다 아주머니가 슬쩍 곁눈으로 쳐다보기에 애써 낯빛을 수습했다.

다이가 보낸 카드를 읽고 처음엔 고개를 갸웃거렸다. 병원 일로 바쁠 지숙이 취미 생활이 늘었다니 얼핏 이해가 되지 않는 대목이었다. 하지만 그 궁금증도 한 번 더 시간을 내 달라는 부분을 읽으며 차츰 희미해져 갔다.

승미는 상자를 열어 정성스럽게 포장된 쿠키 봉지 몇 개를 꺼냈다. 시판되는 제품이라 해도 믿을 것 같은 완성도가 제법 높은 쿠키가 몇 개씩 소분된 채로 포장돼 있었다. 승미의 얼굴에 어쩔 수 없이 또다시 미소가 올랐다.

"왜 이렇게 반갑지?"

낮게 중얼거린 승미는 길게 한숨을 내쉬었다. 며칠간 다이의 선물이 뜸했을 때 내심 그것을 기다렸다는 것을 솔직하게 인정했다. 굳이 선물을 기다렸다기보다는 다이의 카드를 기다렸다는 표현이 더 맞을 것이다.

그리고 걱정했다.

다이에게 사고가 난 게 아닐지, 어디가 아프기라도 한 것인지.

그래서 유현에게 전화도 걸어 보았지만 요즘 바쁘다는 대답만 했을 뿐 딱히 구체적언 말은 해 주지 않았다. 그래서 방송국에 한번 가 봐야 하나, 생각하고 있던 참이었다. 승미는 계속해서 쿠키 봉지를 만지작거렸다.

다이에게 심하게 말했던 건, 아마 작년에 남은 감정의 앙금 때문이었을 것이다. 그 당시 상처받은 건 자신뿐만이 아니었을 텐데, 연애 과정도 없이 결혼하라는 건 젊은 사람들에게 꽤 부담스러운 일이었을 텐데. 승미는 다이에게 지나치게 대했다는 것을 이제야 인정했다. 그럼에도 불구하고 끈질기게 자신의 존재를 어필해 온 다이가 흐뭇하게 느껴진다는 것도 인정했다.

승미는 핸드폰을 들었다.

"응. 유현아 안 바쁘니?"

— 괜찮습니다. 10분 후에 회의긴 하지만.

"저기…… 내일 저녁에 너희들 시간 되면 같이 식사나 할까 하고."

— 너희들이요?

"응. 너랑 다이 씨 말이야."

— …….

유현에게선 잠시 침묵이 전해졌다. 아들의 숨소리만 들려오는 핸드폰을 꽉 쥔 승미는 최대한 귀를 쫑긋 세웠다.

"유현아. 왜 대답이 없어?"

— 의외라서…… 놀라느라고요.

"뭐?"

— 내일 저녁이면 저희 둘 다 시간이 됩니다. 상의해서 장소와 시간을 정할까요?

"응. 그렇게 해."

— 어머니.

"응?"

— 제가 보고 겪은 어머니의 모습 중에, 지금이 가장 멋지십니다.

"네 여자 받아 주겠다니까 가장 멋져 보여?"

— 아뇨. 사람을 끌어안아 주시는 모습 말입니다. 그런 어머니가 사랑스럽고 자랑스러워요. 으음, 이만 끊겠습니다.

유현은 전화를 끊었지만 승미는 잠시 생각에 잠겼다. 아들이 평가하는 자신의 모습에 새삼스럽게 반성의 자세가 된 것이다. 그저 마음이 풀린 것뿐인데, 상처받은 건 자신만이 아니라는 사실을 뒤늦게 깨달은 것뿐인데, 유현의 칭찬 한마디에 다이를 더욱 품어 주어야겠다는 생각이 번쩍 들어 버렸다.

어쨌든 승미는 마음이 조급해졌다. 내일 저녁에 입고 나갈 옷을 골라 봐야겠다고 생각하고 자리에서 일어나려는데 핸드폰이 다시 울렸다. 당연히 다이와 상의를 끝낸 유현이 다시 전화한 거라고 여겼지만, 액정엔 다른 번호가 찍혀 있었다.

어딘가 눈에 익지만 익숙하지는 않은 번호.

"누구지?"

승미는 고개를 갸우뚱하며 전화를 받았다.

"여보세요."

— 사모님. 그간 잘 지내셨는지. 저 안지숙입니다. 기억하실는지요. 류다이 엄마요.

승미는 적잖이 당황했다. 그제야 이 번호가 왜 낯익으면서도 익숙하지 않은지, 알 것 같아서였다. 작년에 유현이 결혼을 준비하면서 몇 번 통화한 게 전부였기에, 애매하게 기억에 남아 있었기 때문이다.

"어머나. 안 교수님. 잘 지내셨어요?"

— 네. 저는 잘 지내고 있어요. 갑작스러운 전화에 당황하셨죠?

"아, 네. 뭐. 전 괜찮아요."

— 정말 염치도 없는데, 지금 시간 되시면 좀 뵐까, 하고 연락을 드렸어요.

"지금이요?"

— 네. 바쁘시면 다음으로 미뤄도 돼요.

지숙이 별안간 연락을 해 온 건 분명 유현과 다이 때문이라는 생각이 들었다. 자신도 둘의 관계를 알고 있으니, 당연히 지숙도 알고 있을 터였다. 어쩌면 양가에 조금이나마 남아 있을지 모를 감정의 앙금을 지워 버리고 싶은 마음일지도 몰랐다. 그리고 그건 승미 쪽에서도 마찬가지였다.

"아뇨. 만나죠. 어디가 좋을까요."

지숙은 근처라며 집으로 찾아가겠다고 대답했다. 놀란 승미는 대뜸 승낙했고, 서둘러 옷을 갈아입고 차를 준비시켰다. 그로부터 10분 후 지숙은 손수 커다란 과일 바구니를 들고 등장했다.

주방 아주머니와 승미가 동시에 현관으로 달려가 지숙을 맞이했다. 아주머니가 과일 바구니를 가지고 주방으로 돌아갔고, 승미는 지숙과 함께 거실 소파에 앉았다. 아직 한낮엔 더운 날씨라 땀이 흐르는 건 당연하겠지만, 지숙의 얼굴은 땀뿐만 아니라 창백함마저 느껴졌다.

"아주머니. 손수건 좀 갖다주세요."

승미는 조금 놀라서 얼른 손수건을 받아 들고 지숙에게 건넸다.

"땀이 많이 흐르세요. 좀 닦으세요."

"아, 네. 고맙습니다. 깜빡 잊고 손수건을 안 챙겼네요."

지숙은 손수건으로 얼른 얼굴 곳곳에 맺힌 땀을 닦았다. 어젯밤, 다이와 제이의 대화를 엿들은 뒤로 잠을 이루지 못하고 밤새 뒤척였더니 컨디션이 엉망이 돼 버렸다. 승미에게 이런 나약한 모습을 보이고 싶지 않았는데, 어쩔 수 없는 어색함과 부담감은 결국 얼굴에 티를 내게 만들어 버렸다.

"시원한 차를 드릴게요, 안 교수님. 잠시 기다려 주실래요?"

"아뇨. 아닙니다. 저는 괜찮아요."

"그래도 드셔야죠. 여기까지 오셨는데요."

"그럼 따뜻하게, 부탁드릴게요. 사모님."

"그렇게 하세요."

승미는 주방으로 들어가 아주머니와 함께 차와 다과를 준비했다. 과일은 지숙이 선물로 가져온 것들 중에서 골랐고, 차는 특별히 몸에 좋다는 가장 값비싼 걸로 선택했다. 완성된 쟁반을 손수 들고 다시 거실로 나가면서, 승미는 힐끔 지숙을 쳐다보았다.

확실히 작년에 비해 얼굴색이 좋지 않아 보였다. 살도 확 빠졌고 안색이 나빠졌다. 무슨 일이라도 있었던 걸까.

"드세요. 안 교수님. 시원한 걸로 드리고 싶은데 따뜻한 차를 좋아하시나 봐요."

"네."

지숙은 멋쩍게 웃고는 찻잔을 들어 올렸다. 조금은 진정된 상태였다. 아리고 쓰면서도 마지막 맛이 달기 짝이 없는 차를 한 모금 마신 후 깊게 숨을 들이켰다. 고개를 드니 승미가 자신을 빤히 쳐다보고 있다가 찻잔을 집어 드는 게 보였다.

한 치의 구김도 없이, 더할 나위 없이 행복하게 살아왔을 여자의 인자한 얼굴이었다. 주변의 평판도 좋은 승미였기에, 지숙은 작년의 파혼이 더욱 안타깝게 느껴졌다. 다이가 저런 시어머니와 함께 산다면 분명 한층 안정적인 생활을 영위할 수 있을 것이다.

"드리고 싶은, 아니 꼭 드려야 할 말이 있어서 염치 불고하고 이렇게 왔습니다."

"네. 하세요. 안 교수님. 얼마든지 들어 드릴게요."

"다이가 작년에 파혼을 한 건, 순전히 저희 부부 때문이었어요."

"……네? 그게 무슨 말씀이신지."

"저하고 남편은 그동안 다이에게 몹쓸 짓을 참 많이도 했답니다."

짐작도 못 한 지숙의 말에 승미는 짐짓 놀라고 있었다. 그러면서도 지숙이 하고 싶은 말을 할 수 있도록 잠자코 기다려 주었다.

21

[내일 저녁 7시. 〈계절마다〉 레스토랑에서. 괜찮겠어?]

다이는 오전 회의가 끝나자마자 유현으로부터 온 문자를 다시금 들여다보았다. 사실 오늘 하루 내내 이 문자를 들여다봤던 것 같다. 유현이 어머니와의 만남을 선뜻 주선한 듯했고, 승미 역시 그것에 동의한 것이다. 그간의 노력을 알아주신 걸까. 아니, 알아주지 않는다고 해도 상관없었다. 시간이 오래 걸린다 해도 서두르지 않고 천천히, 느려도 정확하고 뚜렷하게 최선을 다하고 싶었다.

다이는 이 문자를 확인하자마자 당연히 괜찮다고 답신을 보냈었다. 내일 저녁이면 지금 정신없이 몰려드는 긴장을 누그러뜨릴 시간은 충분했다. 다이는 소중한 것을 간직하듯, 문자 메시지를 보관함으로 옮겨 두었다.

"저녁 먹으러 가자, 다이야."

핸드폰을 가방에 넣기가 무섭게 제작 사무실 문이 소란스럽게 열리며 선경이 들어섰다. 복사실에서 복사해 온 문건을 테이블에 척 올리더니 배를 슬슬 만진다.

"나 배고파. 얼른 가자."

"그럴까요?"

다이는 고개를 끄덕이고 선경과 함께 사무실을 나섰다.

저녁 시간. 방송국의 누군가에겐 하루의 마무리가 될 테고, 또 누군가에겐 시작이 될 터였다. 다이와 선경은 오늘 추석 특집으로 꾸며질 〈시사 오피니언 리더〉 녹화를 위해 야근이 잡혀 있었고, 따라서 두 사람에게 지금은 또 다른 하루의 시작이었다.

그러니 배를 든든히 채워 놔야 함은 당연한 일이었다.

엘리베이터를 향해 나란히 가고 있는데 맞은편에서 유현과 승명이 무언가에 대해 열띠게 대화를 나누며 걸어오고 있었다. 고개를 든 유현과 얼핏 시선이 마주쳤다. 누구도 알아채지 못할, 오로지 두 사람만 알아볼 수 있는 엷은 미소가 서로에게 향했다.

"식사 안 하세요?"

선경이 반가운 목소리로 묻자 승명이 다 죽어 가는 표정으로 고개를 슬슬 저었다. 유현 때문에 당장 식사는 힘들 거라는 뜻이리라. 유현은 가벼운 목례로 인사를 대신했다. 두 여자와 두 남자가 스쳐 지나가던 순간, 다이는 그가 자신의 손을 꾹 잡았다가 놓는 것을 느꼈다.

뜨거운 체온이 손을 타고 전신으로 흘렀다.

감전이라도 된 듯 저릿한 전율이 아랫배를 달구었다.

손은 금세 떨어져 나갔고 잠시 멈춰졌던 호흡이 다시 이어졌다. 다이는 괜히 자신의 손을 쥐었다가 다시 폈다. 그 감촉이 사라지기 전에 얼굴에도 대 보았다가 머리칼도 쓸어 보았다. 하지만 흥을 깨뜨리듯 들려온 핸드폰 벨 소리에 다이는 깜짝 놀라며 주머니를 뒤졌다.

"네. 류다이입니다."

— 여기 1층 로비 안내 데스크인데요. 제작 사무실 인터폰을 받지 않으셔서 부득이 핸드폰으로 연락드렸어요. 류다이 씨, 누가 찾아오셨는데요.

"네? 누가요?"

— 나승미 씨입니다.

잠시 나승미라는 이름을 가진 이가 누군가 생각했다. 그러다 이내 다이의 얼굴이 창백하게 굳어졌다. 얼어붙어 있던 다이는 선경에게 양해를 구했다.

"선배. 미안한데 선배 혼자 가야겠어요. 누가 찾아와서."

"응? 누가 찾아왔는데?"

"미안해요. 나 급해."

엘리베이터를 기다릴 생각도, 시간도 없었다. 다이는 영문도 모르고 자신의 이름을 불러 대는 선경을 두고, 재빨리 비상구 계단을 뛰어 내려갔다.

왜 여기까지 오신 걸까. 분명 약속 날짜는 내일 저녁인데. 다른 일이 생기기라도 하신 걸까. 유현은 모친이 오신 걸 알고 있는 건지.

여러 의문들을 가득 품고 로비로 내려간 다이는 곧장 안내 데스크로 향했다. 그곳 벤치에 정갈한 모습으로 앉아 있는 승미를 발견한 그녀는 서둘러 다가갔다. 승미 역시 다가오고 있는 다이를 보고 몸을 일으켰다.

"류다이 씨?"

"네. 사모님. 안녕하셨어요?"

다이는 숨조차 쉴 수 없을 정도로 긴장하며 허리를 숙였다. 고개를 들자 연보라색 원피스를 우아하게 입은 승미를 가까이에서 마주할 수 있었다. 긴장해서인지, 아니면 정말로 그렇게 보인 것인지, 다이는 오피스텔에서 승미를 마주쳤을 때, 그리고 그 후에 매몰차게 거절당했을 때의 싸늘함은 느낄 수 없었다.

오히려 승미의 얼굴에서 미묘하게 올라 있는 미소를 본 것도 같았다.

"미안해요. 갑자기 찾아와서."

"아닙니다, 사모님. 괜찮습니다."

"유현이한테서 내일 저녁에 만나기로 했다고 연락을 받긴 했는데, 난 지금 당장 찾아오고 싶어서. 물론 내가 지금 여기 와 있다는 거 유현이는 몰라요."

"네."

"지금 혹시 시간 돼요? 바쁘면 기다릴게요."

"저녁 시간이라 잠시 여유가 있습니다."

"잘됐네. 아직 식사 전이면 나랑 같이 저녁이나 먹을래요? 아, 나하고 먹으면 체하려나?"

"아뇨. 아닙니다."

다이는 당황하며 강하게 부정했다. 그 와중에도 다행스러웠던 건 승미가 웃고 있다는 사실이었다. 인자하고 안온한 미소였다. 유현이 종종 지어 주곤 했던 바로 그 미소가, 승미의 얼굴에도 올라 있었다.

무슨 일일까.

유현도 모르게 오신 건.

다이의 야근으로 인해 짧은 동선을 고려한 결과, 두 사람은 방송국 건물 맞은편에 있는 온면 가게로 향했다. 작은 가게였지만 근처에선 맛집으로 유명한 곳이었고 때마침 승미도 면 요리를 먹자고 말한 참이었다.

건물을 나와 횡단보도를 건너는 동안 다이는 어깨가 아플 정도로 긴장했다. 내내 승미가 걷는 것에 불편해하지 않도록 신경 쓰는 바람에 횡단보도를 건너자 다리가 다 후들거렸다. 그러면서도 갑작스러운 상황에 침착하자고 연신 스스로를 세뇌시켰다.

가게로 들어가 두 사람은 함께 온면을 주문했고 후식으로는 홍차를 선택했다. 다소 고풍스러운 내부 인테리어가 소탈해 보였고 식당은 사람들로 꽉 차 빈 테이블이 없었다. 물 대신 따뜻한 차가 나와 승미가 먼저 머금었다.

승미는 잔을 들어 올리고 있는 다이를 찬찬한 눈으로 응시했다. 당연하게도 오늘 점심을 함께한 지숙도 떠올랐다. 작년과는 확연하게 달라진 지숙의 모습에 다소 놀랐지만 얼마 전 암 수술을 끝냈다는 이야기에 문득 가슴이 아파 왔다.

그리고 지숙이 반성의 눈물과 함께 들려준 다이에 관한 이야기들.

결국 작년에 다이가 왜 파혼을 택할 수밖에 없었는지에 대한 변명이었지만, 승미는 듣는 내내 지숙과 다이가 애처롭게 느껴졌다. 인생에 대한 선택권을 빼앗긴 채 살아야 했던 여린 여자아이. 그래서 파혼과 함께 가출을 강행할 수밖에 없었을 때 혼자 그 고통을 감내하느라 힘들었을 것이다.

또한 지숙의 입장도 같은 어미로서 충분히 공감할 만했다. 자식이 제 기준에 미치지 못할 때 느끼는 상실감과 답답함은, 부모 된 사람만이 느낄 수 있는 것들이었다.

마음 한편에서 혼인을 깨뜨린 것에 대해 내내 가지고 있던 불만이, 지숙과의 만남으로 인해 한꺼번에 사라져 버렸다. 오히려 다이에게 연민의 감정이 생겼고 따라서 당장 다이를 만나지 않으면 안 될 것 같은 초조함에 무작정 찾아온 것이었다.

"그동안 나한테 선물 공세 하느라 고생했죠?"

"아뇨. 아닙니다. 저는 오히려 즐거웠어요. 선물을 고르고 카드를 쓰는 그 시간이요."

"그랬어요?"

"네. 뭐랄까. 그냥 사모님께 드리는 말이 아니라, 제 솔직한 마음을 털어놓는 시간 같아서. 카드를 쓸 때마다 양심선언, 양심 고백, 그런 걸 하는 기분이어서 매번 후련하고 시원했어요."

"그랬구나. 난 다이 씨가 얼마나 부담이었을까, 그 생각만 했는데 아니라니 다행이에요."

"네에."

다이는 안도의 한숨을 몰래 지었다. 걱정했던 것과는 달리 승미의 분위기는 아주 차분했고 흐뭇해 보였다.

"나 사실은 오늘 낮에 안지숙 교수를 만났어요. 다이 씨 어머니 말이에요."

"……네?"

"안 교수를 만나고 나서 좀 초조해졌어요. 당장 다이 씨를 만나 보고 싶었거든. 그래서 실례를 무릅쓰고 온 거예요. 유현이한테 미리 연락을 할 수도 있었지만 분명 다이 씨 불편하다고 내일 만나라고 할 것 같아서."

초조해진 건 오히려 다이였다. 지숙이 무슨 이유로 승미를 만났는지 도무지 알 길이 없었다. 아픈 몸으로 대체 왜, 어떻게. 분명 불편한 사이일 텐데 만나는 내내 힘들었을 텐데, 지숙은 대체 왜.

다이가 품은 여러 의문은 곧장 승미에 의해 해결되었다. 승미는 침착하고 차분한 어조로 이곳에 온 이유를 설명하기 시작했다.

"안 교수가 다이 씨에 대한 이야기를 해 줬어요. 자신이 딸한테 얼마나 잘못했는지, 얼마나 힘들게 만들었는지, 그리고 지금은 얼마나 후회하고 반성하고 있는지."

다이의 어깨가 하염없이 늘어졌다. 지숙이 왜 승미를 찾아갔는지 알 것 같아서였다. 어떤 경로로 알게 됐는지는 모르지만, 분명 지숙은 안 것이다. 자신과 유현의 관계에 대해서. 어쩌면 제이가 귀띔해 주었을지도 모르고 어쩌면 우연찮게 알게 됐을지도 모른다.

이유야 어찌 됐든, 다이는 목이 따갑도록 가슴이 아팠다.

딸을 탐탁지 않아 하는 상대방의 부모를 찾아가 치부까지 드러낸 지숙의 심정이 어떠했을지, 알 것 같아서였다.

"그 얘길 들으니까 남 일 같지 않아서. 나도 혹시 내가 모르는 사이에 우리 아이들에게 그렇게 대하진 않았나, 돌아보게 되더라구요. 나 사실은 오피스텔에서 다이 씨 마주쳤을 때, 썩 기분이 좋지만은 않았어요. 짐작은 했겠지만. 이런 일도 다 있구나 싶어서 당황스럽기도 했고, 유현이가 다이 씨를 한번 만나 달라고 해서 약속은 잡았지만, 사실 그것도 탐탁지 않았어요."

"……."

"그런데 지금은 안 그래. 다이 씨가 어떤 마음으로 파혼을 했을지 알 것 같아서요."

"……."

"하지만 이젠 안 돼. 이젠 결혼까지 가 줘요. 이젠 내 쪽에서 먼저 다이 씨가 탐이 나요. 아직 자주 겪어 보진 않았지만 내 아들 눈을 믿거든."

승미의 온화한 미소에 다이는 감정이 북받쳤다. 며칠 동안 심적으로 받은 고통이 고스란히 사라진 덕에 몸에 힘이 빠질 정도로 긴장이 풀렸다. 무엇보다 승미에 대한 고마움과 지숙에 대한 안타까움이 혼재돼 여러 의미로 울컥했다.

그렇지만 이 자리에서 승미에게 할 수 있는 말은 단 한마디뿐이라는 걸 모르지 않았다.

"그땐 정말 죄송했습니다. 유현 씨를 최선을 다해 사랑하겠습니다."

"그래요. 고마워요, 다이 씨. 그리고 안 교수…… 그러니까 어머니한테 잘해 드려요. 나도 가끔 챙길게요."

주문한 온면이 나왔다. 노란색의 유기그릇과 대조되는 초록색과 붉은색의 고명이 인상적이었다. 승미가 먼저 젓가락을 들자 다이도 따라서 들었다. 면발을 집어 입 속으로 훌훌 밀어 넣었다. 아무 맛도 느낄 수 없었다.

그저 유현이 보고 싶었다.

그저 그의 품에 안기고 싶었다.

아무 생각 하지 않고 그에게 안겨 있고만 싶었다.

* * *

추석 특집 녹화는 새벽 1시에 의외로 쉽고 빨리 끝났다. 유현은 승명에게 녹화분을 넘긴 후 스튜디오를 빠져나왔다. 이제 퇴근할 다이를 집까지 데려다주기 위해 그녀를 찾아다녔다. 다이는 녹화 말미에 그가 '컷' 소리를 외치기 무섭게 나가 버렸다.

제작 사무실에는 선경이 소파를 차지한 채 잠이 들어 있었고, 다이는 보이지 않았다. 그러고 보니 늘 같은 자리에 놓여 있던 다이의 가방도 보이지 않는다. 설마 말도 없이 퇴근한 건가. 유현은 어쩔 수 없이 핸드폰을 꺼냈다.

— 안 오고 뭐 해요?

신호음이 떨어지자마자 들려온 그녀의 말소리에 유현이 이맛살을 일그러뜨렸다.

"뭐?"

— 기다리고 있는데. 옷 다 벗고.

앞뒤 잘라 버린 대화였지만 유현의 낯에는 금세 은밀하게 미소가 퍼졌다. 다이는 이렇듯 아주 가끔 발칙하고 야한 짓을 스스럼없이 저지르곤 했다. 그럴 때마다 유현은 여색에 놀아나는 가벼운 벼슬아치가 된 기분이었지만, 상관없었다.

그의 가슴을 유일하게 뛰게 만드는 여자의 유혹에, 넘어가지 않을 수가 없었다.

"날아갈 테니까 꼼짝 말고 있어."

그는 정말로 복도를 날아가듯 뛰었다. 승명에게 녹화분 편집 작업을 내일로 미루자고 말하니 안도의 한숨을 쉬며 좋아했다. 그렇게 제작진 모두에게 평화의 시간을 주고 나서 오피스텔을 향해 달렸다.

횡단보도를 건너고 오피스텔 계단을 뛰어올라 마침내 도착한 그곳에서 다급히 현관문을 연 유현에게, 다이가 와락 안겨 들었다. 현관문이 채 닫히기도 전에 유현은 제게 안겨 온 다이로 인해 휘청거렸다.

어두운 내부. 불도 켜지 않은 채 달려든 다이는 좀 전에 전화로 그랬던 것처럼 완벽하게 나신이었다. 탱탱한 젖가슴이 뚜렷하게 느껴져, 유현은 매끄럽고 탄력적인 둔부를 절로 움켜쥐었다. 그녀는 유현의 입술에 키스하며 그의 옷을 하나씩 벗기기 시작했다.

이전과는 달라진 그녀의 적극적인 태도가 유현을 꽤 자극시켰다. 가만히 서 있기만 해도 본능을 건드리는 여자인데 이렇게 몸소 달려들기까지 해 주니, 유현으로선 포식자의 기분을 만끽할 수 있었다.

기어이 그를 똑같이 나신으로 만든 다이는 이번엔 그를 침대로 데리고 가 눕혔다. 어디서 이런 발칙한 용기가 생겼는지 알 수 없었다. 지금껏 그에게서 받은 애무를 모두 돌려주고 싶은 마음뿐이었다.

그를 올라탄 다이는 입술부터 시작해 볼과 턱을 천천히 혀끝으로 쓸어내렸다. 유현의 숨결이 금세 흐트러졌다. 규칙적으로 들락날락하는 가슴팍으로 입술을 내렸을 때, 그가 그녀의 등을 쓸며 신음을 쏟아 냈다.

"으음……."

손톱보다 작은 유두를 쓸고 빨고 핥았다. 모두 그에게서 배운 기술이었다. 서툴지만 요염하게, 낯설었지만 유혹적으로, 다이의 애무는 극과 극을 오가며 유현을 즐겁게 만들었다. 천천히 내려가 복부를 지난 그녀의 입술이 이내 위로 단단히 솟구친 남근을 뜨겁게 머금었다.

"흐음……."

그가 애무에 반응하는 모습을 보고 느끼는 것이 즐거웠다. 그도 이런 기분이었을 터다. 그녀가 신음을 흘리고 반응할 때마다 이렇게 즐거운 기분이었을 것이다. 그러자 다이는 더욱 힘차게 그의 것을 물었다.

"끄응……. 류……다이."

"으, 응?"

"오늘 왜…… 이렇게 적극적일까."

"내가 해 주고 싶어서요. 당신은 가만히 있어요."

잠시 행동을 멈추고 대답한 다이는 다시 애무를 이어 갔다. 그의 손이 더듬더듬 내려와 그녀의 머리칼을 움켜쥐었다. 이상한 건 그녀는 단지 애무를 해 줄 뿐인데도 몸이 달아오른다는 것이었다.

그가 흥분하는 것, 그가 신음하는 것, 그가 욕정에 못 이겨 그녀의 머리칼을 꽉 움켜쥐는 것까지 고스란히 느끼다 보니 그녀조차도 욕망에 물든다는 것이었다.

다이는 어느새 자신의 몸이 젖어 가는 것을 기분 좋게 만끽했다.

어서 빨리 그가 자신의 안으로 들어와 주었으면 좋겠다.

어서 빨리 그가 제 것에 입을 맞추어 주었으면 좋겠다.

다이의 애무가 차츰 거칠어지고 빨라질 무렵, 유현은 참다못해 상체를 일으켰다. 적극적이고 자극적인 애무는 그를 벌써 방사 직전까지 몰고 간 것이다. 유현이 일어나면서 두 사람의 자세가 아주 자연스럽게 바뀌었다. 이번엔 늘 그랬듯 그가 다이의 몸을 타고 올랐다.

유현은 다른 생각을 할 틈도 없이 그녀의 허벅지를 벌리고 좁은 그곳을 향해 자신을 밀어 넣었다. 촉촉하게 젖은 여체는 쉽게 그를 받아들였고, 삽입과 동시에 커다란 흥분을 안겼다. 다이는 그의 어깨를 붙잡고 쾌감을 여실히 느끼고 있었다.

"으음. 나 아주 굶주렸나 봐. 빨리 끝내고 한 번 더 하자."

그가 귓불을 잘근잘근 씹더니 속삭였다. 그 말이 끝남과 동시에 유현은 허리에 힘을 주고 빠른 속도로 피스톤 운동을 하기 시작했다.

"하아…… 으읏……."

퍽퍽퍽.

서로의 살결이 부딪치는 소리가 오피스텔 안을 울렸다. 뒤섞인 신음과 숨소리가 거칠었다. 마침내 파정의 순간을 맞이한 그가 짐승처럼 으르렁거렸다. 몸 끝에 몰려 있던 쾌감의 잔재를 그녀의 안에 모조리 쏟아부었다.

새카만 어둠과 붉어진 열기와 하얀 시야가 한데 어우러진 짧은 순간이었다.

"그런 일이."

섹스가 끝난 후 유현은 다이를 끌어안고 있었다. 다리로 그녀의 두 다리를 결박시킨 채 몰려드는 나신의 열기를 잠재우고 있던 때였다. 그의 가슴팍에 파묻힌 채로, 다이는 승미가 찾아왔던 일을 털어놓았다.

생각지도 못한 전개였다.

혹여 승미가 결심을 번복해 다시 반대할까 염려돼 내일 서둘러 약속을 잡아 둔 것이었는데, 해결은 의외의 곳에서 이루어진 셈이었다.

"당신 어머니께 고마워해야겠군."

"그냥 이래저래 마음이 아팠어요. 우리 어머니도 그렇고, 당신 어머니도 그렇고. 마음을 열어 주시는 게 절대 쉬운 일이 아니었을 텐데. 난 여러 사람들한테 은혜를 입었어요."

"우리가 잘하면 돼. 아니, 내가 잘하면 돼."

"그중에서도 가장 고마운 건, 정유현 씨, 당신이에요."

"황송하군."

"당신을 만난 나는 다시 태어난 거나 다름없으니까."

다이의 심경이 어떤지 유현은 누구보다 잘 알았다. 이 순간조차도 다이는 모두에게 감사해하고 있을 거라는 것도 알았다. 그만큼 맑은 마음을 가진 여자라는 걸, 너무 잘 알았다. 그래서 이 여자를 사랑할 수밖에 없었던 자신을 이제는 얼마든지 이해할 수 있었다.

"류다이."

"응?"

"사랑해. 내 사랑은 받을 만한 가치가 있을 거야."

품속에서 다이가 빼꼼 눈을 들었다. 면도한 지 하루가 지난 턱수염이 까칠하게 돋아 있는 것을 이마로 스윽 훑다가 속삭였다.

"나도 마찬가지예요, 정유현 씨."

그녀의 수줍은 고백이 떨어지자마자 그가 으스러지도록 껴안았다. 여전히 파혼한 관계였지만, 지금부터는 제대로 된 연애를 하게 될 것이다.
모두의 눈앞에서.

이 밤, 그들이 물고 삼키고 핥고 또 속삭이는 건 오직 사랑뿐이었다.

* * *

"어머? 시작하려나 봐요. 얼른 가요."

다이가 케첩이 덜 뿌려진 소시지야채볶음 접시를 들고 서둘러 주방
을 나섰다. 유현은 나무로 만들어진 접시에 땅콩을 비롯해 견과류를 담
고 있었다. 접시와 함께 맥주와 와인을 챙긴 그 역시 다이를 따라 자리
를 옮겼다.

두 사람이 앉은 곳은 2인용 좁은 소파였고, 아주 가까운 곳에 텔레비
전이 있었다. 유현의 오피스텔에 자신이 사용하던 텔레비전을 갖다 놓
은 건 다이였다. 두 사람은 앞으로도 이 소파에 앉아 자신들이 만든 프
로그램을 신중하고 또 진지하게 지켜보게 될 것이다.

작디작은 테이블에 술병과 함께 안주 접시가 놓였다. 다이는 와인을,
유현은 캔 맥주를 집어 들었다. 두 사람은 잔을 동시에 들며 텔레비전
화면에 시선을 고정시켰다.

토요일 저녁 시간.

〈시사 오피니언 리더〉 2회의 시그널 화면이 흘러갔다.

"저 백 뮤직 말이에요. 당신이 고른 거예요?"

"음."

"언제 들어도 활기차고 즐거워. 나도 막 저곳에 들어가서 함께 의견
개진을 해야 할 것 같고."

"그래? 성공이군. 자, 건배."

두 사람의 잔이 허공에서 부딪쳤다. 나신인 채로 유현의 커다란 셔츠
만 걸치고 있던 다이는 와인 몇 방울이 목을 타고 가슴께로 흘러내리자

서둘러 잔을 내려놓았다. 그 모습을 본 유현이 티슈 한 장을 뽑아 그녀의 젖가슴으로 뻗는다.

슥슥 닦아 주다 손가락 끝으로 유두를 툭 건드리니 다이가 셔츠 앞섶을 단단히 여몄다.

"지금은 텔레비전에 집중하자구요."

"그렇게 입고 있으면서 나더러 다른 곳에 집중하라고?"

"어서 봐요. 오늘 광고가 더 늘어났으니까."

"흐음."

유현은 잔을 머금으며 화면으로 시선을 돌렸다. 그러자 이번엔 다이가 그의 어깨에 머리를 기대 온다.

"우리가 만든 프로그램이니까 열심히 봐야죠. 즐기는 건 그다음에."

"끝나자마자 덮칠 테니까 각오 단단히 하고 있어."

"네. 그럴게요."

다이는 흐뭇하게 웃으며 화면에 집중했다. 여느 날과 다름없었지만 조금은 특별하고, 평상시와 비슷한 흐름이었지만 약간은 다르게 느껴지는 그런 순간이었다.

두 사람은 광고가 끝나고 시작된 프로그램에 진지한 시선을 두었다.

두 사람의 시간이 아주 달게 흘러가고 있었다.

에필로그 1

"뭐? ……너희 둘이 뭘 하고 있다고?"

승미가 뜨악해진 표정으로 물어 왔다. 옆에 앉아 있던 동훈마저 놀라 들고 있던 찻잔을 내려놓을 정도였다. 맞은편에 나란히 앉아 있던 이현과 은진은 생각보다 더 충격을 받은 듯한 어른들의 모습에 그저 한숨만 내쉬었다.

그 와중에 이현이 승미의 질문에 대한 대답을 간결하게 전달했다.

"사귀고 있다고요, 어머니."

"하!"

"이거야 원. 놀랄 노 자구나."

승미와 동훈이 동시에 아연해하며 혀를 찼다. 보통 이런 경우 자신들의 자식을 더 애틋해하며 상대편을 못마땅하게 생각하는 게 일반적인 부모의 모습이겠지만, 승미와 동훈은 달랐다. 집안 배경을 제외하면 누가 봐도 이현이 부족해 보이는, 한쪽으로 기울어진 관계였던 것이다.

승미와 동훈은 진심으로 은진을 볼 낯이 없었다.

"사귀는 거야 얼마든지 그럴 순 있지. 그런데 그 얘길 왜 해 주는 거야?"

"저희도 곧 결혼하게 될지도 몰라서."

동훈의 질문에 이현이 낯짝도 당당하게 대답했다. 그에 당황한 승미가 은진의 얼굴과 배를 번갈아 쳐다보았다.

"아직 대학 졸업도 안 한 애가 무슨 소리니? 설마…… 은진아, 설마……."

"아, 아니에요. 어머니. 그건 절대 아니에요."

은진이 두 손을 휘휘 저으며 임신을 서둘러 부정했고 이현이 거기에 덧붙였다.

"졸업이야 당연히 할 거예요. 할 건데. 그때까지 기다리려니 좀이 쑤셔서."

"은진아. 네가 말해 봐. 이게 다 사실이야?"

"저, 저기 어머니. 저는 이현이가 결혼 얘기까지 할 줄은 몰랐어요. 그냥 집에 가서 밥이나 함께 먹자는 말에 알겠다고 한 것뿐이에요."

"그럼 이게 다 이현이 네 생각이라는 거야?"

"누나도 마찬가질걸?"

은진은 팔꿈치로 이현의 팔을 툭 쳤다. 정말이지 이현이 이렇게 대형 사고를 칠 줄 알았다면 이 집에 오지도 않았을 것이다. 유현의 결혼식이 끝난 뒤부터 결혼이라는 단어를 입에 달고 살더니, 급기야 이런 방법까지.

은진은 아랫입술이 부들부들 떨릴 정도로 긴장하고 있었다. 승미와 동훈의 앞에서 이토록 긴장한 것도 처음 있는 일이었다. 집안끼리 친한 어른들로 뵙는 것과 지금은 완벽하게 달라진 상황이었다.

"우선 밥부터 먹읍시다. 국이 식겠어."

"아…… 그래요."

대화를 깔끔하게 마무리 짓지 못한 채 동훈의 말에 네 사람은 함께 식탁에 앉았다. 이후에 이어진 식사 분위기는 차분하고 조용했다. 다만 이현이 반찬을 연신 은진의 앞접시에 가져다 놓는 바람에 은진이 곤혹스러워한 것만 빼면.

식사가 거의 마무리될 때쯤, 동훈이 고개를 들었다. 동훈의 눈엔 아직 어려 보이기만 한 이현이 연애를 하고 있다는 사실이 의외였지만 흐뭇하기도 했다. 더구나 상대는 이현이를 누구보다 잘 아는 은진이니, 어쩌면 이현이 녀석을 잘 이끌어 줄지도 모르겠다.

동훈은 은진을 쳐다보았다.

"은진이 너도 결혼까지 생각하고 있는 거니?"

"아직은 잘 모르겠어요. 저는 적령기에 들어갔지만 이현인 아직 어리고 더 많은 시간을 사회 경험을 하면서 보낼 수 있으니까요."

"그래. 여러 생각이 들겠지. 우선 두 사람, 계속 연애를 해 봐. 그리고 서로에게 확신이 들 때 그때 다시 와. 결혼이라는 게 누구 하나의 일방적인 강요나 희생으로 이루어져선 안 되니까."

"아버지가 그 정도로 말씀하시는 건, 거의 80%는 허락하셨다고 봐도 무방하죠."

이현이 당당히 거드름을 피우자 승미가 서둘러 면박을 준다.

"어서 밥이나 마저 먹어. 은진아, 후식 뭐 줄까. 커피도 있고 과일도 있어."

"저는 과일 먹을게요, 어머니."

"그래. 맛있는 걸로 준비할게."

승미가 서둘러 몸을 일으켰다. 전에 없이 어색하고 민망한 분위기에 은진은 이현이 원망스러웠다.

후식까지 먹고 집을 나온 두 사람은 대문 앞에서 실랑이를 벌였다. 은진은 제게 말 한마디 없이 이런 사고를 친 이현을 나무랐고, 이현은 '그까짓 것쯤이야.' 라는 말로 한껏 당황했을 은진을 안도시켰다.

"그래도 미리 말은 해 줬어야지. 내가 어땠는지 알아?"

"어땠는데?"

"그렇게 친한 아저씨와 아주머니를 한꺼번에 잃은 기분이었어. 그냥 온전히 네 부모님으로만 여겨지더라구. 그게 억울해."

"흐음. 그럴 수도 있겠구나. 그 기분, 이해해."

"앞으론 그런 사고 칠 거면 나한테 귀띔이라도 해. 마음의 준비라도 하게."

"마음의 준비는 하고 싶은가 봐?"

이현이 능글맞게 웃었다. 그러게 말이다. 왜 그녀 자신보다 나이도 한참 어린 데다 매사에 능글맞고 가볍기만 한 이 녀석에게서 못 벗어나고 있는 걸까. 항상 도도하고 자신감이 넘쳤는데, 집안 빼면 아무것도 아닌 이 녀석 앞에선 왜 쩔쩔매는 걸까.

"자."

은진이 스스로를 납득하지 못하고 있을 때 이현이 갑자기 점퍼 안주머니에서 종이 한 장을 불쑥 내밀었다.

"이게 뭐니?"

"읽어 봐."

이현이 건넨 종이는 다름 아닌 '계약서'였다. 내용인즉 이현이 작곡한 노래를 어느 유명 엔터테인먼트 회사에서 일정 금액을 지불하고 구매한다는 것이었다. 그뿐만이 아니었고 앞으로 5년 동안 이현이 만든 노래를 모두 계약하겠다는 내용도 포함돼 있었다.

은진이 놀란 얼굴로 그를 쳐다보았다.

"놀랐지? 뭐 이런 대단한 녀석이 다 있나 싶지? 이 녀석이랑 사귄 게 참 다행이다 싶지?"

"……놀라긴 했어."

"그 회사에 유명한 아이돌 그룹이 얼마나 많은지 알아? 내가 만든 곡이 걔들을 통해 세상에 소개되는 거지."

"아…… 축하해. 잘됐구나."

은진은 여전히 당황스러움을 숨기지 못했다.

지금까지 내심 혼란스러웠던 건, 그동안 그녀 자신이 이현을 믿고 있지 않았기 때문이다.

부모님만 믿고 어떤 노력도 하지 않는 게으름뱅이에다 잘하는 게 아무것도 없는, 말 그대로 한량이 아닐까. 매사에 진지함과 신중함이라고는 전혀 없이 그저 본능과 충동만으로 살아가는 가벼운 남자가 아닐까. 그렇게 이현에게 자신만의 프레임을 씌우고 대해 왔던 것이다. 하지만 이현이 보여 준 계약서는 지금까지 은진이 해 온 생각을 깡그리 부숴 버렸다.

어쩌면 이현은 생각했던 것과는 달리 지나치게 신중하고 냉정한 성격일지도 모른다. 자신이 한 수고를 절대 드러내지 않고 오로지 결과물로 보여 주는, 그래서 결국 모두의 인정을 받고야 마는 끈기를 가지고 있는 사람일지도 모른다.

"그것뿐이야?"

새삼 달라진 눈빛으로, 은진은 이현을 쳐다보며 되물었다.

"응?"

"축하한다는 말뿐이냐고."

"뭘 원해?"

"다 들어줄 거야?"

"내가 들어줄 수 있는 거면 들어줄게. 말해 봐."

이현이 입매를 짓궂게 끌어 올리는가 싶더니 귓전으로 가까이 다가왔다.

"오늘 같이 자자."

"이씨!"

은진은 그의 발을 자신의 힐로 꽉 밟아 버렸고, 이현은 밟힌 발을 들어 올리며 어리광을 피웠다.

"아야! 이런 법이 어디 있어? 남자로서 여자 친구한테 같이 자자는 말도 못 해? 나 많이 참았어."

"그래? 그럼 좀 더 참아!"

은진은 휙 돌아서서 차고로 향했다. 주차된 차의 운전석에 오르려는데 이현이 먼저 조수석에 냅다 오른다. 은진은 못 말린다는 듯 고개를 설레설레 저었다.

신중하다는 거 취소! 끈기 있다는 것도 취소!

아랫입술을 질끈 깨물고 시동을 건 은진이 차를 출발시키자, 이현이 손을 번쩍 들어 올리며 엔진 소리보다 더 크게 외쳤다.

"자, 출발! 우리의 화끈한 데이트를 위하여!"

아, 못 말려.

정말이지 못 말려.

봄의 한복판에 선 계절이 화사한 하늘을 보여 주고 있었다. 늘 설레고 긴장되고 그러면서도 함께 보는 하늘이 좋은, 그런 순간이었다.

에필로그 2

[좋겠다. 그렇게 모두를 속이고도 행복할 수 있다니. 나쁜 년. 파도가 PD님한테 냅다 안겼을 때 눈치 깠어야 했어.]

선경의 문자에 다이는 소리 내어 웃었다. 신혼여행 4일 차. 핸드폰 통신이 가능한 지역에 들어가자, 선경을 비롯한 방송국 동료들이 보내온 문자가 쏟아지기 시작했다. 모두 유현과 다이의 연애부터 결혼까지 이어진 비밀스러운 관계에 놀라워했다.

거기에다 유현이 어떤 사람인지 알게 된 동료들은 그 부담스러움 때문에 유현보다 다이에게 일제히 축하 문자를 보냈던 것이다.

[정 PD님이 대단한 분인 건 맞지만, 너도 꿀리지 않으니까 기죽지 마. 알았지? 나 축의금 많이 냈으니까 기억해 주고! 정 PD님한테 안부 전해 줘! 다이야! 얼른 돌아와!]

선경의 문자는 다시 이어졌다. 이번엔 웃음소리보다 그리움이 더 짙어졌다. 어서 빨리 이 신혼여행을 끝내고 돌아가고픈 마음이었다. 아무래도 일반적인 신혼여행과는 거리가 있어 더 그랬는지도 몰랐다.

다이는 핸드폰을 내려놓고 창밖을 바라보았다. 트레킹을 하던 내내 비가 내리던 하늘은 늦은 오후가 되자 파란색을 드러내고 있었다. 너도밤나무로 꽉 들어찬 숲길 사이사이로 빛줄기가 내리쳤다.

빗물을 머금은 나뭇가지가 바람에 흔들릴 때마다 물방울이 포말처럼 부서졌다. 신선한 공기와 바람, 그리고 쾌청한 햇빛까지 모두 소유한, 더없이 아름다운 산이었다.

폼폴로나 산장에는 휴식을 위해 찾은 등산객들로 붐볐다. 세계 각지에서 온 사람들이었다. 뉴질랜드에서 트레킹을 하기에 가장 적합한 날씨라 어쩌면 당연한 일인지도 몰랐다. 유현과 결혼식을 올렸던 며칠 전, 한국은 봄이었지만 여긴 가을이었던 것이다.

산 입구에서부터 이곳 산장에 도착하기까지 꼬박 사흘이 걸렸으니, 하루 정도는 이 훌륭한 산장에 피곤한 몸을 맡겨도 되리라.

"뭐 하고 있었어?"

샤워를 하기 위해 잠시 자리를 비웠던 유현이 돌아왔다. 그는 다이의 옆에 나란히 서서 그녀의 어깨를 가만히 끌어안은 채 함께 창밖을 응시했다.

"선경 선배한테서 들어온 문자를 보고 있었어요. 다들 난리예요."

"난리라니?"

"당신하고 내가 뒤통수쳤다구요. 특히 정유현 PD님에 대해서 다들 말들이 많아요. 당연하죠. 기승전자그룹 후계자가 우리 방송국 PD라니. 믿기 힘든 일이죠."

"몸 둘 바를 모르겠군. 내가 뭘 어쨌다고."

"그냥 그렇다는 거예요. 아마 다들 당신 보는 시선이 달라져 있을 거예요. 견디고 버텨요. 다 지나갈 일이니까."

유현은 고개를 돌려 다이를 물끄러미 바라보았다. 이럴 때 다이는 마치 그의 훌륭한 조언자 같다. 의견을 구할 수 있고 함께 머리를 맞대고 좋은 해답을 찾을 수 있는 친구 같기도 하다. 그는 웃으며 다이의 젖은 머리칼을 부드럽게 쓸어 주었다.

"힘들지 않아?"

"견딜 만해요."

"힘들면 언제든 말해. 내려갈 테니까."

"내가 먼저 제안한 거였잖아요. 정상까지 올라가야죠."

유현은 고개를 끄덕이며 그녀의 볼에 가볍게 키스했다. 신혼여행으로 유럽 일주를 계획하고 있던 유현과는 달리 다이는 새로운 제안을 해 왔다. 뉴질랜드의 유명한 트레킹 코스를 완주하고 싶다는 것이었다. 총 일주일이 걸리는 과정이었고, 신혼여행이라는 핑계가 아니면 평생 갈 수 없을 거라고 생각했다고 한다.

모든 밤을 다이와 단둘이 보낼 수 없다는 점만 빼면, 유현에게도 기억에 남을 만한 여행이었다. 마지막 날만큼은 뉴질랜드 시내의 고급 호텔을 예약해 두었으니, 그날은 단둘만의 시간을 가질 수 있을 터였다.

"저 새 이름이 웨카래요."

다이가 창밖으로 보이는 작은 새 한 마리를 가리켰다. 파드득파드득 잠시 허공에 뛰어올랐다가 다시 지면에 착지하곤 했다. 다이가 덧붙였다.

"날지 못하는 새래요."

"흐음. 닭 같은 건가?"

"그런가 보죠."

어쩐지 다이의 목소리가 좀 전보다 차분해진 듯했다. 다이의 시선이 고집스럽게 웨카에게 맞춰진 것을 확인한 유현이 그녀의 머리를 제 어깨에 기대게 만들었다. 날지 못하는 새. 그걸 애처롭게 바라보는 그녀.

그녀의 목소리가 왜 가라앉았는지 알 것 같았다.

"장모님 생각 했어?"

"응? 어떻게 알았어요? 귀신이야, 진짜."

다이의 표정과 말투는 늘 투명했다. 그녀는 그 사실을 전혀 모른다.

"두 분 말이에요. 올가을에 다른 곳으로 이사를 가실 모양이에요."

"이사를?"

"네. 아버지가 경기도 쪽에 벌써 땅을 사 두셨대요. 거기에다 집을 짓기 시작했구요."

"그게 섭섭해?"

"아뇨. 좋죠. 두 분이 이제 일을 쉬면서 두 분만의 시간을 가지시는 거니까. 어머니도 그곳에서 더 건강해지실 거고. 다만……."

"다만?"

"열심히 개척하고 걸어오신 두 분의 길이 이제 사라진다고 생각하니까 아쉬워서요."

딸로서 다이가 충분히 할 수 있는 생각이었다. 평생 의사로 활동한 부모님의 존재가 사라진다는 생각이 능히 들 수 있을 것이다. 당연히 섭섭하고 서운해할 수 있다.

"왜 사라진다고 생각하지? 이제 그곳에서 다른 길을 걸어가실 텐데."

하지만 끝이 아니라 시작이라 생각한다면, 오히려 두 분의 행보에 박수를 쳐 드릴 수 있다. 가득 채운 것들을 비우고, 쥐고 있던 것들을 놓고 나면 새로운 것들이 채워지고 쥐어지듯이.

"시간이 날 때마다 자주 들르자. 당신을 위해 노력할게."

"정유현 씨."

"응?"

"당신을 만나지 않았다면 난 지금도 재미없는 삶을 살고 있었겠죠?"

"당신을 만나지 않았다면 나 역시도 재미가 없었을 거야. 우린 앞으로도 서로에게 재미를 듬뿍 주자고."

그의 얼굴에 오른 애틋한 미소가 차츰 짓궂게 변해 갔다. 그는 다이의 귓전에 뜨겁게 속삭였다.

"보통은 신혼여행에서 허니문 베이비를 만든다고 하던데."

"흐음. 그건 곤란한 거 알죠?"

"마지막 날엔 각오하라고. 하루 종일 호텔 밖으로 안 나갈 테니까."

"안 나가면 뭐 하려구요?"

"몰라서 물어? 하루 종일 당신과 침대에서 뒹굴 생각이야."

"저, 저기요. 정유현 씨. 진정하시고 내 말 좀 들어요. 그런 사악한 계획이 아니더라도 우린 충분히 즐길 수 있어요."

"아니. 내 계획은 하나야. 토 달지 마."

유현의 단호한 태도에 다이가 뭐라 토를 달려던 순간, 한 외국인이 휴게실에 들어서서 외쳤다.

"Hey! Come on!"

휴게소에서 휴식을 취하고 있던 모든 등산객들에게 밖으로 나오라 손짓했다. 각국에서 모여든 이방인들이 하나둘씩 일어나 바깥으로 나간다. 유현도 다이의 손을 잡고 밖으로 나갔다. 산장 이용객들이 모두 모인 듯, 뒷마당에는 이미 파티가 시작되고 있었다.

산장 소유의 각종 악기들이 총출동돼 신나는 음악이 연주되었고, 등산객들은 자연스럽게 박자에 동화된 채 원을 그리며 앉았다. 산장 주인이 원의 한가운데에 들어오더니 나뭇더미에 불을 붙였다.

작은 불꽃이 점화되면서, 연주는 더욱 야단스러워지고 있었다.

너 나 할 것 없이 옆 사람과 어깨동무를 했고, 통하지 않는 언어들로 반갑게 인사를 나눈다. 유현과 다이도 그 대열 속에 섞여 환하게 웃었다.

늦은 오후에서 초저녁으로 넘어가는 시간.

햇빛이 기다란 꼬리를 남기고 점차 구름 뒤로 사라지고 있었다.

내일 아침이면 사라진 햇빛이 다시 하늘에 입을 맞출 것처럼, 유현도 다이의 어깨를 끌어안고 그녀의 입술에 입을 맞추었다. 다이가 듣는 연주 소리, 다이가 이고 있는 하늘, 다이가 맞고 있는 바람. 그 모든 것들이 유현을 들뜨게 만들었다.

매 순간, 행복하게 만들었다.

— Fin

외전 1

"소개팅이요?"

제이는 햄버거를 한입 가득 문 채로 고개를 홱 돌렸다. 옆에 앉아 있는 사람은 4개월 전 다른 병원에서 부임해 온 소아과 치프 윤수강이었다. 성질이 매우 포악하고 사나운 데다가 레지던트들 알기를 우습게 알고, 스태프들에게도 간간이 버릇없이 대드는, 이 병원에서 알아주는 미친놈이었다. 생긴 것도 어디서 소도 때려잡을 것 같은 거구에, 눈도 크고 코도 크고 입도 큰, 첫인상만 놓고 보자면 썩 호감상은 아닌 놈이었다.

그런 놈이 어째서 소아과에 지원했는지 모두들 의아해했다. 물론 그건 제이도 마찬가지였다. 한데 가끔 가까이에서 본 수강은 일에 있어서만큼은 철두철미했다. 아이들에게는 무척 상냥하고 다정한 모습을 보이는 것을 종종 목격했기 때문이다.

그런 치프가 느닷없이 제이에게 소개팅을 해 주겠다고 나선 것이다. 소화도 안 되게.

"그래. 관심 있나?"

"아뇨."

"왜?"

"왜라뇨? 그냥 연애 자체에 관심이 없어서 그래요."

제발 묻지 말아 주세요. 아니, 나한테 말을 걸지 마세요, 그쪽 얼굴 보면 햄버거 맛을 도통 느낄 수가 없으니까요.

차마 꺼낼 수 없는 말이 목구멍에서만 맴돌았다. 차라리 다른 테이블로 자리를 옮길까. 하필 이 치프 놈은 옆자리에 와서 앉을 게 뭐람. 내심 투덜대며 햄버거를 우적우적 씹어 넘기고 있는데, 윤수강이 다시 시비를 걸어왔다.

"하긴 너 생긴 걸 봐라. 연애가 왔다가도 달아나겠다."

"그게 무슨 말이에요?"

"못 들었으면 말고."

"제가 이런 말까지는 안 하고 싶었는데요. 선생님 외모도 그다지 썩⋯⋯."

"그다지 썩, 뭐?"

"아이들한테 호감을 주는 인상은 아니지 않나요?"

"뭐어?"

"피차일반이라구요, 제 말은. 그러니까 점심시간 지나고 겨우 먹고 있는 이 햄버거 소화 좀 되게 해 주세요."

"이게 어디서 치프한테 따박따박. 네가 그러니까 주변에 여자들만 바글거리는 거야. 알겠냐? 남자한테 어필될 만한 매력이 단 한 군데도 안 보이니 참 통탄할 노릇이다."

"통탄을 해도 제가 할 테니까, 쌤은 그냥 관심을 끄시라구요."

대체 갑자기 옆자리에 와서 소개팅 얘기를 끄집어내는 것도 이해할 수 없었지만, 무자비하게 조롱을 일삼는 것도 이해할 수 없기는 마찬가지였다. 하긴, 이 인간이 이해 못 할 태도를 보이는 게 한두 번도 아니니, 또 잠시 미쳤구나 생각하고 넘기면 그만이었다.

하지만 햄버거를 다 먹은 윤수강이 일어나면서 던진 한마디에, 제이는 급기야 오만상을 찌푸렸다.

"오늘 너 데이 근무지? 저녁 7시 〈네오〉로 나와. 나보단 못하지만 나름대로 근사한 녀석이 나올 거다. 약속 까먹지 말고."

"뭐래, 진짜."

제이는 식판을 들고 유유히 사라지는 수강을 못마땅하게 쳐다보았다. 남은 햄버거를 마저 먹었지만 맛을 느낄 수 없었다. 무시하면 그만이지만 무시할 수가 없었다. 수강은 소아과 의국의 독재자였으며, 마음에 안 드는 일이 있을 땐 사정없이 레지던트들을 잡는 악의 근원이었기 때문이다.

다소 찝찝한 마음을 안고 구내식당을 나온 제이는 여전히 일그러진 얼굴 표정으로 소아과로 돌아갔다. 때마침 스테이션에 서 있던 3년 차 선배 은희가 그녀를 불렀다.

"너 얼굴이 왜 그래? 듣자 하니 점심 먹으러 갔다던데. 넌 먹을 것만 들어가면 세상 행복한 애잖아."

"그러니까요. 잘 먹고 있었는데 갑자기 체했나 봐요."

"하루 종일 굶은 사람 앞에서 그게 할 소린 아닌 것 같다."

살집이 제법 두툼한 은희가 넉넉한 웃음을 물었다. 제이가 가장 편하다고 생각하는 선배였다. 같은 학교 본과 출신이었고, 성격도 비슷했고, 무엇보다 남자나 연애에 전혀 관심이 없는 점도 같았다. 물론 은희는 다이어트해서 살까지 빼 남자를 만나고 싶지는 않다는 지론을 가지고 있었기 때문이지만.

"햄버거 갖다드려요? 선배 눈물을 머금고 굶고 있는 거 알았다면 내가 하나 가져왔을 텐데."

"뭐야, 오늘 점심 햄버거였어?"

"네. 음료랑 디저트 라인업도 화려해요. 콜라, 사이다, 밀크셰이크, 블루베리주스 중 택일. 닭 가슴살에 메추리알에 야채 듬뿍 플러스 오리엔탈 소스. 전 거기에 치즈볼도 다섯 개나 먹었어요."

"흠, 그래? 그런데도 왜 얼굴 살은 더 빠진 것 같지? 단시간에 무려

2,000칼로리 넘게 먹었는데?"

"그게 금방 찌나요? 그리고 황당한 일이 있어서 거기에 에너지를 다 뺏겼나 봐요."

"황당한 일이라니?"

제이는 잠시 갈등했다. 은희에게 모든 걸 털어놓고 이 사태를 해결할 방안에 대해 조언을 구할 건지, 아니면 윤수강 같은 놈의 말은 깡그리 무시할 건지. 물론 후자는 아무래도 부담감이 있었다. 윤수강은 지시나 명령에 불복하는 레지던트들에게 무시무시한 응징을 가하기 때문이다.

가령 은희의 경우 수술실 어시로 들어가라는 수강의 지시를 어기고, 담당 입원 병동에서 작은 사고가 생겨 제이와 바꾼 적이 있었는데, 그날 부터 한 달 동안 수술실 출입 금지를 당했다. 수강이 자신의 지시를 어 긴 데 대한 복수를 한 셈이었다.

이런 식으로 유치하게 응징을 가하기 때문에, 그게 어떤 종류였든 지시 를 무시할 수 없는 것이다. 은희가 팔까지 붙들며 털어놓기를 종용했다.

"뭔데, 말해 봐."

"그게요. 아까 햄버거를 먹고 있는데 수강 쌤이 옆에 와서 앉더니 대 뜸 소개팅을 하라고 하시더라구요."

"뭐어? 소개팅?"

은희의 얼굴에 오른 묘한 뉘앙스를 제이는 알아채지 못했다. 그저 투 덜거리기만 했을 뿐이다.

"네. 어이가 없죠? 수강 쌤이 소개팅을 주선하다뇨. 자리에 나갔는데 맞은편 의자에 다이너마이트 하나가 떡하니 놓여 있으면 어쩌라구."

"아아야. 이건 말이야. 내 직감인데, 뭔가 나쁜 기운이 감지된다. 갑 자기."

"나쁜 기운이요?"

"응. 아주 무시무시하고 엄청난 후폭풍이 몰려오고 있다 이 말이지."

"그게 대체 무슨 말이에요."

"너 일단 소개팅 자리에 나가 봐."

"네에? 싫은데요?"

"싫어도 나가. 의국 분위기 망칠 일 있어? 네 자신이 나라 구한 잔 다르크라 생각하고 일단 나가 봐."

"선배까지 왜 이래요, 정말."

은희가 원망스러워 자신도 모르게 짜증까지 내 버린 제이는, 울리는 벨 소리에 핸드폰을 꺼냈다. 10분 후 수술실로 들어가라는 스태프의 문자에 어깨를 축 늘어뜨렸다.

"나 수술 들어가요, 선배. 끝나면 곧장 퇴근할 거니까 찾지 마세요."

"응, 잘 가. 소개팅엔 꼭 나가고! 굿바이!"

은희의 말에 시큰둥한 반응을 보인 제이가 돌아섰다.

다시 혼자가 된 은희는 차트를 작성하다 말고 입가에 묘한 미소를 올렸다. 은희는 엊그제 바로 이곳에서 있었던 일을 떠올렸다. 이게, 수강이 말한 그 '부탁'이라는 걸 알 수 있었다.

엊그제 제게 슬쩍 다가온 수강이 천연덕스럽게 질문을 던진 적이 있었다.

'혹시 말이야. 류제이 선생. 남자 친구 있나?'

질문 자체가 수강이 할 만한 것이 아니었다. 윤수강은, 그 우락부락한 짐승 같은 남자는, 연애나 남자 친구 혹은 여자 친구라는 단어와는 전혀 어울리지 않는, 로맨틱한 분위기라곤 눈 씻고 찾아봐도 없는 사람이었다.

그런 수강이 제이의 남자 친구 여부를 궁금해한다는 것 자체가 은희에겐 다소 흥미로운 일이었다.

'그건 왜 물으시는데요?'

'대답이나 하시지?'

'그걸 제가 어떻게 알아요. 전 몰라요.'

'왜 몰라? 둘이 내내 붙어 다니면서. 같이 데이가 걸리는 날엔 퇴근하고 함께 술 마시는 거 내가 모를 줄 알아?'

'그거야 동료로서 함께 나누는 일상 같은 거구요. 남자 친구는 지극히 개인적인 프라이버시잖아요. 전 아무리 친한 상대여도 개인적인 일엔 절대 관심을 두지 않거든요.'

'그럼 알아내.'

'예? 뭐, 뭘요?'

'류제이가 남자 친구가 있는지 없는지 알아내라고.'

'그걸 왜 제가 해요? 그렇게 궁금하시면 직접 하시면 되잖아요.'

'아, 대체 이 소아과 의국은 위계질서가 있는 거야, 없는 거야. 전임 치프 누구야? 엉?'

레지던트들 갈구는 것을 하루의 낙으로 삼고 살아가는 사람이라는 걸 잘 알기에, 은희는 수강을 건드릴 생각이 전혀 없었다. 잠자는 사자의 코털을 뽑아 봤자 위험에 처할 뿐이라는 사실도 잘 알았다. 하지만 이렇게 억지를 쓰면 해 주고 싶다가도 돌아서게 된다는 걸 이 짐승은 왜 모를까.

'대체 왜 그러시는데요, 선생님.'

'내가 반드시 알고 싶어서 그래.'

'그러니까 그게 왜 알고 싶으신 거냐구요.'

'그거야 내가 궁금하니까.'

그 순간, 은희는 제 눈을 의심했다. 수강의 얼굴에 순간적으로 붉게 홍조가 오른 것이다. 마치 수줍은 여자아이가 좋아하는 선생님 앞에서 어쩔 줄 몰라 하며 얼굴을 붉히는 것처럼. 저 커다란 덩치에 결코 어울리지 않는 순박한 모습에, 은희는 잠시 얼어붙었다.

'됐어. 싫으면 관둬.'

수강은 얼마쯤 멋쩍어하며 차트로 시선을 내렸고, 은희는 잔뜩 얼어붙은 표정을 그제야 풀었다.

'그럼 부탁 하나만 하자, 허은희.'
'무슨 부탁인데요?'
'이번엔 토 달지 말고 해 줘. 내 부탁 들어주면 향후 3개월간 너의 안위를 보장한다. 절대 건드리지 않으마.'

무척 솔깃한 제안이었다. 은희는 수강의 말을 귀담아듣기 시작했다.

그 순간을 떠올리자 다시금 은희는 고개를 갸우뚱거렸다. 대체 그 짐승이 왜 그런 부탁을 한 걸까. 설마, 설마, 제이를 좋아하기라도 하는 걸까.

제이에게 소개팅에 나가 보라고 한 것은, 사실 제이가 소개팅 자리에 나가지 않아 생길 후폭풍이 두렵기 때문이 아니었다. 은희가 정말로 궁금한 건 수강의 반응이었다. 제이를 정말로 좋아하는 건지, 아니면 단순히 소개팅을 위한 밑밥이었는지, 여러모로 궁금하고, 의아하고, 호기심이 생기게 하는 일이었다.

* * *

그날 저녁 7시.

제이는 카페 〈네오〉에 있었다. 예약된 테이블이라는, 전망이 가장 좋은 위치에 더할 나위 없이 일그러진 얼굴로 앉아 있었다.

이 사태는 모두 은희로 인해 일어난 것이다. 퇴근 시간에 맞춰 은희가 헐

레벌떡 의국으로 들어와서는 그녀를 데리고 억지로 택시까지 태운 것이다.

택시는 친절하게 이곳으로 향했고, 은희는 손까지 흔들어 주며 파이팅을 외쳤다. 제이는 하마터면 선배고 뭐고 들고 있던 에코 백을 그 웃는 면상에 집어 던질 뻔했다. 설상가상으로 카페 입구에 나와 있던 수강과 마주치는 바람에, 도망갈 형편도 되지 못했다. 수강과 은희는 짜기라도 한 것처럼 제이를 두고 서로에게 성공적으로 토스했던 것이다.

하여 제이는 못 먹을 걸 먹은 사람처럼 잔뜩 불편한 표정을 지은 채, 수강과 마주 보고 있었다.

"이거 납치예요, 아시죠?"

"응."

"납치는 범죄인데요?"

"그것도 알아."

"어머나. 그렇게 잘 아시니 지금 제가 얼마나 불쾌할지 그것도 너무 잘 아시겠네요."

"물론 잘 알지."

"어쩌실 거예요? 제 인생에 이렇게 기분 나쁜 적은, 고3 때 딱 한 번 전교 5등 했을 때 이후로 처음이거든요?"

"그래? 그럼 네 인생에서 오늘이 기억에 남겠구나."

뭐야, 저 짐승이.

제이는 잔뜩 낮게 깔린 수강의 음성에 예기치 못하게 말문이 막히고 말았다. 어딘가 잔뜩 굳어 있는 입술 선, 면도를 해서 그런지 깔끔한 얼굴, 정성 들여 빗어 넘긴 머리칼. 그러고 보니 어울리지 않게 슈트까지 갖추어 입은 수강이 낯설게만 느껴졌다.

푸른빛이 감도는 조명을 받아서 그런지 병원에서 대할 때와는 사뭇 이질적으로 느껴지는 분위기도 의외였다. 제이는 퍼뜩 고개를 세차게 저었다. 저 인간, 아니 동물에게서 무언가를 느끼는 건 절대 있을 수 없는 일이었다.

"어쩌실 거냐구요."

"내가 어떻게 하면 네 화가 풀리겠냐?"

"네?"

"난 네가 화를 내지 않았으면 하는데."

착시일까. 아주 짧은 순간, 수강의 눈빛이 그윽하게 느껴지기까지 하자 제이는 서둘러 시선을 내리깔았다. 그러곤 냉수를 모조리 마셨다.

"그럼 전 일어날게요. 누군가가 오기 전에요."

"누군가가?"

"저 소개팅시켜 주려고 납치하신 거 아니에요? 그럼 곧 상대가 올 거 아니에요. 서로 진 빼지 말고 여기서 깨끗하게 헤어지자구요."

"앉아, 류제이."

"싫습니다. 윤수강 선생님."

"앉아."

"제가 후배라서 만만하신 거죠? 이런 식으로 사람 갖고 놀지 마세요. 얼마나 불쾌한지 아세요?"

"소개팅 상대, 나야."

"……네? ……뭐라구요?"

"정식으로 말한다. 나하고 데이트하자, 류제이."

제이는 귀가 먹먹해졌다. 분명 잘못 들은 것 같은데, 잘못 들은 것이어야 하는데, '데이트'라는 한마디가 너무도 정확하게 귀에 꽂혀 버렸다.

* * *

"하하. 그래서?"

유현이 미소를 지으며 물었다. 매우 신중하고 진지하게 제 이야기를 들어 주는 유현을 향해, 제이가 전폭적인 신뢰의 눈빛을 보내며 말을 이어 갔다.

"그래서는요. 그냥 확 일어나서 카페를 나와 버렸죠."

엊그제 저녁 카페 〈네오〉에서 일어났던 황당한 사건의 전말을 유현에게 모두 털어놓은 제이는 그제야 속이 후련해졌다. 그러곤 들고 있던 칵테일을 모조리 마셔 버렸다. 빈 잔을 보란 듯이 테이블에 내려놓은 제이는 화장실로 간 다이가 돌아올까 스윽 그쪽을 쳐다봤다가 다시 유현에게로 고개를 돌렸다.

"절대, 언니한테 얘기하면 안 돼요, 형부. 아셨죠?"

"왜? 부부는 모든 일상을 공유해야 하는 사인데. 더구나 처제한테 일어난 일을, 보통 일도 아니고 남자와 관련된 일을, 난 언니한테 말해야 할 의무가 있어."

"이것 봐, 이것 봐. 형부 그렇게 안 봤는데 애처가 공처가는 혼자서 다 하셔."

"하하. 그랬나?"

"그럼요. 저 처음에 형부 봤을 때 홀딱 반했잖아요. 뭐랄까, 남자에 대한 이상형을 제시하셨다구요, 형부가."

"흐음. 고맙군."

"이번에 상도 받으셨잖아요. 아주 그냥 워커홀릭이시지, 잘생겼지, 돈 많지, 다 가지셨어요. 형부는."

"예쁜 아내도 있지."

"아하, 그러네요."

못 말린다는 듯 고개를 젓는 제이를 보며 유현은 웃으며 잔을 집어 들었다. 처제인 제이가 데이 근무인 데다가, 지난주 유현이 제작한 프로그램이 '국제 다큐 영화제'에서 황금상을 수상한 터라, 모처럼 다이와 셋이 식사와 함께 간단히 칵테일을 마시는 중이었다.

다이가 화장실에 가겠다며 일어난 틈을 타, 제이가 들려준 이야기는 무척 흥미로웠다. 매사에 무미건조하고 시큰둥해 보이던 제이에게 봄바람이 불어올지도 모른다는 생각에서였다.

"요즘 언니랑 엄마가 무지하게 친해진 거 아시죠? 이 얘기를 형부가 언니한테 하시는 순간, 바로 엄마 귀에도 들어가요. 그럼 저를 하루 종일 닦달하실 거라구요. 요즘 우리 엄마 최대 관심사가 언니랑 형부 임신 소식이랑, 제 결혼이잖아요. 아버지랑 경기도로 내려가기 전에 저 결혼시키겠다고 아주 난리들이세요."

"알았어. 침묵하지."

"고마워요. 그런데요, 한 가지 묻고 싶은 게 있어요, 형부."

"뭔데?"

"같은 남자로서요. 그 인간의 행동이 어떻다고 생각하세요?"

"으음, 처제가 뭘 묻는 걸까."

"그러니까 제 말은요. 그 인간이 정말로 저를 좋아하는 걸까요, 아니면 그저 저를 가지고 노는 걸까요?"

"그게 궁금하긴 해?"

"어머. 궁금하죠, 당연히. 너무너무."

"그게 궁금하다는 걸 보니, 처제도 아예 마음이 없지는 않은 것 같은데?"

"흡……. 네?"

제이는 당혹스러워하며 되물었다. 딱히 반박할 말이 없다는 게 답답했다. 무슨 이유에서인지 아니라고 반박할 수가 없었던 것이다. 그래서 제이는 명백하게 부인을 하지 못하고 억지만 부렸다.

"전혀 아니에요, 형부. 전혀, 절대, 네버."

"그래? 그럼 결론만 말할게. 그 남자, 처제를 아주 좋아하고 있어. 내가 확신해."

"그게, 정말이에요?"

"그럼."

유현의 진단을 듣고, 제이는 뭐라 말할 수 없이 복잡한 기분이 되었다. 사형 선고 같기도 하고 제삼자의 연애 이야기를 듣고 있는 것처럼 간질거리기도 하고, 구름 위에 서 있는 것같이 붕 뜬 기분이기도 했다.

딱히 뭐라 꼬집을 수 없는 복잡다단한 감정을 맛보고 있을 때, 다이가 돌아왔다.

"무슨 얘길 그렇게 진지하게 했어요?"

"응?"

"오면서 보니까 당신 표정이 아주 진지하던데."

"아아, 처제 일에 대해서 조언해 주고 있었어."

"무슨 조언? 제이 너 병원에서 힘든 거 있어?"

"으, 응? 아니. 언니야. 병원 일이 아니라 그저 인간관계에 대해서. 헤헤헤. 내가 그런 쪽으로 좀 약하잖아. 난 관심도 없는데 지들끼리 아주 난리 블루스야. 들어 보면 별일도 아닌 것 같은데. 그래서 내가 이상한 건지, 그 사람들이 이상한 건지, 형부한테 슬쩍 물어본 것뿐이야."

"결론은 뭐예요?"

다이가 유현에게 물었다. 제이의 담담하고 건조한 성격은 아주 어려서부터 형성된 것이어서 심각한 상황인지 알지 못했었다. 그래서 저 나이 먹도록 아직 연애 한번 못 한 건가 싶어, 요 근래 다이는 내심 걱정스러웠던 것이다.

결혼 생활 1년째. 유현이 본 제이의 모습이, 다이 역시 궁금해졌다.

"처제한테는 아무 문제가 없어. 다만, 자신에게 일어난 상황을 한 번쯤은 심각하고 진지하게 받아들여 봤으면 하는데. 그럼 새로운 시각이 열릴 텐데 말이지."

"들었지, 제이야? 형부 말을 어떻게 받아들이고 파악하는가는 네 문제야. 네가 알아서 할 일이지."

"응. 알았어요. 잉꼬부부님. 완벽 접수! 그런 의미에서 건배해요. 어머낫, 내 잔이 비었네. 그럼 언니 걸로."

다이는 제이의 빈 잔에 칵테일을 채워 주고는 자신의 잔을 부딪쳤다. 유현 역시 잔을 들었다. 허공에서 잔 세 개가 짠 부딪쳤고, 세 사람은 남김없이 모조리 마셨다.

제이는 숨을 후욱 들이마셨다. 술에 취해 알딸딸해졌지만 유현과 다이의 말이 뇌리에서 떠나지 않았다. 제게 일어난 일에 대해서 심각하고 진지하게 고민해 보라는 조언에, 머릿속이 지나치게 복잡해졌다.

수강이 정말로 자신을 좋아하고 있는 걸까.

사실 수강이 소개팅 상대가 자신이라고 말했을 때, 기분이 묘하게 일렁이긴 했다. 이유를 알지 못했지만 미소마저 지으려 했다. 정말이지 망측스럽고 혐오스러웠는데, 분명 그래야 하는데, 마음 한구석에선 도저히 이해하기 힘든 감정이 생기는 것이다.

웃음이 날 것 같고, 심장이 뜨끈하고, 손과 발이 간질거리는 기분.

유현이 말한 대로 수강의 감정이 진실로 그러하다면, 그처럼 저돌적으로 제게 다가온 남자는 처음이었다. 그래서 더 혼란스러운 것인지도 몰랐다. 제이는 다이가 알아채지 못하게 한숨을 푹푹 내쉬었다.

도무지, 사람의 감정이란 알 수가 없는 것이다.

* * *

"제, 제이야. 하이!"

은희가 아주 천연덕스럽게 손까지 흔들며 인사를 했다. 은희는 나흘 전 저녁에 일어난 이른바 〈네오〉 납치 사건의 주동자 중 한 명인 셈이다. 며칠간 각자 다른 수술 일정이 빼곡하게 있어 마주칠 일이 없었다가, 사건 이후로 오늘 처음 만나는 것이니, 은희 역시 껄끄럽긴 할 것이다.

제이는 은희를 보는 둥 마는 둥, 차트 작성에만 몰두했다. 그러자 은희가 옆에 바짝 다가와 엉덩이로 툭 건드린다.

"아잉, 왜 날 모른 척해? 류 선생?"

"그 엉덩이로 밀지 마세요. 나 떠밀려 나가니까."

"어머. 너 지금 나 엉덩이 크다고 놀리는 거야?"

"놀리는 거 아니고, 제가 며칠 전에 겪은 납치 사건의 후폭풍이라고 해 두죠."

"아이, 그건 류 선생이 날 이해해야 돼. 나도 어쩔 수가 없었다구."

은희의 말에 제이는 그제야 고개를 돌렸다. 이제 사건의 전모가 드러 나는 듯했다.

"왜요? 왜 어쩔 수가 없었는데요?"

"윤 쌤이…… 그러니까 그 짐승이…… 나한테 부탁한 거라구. 아, 아니, 시킨 거라구."

"뭐라구요?"

"너도 알잖아. 그 짐승이 시킨 일을 거부하면 어떤 일이 일어나는지. 나, 살고 싶었다. 정말로."

"아무리 그래도 그렇지, 강제로 저를 거기까지 데려가요? 아니, 납치 를 해요? 와아, 저 정말 그날, 악마를 보았어요. 아니, 정확히 말하면 악 마들을 보았다구요."

"뭘 또 악마까지."

"오늘부터 난 지옥이에요."

"그건 그러네. 윤 쌤이 학회 끝나고 오늘 병원에 컴백하니까."

은희의 말이 맞았다. '〈네오〉 사건' 다음 날, 수강은 소아과 의국 대 표로 제주도 세미나에 참석했고 오늘 다시 출근했을 것이다. 그러니 그 사건 이후, 수강과도 오늘 처음 만나게 될 것이었다. 그 생각을 하자 목 구멍이 간질거렸다. 은희에겐 일부러 지옥이라고 말했지만, 며칠 동안 수강이 어떻게 지냈을지 계속 궁금했다.

은희는 미안한 마음에 슬쩍 제이의 손을 잡았다. 일부러 불쌍한 척 눈 을 게슴츠레 뜨고는 입술 끝을 말아 올려 최대한 크게 미소를 지었다.

"점심은 내가 살게, 류 선생."

"당연히 그러셔야죠. 저 엄청나게 얻어먹을 거니까 각오하세요."

"알았어. 알았어. 내가 맛있는 걸로 쏠게."

은희가 각오를 단단히 했다. 사실 제이에게 점심을 사 주는 이유에는 미안한 것도 있지만 그날 이후의 일을 듣기 위해서였다.

그렇게 두 사람은 병원 근처 퓨전 레스토랑에서 근사한 점심을 먹기로 했지만, 급히 잡힌 오후 수술로 인해 어쩔 수 없이 병원의 구내식당으로 내려왔다.

제이는 오늘 메뉴인 자장밥을 가득 퍼 담으며 은희를 흘깃 쳐다보았다.

"운 좋으신 줄 아세요. 겨우 구내식당 자장면이라니. 파스타랑 스테이크에, 와인까지 얻어먹어도 억울할 판에."

"미안, 미안. 난 그렇게 사 줄 생각이었다구."

두 사람은 식판을 들고 테이블에 자리했다. 은희는 마음이 조급했다. 서둘러 먹고 일어나야 하기 때문에, 지금이 아니면 제이에게 수강과의 진도에 대해 들을 시간이 없었던 것이다. 젓가락을 제이에게 건넨 은희가 넌지시 물었다.

"그래서 어떻게 됐어?"

"뭐가요?"

"윤 쌤이랑."

"어떻게 되고 말고 할 것도 없어요. 그냥 일어나서 나와 버렸으니까요."

"어머나. 진짜?"

"네."

"소개팅 상대로는 누가 나왔는데?"

"윤 쌤……. 아, 아니 그러니까 난 모르죠. 누가 나왔는지."

제이가 서둘러 변명했지만, 눈치 빠른 은희는 제이가 더듬거리는 것을 알아채고야 말았다.

"윤 쌤이 상대였다구?"

"아니라니까요."

"흐음, 어쩔 수 없구나. 내가 다 털어놓을게."

은희는 그제야 수강이 제안했던 작전에 대해 입을 열었다. 이후 제이는 은희의 말을 들으면 들을수록 표정이 수습되지 않아 난감했다.

"어때? 난 윤 쌤이 류제이를 좋아하는 거라고 생각하는데."

"쿨럭!"

제이는 헛기침으로 표정을 재빨리 수습했다. 은희는 눈을 빛내며 제이의 반응을 기다렸지만, 제이는 해 줄 말이 없었다. 머리가 더욱 복잡해졌고 혼란스러워졌다. 이상한 건 깊이 생각하면 할수록 수강이 궁금해진다는 사실이었다.

지금 어디에 있는지, 뭘 하고 있는지, 그날 이후 왜 한 번도 연락해 오지 않는지.

아무래도 미친 게 분명했다. 제게 일어난 상황에 대해 진지하고 심각하게 고민해 보라는 유현의 말이 원망스러울 지경이었다. 진지하고 깊게 생각할수록 윤수강이라는 짐승에 대해 자꾸 호기심만 생기니, 통탄할 노릇이었다.

그때 제이의 핸드폰이 울렸다. 액정을 보자마자 심장이 엇박자를 냈다. 시야가 흐트러지고 등골로 땀까지 흘러내렸다. 은희가 빤히 쳐다보고 있어 애써 침착하게 핸드폰을 받았다. 수강의 목소리가 귓전을 뚫고 흘러 들어왔다.

— 응급실로 와. 당장.

"저 좀 있다가 수술실에 들어가야 하는데요."

— 너 대신 딴 놈 보내고 응급실로 와.

"저 대신 들어갈 사람 없어요. 은희 쌤도 다른 수술이 잡혀 있구요."

— 말 안 듣지? 얼른 안 튀어 와?

고막이 찢길 듯해 제이는 서둘러 전화를 끊었다.

제이의 태도와 대답하는 내용으로 미루어 짐작건대 수강이 전화를 한 거라 확신한 은희가 아까보다 더욱 눈을 말똥말똥 떴다.

"윤 쌤이지?"

"네."

"어머어머, 뭐래?"

"절대 저를 좋아하는 게 아닌 것 같네요. 제 식판도 같이 치워 주세요. 이걸로 쌤한테 얻어먹은 걸로 할게요."

제이는 최대한 태연하게 몸을 일으켰다. 눈치 빠른 은희지만, 이런 자신의 표정과 태도로는 아무것도 유추할 수 없을 것이다. 하지만 식당을 나선 제이의 발걸음은 그 어느 때보다 빨랐다. 엘리베이터에서 내렸을 땐 아예 응급실을 향해 내달리기까지 했다.

희한하고, 어이없고, 우스웠지만, 수강이 궁금했다.

그날 이후 어떻게 지내고 있었는지, 제주도에서 잘 올라왔는지.

다양한 호기심으로 가득 찬 상태에서 응급실에 도착한 제이는 달음박질을 가까스로 멈추었다. 수강이 응급실 입구에서 뒷짐을 진 채 기다리고 있었기 때문이다. 잔뜩 가빠져서 몰려드는 숨을 힘겹게 고르며 제이는 그를 올려다보았다.

왜지?

불과 며칠 사이에 왜 이 짐승의 얼굴과 분위기가 전혀 달라 보이지?

새삼스러운 의문에 사로잡힌 제이가 눈만 껌뻑거리고 있을 때, 수강이 손목시계를 확인하며 짧게 말했다.

"3분."

"네?"

"네가 나한테 오기까지 3분이 걸렸다는 말이야."

이런 말조차 왜 이렇게 달콤하게 들리는지 알 수가 없다. 제이는 흔들리는 눈동자를 애써 내리깔며 물었다.

"어떤 환자죠?"

"나."

"네?"

"네가 봐야 할 환자는 나야."

대답할 말을 찾지 못하고 얼떨떨해하는 제이에게, 수강이 가운 주머니에서 무언가를 꺼내 불쑥 내밀었다. 안이 훤히 들여다보이는 조그만 상자였다. 검지만 한 크기의 시커먼 돌하르방 인형이 방긋 웃고 있었다. 이게 뭐냐는 듯, 제이가 쳐다보자 수강이 어깨를 으쓱했다.

"제주도에서 산 선물. 고마우면 내일 저녁에 나랑 만나. 너 내일 데이라는 거 알아. 그리고 난 네가 날 만나러 오는 순간, 데이트라고 생각할 거야."

수강의 말을 들은 제이는 지금까지와는 비교도 안 되게 빨리 뛰는 심장을, 아프게 느꼈다. 억지로 제 손에 쥐인 투박하고 소박하기 그지없는 선물을 내려다보며 헛웃음을 지었다.

수강은 다시 응급실로 들어갔지만, 제이는 손바닥에 남은 수강의 체온을 느끼며 미소를 참고 있었다.

그녀는 알고 있었다.

내일 저녁, 자신은 수강과의 데이트 자리에 틀림없이 나갈 거라는 것을.

그녀에게 일어난 일을 난생처음으로 진지하고 심각하게 받아들이게 될 거라는 것을.

외전 2

"준비 다 됐어?"

"네에!"

유현이 방을 나오며 묻는 말에, 다이가 힘차게 대답했다. 거실에서 다이는 몇 가지 선물을 다시금 점검하고 있었다. 아픈 뒤로 추위를 유난히 타는 지숙에게는 겨울 코트를, 술을 끊은 뒤 주전부리를 달고 사는 민철에게는 고급 수제 영양 쿠키 세트를, 그리고 내년에 결혼과 함께 치프가 될 제이에게는 갖고 싶어 하던 가방을, 내년에 그녀의 제부가 될 수강에게는 무척 좋아한다는 프랑스산 와인을 준비했다.

모두 오늘 있을 민철과 지숙의 새로운 집의 집들이 선물이었으며, 결혼식 이후로 실로 오랜만에 마련한 선물들이었다.

"으음, 빠진 게 없나."

유현이 거실 테이블 위 빼곡하게 놓인 선물 꾸러미들을 진지하게 내려다보았다. 그러자 이미 완벽하게 체크를 끝낸 다이가 손을 훌훌 털고 몸을 일으켰다.

"걱정 마요. 다 준비됐으니까."

"아직. 아직 아니지. 하나가 빠졌어."

"으, 응? 그게 무슨 말이에요? 어머니, 아버지, 제이, 수강 씨. 빠짐없이 다 챙겼는데?"

"아니야. 아주 중요한 한 가지가 빠졌어. 잠깐만 기다려 봐."

유현은 멀뚱히 있는 다이를 두고 서재로 들어갔다. 책상 서랍을 열고 작은 상자 하나를 꺼내 다시 거실로 나왔다.

"이건 내가 당신을 위해 준비한 거야."

"네에?"

다이는 놀라 당황하며 그가 내민 선물 상자를 얼떨결에 받았다. 두 사람이 함께 발품을 팔아 가면서 가족들 선물을 준비하며, 그가 자신 몰래 다른 선물도 준비했다는 사실에 감동하면서도 미안했다.

"난 아무것도 준비 안 했는데?"

"내가 하고 싶어서 하는 거야. 어서 열어 봐."

다이는 고개를 끄덕이고는 상자를 열었다. 실버 화이트로 세팅된 작은 새 모양의 펜던트였다.

"어머나."

"이걸 하고 가."

유현은 제 손으로 직접 목걸이를 다이에게 걸어 주었다. 얼핏 고개를 틀어 보니 다이의 웃는 얼굴이 눈에 들어왔다. 지난달에 새로 론칭한 프로그램에 미리부터 투입돼 엄청나게 바빴던 그녀에게, 유현은 진즉부터 선물을 하고 싶었다.

바쁜 아내를 웃게 하고 싶었고, 아이가 아직 없어 아주 가끔 보이는 아내의 그늘을 위로하고 싶었다.

"고마워요."

다이는 유현의 품에 안겼다. 그의 허리를 두 팔로 감자, 정수리로 유현이 입을 맞추었다. 이 남자의 가슴은 여전히 따뜻하다. 결혼한 지 2년이 되어 가는데도 체온은 뜨겁고 건네는 말은 다정하고, 눈빛은 깊다.

첫 1년은 서로 일하느라 아이 계획을 일부러 미루었지만 그 후부터는 노력하는데도 아이가 찾아오지 않았다. 2년이 지나면 병원에 가 보자고 서로 다짐하던 중이었다. 유현은 늘 아이가 없어도 상관없다고 말했지만, 다이는 아이가 간절했다.

그리고 지난주에 있어야 할 월경이 없어 내심 기대하고 있는 중이었다. 오늘 집들이를 다녀와 다음 주에 테스트를 하고 병원에 갈 계획이었다. 물론 이 모든 건 아직 다이 자신만 세운 계획이다. 몇 차례 임신인 줄 알았다가 실망한 적이 있어 아직은 모든 게 조심스러웠다.

"어서 가자. 어머님, 아버님 기다리시겠어."

"그래요."

다이는 고개를 끄덕였다. 유현과 함께 선물을 모두 차에 나르고 두 사람은 오랜만에 함께 차에 올랐다. 늘 바빴고, 항상 시간이 부족했다. 유현은 고정 프로그램을 3개나 맡고 있었고 다이 역시 하나가 끝나기도 전에, 곧장 차기 프로그램을 맡게 된지라 서로에게 열중할 시간이 항상 부족했다.

다이는 연차가 쌓이면서 이른바 '왕 작가'가 되었다. 소위 말하는 '팀'을 구성해 작업하게 된 것이다. 팀장 격인 다이 밑으로 일명 '새끼 작가'들 서너 명이 있었다. 다이는 그들을 이끌며 몇 가지의 프로그램을 책임지는 것이다.

유현 역시 맡은 프로그램들이 모두 대박이 났고 그것들로 화려한 커리어를 만들면서, 각종 케이블 방송국에서 연이어 모셔 가기 경쟁 중이었다. 경쟁이 갈수록 치열해져선 급기야 유현의 몸값이 천정부지로 치솟았다. 결혼과 동시에 유현이 어떤 존재인지 밝혀졌는데도 모든 방송국에선 그저 'PD 정유현'으로만 간주했다.

하지만 유현은 그 어떤 유혹에도 굴복하지 않았다. 아버지와 어머니, 두 분과 약속한 5년 동안은 처음 몸담았던 방송국에서 끝마무리를 지으려 생각하고 있었다.

가을이 절정으로 치닫는 계절.

두 사람은 8차선 대로를 노랗고 빨갛게 만들어 주고 있는 단풍나무와 은행나무를 보며 감탄하고 있었다. 다이가 탄성과 함께 혼잣말로 중얼 거렸다.

"이런 풍경 정말 오랜만이야."

"그러게. 방송국 안에서만 지내니 오랜만에 시야가 탁 트이는 기분인 데."

대답하면서 유현은 흘깃 다이를 쳐다보았다. 다이는 바깥의 가을 풍 경에 집중하면서도 손으로는 목걸이를 만지작거리고 있었다. 유현은 슬 그머니 미소를 지었다.

"새로 지은 집 주변 경치는 더 좋다고 하시더라구요. 어머니가."

"산과 들로 둘러싸인 집이니 대단하겠지."

"빨리 가 보고 싶다. 작년에 한창 공사 중일 때 딱 한 번 가 보고는 처 음인데."

"속도를 더 낼까?"

"아뇨. 규정 속도를 준수해야죠."

다이는 유현의 손을 툭 건드리며 가라앉혀 주었다.

마음도 몸도 아주 개운한 시작이었다. 민철과 지숙이 병원을 넘기고 본격적으로 시골로 이사 갈 준비를 한 건, 유현과 다이가 결혼할 무렵이 었다. 민철이 사 둔 땅은 작년부터 공사를 시작했고 몇 차례 꼼꼼한 검 수 과정을 끝으로 집이 완성되어 지지난 주에 이사를 했다.

지숙은 가끔 집 주변의 광경을 사진으로 찍어 다이에게 보내 주곤 했 다. 사진 속에서 완성된 집을 보았지만, 실물이 궁금했다. 지숙은 매번 사진을 보낼 때마다 '너무 행복해.'라는 짤막한 메시지를 첨부했는데, 지숙을 행복하게 만드는 그 이유가 궁금한 것이다.

"당신이 좋아 보여서 다행이야."

한참을 두근거려 하던 다이에게, 유현이 불쑥 던진 말이었다. 다이는 새삼스러운 표정으로 그를 쳐다보았다.

"난 항상 좋아요."

"그래. 당신은 항상 좋은 사람이지."

웃고는 있으나 유현의 말끝에서 어딘가 착잡함을 느낄 수 있었다. 다이는 유현의 마음을 모르지 않았다. 자신이 아닌 그녀의 행복만을 위해 사는 사람처럼, 유현은 온 일상과 삶을 그녀에게 맞추어 주고 있었다.

그런 그들에게 유일하게 비어 있는 2세라는 자리.

유현은 혹여 다이가, 그 빈자리로 인해 공허감을 느낄까 걱정하고 있는 것이다.

다이는 핸들에 얹은 유현의 손을 부드럽게 잡았다. 때마침 신호에 걸려 차를 멈추고, 유현은 다이를 쳐다보았다.

"당신이 뭘 걱정하는지 알아요. 걱정 마요. 난 아주, 행복해요."

"그래? 다행이군. 난 당신이 행복하면 그걸로도 충분히 좋아. 이상하지? 결혼하면 누구나 이런 기분이 되는 건가. 당신이 먹는 걸 보기만 해도 배가 부른다거나, 당신이 웃는 걸 보면 나도 모르게 입꼬리가 올라간다거나."

"이 남자, 큰일이네. 이러니 정유현 씨 사랑꾼인 거 온 동네 사람들이 다 알죠. 내가 알던 차갑고 무섭고 무뚝뚝하던 그 사람은 어디로 간 건지."

"난 낮져밤이 스타일이야. 밤엔 항상 이기잖아. 내가, 당신을."

유현의 농담 한마디는 차 안을 금세 다이의 웃음소리로 물들게 만들었다. 유현은 가끔 이렇게 농담 한마디로 다이를 곤혹스럽게 만들기도 했다.

그렇게 한참 동안 웃다 보니 다이는 문득 이 남자가 당혹해하는 얼굴도 보고 싶어졌다. 남편과는 사소한 일상 한 가지라도 공유하고 싶었다.

다이는 유현의 손에 다시 제 손을 얹었다.

"나, 할 말 있어요."

"응? 뭔데?"

다이는 월경이 없다는 말을 했고, 이번엔 느낌이 좋다는 말도 덧붙였다. 조심스럽게 그의 표정을 살피니, 그는 입을 꾹 다문 채 앞만 보고 있었다.

"왜 아무 말이 없어요?"

"으음. 말을 아끼려고. 그래야 될 것 같아서."

"아, 그렇구나."

고개를 끄덕인 다이는 다시금 유현의 표정을 살폈다. 말을 아낀다고 했지만 실상 그는 밀려드는 웃음을 참고 있는 듯했다. 굳이 말을 하지 않아도, 다이는 유현의 마음을 알 수 있었다. 말소리와 웃음소리가 한꺼번에 잦아들었지만, 대신 더 깊고 짙은 감정이 내려앉았다.

Rrrr.

그렇게 잠시 말없이 각자의 기분을 맛보고 있을 때 유현의 핸드폰이 울렸다. 제이였다.

"응, 처제."

— 언니랑 분명히 같이 듣고 있을 테니까 그냥 형부한테 전화했어요.

스피커폰을 통해 들려온 제이의 목소리는 피곤이 잔뜩 묻어 있었다. 다이는 걱정을 담은 목소리로 물었다.

"무슨 일이야, 제이야."

— 나 오늘 못 가, 언니야. 엄마랑 아버지한테도 전화해 놨어.

"왜? 바빠, 처제?"

— 네, 형부. 급한 수술이 잡혔어요. 아주 중요하고 시간도 많이 걸리는 대수술이요. 수강 씨랑 같이 들어가야 해서, 우린 시간 봐서 다음 주에 가려구요.

"그렇게 해, 걱정 말고."

— 미안해, 언니야. 미안해요, 형부!

통화는 짧게 끝났지만 다이는 무척 아쉬웠다. 오랜만에 제이와 수강을 보고 직접 선물을 건네고 싶었는데 바쁜 제이의 시간은 그마저도 허락하지 않았다. 문득 작년에 제이가 결혼할 사람이라며 아주 우락부락하게 생긴 남자를 데리고 왔던 날이 떠올랐다.

모두가 놀랐지만 가장 놀란 건 지숙이었다. 뒤늦게 지숙은 그날을 반추하며 한마디 했었다.

'짐승 같다고 전해 듣긴 했지만, 진짜 짐승이 들어오는 것 같더라구.'

다이는 그때가 떠올라 자신도 모르게 미소 지었다. 내년이면 제이도 결혼을 하게 된다. 너무 어울리지 않아서 의심마저 들었던 그 결혼이라는 걸, 제이도 하게 되는 것이다. 한방에서 뒤엉겨 지내다시피 했던 어린 시절엔, 그들에게도 또 다른 가족이 생길 거라고 생각지도 못했는데.

세월과, 시간과, 기억과, 감정이 모여서 이젠 새로운 추억을 만들고 있었다.

* * *

"다이야, 이것 좀 봐. 이걸 캐면 고구마가 나오는 거야."

지숙은 유현과 다이가 도착하자마자 다이를 이끌고 집 앞마당의 텃밭으로 데리고 가기 바빴다. 집에 본격적으로 이사를 오기 전부터 민철과 지숙은 주말마다 이곳에 들러 텃밭을 가꾸었다. 텃밭엔 이랑을 사이에 두고 각종 야채가 가득했다.

"와아. 이 정도면 내다 팔아도 될 것 같은데요, 어머니."

"그렇지? 안 그래도 내가 아버지한테 농담으로 그랬어. 우리 시장에 내다 팔자고."

"고생하셨어요. 이렇게 성공적으로 키우는 게 쉽지 않다던데."

"재미있더라구. 다음에 너희 식구들 텃밭도 저기에 만들어 줄게."

지숙이 손으로 어딘가를 가리켰다. 민철이 가꾼 텃밭 옆에 있는 조그만 공간이었다. 공간은 무척 작았지만 거기에서 유현과 함께 씨를 뿌리고 물을 주는 상상을 하니 미소가 절로 피어올랐다. 물론 그들의 옆에는 아직 어린아이가 함께 있다.

지숙은 이제 완연히 완쾌된 모습이었다. 아직 완치 판정을 받은 건 아니었지만 자연 속에서 차츰 여유를 찾아 가고 있는 듯했다. 다이에겐 그 어떤 것보다 가장 중요하고 다행스러운 일이었다.

"추운데 얼른 들어가요. 감기 걸리겠어요."

다이는 면장갑을 끼려는 지숙을 만류했다. 가을이지만 여긴 비교적 지대가 높은 산이라 제법 추웠던 것이다. 하지만 지숙은 아랑곳하지 않고 척척 잡초를 뽑았다.

"난 괜찮아, 다이야. 항상 네가 걱정이지."

지숙의 말끝에 묻어 있는 염려를 모르는 바 아니었다. 애써 언급하지 않았지만 지숙이 아이를 의미하는 것임을 잘 알고 있었다. 해서 다이는 어쩔 수 없이 지숙의 옆에 쪼그리고 앉아 맨손으로 잡초를 뽑았다.

"그래서 나 어머니가 해 주는 밥 먹으려고 온 거잖아요. 그동안 너무 바빠서 밥도 제대로 못 챙겨 먹었거든."

"그럴 줄 알고 너랑 정 서방 먹이려고 상다리 부러지게 차려 놨어. 요리하는 아줌마도 부른걸? 많이 먹고 몸보신해. 알았지?"

"그럴게요. 먹는 얘길 하고 나니 배가 고프네."

"어머, 그래? 아직 점심시간 전이라 좀 있다 들어가려고 했더니. 여보!"

지숙이 크게 부르자 반대쪽에 있던 민철이 돌아보았다. 민철은 유현과 함께 며칠 전에 심은 사과나무를 들여다보고 있었다. 아직 나뭇가지에 불과한 것들이었지만, 민철의 표정은 자랑거리를 가진 사람처럼 의기양양했다.

다이의 제안에 따라 네 사람은 곧장 집 안으로 들어왔다. 현관에 들어서자마자 은은하게 풍기는 편백나무 향에, 다이는 머릿속이 정화되는 듯했다. 높은 천장 탓에, 내부가 워낙 넓어 목소리가 울렸다.

다이는 유현과 거실 한복판에 우두커니 선 채로 한참 동안 위를 올려다보았다. 거실 벽면에 직사각형으로 뚫린 기다란 창문으로 가을 햇살이 와락 쏟아지고 있었다.

"냄새 좋은데?"

"그렇죠? 편백나무 향이래요."

유현은 고개를 끄덕이며 다시 한번 내부를 훑었다. 지숙을 향한 민철의 배려가 곳곳에서 보였다. 모든 구석진 곳에는 잠시 앉을 수 있는 의자가 있었고, 창을 내 햇빛을 받게 했고, 책이 꽂혀 있었다.

젊은 시절, 앞만 보고 달려왔을 두 분의 뒤늦은 휴식의 세계는 그렇게 멋스러웠고 안락해 보였다.

"얼른 와, 정 서방."

지숙의 외침에 유현과 다이는 동시에 주방 쪽을 쳐다보았다. 멀리서 봐도 식탁 위에 음식이 가득 차려졌다는 게 느껴졌다. 두 사람은 손을 잡고 주방으로 향했다. 하지만 주방과 가까워지면 가까워질수록 다이의 얼굴이 굳어졌다. 잡힌 그녀의 손에서 땀이 느껴진 유현은 다이를 쳐다보았다.

어딘가 불편한 기색이 잔뜩 올라 있는 그녀의 얼굴이 붉어지기까지 했다.

"왜 그래? 어디 아파?"

"아, 아뇨. 그게……."

식탁 위의 음식들을 뚫어지게 보던 다이가 말끝을 흐리더니, 이내 가슴을 부여잡았다. 그러곤 헛구역질을 하기 시작했다.

"다이야."

유현은 심각한 얼굴로 그녀의 등을 두드렸다. 그들을 본 민철과 지숙 역시 놀라 달려왔다. 무슨 일이냐고 물었지만, 헛구역질로 연신 괴로워하는 다이는 대답하기도 힘들어했다. 유현은 다이를 부축한 채 서둘러 화장실로 향했다.

민철과 지숙은 멍멍한 얼굴로 서로를 쳐다보았다. 난감한 두 사람의 얼굴이 차츰 당황스럽게 일그러졌다. 설마, 혹시, 어쩌면?

"어머, 어머."

"그, 그런 건가?"

민철과 지숙은 입을 틀어막고는 환호성을 애써 참았다. 웃음이 터지려 하는 안면 근육도 얼른 수습했다.

이 가을이, 어쩌면 새로운 가을로 기억될지도 모를 순간이었다.

* * *

"난 사실 첫눈에 딱 알아봤지. 우리 정 PD님이 보통 인물이 아니라는 걸."

이미 결혼식을 올렸을 때 유현이 기승전자그룹 정동훈 회장의 장남이라는 사실이 방송국 내 일파만파 퍼져 있었거늘, 해서 선경 역시 그 당시 어마어마하게 놀라 몇 번이나 다이에게 확인했으면서, 뒤늦게 자신의 안목에 감탄하고 있었다.

다이는 그런 선경을 보며 혀를 끌끌 찼다. 모니터에 눈을 두고 있으면서도 옆에서 조잘거리는 선경의 수다에 반쯤 귀를 열고 있던 다이는 어쩔 수 없이 고개를 돌렸다.

"선배, 일 안 해요?"

"해. 할 거야. 천천히 해도 돼. 서 PD님은 성격이 느긋해서 닦달을 안 해. 누구하곤 다르지."

"아아, 그래서 지난주 시청률이 곤두박질친 거예요?"

"뭐어? 나 참. 너도 시청률 지상주의자가 되어 가는 거야? 방송국 물 좀 먹었다고 선배 알기를 아주 우습게……. 흐음, 아니야. 다이야. 방금 들은 건 다 잊어. 내가 감히 기승전자그룹 차기 회장님 사모님한테 무슨 망발을 하고 있는 거야."

"또또, 그러신다."

"진짜야. 나 정말 너 대하기가 부담스럽다구. 점점 더 부담스러워지고 있어. 나만 그럴 것 같아? 다 그래. 너희 팀 후배들도 마찬가지고."

"그 소린 처음 듣는데."

"그냥 그렇다고만 알아 둬. 생각을 해 봐. 걔들이 편하겠어? 응?"

다이는 어느 정도 수긍한다는 의미에서 고개를 끄덕였다. 그녀가 아무리 소탈하고 평범하게 다가가도, 기승전자그룹 차기 회장의 아내라는 타이틀은 없어지지 않을 터였다. 이왕 이렇게 된 마당에, 다이는 자신의 모든 걸 솔직하게 드러내고 인간관계를 형성하고자 했다. 어찌 됐든 방송국 작가 일은 계속할 것이기 때문이다.

선경이 언급한 이 어정쩡하고 애매모호한 분위기가 수면 위로 급부상하게 된 건, 유현이 지난달에 드디어 사직서를 내고 본격적으로 그룹에 들어가게 됐기 때문이었다. 부모님과 약속한 5년이 지났고, 유현에게는 더 이상 핑계가 남아 있지 않았다.

그런 유현을 옆에서 쭉 지켜봐 온바 다행스러운 건, 그는 미련 없이 방송국을 떠났다는 사실이었다. 5년 동안 쉼 없이 달렸고, 주야로 일에 매달려 눈부신 성과를 이루어 냈고, 모든 걸 걸고 일했기에 그만큼 아쉬움도 없다고 했다.

실제로 그는 사직서를 내고 난 뒤 회사에 매일 출근하면서 방송국에 있을 때보다 웃는 날이 더욱 많아졌다. 물론 그 웃음의 대부분은 작년에 태어난 딸 아진 때문이라고 그는 말했지만.

그러나 방송국 사람들은 유현에게 미련이 많이 남아 있나 보다. 무려 일곱 번의 환송식을 했고, 그것도 모자라 후배 PD들의 제안으로 1박 2일의 PD MT까지 다녀온 후에야, 그를 놓아주었다. 그가 없는 지금도, 사람들은 여전히 유현의 놀라운 업무 처리 능력과 유부남이 됐는데도 여전히 훌륭했던 비주얼을 그리워하고 있었다.

"생각해 보니 그러네요. 내가 의도한 상황도 아닌데 걔들한테 괜히 미안해지네요."

"그렇게까지 진지할 건 없어. 한 해 두 해 네가 더 열심히 활동하고, 걔들도 익숙해지다 보면 점점 나아지겠지?"

선경이 오랜만에 선배다운 면모를 보였다. 물론 오랫동안 함께 작업을 해 온 파트너로서의 선경은 다이에게 언제나 든든한 존재긴 했다.

"고마워요, 선배. 그렇게 말해 주니."

"나라도 네 옆에 있으니 참 다행이다, 싶지? 어디서 이런 선배를 또 만날까, 싶지?"

"아, 맞아요. 솔직히 말하면 그래요."

"어어어? 뭐야, 류다이. 왜 이렇게 진지해? 난 그냥 농담으로 해 본 소리야."

"아니. 나 정말 선경 선배가 얼마나 든든한지 몰라요. 알죠? 내 마음?"

"뭐지? 이 싸한 분위기는? 너 나한테 돈 빌릴 참이야?"

"어휴. 말을 말죠."

심각하고 진지한 분위기도 얼마든지 가볍고 장난스럽게 바꿔 버리는 선경이 웃으며 다이의 등을 토닥거렸다. 서로를 너무 잘 아는지라 선경이 별다른 변명 없이 작가실을 나가도, 다이는 그러려니 했다.

그렇게 선경이 떠나고 곧장 그녀의 핸드폰이 울렸다. 유현에게서 온 문자였다. 반가움은 손가락마저 흔들리게 만들었다. 엉뚱한 곳을 터치하는 바람에 다른 창이 열린 것이다. 다이는 다시 문자 창으로 돌아갔다.

[저녁에 데이트 어때?]

[아진이는요?]

[아주머니한테 세 시간 연장 부탁할 생각.]

[좋아요.]

[뭐 할 건지 생각해 놔. 시간 맞춰 방송국 앞으로 갈 테니까.]

돌 지난 아진을 그들 부부 대신 보모 아주머니가 돌봐 주고 있었다. 프로그램이 없을 땐 다이가 시간을 탄력적으로 운용할 수 있었기에 시간제로 고용했고, 덕분에 유현과 다이는 가끔 저녁에 함께 외식을 할 수 있었다.

유현은 자타가 공인한 '딸바보'였지만 다이와의 시간도 절대 소홀히 하지 않았다. 그런 유현의 모습을 두고 제이는 딱 한마디를 했었다.

'우리 수강 씨가 형부의 5분의 1이라도 닮았으면 좋겠는데.'

어쨌든 다이는 이제 유현이 바빠지기 시작하면 그와 함께할 수 있는 시간도 줄어들 거라는 걸 알기에, 그가 내미는 손은 항상 잡고 싶었다. 다이는 미소를 지으며 핸드폰을 내려놓았다.

＊ ＊ ＊

"정신이 하나도 없지?"

유현은 동훈과 함께 회사 식당에서 점심을 먹은 후 다시 회장실로 올라왔다. 비서 대신 그가 직접 부친을 위해 차를 만들어 소파에 앉았다.

그가 회사로 들어온 지 한 달째. 종류를 막론하고 일에 대해서 감각이 있었기에, 이미 업무의 흐름은 완벽하게 파악하고 있었다.

유현은 동훈의 질문에 쓰게 웃었다.

"그렇다고 하면, 도와주실 겁니까?"

"아니."

"그럼 묻지 마세요, 회장님. 하루하루 살아남기에도 벅찹니다."

"엄살은. 강 전무 말에 의하면 네가 기획개발팀 송현욱 팀장 한창때의 업무 능력보다 낫다던데. 송 팀장, 대단했지. 3년 만에 계열사 하나를 만들게 한 장본인이니까."

"그거야 제가 차기 권력자니 아부하시는 거고요."

"후후."

동훈은 너털웃음을 지었다. 아마 유현은 10년이 흘러도 자신의 업무 능력이 뛰어나다는 것을 인정하지 않을 것이다. 유현이 방송국 일을 그만두고 회사로 들어온 지 한 달. 반신반의했던 임원들도 그사이 모두 고개를 끄덕이게 만들었다.

특히 모든 이들에게 차등을 두지 않고 쓴소리 잘하기로 유명한 강 전무가 그 짧은 한 달 사이에 유현을 인정했다. 유현이 지난 5년간의 모든 지표 자료를 완벽하게 체크해 임원 회의 시간마다 공격적인 발언과 질문을 던져, 몇몇 소수의 나태하고 게으른 임원들을 당황하게 만들었기 때문이다.

그저 회장 아들이라는 번지르르한 타이틀만으로 입성한 줄로만 알았던 이들에게, 유현은 신선한 바람을 일으키고 있었다. 이른바 '일하는 임원'이라는 명칭이 붙은 것이다.

"너라면, 회사 이미지를 젊고 건강한 쪽으로 만들 수 있을 거다."

"과찬이세요."

"다음 주에 이취임식이 동시에 있을 거야."

찻잔을 들어 올리던 유현이 동훈을 쳐다보았다. 조금은 착잡한 표정을 숨길 수 없었다. 동훈이 회장직에서 물러나고 그가 자리를 이어받게 되는 것이다.

"아버지."

어쩔 수 없이 '회장님'이라는 호칭 대신 아버지라는 단어가 툭 튀어

나왔다. 동훈이 회사를 위해 모든 생을 바쳤다는 것을 알기에, 유현이 갖는 쓸쓸함은 더욱 짙었다.

"걱정 마라. 네 엄마하고 여행이나 다닐 생각이니까. 사돈께서 댁에 놀러 오라고도 하시고. 다음 주 주말에 사돈댁에 다녀올 생각이야. 그리고 그다음 주엔 엄마랑 해외여행 갈 거고."

사돈댁이라 하면, 다이네 부모님 댁을 의미했다. 네 분은 가끔 다이의 부모님 댁에서 모여 하룻밤 동안 노시곤 했다. 아진이 태어나면서부터 승미가 아진을 돌보는 시간이 많아져 뜸해졌다가, 이제 아진이 어느 정도 컸으니 다시 왕래가 시작될 모양이다.

"마음이 무거운데요."

"그럴 거야. 나도 그랬으니까. 방송국 그만둔 걸 네가 후회하지나 않는지. 억지로 회사에 끌어들인 건 아닌지, 나 또한 후회하고 있을지도 모르고."

"방송국 나온 걸 후회하지는 않아요. 분명히 저는 아버지 어머니께 5년이라고 못 박았었고, 그건 약속이었으니까요. 약속은 분명히 지켜져야죠."

"내가 너한테 늘 고마워."

"알겠습니다, 아버지. 이취임식 준비 제대로 해 놓겠습니다."

"그래. 그렇게 해. 다음 주엔 이현이 녀석이랑 작은 애도 한국에 들어오니까 아마 참석할 수 있을 거야."

"이현이가요?"

"응."

이현과 간간이 연락을 주고받았던 유현으로선 처음 듣는 말이었다. 결혼해서 뉴욕에 정착 중인 이현과 은진은 각자의 일로 활발하게 활동하고 있었다. 이현은 작년에 할리우드에서 영화 음악 감독으로 데뷔했고, 은진 역시 화가로 잔잔하게 이름을 알리고 있었다.

처음엔 반신반의했던 승미도, 두 사람이 진득하게 활동하는 모습을 보고 인정하기에 이르렀다. 아이 없이 딩크의 삶을 살 거라 못 박은 두 사람은, 일이 없을 땐 함께 세계 일주나 히말라야 트레킹에 나서기도 했다.

회사라는 부담을 형에게만 지워 늘 미안하다는 이현은, 아진이 태어났을 때 거액이 담긴 통장을 선물이랍시고 선뜻 내밀기도 했다. 물론 그 통장은 다이가 고이 간직하고 있는 중이었다.

웃으며 고개를 끄덕인 유현은 다시 차를 마셨다. 고개를 드니 인자한 동훈의 얼굴이 보인다. 아들들에게 항상 부드럽고 다정했던 아버지, 동훈은 지금도 그를 향해 온화한 미소를 짓고 있었다. 퇴임 이후, 자신도 저런 미소를 간직할 수 있는 사람이 되고 싶다고, 유현은 생각했다.

* * *

다이가 퇴근할 시간에 맞춰 방송국 앞으로 간 유현은, 도로 건너편 오피스텔을 바라보고 있었다. 새삼스러운 기분에 사로잡혀 그 자리에서 움직일 수 없었다. 길면 길었고 짧다면 짧은 수많은 추억이 오피스텔 위로 스쳐 지나갔다.

이따금 그를 알아본 방송국 직원들이 퇴근하면서 반갑게 인사를 해 왔지만, 유현은 인사를 하고 나서도 오피스텔에 시선을 두었다.

제 인생에서 어쩌면 가장 역동적이었던 시간이 저 오피스텔과 함께 있었다.

"여보."

한때 파혼했다가, 다시 만나서, 사랑을 시작한 그녀도 함께 있었다.

유현은 다가와 제 팔짱을 끼는 아내를 사랑스럽게 쳐다보았다. 그는 겨드랑이에 툭 튀어 오른 그녀의 하얀 손등을 만지작거렸다.

"가자, 데이트하러."

"나 아주 근사한 곳을 알아냈어요."

"어딘데?"

"있어요. 그런 데가."

조잘대는 그녀의 목소리도 함께 있었고, 앞으로도 함께할 것이다. 그리고 겪어 왔고 앞으로도 같이할, 무수한 시간도 마찬가지였다. 두 사람은 오피스텔을 등진 채 발길을 돌렸다.

외전 3

"권은진. 왜 이래?"

이현이 은진의 팔을 붙잡았다. 공항에 도착해 택시를 타고 이현의 본
가로 곧장 달려온 게 조금 전. 가을밤이 한창 골목에 내려앉아 있었다.
은진은 고개를 홱 돌려 그를 쳐다보았다. 그냥 본 게 아니라 아주 매서
울 정도로 노려보았다.

그러자 이현이 미약하게 한숨을 쉬었고, 은진은 그런 이현을 보며 입
을 꾹 다물었다.

이현의 표정을 보아하니, 이번엔 어느 정도 고집을 꺾을지도 모른다
는 생각이 들었다. 다분히 은진에게는 희소식이었다. 이현이 정말로 고
집을 왕창 꺾어 주었으면 좋겠다. 아이를 갖고 싶어 하는 아내의 마음
을, 그가 좀 다독거려 주었으면 좋겠다.

"그렇게 아이가 갖고 싶어?"

이현이 묻자 은진이 고개를 끄덕였다. 이현은 몹시 심난해졌다. 결혼
직후엔 두 사람은 뉴욕에 정착을 하느라, 그리고 각자의 일로 한창 바빠
아이에 대한 생각은 자연스럽게 하지 않았다.

자신이 시작한 영화감독 일도, 은진이 시작한 화가의 일도, 시작은 무척 미약하고 작았고 보잘것없었거니와 좌절도 겪었지만, 시간이 쌓인 지금은 차츰 자신들의 영역을 넓혀 가고 있었다.

그렇게 문제없이 지내던 두 사람에게 처음으로 문제가 생긴 건, 은진이 아진의 사진을 보고 새삼스럽게 '너무 예뻐.' 라고 중얼거린 순간부터였다. 아진은 당연히 예쁠 수밖에 없다. 연예인과 종종 비교되는 유현과 다이의 얼굴을 빼다 박았으니, 2세 역시 다를 바 없을 것이다.

아진이 신생아 땐 승미가 사진을 보내와도 보는 둥 마는 둥 하더니, 어느 날 갑자기 뭐에 꽂힌 건지, 아진의 사진을 진지하게 들여다보더니 폭탄선언을 한 것이다.

'우리, 아이 가지자.'

은진이 그 말을 한 순간 이현은 하마터면 마시고 있던 커피를 모조리 뿜을 뻔했다. 다행스럽게 커피는 목을 타고 아주 잘 넘어갔지만, 이현은 은진이 아이에 대해서 전혀 관심이 없을 거라 여겼다.

부부만의 삶을 즐기고 둘이 가끔 여행도 다니는 이런 여유로운 생활을 원하는 줄 알았다. 이현은 그런 삶에 적응돼 버려 딩크 생활까지 고려하고 있던 참이었다. 은진과 단둘이 즐기는 시간이 좋았다.

그 여유와 평화와 질 좋은 삶에, 아이를 끼워 넣자니.

이현은 당연히 싫다고 말했고 그때부터 은진과의 냉전이 시작된 것이다. 은진은 우리 시간을 두고 천천히 생각해 보자는 둥, 네가 유부남이 맞느냐는 둥, 결혼한 사람이 아이 욕심이 없다는 게 말이 되느냐는 둥, 아이 갖지 않으려면 평생 잠자리를 따로 할 거라는 둥, 때론 감언이설로 때론 모진 말로 다가오곤 했다.

갑자기 이현은 덜컥 겁이 났다. 은진이 집에 들어가서도 저렇게 내내 냉기를 폴폴 풍기면 어쩌나 싶었던 것이다. 두 사람이 오랜만에 한국에 들어왔다고 가족들이 다 모여 있고 갖은 음식에 선물까지 준비해 두고 계실 텐데, 은진의 얼굴을 보니 이번 한국행은 망했다는 생각부터 들었다.

"그렇게 계속 인상 쓰고 있을 거야? 오랜만에 집에 온 건데?"

"내 마음이야. 넌 상관하지 마."

차갑게 툭 내뱉은 은진이 먼저 캐리어를 끌고 집으로 들어갔다. 이현은 나지막이 한숨을 흘렸다. 어디서부터 잘못된 건지, 갈피를 잡을 수가 없었다.

하지만 현관에 들어선 순간, 이현은 자신의 걱정이 기우라는 걸 알 수 있었다. 먼저 들어간 은진이 비음 섞인 목소리를 내며 갖은 애교를 부린 것이다.

"어머님! 아버님! 아주버님! 형님! 저희 왔어요!"

이현은 놀랍고 당황스러워 잠시 멈춰 섰다.

정말이지, 무서운 여자다.

*　*　*

"오랜만에 한식 어땠어?"

유현은 맥주를 한 모금 머금으며 이현에게 물었다. 집 안에서 여자들끼리 왁자지껄 웃고 떠드는 소리가 잠시 들려왔고, 유현과 이현은 잠시 그 소리에 귀를 기울이다가 다시 서로를 마주 보았다.

"오랜만 아니야. 가끔 먹어. 거기서도."

유현의 눈에, 이현은 좀 야윈 듯했다. 새로운 삶을 살아 보겠다며 은진과 함께 한국을 떠난 동생이, 이제 서서히 자리를 잡아 가는 중이었고, 한국에 있는 가족 모두가 대견하게 여기고 있었다.

그래서 이현을 만나면 정말이지 반갑고 즐거우리라 생각했는데, 정작 이현의 표정이 그리 밝아 보이지가 않았다. 해서 유현이 식사를 끝내자마자 캔 맥주 몇 개와 함께 이현을 데리고 정원으로 나온 것이다. 유현은 슬쩍 이현의 눈치를 살피며 입을 열었다.

"그래서 식탁에서 깨작거렸어? 어머니 걱정하시던데. 너 밥 깨작거린다고."

"하여간 엄마 눈치 하난 알아 모셔야 해."

"무슨 문제 있어? 너희들?"

"얼씨구. 정유현 씨 눈치도 알아줘야 하고."

"뭐야. 정말로 문제가 있다는 거냐?"

"문제가, 있지요. 아주 심각한 문제가."

"얘기해 봐. 심각한지 아닌지 내가 판단해 줄 테니까."

유현은 진심으로 걱정했다. 한국을 떠나 외국에서 살고 있다는 사실만으로도 충분히 걱정거린데, 부부 사이에 문제까지 있다고 하니 마음이 편치 못했다. 그래서 이현이 어떤 고민을 털어놔도 형으로서, 가족으로서, 진심 어린 조언을 해 줄 생각이었다.

"아이 때문에 의견이 서로 맞지 않아."

이현이 운을 떼며 천천히 말을 이어 가기 시작했다. 유현은 묵묵히 동생의 말을 들어 주었다.

누군가에겐 아주 심각한 문제일 수도 있고, 또 누군가에겐 그렇지 않을 수도 있는 문제였다. 유현은 이현이 말을 마칠 때까지 기다려 주었다가 슬그머니 입을 뗐다.

"그래서 넌 아이를 가지는 게 싫어?"

"뭐, 꼭 싫은 건 아니야."

"그런데 왜."

"난 지금 생활에 무척 만족하거든. 은진이랑 둘만의 일상이 너무 즐겁고 좋아. 여기에 다른 누군가가 끼어든다고 생각하니까 미치는 거지."

"무슨 논리가 그래? 아이가 어떻게 '다른 누군가'지?"

"뭐, 나한테는 그래. 딸바보 형은 이해 못 하겠지만."

어렸을 때부터 늘 기준이 확고한 이현이었다. 누가 뭐라 하든 생각한 바를 밀고 나가는 타입이었다. 물론 간간이 타협과 합의도 하지만 그건 모두 자신에게 이익이 발생할 때의 일이었고, 항상 대부분 이현이 승리했다.

가장 단적인 예로, 은진과의 결혼을 들 수 있을 것이다.

이현의 존재에 시큰둥하기만 하던 은진의 마음을 돌리고 얻어, 결국 결혼까지 간 것이다.

하지만 그랬던 이현도 사랑하는 여자와의 트러블은 결코 감당할 수 없는 모양이다. 어떻게 해서든 자신의 뜻대로 관철시키던 그 고집은 어디로 가고, 근심과 갈등이 역력한 얼굴만 남아 있었다.

"아이 있어 보니 어때?"

유현은 이현의 질문에 잠시 웃고는 대답했다.

"어떨 것 같아?"

"힘들 거야, 그렇지? 삶이 피폐하지 않아? 내 시간도 없는 거잖아. 매일매일 울고 보채는 아이 달래느라 밥도 제대로 못 먹을 거고. 아아, 난 그렇게 내 일상을 빼앗기고 싶지 않아."

"네 말 다 맞아."

"맞지? 그렇지, 형? 역시 형밖에 없어. 형이 제발 은진이 설득 좀 시켜 줘. 나 혼자선 감당 안 돼. 완전 아이에 꽂혔다니까."

"그런데 그런 것 이상의 행복감이 있어."

"뭐?"

"내 시간도 뺏기고, 삶이 피폐해지고, 매일매일 우는 아이 달래느라 진이 다 빠지는 것도 맞는데, 그것 이상의 행복감이 분명 있다고."

"어허이. 역시 딸바보 형한테 고민을 털어놓는 게 아니었어. 그야말로 바보라니까. 차라리 형수님이 낫겠다."

"그런 감정은 뭐라 말로 설명할 수가 없어. 직접 경험해 보지 않고는 평생 모를 감정이야."

"허어……."

이현은 유현의 표정에 할 말을 잃었다. 지금까지 본 적 없는 표정이었던 것이다. 어딘가 낭만적이기도 하고 구름 위를 맴돌고 있는 것 같은 붕 뜬 감정도 느껴졌다. 그 어느 쪽이든, 정유현과는 전혀 어울리지 않는 표정이라는 건 감히 말할 수 있었다.

자신도 아이를 가지게 되면 저런 표정이 나올까.

대체 그 '행복감'이라는 게 어떤 종류의 것일까.

의뢰받은 OST를 모두 완성하고 난 뒤의 기분과 비슷한 걸까.

갑자기 집 안에서 아진이 우는 소리가 들렸다. 순간적으로 유현이 용수철 튕기듯 자리에서 일어나 황급히 집으로 들어갔다.

이현은 아진의 우는 소리에 쏜살같이 사라진 유현을 보며, 반쯤 멍해졌다.

정말, 바보였다.

진짜, 바보였다.

차가운 바람이 불었지만 이현은 충격에서 벗어나지 못했다.

* * *

"그걸 지금 말이라고 해?"

화장대 앞에서 로션을 바르던 은진은 이현의 태도에 말문이 막혔다. 식사와 다과까지 먹은 후 유현과 다이는 집으로 돌아갔고, 이현과 은진은 동훈의 집 2층에 이현이 예전에 쓰던 방에서 잠잘 준비를 하고 있었다.

아진이 울자 유현이 황급히 일어나 집으로 들어갔다는 말을, 이현은 무척 어이없어하며 말한 것이다.

"생각해 봐. 우리 형 그런 사람 아니었다고. 고작 아이 울음소리에 당황하면서 뛰어가는 그런 사람 아니야. 얼마나 상남잔데."

"그래서 상남자인 거야. 아주버님 정말 멋지시다. 남자는 당연히 그래야지. 자기 가족을 그 무엇보다 우선시하잖아?"

"나도 은진이 네가 내 인생의 전부거든?"

"하! 정말? 그래서 며칠 동안 나한테 말도 안 걸었니?"

"또 시작이시네, 우리 색시."

이현은 침대에 벌러덩 누워 이불을 머리끝까지 뒤집어썼다. 그러자 은진 쪽에선 잠시 잠잠해진 듯했다. 슬그머니 이불을 젖힌 이현은 눈을 휘둥그레 뜨고는 당황했다.

"헉!"

은진이 어느새 침대 가까이로 다가와 그의 얼굴 위로 제 얼굴을 스윽 갖다 대고 있었던 것이다.

깜빡깜빡, 동그랗고 큰 눈을 껌뻑인 은진이 이내 게슴츠레 눈을 뜨고는 그를 노려보았다.

"우리 앞으로 각방 써."

은진의 선전포고에 이현이 놀라며 이불을 확 젖히고 일어났다.

"뭐?"

"못 들었어? 각방 쓰자고."

"왜?"

"생각해 보니까 침대를 함께 쓸 이유가 없는 것 같아. 아이도 갖지 않을 텐데 무슨 의미가 있어?"

"아니, 무슨 그런……. 우리의 성생활을 아이한테 맞춰야 할 이유는 없지 않아?"

"그러니까. 아이한테 맞출 이유가 없으니까 각방 쓰자구요. 그동안 네가 밤에도 몇 번이나 달려들어서 힘들었거든? 잘됐어. 이참에 아예 각방을……."

"말도 안 돼. 그건 내가 용납 못 해. 난 네 몸 만지면서 자는 게 습관인 사람이야."

"습관이란 고치기 위해서 있는 거야. 습관을 못 고치면 아이나 다름 없어. 그러니까……."

은진은 베개를 안고는 홱 돌아서며 방문을 열었다.

"혼자 잘 자셔."

그러곤 나가 버렸다. 분명 유현이 쓰던 옆방이나 아니면 서재로 쓰던 끄트머리 방으로 갔을 것이다. 이현은 다시금 벌러덩 드러누웠다. 은진이 나간 문짝을 원망스럽게 쳐다보았다. 지금 항복을 선언하고 은진에게 간다면 은진의 수에 말려드는 것이다.

이 위기를 잘 넘겨야 한다.

지금까지 누린 여유와 평화를 끝까지 유지하려면.

"요즘 왜 저렇게 예민하고 까칠해진 거지?"

못마땅한 듯 문짝을 쳐다보던 이현은 고개를 설레설레 저었다.

"절대 안 가지. 절대 못 가지."

그는 새삼스럽게 다짐하듯 읊조리곤, 이불을 재차 머리 위로 뒤집어 썼다. 씩씩대는 콧김이 이불을 내내 출렁거리게 만들었다.

* * *

"그래서 어떻게 됐어, 동서?"

"저 서재 방에서 자고 있었거든요. 새벽에 들어오더라니까요."

"하하하."

다이는 결국 참지 못하고 웃음보를 터뜨렸다. 은진과 이현의 투덕거림은 마치 초등학생들의 그것 같아, 듣다 보면 웃지 않을 수 없었다.

어젯밤 집으로 돌아와 유현으로부터 두 사람의 이야기를 전해 들었을 때에도 웃었는데, 오늘은 까르르 소리까지 내며 웃었다.

이현다운 행동이라는 생각이 들었다.

다이는 한참을 웃다가 은진을 물끄러미 쳐다보았다. 다이는 어제에 이어 오늘도 유현과 아진과 함께 본가에 들른 참이었다. 이현과 은진이 다시 미국으로 돌아가기 전, 자주 얼굴을 보기 위해서였다.

동서지간으로 알던 세월 중 반 이상을 해외에 나가 사는 은진에게, 다이는 더없이 따뜻하고 부드럽게 대해 주고 있었다. 다이는 키위 조각 하나를 포크로 찍어 은진에게 내밀었다. 은진은 배부르다고 중얼거리면서도 꾸역꾸역 받아먹었다.

"그렇게 아이가 갖고 싶어?"

"네. 형님."

"잘될 거야. 이현 삼촌도 아이 좋아해. 난 그걸 느껴."

"그래요? 정말 그럴까요?"

"그렇다니까. 내 말 믿어."

"알았어요. 형님 말만 믿을게요."

은진은 환하게 웃더니 마음이 편해졌는지 키위 조각을 연신 먹기 시작했다. 그러다 거실 창문 바깥을 물끄러미 쳐다보았다.

"일요일 낮은 정말 한가롭네요. 형님."

"그렇지? 여기선 날씨가 한결 더 잘 느껴져. 나도 일부러 시간이 나면 아진이 데리고 가끔 들러. 거실에서 보는 바깥 풍경이 너무 예뻐서."

"형님. 아진이 키우는 거 힘들지 않아요? 아주버님도 그렇고 형님도 그렇고 각자 일을 하는 분들이라 바쁘실 거잖아요."

"육아 도우미 아주머니가 계시잖아. 그리고 오늘처럼 주말엔 어머님도 봐 주시고."

"그러네요. 그런데 공원에 산책 나가신 분들은 아직도 안 들어오시네요."

은진의 말에 다이가 고개를 끄덕였다. 동훈과 승미, 그리고 유현과 이현이 아진을 데리고 근처 공원으로 외출한 상태였던 것이다.

식사 시간은 아니었지만 슬슬 아진이 낮잠을 잘 시간이라 제법 칭얼거리고 있을 것 같아, 다이는 내심 불안해졌다.

　그런데 은진이 더 칭얼거렸다.

　"김밥 먹고 싶은데. 이현 씨한테 전화해서 오는 길에 사 오라고 할까 봐요, 형님."

　"아냐. 그러지 마. 내가 만들어 줄게. 냉장고에 재료가 몇 개 있을 텐데."

　"정말이요? 형님, 만들 줄 아세요?"

　"그럼. 김밥인데 뭐. 가만있자……."

　다이는 냉장고 문을 열고 안을 들여다보았다. 단무지와 우엉조림, 시금치 같은 정석 재료들은 없으나 계란과 수제 어묵, 그리고 불고기 남은 것과 콩나물무침으로 어느 정도 간단히 해결은 될 것 같았다.

　각종 재료를 다듬고 손질해 두고, 김과 참기름, 그리고 밥까지 준비하는 과정이 무척 능수능란했다. 은진은 다이의 옆에 바짝 붙어 그 모습을 신기하게 쳐다보고 있었다.

　김에 밥을 척척 깔던 다이가 고개를 돌리고 물었다.

　"왜 그렇게 봐?"

　"그냥요. 솜씨가 원래 좋으셨어요?"

　"자취를 오래 해서 그런지 웬만한 건 다 할 줄 아는 거지. 막 맛있고 그러진 않아."

　"제 눈엔 너무 신기해 보여요, 형님."

　다이는 은진이 미소 짓는 것을 물끄러미 보다가 다시 김밥에 집중했다. 새침데기에 깍쟁이 같기만 하던 은진은 겪어 보니 시원시원하고 쿨한 성격이었다.

　다이가 신중하고 깊은 쪽이라면, 은진은 다분히 칼처럼 날카롭고 정확한 쪽이었던 것이다.

　"우욱!"

　그렇게 김밥 하나를 깔끔하게 완성시킨 순간, 갑자기 옆에서 은진이

구역질을 했다. 다이는 깜짝 놀라 은진의 팔을 잡았다.

"동서! 괜찮아? 좀 두드려 줄까?"

다이가 다급히 은진의 등을 두드렸다. 은진은 그 뒤로 잘게 구역질을 몇 번 더 하더니 잔뜩 붉어진 얼굴로 고개를 들었다. 눈물이 그렁그렁 눈가에 매달려 있었다.

"아……. 이제 좀 괜찮아요, 형님. 오랜만에 한국에 들어와서 이것저것 막 먹었더니 체했나 봐요."

"그러게. 소화제 좀 줄까?"

"아, 아뇨!"

"그럼 매실청 있는데 그거 좀 마실래? 속이 편해질 거야."

"매실청은 약 아니죠?"

"약 아니야. 과실 효소야."

"아아, 그럼 그거 좀 주세요, 형님. 저 좀 앉을게요."

"그렇게 해."

다이는 다급히 매실주스를 만들어 은진의 옆자리에 앉았다. 은진이 주스를 다 마시는 동안 다시금 그녀의 등을 토닥토닥 두드려 주었다.

은진이 심호흡과 함께 연신 가슴 쪽을 주먹으로 치는 것을 보면서, 다이는 문득 새삼스럽게 의심이 들었다.

자신의 임신 초기 증상과 어딘가 닮아 있었던 것이다.

하지만 섣불리 물어보기도 애매했다. 이현과 은진은 분명 아이 문제로 투덕거리고 있는 중인데, 은진이 정말 임신을 한 거라면, 얘기를 안 했을 리가 없을 것이기 때문이다.

그렇게 다이가 혼자만의 갈등으로 생각에 빠진 사이, 이번엔 은진이 좀 전보다 더 세게 헛구역질을 하기 시작했다.

"우욱!"

은진은 참지 못하고 욕실로 달려갔다. 미처 다이가 다시 등을 두드려 주기도 전이었다.

다이는 미간을 좁혔다. 아까의 의구심이 더 강해진 것이다.

정말이지, 이상한 일이었다.

* * *

"그런 일이 있었어?"

유현이 다이의 뒤에 앉아 그녀의 머리를 드라이어로 말리며 물었다. 본가에서 저녁 식사까지 끝내고 집으로 돌아와, 오늘 낮에 은진에게 일어났던 일을 유현에게 모두 말한 뒤였다. 유현은 고개를 갸웃거렸다.

"제수씨가 정말 임신한 거라면 이현이 녀석이 모를 리가 없을 텐데."

"그러니까요. 거기다 동서가 지금 얼마나 아이를 원하고 있냐구요. 그걸 말 안 했을 리가 없을 텐데."

유현은 다이의 머리칼을 손가락으로 부드럽게 젖혀 가며 미풍을 쐐 주었다. 그러면서도 이현과 은진의 상황에 대한 생각을 놓치지 않고 있었다.

"이현이 녀석이 하도 아이 갖는 걸 싫어하니, 제수씨가 일부러 말 못하고 있는 것일 수도 있지."

"흐음. 만약 그런 거라면 동서가 너무 불쌍한데요?"

"그런 일은 일어나지 않기를 바라야지. 자아, 거의 다 마른 것 같은데."

유현이 드라이어를 끄고 이번엔 머리칼을 차분하게 빗으로 빗겨 내렸다. 이건 매일 밤 치러지는, 유현과 다이의 의식과도 같은 일이었다. 유현은 다이의 하루 수고를 치하하는 의미에서 늘 머리를 말려 주고 빗겨 주었다.

그렇게 평화롭고 고요한 순간이 흘러가자 다이는 피곤에 잠겨 하품을 했다.

"졸려요. 아진이 방에 갔다 와서 잘 테니까, 당신 먼저 자요. 삼촌네 일은 내일 다시 고민해 보구요."

"으음. 알았어."

유현은 고개를 숙여 다이의 정수리에 입을 맞추었다. 다이는 언제나 그랬듯 입 맞추는 그의 볼을 토닥토닥 두드린 뒤 방을 나갔다.

혼자가 된 유현은 핸드폰을 들었다. 망설임 없이 이현의 번호를 눌렀다.

* * *

"말도 안 돼."

유현과 통화를 끝낸 이현은 방 안을 내내 서성거리고 있었다. 오늘 밤도 은진은 서재로 갔고, 결국 방은 이현 혼자 쓰고 있었다.

유현의 말은 다소 충격적이었다. 은진이 임신했을지도 모른다고 한 것이다.

"그럴 리가 없어. 임신했다면 내가 알았겠지. ······그럴 리가 없어. 설마······. 말도 안 되는 거지. ······그래, 말도 안 돼······. 말도 안······."

한참 동안 혼자서 중얼거리던 이현은 급기야 방을 나가 서재로 향했다. 굳게 닫힌 문 앞에서 노크를 할까, 생각하던 그는 아주 조심스럽게 문을 열었다. 소리 하나 내지 않고 열린 문틈 새로 침대에 누워 자고 있는 은진이 보였다.

서재 안으로 들어간 이현은 깊은 잠에 빠진 듯한 은진의 곁에 살포시 앉았다. 새삼스럽게 아내의 잠든 얼굴이 가슴에 콱 박혔다. 은진이 그렇게도 원하는 아이, 큰마음 먹고 가져 볼까, 싶은 생각이 나약해진 마음으로 슬슬 고개를 내밀었다.

이현으로선 처음으로 겪어 보는 아내와의 냉전이 지나치게 불편하고 마음 아팠던 것이다. 은진의 얼굴에 흘러내린 머리카락을 걷어 준 이현은 별 소득도 없이 자리에서 일어나려고 했다. 그러다 얼핏 시야에 스친 무언가에 다시금 엉덩이를 바닥에 붙였다.

은진의 팔 밑에 있는, 새카맣고 작은 사진이었다.

이현은 사진을 조심스럽게 꺼내 들여다보았다.

"허억!"

어디서 많이 본 사진이다. 드라마나 영화 속에서 임신한 부부들이 보며 감격해 마지않던, 바로 그런 태아의 사진이었던 것이다. 새카만 콩알 같은 점이 한가운데에 떡하니 박혀 있는, 초음파 사진이었다. 그리고 사진의 날짜는 지금으로부터 대략 2주 전에 찍힌 것이었다.

"……은진……아. ……권은진? 좀 일어나…… 볼래?"

이현은 사진에서 눈을 떼지 않은 채 은진의 팔을 흔들었다. 그 사나운 기척에 부스스 눈을 뜬 은진이 이현을 발견하고는 미간을 찡그렸다.

"뭐야, 무슨 일인데……."

"이게 뭐야? 응?"

이현은 은진의 눈앞에 대고 초음파 사진을 흔들어 보였다. 그러자 은진의 눈동자가 선명한 정신을 담고 그를 쳐다보았다. 무거운 얼굴로 힘겹게 상체를 일으킨 그녀는 머리칼을 쓸어 올렸다.

"이거 그거…… 맞지? 태아 그거……. 드라마에 나오는 태아…… 사진. 그거 맞지?"

은진은 한숨을 쏟아 냈다. 사진을 보며 혼자 태교를 하다가, 그대로 잠이 들어 버린 걸 떠올렸다. 이현이 이 시간에 서재에 들어올 줄은 꿈에도 짐작하지 못했다.

"권은진. 왜 말 안 했어?"

"당신이 아이 갖는 걸 싫어하잖아. 말할 용기가 안 났어."

"그렇다고 숨겨? 나 졸지에 나쁜 남편 된 거 알아?"

"나쁜 남편이라니?"

"형이 전화했단 말이야."

은진은 그제야 사건의 전말을 알 수 있었다. 자신의 이상 행동에 대해 다이로선 충분히 임신을 의심했을 것이다. 그걸 유현에게 말했을 거고, 유현은 고민 끝에 이현에게 전화를 해 주었을 터였다. 이현은 전화를 받고 나서 안심이 안 돼 서재에 들어왔을 거고.

은진은 아까보다 더 깊은 한숨을 흘렸다.

"숨긴 거 아니야. 내가 이런 걸 숨길 성격이야? 그냥 말하는 걸 미루려던 것뿐이었어."

"아무리 그래도 그렇지. 이걸……."

"이왕 다 들통났으니까 말하는 건데, 안 내키면 지금 말해."

"무슨 그런 말이 다 있어. 안 내켜 하면 어쩌려고?"

"혼자서라도 낳을 거야."

은진은 무척 단호해 보였다. 지금까지 이현이 본 은진과는 전혀 다른 서늘한 냉기마저 느껴졌다. 그 낯선 변화가 이현으로선 무척 생경해서 갑자기 덜컥 겁이 났다. 이 여자가 행여 자신을 버리지나 않을까, 싶은 두려움 말이다.

"야, 권은진. 너 정말 계속 나 쓰레기로 만들 거야?"

다소 날이 선 그의 말에 은진은 입을 다물었다. 무슨 말을 해야 할지, 감을 잡을 수 없었다. 하지만 이것 하난 분명했다. 그녀는 반드시 아이를 낳을 것이다.

그런 은진의 결심이 통하기라도 했는지, 이현은 다시 들여다본 사진에서 태어나 처음으로, 기묘한 감정을 느꼈다.

"이 콩알만 한 게 아이가 된다고? 아진이 같은 그런 아이가? 믿기지가 않아."

"믿기지 않겠지만 그렇게 돼."

"기분이 이상해."

"어떻게 이상한데?"

"모르겠어. 누가 칼 같은 걸로 내 가슴을 막 북북 찢는 것 같아."

"그렇게 심각해?"

"아니, 그런 뜻이 아니라……. 하아……. 이걸 어떻게 표현해야 하지? 막 손가락이 근질거려."

"왜 근질거려? 마음에 안 들어서?"

"악상이 떠올라서."

"뭐?"

"잠깐만!"

이현은 사진을 손에 쥔 채 후다닥 서재를 뛰쳐나갔다. 은진은 멍해졌다. 저 남자가 왜 저럴까, 싶었다. 하지만 한편으론 이제 들켰으니 마음이 후련하기도 했다. 그동안은 이현에게도 털어놓지 못한 채로 혼자 끙끙 앓았는데, 이제부터는 배 속의 아이와 함께 싸울 수 있다고 생각하니, 든든해졌다.

반드시 저 적군을 무찌를 것이다.

무찔러서 아군으로 만들 것이다.

은진은 굳건히 다짐하며 다시 자리에 누웠다.

* * *

"대단하지 않아? 내가 이걸 한 시간 만에 완성했다니까?"

이현이 보여 준 악보는 열 장짜리였다. 그러니까 초음파 사진을 보고 영감을 얻어 그 자리에서 한 시간 만에 완성했다는 바로 그 악보였다. 다이와 유현은 신기한 표정으로 악보를 들여다보았다. 유일하게 은진만이 시큰둥했다.

"그러면 뭐 해요. 아직 저한테 정말 고생했다느니, 몸조심하자, 뭐 먹고 싶냐, 그런 말 한마디 없는데."

"무슨 그런 말이 다 있어. 당신이 얼마나 자랑스러운데."

이현의 태세 전환에 나머지 세 명이 그저 놀라워하기만 했다. 이현과 은진은 승미와 동훈으로부터 임신 축하를 받은 뒤 곧장 은진의 본가로 이동했다. 승미가 은진을 배려한 것이다. 마침 은진의 본가 근처에 큰 대형 쇼핑몰이 있었고, 네 사람은 일주일 뒤 주말 낮을 이용해 함께 아진을 데리고 나온 상황이었다.

커피숍에서 함께 차를 마셨다. 아진은 테이블 아래에서 쭈그리고 앉아 놀고 있었다.

모임의 대화는 당연히 은진의 임신으로 시작되었다. 그동안 내내 임신에 대해 탐탁지 않아 하던 이현이, 초음파 사진 한 장으로 변화한 것이다. 유현과 다이는 그간 걱정했던 시간이 민망할 정도였다.

"삼촌. 그렇게 좋으세요?"

"좋다기보다는 아직 실감이 잘 안 나지만, 뭐랄까 기분이 상당히 묘해요. 태어나서 이런 기분은 처음이라니까요. 오죽하면 제가 한 시간 만에 악보를 완성했겠어요. 미국으로 돌아가면 이걸로 연주곡 만들어서 은진이한테 들려주려고요."

"잘 생각했어. 아이는 언제 어디에서나 너한테 힘이 되는 존재일 거야."

유현이 이현의 등을 토닥였다. 세 사람이 걱정하는 게 무엇인지 잘 알고 있었다. 하지만 이현은 분명, 초음파 사진을 본 그 순간부터 시작된, 이 낯설고 신기한 감정의 소용돌이를 놓치고 싶지 않았다. 이렇게 아빠가 되어 가는 건지도.

유현은 그런 동생의 변화가 매우 반가웠다. 한편으론 아직 어린아이 같게만 느껴지는 동생이 아버지가 된다고 하니 세월의 흐름이 적나라하게 느껴졌다.

테이블 아래로 손을 내려 다이의 손을 잡았다. 문득 다이와 맞선을 보고 파혼을 하고, 다시 만나 연애하고 결혼하고, 아진을 낳았던 그 감동의 순간들이 떠밀리듯 기억이 났다. 그 모든 시간을 함께 견디고 통과한 그녀가, 언제나 제 곁에 있다는 사실이 든든했다.

다시 세월은 흐를 것이고, 아이들도 클 것이고, 자신들도 나이를 먹을 것이다.

그 겹겹의 시간 동안 또 다른 사랑이 싹틀 것이고, 생길 것이다.

새로운 그 시간들을 기다리면서 유현은 다이의 손을 꽉 쥐었다.

작가 후기

포털 사이트를 통해 먼저 공개가 됐던 이 책을 종이책 버전으로 출간하면서, 새로운 감회에 젖게 되었습니다. 분량 맞추기에 급급하여 중요한 것을 놓치고 있는 건 아닐까, 매일매일 재점검하고 재검토하며 다소 오래 이 글에 파묻혀 지냈던 것 같습니다.

줄거리를 구상한 건 몇 년 전인데, 뼈대를 세우고 살을 붙이고 해서 드디어 여기까지 왔네요.

파혼이라는 설정을 신중하고 진지하게만 생각하다 보니 처음 의도와는 달리 많이 무거워진 건 아닐까, 하는 후회도 뒤늦게 가져 봅니다. 너무 가벼워서 날아갈 것 같은 걸 쓰고 싶었는데, 이 책도 틀렸나 봅니다.

여기까지가 끝인가 보오.

하지만 저는 유현과 다이를 정말 사랑했습니다.

유현아, 다이야, 잘 가. 행복해야 해.

포털 사이트 공개 시 애정을 주셨던 독자님들께 무척 감사드립니다.

아울러 종이책으로 구입해서 읽어 보실 독자님들께도 무한한 감사를 드립니다.

그리고 저와 많은 작업을 함께하신 이영은 팀장님께, 늘 고맙고 감사하다는 말씀을 전합니다. 제가 애정해 마지않는 다향 로맨스 출판사의 무궁한 발전을 항상 기원하고 있습니다.

코로나 19로 기운을 잃고 희망을 상실한 많은 분들에게 얼른 환하게 웃을 수 있는 날이 왔으면 좋겠습니다. 힘을 모으고 용기를 가지고 원칙과 규칙에 맞게 생활하다 보면 언제였나 싶게 추억할 수 있는 날이 올 겁니다.

모두 힘내요!

2020년 봄에

반해 드림.

여전히 파혼

1판 1쇄 찍음 2020년 3월 26일
1판 1쇄 펴냄 2020년 4월 2일

지은이│반 해
펴낸이│정 필
펴낸곳│(주)빨미디어

기획·편집│이영은, 배자은
표지·디자인│우 물

출판등록│2002년 9월 11일 (제1081-1-132호)
주소│경기도 부천시 소향로17, 303(두성프라자)
전화│(032)651-6513 팩스│(032)651-6094
E-mail│dahyangs@naver.com
블로그 │http://blog.naver.com/dahyangs
비북스 │http://b-books.co.kr

값 9,000원

ISBN 979-11-6565-071-1 (03810)

www.b-books.co.kr

www.b-books.co.kr